國家社科基金重大招標項目
國家古籍整理出版專項資助項目
北京師範大學中華文化研究與傳播學科交叉平臺項目

杜桂萍 主編

清代詩人別集叢刊

姜宸英集

上

杜廣學 輯校

人民文学出版社

圖書在版編目（CIP）數據

姜宸英集：上下/杜桂萍主編；杜廣學輯校. —北京：人民文學出版社，2018
（清代詩人别集叢刊）
ISBN 978-7-02-014758-8

Ⅰ. ①姜… Ⅱ. ①杜… ②杜… Ⅲ. ①古典詩歌—詩集—中國—清代 Ⅳ. ①I222.749

中國版本圖書館 CIP 數據核字（2018）第 278432 號

責任編輯 葛雲波 高宏洲
裝幀設計 黄雲香
責任印製 任 禕

出版發行 人民文學出版社
社 址 北京市朝内大街 166 號
郵政編碼 100705
網 址 http://www.rw-cn.com

印 刷 三河市宏盛印務有限公司
經 銷 全國新華書店等

字 數 940 千字
開 本 880 毫米×1230 毫米 1/32
印 張 41.5 插頁 6
印 數 1—2000
版 次 2018 年 12 月北京第 1 版
印 次 2018 年 12 月第 1 次印刷

書 號 978-7-02-014758-8
定 價 170.00 圓（全二册）

姜宸英像

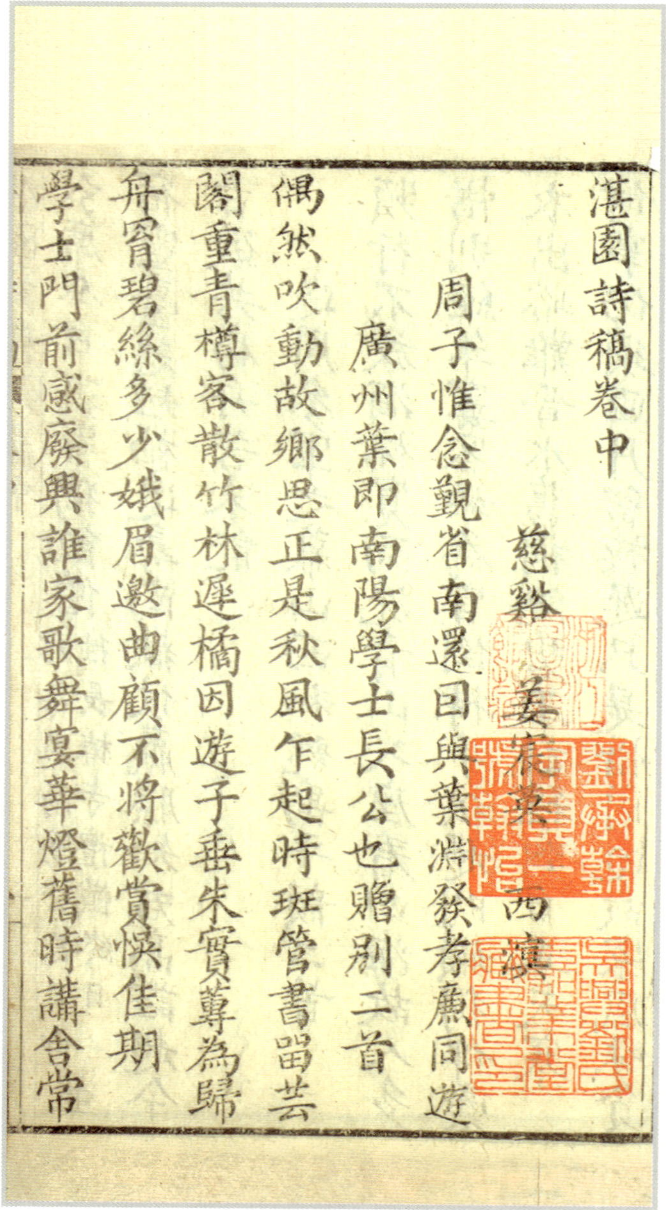
湛園詩稿卷中

慈谿　姜宸英　西溟

周子惟念覲省南還曰與葉滸發孝廉同遊
廣州葉即南陽學士長公也贈別二首

偶然吹動故鄉思正是秋風乍起時斑管書留芸
閣重青樽客散竹林遲橘因遊子垂朱實蓴為歸
舟冩碧絲多少娥眉邀曲顧不將歡賞悞佳期
學士門前感廢興誰家歌舞宴華燈舊時講舍常

清嘉慶二十三年鄭喬遷歲寒堂刻本《湛園詩稿》。

清黃叔琳本《湛園題跋》

湛園題跋

題樂毅論

梁武帝答陶眞白書逸少跡無甚極細書樂毅論乃微麄健恐非眞跡陶上書云樂毅論愚心甚疑非眞而不敢輕言令旨以爲非眞竊自信頗涉有悟余觀逸少黃庭曹娥像贊諸帖知樂毅論洵爲麄健不同然自唐人相傳爲法書第一蓋唐時去梁已遠王之眞蹟益微而唐人書法氣象多而神明少宜此帖之見重於世也此本與余所藏宋搨寶晉齋刻相爭在毫釐之間亦世所

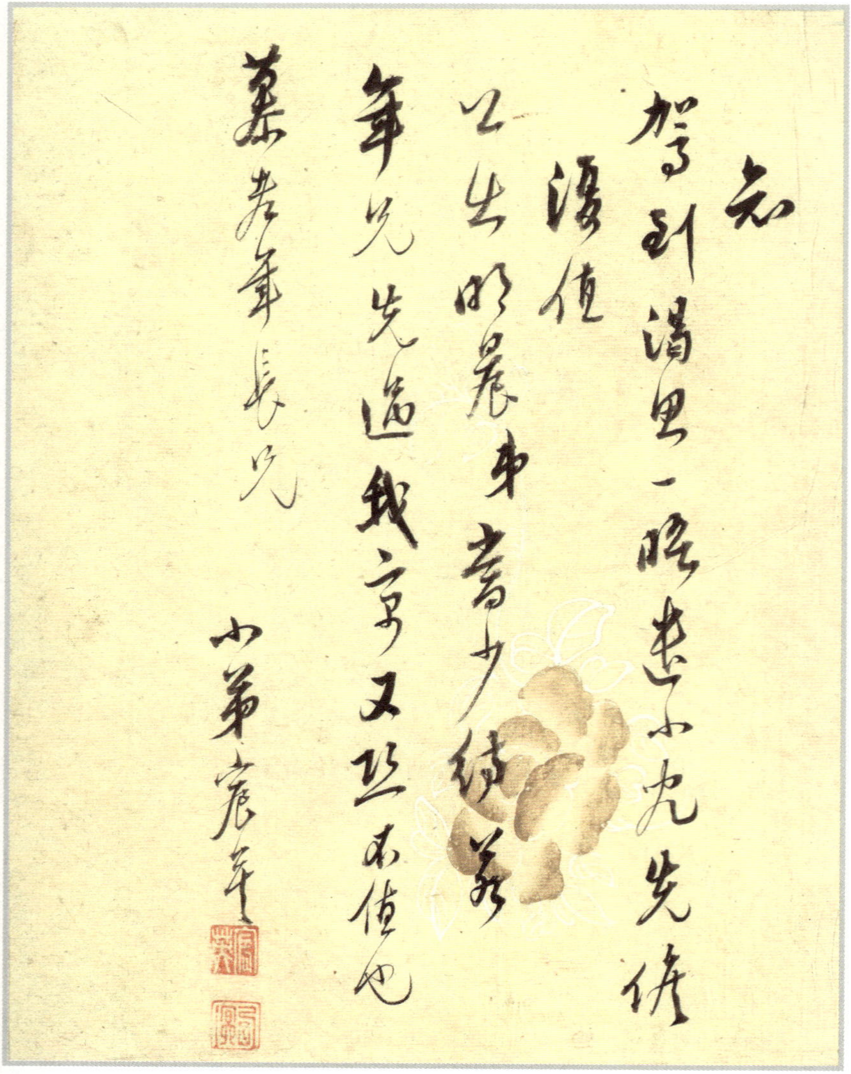

知
駕到渴思一晤遣小兒先候
適值
他出明晨來齋少待叙
年兄先過我亦又恐不值也
慕老年長兄
小弟宸英

清代詩人別集叢刊總序

杜桂萍

昔人謂『文以興教，武以宅功』。古時國家以興學崇教爲首務，議禮以定制度，考文以興禮樂，乃有文治彬彬稱盛。於今文化强國，亟需傳承弘揚優秀傳統文化。古籍整理作爲其中關鍵之一環，具有極爲重要的意義。近三十年來，古籍整理日趨興盛，已經成爲學術研究的時代熱點和文化傳承的日常内容。各類型的整理工作可圈可點，各維度的文獻整合則又增添了别樣的景觀。新世紀以來，明清文獻整理和研究異軍突起，引人注目，無疑是古籍整理領域的重頭戲。

清代詩文文獻的整理受到日益成爲重點，並非始於當下。相比於清代戲曲、小説文獻的整理，清代詩文獻的整理工作開始並不算晚，幾乎與清詞的整理同步啟動。可惜的是，儘管有好古敏求之士多次倡導，皆因時機不夠成熟等原因而没有形成規模和氣候。其中主要的因素，當與清詩數量巨大直接相關。據估算，清人各種著述總約有二十萬種，其中詩文集超過七萬種，存世約四萬種，有作品傳世的詩人約十萬家，有詩文集存世的作家當在萬人以上，詩歌作品近千萬首。其收藏情況尚需進一步調查，有不少文獻散藏民間，以及相關文獻狀態駁雜不易辨析等因素，也是很多工作難以輕易展開的重要原因。總之，難以一時彙爲全璧，始終是《全清詩》文獻整理難以提上日程的最爲直接的因素。

儘管如此，相關的學術準備始終在進行著，且日見規模。譬如，上世紀由上海古籍出版社出版的《中國古典文學叢書》、中華書局出版的《中國古典文學基本叢書》（以别集論，前者約收一百二十種，後者約收九十種），都包含了一定數量的清代詩人别集（至二〇一六年，前者共收九種，後者共收四種）。新推出者新意頗多，如陳永正《屈大均詩詞編年輯校》（上海古籍出版社二〇一七年版），而一些修訂重版者則顯爲精進，如俞國林《呂留良詩箋釋》（中華書局二〇一五年初版，二〇一八年再版），從不同維度爲清代别集文獻的整理和研究提供了新的理念和視野。其他出版機構也在留意清人别集的整理和研究，如國家圖書館出版社影印出版《清代家集叢刊》（徐雁平、張劍主編）、鳳凰出版社陸續推出《中國近現代稀見史料叢刊》（張劍、徐雁平、彭國忠主編）等。人民文學出版社也在高度關注這一重要領域，先後出版推出《明清别集叢刊》、《乾嘉詩文名家别集叢刊》等，集中力量於明清文人别集的整理和研究，實有後來居上之勢。凡此也表明，學界和出版界皆已體現出高度的學術自覺，意識到清代詩文文獻的重要性。尤其是人民文學出版社，已不僅僅著眼於名家之作，對那些於文學史、文學生態等發生重要影響的文人及其文獻遺存也予以關注，這既符合文獻整理的基本原則，又有利於彰顯文學研究的開放性視角以及多維度的路徑拓展。

正是在這樣的學術語境中，我擔任首席專家的國家社科基金重大招標項目《清代詩人别集叢刊》於二〇一四年獲批，有計劃的系統性的清代詩人别集整理工作得以展開，相關成果陸續成編，彙爲《清代詩人别集叢刊》。

我們並没有選擇原書影印的整理方式，而是奉行了『深度整理』的基本原則。以影印方式整理，固然可以使研究者得窺作品之原貌，也有利於及時呈現和保護一些珍稀古籍版本，如上海古籍出版社出版的《清代詩文集彙編》、國家圖書館出版社出版的《清代詩文集珍本叢刊》等，都具有重要的學術價值。不過，點校、注釋、輯佚等整理方式無疑更能體現出古籍整理的學術深度。事實上，隨著文化語境的改變和學術研究的深入，文獻整理的功能也在不斷拓展，不僅應提供基礎性的文獻閲讀，還應具有學術研究的諸多要素，即在學術史的視野中呈現文獻生成的複雜過程和創作主體的生命形態，而這正是《清代詩人别集叢刊》選擇『深度整理』方式的理念和前提。

『深度整理』指向和强調『整理即研究』的古籍整理思想與學術精神。以窮盡文獻爲原則，以服務於學術研究爲目的，於整理過程中注入更明確、豐富且具有問題意識的科學研究内涵，使古籍整理進一步參與當代學術發展。也就是説，在一般性整理的基礎上，借助於多種方法的綜合運用，爬梳文獻，考證辨析，去僞存真，推敲叩問，完成一部既收羅完備、編排合理，又在借鑒以往研究成果基礎上推進已有研究、表達最具前沿性的科研創獲的詩人别集整理本。這既是古籍整理基本要義的延伸和拓展，也符合與時俱進的學術發展訴求，應是整理工作之旨歸所在。

如是，《清代詩人别集叢刊》突出了以下幾個方面的整理工作。

一、前言。『前言』的撰寫，不泛泛介紹作者生平和創作的一般狀況，而注重於文獻、文學、文化等視角，對著者生平進行考述，對著述版本源流加以梳理，對别集的文學價值、影響進行具有文學史意義的判斷。『前言』應是一篇具有較强學理性、權威性和前沿性的導讀佳作。

二、版本。别集刊刻與存世情況往往因人而異，或版本複雜，或傳本稀少。『必先定其底本之是非，而後可斷其立説之是非。』（段玉裁《與諸同志書論校書之難》）廣備衆本，謹慎比對，選出最佳的工作底本和主要校本，讓新的整理本爲學界放心使用，成爲清詩研究的新善本和定本。

三、輯佚。清代文獻去今未遠，除大量別集、總集外，清人手稿、手札、書畫題跋等近年時有發現，散存於方志、家譜的各類佚文亦在不斷披露中。故以求全爲目的，盡力輯佚，期成完帙，並合理編纂。務使每一種整理本成爲該詩人作品的全本，這也是提升整理本學術含量的重要舉措。

四、附錄。附錄豐富與否是新整理本學術含量高低的重要標誌，精心編撰豐富的附錄資料實爲另一種形式的研究。如年譜簡編以及從族譜方志、碑傳志銘、評論雜記中勾稽出的相關研究資料等，對全景式展現詩人生命歷程十分必要。然有時文獻繁雜，需經過精心淘擇和判斷，强化『編纂』意識，避免文獻堆積，又能充分體現深度整理的學術含量。

古籍文本生成於歷史，負載了豐富的歷史文化信息。對於整理者而言，不僅應使古籍文本能夠被有效閱讀，還應借助閱讀活動等促其進入公共和現實視域，成爲當下文化結構的有機組成部分。也就是說，整理活動本身應始終處於在場的文化狀態，立足於學術史，並直面其所處之研究領域的一些難點、疑點和熱點問題，進而通過整理過程中的辨析、考論解決文學演進中的某一方面或幾個方面的問題，形成專題性研究，這是深度整理應達成的重要目的。所以，整理活動其實是一個思維創新的過程，指向的是知識和觀念整合的結果。考訂史實，發現文本之間的各種意義和多層面內涵，使之成爲當代人可閱讀的文本，並參與歷史文化建設，其實也是在回答我們進入歷史的方式。

總之，以窮盡文獻、審慎校勘爲路徑，以堅實、充分的文獻史實研究爲基礎，通過對文獻的慎用和智用，借助歷史的、邏輯的思路甚至心靈的啟迪，系統、全面地收集、篩選史料，勾連、啟動其內在聯繫，從而將古籍整理與史實研究深度結合，强化了整理性學術著作的研究內涵，是一種真正包含了主體自由性的學術實踐活動。這種由專門研究完善古籍整理、由古籍整理深化專門研究的深度整理方式，對整理者的研究意識和整理本的學術含量都提出了更高的要求，不僅標示了整理觀念和方法上的更新，更是當代學術發展的必然訴求。我們願努力嘗試之，並推出一系列具有較高水準和重要學術意義的整理成果。

總目錄

前言

姜宸英（一六二八—一七〇〇[一]），字西溟，號湛園，又號葦間，浙江慈谿人。清初著名文人，雅擅詩歌、古文、書法和學術。所作詩歌，沉著工穩，是清代著名詩派『浙派』重要成員之一[二]。所爲古文，閎肆雅健，王士禛譽之爲『本朝古文一作手』[三]，在清初古文史上占有重要地位。

一

明崇禎元年戊辰（一六二八），姜宸英生於浙江慈谿。慈谿姜氏祖籍淄川（今山東省淄博市），後遷居餘姚（今浙江省餘姚市）。據《姜氏世譜·姜氏慈水分譜》（浙江圖書館藏）載，餘姚姜氏第八世爲立德，其三子伏延始從餘姚分居慈谿，爲慈谿姜氏宗祖。慈谿姜氏第五世爲槐。槐生六子，三子爲國

[一] 尹元煒《谿上遺聞集録》卷八云：『先生生明崇禎戊辰八月十九日，卒康熙庚辰正月二十一日，歸葬夏家嶴花盆山。』即生於一六二八年，卒於一七〇〇年。清末慈谿文人王家振《西江詩稿》有詩《廿一日西溟姜先生忌辰馮舸月孝廉招同與祭再賦長句》，題目所記之姜宸英忌辰與尹氏一致。

[二] 張仲謀把姜宸英『列爲浙派第二期詩人』，專章論述。見張仲謀《清代文化與浙派詩》，東方出版社一九九七年版，第二〇一頁。

[三] 王士禛著，張世林點校《分甘餘話》，中華書局一九八九年版，第八十六頁。

華，卽姜宸英高祖。

高祖太僕公姜國華（一五二二—一五九二），字邦實，別號甬洲。嘉靖三十八年（一五五九）殿試賜進士出身，曾任工部營膳司主事、陝西布政使司右參議、廣東按察使司僉事等職。爲官二十餘年，始終保持清廉本色，去官歸鄉時，『環堵蕭然，舊田四十畝，分毫無所增』（姜宸英《先參議贈太僕公傳略》）。性情耿介，『不能以時俗圜轉附和』（《先參議贈太僕公傳略》），屢遭降斥。

曾祖太常公姜應麟（一五四六—一六三〇），字泰符，號松槃，姜國華長子。萬曆十一年（一五八三）進士，任神宗朝户科給事中，光宗朝太僕少卿。天性剛直，『遇意不可，若雷抨矢激，人無得撓者』（姜宸英《先太常公傳略》）。在著名的『爭國本』事件中，姜應麟首先冒死上疏，請求神宗『發德音，下明詔，册立元嗣爲東宮，以定天下之本』（《先太常公傳略》），結果惹怒皇上而身遭貶斥，同時也因此聲名遠播。後居家三十年，於書無所不讀，尤喜歷史、醫學、地理之書，且對《易經》頗爲精通，著述亦豐。

祖父姜思簡（一五七九—？），字淡仙，曾任户部司務〔二〕。父孝潔先生姜晉珪（一六〇九—一六七二），字桐侯，别字卓庵。少補儒學生員，貢於鄉，三十七歲後不復應舉。爲人至孝，友愛兄弟，平易善

〔二〕　朱彝尊《孝潔姜先生墓誌銘》：『（晉珪）父司簡（整理者案：應爲「思簡」），官户部司務。』《曝書亭集》卷七十六，《清代詩文集彙編》一一六册，上海古籍出版社二〇一〇年版，第五六七頁。

與人交。精研理學，工詩，有詩集《泛凫吟稿》，已佚。母，孫孺人（一六一〇——一六七九[一]）。姜氏家族至姜晉珪一代，『力不能給饘粥』。明亡後，家境更加窘迫。姜晉珪遊學南北，『孫孺人曲成其孝，一味不以自甘，必先進舅姑，曉問寢安否。庭闈燕衎，靡以異先生在家也』[二]。可見孫孺人之賢德。

以姜國華、姜應麟爲代表的姜氏族人所彰顯出的潔己自持、剛正不阿、篤於孝友、勤於讀書的精神氣質與良好習慣，對姜宸英爲人爲學都有著潛移默化的重要影響。

姜宸英少時曾問學於同鄉馮孟勉之父，同時與馮孟勉一起讀書，相互砥礪，彼此交好。甲申（一六四四）、乙酉（一六四五）之際，二人拋棄舊業，終日抵掌高談縱横王霸之略，商榷經史，旁及詩賦。當時有一批鄉邦友人致力於詩文創作，取得了較高成就。《慈谿縣志》載：『宸英同時劉純熙、馮愷愈、馮宗儀、馮遜庸、姚紀、秦琛、秦勳、羅叔初、錢虎左亦工詩文，皆有名於時。』[三]姜宸英與這些人均有交往，其中與馮宗儀尤爲密切：『初，予與君交時才弱冠，居相鄰也。始用詩詞相唱酬，已應諸生舉，去爲時文，俱不得意，則學爲古文。每晨坐談論，至忘寢食，巷中兒爭笑以爲癡。』（姜宸英《文學馮君墓誌銘》）可見二人研習古文之刻苦。少年時期求學及研習詩文之經歷，爲姜宸英將來詩文創作取得突出

[一] 姜宸英《三叔母林太夫人壽序》有云：『憶癸亥年，叔母林太夫人五十初度。』『叔母年少余母孫太孺人二紀，生同日也。』『己未年，余母棄世。』（《姜氏世譜·湛園公集選·壽序》）從此則材料可以考出孫太孺人生卒。

[二] 朱彝尊《孝潔姜先生墓誌銘》。

[三] 馮可鏞修，楊泰亨纂《慈谿縣志》卷三十一，清光緒二十五年刊本。

成就奠定了堅實的基礎。

康熙元年（一六六二），姜宸英因生活所迫，『不得已而遊』[一]。當然，在此之前，他也偶有出遊，但仍以里居家鄉慈谿爲主。此次他離開慈谿，漫遊揚州、無錫、蘇州、金陵等江南地區，結識了陳維崧、吳偉業、嚴繩孫、秦松齡、湯斌、周亮工、計東等江南名士。這期間，姜宸英曾客居無錫，據董以寧記載：『姜子西銘客遊無錫，主於秦子留仙之家。余與黄子庭表、計子甫草、陳子賡明皆至，相與晨夕論文，甚樂也。』[二]姜宸英與這些著名文人如此頻繁深入地切磋琢磨，對深化其古文觀念、提升其古文能力非常重要。

康熙十二年（一六七三）和康熙十八年（一六七九）秋，姜宸英兩次入京，先後結識了納蘭性德、龔鼎孳、葉方藹、朱彝尊、汪懋麟、高士奇等達官顯貴與著名文人。這些人中，姜宸英與納蘭性德交往最密。二人結交於康熙十二年，不久，納蘭性德邀姜宸英至其家，向其問學，態度恭敬。姜宸英行蹤不定，納蘭性德亦時常伴駕出巡。當同在京師時，二人則邀約友人，雅集宴飲，詩文唱和。納蘭性德憑藉其深厚的家庭背景、顯赫的政治地位，經常給予姜宸英物質上的資助，并多方爲姜宸英謀劃仕途出路。姜宸英晚年對方苞說：『吾始至京師，明氏之子成德延至其家，甚忠敬。一日進曰：「吾父信我，不若信吾家某人。先生一與爲禮，所欲無不得者。」吾怒而斥曰：「始吾以爲佳公子，今得子矣！」即日

〔一〕董以寧《贈姜西銘爲兩尊人壽序》，《清代詩文集彙編》一一二册，第三一八頁。

〔二〕董以寧《贈姜西銘爲兩尊人壽序》。

卷書裝，遂與絶。』[一]最終二人并沒有斷交，但由此可覘見納蘭性德爲姜宸英謀劃仕途之苦心孤詣。

康熙十七年正月乙未（一六七八年一月二十三日），康熙擬開博學鴻儒科，徵召天下博學之士，無論已仕、未仕，均可由在京三品以上及科道官員或在外省督撫布按舉薦應試。這對姜宸英而言，是一次步入仕途的良機，可最終失之交臂。個中原因，時任翰林院侍讀學士韓菼回憶説：『方徵博學鴻儒時，廷臣得舉所知，余亟欲以先生薦，院長葉文敏公約同署名。會公宣入禁中，待之兩月，及余獨呈吏部，已不及期矣。』（韓菼《湛園未定稿序》）康熙十九年（一六八〇）二月，内閣學士徐元文推薦姜宸英入明史館，因丁母憂未赴任。康熙二十一年（一六八二），姜宸英以諸生身份，進入明史館，充翰林院纂修官，食七品俸。他在史局時，常與納蘭性德、陳維崧、嚴繩孫、顧貞觀、朱彝尊、梁佩蘭、吳兆騫、吳雯等人集會。康熙二十九年（一六九〇）二月，徐乾學因遭彈劾而罷官歸里，得康熙准允，攜《大清一統志》等書稿回里編輯，延請胡渭、閻若璩、姜宸英、查慎行、黄虞稷等分纂。在此期間，姜宸英編纂了《一統志·江防總論》、《一統志·海防總論》、《一統志·日本貢市入寇始末》等多篇經世長文。

姜宸英一生艱於科考，青年時期即參與清廷考試，屢試不售，直至康熙三十二年（一六九三），中順天鄉試，排名十九，時已六十六歲。康熙三十六年（一六九七）七月會試，殿試進呈卷在二甲第四。康熙識其手書，特拔置一甲第三，授翰林院編修。康熙三十八年（一六九九）八月，姜宸英任順天鄉試副考官。十一月，御史鹿佑彈劾順天鄉試考試不公，有玷清班。結果，主考官李蟠遭遣，姜宸英牽連下獄

[一] 方苞《記姜西溟遺言》，劉季高校點《方苞集》，上海古籍出版社一九八三年版，第七〇六頁。

而卒。康熙聽聞姜宸英去世，『歎息再三』[一]。時任刑部尚書的王士禛亦歎云：『吾在西曹，顧使湛園以非罪死獄中，愧如何矣！』[二]表現出了深深的愧疚之情。

姜宸英妻孔氏，封孺人。子二人，長子嗣洙，次子嗣濂。孫一人，嘉樹，長子嗣洙生。嗣洙，以拔貢授溫州府樂清學教諭。

二

隨著政局的穩定與國家逐步興盛，清初詩歌總體風貌表現爲從哀苦幽怨走向溫厚和平。這期間，湧現出了許多傑出詩人。姜宸英雖然詩名爲文名所掩，但仍在當時詩壇占有一席之地。清初周篔有詩道：『陸嘉淑姜宸英李因篤顧炎武及三魏際端、禧、禮，直上皆欲干青雲。』[三]即把姜宸英與李因篤、顧炎武等人相提並論。據張仲謀考察，姜宸英屬於『浙派』第二期詩人中的一員，並用一章篇幅加以論述，可見其地位之重要。

姜宸英現存詩一千餘首，就體裁言，古、近體皆備；就題材言，主要有詠懷、詠史、送別、行旅、題

[一] 張錫璜《輓姜湛園先生》，《姜先生全集·附錄上·酬贈詩》，天一閣博物館藏。

[二] 全祖望《翰林院編修湛園姜先生墓表》，黄雲眉選注《鮚埼亭文集選注》，齊魯書社一九八二年版，第一七四頁。

[三] 周篔《寄彭仲謀兼柬令弟羨門》，《采山堂集》卷三，《清代詩文集彙編》八十四冊，第五十三頁。

畫、唱和等，其中詠懷詩最爲人稱道。姜宸英一生懷才不遇，命途多舛，心中時常藴蓄一股激憤失意之氣，而他『一生作詩，意到卽發，不論宗派，不名家數』（姜宸英《復程穆倩》），所以詠懷詩最能見其性情。

這類詩篇，有感慨天涯漂泊的。『恰伴孤眠城角鼓，慣縈離恨紙窗燈』（《長安雜感四首》）、『舊山馬鬛何時就，客舍牛衣總自哀』（《八月二十九日書懷》）、『水流到海無歸信，花落成泥有斷魂』（《感舊》）等等，均是此種情愫的生動表達。有哀歎失意淪落的。《旅舍遺懷》云：『冉冉流光又一春，天涯歷盡足酸辛。當前落魄都因傲，事過思量只合貧。鏡暗解絲年少髮，炊稀愁積後來薪。桃穠柳豔長安道，多少繁華是故人。』一邊是長安繁華，桃穠柳豔，一邊是旅社淒涼，獨自悲愁。這裏既有强烈的對比，又有深沉的反思，將詩人内心的失意淪落之情揭示得淋漓盡致。有諷刺人情世態的。姜宸英性情狷介，嫉惡如仇，時常對世俗不良風氣加以諷刺。『康熙丁巳、戊午間，入貲得官者甚衆。繼復薦舉博學鴻儒，於是隱逸之士亦爭趨輦下，惟恐不與。』[一]面對如此卑下之士風，姜宸英作《感懷》詩一首：『文章用盡終無力，猶向滄波一問津。北闕新除輸粟尉，西山遙貢采薇人。林宗有道身仍隱，元叔無官相豈貧。物色虛勞明主意，早知麋鹿性難馴。』頷聯卽是對當時遺民應徵現象的揭露與嘲諷，頸聯用東漢郭泰（字林宗）、趙壹（字元叔）隱居不仕的典故强化了這種批判。

總體來看，姜宸英的這類詠懷詩感情濃郁，格高調穩，頗有沉鬱頓挫之風，誠如全祖望所言：『詩

[一] 王應奎撰，王彬、嚴英俊點校《柳南隨筆　續筆》，中華書局一九八三年版，第六十八頁。

以少陵爲宗，而參之蘇氏以盡其變。』〔一〕姜宸英雖未能躋身清詩大家之列，但是其詩所透射出的心路歷程，所反映出的社會現實，對我們理解清初文人心態與清初詩壇生態具有較爲重要的意義與價值。

在清初文壇，姜宸英是以古文名世的。魏禧《答計甫草書》中把姜宸英與侯方域、汪琬並列，指出『數君子者，皆今天下能文之人』〔二〕。方苞《記姜西溟遺言》中說：『余爲童子，聞海内治古文者數人，而慈谿姜西溟其一焉。』〔三〕在時人看來，其創作成就、文壇地位和當時著名古文家侯方域、魏禧、汪琬等人不相伯仲。後學趙懷玉甚至說：『先生之文，與歸德侯朝宗、寧都魏冰叔、長洲汪苕文齊名，號「四大家」。』〔四〕姜宸英現存古文近四百篇，體裁上豐富多樣，涵蓋了論、說、議、辨、序、記、題跋、書啟、傳、行狀、墓表、墓誌銘、神道碑、祭文等文體。下面著重論述其論體文、傳記文、題跋文三種體裁。

姜宸英論體文共計二十餘篇。雖然數量不夠宏富，但卻贏得了後世很高的讚譽。全祖望說：『先生之文，最知名者爲《明史稿・刑法志》，極言明中葉廠衛之害，淋漓痛切，以爲後王殷鑒。《一統志》中諸論序，亦經世之文也。』〔五〕李慈銘認爲：『湛園學養深醇，故集中論古，皆具特識。其《楚子玉

〔一〕全祖望《翰林院編修湛園姜先生墓表》，黄雲眉選注《鮚埼亭文集選注》，第一七三页。
〔二〕魏禧著，胡守仁等校點《魏叔子文集》，中華書局二〇〇三年版，第二四七頁。
〔三〕方苞著，劉季高校點《方苞集》，第七〇六頁。
〔四〕趙懷玉《雜著手稿書後》，《姜先生全集》卷首，清光緒十五年馮氏刻本。
〔五〕全祖望《翰林院編修湛園姜先生墓表》，黄雲眉選注《鮚埼亭文集選注》，第一七三頁。

論》、《荀氏八龍論》等作，尤有裨於世教。《蕭望之論》，亦爲傑作。』〔二〕這些評語在不同層面上高度肯定了姜宸英論體文見解深刻、頗富現實意義的特點。縱觀他的論體文，或深切批判明代刑法制度，如《明史·刑法志·總論擬稿》；或熱切關注當時江防、海防，如《一統志·江防總論》、《一統志·海防總論》、《一統志·日本貢市入寇始末》；或深刻總結歷史興亡教訓，如《春秋四大國論》；或深入思考人才的使用，如《楚子文論》、《續范增論》、《蕭望之論》等，均表現了姜宸英對國家社會現實的深切關注。

姜宸英論體文在文風上表現出揣摩入情、敷張揚厲的特點，這與其論文推崇《戰國策》有關。我們現以《楚子文論》爲例加以説明。此文開門見山，亮出觀點：『大臣之患，不在於强直果遂，任怨生事，而在於儒懦迂緩，名爲藴藉，而其實持禄苟榮之人。』接著以申屠嘉、周亞夫和匡衡、張禹、孔光之徒作對比，正反論證，然後分析『持禄苟榮者』之心態，並指出任用之危害。此處分析體貼細膩，具有很强的説服力。接下來，寫子文任用子玉爲相國，蔿呂臣反對，互相映襯，以生波瀾。然後姜宸英聯繫當時天下形勢及子玉性格、才能，從多方面論證子文任用子玉的合理性。全文抑揚起伏，有理有據，可見姜宸英具有類似縱横家的雄辯之才。其他如《楚子玉論》、《蘇秦論》、《周亞夫論》、《蕭望之論》、《荀氏八龍論》等文，篇幅或長或短，無不具有這種雄辯特色。

從語言風格看，姜宸英的論體文大多凝練簡勁、質樸無華，如上引《楚子文論》即是。除此以外，有

〔二〕李慈銘《越縵堂讀書記·集部·別集類》，上海書店出版社二〇〇〇年版，第九九六—九九七頁。

時也富贍揚厲，援駢入散，氣勢磅礴。如《一統志・江防總論》：『自九江以下，兩岸南北，涯涘無際，汊港縱橫。故小則漁徒鹽戶，時出沒藏奸，大則巨盜之揚帆鼓棹，挾風濤而負固者，不可誰何也！』此段文字多用對句，講究氣勢，有力地論證了其論點。

要之，姜宸英的論體文直指現實，見解獨特，文風雄辯，是姜宸英古文創作成就的突出代表。

姜宸英現存傳記文近五十篇，內含傳、墓表、墓誌銘、神道碑等多種體裁。其傳記文，集中地表現出了對『才』的重視，且大多數是以對『才難用世』、『才未盡用』的惋惜和傷悼爲特徵的，如：『惜乎！未及大用，遂以不起』（《通議大夫兵部侍郎項公神道碑文》）、『人皆惜公之不用』（《先太常公傳略》）、『終以歸老而不及於大用，此知公者，無不扼腕太息』（《中大夫布政使司參政秦公合葬墓誌銘》）等等。『用世』似乎是姜宸英生命航程中的一個醒目的航標，引導著他上下求索，縱然達成之途異常坎坷，也愈挫愈勇，至死不渝。因此，他便借傳記文酒杯，澆自己心中之塊壘。姜宸英的這些傳記文無疑投射著自身的影子，具有鮮明的自喻性。

更爲可貴的是，姜宸英對造成『才難用世』、『才未盡用』的原因也有不同程度的揭示。如《吳君約庵合葬墓誌銘》，姜宸英用形象的手法敘述了一個老死科場的士子。吳約庵本爲宿學碩儒，砥行立名，但終生藍衫席帽，齎恨入棺。科舉殃及祖孫三代，貽害家人。每次放榜，妻子心膽俱碎。文末，姜宸英控訴道：『彼爲之有司者，果公與明？非耶？詎獨無人心耶？』充滿了對有司不公的犀利批判。官場的黑暗在其傳記文中亦時有揭露。如《先太常公傳略》：『吏部以掣官人，兵部以封婚媚倭。』《河津令李公墓表》：『仕宦風波之震撼，檣摧軸折，或身家之不保，後先接踵也。』如此險惡的官場對人才的摧折，可想而知。

姜宸英的一些傳記文，取材頗具傳奇色彩，這無疑是受晚明傳記文傳奇筆法的影響。如《贈奉直大夫张君墓表》中記述張公的誠信：『徵君謂予曰：「雯處津門久，交其里人，里中稱善人必先張君。君嘗自言生平行事無一不可告天地者，里中人聞之皆曰然。嘗以女心疾禱於神祠，拾笅神座下，得方，方藥五種，取歸試服之，疾良已。至今其家用其藥施人，多得愈。」蓋誠信之孚也如此。』晚明文人取傳奇筆法爲文已成時尚，流風所至，姜宸英也在所難免。姜宸英的傳記文時常通過看似尋常的生活細節，來鮮明地表現人物的性情。如《謝工部傳》寫謝工部：『予去年過之，公以久別予，置酒歡甚，未幾，予意闌，欲起，公挽留之，不可，則對案默然，徙倚而後罷，雖予自今猶恨之。』『置酒歡甚』、『挽留』、『對案默然』等動作與神情，傳神地表現出謝工部此時內心的波瀾起伏。

在此，有一個問題需要論及，即自清代以來，學界對姜宸英傳記文的評價均不高。李祖陶認爲姜宸英『論文喜《國策》，不喜《左傳》，故其文善議論，不善敘事』〔一〕，這是從姜宸英師法的角度指出其文『不善敘事』的特點。魏禧說：『惜其筆性稍馴，人易近而好意太多，不能割捨。』〔二〕吳德旋也說：『姜湛園則更漫衍。』〔三〕指出了姜宸英古文不擅剪裁的缺點。雖然二人所評針對的是姜宸英全部古文，

〔一〕李祖陶《湛園未定稿文錄引》，《國朝文錄·湛園未定稿文錄》卷首，《續修四庫全書》第一六七〇頁。
〔二〕魏禧著，胡守仁等校點《魏叔子文集》，第二四七頁。
〔三〕吳德旋《初月樓古文緒論》，人民文學出版社一九五九年版，第二十九頁。

但其傳記文確也存在剪裁不足的弊病。如其《先太常公傳略》，洋洋四千餘言，若加以適當剪裁，自會更加洗練精粹，藝術成就也會更高。但其一部分傳記文，可圈可點，仍可入精品之列。

朱迎平把題跋文大致分爲兩類，『即以探討學問爲主的學術類題跋和以抒寫性情爲主的文學類題跋』〔二〕。可以説，姜宸英的文學類題跋幾乎全是情深意摯的抒情之作。如《跋同集書後》：『閲蓀友、容若此書，不勝聚散存没之感，而予於容若之死，尤多慨心者，不獨以區區朋遊之好已也。此殆有難爲不知者言者。』充滿了對知己深邃複雜的情感。如《題汪烈女傳》，姜宸英以汪烈女生發開去，引古證今，對清初貳臣『俯首乞憐』的惡劣行跡進行了辛辣的嘲諷。再如《歸太僕未刻稿題辭》一文後半部分，以議論兼抒情的筆調寫出了歸有光晚年的坎坷遭遇及對其古文創作的消極影響，尾句對其性嗜好古而懷才不遇的慨歎則無疑融入了姜宸英自己的身世之感。這類題跋文往往筆調靈活，融敘事、抒情、議論爲一爐，最見作者性情。

實際上，在姜宸英近百篇的題跋文中，像上述的文學類題跋畢竟不多，大多數題跋文還是以探討學問爲主。但這些題跋文，從深層次來説，其本身的言辭之美及情感之濃，和那些文學類題跋並無二致。晚清黄叔琳即指出：『所存題跋數十條，適留故篋，爲發而梓之，不特考訂精覈，足資證據，亦時有弦外之意、虚響之音，覽者當自得之，不徒作煙雲過眼觀也。』（《湛園題跋跋》）這裏所謂的『弦外之意』、『虚響之音』，就是彌漫在題跋文中强烈的思想情感。如《題洛神賦後》一文。關於《洛神賦》名稱

〔二〕　朱迎平《宋代題跋文的勃興及其文化意藴》，《文學遺産》二〇〇〇年第四期。

的由來及其主題，學界歷來有兩種説法：一是『感甄名賦』説，認爲是曹植思念其嫂甄妃而作；二是認爲此賦摹仿宋玉《神女賦》，來表達曹植心中的感傷和理想。姜宸英同意後一種説法。他根據曹植和曹丕爭奪王位而不和的史實，論證曹丕不可能把甄妃的玉枕給曹植用。接下來，他由曹植師法屈、宋，判斷《洛神賦》是摹仿宋玉《神女賦》而作，可謂有理有據。今人程二行用更加科學的方法、更加豐富的材料，所得結論與姜宸英若合符契：『曹植於太和五年奉詔朝京，憶及黄初年間的朝京舊事，託言有感於宋玉説神女之事，遂作此賦。』[一]姜宸英以其自身的懷才不遇對曹植彼時所思所感深有會心，所以方能對《洛神賦》的微旨體貼入微。由此，我們誦讀此文，便能體味出姜宸英對曹植不幸遭遇的理解與同情以及對自己遭遇的感傷和無奈。

從藝術上看，姜宸英的題跋文，常起於一時之興會，靈動自然，清新雋永，體現出與其論體文、傳記文迥然不同的審美格調與藝術趣味。其一是體式靈活。如《爲人臨衛夫人書帖》，寥寥四十字，有情有景，有感有思，筆調輕盈，流暢自然，集中地表現出姜宸英當時臨書狀態與内心世界。其二是表達豐富。如《臨帖後書》，有景物描寫，有心理描寫；有記敘，有議論，如此豐富的表達，爲我們刻畫了一位高雅的書家形象。其三是趣味盎然。如《題米趙書跋語》，一問一答，把姜宸英的情態神韻表現得非常真切。姜宸英題跋文的這種風格特色，與晚明小品的注重片段、高揚情韻、不拘格套、以心爲旨歸的創作追求頗爲相似。從這個角度説，姜宸英的題跋文與晚明小品文一脈相承。

〔一〕程二行《〈洛神賦〉的寫作年代與屈宋文學傳統》，《中國楚辭學》（第六輯），學苑出版社二〇〇五年版。

綜上所述，姜宸英的古文創作取得了很高成就，從而使其在清初古文史上占有重要地位。

三

姜宸英一生著述宏富，考論著述方面有《湛園札記》、《詩箋别疑》等，史學方面有《擬明史傳稿》、《大明刑法志稿》（殘卷）、《三國志評》。本書主要整理姜宸英詩文作品，上述著述不在本書整理範圍之内。在清代，整理姜宸英詩文作品貢獻最大者應數慈谿文人馮保燮、王定祥。二人編《姜先生全集》三十三卷，卷首一卷，清光緒十五年（一八八九）馮氏毋自欺齋刊刻，内含《湛園未定稿》十卷、《西溟文鈔》四卷、《真意堂佚稿》一卷、《湛園藏稿》四卷、《湛園札記》四卷、《湛園題跋》一卷、《葦間詩集》五卷、《湛園詩稿》三卷、《詩詞拾遺》一卷。據《校刻慈谿姜先生全集例略》言，此本係馮、王二氏據姜宸英撰述行世者合校重刊，汰其重複而成，各集以類相從，類中又以刻訂之先後、卷帙之多寡爲編纂序次。民國十九年（一九三〇）寧波大酉山房曾據以石印，二〇一〇年上海古籍出版社曾據以影印，收入《清代詩文集彙編》。

除《姜先生全集》本外，姜宸英詩文集尚有其他版本，今臚列如下。

《葦間詩集》五卷，清康熙五十二年（一七一三）唐執玉二南堂刻本。清道光四年（一八二四）葉元塏睿吾樓據以重刻，並附刻全祖望《翰林院編修湛園姜先生墓表》、鄭方坤《葦間詩集小傳》，『以志景仰云爾』[二]。

《湛園詩稿》三卷，清嘉慶二十三年（一八一八）鄭喬遷歲寒堂刻本。卷首有鄭羽逵《湛園先生傳》、鄭喬遷《湛園詩稿題識》。據鄭喬遷言：『先生《未定稿》板向藏吾家二老閣中，其詩名《葦間集》者，雖經授梓，不可多得。溯洄谿上，屈指先生之詩終以未見全豹爲憾，茲從裘夢卿上舍鼎熙家得先生手稿，塗乙改竄，光怪陸離，令人不可逼視。案其詩，蓋半爲晚年之作，爰與宗人少梅、孝廉際良、金門茂才詔鼇爲三卷，同付剞劂，以廣其傳。有散見於選家而此本所無者，不敢增入，示原稿也。』可見此本嚴格依據姜宸英手稿整理編排而成。

《湛園集》八卷，現存版本有二。（一）文淵閣四庫全書本，修成於乾隆四十六年（一七八一）底。此本爲黄叔琳所編，所收均爲姜宸英古文作品。黄氏編纂時，打亂存世各集原有編排順序，以類相從。此本最大的缺點是存在較爲嚴重的更改篇名、增删文字等情況。（二）文津閣四庫全書本，鈔成於乾隆四十九年（一七八四）十一月。此本距第一部文淵閣本成書有三年之久，其中有所補正，但也存在部分文字明顯錯訛現象。

《湛園未定稿》六卷，清康熙年間慈谿鄭氏二老閣刻本。此本尚存初刻本和通行本兩種。初刻本六册，前有秦松齡序、錢澄之序、韓菼序；通行本十册，前僅有秦松齡序、韓菼序。初刻本計有三十篇有目無文，爲通行本所無者爲：《明史·刑法志·論贖法擬稿》、《大清一統志·江防總論擬稿二》、

[二] 清道光四年葉元塏本《葦間詩集》卷首。

《翁山詩外序》、《馮孟勉詩集序》、《孫朗仲詩序》、《贈徐順德序》、《敦好齋記》、《遠悔堂記》、《東軒記》、《題金興安卷子》、《題帖類稿》、《匡廬先生傳》、《先戶部公傳略》、《先贈文林公傳略》、《贈太孺人先母述略》、《濂兒權厝志》、《祭謝時逢太學文》、《祭仲弟次公文》，共十八篇。

《姜西溟先生文鈔》四卷，清乾隆四年（一七三九）南蘭趙氏匪懈堂刻本。卷首有趙侗斅序和鄭羽逵《姜湛園先生傳》。

《湛園題跋》一卷，清乾隆三年（一七三八）黄叔琳刻本。此外尚有清道光二十四年（一八四四）吳江沈氏世楷堂刻《昭代叢書》本、咸豐元年（一八五一）海昌蔣氏宜年堂刻《涉聞梓舊》本、同治十三年（一八七四）虞山顧氏刻《小石山房叢書》本。各本篇數、文字均有一定的差異，其中道光二十四年吳江沈氏世楷堂刻《昭代叢書》本增字、改字現象甚多，咸豐元年海昌蔣氏宜年堂刻《涉聞梓舊》本篇數最少。

《探花姜西溟先生增定全稿》，毋自欺齋藍格鈔本，今藏寧波天一閣博物館。此鈔本收録姜宸英八股文三篇，策論一篇，誓書一篇，策問五篇；尚有歷科試墨十六篇，鈔本有目無文。

此外，尚有數種以稿鈔本形式流傳的集子，可作校勘、輯佚之用：《葦間詩稿》一卷，稿本，上海圖書館藏，宣統至民國間順德鄧氏風雨樓曾據以影印，收入《風雨樓秘笈留真》；《姜西溟書劄》一卷，稿本，國家圖書館藏；《姜西溟手鈔歐曾老蘇三家文》，不分卷，稿本，上海圖書館藏；《選詩類鈔》殘卷，稿本，上海圖書館藏；《姜西溟先生文稿》（不分卷），稿本，一册，中有《第一問癸酉鄉試》、《清苑令吳君德政詩序》、《李東生文序代金會公檢討》、《白燕棲詩集序》四文，現藏國家圖書館。

隨著姜宸英文集的廣泛傳播，一些選本隨之出現。典型者如李祖陶選《湛園未定稿文録》三卷，道光十九年刻《國朝文録》本； 王心湛選《西溟文鈔》一册，共六十六篇，每篇均有評語； 中國國家圖書館藏清補堂鈔本《姜西溟文鈔》一册四卷，篇目與王心湛選本相同，無評語，疑是據王心湛選本所鈔。因上述選本均據姜宸英文集通行本所選，且間有删節，故不作爲參校本而用。

我於二〇一三年九月在導師杜桂萍先生的指導下確定了博士論文題目《姜宸英研究》，同時也就萌生了整理姜宸英詩文集的想法。此後，一邊寫作博士論文，一邊隨手把姜宸英的詩文作品及相關資料録入電腦。博士論文告竣，《姜宸英集》亦初具規模。當時，陳雪軍、孫欣點校的《姜宸英文集》（浙江大學出版社，二〇一五年版，以下簡稱『陳書』）尚未寓目，雍琦整理的《姜宸英全集》（浙江古籍出版社，二〇一六年版，以下簡稱『雍書』）亦未出版。後得讀兩書，發現我所秉持的理念、設計的體例、選用的底本與此兩書均有著較爲明顯的不同。此以古籍整理最爲基礎的底本選擇爲例。陳書文集部分，以文淵閣四庫本《湛園集》八卷爲底本，校以清光緒十五年馮氏刻《姜先生全集》本； 詩集部分，以《姜先生全集》本中的《葦間詩集》五卷和《湛園詩稿》三卷爲底本，校以康熙五十二年刻本《葦間詩集》和嘉慶二十三年刻本《湛園詩稿》。雍書以清光緒十五年馮氏刻《姜先生全集》本爲底本，校以清康熙年間慈谿鄭氏二老閣刻本《湛園未定稿》六卷，天一閣博物館藏清鈔本《湛園藏稿》四卷，清乾隆四年南蘭趙氏匪懈堂刻本《姜西溟先生文鈔》四卷，文淵閣四庫本《湛園集》八卷，皇清經解本《湛園札記》二卷，文淵閣四庫本《湛園札記》四卷，昭代叢書本、涉聞梓舊本、天一閣博物館藏清鈔本《湛園札記》一卷，清康熙五十二年唐執玉二南堂刻本、清道光四年葉元塏睿吾樓重刻本《葦間詩集》五卷，清嘉慶二十三年鄭喬遷歲寒堂刻本《湛園詩稿》三卷。我的整理本，底本選擇的原則是『較古而完整且少訛誤者，卽古、全、善三者兼備』[一]。具體底本的選擇，詳見《凡例》，此不贅述。參校本的搜集，在雍書的基礎上亦有所擴大，如把文津閣四庫本《湛園集》、姜宸英手稿納入參校行列。此外，在文字、標點等方面，我的整理本對陳書、雍書亦多有校正。雖然如此，這兩部書對我的助益依然很大，尤其是雍書對天一閣博物館所藏姜宸英研究資料的發現與收錄，價值甚高。本整理本附錄所收之馮貞群編《姜西溟先生年譜》，對雍書卽多有參考，特致謝忱。

在本書整理的過程中，導師杜桂萍先生給予我深切的關心和大力的幫助，人民文學出版社葛雲波編審、高宏洲博士對本書的修改及進一步完善傾注了大量心血，浙江師範大學黄靈庚先生對本書校記的撰寫提出了寶貴建議，師弟魏磊、師妹于金苗也曾仗義相助。在此，向他們致以最誠摯的謝意！

本人學養有限，經驗不足，粗疏紕漏，誠難避免，希望同道師友，不吝賜教。

〔一〕王叔岷《斠讎學（補訂本）·斠讎別錄》，中華書局二〇〇七年版，第一〇五頁。

凡例

一、底本与校本

（一）《葦間詩集》五卷，以康熙五十二年唐執玉刻本爲底本，校以光緒十五年毋自欺齋馮氏刻《姜先生全集》本《葦間詩集》（簡稱『馮本』）、嘉慶二十三年鄭喬遷歲寒堂刻《湛園詩稿》本（簡稱『鄭本』）、手稿本《葦間詩稿》（簡稱『稿本』）。

（二）《湛園詩稿》三卷，以嘉慶二十三年鄭喬遷歲寒堂刻《湛園詩稿》本爲底本，校以光緒十五年毋自欺齋馮氏刻《姜先生全集》本《湛園詩稿》（簡稱『馮本』）、康熙五十二年唐執玉刻本《葦間詩集》（簡稱『唐本』）、手稿本《葦間詩稿》（簡稱『稿本』）。

（三）《湛園未定稿》六卷，以慈谿鄭氏二老閣刻本（通行本）爲底本，校以康熙間鄭氏二老閣刻本（初刻本）、光緒十五年毋自欺齋馮氏刻《姜先生全集》本《湛園未定稿》（簡稱『馮本』）、文淵閣四庫全書《湛園集》本（簡稱『淵本』）、文津閣四庫全書《湛園集》本（簡稱『津本』）、乾隆四年趙侗斆匪懈堂刻《姜西溟先生文鈔》本（簡稱『趙本』）。

（四）《姜西溟先生文鈔》四卷，以乾隆四年趙侗斆匪懈堂刻《姜西溟先生文鈔》本爲底本，校以光緒十五年毋自欺齋馮氏刻《姜先生全集》本《西溟文鈔》（簡稱『馮本』）、文淵閣四庫全書《湛園集》本（簡稱『淵本』）、文津閣四庫全書《湛園集》本（簡稱『津本』）、慈谿鄭氏二老閣刻《湛園未定稿》本（通行本，簡稱『二老閣本』）。

（五）《真意堂佚稿》一卷，以光緒十五年毋自欺齋馮氏刻《姜先生全集》本《真意堂佚稿》爲底本。

（六）《湛園藏稿》四卷，以光緒十五年毋自欺齋馮氏刻《姜先生全集》本《湛園藏稿》爲底本，校以文淵閣四庫全書《湛園集》本（簡稱『淵本』）、文津閣四庫全書《湛園集》本（簡稱『津本』）、國家圖書館藏《姜西溟先生文稿》（簡稱『稿本』）。

（七）《湛園題跋》一卷，以乾隆三年黄叔琳刻本爲底本，校以同治十三年虞山顧氏刻《小石山房叢書》本（簡稱『虞本』）、光緒十五年毋自欺齋馮氏刻《姜先生全集》本（簡稱『馮本』）、咸豐元年海昌蔣氏宜年堂刻六年重編《涉聞梓舊》本（簡稱『蔣本』）、文淵閣四庫全書《湛園集》本（簡稱『淵本』）、文津閣四庫全書《湛園集》本（簡稱『津本』）。

（八）《探花姜西溟先生增定全稿》一卷，以天一閣所藏鈔本爲底本，校以文淵閣四庫全書《湛園集》本（簡稱『淵本』）、文津閣四庫全書《湛園集》本（簡稱『津本』）。

二、輯佚

《詩文輯佚》，將目前所搜集姜宸英之佚詩佚文，都爲一處，以文體編次，若存有別本，則加以校勘，并出校記。

三、附録

集末附録，分爲《族譜傳記》、《年譜》、《酬贈追悼》、《序跋贊題》、《詩文雜評》、《西溟評語》六部分。《年譜》，卽天一閣博物館藏馮貞群所編《姜西溟先生年譜》一卷，附《著作目》、《帖石目》，於其明顯錯訛，略加訂正； 凡正文已有《年譜》、《著作目》錄其全文或大段文字者，删引文，其事則留之。

四、點校原則

（一）原集詩文各種，或有重複，凡已見前集而後集再見者，删之，仍著其篇目於正文中，庶原書之舊式，亦可考見。

（二）底本的衍、訛、脱、倒處，一律出校； 與底本有異文或有參考價值者，一律出校。文淵閣四庫全書《湛園集》本（簡稱『淵本』）與文津閣四庫全書《湛園集》本（簡稱『津本』）對姜宸英古文多有增删，錯訛較多。爲避免校記繁雜，本書之於兩種四庫本，祇取底本有訛、有闕而淵本或津本正確者出以校記，其他一概從略。

（三）凡底本不誤，校本訛誤者，不出校； 凡形近致誤者，徑改本字，不出校； 凡無關緊要之虚詞異文，不出校；凡異體、通假、古今字，除生僻者外，均不出校。

（四）異體字、俗體字，一般徑改爲正體；避諱字亦改回本字。凡字跡漫漶不清、空缺而無法校定者，用缺字符（□）標示。

目錄

葦間詩集卷二

葦間詩集卷三

葦間詩集卷四

葦間詩集卷五

湛園詩稿三卷

湛園詩稿卷上

湛園詩稿卷中

湛園詩稿卷下

席上讀敦好堂詩感懷有贈愷功見《葦間詩集》卷四《席上讀敦好堂詩感懷有贈》……三六〇
次韻送丁柯亭還丹陽見《葦間詩集》卷四……三六一
與同年楊可久登張輔公別駕浣煙樓眺望見《葦間詩集》卷四……三六一
馬坊口大風送劉大山還京見《葦間詩集》卷四《馬坊口大風送劉大山還京和韻》……三六一
逸峯同年筵上留別且約秋初同入關（見《葦間詩集》卷四……三六一
待築民商子不至率賦遺贈見《葦間詩集》卷四……三六二
贈昝元彥徵士四首見《葦間詩集》卷四……三六二
舟中奉別座主徐先生次見贈原韻見《葦間詩集》卷四……三六二
次韻酬賀天山舟中見寄見《葦間詩集》卷四……三六二
龔節孫相晤天津舟次自言前任宜興倣東坡楚誦意種橘園中自名橘圃出圖索句見《葦間詩集》卷四……三六三
榴花見《葦間詩集》卷四……三六三
文移北斗成天象……三六三
山水芙蕖……三六四
送王令詒進士之任茂名……三六四
送何屺瞻……三六四
題王黃山畫送金孝緒之任德興……三六五
自嘲示諸同年四首見《葦間詩集》卷四《同年集麗自嘲四首》……三六五
和愷功園居見懷二首……三六五
次韻和吳震一餉抹麗之作見《葦間詩集》卷四……三六六
旅館苦雨作書自遣因題其後見《葦間詩集》卷四……三六六
頃有客南來言去歲十二月葬崑山相國親舊無一視窆者感而賦此並述前事成二首見《葦間詩集》卷四《感事二首》……三六六
送林藍田之任見《葦間詩集》卷四……三六七

湛園未定稿六卷

湛園未定稿卷一

論

擬論

湛園未定稿卷二

序

湛園未定稿卷三

序下

壽序

湛園未定稿卷四

記

書啟

湛園未定稿卷五

題跋　書後　辨　說　論　議　贊　記

湛園未定稿卷六

姜西溟先生文鈔四卷

姜西溟先生文鈔卷二

序下

記

姜西溟先生文鈔卷三

書

論

傳

神道碑

姜西溟先生文鈔卷四

墓志銘

墓表

祭文

雜文

真意堂佚稿一卷

序

記

傳

湛園藏稿四卷

湛園藏稿卷一

論

說

序上

湛園藏稿卷二

序下

記

湛園藏稿卷三

題跋

簡札

湛園藏稿卷四

湛園題跋一卷

探花姜西溟先生增定全稿

詩文輯佚

詩

詞

序

記

書

題跋

銘

葦間詩集五卷

葦間詩集題識

唐執玉

吾師慈谿姜先生古近體詩七百三十首，先生之子嗣洙哀而録之，欲問序於少宗伯德清徐蕡邨先生。執玉適承乏爲德清令，因介執玉請焉，宗伯公撫卷欣然，樂爲之序。不數日，宗伯公辭世，故序終不成。然先生之詩，固無藉於世之序之者也，因量其篇什多寡，分爲五卷，授之梓人，至編年紀世之事，皆不復詳考也。康熙五十二年，歲在癸巳五月下浣，受業門人唐執玉百拜謹識。

葦間詩集卷一

琴興乙酉年起

夜闌水氣淨，攬衣遲明發。肅肅葭葦際，輕舟生野月。漸聞漁聲至，遂與幽興合。相望故人遠，燈火暫明滅。

過王山人隱居聞琴聲明日别余西去卻寄

物外嵇中散，深居無所營。牀前留客拜，指上有琴聲。流水愜幽性，清徽寄遠情。心知猶未悟，莫便剌船行。

飲酒

春草非不生，松柏知其難。春日非不暄，士貧苦獨寒。偶然得名酒，對影忽自乾。嘖嘖四壁蟲，歎我衣裳單。蟲鳴一何苦，我懷一何寬。中庭有明月，可以久盤桓。

晚步

落落石上月，出與世情疎。片雲從遠來，相與歸吾廬。天涼聞夜舂，水動知遠漁。暫坐竹柏下，還讀羲皇書。誰令秋風生，使我久躊躇。

雜篇

斫桂燃爲薪，孰爲芳與香？涓流入滄波，但爲滄波長。鳳皇變鵶鴞，集在岐山陽。只聞鵶鴞鳴，不知鳳皇祥。一烏將其雛〔一〕，思欲上太陽。兩儀□其度，天下□容光。

【校記】

〔一〕『其』，底本闕，據馮本補。

古謡

好使少年軀，頭白無長鬚。好讀《黄庭經》，婦人不樂生。胸中多名山，天下行路難。

吴馬行

吴兒生十年，不識漢天子之威神。張弓怒馬從邊來，弦如餓鴟叫長雲。李將軍，緣數奇，兵敗宛轉隨吴兒。生笑南兒何妄言，將軍一戰遂死爲。臥行翻身奪馬騎，飄如空行風入蹄。健酋環坐語嗢咿，此非將軍實是誰？歸來無功從吏意，屏居藍田不得意。偏裨甲第填長安，荒草霸陵留客醉。藉令霸陵尉有頭，他年亦得取封侯，君看衛青豈是英雄不？

春詞

白白梨花款款題，練光飛近洛城西。東風細雨吹寒食，燕子堂前聽馬蹄。

贈客之剡中

繁花照天晝閉門，細雨微風别故人。此日聞君剡上楫，移時欲採浦中蘋。迢迢獨立蘆葦岸，野艇如魚入天半。帆飛嚴子下灘舟，日冷湘臣呵壁翰。浮生結劍喜論交，意氣如雲半寂寥。虞卿傳裏凄風集，翟相門前雀網高。坐惜故人成久别，獨留野馬向荒郊。君行剡上多奇絶，夾水傍山鏡中出。應夢山園瀑布深，況聞高士復能琴。折巾雨盡蓑城出，落帽風斜麦甸陰。自閉席門空太息，因題竹扇更沈吟。垂楊陌上王孫去，左肘楊生心獨遽。他年會上鹿門遊，與君共老江天樹。

贈家叔游湖上聞有吴君者善琴可爲我問之

客子涉江風裊裊，錢塘浦口春城曉。帆移兩岸入江雲，花覆半檣歸渡鳥。花飛遠霧不分明，坐到春山無俗情。曾經幼婦碑前思，便入吴娃鏡裏行。大堤疎影垂楊下，臣叔能船復能馬。磊落從横弔古才，塜骨如山真碎瓦。黄公壚頭飲酒客，被髮送君顔如赭。歸來得遇高山音，直爲吾家阿咸寫。

遊子吟

槁室坐藍縷，豈是真原憲？富亦不足哀，貧亦不足羨。亭亭千尺松，尺尺生龍鱗。常恐風雨至，不得地上春。遊子一寸髮，長短自明白。可憐楊柳枝，立在五侯宅。

曉發西山

杜鵑啼上最高峯，溪水桃花便不同。馬上驚迴山色去，一身長在亂山中。

咸陽古歎

長安真龍窟，健兒負之趨。鎔鐵錮三泉，泉下有金魚。昔爲珠玉藏，今爲牧子芻。雄骨填腐草，化爲青螢俱。入我秦皇殿，照我秦皇廬。後宮備六王，一人不得居。方知長生術，誤此帝王圖。仙人有真松，方士復何如？

金陵少年行丙戌年作

金陵年少誰家子，蓬跣行乞城東市。坼裂錦繡掛兩肩，苦道天寒凍欲死。賣身代笞期得錢，三木直趨長吏前。豈知搥擊身痛楚，雪琢肌膚横被鞭。可憐長吏還相詰，家本蕭曹舊公室。先朝建業垂千春，皇祖丹青常第一。畫圖山水鎮江南，白馬盟書赤玉函。列戟門闌誇帶礪，封泥金石秘韜鈐。東廂西第填歌舞，女長六宮男尚主。平明雞犬響雲中，日夕鴛鸞翔素渚。燕客尊開琥珀紅，黄金鑄彈娱春風。哀絃切切彈者誰？無那子都與秦宮。垂楊一線出飛閣，複道斜穿入寥廓。清宴相承十六皇，馳騁狗馬聊爲樂。豈料風塵反掌間，千年王氣愁雲山。樓船東下江難斷，青蓋西飛人不還。昔年吹簫池上石，今年側身窺不得。蘆田萬頃充官租，大功坊作平章宅。落魄蒼茫空一身，滿堂朱履誰相親？自矜舊日王侯子，不及當時行路人。我聞此言淚交墮，黯慘白日秋風過。自古繁華有盡頭，年年江水向東流。不見高皇本支三十五，只今存沒惟荒丘。

和馮元公九日詩同劉子仲佳馮子孟勉〔一〕

木奴新長綠千頭，野子閒來賦四愁。行藥尚艱細石路，看花重到去年秋。南山有老遺長日，我輩登臨復此洲。共醉怡然籬菊下，寄來益智亦風流。

【校記】

〔一〕『馮元公』，馮本作『馮元恭』。

山中謝客

未明趨孺子，爇薪辦朝食〔一〕。罍恥僕慍見，甑底塵滿尺。日中菌蠢眠，鄰煙煦四壁。嫌僕嗔我形，呼奴答一百。有客過而言，子乃貧更拙。人生等朝露，譬如枝上瀝。何不早行樂，兀兀待天黑。不見東家某，臂韝短上幘。朝登從事廷，暮獻太平策。字字挾風霜，聲聲出金石。昨暮封三錢，夜半起前席。得意從橫歸，肥膩生顏色。俄視矮廡下，累累稻粱積。生兒致健餐，不男女亦得。蓄屐登首陽，弔彼兩愚客。辛苦馬足塵，不忍頌明德。黎面歌黃虞，洵美非我則。子言良亦佳，我命實苦窄。自無相食肉，豈免手胼蹠？謀生會有道，倚伏諒難測。願從詹尹筮，且聽婦人謫。適來得名酒，聊飲弗復說。

【校記】

〔二〕『爇薪』，底本作『熱薪』，據馮本改。

贈周唯一先生

四明有愚客，不狂亦不慧。閉門造車輪，意欲馳天地。朝出常昏昏，暮遊不得意。陸行路艱難，川行水波沸。一目一太行，轉眼寧可避。儈牛聊城東，買盆哭戴市。頗於呼笑間，西望識有異。聞有高蹈人，擊筑在深寺。不敢問姓名，足知天下士。梵放隱殘石，楚歌激清汭。上天下后土，晝地居其內。忽舒左臂光，照見不平氣。借問孔北海，詎肯如劉備？此是風雨秋，可與君交未？去年踏官奴，中坐孫子至。自云入山深，耦耕爲公繼。半偈持心訣，兩屐濟勝具。春雨灌畦歸，夜深面壁思。寒山與拾得，相對欲無滯。我願棄家從，散步聽清籟。時於舂臼中，得拈無上諦。洗目睇中原，方憶天下事。長城且弗聞，短劍欲有試。坐看潢池遊，一翻回溪翅。日月盪空濛，萬物各自遂。長嘯歸吾廬，一了涅槃義。此意竟濡遲，是世益憔悴。空山叫鳳凰，適與魍魎會。何當理歸棹，對君如夢寐。

偶題

出門日日不得意，唯向空囊探卜錢。絕少君平簾下語，因過西嶽廟中眠。

亦知消息苦無真，不便空倉託此身。軹里門中存異客，金陵肆上送行人。顔劉沈謝卽升堂，無賴悲歌狷與狂。不道相逢真故我，直教湯餠試何郎。

錢虎左遊江寧

敝屣亂城郭，叩門聞爾行。辭家對春樹，淅米及朝鐺。極浦雲生夜，微寒天始晴。分明送君處，餘夢入江城。

無題

路盡碧雲處，山深杜宇時。故人杳無際，落花飛滿枝。

有懷羅子叔初山中

孤鶴不可羈，況乃秋風時。翻然事遠遊，長空得所思。燕雀亦有腹，榆枋亦有枝。棲飛終不還，悠悠乃爾爲。

山中即事

山家春日遲，臥來及春曉。床對兩三峯，煙深四五鳥。鳥鳴空濛間，春風時往還。顧此晨雨色，乃與西疇閒。雨餘山樹亂，老農相更勸。灌田弗及時，何以佐朝飯？余亦山中人，安坐空晨旦。從兹力耕去，撥雲青溪畔。

桃源漁父行

延景馳清阿，微情渺難憩。遂泊滄海間，還復孤舟裏。非爲尋幽隱，聊是情所暨。風吹素心揚，日盪輕橈寄。忘歸屢獨遊，幽意從此逝。

遊行未及終，近逢桃花源。窮源竟何往，飄泊隨所翻。危巒幽蹊徑，道盡青山緣。不謂靈境逼，舍舟聊獨前。玄禽響幽谷，終當自此還。

山路窅且長，寒光多仿佛。孤影忽以疑，迢迢歸路沒。信心行復從，果得心所悦。履險下平蕪，神開襟袖闊。還視所來徑，川原徒窣兀。

繁桑儼綠野，疎竹亦成林。四顧一惆悵，坐忘仙隱心。眷言懷舊蹊，雞鳴忽以侵。黄髮怪其來，扶杖相招尋。稚子怪其來，驚呼無倦音。

問客何世人，具言遊隱者。落英動輕舟，棹泊清林下。踏雲過千嶂，遂入壙垠野。四座胥傾聽，願客無徑舍。菰黍當朝餐，春醪足老瓦。

具云祖先世，避秦入此居。遂與外人絕，焉知年代殊。鳥鳴知曆春，木落感秋疎。犬吠晝方靜，東西看日徂。蹉跎忘晨夕，衣食頗有餘。

客今去何之，外人誰似客。僻壤愧城隅，勿語舊相識。斜日抱微影，漸聽櫓聲寂。相送陌上煙，佇立聞太息。獨遊心轉悲，行行川路昃。

鳴槳自茲去，落英仍繽紛。孤遊不可忘，泉石遙相分。相分無已時，相望空白雲。豈翳林木變，彼亦安其羣。自非漁父蹤，何由得問津？

國士遇和詠史古樂府

邯鄲小兒趙無卹，山陽老侯大胸臆。竹書古篆丹漆光，趙氏其崇智氏亡。趙入宮，臣廁中。趙乘馬，臣橋下。

易水歎

易水寒，壯士悲。望函關，鬱纍纍。筑聲哀，擊者誰？燕義士，高漸離。漸離擊筑旁人泣，荊卿含笑咸陽入。藥囊一擲秦皇殿，六王螢飛滿秋院。

數奇歎

白髮弔天天欲老，雞鳴獨走咸陽道。老尉如何相怒驚，單騎夜臥霸陵草。漁陽小醜爾何人，亦知漢有飛將軍。將軍射石如射虎，猿臂一揮風鶴舞。不及平陽廐上奴，忍令英雄對幕府。

通國來和韻

仗節歸，踰十九。帳悲親，帷去婦。月支飲馬呼韓衰，聖主恩深通國來。來漢疆，別胡母。大漢之臣，大漢之有。越險阻，從其父。道里悠長，式歸中土。武之子，可以回。武之妻，終不來。

聞雞行

六王畢，五朝起，長嘯中原一麈尾。玉龍驚宵寒，嘐嘐角角雞聲闌。劉郎夜夢燕山月，祖生慷慨，月落參殘，舞袂一何翩翩。江東導，爾何怯？衣帶長江畏復入。東方烏飛雞不鳴，江頭擊楫蛟來聽。

哀晉東

曹爲舜禹，禪晉天下。天之報曹，假手於馬。操分五部，晉爲禍招。天之報晉，假手於曹。百年禍機伏於始，嗚呼晉魏已如此。

睢陽歎

陰風淅淅吹城頭，劍光凝寒壅不流。鼠雀無聲壯士愁，將軍怒氣如龍虬。水浸秦煙凍不起，吳弓射月芙蓉萎。湘娥啼竹生夜哀，況是臣巡妾當死。不見擁兵者進明，綺筵拂舞吹鳴箏。長淮浪高天吳泣，君王飄蕩終無情。南八拔劍血花碧，坐令斗酒失顔色。行歸誓掃陣雲連，月滿空城露華白。

孤鳳

有鳳翱翔，遠求其侶。抱影獨宿，摧殘毛羽。我觀天下，鳩雀而羣。徘徊籬棘，曾無儀文。彼孑者鵷，來於何所？剝剝啄啄，實令傷我。鳳乃高飛，顧盼雲間。上下孤影，我心則閒。

妾薄命

吳宮瀲灩白玉几，越羅仙管迎煙誒。此時郎醉妾憐心，莫放東方烏睡起。東方明，妾心驚。

讀曲歌

儂作蓮底泥，念歡蓮中子。秋風不道難，宛轉抱蓮死。
昨夜鴈來飛，寄歡憶儂語。點點著心憐，知是芭蕉雨。
歡是情所爲，妾心情裏住。竟夜抱歡情，風吹野花去。

子夜歌

五更月前曉，抱郎莫著衣。不信別離難，郎自聽烏啼。

古意

妾身兼妾影，載在青蓮樓。留影持自照，奉身將焉酬。娟娟君子心，默默心所求。流盼當我前，舉袂聊自修。春風忽相失，竟夜起長愁。

漢武帝

《子虛》讀罷悲生晚，賦就《長門》未遣回。非是相如才欲盡，他年還有所忠來。

寒食後泛舟鏡湖

桃花過雨濕低牆，藕色輕衫半面妝。小艇自乘還自去，分明春色在垂楊。

悵舊

紅盡香殘夜雨遲，不須惆悵不須疑。自憐往日身如夢，重向他年說夢時。

楊柳枝

楊柳枝頭楊柳垂，黄鶯啼罷碧絲絲。滿庭殘月送君去，春盡江南知爲誰？

故宫詞

萬歲庭前侍起居，千牛仗徹散衙初。裶衣内侍新傳説〔一〕，聖主晨朝讀《漢書》。膩箋紅字内宣來，賜出宫詩女秀才。多應侍臣消渴愈，天顔昨夜放花開。見故大司馬馮公病，告有内賜《羊酒帖》。

【校記】

〔一〕『裶衣』，馮本作『緋衣』。

和王建射虎行

平原草深風颼颼，一身行止本自由。自去射虎虎厭肉，官差射虎虎生角。男兒要死肯爲名，馬頭絡箭東西行。功成不知身所向，秋高大澤青冥冥。

吴宫

宫樹芳菲月轉樓，千金買舞未教休。越王夜久渾無寐，起看星文出斗牛。

送僕東還壬辰年起

出門强言笑，不覺淚沾衣。念爾衝寒去，仍聞此路歸。緘書春恨短，旅食故心違。但有空囊贈，相憐及晚歸。

平望夜泊

衹承祖父德，中歲且安餐。暫使天涯去，俾知行路難。不才相識少，孤意及燈寒。寄語同舟伴，身微幸可寬。

村燕

影靜長途初作客，身閒多病欲成翁。西飛羽翼肯相借？南渡江山恨不同。一枕夢殘聞夜戰，數行書去益途窮。適來野雀羣欺日，莫作高巢傾覆中。

鄉書

天依望眼盡，草逼露階青。舊事入勞夢，鄉書得晚醒。開緘纔一笑，試讀已愁聽。卻坐魂寂寞，春陰冷户庭。

原田

耕種有常課，隨時因及秋。稻粱臨水碓，紡績在床頭。唧唧蟪蛄歎，遲遲行旅愁。薄田家未得，終歲此淹留。

秋夕書懷

意孤知袖短，骨折似無形。哀湍沒巨石，沸浪時時驚。水國有歸夢，暗與滄潮平。歸夢不復歸，月仄青棱棱。稚子厭遥夜，方歌聞採菱。

原上行觀禾抵暮

新禾上佳色，當晚更聞香。廣陌過疎雨，深鋤帶夕陽。飛飛蟬出樹，黯黯月生塘。坐看歸耕者，船移逐水涼。

積雨

積雨陰陰麥秀寒，定知春盡捲簾看。魂棲芳樹連天沒，恨寄登樓入夜難。横笛暗吹聞鴈過，征衣不捲聽雞殘。明朝欲别仍何處，方憶浮生淚未乾。

夜坐有懷里中諸子因寄孟勉

暗燈不自照，殘燄冷相親。逐夢無歸路，尋書似故人。遥看眼前淚，細滴紙上塵。如我宜安命，於君何恨貧。淺檐寒愛雨，低榻水生蘋。傍岸通篝火，移舟羡釣綸。九迴腸鬱鬱，百折路峋峋。堪此長摧挫，還應强笑嚬。廢眠踈白墮，久悖嚇紅巾。踉蹌蘆中客，猙獰幕裏賓。誰閒能覓履，無計轉思蓴。痞結煩噓氣，腿懸不樂身。呻吟聲反慼，蕭瑟樹爲鄰。四壁增菌蠢，千妖出縱莘。倦涼蟲負戶，通昔鳥啼晨。驚犬纔聞豹，披衣更結鶉。晚畦猶愲愲，並耦亦溱溱。最念爲傭久，應憐乞食頻。願言小友約，寄語大儒醇。舊學匡廬水，同歸終問津。

荒村

高田種麥不成穗，短犁黄犢帶憔悴。男兒不死走荒涼，自與共驩投魑魅。長天作愁風嘶壁，吹落茅屋點飯塊。雞聲腷腷墓田雨，稿床拄足眼光翳。一月十五髮不沐，坐埋土室如夢寐。問君何爲屋漏中，顧地窺天心轉碎。隔房偪仄水聲勁，蝮蛇經過上檐際。蟄雷殷殷動地脈，百蟲乘時自爲厲。我生豈無日月照，側身春風如短翅。

歎别

衣食令人遠，東西不擇地。坐看山與水，送君孤舟意。山水有佳色，詎令遊子至。前去天更暗，出入風雨裏。驚風打船頭，漂浪沒船尾。洶湧波濤中，中有名與利。親戚依道周，别我各垂淚。夜深復歸去，憶我上孤瀨。

九日村莊卽事雜謡

小航閒載泊荊扉，白露寒多稻子肥。無數腰鐮赤腳婦，滿田微雨插花歸。
村漁七十頗有鬚，少婦灘頭指躍鱸。當舷出手擊來滑，懊惱聲聲喚老奴。
種菊荒坡水力枯，花開低小索人扶。幾回令節成虚逝，淺淡茅柴帶月沽。

述懷

昔潘岳三十二始見二毛，予少岳時尚七歲，覽鏡有三四莖白者，積愁之致也，生我之人益可知矣。喜懼兼見乎詞，賦成以寄馮子孟勉。

壯志事行役，貧賤實難久。望遠天一方，白髮轉在首。非悲顏始衰，所迫時難又。吾親垂五十，相望纔一手。負米歷終歲，捧檄事何有？但得一百年，只合九十九。而況消息殊，自古難中壽。我少尚頭白，誰能金石朽。念此涕潸然，時值秋雨後。何時田一頃，灌疏並澗阜。遠覽雜置弋，旁羅藠薑韭。友于成三人，瘦强齊在耦。金風釋餘暑，西事幸不苟。畢場事腆酌，席筵蔭垂柳。寸甘如黃金，哄霧時一剖。侑以南山詞，裊裊月落肘。此歡竟非難，天意知是否？遂初欣有願，開徑望吾友。

倦遊東渡江謁孝女廟留題

半年纔飽西陵飯，隔宿到江露正晞。江東小船如飯甑，毒蒸歊灼頻汗揮。延頸喜見天與日，豈能偪側使心違。扶伏入廟墄三上，暗風摵摵吹彤幃。四山窺刻當牖戶，帶繞青羅長在幾。惜哉奇蹤徒渺茫，猶於仿佛見容威。石碣倒攘科斗臥，筆鐫貞孝光垂闈。俗工滮漫仍疥壁，老成不作我何依。指中郎也，用孔文舉語。回望三吳作遊地，填城粟帛人民非〔一〕。河圖大訓東方來，從以琨貝炎炎輝。循環轂擊無雋物，延陵松楸大十圍。江湖啾啾多鳧鴈，奏以軒轅能健飛。人生實難貴快意，肯將脅骼待編鞿。因此匍匐竟東渡，前往雖悔猶庶幾。吾聞明神善窈窕，濯靈湍波江愁妃。只今時俗貴變化，念我耿介芳菲菲。以手擲玟卜所宅，空中恍惚聞神機。但能緩步絕怪幽，赤城霞標望見稀。鈴鈴振策越天姥，蓬萊沆瀣生煙霏。雲窗石榻信有據，此是君家更誰歸。齟齬既不與時入，神之潔白遂無譏。十年一悟清心骨，有逾瓊漿朝飲饑。下階柏子森相向，羣鴉翻翻投翠微。扣舷中流瀟照碧，騰訇廟鼓行斜暉。

錢塘雖好宜歸去，唯當日日關雲扉。縱然寂寂難自守，何不一緡釣一磯？我今寄語後來者，不忍無事身獨肥。

【校記】

〔一〕『填城』，馮本作『填成』。

秋風

不知何意緒，當空吹不休。既靡庭前樹，復擾江上流。昨夜吁可怪，出門見孤舟。長綃逆巨浪，千里豈自由。

曉望有懷

靄靄深秋日，蕭蕭明遠村。一帆懸樹杪，百舍繞雲根。令節依辰至，高僧越陌存。羈棲多夕露，沾袂不勝繁。

東郊讀書草堂二首癸巳

遲日東郊路，深茆修士齋。嶺分春色過，門傍佛香開。暖樹容啼鴂，輕衫試落梅。偶逢幽客話，因送午溪回。

隔舍村煙動，當春及蚤歸。亂山晴未定，細雨落仍稀。送客櫻桃樹，無人荊棘扉。雞聲渾欲晚，清切與心違。

醉過緩歸亭題楚僧畫

湘江老僧髯如戟，寫就瀟湘高士色。掛君東山一草堂，江樹離離生虛白。越吟野人歸去來，手指寒潭空一摘。山雲欲雨不雨時，清夢扶疎繞四壁。老幹直上排雲歸，幽豔落落坐怪石。借問何如劉子驥，桃源春深去不得。

哭錢子虎左二首

兩年孤館及春回，幾日曾經笑語開。憔悴江中人臥病，泬寥天裏夢歸來。臨床孺子堆紅燭，繞案山妻望夜臺。卻恨青松高下路，深深埋著謝郎才。錢得病午日，歿於初秋，故三四及之。

悲愁惟著送窮文，寂寞何曾似子雲？天若有樓休作記，人今無地可容君。便攜謝脁高臺月，往傍要離烈士墳。同學十年憂國恨，臨歧一哭夢中聞。

夜醒聞鄰舍彈絃索

江上寒多酒力輕，夢中哀怨不分明。誰彈出塞三翻曲，家住防秋萬里城。各自故人搖落恨，何煩絃指別離聲。四山擊柝蕭蕭曙，起步檐前細雨傾。

北渡

平蕪對月白茫茫，白鷺翻飛逗夕陽。隔浦漁人歸不見，遠穿蘆葉帶秋光。

曉行

江城擊柝曉風微，欲駐征鞍露未晞。無數桃花飛寂寞，亂離容易一春歸。

閨情二首

時時夢中語，欲記無心力。忽見雙流鶯，低頭如有憶。

闌干一寸月，照見解羅衣。何處淚痕濕，知他歸未歸。

蟬

已知鳴更苦，久與樹俱清。似下頻翻翅，將微又作聲。斜陽深院落，細雨一人行。脈脈多遲暮，涼風吹汝輕。

桃花渡待曉

整衣聽雞鳴，悄悄僮僕起。取火叩鄰家，炊飯慰遊子。早行多苦辛，朔風況如駛。當頭見長庚，落落殘月裏。大江澹容與，欲明暗不已。欸乃櫓聲動，差池江樹靡。回首野店中，燈影亂江水。明發各有事，行役自兹始。

昨秦子采亮來別夜即夢與秦執手慨然不寐成詠

枕上過雨聲，更殘發百慮。昨日見君來，昨夜夢君去。檐鵲愛新晴，驚飛散復聚。暖氣入戶牖，側見天始曙。何處離人悲更悲，櫓搖不住江天樹。桃花已開杏花放，行盡春風無別處。

壽李海憲

洞天三十六柱峯，天雞夜舞啼過東。背接溟渤掛青穹，佺期拍手語向公。黄鐘窟地開春風，鏡湖一一晴翠籠。從東直指三瀛蓬，天吳鼓浪翻蛟宫。日星驚覆潰魚龍，誰揮長劍波閃紅。須臾色變青濛濛，似懸明鏡當空中。我公握機柄神工，五花八陣填在胸。廓清浮翳無纖蒙，上清列仙皆依躬。下撫編氓驅犢傭，有招不來揮以肱。自昔煙雨春蒙茸，五年試相移巖封。至今談笑成大功，口哦不言心沖沖。誰可與比古莫同，後惟鄴侯前赤松。東海有士賤且窮，喜吟文字爭瞽矇。輸寫萬卷頗從容，如持問天呼吸通。公一顧之羣駟空，黎面不復光溶溶。願隨公遊訪葛洪，邛杖飄渺安可從。

題大光道人畫

同香山寺續宗禪師語次及畫，師云：『前三年有道人來此住五十餘日，留兩畫去，不知其所從來。』余視其跋語，蓋避世人也。

空堂寂寂似無僧，四壁蕭蕭多雨聲。不識何人畫山水，三年前在此中行。

曉發自汶溪抵香山書舍題壁

余少愜幽性，泉石每攀援。今茲山行迫，何爲久盤桓？自嗟幼不學，所失非一端。甯戚悲飯牛，鼓角涕潺湲。主父旅泊深，敝裘無鮮完。我行别母去，戚戚少所歡。行李雜經史，呻吟隨猱猿。山行肆微眺，頗覺襟袖寬。信美非吾適，吾行多辛酸。豈非區區私，亦爲饑與寒。曳履初日出，到山濃露團。布襪無完好，禮拜空槃跚。寺僧如舊識，一見傾心肝。枕衾既已施，几榻亦易安。野性遂疎拙，彌月未言還。黄葉墮飄飄，叢篁蔽深巒。何當鎩羽客，驚風恣飛搏。息影復來歸，日夕明霞餐。

海上較射

牙旗高颭出江天，白羽秋生畫角邊。一道塵飛知命中，三驅號静肅軍傳。樓臺蜃氣停杯晚，風雨神山屬望偏。誰使射蛟海上過，殘碑碣石署秦年。

白鴨戊戌年起

君看水田雙白鴨，黑嘴啄魚相並唼。水田當中孤鶴翔，欲飛不飛愁天長。

歸途書懷

欲歸心轉切，登路且盤桓。不惜前行久，翻憂後别難。舟藏巨壑静，潮没曉星乾。行李雖蕭颯，江湖亦未寬。

韜光呂真人祠

澹然江海色，遠帶一峯晴。絶頂疑無路，空階如有聲。竹開江勢近，巖斷海潮平。何處期瑶草？孤雲祇自征。

立秋

雨聲喧静夜，涼氣薄今朝。秋到人爲客，日斜僧滿橋。故鄉纔有信，西事幸堪邀。父老寧辭餓，供需庶已饒。

步出澗西橋下歷上方諸僧院燈火已明滅林樾間矣還憩冷泉亭至月昃歸明日賦呈同遊者

緩步聽水聲，佇想在巖阿。夜來疾震電，山雨亦未多。層巒出噫氣，微涼薄纖羅。已覺時節換，樂此深林過。玄交四五人，適意行且哦。微微下煙靄，歷歷過星河。遙指法堂幽，徑轉深樹窩。入門燈皎皎，出定僧峨峨。雖非惠遠儔，久要心無他。內觀發靈性，妙語澄清和。昏鐘數以動，我友尚嘯歌。徘徊溪澗旁，皓魄盪金波。荇藻徒自鮮，清影奈君何？

夜坐吟

月沈沈兮在天，石潺潺兮流泉。蟲唧唧兮將曙，林遲遲兮生煙。

雨後澗西

偃息常在山，頗窮雲物變。松間出朝霽，竹裏藏秋院。苔滑徑自掃，湍迴石猶見。急流鳴噌吰，緩逝影澄練。寂聽發遐想，徐吟袪塵倦。捷鼯饑避人，去鴈孤投援。序改葉微脫，巖深景未宴。清娛澹忘歸，涼怯衣屢換。

感興

何處風吹急，迴林萬木飛。不知遊子意，復動玉琴徽。撫手再三歎，空庭寂寞歸。清商有遺曲，淚濕幾人衣？

西山夜坐

西窗猶夜氣，天宇自歸鴻。怪鳥啼山黑，禪燈影樹紅。到家思渺渺，作客信匆匆。白露寒生夕，蕭條萬壑風。

吴歌

吾家湖水上，來往闔湖傍。魚蟹四時有，菰蒲盡日長。何年成小築，今夜落秋霜。夢逐吴歌遠，輝輝明月光。

藍山人瑛畫壁

神仙留窟宅，風雨上扁舟。山轉一峯翠，江搖萬木秋。蒼茫垂遠勢，浩蕩失時流。此老今難作，空庭雲氣浮。

城東

我行城東市，市中嘖嘖人歎息。須臾百騎擁如雲，呵殿公然入大宅。宅前槐柳大道旁，飛檐反映白日光。清歌妙舞轉寂寞，戰馬七尺騰空房。借問室中人何之，昔何烜燿今何衰。似聞爲吏觸奸罪，妻兒戮沒身誅夷。長安西市秋復春，新鬼故鬼同積薪。非關盡是貧賤子，亦有昔日富貴人。一朝倚伏不自保，牽犬東門那復道。官題朱字壓銀鐺，狐擲青環填碧草。誰人不解城東行，何處園無金谷名。城東宅裏梧桐落，一葉催人白髮生。

感事書懷

夕林無停響，壯士多感懷。痛哭青燈前，山木爲我摧。悲風爲我嘯，夜猿爲我哀。嗟爾土室人，所營安在哉？誰無心與肝，肝腸亦以灰。嗤予計空拙，田園就蕪萊。所思竟何事，十笑九不開。區區良難陳，極目臨荒臺。前林草木盡，唯見青莓苔。嘈嘈蟪蛄鳴，寂寂巖巒迴。我懷孔北海，典型日摧隤。我懷謝安石，賭墅空塵埃。我懷古初人，懷死無一回。歎息莫復道，行行歸去來。

西湖竹枝詞四首

儂家舊住在橫塘，桃枝柳枝低兩行。桃花正開當儂眼，柳花開時不見郎。
旗亭對面出西湖，西湖山水天下無。十千美酒買君醉，十五豔色字羅敷。
爲官莫上古杭州，行賈莫向西湖遊。一片湖光三十里，教人何處不淹留？
南屏山後聽鐘聲，南屏山月月三更。無奈送君須月落，照人心事忒分明。

西湖竹枝詞後六首

孤嶼青青處士家，新年春發舊年花。可憐落盡疎斜影，一半荒亭倚暮霞。
長年長在兩湖逢，一篙慣使兩頭風。卻來蘆底候風色，不見笙歌碧舫中。
水晶簾空照石臺，石臺四面笑聲迴。五百年間流水事，南潮去盡北潮來。石臺，南宋宮中行樂處。
定香橋上月如銀，冷落蕭娘金縷裙。休唱太平望湖曲，斷煙西去岳家墳。

不教郎繫木蘭舟，兩槳催來得自由。蘇公堤上垂楊盡，白公堤上不曾留。
冬青花開滿樹陰，下有寒璚萬壑深。杜鵑啼上冬青樹，能使君悲不自禁。

明妃曲

昭君出塞，正當呼韓入朝之後，此漢極盛時事。元帝雖悔而終與，特不欲失信於藩臣耳。後人詠史多作中國短氣語，何不細讀《漢書》也？

漢主威清絕轡塵，當時稽首乞和親。肯將粉黛輕中國，圖畫虛傳出塞人。

聞客言西谿之勝

西山去何限，飛鳥若爲通。樹隱羲皇月，巖棲少女風。渡溪聞曲奏，拂棹與花逢。靈境因人說，虛疑造化功。

春遊感興

花開復花謝，盡是春風力。莫怨子規啼，年年芳草碧。

澄上人索題陸高士華頂雲泉圖

心知五嶽足未躡，幾負脚下雙遊屐。誰移兩山向西走，更徙萬樹從東擲。陸生指上聲淙淙，噴珠激日盤太空。是煙非煙幾千里，石蓮搖動開春風。天台迤邐下四明，萬牛奔迸當西行。方師錫飛潺湲洞，豈知興滿芙蓉城。素壁懸泉掛樹杪，峯巒疊處煙霞遶。高飛山鳥不知名，平鋪金闕何年道。方瞳老人且莫閒，白毫開士休閉關。待汝清言兩寂寞，落花飛盡滿空山。

讀史

平生讀史每痛哭，此淚不知何時乾。蒼生詎合無長策，古之知者知其難。謀成如山不爲用，馬蹄傾轂轂傾轅。讀書陰雨天正愁，劃然雲開飛龍虯。火車下燭羣巖幽，天鼓砰訇紙上留。君子雖死魂正直，小人善佞多慚愧。屈原《懷沙》哀至今，我歌一回東方白。

郊居雨後即事

農家喜雨種苗天，雨過晴開綠滿川。布穀年年啼社後，桃花處處出溪邊。月中候水村歌發，樹裏敲門野語傳。爲愛山居多逸興，一春嬾漫廢詩篇。

偶題

清溪曲曲穿窗霤，夕照灣灣遶殿廊。一榻無多修竹影，興來閒寫《十三行》。

獨坐

一片好山看不盡，五株弱柳風又吹。獨坐不知時早晚，北窗人靜囀黃鸝。

晚泊登燕子磯

澤畔停橈見夕陽，關城樹色遠蒼蒼。欲窮碧海疑天盡，不辨歸舟覺路長。水接西南懸砥柱，碑殘日月自齊梁。狼煙萬里荒臺迴，好景翻滋薄暮傷。

壽安寺僧

老僧八十今仍五，腕力猶能懷素書。不向青州問從事，曾觀白帝舞神姝。袈裟濕帶松煙著，蓬蓽荒同筆塚居。對我時時說耆舊，衰年半是太平餘。

浮江東下望金焦

金焦何處是？吴楚望中分。樹老光浮翠，鐘清響入雲。然犀千里客，瘞鶴六朝文。忽漫成今古，檣烏倚夕曛。

停船

白足弄素波，停船話短長。亦自可憐女，嫁與櫂船郎。

追酬秦汝翼先生韻

先生既沒之七月，過其長公苦次，得是詩，爲之隕涕。嗚呼！先生之期某至矣。昔延陵掛劍，義不易心；孝標復書，歌期赴節。聊附古人之義，用申知己之感云爾。

手披遺卷墨猶新，舊是東吳逆旅人。握手詞成隔世看，傷心句好百年珍。馬行古道秦川晚，石隕初元夜雨旬。公自關中歸，正月十四日捐館。記得南湖垂淚別，論交生死在湖濱。

秦汝翼先生贈別詩

多少金閨榜墨新，文章冷落曲江人。如君作賦傳江表，何日看花送席珍？兒女絲繩緣宿世，江湖風雨話經旬。分帆上下仍爲客，一葦盈盈問水濱。予客禾，西溟自家來，抵足快談者旬餘，西溟返棹塘棲，余亦之吳門矣。

遊平山堂感事有作二首

沙平石路隱長楸，盡是繁華昔日遊。兵火幾經隋大業，笙歌仍出晉邗溝。人談舊事刀痕在，望接重江劍氣浮。可惜名都天下會，沈吟不獨爲登樓。

朝遊城北暮城東，相國名猶滿域中。盡瘁身亡殘壘在，神仙跡去野橋空。門庭死守傷遺策，左右無人誤乃公。荒塚至今鬼夜哭，可憐絲管醉春風。

贈武昌孟氏郎乾德時隨尊君將之廣州

本自荊山至，還從合浦移。父書傳樂毅，家訓本顔推。十二分庭重，三千破浪奇。他年重會面，記取曲江湄。廣陵之名曲江，始於枚乘。

送馮子遊湖州

菱湖西去接州城，屈指無多四九程。且住爲佳古德院，加餐無恙瘦吟生。家弟病寓菱湖，因君行李問之。

憶兒漢儒嗣洙原名

渠瘦常依我，相憐忽異方。别來應病減，昨夢覺身長。凍餒慚妻子，疎愚更雪霜。明知識字誤，且欲教兒行。

宿友别業題贈

何用相知論弟兄，坐無拘忌卽身輕。年來轉憶疎狂少，對爾能無感慨生？

揚州春盡不聞杜鵑

江南此日最關情，桑柘陰陰獨鳥鳴。應是隋皇行樂處，春深不到斷腸聲。

秦帝

秦帝雄圖朝六王，南山表闕營阿房。離宫連延七百座，宫中仙珮森翱翔。山東健兒不識字，一心作賊貪如狼。吁嗟古事空蒼茫，萬乘迴車降道旁。四十一年天子氣，一朝散作咸陽光。

送張子金臺訪友之作

自起脂車候曉星，征衣短製稱身形。男兒二十須通貴，驛路三千莫滯停。馬背河流衝地黑，尊前柳色度江青。金門上客多同調，杖策悲歌爲一聽。

寄王端士進士值余爲其揚州倡和詩序

白蘋浦口綠楊堤，欲住孤帆日向低。東墅有詩惟夢到，君常招飲東園，未赴。西田無處不神迷。西田亦王氏别業，予嘗遊其處。詩傳杜牧揚州卷，帖愛曹娥大曆題。别後何時最相憶？楓橋驛路雨淒淒。

吳門留别鄧元昭翰林二首

夜雨聲中讀《楚辭》，正逢搖落鴈飛遲。賦心欲問長卿壁，古道重尋短簿祠。江上芙蓉應有信，山中桂樹豈無枝。只愁攀折心難喻，迴首西風繫所思。

八月江魚膾已香，主人清夜更飛觴。百花苑裏迴蘭棹，吳門寓舍。萬竹園中憶草堂。鄧園在金陵。已愛狂生能作賦，將無久客倍思鄉。計程五日西陵道，愁對洪濤白鷺翔。

别吳虞升歸明山

淮張池殿舊遺蹤，茂苑才人今乍逢。雨過荒堦飄瑟瑟，秋餘孤館響蛩蛩。匡牀獨對經三伏，險韻重拈透百重。尚有松陵新句在，歸攜吟上最高峯。

送王雪洲給諫還武昌

楚客欲歸去，越吟空復情。三年武昌柳，一夢姑蘇城。倚櫂雄風合，登樓皓月明。豈知留滯者，一別爲平生。

賦得銀谷澗爲華平莊徵君（元高士陳君采種藥之所，後入太霞洞著書，宋景濂訪之，坐海紅花底，歡飲竟日）

幽意邈難卽，采藥山中住。泠泠銀谷澗，澗水日傾注。景風扇微和，朱華忽已暮。落英何紛披，盤旋更迴互。濯纓欣未遠，流盼亭中趣。（有飛花亭，陳嘗玩落英於此，亭下有泉。）彼美冠蓋士，諒非溺與沮。杖策從何來，蕭散絕塵慮。不叩亦不答，共指前村樹。樹底羅山蔬，溪前浮春酤。翡翠銜紅花，啁啾掠人去。顧此忘景宴，杯行忽無數。但喜衰顏酡，誰念鬢髮素。彈指三百年，山川倏非故。此事竟茫然，達者庶已悟。寂寂太霞洞，渺渺平莊路。高躅誰古今，著書滿煙霧。

贈尤展成

盛事今誰再，因君一惘然。邑人楊得意，樂府李延年。殿上凌雲賦，宮中夜誦篇。歸來仍五馬，嘯咏任秋天。

丙午寓吳門讀書繆子歌起園中八月將赴省試繆子亦上公車祖席金閶門外各賦詩二首爲别

憶君三徑轉幽哉，深樹閒庭晝不開。坐向秋風叢桂合，吟當夜雨杖藜來。短長輯句因元白，白樂天同元微之試前，結夏華陽觀中集策仗。遲捷成文鬬馬枚。共有蒼生無限恨，肯辭相送手中杯。

長安秋望正堪憐，遠色西泠隱暮煙。范蠡湖邊梁父詠，王珣宅畔孝廉船。一帆明月人南北，滿座清尊思管絃。憶昨求言曾有詔，與君風雨豈徒然？

葦間詩集卷二

始發聞鴈丁未年起

帆掛不可止，登程易落暉。舊山别欲盡，鄉語聽還非。江暗水生碧，村孤人去稀。客心羨征鴈，轉得夜深歸。

胥口放舟

數年吴地幾回經，愛説人間小洞庭。五郡水連天際碧，兩山春合望中青。崇岡迤邐蟠邨舍，密樹芊眠隱釣汀。薄暮煙波無處所，欲投人宿雨冥冥。

自西山還光福晚步虎山橋

日日探幽險自攀，薜衣猶掛白雲間。虎山古廟登臨裏，龍渚新遊極目間。次第漁船歸夕照，微茫煙火出林灣。閼情早被浮鷗覺，故逐春波戲不還。

盲詞妓

拂拭琵琶斜倚闌，尋春無路憶春殘。微風入袖知絃滑，流水生波覺柱安。纔到夢魂驚淚冷，空持笑語對人難。坐中爲有巫山隔，故撥朱絲不忍彈。

諸君乾一枉顧江陰寓次不遇投詩而去奉和一首

題詩忽復去，終日想高蹤。江上迴孤棹，雲間出九峯。門深疎薜荔，佩濕冷芙蓉。欲問羊求徑，煙迷更幾重。

送程別駕自潤州遷皖郡司馬

風流三晉舊才名，別傳遙分綺繡城。橋連丁卯千艘疾，樓瞰芙蓉百雉明。轉輪直上天邊去，嘯詠時時倚江樹。射堂春覆竹梧陰，流盼雄圖酬佳句。卓鐵城臨大道旁，埋金山下赤龍藏。據石人看擬諸葛，磨崖字洗出華陽。君嘗摹刻《瘞鶴銘》。鐃吹沈沈天半舉，畫帆隱隱來江滸。山童百隊候星車，津吏三更報潮鼓。南征北宦幾間關，誰似君侯意氣閒。擊汰乍離楊子岸，迴帆早見皖公山。皖山千里共封域，本是江南舊舒國。隋家司馬重賢良，漢代廬江控南北。峩峩天柱出雲霄，玉帛曾經萬國朝。只今聖主薄封禪，駐馬還應賦寂寥。

蘭雪堂晚酌

虛堂微雨歇，天際晚涼來。樹密易成夜，池深尚隱雷。驚蟬翻葉動，弱鳥傍巢回。余意會有適，能無旅思催？

月下

冪冪清輝滿竹林，興闌撫事獨悲吟。交遊半爲貧窮益，隱忍翻因感激深。望裏江山愁裏過，閒時骨肉別時心。欲知此夜相思苦，看取霜華兩鬢侵。

魯文遠署席上聽歌四首

華堂碧樹敞新秋，小隊雲藍激楚謳。屢喚奈何無計住，平江司馬本風流。

雙丸小髻十三餘，喉囀新聲動碧虚。坐中莫有繁休伯，誇向人前總不如。

碧海漫漫幾度經，夢回天上紫微星。君自中書出補司馬。新詞製得從軍樂，譜入秦青曲裏聽。

斜月晶晶墮綺筵，算來已是五更天。泥人一夜嫌人識，手炙鵾笙近酒邊。

求嚴蓀友楷書離騷經

愛君非一事，書畫稱雙絶。風格倪雲林，姿態趙松雪。而我所用意，或亦與時别。沅湘有餘波，蘭茝堪贈折。皎潔思古人，芬芳感時哲。豈無架上篇，庶得心所悦。

感夢五首寄舍弟孝俞揚州有序

六月廿四夜，夢侍家慈坐次，忽聞大父唤聲，云：『汝弟阿仙今復離山陰矣，消息云何？』然弟實在廣陵，非山陰，夢中云爾也。某私念頃住山陰久，何不一訪之，致令相失，恐傷吾母意，結氣哽咽而醒。因思白香山詩有『一夜鄉心五地愁』之句，吾家家君寓都下，季弟旅泊揚州三年矣，余亦浪跡三吴，僅仲弟時依膝下，正合香山此句。枕上口拈，不知其淚之承睫也。

憶别閶亭夜，離憂更幾翻。來曾驚汝瘦，去復共誰存？酒散紅橋舫，燈青白下門。天涯同此感，歸日與重論。

老祖殷勤屬，憐渠未定音。非關今夕夢，祇是隔年心。別淚虛盈把，家書總勝金。東吴知不遠，消息倘相尋。

近有長安信，兼從吾父歸。已知絲鬢髮，只是戀庭闈。朔氣迎寒早，鄉心入夜微。燒殘紅燭淚，待汝共沾衣。

白髮倚閭母，終朝望幾回。但聞人謦欬，只道汝歸來。訪藥心徒切，求仙願頗乖。弟尋師學道，閉關於廣陵。淮南莫留滯，子職在南陔。

有弟安耕鑿，時能在母傍。烹魚怡永晝，共被忽他鄉。歸夢迷途怯，殘更帶雨長。他年白太傅，曾此一沾裳。

致道觀七星檜

眼前榮謝誰能定，七檜今唯一檜留。世比桃源忘晉魏，人同藝苑失應劉。摧殘老幹難棲鶴，剝落空堦罷舞虬。欲問興亡天監事，坐來陰雨殿中秋。

客有爲八燈詠者戲和其四復補以村燈爲五首戊申年起

正是黄昏後，鄉心折此時。欲知愁黯黯，已照鬢絲絲。候館風吹入，關山月上遲。弧光如肯借，一

爲寄相思。客燈

林端澹明滅，蕩漾若空浮。漸聽櫓聲疾，始知江上秋。近村迎犬吠，隔浦避猿愁。縱有洛生詠，非同載月遊。舟燈

夜深猶炯炯，僧定復沈沈。照物本無象，映空詎有心。座殘龍虎睡，臺静薜蘿陰。自得雙峯法，孤懸直至今。佛燈

殘編復何許，磨滅照逾明。欲滴羈臣淚，難啼别婦聲。虚堂空萬籟，默坐自三更。風雨年年夜，何人最不平？書燈

最宜江上望，頻向樹中看。雜雨光還潤，穿林影未安。全家事機杼，隔水静漁竿。詎似城南夜，銀缸對倚闌。村燈

初秋雨後同嚴蓀友秦對巖

雨過林木淨，遲遲生夜涼。微雲逗殘月，流影照空堂。良會豈在衆，晤言貴不忘。因君拂枕簟，一夢松風長。

惠山中秋同蓀友樂天對巖

暮色經檐動，晴雲拂沼微。遙知此夜月，千里共光輝。詎惜鄉邑遠，應憐朋舊稀。瑤尊罷清酌，華館啟重扉。松影澹侵屐，桂香暗落衣。弄泉潺湲響，看鴈疎密飛。步屧憩禪宇，跌石臨釣磯。側聽鐘磬寂，俯窺菱荇肥。搴芳肯辭倦，冥悟忽忘機。懷古憶吳實，清詞麗珠璣。復思蘇黃侶，轉眼時代非。青山同偃仰，皓魄長因依。聚散豈常定，心期終不違。佳人緬空谷，上客阻彤幃。念往各有述，循愚焉足幾。人生重會面，聊以慰將歸。

石坪玩月

已過三五夕，復此石邊行。缺月散林影，空潭流夜聲。各持千載意，聊共一尊傾。古寺鐘初歇，悠悠非世情。

夜坐

細雨月中落，高齋應夜分。暗螢棲不定，斷鴈濕能聞。寒逼垂檐樹，愁多入浦雲。他時吾憶女，蕭瑟此論文。

歸舟過吳門讌繆子歌起宅時新第歸省

輕風瀇沱木蘭舟，主人簫鼓下長洲。垂楊掩映半塘下，主人迴鞭珠勒馬。借問主人何來此，新從對策明光裏。指陳民瘼至尊憂，言及公等宦者起。制科策士建元年，自後垂拱御殿前。名姓紛紛矜第一，如君卓犖幾人傳。前年餞酌閶亭道，君向長安我東棹。豈關別淚濺衣裳，自有悲歌激蒼昊。篋衍猶餘短長字，盡是蒼生不平事。一朝升沈異霄壤，萬里會面如夢寐。朱梔卸卻衣斑斕，宮錦剪製來人間。丈夫登朝託知己，歸侍白髮多歡顏。人生此樂誠未闌，銀燈照耀青尊閒。承歡貴賤良不異，布袍樸被吾亦還。

題南齊旌表華孝子小像序見文集

平朔門前萬馬迴，長安歡動聲疾雷。羌酋反接渡江來，南朝太尉作事乖。心圖九錫苦欲回，十三兒子何爲哉？兩雄攫拏鬬不開，忠臣斷頸長禍胎。赫連潰師山崩摧，參軍馬背馱嬰孩。草間求活真駑才，人頭作山高崔嵬。三軍同時橫暴鰓，傷心極望髑髏臺。髑髏臺上悠悠魂，七十垂髫難具論。一朝旌旗忽南卷，百年星日當晝昏。小人憶父心煩冤，父老哭君聲暗吞。白頭舉事何紛紜，冲平陵畔啼夜鵑。君親大義死不亲，卓哉孝子誰等倫。東籬之外五柳門，宋齊轉眼俱埃塵。忠孝歷劫無沈淪，君不見此圖爣怳正氣存。

自梁溪抵毘陵與董文友訂金陵之遊喜晤薛固菴鄒訏士龔介眉陳賡明作詩留别

九龍山下三秋客，飽沃清泉試行屐。雞棲月出始叩門，細語挑燈動夜酌。鍾陵好景遠入懷，只此少住良亦佳。矯矯雄談得數子，邂逅寧復論天涯。倦遊逢處身便止，欲别轉如舊鄉里。平明揖君上馬去，浩蕩雲山從此始。

馮存之聞余已抵金陵寄詩相邀因酬來韻

經年猶道路，迫歲且安投。欲買山陰棹，翻成白下遊。帆隨夕陽暗，馬踏故宫秋。珍重天涯意，題詩慰遠留。

金陵送湯荊峴大參歸睢州

門前上馬處，便是歸鄉路。旅食雖未深，執手寧待暮。憶我初見君，朱華猶泫露。茲別殊倏忽，微霜被江樹。及歸睢水陽，款款話親故。組紱既不戀，寂寞亦云素。舊京盛交遊，轍軌緩相顧。慘慘同舍情，念此獨延竚。

自金陵還渡廣陵飲季延令

秣陵江樹雪初殘，東閣梅開歲已闌。水驛夜眠無犬吠，山田人去傍烏餐。新詩自合題任昉，有馮使君寄訊。塵釜何緣洗范丹。堂上閒琴驚古調，轉將此曲向君彈。

再抵延令贈季侍御

舊遊此地愧飄蓬，諸從前頭識謝公。舉世藏書多柱下，兩朝封事半河中。不辭倒屣門逾峻，應恕吹竽客未工。孤館雪消殘臘盡，經年心事寄江東。

維揚季吏部宅讌詩二首

風翻玉笛遍江城，幾樹梅花雪裏明。紅袖捧書霞五色，青岑酌醴夜三更。春生跨鶴仙家蚤，衣著猶龍柱史輕。羽翼中朝思舊德，紫芝長爲漢時榮。

簪橐當年屬望尊，天教眉壽與雲昆。同分元凱高陽里，並樹芝蘭太傅門。西第曉開香入座，南樓夜上酳浮樽。時清淑氣回寒谷，花鳥時時傍德園。

詠梅樹

本是江南種，何年傍此栽？曾無人自遠，應共月將來。著雨裝全濕，臨波鏡欲開。妍華知不競，暖意感先回。

惜花

一春强半是春愁，帶雨和風落便休。剩有垂楊吹不斷，絲絲縮恨上高樓。

口岸早發看桃花

曈曨曉日未全升，十里桃花霧裏行。莫遣花前容易過，路旁人説是清明。

一帶炊煙裊緑絲，嬌紅深淺總相宜。行人本是傷心客，記得江南正此時。

覲别

猶疑望可見，卻倚河干立。可憐嬌小兒，調笑不成泣。持向燈影下，遥知衫袖濕。

同陸高仲家非載僧雲航慧如泛舟孤山

西吳轉東越，來往聖湖濱。不暇理孤棹，負兹非一春。搴裳嘯我友，杖策及良辰。既並青雲侶，兼隨緇錫倫。威紆尋廣陌，迤邐及城闉。裏箬開芳醞，穿楊掣紫鱗。小舟輕蕩漾，幽嶼亦逡巡。泛詠暗香句，獨懷高隱倫。夕陽弄新霽，歸鶴憐舊馴。衆影紛酬酢，斯遊遂清真。淩晨復言邁，感愴久風塵。

哭董文友

誰教天付與才名，只合懵騰過此生。半歲存亡今日到，千秋著述幾時成？泥中瘞玉光猶見，壑裏藏舟去不驚。知汝牲碑應未琢，敢將心事聽驢鳴。

旅舍遣懷

冉冉流光又一春，天涯歷盡足酸辛。當前落魄都因傲，事過思量只合貧。鏡暗解絲年少髮，炊稀愁積後來薪。桃穠柳豔長安道，多少繁華是故人。

早發

低首復何恨？唯知怨馬蹄。不隨歸夢返，早自過城西。

諸公邀飲城東客園有女史畹湘同用湘韻

輕陰漠漠下方塘，水榭春深翠蔓長。隔坐鳥鳴藏睍睆，捲簾風靜對瀟湘。蜂銜落蘂粘歌袖，魚擲流波濕羽觴。共醉木蘭舟上客，一汀歸色隱斜陽。

重遊錢氏客園周上衡病中以即事詩二章見貽

誰向蘭亭祓禊遊，王家兄弟最風流。新詩的的傾金谷，翠被溶溶並鄂舟。曲檻凭多人語細，小橋香斷樹陰浮。至今猶誤紅衿燕，塵起空梁覺囀喉。

藤梢扶蔓出東墻，徑轉蒼苔獨倚廊。神女去時雲自散，落花流處水猶香。歌臺風遞聞鄰梵，釣渚春歸見夕陽。多是相如消渴在，題詩一倍惜流光。

烏江

虞歌曲盡怨天亡，潮沒沙平舊戰場。千里江東羞不渡，六朝曾此作金湯。

留别孫古喤二首

每誦晨風句，常憐記室才。斯人應著作，此地共尊罍。旅恨三更雨，江程五月雷。憶君當昨日，高詠玳筵開。

文成道逾賤，落魄向人前。失路悲知己，雄談避少年。曾聞通夕話，屢及舊時篇。翻笑揚雄拙，無人識《太玄》。

夜坐貽輿禪師

每到深秋日，無風夜有聲。客居當此際，鄉思自然生。衆響蟲爭候，幽棲鳥獨驚。安禪不住子，簾外月微明。

雨集沈氏北山草堂詠九松同用寒字和莫明府原韻同賦者爲錢爾斐仲芳兩先生曹顧庵徐竹逸蔣廷彦暨主人沈憲吉未公

主人清且閒，攜我步林端。上客四五人，中廚出盤餐。席筵蔭芳氾，藉草傍修欄。仰見九松樹，拱揖在層巒。抉石枝瘦硬，噴雨聲潺湲。有時日穿漏，墮影落奔湍。狀若雲鬭合，又如蛟屈蟠。一一傲兀概，森森映玉盤。我聞君草堂，建立歲月繁。雲巖非時構，風館自昔安。北渚異蓮芍，魚服久盤桓。高堂懸垂露，慘澹墨未乾。堂有隸書『小雅堂』三字，相傳是建文君筆。寥寥三百載，人事傷摧殘。此松激清風，往往聞夜闌。子落深澗靜，皮琢秋雨寒。其一雖枯拉，補植滋團欒。疏附若兄弟，竦切儼佩冠。下映亂菱荇，上拂翔鳳鸞。茲種本奇特，列幹扶地攢。以狀字爲菜，或異名秦官。樹無總幹，舊名菜松。諸公棟梁器，頗厭泉石觀。揭來共臨賞，孰不拊掌歎。中坐涼飔入，起步登巑岏。履窄洞幽澀，神怡絕磴寬。異香紛葳蕤，朱華泛崇蘭。遠睇俯傑閣，卻坐把釣竿。暮色蒼然來，登舟惜餘歡。原野多耕桑，新疇綠彌漫。人言官長清，未覺雞黍難。以此主人意，留客常宴還。淋澇晚逾急，推篷恣闌干。轉恐虬龍姿，或隨煙霧摶。書此遺山靈，庶以垂不刊。

渡錢塘江

水國多幽興，輕寒動晚橈。江流初霽日，風退欲歸潮。入海天圍盡，連城水勢遙。孤舟已乍渡，未敢惜蓬飄。

夜發西興

如何搖落夜，不見此時情。枕上微霜氣，天邊孤鴈聲。風林枯易響，河漢凍難明。暗覺山城過，迢迢聞曙更。

早渡娥江

古殿藏深碧，征途指舊鄉。女巫煨廟火，漁子拂船霜。樹杪如槃日，波心似鏡光。沿江多村舍，歷歷近扶桑。

嘉善席上賦呈莫魯巖師

蕭條履韈到師門，感激猶聞事後言。急士寧論墨綬貴，師自言對主考寧鐫一級，以成某名，會爲同考堅持，不果。逢人惟訴白衣冤。余未到，文已傳布邑中。自嗟老去肱三折，贏得歸來舌僅存。擬向煙波尋釣侶，低徊恐負玉成恩。

奉懷莫魯巖師四首

神仙兼吏隱，夫子德能齊。蹟寄中牟縣，心知罨畫溪。鶯啼官舍晚，花落訟庭低。借問橫經客，何年此舊棲？

暗識絃歌滿，應知眄睞先。興情歸卓茂，寵數及彭宣。只憶南湖别，重迴北海筵。蹉跎强半載，寂寞對江天。

榮名何足道，知己古今稀。默默臨遙甸，行行傍落暉。春田藏雉雊，霄漢近鳧飛。咫尺趨風路，其如心更違。

中朝受計後，外吏拜恩初。直以羣情借，徒令漢課虚。丹砂仙令井，白鹿使君車。此日騰歡詠，迢迢尺素書。

留贈顧山人

去年發魏浦，聞子遠相訪。惆悵不見余，歷時緬想像。客遊本飄蓬，去西還復東。入門一相見，閬苑開春風。感子纏緜意，嗟余零落士。投予一卷書，出入懷袖裏。棹舟南湖濱，水清石齒齒。拂石弄潺湲，貞心要如此。

雀

萬里銜珠雀，因風向玉園。自憐毛羽潔，不爲主人恩。

送徐爲好

君去襄陽路，應知宋玉情。連天皆漢水，萬樹下秋聲。旅鴈逢人泊，江猿倚檻鳴。莫辭今夕醉，未遠故鄉程。

次韻酬青士月夕見懷之作

未老行藏亦可哀，暫將懷抱向君開。中秋月好客自臥，滿院香清誰舉杯。幽思叢叢凝晚桂，愁心寂寂遍蒼苔。聞砧知爾遙相憶，命駕還應上嘯臺。

次韻酬青士過訪玉虛道院不遇寄題

愁對空庭黄葉飛，城東行樂正斜暉。醮壇罷磬聞天語，松逕開門見鶴歸。何處故人書在手，自然久客淚沾衣。寒燈到曉留殘焰，伴取幽情寄玉徽。

過香山題師巖上人遺像二首

淅淅寒窗雨過絲，空花散盡總成悲。梧桐落子聲聞寂，十四年前夜話時。
紙上音容憶別年，鬢毛强半已蒼然。知君亦有平生恨，此意重來問老禪。

詠古

破趙振奇策，下齊稱真王。不及市兒袴，來往復堂堂。丈夫乘風雲，變化固其常。豈知方蠖屈，任運無低昂。古來功名士，多繇用壯亡。彼哉競睚眦，一奮齒劍鋩。劉項既未定，小怯夫何妨？

送陳紫馭計偕二首

意氣由來國士雄，才名今復擅江東。樓高獨卧曾無地，座上何人不識公？鴈背殘霜辭海嶠，馬頭曉月下西風。到時正碧金門柳，笑指征袍水染同。

襆被同尋忠肅祠，方舟並下武塘遲。人才似爾那能賤，風格於今益自持。我老江湖書史在，天哀志氣友朋知。君門獻策平生事，未遣長楊人賦辭。

送劉瑞公還毘陵時余與劉共住武林僧舍

日共招提話，多憐今未歸。雨餘全潤礎，黴重欲生衣。雀噪非關喜，燈青故少輝。酒殘杯重把，毛落麈頻揮。寂寞添佳事，棲遲歎式微。世情魯酒薄，舊識曉星稀。禰刺知何向，膺門未可希。吾仍甘蠖伏，君自應鴻飛。待詔東方朔，名家劉孝威。循聲存赤縣，峻譽滿金闈。別路鄉關近，臨歧心事違。村墟收夜戰，婦子泣朝饑。驥絆終難屈，鷹颺肯自肥。蒼生謀肉食，白髮守漁磯。握手欲有贈，吞聲還掩扉。

顧且庵侍御園中賦贈

昨對冰雪姿，緬然雲霞想。抽簪及蚤歲，脱紼辭塵鞅。括囊經濟策，料理泉石賞。煆柳本無心，彈蕉亦惡妄。盛夏蒸赫曦，植援資亢爽。涼飆檐下激，顥月林中上。直以視聽寂，坐見萌拆長。飼魚磐石淨，飯僧孤磬響。乍可幽客至，徘徊檐楹敞〔一〕。攜手弄雲煙，抗懷論疇曩。三徑每見邀，十詠謬虚獎。願言聞道要，精思白日朗。獨立塵外心，知君樂天壤。

【校記】

〔一〕『檐楹敞』，鄭本作『軒楹敞』。

攜兒子濂避暑紅橋遊顧氏園薄暮成韻二首

映水出紅蓮，隨波白鷺拳。我來修竹下，嘯詠渌池前。不共山公醉，無聞楊子玄。翛然青竹簟，搖漾碧嬋娟。

爲愛名園勝，閒攜穉子遊。池荷清夏氣，庭草剩春愁〔二〕。露暗成珠落，星繁帶火流。不知時早晚，客緒已驚秋。

【校記】

〔一〕『剩春愁』，鄭本作『縮春愁』。

寄問吳慶伯疾時閩師將還過省官賦民居甚急吳以戒心成病故戲有末句

經旬不相見，相見已成昨。徒書過江紙，未枉愁霖作。高柳嘒鳴蟬，方塘暑氣薄。即事快攜手，城南可行樂。何用掩扉臥，搥牀歎寂寞。莫學關中兒，坐待王鎮惡。

孫氏祖姑生日敬述中外家世本末藉手侑觴且志孤子感懷非一也因示表叔彥遵

堂下絲管陳，堂上綵衣舞。歡願此日並，往事亦可數。吾家太僕公，二子伯仲甫。伯也先太常，仲實君外祖。於時太父行，中外過十五。今者僅一存，飄泊寄海浦。唯我老祖姑，巋然作內主。自爲中丞婦，動必循闃矩。但知親盥饋，何曾鬬眉嫵。中間更變亂，不敢說荼苦。楮拄三十年，辛勤立門戶。課子夜誦聲，琅琅出環堵。俄驚頭角立，乍見雲龍聚。報答詎有涯，且復設酒醹。各致萬年詞，賓筵秩以楚。太平豐暇豫，黃髪知多祜。豈惟德門慶，亦念吾祖父。四座且勿喧，微衷會有吐。咄此勞者歌，聊爲《白華》補。

竹廬

小築居塵外，幽棲絶世喧。如經子敬宅，重過辟疆園。嫩籜包新粉，叢篁長舊根。龍吟遥出水，鳳吹不離軒。試墨青猶漲，傾杯緑尚溫。堅貞君子節，瀟灑野人村。柏作香爐供，松承麈尾言。簟紋侵白晝，墻影動黄昏。最是深秋夜，蕭蕭獨掩門。

暮上玲瓏巖

一片玲瓏石，登臨出世間。白移人過樹，紅亂日沈山。野鹿銜花去，谿猿聽法還。悠然俯下界，燈火閉禪關。

夜哭二首

終日淚成絲，終宵夢見之。娘來無復日，兒瘦更誰知？五十生涯淺，三千歸路遲。此生懷橘願，耿耿夜深時。

在日難言養，驅馳兩鬢斑。貧嗟爲母子，恨憶是關山。歲歲別生淚，朝朝病改顔。誰知倚廬日，猶自泣途艱。

寄友山中

江上別君淚，江流今未傾。芙蓉送客棹，蘿薜到山情。望日海知曙，登高秋有聲。持將故人意，留待白雲生。

尚書橋感舊

霜餘湖水緑全消，照見尚書宛轉橋。橋外草深連古岸〔一〕，更無人倚木蘭橈。

【校記】

〔一〕『連古岸』，鄭本作『迷古岸』。

詠史〔一〕

秦王制六合，壯氣横九垓。懸金構耳餘，豈曰誠愛才。所慮英雄輩，呼嘯起草萊。二子既不屈，中原旋崩摧。韓彭與蕭張，紛從關東來。一朝王氣竭，三月咸陽灰。乃知帝王道，所貴絕嫌猜。秦人雖志得，物色猶塵埃。莽莽百世後，壯夫困輿臺。坐惜千黄金，忍令盛業頽。俯仰既如此，懷抱何由開？

【校記】

〔一〕此詩稿本共兩首，第二首見《湛園詩稿》卷上。

自西渡歸路口占

自别東郊路，三年此復經。潮痕依月上，野色赴江青。地僻山城掩，叢深古廟靈。老夫吟望意，雙鬢惜星星。

哭魏叔子二首

鸞江哀輓一時聞，惜别他年悵離羣。天末無因能致酹，夜臺誰與共論文？江山寂寂歸魂斷，葭菼淒淒去路分。尚有蔡邕書籍在，獨隨秋草伴孤墳。

苦節誰云不可貞，翠微山共首山清。更無安道能求死，只有韓康解避名。戊午鴻博之召，惟君不至。遠愧文章當紵縞，不教官爵污銘旌。臨風一動江天豁，未覺前賢畏後生。

燕時余新免喪，讀者不知其意之悲也

躑躅畫梁低，翩翾文沼廣。惻惻如有營，微力猶能仗。天昏蟲豸少，獨立色惝惘。饑腸詎自惜，養雛苦不長。雛長則颺去，忍復計其往。永夏水榭清，啁嘈絲竹響。適此捲簾坐，南風催兩槳。人生有感慨，觸目魂已愴。默默淚承睫，不知新月上。

歸舟泊丈亭

歲晚滄江上，停舟估客稀。嶺浮煙樹出，潮擁夕陽歸。鄉語連郵市，城陰入翠微。往來亭下路，經濕幾人衣。

閨情

妝罷倚樓望，無心桃李花。東風不識路，吹去落誰家？

午日將發武水贈别徐竹逸時徐亦謀歸陽羡

幾歲前騶出夜郎，賦歸衹爲念高堂。西方傳檄初開郡，江左題詩獨擅場。久共清尊歡永晝，頓教離思集端陽。一燈苦雨連宵暗，水驛參差入故鄉。

次日飲葉九萊分韻得齊字

幽人何處問，卜築在東谿。鴻鴈鳴已過，黄花開未齊。陶然一尊酒，共醉忽如泥。不是無明月，能令歸路迷？

舟過吴江

日落野雲蒸，行人悲不勝。恤災明詔格，科税長官能。蓬拄逃亡室，波連刻鏤塍。并兼盜賊慮，將恐及晨興。

掛帆

西風柁底起，舟子暗相喜。長綃十幅勢欲騰，巨竿未掛風棱棱。須臾脱手映江出，半空已作颼飀聲。晨炊飽飯且高臥，鳧鷖掠水舟前墮。朝發南湖夜葑門，葑，讀富。一片秋聲五湖過。

舟次阿城

古堤叢碧草，傳是東阿道。東阿十里新月清，長河迢遞接神京。參差横吹樓船發，歷亂華燈鷁首明。燈光歷亂沈河水，伐鼓鳴鉦行漏起。夜半猶聞歌管聲，孤篷浩歎誰家子。

宿德州廨中顔平原創義處，有碑在署中

杖策行看暮，遥天映夕霞。人煙依郭少，驛路向河斜。倦吏燈前酒，荒城枕上笳。猶憐斷碣在，臨別一咨嗟。

程徵君壽讌詩

玉管春生淑氣催，芳華暗轉駐流杯。謝庭舞雪遙疑絮，東閣銜霜並是梅。並騎趨門龍蚴蟉，聯行入侍鵠徘徊。酒闌客散先生席，猶自傳經丙夜來。

謝侍御乞假送親南還卽日同諸從出都門

融風朱闕動，詔許侍親旋。暫遠啼烏樹，徐開畫鷁船。江魚香入饌，池草夢成篇。夜夜滄波上，唯看北斗懸。

奉和駕御瀛臺觀荷大宴羣臣應制

宸居欣暇日，覽勝屬蓬瀛。幄殿薰風轉，旌門紫氣迎。千官鏘玉珮，九夏合韶韺。素渚鵷鸞集，銀塘菡萏生。恩波長似帶，豔質本疑瓊。葉捲堯尊綠，絲牽甫袞明。真人攬纈坐，神女踏波行。魚戲田田樂，鳧飛泛泛輕。瑞徵枝實並，歡兆泰交並。水似乘槎上，船如人鏡行。頹陽流碧沼，湛露浥金莖。不醉無歸去，同心有拜賡。今朝九陌上，喜氣滿皇城。

徐健菴編修筵上觀洗象行

長安六月三伏始，主人門對玉河水。玉河流水聲潺潺，卷簾香起風日閒。是日都城看洗象，立馬萬蹄車千輛。曼延蹴踘羅岸傍，吹角鳴鉦沸川上。滿堂賓客何從容，局棋未了酒不空。日中報道象奴出，至尊朝罷明光宮。魋形詭貌三十六，一一騎就深潭浴。雲起乍疑龍蜿蜒，湍迴更與人翻覆。須臾小吏前推排，帳底官起羣象回。就中一象行躑躅，齒毛脱落顔摧頽。長者謂余豈解事，此物經今不知歲。聞説先朝萬曆初，貢車遠自扶南至。中更四帝時太平，一朝闖騎走神京。忍死不食三品料，每到早朝淚縱横。滄桑變換理倏忽，勉强逐隊保殘生。君看垂老意態殊，衆中那得知其情？茫茫舊事且莫説，勸君飲盡杯中物。

詠史

龔芝麓司馬欲告假，而其子尼之，余爲此詩以諷。錢飲光持以示龔，龔讀之，謂：『是有心人。』數日遂以病告

漢家有二疎，父子傅東宫。一朝解組去，祖帳滿關中。此去何復與人事，道傍見之皆垂淚。世人愛好官，何況多黄金？挈金歸去召父老，日夕置酒共酌斟。父老前進辭云云：『何不留金與子孫？』『子孫多財反爲累，此金明主與老臣。』大疏言罷更呼酒，小疏何曾置其口。今人愛金復愛官，只爲子孫

去官難。移文不愧北山石，對仗空勞柱後冠。二疎子孫亦人耳，未聞無金凍餓死。寥寥古今惟二疏，所以感泣盈路衢，至今讀史猶嗟吁。

夢晤三弟復夢爲憶弟詩前四句，夢中所得也

夢後時時濕枕傍，天涯憐汝獨淒涼。片颿東渡錢塘水，匹馬南逾嶺嶠霜。弟自都中暫歸，即赴建寧，余入都門，時去已逾月矣。病母乍逢旋執手，癡兒解别自迴腸。遥知北郭終天地，一慟松楸下夕陽。

巢由拜馬前歌爲董漢策作

京城十二陌，夾道羅公侯。道逢丞相出，傳呼徧蒼頭。望塵蒲伏者誰子？自稱隱客巢由是。經年抱犢門前山，有時洗耳巖下水。上山拾薪行且歌，漁樵終老可奈何？華蟲藻火朝萬方，禹謨舜典口琅琅。抱書本欲見天子，躡屩因之入帝鄉。丞相笑汝立名假，舉手揶揄幾墮馬。滿朝濟濟多公卿，武諳韜略文爾雅。汝縱才賢官未閒，那得高爵及草野？不見皋陶作士新五刑，小者杖流大劓黥。今汝脱身走輦轂，以身試法詎足矜？雖然處士盜虛聲，三千之律無此名。不如放令還山去，關國大體誠非輕。

送喬中翰歸覲尊君，先朝御史

玉露銀河向曉移，騣騣征騎引青絲。人看薇省仙郎貴，路指揚州水驛遲。鄉樹遠迷驄馬道，恩波初隔鳳凰池。知君歸傍籃轝日，正是黄花欲采時。

賦得東陵瓜贈錢飲光，錢寓龔宗伯京邸

商山武陵皆避秦，獨有故侯稱秦臣。隱居種瓜青門外，瓜生子母相鈎帶。歌屏掩翠嬌羅綺，伐鼓撞鐘會戚里。五色照耀赤玉盤，共道東陵瓜最美〔一〕。不見東陵侯，但見東陵瓜。東陵出没在何處？蹤跡時逢蕭相家。

【校記】

〔一〕『東陵』，底本作『東鄰』，據馮本改。

孫仲謀

山川力竭精氣枯，世上遂無孫伯符。父兄忠義好門戶，排袁鋤董開强吴。更思爲國討狡賊，部署襲許計非迂。引鏡錐几萬事畢，卿保江東我不如。嗚呼猘兒中道徂，天下英雄亦以孤。曹公使者來陸續，爲君新署揚州牧。黄初天子有外臣，璽書九錫明殷勤。湯湯天險表江漢，投鞭截流不可斷。何苦低頭事兒子，亦有忠臣涕零亂。白衣夜上定荊州，四十餘營一炬收。捷書夜去臣權上，詔賜還來鼲子裘。可憐巴蜀一塊土，君臣辛苦爲存劉。傳世忠孝古所重，生子莫如孫仲謀。

送閻華亭

送别津亭晚，秋槐落滿茵。應知三泖上，已有欲絲蓴。過壠禾承穗，開衙鶴近人。扁舟吾亦往，長與頌聲鄰。

送永昌守金君

憐君東閣舊，選牧自才賢。六詔分符出，雙童夾轂前。山峯齊太乙，《後漢·郡國志》「邪龍」「雲南」注：「縣西北有大山，狀如扶風太乙。」水氣接溫泉。黑水是溫泉。別路嗟何限？惟聽謳頌傳。

送汪蛟門舍人乞假省親還廣陵

故人薄榮宦，結念在明發。昨夢北堂上，曉起見白髮。高高九重天，懸者日與月。精誠一爲感，所志孰能奪。烏啼屋上霜，仰視星漢沒。長安百萬家，砧杵聲斷絕。念子款款心，對我遲遲别。中坐欲有贈，懷咽不能説。明月渡淮泗，清尊隱吳越。春風知相待，及此歸金闕。

送許御史巡鹽兩浙其尊君曾爲浙學使

江左重來衣繡行，汝南才地是家聲。郎君棨戟湖山秀，弟子詩書俎豆榮。海戶煙清開萬竈，轅門日射動雙旌。五花駿馬人人識，攬轡同看出鳳城。

聞鴈

歷歷聞征鴈，明明赴客愁。猶餘紅燭淚，分作兩行流。

至大梁贈河道崔公

吳公門下舊盤桓，孤憤還思策治安。失路九秋霜入鬢，感恩十載雪生肝。昭王臺畔悲歌別，豫讓碑前忍淚看。未到轅門思駐馬，古來知己遇應難。

夢梨

夢在中州食大梨，甘，欲遺母，不果，悵然而醒。蓋余母性素患熱，意所常念爾，書此詩示兩弟

遠遊勞計日，愁思忽經年。老逼茅容母，耕無季子田。衆中吾獨愧，夢裏汝能賢。嗚咽隨檐雨，雞聲欲曙天。乙卯夏初歸，而吾母爲予言：『去歲病黄，思大梨，徧覓不可得。』蓋正英夢梨時也。

霸陵陌

鮑永爲司隸，行縣過霸陵，見更始墓，引車入陌，從事諫止之，曰：『寧有親北面事之過墓不拜者？雖獲罪不避也。』遂下車拜哭，盡哀而去

炎精復起天亡新，模糊髑髏來自秦。漢家天子便殿坐，傳看卻笑韓夫人。今朝陛下拜城下，明日城頭來牧馬。更始從廚城門出，宫女從後呼曰：『陛下當拜謝城。』遂下馬拜之去。後賊謝祿使牧馬，尋殺之。霸陵狐兔縱横馳，瞥見孤墳臨曠野。紛紛封拜多侯王，不走咸陽走洛陽。山鬼啼來訴謝祿，杜鵑血盡怨張卬。誰將

瀝酒澆殘土，空使遺臣淚如雨。從事苦止殊未然，陌上迴車再拜焉。痛哭一聲山破裂，陰風謖謖飛烏鳶。以茲獲罪臣何避？驅車去之更揮涕。莫道忠義天下無，東京猶有鮑司隸。

始遊西山出西便門憩摩訶庵作

秋風昨夜動，吹徧長安城。西山入我懷，駕言出郊坰。始經夕月壇，緬邈凌太清。月魄猶掛戶，雲生忽滿楹。歇鞍野寺外，落葉迸階聲。精廬一道人，焚香啟幽扃。壁間留遺跡，仿佛初古情。有吳道子畫大士像。真似理莫辨，羣言徒紛營。豈知象教設，元與神化并？聲聞既不立，了然得無生。

贈錢叟飲光先生

日暖下平蕪，霽景散林樾。發興自錢叟，論事氣蓬勃。傾耳必並轡，肩摩互馳突。有時笑撫掌，亦或怒指髮。鼎鼎百年內，顛倒盡始末。風沙動地來，口噤不能發。良久還復然，饑馬爲忘秣。日午聞香梵，山門撫殘碣。窅窱入深院，霜鐘坐來歇。茶芽發靈性，芝草變金骨。塵境寂無取，一悟自超越。

出十方院

白髮僧無事，松間洗藥苗。聞鐘不歸去，指客過山腰。

宿張氏莊

蒼莽遠山晦，煙靄忽以暝。杖藜兩居士，前指村路迥。稍稍近雞鳴，歷歷見畦町。開筵面南窗，月出衆山頂。清泠秋夜長，微醉自然醒。門前烏棲樹，月落聞啼鴉。軋軋機杼聲，穰穰欣滿車。居者會有役，吾何天一涯？

尋寶珠洞久行亂山中

林臥起自早，不知陰與晴。一徑入蒙密，千峯亂晦明。崖深路轉迷，石齒交支撑。寒禽無好音，孤花歇餘榮。雲端數騎見，樹杪幾人行？山風颯然來，四垂雨冥冥。徒旅色惆悵，步騎時相縈。側逕三四轉，蒼翠紛來迎。忽見雙樹陰，又聞清磬聲。菌閣空中出，香雲塵外生。下窺臨無極，上繚盤太清。五芝茁巖戶，三辰倒松楹。萬里桑乾流，照日光晶瑩。神龍銜其珠，變化詎常形？杳然石洞內，何由測精靈？

來青軒三大字，明神宗書

茲山最苕嶢，開軒冠羣峯。巖巒互回合，缺處當其中。金輪涌海底，白波翻迴風。鳥隨碧天盡，水將銀漢通。爽氣落戶牖，遐想憑虛空。鴈齒沒山骨，龍鱗凋松容。昔聞翠輦過，尚看垂露濃。閱世有代謝，葆道資無窮。所以廣成子，終日遊鴻濛。

香山寺泉

何處滌塵慮，數里聞清響。洑流青松根，瀠洄綠苔上。竭來秋正中，缺月猶堪賞。不知夜淺深，默默成孤往。

松磴石道十盤，萬松對植，上爲洪光禪寺

中天結紺宇，叢木時虧蔽。磴道交綺術，疏泉築文砌。盤盤入窈冥，落落無根蔕。松風怳可悅，遂此成小憩。平皋下夕陽，暮景騰氛翳。飛鳥之所沒，孤雲倏其逝。誰爲感予心？撫石自凝睇。

表忠寺松寺爲内宦立者

不識表忠寺，惟看寺中松。垂枝碧瓦外，分影綠庭中。庭空静漠漠，松子向人落。餌松啜清泉，乘月下林薄。

景帝陵

馬蹄風緊日慘瘦，行人指語景皇墳。遮列槎枒脱舊幹，寢堂苔蘚長新紋。不須俯仰感興廢，斗粟尺布久有聞。迢迢天壽鬱相望，珠襦玉柙窮上方。蝕土金椀雖未出，照夜漆燈已無光。一十三陵卧夕陽，秉鈞者誰今亦亡。君不見風號雨泣于謙墓，年年奔賽空錢塘。

馬上數里書所見

繚垣亙數里，紅粉剝莓苔。起伏餘丘壠，零落存樓臺。公主沁園盡，將軍兔苑頹。共言手可熱，誰信劫成灰。倚牆一老閽，手指狐貉堆。不忍問所以，且共立徘徊。我意適有思，豈爲此輩哀？仍聞渡河去，衆山益崔嵬。仙花饒靈氣，禪棲無俗埃。褰裳諒非難，同侶心所諧。終然傷懷抱，策馬歸去來。

友人將歸黄山燈下感懷賦贈

聯鑣十月出燕臺，又見孤篷江上來。大麥旗搖青舫過，紅榴花傍白頭開。兵戈滿地歸張翰，綵服迎門接老萊。望去山峯七十二，知君詩思已先回。

送周公子歸金陵覲母

汝南公子生最奇，奔星刷電驊騮姿。汝南公在數摩頂，對客常稱吾家兒。家住秦淮古渡口，門前搖落多衰柳。平原邸第賓客稀，秦川家世亂離久。客游淮南轉牴牾，别我東向金陵去。歸時早晚近重陽，閉門獨醉黄花傍。重尋騎省閒居賦，更試壺公卻老方。莫言庭館常蕭索，别有雄豪動歡酌。金章玉帔鎮山河，白髮朱顔映簾箔。小人有母轉愧君，兩年聚散何紛紜。夜夢不離去聲北山月，朝思獨對南天雲。送君江上一淒然，矯首正是初涼天。長風萬里堪乘興，君才豈得長迍邅？

題汪舍人抱瑟圖寫小影聽姬鼓瑟

達人忘名節，曠蕩雲霄心。曾是託豪素，可以測高深。秋氣徧寥廓，玉宇澄幽陰。泠泠素女絃，流響在空林。結此太古意，持用比黄金。不惜哀怨多，所以遺知音。庭上雙梧桐，照日挺千尋。鳳德亦時下，徘徊待一吟。

山陰沈山人子來遺詩見懷東還寄贈

先生玄晏在山亭，五嶽煙霞老遍經。曉汲溪泉炊白石，閒留道士寫黄庭。循腰帶爲深秋減，憶友詩從舊雨聽。辛苦思親憐驥子，不辭風雪獨揚舲。

傷足靜坐因有此作

孝子凜高深，垂堂古所戒。日予昧周防，動作見罣礙。兀坐已五日，扶杖力猶憊。稍稍親書史，歷歷睹成敗。文翰時間作，破體兼細大。閉目更澄觀，隱几閱萬籟。方知俗網牽，爲我靈府害。古之達觀者，一切遺沾灒。仁義既不存，耳目亦何貴？冥然任天游，超遙出世界。安知息我故，不以蹩躠態？君看魯兀者，自有尊足在。

題邗城雅集圖

去年策蹇長安道，五月炎蒸顔色槁。主人拂拭青琅玕，坐我北窗風窈窕。就中賓客誰最奇？華省才人絕妙辭。平明下直每相過，繫馬門前垂柳枝。西風薊北何蕭條，吹散六翮秋旻高。誰知相失忽相見，歡然酌酒城南濠。孔融荒臺沒行跡，隋帝遺宫半秋色。青蘿白石閉深院，寂寞吟詩永將夕。禹生年少好畫手，興來點綴無不有。丘壑能安謝幼輿，雲泉祇益晁無咎。高君，玉峯弟子。兩君要路終驅馳，予向滄江學釣魚。物情飛泳各異趣，朋友聚散真斯須，安得日夕把臂如此圖？

蝶塚朱人遠得異蝶，瘞之西山近宫人葬處

繡領玄衣若爲傳，雨飄雲散一凄然。休隨腐草爲螢火，倘逐春風化杜鵑。溝水舊斜流粉黛，墓宫初閉觸花鈿。早知此恨無窮已，轉憶浮生入夢年。

風

夜半西風捲屋茅，更吹飛雪滿塘坳。孤城近海潮爭泊，獨樹侵晨凍易交。大塊祇憑齊物論，生涯

休問六重爻。一爐殘燼僧前榻，燕雀於今未定巢。

別靜宣上人上人約予，當以秋冬訪予四明

復此衝寒去，孤城易晚風。繫舟殘月白，隔岸一燈紅。世外論交迥，河干惜別同。何時飛錫到？花滿育王宫。

逼歲書懷二首

何意衰從兩鬢生，新添白髮又多莖。每臨書卷傷遲暮，且任兒行薄老成。哀鴈逐雲濺客淚，暗鐘和雨打窗聲。尋常五度天南北，不信年來倍愴情。予客中守歲者，計五年矣。

家家祀竈祝黄羊，爆竹聲連到草堂。怨入梅花初試笛，繙殘貝葉罷焚香。經年失路差池影，憶三弟也，弟三年閩嶠，未得消息。兩地思親斷續腸。弟勸兄酬何日是？吳山越水鬱相望。

丁巳元旦紀事

東郊綵仗劚迎春，雨雨風風故惱人。入市便應占氣象，謂天終是費商論。江山注目聊多日，草野爲謀豈一身？未遺悠悠知我意，朝來攬鏡獨相親。

晚過陳近思先生高齋因留小飲有贈〔一〕

茆齋寂歷近城隈，急霰驅寒入座來。黯黯書香生屋角，薰薰酒氣入爐灰。經談轉妙囊無底，山谷詩：『書囊無底談未了。』醉眼頻青玉未頹。不擬過從嫌道廣，等閒懸榻有塵埃。

【校記】

〔一〕『因留小飲』，馮本作『留飲』。

題鄧尉村居

此路無人到，山源處處通。筍根排稚子，杜牧之詩：『幽筍稚相攜。』橘實坐仙翁。花有四時色，樵行兩面風。卜居知未遂，留賞意何窮？

江上雨坐檢得彭爰琴前寄淮上夜泊聞鄰舟越客聲見懷之作

知君前去泊長淮，倚檻閒吟月露佳。何事鄰舟傳夜語？多因越客怨天涯。此時忽憶經年別，寄我重陽萬里懷。今日澄江西望處，不堪回首又風霾。

計孝廉甫草葬有日矣以詩敘哀祭而哭之四十韻

淒其寒食路，啟殯及新阡。哭爾已多日，傷心憶舊緣。神京攜別袂，郡舍把題牋。在昔友朋聚，無時笑語捐。比來增落落，念我益拳拳。余癸丑至京，僅一晤君，復於廣陵署得書，辭甚惋，至此遂音信杳如矣。五嶺狼煙驟，三吳兕甲連。江湖深淼漫，甫掖乍迍邅。土室辭袁閎，行間沮鄭玄。崎嶇款段馬，雨雪孝廉船。鮮飽藏經腹，長吟聳字肩。去驚神暗換，返覺疾俄煎。皋某愁升屋，啟予恨湧泉。君種毒自足趺。斯辰嗟起起，大雅遂緜緜。自古文章運，從推董賈先。齊鑣才互擅，割地法爭沿。妙理輸心得，良工謝口傳。尋常披翰札，甲乙恣朱鉛。溯派仍韓氏，循流下震川。每過惟握槧，所遇必忘筌。記泊禾城暮，書投蕭寺偏。迎舟風正好，望舍月初圓。辛亥夏，君數遣書〔一〕，以舟迎我至陸家溯，君屬定其新藁。祇致登堂敬，歡爲並榻眠。北堂分肉膳，鄰父乞魚錢。燭跋三更話，塵消一寸編。君如辭掎摭，誰定別媸妍？削牘吾庸計，吹疵慮有焉。老尤能篤好，貧益事貞堅。力養忠謀拙，言交任涕漣。眉低同學後，髮禿未衰前。若不論千載，多應讓少年。悠悠行可待，咄咄竟堪憐。暫惜泥塗棄，終期琬琰鐫。撫嵇存後死，答沼寄遺篇。繐帳虛靈寢，荒旐出墓田。玄纓隨夢到，白旐結枝纏。張病非無母，顏歸不是仙。繞塋皆孝水，遺奠卽離筵。劍掛何方樹？琴收絕聽絃。嗚呼終已矣，變化此茫然。願瀝盈樽酒，倉皇一問天。

【校記】

〔一〕『遺書』，馮本作『遺書』。

感事

日日江頭看出師，黃塵又見羽書馳。難將百萬熊羆力，博得東山一局棋。

贈侯公言總戎二首

幕府威名絕世無，總戎前後控三吳。推枰斂手消棋局，下筆從容起陣圖。侯工於書弈。橫海功高原獨將，征南書癖是真儒。而今會待山河誓，談笑中原一劍驅。

纛旄高映大江天，麗日晴薰鎧仗鮮。小隊城陰開細柳，參軍幕下倚紅蓮。鐃歌聲動春申郭，犒士觴浮白墮阡。誰向轅門稱揖客，新從華省故人傳。

散步至涌塔庵贈達羽上人

垂垂春欲暮，步屧自江干。岸失桃花漲，城陰麥秀寒。高僧開閉院，孤塔對憑欄。五月思歸客，將心問汝安。

季丞

君不見季君昔日丞錢唐，有父里居病失明。露禱久立庭中央，求醫屢罄千金裝。血枯淚竭逢張子，千里續致車與航。張子術奇過周石，石公集、周師達，杜牧之延以醫弟顗，不效。少年曾傳海外方。諦視赤脈中横亙，此法不治古所詳。沈吟七日始得之，神針一撥爛生光。宛如衝風過霁霧，快抉濛翳呈太陽。觀者始驚後嘖嘖，奇事俄頃遂播揚。錢唐聞之不暇沐，棄擲手板歸親旁。抱頭拭面日數次，喜極翻舞衣裳。我聞季翁内行修，敕子作吏師龔黄。況丞至性感冥漠，故遣妙手來扶將。他時家書每占授，後來展卷目十行。今我致敬初登堂，歌舞妙麗雜笙簧。白髮讙呼夜何長，閃閃巖電耀屋廊。儼然四世迭稱觴，人生行樂豈有常？自古誠孝動彼蒼，君不見，季錢唐？

詠飛絮

憐汝作花不自惜，年年聚散在春風。自經飄泊辭芳樹，只有行藏共轉蓬。暫止華茵棲未穩，數穿斜雨路難通。人生會得逍遥意，鵬運鳩飛一息中。

同徐藝初閒步至納翠亭

一簇花叢隔水開，滿山新翠送晴來。竹橋紅處門孤掩，麥隴青邊客倦回。魚戀書聲遊極樂，鶴知人意立無猜。看君坐向西堂晚，春草吟成手自裁。

壽王解元母朱太君

經年顛頷雪霜姿，喜見韶華鬢未絲。山水並隨潘令酒，管絃爭唱右丞詩。唐謠：『天下右丞詩。』摩詰京兆解頭。翻堦嫩草承書帶，傍架垂藤作講帷。更道明年風日好，舞衣歡近萬年枝。

拂水山莊宗伯贈公丙舍，宗伯與陳夫人、柳姬皆殯東軒

十畝松陰寒食天，半間遺殯對荒阡。枝頭鳥喚生前客，籬外人耕賣後田。不辨絳雲銷劫燼，空教綠柳漾新煙。遲君辛相因何事？此恨滔滔付逝川。宗伯一生心事在閣訟耳，末句感惜之意俱有。

葦間詩集卷三

新泰縣果園莊見汝皋舍姪題壁次韻戊午年起

雲際依微辨翠巒，山程六月曉猶寒。家鄉路好夢難續，風景愁多吟未安。柿葉村深藏酒塢，豆花棚矮繫征鞍。感君舊句仍留壁，老眼摩挲取次看。

宿古北口見王司成感舊題壁之作拭淚次韻

駐馬塵沙古戰場，黃茅野店酒槽香。棣華舊恨留東壁，莪蓼新悲繫北堂。世路漂沉還土梗，浮生聚散只滄桑。三年前憶臨岐贈，吟向西風總斷腸。余奔喪南還時，先生贈別二章最爲悽愴。

贈陸翼王徵君陸就徵召試前一夕，夢師黃陶庵手書『碧血』二字於其掌中，試果不遇

入洛知何歲？風塵且未閒。夢中猶碧血，歸計失青山。學禮淮陽後，歌詩易水間。春風兒女態，

莫苦鬢毛斑。

送陸徵君南還

楊柳綰新愁，毵毵映御溝。驕嘶紫騮馬，暖卸黑貂裘。岱雪陰常見，江雲晚未收。歸與吾道在，爛漫及春遊。

初至京書謝總憲公二十六韻

一德明良契，同時弼亮諧。中朝漢副相，北極帝臺階。劍珮分行列〔一〕，夔龍接跡偕。朱衣雙告引，白棒對籠街。事業青冥上，驅馳虎豹儕〔二〕。邊籌歸擘畫，廟算及安排〔三〕。董卓臍先沸，防風骨豈埋？皇心思道泰，人望屬公佳。預喜鳴岡鳳，何憂當道豺？風霜侵眼額，冰雪瑩心懷。間丈橫經袠，登車展綬緺。司臺仍講席〔四〕，宋制：臺丞無與講席者。退食卽高齋。冊府班兼領，丹鉛部必差。轉櫨初月色，拂沼舊根荄。坐有三千士，屏無十二釵。多憐花並雪，頻送酒如淮。賤客嫌書簏，長貧難食鮭〔五〕。據梧全似槁，循帶怯成柴。不爾終捐棄，誰云任刮揩。雄文俄漢殿，禰表及山厓〔六〕。乍遠鼪鼯跡，還驚土木骸。迎門慚納履，踽步畏逢輦。連車曰輦，長安道中最苦此物。五技吾何敢？三長力恐乖。少年紛纍若，獨立久塵霾。春轉皇州路〔七〕，陰移淥水涯。春風披拂近，鳥語亦喈喈。

【校記】

〔一〕『劍珮』，稿本、鄭本作『劍佩』。
〔二〕『驅馳』，稿本、鄭本作『驅除』。
〔三〕『及安排』，稿本、鄭本作『絕安排』。
〔四〕『講席』，稿本、鄭本作『講筵』。
〔五〕『難食鮭』，鄭本作『歎食鮭』。
〔六〕『禰表』，底本作『稱表』，據馮本改。
〔七〕『春轉』，鄭本作『春滿』。

辛酉十二月初至京投宿慈仁寺袁君寓舍集杜贈之

更欲投何處？空房客寓居。他鄉惟表弟，高枕乃吾廬。親故行衰少，乾坤欲晏如〔一〕。霜天到宮闕，臨眺獨踟躕〔二〕。

【校記】

〔一〕『欲晏如』，鄭本作『歎晏如』。
〔二〕『踟躕』，鄭本作『躊躇』。

三月九日徐健庵先生招飲馮園看海棠分得激字

結軫睇青郊，芳草萋已碧。主人幸休沐，命侶恣遊屐。眄山來遠峯，遵路越廣陌。藉草興不淺，得意忘所歷。遺構絕人區，荒臺境彌寂。旖旎被徑花，坡陀垂藤石。殘紅自開落，流光澹將夕〔一〕。壺觴蔭華蕤，禽鳥拂瑶席。高論何抑揚，杯行晚更劇。誰家樹出垣，離離紛秀色。迴策問樵翁，果與心賞適。復小憩潘氏園。倏忽車騎散，羣鳥整歸翮。徙倚獨何事？鄙夫多感激。

【校記】

〔一〕『澹將夕』，鄭本作『澹晨夕』。

王明府赴任天河

聖世無遺照，遐荒慎選擇。夙駕儼將行，軫此萬里客。月落山館静，瀧流川路窄〔一〕。迴首新戰場，馬嘶少行跡。冥冥鷓鴣啼，靡靡春草碧。惻隱君子念，喟焉傷日夕。乘槎事渺茫，沿洄豈終極？誰知問津者，天路在咫尺。

【校記】

〔一〕『川路』，稿本、鄭本作『羌路』。

送陸徐溝陸以中書科改授〔一〕

鳳池非不羨，獨向雁門棲。別酒隨沙岸，嚴裝出御堤。縣城古塞下，官舍白雲低。假日鳴琴樂，聞聲慰解攜。

【校記】

〔一〕兩『陸』字，稿本、鄭本均作『陳』。

時相壽讌詩

公望先朝著，疇咨宿德傾〔一〕。誰能扶玉鉉？帝自降金精。顥露中宵澈，銀河永夜明。芙蕖來泛沼，芍藥爲調羹。縹緲方平駕，悠揚子晉笙。吹噓燕谷轉，契合泰階平。士有從游舊，才非以彙征。風塵慚樹立，歲月去崢嶸。刻鏤心猶在，謨謀望不輕。還隨赤松子，長此爲蒼生。

【校記】

〔一〕『宿德傾』，稿本、鄭本作『宿德并』。

送方田伯還桐城覲母

塵世復何許？風景忽以異。空餘野史亭，寂寞西臺記。合浦有歸舟，鹿門多逸事。金風動芳園，萱草晚逾翠。薄言具尊醴，賓朋四面至。語往汔無歡，撫今良足慰。君從客金華，容顏何憔悴。歸夢落吳帆，一棹江波駛。懷中洞庭橘，盤下蓴羹豉。行哉空復情，嗟君有母遺。

張京兆席上同諸公看菊醉歸有述

鼕鼕街鼓促更籌，别館銀燈勝事幽。花似重陽多秀色，客來江左盡名流。風期最憶張京兆，款段空歸馬少游。是夕同會者五人，唯予策駑而歸。獨立蒼茫成醉詠，鴈聲嘹唳過城頭。

寄劉廣文

日下初回郭泰舟，春前花鳥憶同遊。霖砧歷歷時將暮，江樹迢迢人自愁。雙鳳闕深天路迴，九龍山近客帆收。喜君隨牒仍鄉邑〔一〕，稽古功成尚黑頭。

【校記】

〔一〕『隨牒』，鄭本作『沿牒』。

感懷

文章用盡終無力，猶向滄波一問津。北闕新除搜粟尉，西山遙貢采薇人。林宗有道身仍隱，元叔無官相豈貧？物色虛勞明主意，早知麋鹿性難馴。

和懋勤殿讀書代

青蔥琪樹起秋風，聖主垂衣坐殿中。水出靈圖浮紫極，山迴羣玉照璇宮。辟魚香和爐煙碧，研露硃分蠟炬紅。自是端居符道要，不勞遠跡拜崆峒。

九日後駕至溫泉初冬暫還宮恭紀和韻代

東巡景色正微和，羽騎分行候曉過。欲向瑤池侍王母，頓教玉液寫天河。去時路轉黃花戍，歸日春隨赤鴈歌。知是太常頒玉曆，受釐深殿碧嵯峨。

壽讌詩

緹幕寒吹律再更，芬蓂瑞靄拂重城。聖人有道三辰會，上相無爲百度貞。自是昌符鍾間氣，早知維嶽降元精。袁安憂國多危論，李固封章重老成。故事獨持臺閣體，風流偏稱履綦聲。雪花素映梁園席，梅氣紛投傳野羹。北海尊罍當永夜，平津邸第集諸生。傳來内醖琉璃滿，照出華枝菡萏明。馬帳歌飄鶯語滑，羊爐燄暖獸煙輕。身臨碣石觀滄海，坐向瑤臺拜玉京。春色依微歸大樹，神峯縹緲出東瀛。寄言山上紫芝客，須識溪邊黄石情。

送人還里

此去趨庭卻羨君，我猶京國歎離羣。豈無慷慨安時策？漫學俳優買笑文。易酒天寒人易醉，燕歌日落調難聞。他時若憶同遊侶，寂寞還知有子雲。

長安雜感四首

空庭老樹太崚嶒，雀啄枯枝落斷冰。恰伴孤眠城角鼓，慣縈離恨紙窗燈。閉門中散無題鳳，知己虞翻有弔蠅。欲就君平簾下卜，五銖輕薄本難憑。

玉泉新溜滴清渠，繞遍春城積雪餘。風賦不愁塵勃鬱，柳街轉見影蕭疏。肯留東閣觀奇士，只擬南山歸敝廬。故舊原無山吏部，何須重作絕交書？

不成終日竟安眠，底事喧喧道路傳。池內蛟龍爭得水，宅中雞犬也升天。吾生豈合匏瓜繫，世路何妨社櫟全。隨意江湖堪把釣，肯將憔悴供衰年？

一院春歸無覓處，綠蘿陰外尚東風。酒臨衰鬢星星白，花背愁顏日日紅。舊好幾家留刺字，驚心是處怯杯弓。尋常菽水營難就，捧檄何因到夢中？

翁郡丞新任黃州賦詩四章留別京中故人因有此贈

繡軸朱軒出上京，分符原是舊郝城。江淹別賦人偏遠，鮑照遺居草漸生。按部雲山通夢澤，將家風日近清明。指揮多暇因懷古，赤壁江流到郡聲。

題喬石林舍人柘谿歸隱圖其先侍御公別業

清谿足洄沿，數里見荒村。漁舟隱浦出，歸鳥向山翻。踽踽一老翁，荷鋤來灌園。欲問沮溺心，叩之無一言。夕陽頹遠照，微映松下門。架深有結構，倚危無墉垣。依然懷皇古，著書亦不煩。每尋巢父說，或從柱下論。楚國有遺佚，出身蒙漢恩。節苦名益著，使者日來喧。因之成感激，不復圖久存。老父對之歎，彼以香自焚。冥鴻去不息，所貴雲霄騫。今我披此圖，泠然澄心魂。如聞漱清風，瀟灑疎竹根。

題徐電發楓江把釣圖

秋氣入蘆葦，可以清煩襟。況子復遠客，一夢吳江深。書卷隨釣竿，鼓枻時時吟。微風樹杪起，落日波上陰。天邊兩鷗鷺，分飛下碧潯。鷺立如有待，鷗泛本無心。欣感由所感，得失豈自今？靜言悟物理，寄之空中音。

上李閣學

露華清切映瑤池，桂苑繁香又此時。玉漏頻傾輪對久，金鈴不動內宣遲。朝回賓客開弘館，宴罷笙簫出馬帷。更道蓬萊多著述，寶書天上憶曾窺。

苕客陸君索書賦此贈行

生平過半百，無一稱意事。惟愛陸君筆，宛轉識人意。骨體復陡健，亦似恥軟媚。萬毫齊一峯，所向無不到。嗟予學臨池，好尚與時異。尋妍雙鉤訣，拗屈五指勢。晝牀被俄穿，書空眼時閉。塗抹三十載，取笑成餓隸。因此迂拙名，兼及所書字。子瞻愛諸葛，紙重筆益貴。以予惡札行，得不爲君累。皂帽土炕邊，相見惜憔悴。每念曩昔遊，語終一揮涕。此別來何時？慎勿嫌小吏。尚及江南春，孤舟澹搖曳。一書連數縑，縈結春蚓細。故態真可憎，少學老肯棄。爲寄高陽徒，倘可懸酒肆。

題畫卷

落葉山下路，四野絕行侶。惟見天際帆，迢迢向何許？

送何明府出都門唐房公琯嘗爲慈谿令，史失載，今廟祀甚盛，何初任行唐

北地春正繁，芳蕪發華滋。今朝南陌上，玉勒垂青絲。綰綬未言遠，心與滄洲期。海邦吾舊鄉，土俗亦云宜。明山當戶牖，浮碧崇堂基。晶晶百頃湖，雉堞映參差。雕琢失淳樸，絃誦道遂虧。奈何桑

榆徑，長此蒿與藜。蜃蛤守鮫人，野塘掇莧茈。輸將敢辭倦，父老嘗苦饑〔一〕。明府金閨彦，蔚然廊廟姿。一昨宰百里，秉道絕磷緇。和風鼓循聲，化隨東南馳。持此千古意，下車時一思。朱絃撫清徽，月明房相祠。京華接高誼，神往跡莫追。願言諸鄰好，早寄采風詩。

【校記】

〔一〕『嘗苦饑』，馮本作『常苦饑』。

送友

征棹去何言？空驚遊子魂。鶯啼辭上國，潮落到吳門。花撲老藤杖，筍抽新竹根。閒居如有賦，應寄與同論。

題友人小影

相逢相揖馬蹄間，愁態多於喜後顔。今日乍離須記取，祇應添上鬢毛斑。

題毛惠侯戴笠垂釣圖兼送其還任祥符毛，嚴州人

幾歲梁園吏，彈琴上吹臺。都城折楊柳，復作驅車回。夷門絕長嘯，家鄉多白雲。迢迢隔煙水，永

望徒氤氳。空庭簾卷落日曛，微風搖漾生波紋。邀我身坐嚴子瀨，何能復憶信陵君？

三月十一日先君誕日也。先君於五月歸路沒於常山。憶此月登程，約略是過常山時，旅中和淚成詠

那知今日路，卽是過常山。作客衰年裏，歸程五月間。先君歷年客館，以辛亥九月歸里，三月初復往端州，僅得五月聚首耳。臨牀辭鄭重，伏檻涕潺湲。辭先祖出而復入者再，伏窗外檻上私泣者久之。蓋此行取負於新昌令胡某，憂先祖之病不能緩也。霧雨登舟暗，江花映袂斑。衣從中道典，藥倩故人還。至省城質衣買參，又買雜食物，細疏烹劑之法，誡英兄弟以不時進。親在身忘老，家貧路失艱。星星頭總白，點點血成殷。不信生男好，空知仗僕頑。扶攜無個侍，呵癢復誰關？自此終天恨，長縈逆旅間。懸弧百歲盡，介酒歷時慳。每生日，缺拜祝者數年。是年將屆期，而復出門矣。如在吾何有？哀號力更孱。干戈兼令弟，俎豆隔諸蠻。三弟孝俞南滯建寧。只益劬勞母，憑筵淚獨潸。

蓀友取松皮作石掛壁上宛然畫意戲題其側

昔日聞松化，今來壁上觀。蒼皮溜雲雨，峭角隱巑岏。尚抱空山靜，能生古殿寒。知君用意好，丘壑可相安。

留别所知

於今真是别，往日豈無情？以我不封命，累君愛士名。銀塘蒲可結，茅屋燕無聲。歸計休辭晚，還從谷口耕。

春詞

簾捲朱樓玉笛高，學飛雛燕掠紅桃。柳眉雙鬬吹難解，不信春風似剪刀。

散步即事

閒尋隨意傍山椒，散步寧遲出郭遥。月意迎風先吐暈，江聲帶冷不成潮。隔籬燈火斜侵岸，掛樹魚罾短避橋。何處行人歸渡晚？並傳新事到漁樵。

貧女詞

貧女守空幃，夜夜事機杼。織爲雙紋錦，緝以五色縷。粲粲雲霞鮮，熠熠鸞鳳舉。文彩雖可悦，心力亦以苦。豈知繁華子，視此賤如土。織成作步障，往來恣踐污。視君身上衣，顔色何楚楚。意氣須臾間，榮辱何足數？君諒迴眄睞，拂拭猶可取。

憎蠅

日晏暑氣薄，微飆生坐隅。稍得寧心神，便欲親詩書。何事案上蠅，營營百千俱。拂之既不去，轉令手力劬。蒼頭快一撲，碎首在須臾。横籍几席間，來者益徐徐。見死了不畏，『之蟲一何愚』。之蟲言『弗愚，世路有奔趨。爾撲倦自止，吾術閒有餘』。細思此物理，小大良不殊。不如捲書去，摇扇臨前除。

緑水亭送張丞

憶過桑乾别業時，禁城寒食柳絲絲。行看籬落參差影，開到杏花三兩枝。落照村邊逢獵騎，清流石上對圍棋。待君歸日重歡賞，莫惜雲山隔九疑。

昨夢

昨夢復何許？夢登王屋山。仙人吹鸞笙，飄飖來雲間。顧我啟玉齒，授之紫金丹。再拜不肯服，流涕空汍瀾。下界方鬭爭，刈人如草菅。殺氣亙寥廓，劫灰徧塵寰。少負濟物志，遭時亦孔艱。安忍獨不死，以作時世頑。拂衣謝之去，仿佛好容顏。覺來惟白雲，蕭條自閉關。

金陵吳生題所居爲一硯齋自爲之記示不忘舊也余率賦短歌以代其西州之感云

自愛清溪水，小築清溪濱。朝朝洗硯去，奈此臨池人。硯是神工剖鑿得，千金持贈本不惜。茫茫故人隔星漢，碧落無塵消息斷。拂拭平生一片心，蛩啼葉落閒庭院。

送吳明府遷松江郡丞

爲邦十載令名傳，忽見徵書下九天。傍嶾山容如臥轍，隔檣鳥語似鳴絃。五茸城下兒童竹，兩浙江頭父老錢。好事誰爲傳勝跡，斜陽目極使君船。

題顔修來從獵圖

作賦才名動玉除，同時槖筆扈儲胥。卻看圖畫三江上，不異追陪七聖餘。射柳場高風簇馬，掠鷹臺暖水通渠。徘徊玉勒知何意？袖裏猶存諫獵書。

沈母節壽詩冊

人生如輕塵，百年苦易度。此言雖達觀，久爲名教誤。感慨重一諾，棄捐惜中路。何況恩愛殊，結髮爲夫婦。皎皎冰蘖操，清風激隤暮。立孤事辛酸，艱厄亦以屢。俯仰四十年，中庭羅童孺。令子振英聲，天衢縱高步。昔爲卵覆巢，今爲雛反哺。精意諒不泯，皇天昭誠素。而我鬢雙雪，煢煢莽馳騖。一生罔極懷，萬事水東注。去年客京都，頗枉羣公顧。登堂各有約，將母豈不慮？重疊舊緗帙，零落好詩句。悽愴等蓼莪，委之篋中蠹。子能列母名，快哉卷袞富。以綴《列女傳》，絕勝《閒居賦》。生子賢與愚，何啻天壤去。春光泛崇蘭，暉映北堂樹。勉旃終令圖，純孝吾所慕。

送徐果亭春坊假還

旭日鶯啼上林早，青青已遍汀洲草。蓬池仙客乍思鄉，手自削牘辭明光。傾城朝貴盡出餞，對客只道蓴絲香。握中鉛槧復幾許〔一〕？河東篋書自能補。下直何曾與人事〔二〕，閉門祇欲窮今古。到家兄弟數相過，到洽爲中丞，詔許得過其兄溉省舍，以其兄弟素友愛、不隔别也。謝氏池塘芳草多。一朝分手各異鄉，南浦春風奈别何。駸駸去騎長安陌，嘶斷玉河楊柳色。玉河楊柳劇堪憐，絲絲惜别遊人前。勿言丘壑可游衍，須道明時正急賢。青門迴望忽以遠，皇華驛前行客飯。歸當祓禊晴洽曲，落花遊絲春未晚。詔書及門君勿遲，秣馬青芻車載脂。

【校記】

〔一〕『握中』，馮本作『屋中』。

〔二〕『人事』，稿本、鄭本作『塵事』。

偶題有諷

祇爲塵多舉扇遮，可知惆悵爲東華。三春已過芳菲歇，冷落棠梨一樹花。本事：此人枚卜不得，有『須避東華仕宦人』之句。時前朝進士止此一人。

露立〔一〕

露臺風起立多時，繚亂花枝與柳枝。嚏嚏知因誰道我？故人千里最相思。鄭箋《詩》『願言則嚏』云：『齊人每噴嚏，則云誰道我。』

【校記】

〔一〕稿本、鄭本題作《露臺》。

夜雨

衰年不是舊心情〔一〕，怕聽階前滴雨聲。懊恨無多三兩事，酒醒思著到天明。

【校記】

〔一〕『不是』，稿本、鄭本作『不似』。

出德勝門野望過陸氏莊小憩

尋幽不知極，出郭見晴原。御宿花侵路，田家綠到門。鶯啼臨驛樹，馬飲隔河源。去去空煙水，終朝無一言。

題許給事小影卽送歸廣陵

冰絃歷歷寫清音，爲識江湖萬里心。但使畫圖猶可喜，況逢歸客果抽簪。

有贈

半成懵懂半惺惺〔一〕，說到當初只厭聽。憑仗東風能記憶，碧桃花下語丁寧〔二〕。

【校記】

〔一〕『惺惺』，馮本作『忪惺』。

〔二〕『語丁寧』，稿本、鄭本作『話丁寧』。

贈朱廣德

二十中郎未易才，箕裘兩地戟門開。鐘聲長樂三刀夢，樹色横山五馬來。下瀨征徭蘇舊障，上江歌舞入春臺。范公祠畔停留處，只恐徵書早晚催。

閉關二首

役役知何就？徒成早閉關。分明前日事，已改舊時顔。悔爲安蛇足，羞仍見豹斑。牀頭車馬路，只是隔家山。

夕照明疎雨，微颸捲薄寒。愁邊秋易暮，老去事難看。學道嗟何晚，將心苦未安。乘流大自在，歸日把漁竿。

送彭爰琴徵君赴閩撫幕

相見何刺促，多因使節催。南行風自緩，早發霽初開。隨鴈過楓渚，呼鷹上釣臺。江清螺女見，日暖蔗田回。辭賦應劉並，山川節鉞陪。已甘叢桂隱，聊共泛蕖來。乍接經年袂，重銜落日杯。長途去何限？待折嶺頭梅。

尋郭皋旭僧院寓居不值留題

門前枯樹少棲鴉，門外斜陽三兩家。煙火漸消禪榻冷〔一〕，無人知是住京華。

【校記】

〔一〕『煙火』，稿本、鄭本作『爐火』。

逼歲聞顧梁汾舍人入京訪之過西華門口號〔一〕

滿鬢霜華撲面塵，獨驅款段到城闉。隨人苦索東方米，計日空悲汲黯薪。舊友喜從江外至，新愁難向席邊論。西華門下傷心路，十一年來又一春。

【校記】

〔一〕稿本、鄭本『入京』上有『初』字。

雪夕

西第初開燕賀新，南山獻壽復良辰。清歌暗度悠颺雪，熾炭紅燒瀲灩春。數馬承家同萬石，如龍下食見諸荀。不教三爵辭多又，丞相無嫌有吐茵。

戲贈邵公子

密約何因得少渝，鴈魚消息豈全孤。十城難抵荊山璞，一夜初歸合浦珠。著意生嗔偏背笑，怪他多喚轉頻吁。只今雨雪長安舍，更與甄郎秉燭無？

容若從駕還值其三十初度席上書贈六首

東巡列校若雲屯，日觀峯高侍至尊。不用登臨誇極目，身騎匹練過吳門。君初隨駕自吳還。

昨歲淩雲動上都〔一〕，而今三十殿中趨。佳人南國爭相問，解道鬑鬑頗有鬚〔二〕。

雙排壽讌值春前，正欲趨庭被急宣。內錦製成親賜著，不教更索舞衣穿。

小坐花間一草堂，官瓷深注乳泉香。阿誰病酒能消渴，手剝金盤橘子嘗。

載得江南萼綠梅，曲屏藴火待花開。內中忽報一枝發，恰有東風泛酒來。

共知門第屬韋平，經術由來重漢京。多事才人新樂府，內家爭播管絃聲。

【校記】

〔一〕『昨歲』，稿本、鄭本作『弱歲』。

〔二〕『解道』，鄭本作『總道』。

郭臯旭南還謁選廣文，爲部議所格

每自營歸計，難於得好官。君家分水側，日夕把漁竿。借問鱸魚鱠，何如苜蓿盤？空悲攜手地，遠望不能餐。

次韻和中允嚴四兄假還述懷四首因贈其還南

歸去何須更白衣，如君出處世仍稀。偶然金馬從人入，其奈冥鴻慣獨飛。解組便應投卜肆，披裘還自認漁磯。鶯啼花暖江南路，莫問舟行有昨非。

多爲空山猿鶴催，更愁三徑翳蒿萊。屐從林下已雙蠟，槎泛天邊只一回。徹禁曉鐘臨岸聽，背牆宫燕掠波來。不緣回首偏惆悵，曾待君王白玉臺。

雄文端合動高旻，致主何難策要津。論語未傳先去國，江湖自乞豈關人。角巾小墊能成俗，團扇輕題易逼真。如此風流誰得似？花飛惜別對殘春。

依然席帽欲淹留〔一〕，編纂何年得少休。世已無人知散木，君曾憐我記停舟。僕新爲《停舟書屋記》，蓋《客難》之流，深爲嚴君所歎賞。泥塗久分非同調，山水差堪並昔遊。只恐白雲籠不住，鵷行相待在螭頭。

【校記】

〔一〕『欲淹留』，稿本、鄭本作『獨淹留』。

送盛孝廉黼宸落第同季弟還嘉興以所攜端石硯贈之〔一〕

年少何憂始願違，此行還自歎卑飛。楊花舞絮不成醉，宿麥抽旗獨送歸。一去鯉庭同讌賞，再來棠樹轉芳菲〔二〕。十年研北身猶賤，贈爾重憐和者稀。

【校記】

〔一〕『以所攜端石硯』，稿本、鄭本作『余以所攜端石』。

〔二〕『再來』，鄭本作『重來』。

送王海憲之任寧波爲寧紹分巡〔一〕

建旄馳傳復南行，二十年前卧轍情。竹馬兒童驚老大，甘棠雨露憶生成。雲藏蜃市開宮闕，潮落蛟門駐旆旌。廟算新聞蠲海利，三時按節有餘清。

【校記】

〔一〕『爲寧少分巡』，稿本作『王前爲寧少分巡』，鄭本作『前爲寧少分巡』，均移爲題下注。

題容若出塞圖二首

一行秋鴈促歸程，千里山河感慨生。半彈吟鞭望天末，白沙空磧少人行。

奉使曾經蔥嶺回，節毛暗落白龍堆。新詞爛漫誰收得？更與辛勤渡海來〔一〕。

【校記】

〔一〕稿本、鄭本『更與』句下有注：『高麗人曾購得《側帽詞》，共傳誦之。』另，『誦』，稿本作『讀』。

哭亡友容若侍衛四首

去去終難問，人間有逝波。未酬前日諾，已失醉中歌。萬事一朝盡，千秋遺恨多。平生知己意，惟有淚懸河。

自遣秦和至，方知二豎牽。禁方親賜與，天語更纏縣。祇欲酬明義，何關恃少年。他時無限恨，淒惻少人傳。

侍從張安世，名家晏小山。承恩惟宿衛，得意在花間。客至同欹枕，朝回只閉關。心期如有託，寂寞少塵寰。

春意憶當年，提戈絕域邊。射生供宿膳，鑿地出甘泉。宛馬終來漢，星槎直到天。俄聞中使告，慘澹素帷前。次日，老羌款關，報至，詔使哭告靈前。

和商丘宋觀察遊河曲精舍詩次韻〔一〕

曉漲試新舠，縈迴出郭遥。輕行絶騎從，柔櫓轉溪橋。羃雨邨如失，看山意也消。使君乘逸興，不用野僧邀。

【校記】

〔一〕此詩共四首，後三首見《湛園詩稿》卷上。

酬高學士來柬因述懷二首

未冷燈前一寸灰，閒思往事獨徘徊。天高卻礙鵬身運，風逆重傷鷁翮摧。只有感知情最重，可能銷骨意無猜。三年親切何由近〔一〕？錦字俄從霄漢迴。

大賢空闊自多容，得意常於象外逢。賞逐枯桐偏息響，識歸埋劍已藏鋒。獨棲雞樹分霄漢〔二〕，並直螭坳待曉鐘。我老都忘緜竹頌，敢期寂寞問孤蹤。

【校記】

〔一〕『親切』，鄭本作『清切』。

〔二〕『霄漢』，鄭本作『霄露』。

送周參軍之任山西和魏禹平韻〔一〕

底事仍須匝月留〔二〕？棲遲只是惜同遊。故家風味貧貪客，才子心情感爲秋。一郡蒼涼無廟〔三〕，六朝舊恨景陽樓。君住白下，新賦金陵百韻〔四〕。何人卻笑官資冷，意氣猶能横九州。

【校記】

〔一〕此詩共兩首，第一首見《湛園詩稿》卷中。

〔二〕「底事」，鄭本作「何事」。

〔三〕「一郡」，鄭本作「一部」。

〔四〕「百韻」，鄭本作「百詠」。

題侯大年鳳阿山房圖因送歸疁城次韻三首

家住東吳罨畫間，滿庭修竹未經删。何人爲寫丹山狀？不放歸心一夕閒。

如今解纜是歸舟，到日重開三徑幽。霜閣洞庭猶有橘，客來海上莫驚鷗。

季鷹已鼓思蓴棹，謂漢瞻。侯子還尋問字亭。我亦無端望天末，晚來風捲半山青。

梁藥亭孝廉將還嶺南枉過不值因有此贈〔一〕

累日未成去，時來何卒卒。揚鞭迅飛鳥，但見煙塵沒。宿昔抱奇尚，讀書懷雄圖。良時忽畹晚，十年三上書。坎軻不自言，所覺鬢微蒼。況當季秋末，日沈野無光。離絃泠泠哀，別酒黯黯銷。唯有南飛鴻，送子川路遥。鴻飛有時還，行子去未已。若無空中書，何由問音旨？

【校記】

〔一〕鄭本『梁藥亭』上有『昨』字。

總憲公修褉楊氏園同湯西崖萬季野諸君時園中花事尚遥宿莽蒼然壺觴竟日清談而已

並轡城陰十里賒，輪蹄靜處有人家。不教喧騎驚遊陌，坐愛移尊款落霞。澗水未生流尚曲，檐枝經暖緑初遮。非公高躅遺塵賞，誰向空林待物華。

陳北山郡丞將赴任上郡時寓慈恩方丈與余接談知爲先君舊識泫然久之賦此贈行

旌旆高懸落日陰，萬家砧杵動邊心。共言蕭寺離居寂，豈識山陽感舊深？兩世論交頻對酒，餘生悲淚忽横襟。五原故壘稀征戰，緩轡時爲出塞吟。

海昌楊少司馬壽辭

此生誤落賈董後，常於陳冊想遺蹤。感公封事每似之，何由一見披心胸？憶初北上歲在未，公方校士坐至公。清晨徹棘報丹扆，出入冠佩紛瑽瑢。俄被明詔出遠牧，都人驚詫讙猺獞。叱馭豈知九折險〔一〕？揮斥瘴霧披榛叢。已見板楯趨約束，復聞槃木歌王風。牙旗矗天塞鼓静，六年作鎮非匆匆。汲黯不忘戀闕志，山甫肯數城齊功。天子曰俞嘉丕績，片紙趣上車追鋒。昔居南臺稱獨坐，一往眼額震羣蒙。今佐邦政亦屬耳，甲兵一洗氛祲空。得暇便爲文字飲，而我亦得時過從。高談軟語及夜半，銀瓶瀉酒琥珀紅。有時撫事亦沈吟，庭隅唧唧號寒蟲。吁嗟砥柱竟誰屬？欲語世態羞雷同。即今鬢髮尚未變〔二〕，眉宇飛動神沖瀜。豈弟君子神所祐，致君堯舜時和豐。我久蹭蹬無一事，願書明良際會隆。要令萬古垂炳爍，敢辭衰老筆未工。

【校記】

〔一〕『叱馭豈知』，鄭本作『叱取豈辭』。

〔二〕『鬢髮』，鄭本作『鬚髮』。

八月十四日出郭歸途得句二首

出郭雲陰天四垂，馬蹄何事更遲遲？ 故人一去未宿草，荒殯重經空素帷〔一〕。 酹酒不乾朝奠几，紙灰猶掛暮號枝。 豈應神理今都盡，爲想支頤獨詠詩〔二〕。

纔入庭中拭淚行，自然寓目使情傷。 殘書讀共挑燈後，侍史扶經醉酒傍。 從此楊雲增寂寞，可能阮籍更猖狂。 城頭畫角催歸早，攬袂愁看月映廊。

【校記】

〔一〕『空素帷』，鄭本作『尚素帷』。

〔二〕『獨詠詩』，馮本作『獨詠時』。

送徐行人齎詔雲南〔一〕

星槎西去下盤江，絕域迢迢出冉駹。 萬里君恩黃紙詔，千峯歸路碧油幢。 鐵橋戍古新休戰，玉案銘高舊勒降。 多少昆明灰劫盡，他時夜雨話西窗。

【校記】

〔一〕此詩共兩首，第一首見《湛園詩稿》中卷。

八月二十九日書懷〔一〕

老大蹉跎志業賒，而今真悔讀《南華》。愁當黄菊連朝雨，開遍決明無數花。甑破豈堪人復顧？璞存聊與客同誇。可憐隆準知名姓，十載無因託後車。

【校記】

〔一〕此詩共兩首，第一首見《湛園詩稿》中卷。

禹鴻臚傚松雪水村圖自畫小影索題

禹郎能畫復能文，小隸兼能學右軍〔一〕。愛策竹枝冰雪瑩，閒裁荷葉水田分。屏風肯作千山雨，禹嘗許爲予寫照，唐詩：『欲將張翰江東雨，畫作屏風寄鮑照。』團扇先披一樹雲。又唐詩：『謝安團扇上，爲畫敬亭雲。』通志堂前同玩賞，王孫芳草不如君。《水村圖》，成侍中所藏。

【校記】

〔一〕『小隸』句，鄭本作『晢墓中年比右軍』。

總憲公邀同竹垞檢討遊上方山是日微雪晚憩長新店作

孟冬寒氣薄，雪意亦瀟灑。背郭眄羣峯，繁陰結復解。追隨豈異人，夙昔自模楷。促騎語笑喧，振襟塵氛擺。日夕度桑乾，箭激赴溟澥。歇鞍旅店外，未覺茅屋矮。榼酒滿頻傾〔一〕，村魚纖可買。門前卽歸路，形役苦已憊。臥聽車輪聲，乍冷心魂駭〔二〕。

【校記】

〔一〕『榼酒滿』，鄭本、馮本作『榼酒暖』。

〔二〕『乍冷』，馮本作『乍令』。

蚤發盧溝橋百里至孤山口普濟寺宿

日出亂煙霧，崇岡互迴伏。雞鳴指前村，數家連山足。朔氣何茫茫，草短狐兔逐。東望漁陽塞，西眺燕山麓。五季昔交訌，鷹居非一族。此地卽戰場，舊事滿陵谷。晉李嗣源救幽州〔一〕，與契丹轉戰六十里，卽此地。窄徑沿洄溪，兢陵渡馬腹。孤山忽在眼，近寺露深屋。僧野少逢迎，碑殘試捫讀。中堂一燈靜，戶外羣峯矗。月漏白松頂，清光了可掬。卽事多所歡，誰能眠出縮？山風打窗櫺，夜闌酒更續。

【校記】

〔一〕『幽州』，鄭本作『燕州』。

登上方山飯兜率院

大房之山中條麓，上方開鑿尤自古。香界中藏百二十，神仙窟宅誰能數？幽徑初從韓姑砦，連峯直接大安塢。兩壁交攢天四圍，一線中豁日卓午。亂石崢嶸不可過，深阬一墜那得取〔一〕？千尋瀑乾白自垂，萬歲枝枯綠尚吐〔二〕。仰看蜂臺稍寬敞，側尋鳥道轉傴僂。捫鐵居然緣壁蝸，攀崖不用杷山虎。初入山，土人縛椅用兩木扛之，至石梯即棄之不用。九盤級盡空喘汗，百丈峯高難接武。寺側一峯高百丈，下有一斗泉，時二公往遊，僕病未能也。中巖結構何岧嶤，諸山拱揖勢若俯。畫刹風翻五印字，法堂雷響六時鼓。漫山楓葉自嫣然，閉戶檀欒誰作主。下院有竹林，鍵門不得入。拄杖獨到興更悠〔三〕，牽蘿雙映勇可賈。已知小汲鬬泉清，未覺長齋厭荼苦。天寒凍合難久留，落日丁丁聞樵斧。道人問我來何期〔四〕，須待春生徧蘅茌。

【校記】

〔一〕『那得』，鄭本作『那能』。

〔二〕『枝枯』，馮本作『藤枯』。

〔三〕『興更悠』，鄭本作『興更幽』。

〔四〕『來何期』，馮本作『來何時』。

望摘星陀〔一〕

寺西一拳石，團團如摘星。聞有巢棲子，結廬窮巖陘。蓋茅不數把，梵筵惟一經。數里下取汲，絙匏上青冥。飛騰怯猿猱，來往若遺形。今者竦身去，十年閉禪扃。吹簫者誰子，翩然下雲屏。天風遞餘響，摵摵霜葉零。我無濟勝資，俯首時一聽。聲聞忽以寂，默坐想精靈。

【校記】

〔一〕《湛園詩稿》卷中於《望摘星陀》下尚有《次日抵石經山下不果上小憩東峪寺還》一詩。

六聘山弔霍處士〔一〕

今古六聘山，東西二黌水。陳跡空千年，發論自今始〔二〕。幽冀舊淪沒，文物散無紀。寥寥處士名，高與望諸擬。何處哭孤墳？大漠飛沙起。魏慮道將爲燕郡，下車表樂毅及原墓，爲之立祠。

【校記】

〔一〕馮本題下有注：『山名不知何自，竹垞定爲因霍得名。』

〔二〕『今始』，鄭本、馮本作『朱子』。

賈島峪

荒墳無路草芊芊〔一〕，高塚何人亦道邊。古得千秋五字在，休將窮薄笑前賢。

【校記】

〔一〕『荒墳』，鄭本作『荒塋』。

宿顧呰道觀明日總憲公竹垞先還余以病與章君留一日紀事

老去怯修途，性益不善騎。昨來疲登陟，野廬聊一憩。衰羸易爲感，況乃衝飈厲。委頓馬蹄間，薑桂非猝致。夫子來遲遲，謂總憲公。自起親箠轡。坐我所乘輿，卅里不言瘁。幸蒙卽次安，里門猶未閉。熾炭具茶茗，飣餖亦瑣碎。倉卒土炕中，清冷得甘睡。鐘動首前路，殷勤誡僕隸。病夫偏愛粥，入口便鹽豉。山市那得此，章生可人意。匹馬走荒城，乞米從縣吏。石窩稻沃雪，石窩稻出房山上，乞得一升歸。一升資餅饎。灑然腸胃滌，漸覺清虛至。星壇試緩步，缺月吐纖翳。偶無塵俗擾，得與賞心值。緬懷長春子，金膏足度世。一辭黃屋歸，仙骨今永閟。而我返京闕，擾擾知何事。

寄壽棗强縣馮揮五兩絶句時與向子姜漁同客許明府署中〔一〕

彈指人間六十年，半生湖海意翛然。若爲塵世堪遊戲，跳入壺中作小天。

遠遊宅裏丹仍在，向秀壚邊酒重賒。乞與吾家賣漿叟，一雙仙棗大如瓜。太公賣漿處即棗陽。

【校記】

〔一〕『署中』，鄭本作『署内』。

閒居

隔垣隱隱鬪車輪，鎮日閒居獨閉門。所是胸無惆悵事，一番花落又黄昏。

題畫桃柳燕子

桃始花開柳作緜，都城四月爭暄妍〔一〕。如何不逐南歸伴，抛擲春光九十天。

【校記】

〔一〕『都城』，鄭本作『燕城』。

傷事〔一〕

貧賤常憂不富貴，豈知富貴動危機〔二〕？揆之國體誠堪惜，端爲身謀只少歸。顛踣方思聞鶴唳，崇高曾念泣牛衣。首陽山側無埋處，青史憑誰問是非？

【校記】

〔一〕鄭本題作《傷古》。

〔二〕『動危機』，鄭本作『履危機』。

送張昆詒進士歸覲

我住京師第八年，見君三待公車詔。兩次上書俱報罷，歸途那免僮僕誚。此行鷹隼脱絛鏇，健翮搏風臨海嶠。未窺金馬意已懶，早賦板輿辭獨妙。海門雪浪高於山，餘波呀呷魚受釣。蟹劈鵝黄蓴作絲〔一〕，手杯不放瀝餘醽。人生萬事直等閒，難博雙親時顧笑。況君得第尚壯年，擊鐘鼎養誰能料？連句作陰不成暑，六月涼風疏萬竅。爾時高堂正夢歸，行矣扁舟疾鼓棹。

【校記】

〔一〕『蟹劈鵝黄』，馮本作『蟹擘鵝黄』。

雜詠六首

萬方遊豫樂時豐，拜疏爭傳給事忠汪。誰繼虞廷賡大孝？南來還有舊乘驄梅。

江湖再入張丞相，廊廟重登蕭大夫。詔下讙呼騰郡國，跳梁羣盜爾何愚！

使者巡河夜叩關，平明啟奏動天顔。而今無復爭如虎，殿上先生去不還。去年廷議河事，有『呼先生於殿上，出二疏於懷中』之語。

別殿新營灞水涯，鑾輿從幸盛宮釵。俄傳長信金根出，一路期門促打街。

漢家守相重山郎，柱史何勞費皂囊。多爲錢神驅使得，故將考課惱京房〔一〕。

大夏烏孫自鬭兵，王師薄伐豈無名？鑿山煮弩辛勤甚，贏得歸來太瘦生。謂二使臣。

【校記】

〔一〕馮本、鄭本『故將』句下有注：『時有御史疏，乞異途不用保舉。』

見市有籠蟋蟀賣者命僕以錢十文得之

編蘆截竹小堪擎，買得吟秋蟋蟀聲。懸向檐前涼夜雨，聽餘枕畔舊山情。黄花作釀生涯薄，白露爲漿病翮輕。但使田園歸計遂，何嫌瑣屑注蟲名？

送竹垞先生南還〔一〕

先生客京邑，端坐不出戶。借書動滿牀，涴缺手自補。瑣事注蟲魚，遺編辨罍甒。燈下蠅翼書，微茫差可覩。人嗤老兀兀，疲茶亦何取。置之若不聞，竟日頭必俯。雖與世情薄〔二〕，遇物益明剖。微覺兩耳聾，是非了能數。崎嶇公卿間，雜沓賢奸聚。炎冷競轉瞬〔三〕，勝敗決一賭。俗情爭險巇〔四〕，紛來噉腥腐。時過與我言〔五〕，勃勃意欲吐〔六〕。終懷阮籍慎，肯悔原憲窶？結束事征轡，永言閉環堵。惜此涼風天，無錢買清酤。落日指前途，飛蓬亂如雨。

【校記】

〔一〕『竹垞』，鄭本作『菊隱』。

〔二〕『世情薄』，鄭本、馮本作『世情闊』。

〔三〕『炎冷』，鄭本作『炎涼』。

〔四〕『俗情』，鄭本作『物情』。

〔五〕『時過』，鄭本作『時常』。

〔六〕『勃勃』，鄭本作『勃窣』。

慈仁寺見賣白鸚鵡頸上有毛淡黃色，如葵花，舒頸則花放

麗棟曈曨映玉姿，垂頭解喚市中兒。自矜妙質原殊衆，其奈能言未合時。向日有心花瀲灩，竦身無路雪離披。白家籠内曾相閉，白到渾身誦白詩。樂天詩：『若稱白家鸚鵡鳥，籠中兼合解吟詩。』

送沈南川之任

一夜碪聲萬戶秋，薊門寒色攬征裘。遙將妻子琴書伴，瞥過瞿塘灩澦洲。印綬花香逢二月〔一〕，縣門春暖對雙流。此時拄頰西山曉，得似餘杭最勝遊〔二〕。沈，杭州人。

【校記】

〔一〕『花香』，鄭本作『花開』。

〔二〕『得似餘杭』，鄭本作『可是雷峯』。

爲高君作書竟戲題其尊君給諫有書名〔一〕

雙鉤懸腕指尖齊，錐畫沙中印印泥。書到通神無法說，箇中須是問家雞。

【校記】

〔一〕『高君』，鄭本作『高生』。

冢宰陳公餉木瓜六枚兼辱示新詩仍索和章謹次原韻二首

叢柯布葉結繁陰，嘉樹初聞自固林。枝似頻婆同北種，氣含霜橘繫鄉心。溫爐夜對傾三雅，紙帳朝趺戲五禽。不惜芬香傳素腕〔一〕，助人時復一高吟。

蟲蛀風乾入貢辰，可能憔悴對芳新〔二〕。《明會典》：『宣州歲貢烏爛蟲蛀木瓜，入御藥局。』尚書藥籠兼防老，原句『削泥藥籠兼防老』。賤子荒齋遂得春。急遞未消山上露，傾筐重寫日邊人。如何並得瓊琚贈？欲避趨時苦絕塵〔三〕。

【校記】

〔一〕『芬香』，鄭本、馮本作『清芬』。

〔二〕『對芳新』，鄭本作『鬬芳新』。

〔三〕『欲避趨時』，鄭本、馮本作『欲步趨時』。

大駕南巡還幸闕里恭紀四十六韻進呈

軒皇垂裳得天紀，七曜聚合如璧珠。經歲四千五百六，貞元之會今同符。康熙紀元天子聖，二十三年文教敷。臨雍逢逢鼉奏鼓，拜洛點點龍浮圖。舜干一揮荒服静，神鞭再投海水枯。爰議時巡降清問，禮官具儀帝曰俞。德音始涣萬物泰，所過盡賜明年租。禮崇望告首東岱，制度一一準有虞。簡省衛從止除道，奔走父老寧須扶。既陋五土事封禪，亦笑八駿徒馳驅。闕里臨幸有故事，跨軼百王禮數殊。泉林游詠證道妙，魯門未到心先輸。上經泗水東境，製《泉林亭記》。有司宿戒壺濯陳，羹鉶飯簋籩脯朐。筍鱗虡贏編磬備，和以琴瑟笙簫竽〔一〕。樂工肄成太常部，三十六舞紛縈紆。是月仲冬日已卯，軫中朗概明前櫨。風和氣暄翼雲罕，衮旒肅穆中殿須。雲雷之尊犧象二，廟器羅列商周模。祝辭親製皇帝獻，告虔幣嘉酌清酤。贊稱九拜獻三跪，此事今有古所無。煙燎既舉神洋洋，公卿冠珮鏘瑤瑜。皇帝更衣御行幄，臚傳進講駢生徒。如聆金石壁中奏，復見詩禮庭前趨。締觀象設展圖繪，始知妙手神明俱。聖蹟廟藏憑几像、行教小影，顧愷之畫；立像，吴道子、米芾畫。帝乃載歌歌五言，音成雅頌文典謨。上御金絲殿，出聖製《賜孔毓圻》。摩挲手植生意盡，化工迴斡欣重蘇。宣聖手植焚餘檜，御製賦贊之。鑾旂北指廟扉闔，羲和停轡儼未晡。墓門高揭大庭庫，石梁徑渡城陰洙。千年陳跡瓴甓砌，四方移種欃檀株〔二〕。黄玉一閟不復見，惟見羣雀鳴相呼。舉酒三酹復再拜，草間翁仲聞長吁。靈蓍目繫心自契〔三〕，陰陽變化誰能摹。上駐蹕，命侍御采蓍草數莖玩之〔四〕。六師久嚴先輅動，皇情欲去增踟躕。青雲留拂翠華葆，上命以所御曲柄黄繖，留供文廟。垂露交輝金榜烏。御書『萬世師表』，懸大成殿。四氏承恩拜稽首，填觀萬目皆睢盱。踰年廟碑復載往，睿藻揮灑翰墨濡。碑用西山奪玉石，杜琯《石譜》：『燕山石出水中，名奪玉。瑩白而溫潤。』白鏹齎運出中帑。蓋用琉璃瓦兼兩，樹之金聲門右隅。排決幽扃煥長夜，晶晶懸日當天衢。百家騰恣仁義塞，可憐聖路久榛蕪。元和大中祇文具，漢鐫唐搨空模糊。我皇好道不旁騖，但言魯國惟一儒。岐陽嶧陽先後聖，峩峩並列穹龜趺。御製《祭周公文廟碑》及《孟子廟碑》文。從此膠庠盛經術，絃歌詎獨鄒與邾。人文化成休氣應，陽和鼓動天地爐。羣臣不知所報答，陛下萬歲長歡愉〔五〕。

【校記】

〔一〕『和以』，鄭本作『加以』。

〔二〕『櫰檀』，鄭本作『槐檀』。

〔三〕『目繫』，鄭本、馮本作『目擊』。

〔四〕『上駐蹕，命侍御』，鄭本作『上御駐蹕，命侍衛』。

〔五〕『陛下』句，鄭本作『陛下萬年頌歡愉』。

戲作紀事

客有金翰林，識鑒洞古今。客有盛御史，飽諳經術理。今年四月中，掌院臣疏爲。臣德嘉耳聾，部議遂斥之。今年五月二十一，天子下詔事甄別。閣臣跪奏儀曹升，兩耳雖聾工下筆。一十二人同入轂，七十五翁俄豸繡。莫道西施妍，好惡常相並。莫道嫫母醜，一黜復一幸。人生遇合有命豈盡同？君不見翰林御史之兩聾。

阮亭副憲席上和詠琴魚詩時予以方余鄉海鱑且許爲公致之魚長寸許，出宛溪，色味正與海鱑同

枯藤雙倚退食餘，折簡相召一事無〔一〕。坐客唯有城西朱，錫鬯。且喜南榮日曬書。軟語移時動深酌，仰看參明掛屋角。閒徵瑣事及蟲魚，飣盤遙數江南樂。不見涪翁句，春網薦琴高。千里誰封裹，致此溪中毛。神仙風味遺爾雅，自得新詩更瀟灑。儂家本住扶桑東，扶寸的皪連叉筒，海鱑之味將無同。勿嫌鄉物輕比擬，爲公遠致爲佳耳。他日徵公海鱑詩，但言此心以馳彼。《詩》疏：『冬日之昏，在天在戶，惟參爲然。』

【校記】

〔一〕『折簡』，鄭本作『折柬』。

同邑鄭蘭皋先生懿行清節鄉里致敬明年壽登八十矣其長君寒邨庶常將請假歸覲附詩一章爲祝

鸛浦出城西，相望不終舍。中有隱君子，潛居依巖罅。自我髮未燥，六十忽過夏。所嗟見面稀，況乃接杯斝。德門富儒術，幽事及耕稼。裁荷製爲衣，葺茅蓋爲瓦。雜卉承酒樽，山泉潤筆架。錦褾一

告身〔一〕，黄金雙帶銙。牢藏固箱篋，甘受羣鵶嚇。翻翻海上鷗，出門互迎迓。里社競割肉，時節亦命駕。或云漢管寧，衣冠甚藴藉。或云晉陶潛，甲子無假借。膝上置文度，談經恣日夜。漫言及時事，手排使之下。令嗣亦不羈，紆組行復謝。南極多老人，輝輝映桑柘。去矣鄭公鄉，樂事良足吒。

【校記】

〔一〕『錦褾』，鄭本作『縹軸』。

詠筆管中蒲盧

短幘纖腰亦土蜂，聊將草木姓名同。飛颺書幌何時定？睥睨丸泥有路通。待得充閭纔七日，可能苗裔是重瞳。管城慚愧無多地，冷淡家風寄此中。

斷硯歌爲顧梁汾酒後擊碎

下巖之精玉爲骨，良工剖琢殊光彩。圓蟾挹水切天漢〔一〕，硯池外眼暈七重。赬霞落照翻瑶海。的皪晴沙平欲鋪，演漾浮藻緑堪采〔二〕。匣藏三寸恰受墨，試染波濤醮筆壘。朝呻暮吟復誰伴？憐我羈窮煩真宰。吁嗟神物會變化，風起塵湧如有待。東方滑稽已嗷嗷，舍人老拳毒於蜖。一朝擊折珊瑚枝，引針刺舌詎可悔。君不見井底古鏡缺復明，爨下遺桐聲轉清。膠連漆附大堅緻，十年寶愛忍終棄。不似端瓊流落隨羣兒，與作瓦全寧玉碎。余藏硯名端瓊，爲俗子竊去。

【校記】

〔一〕『天漢』，鄭本作『天潢』。

〔二〕『演漾』，馮本作『潢漾』。

賞荷龍頭湖還園中作洞庭

一帶明湖映稻田，五人同上木蘭船。暗香蘆葦風吹亂，嬌豔綺羅日炙鮮。看捲碧筒嫌戶窄，閒憑朱檻得身便。醉歸樓上風露滿〔一〕，夜夜水晶宮裏眠。

【校記】

〔一〕『風露』，鄭本作『風月』。

有感

自憐顚頷對君憐，說向從頭四十年。牀上有心期坦腹，坐中無事得隨肩。一杯未酹橋公土，半榻仍留子敬氈。鬱結平生無限恨，消除能得幾華顏。

沈昭士進士宅宋太君壽宴

湖山面面好風光，偏爲君家愛日長。彤管侍兒歌宋子，絳帷高第拜春王。仙都暫結青雲友，嘉會重登白玉堂。宴罷酒尊一西笑，雙鳧應傍彩輿翔。

歸

日思歸計真歸矣，草草前程不當歸。裝擔舊書增僕累，隨行官誥慰妻饑。自齎《恩誥》二通。冬潮易縮船難進，江路初寒日少暉。何事言歸轉愁絶？鬢毛衰落故人稀。

武林張參軍招飲次日惠詩並示行間録率和二章

康熙十三年，以御史隨征湖南，歸朝被謫〔一〕

當時敵愾在行間，詔出蘭臺柱史班〔二〕。面拂霜威乘傳去，手成露布拜恩還。跕鳶天外功名薄，放鶴亭前簿領閒。一酌宜城消日永，官曹冷落對吴山。僦住吴山下〔三〕。

仲宣最愛從軍樂，每向軍中自詠詩。今日參軍尤駿逸，凌晨懷友惜分離。文中司馬豈吾敢，柱下猶龍非子誰？別後偏多新雨露，朝陽鳴處有高枝。來詩有『文追司馬』之句。

【校記】

〔一〕鄭本『歸朝』下有『後』字。

〔二〕『柱史』，鄭本作『御史』。

〔三〕『僦住』，鄭本作『僦居』。

贈寶陀寺潮音禪師師舊住吾邑先覺寺移主此山

一從得記歸山寺，手種青松百尺長。臺下猿啼辭法杖，鉢中龍起引慈航。重開劫地鋪金刹，盡咒波宮作道場。不信請君池上看，蓮花池外已無洋。寺門前有蓮花池，抵寺經蓮花洋。

飲程氏新園

倚棹河干一草堂，不知花徑但聞香。正披薜荔開芳宴，恰被梧桐送早涼。地是比鄰新構得，臺從妙手巧商量。從今痛飲須來此，隨意山邊與水傍。

秋中雜感〔一〕

自較生年六十强，平看歲月去堂堂。人前議論鋒鋩少，老後文章意味長。遇飲無人邀酒戶，得錢隨分付書坊。如今但覓閒田地，短架漁村作漫郎。

【校記】

〔一〕此詩共六首，此爲第二首，另五首見《湛園詩稿》卷下。

留別蕭羽君邵匪莪二子

竭從京邑還，星霜屢迴換。故人半黄土，不獨毛髮變。山鄉生理窄，歸客百憂纏。頓使秋風生，吹我復異縣。人情改今昔，舊交希會面。蕭生伉爽姿，近亦疎筆硯。邵生熟文史，家頗事漁佃。急解門前舠，兩槳疾於箭。同訪我逆旅，款契忘日晏。中坐敘平生，寧忍淚如線。屈指第五壬，予壬辰嘗館蕭氏，今年壬申，五閱壬矣。事過急流電。臣精久銷亡，蓬根尚飄轉。蹭蹬直至今〔一〕，豈獨吾少賤？念爾各頭白，欲別還戀戀。偶立欞星門，看桂玉虛院。躑躅師友情，千載誰當見？

【校記】

〔一〕『蹭蹬』，鄭本作『蹭蹬』。

題洪簡民小影三首 一麗人捧劍侍

聲如劈歷弩弦開，曾從樓船擘水來。畫取扶桑東界盡，端宜圖畫在雲臺。

青油緹幕對朝雲，白刃鋒尖作露文。隨意毛錐與大戟，此生端的欲輸君。

鵠頭飛過落迦山，同拜潮音洞口還。諸相莊嚴親見後，又隨玄女到人間。

以海鱃緘寄阮亭侍郎並申前意

小隊羣游似錦舒，蘭成賦中一寸魚。燭光夜落鮫人室，針尾朝登玉筯蔬。曾許先生多贈致，欲教微物長吹噓。華堂宴集興言詠，持比琴高定得如。魚性喜燈影，漁人俟夜把火照〔一〕，則羣集而取之。

【校記】

〔一〕鄭本『照』下有『水』字。

題樂陵君觀漁圖

鄙性不食肉，因有嗜魚癖。所至必索魚，荒縣何由得？自君理高津，甘霖變鹵瀉。滲液滿近郊，清晨薦芳鯽。啖我以腹腴，未覺枯腸窄。杜陵有布衣，數過諸孫食。盤飧何足辭，口實恐見責。惟君用意好，甫也甘久客。滿幅濠梁圖，一片蟠溪石。吾家盛勳業，東海留餘跡。羨爾方年少，垂綸且自適。

楊伯起

關西楊伯起，持身絕磷緇。故人夜相投，黄金私見貽。舉手指天地，子知兼我知。遜詞謝令去，清風千古推。余意亦偶然，此事未足奇。幸而漢網疎，震也罪當笞。見知勿舉首，吾君其可欺。罪名雖獲免，秩竟不量移。周旋義舊間，徒爲後賢嗤。

見某給事堆假山

拾遺家在翠微間，卻向窗前看假山。贏得太平封事少，要官勝似冷官閒。

葦間詩集卷四

甲戌元夕會飲狄立人爽氣軒甲戌

軒際列文檻，早晚撲煙霧。仰見西嶺霽，乍會巖中趣。客塵苦滿衣，入徑恣散步。煩襟俄以滌，談讌忘日暮。何況三五夜，懸燈照高樹。蕩蕩閶闔開，英靈盡來聚。良會非偶然，杯行肯辭屢？濫竽方自哂，十年廁文署。謬從公車集，奈此領髮素。翰林才不羈，一起絕天路。舉舉同袍子，期君在連茹。

題王令詒柳磯垂釣圖四首

荻蘆芽長水溶溶〔一〕，吹透生衣面面風。略彴半銜涼月度，柳梢猶帶夕陽紅。

綠蓑青箬足生涯，笑問先生何處家。機事不關鷗鳥性，雙雙飛掠釣魚車。

曾卸輕帆笠澤濱，席家園內著書辰。風流雲散年前事，一樣新圖當卜鄰。禹生亦爲予畫《洞庭秋望圖》。

如今小試烹鮮手，隨意江湖作釣汀。生計不離范蠡宅，歸來重理種魚經。

【校記】

〔一〕『溶溶』，鄭本作『融融』。

席上讀敦好堂詩感懷有贈〔一〕

陸機二十作《文賦》，綺靡無乃傷大雅。摩詰十九詠《桃源》，但是才高風格寡〔二〕。只今年少騖浮名，豈如吾子神瀟灑？辭條欲出枝葉淨，筆端一落波濤瀉。我初見子雙丸髻〔三〕，朗朗書聲澈窗下。試吟五字已驚人，常令吳郎笑口哆。謂塾師漢槎。自從哲兄初下世，頗憂後來無作者。詎意重登君子堂，清夜論文共杯斝。當時咄咄避火攻，何況於今非躍冶。辭豐義縟必己出，鄙笑羣兒競撏撦。匪獨詞賦擬曹劉，直欲文章追董賈。從予款曲問新義，往往遣迎果下馬。坐中相賞誰最深，前日它山來過夏。乍經巵蹕出回中，體弱猶堪角弓把。行幄常教誦近詩，顏色時蒙至尊假。歸來招飲即吾徒，老蒼落落開吟社。細數往事罄所歡，樸遬霜華墮檐瓦。君不見老懷偪塞異少時，不惜傾倒爲君寫。

【校記】

〔一〕鄭本『有贈』下有『愷功』二字。

〔二〕『風格』，鄭本作『風骨』。

〔三〕『丸髻』，鄭本作『髻丸』。

次韻送丁柯亭還丹陽

猶是今朝未去身，交情兩地最稱真。空爲郭隗臺邊客，偏憶黄公壚上人。謂其尊公。酒伴何因辭賀監，賀天山，其父執友。山資有分待嘉賓〔一〕。與許比部同還。欲知遠客思君處，覆錦花開隔世塵。

【校記】

〔一〕「嘉賓」，鄭本作「秦賓」。

與同年楊可久登張輔公別駕浣煙樓眺望

登樓事事好，尤愛夕陽天。鐘度出林寺，帆明水上船。晴霞澄海氣，墟郭亂春煙。不是來三徑，那知仲蔚賢。

馬坊口大風送大山還京和韻

南望迢迢逐去津，征衣猶掛洛城塵。文章命拙憐同調，師友情深憶古人。野岸孤舟相送客，西風羸馬獨歸身。明朝我亦驅車返，腸斷荒郊寂寞春。

逸峯同年筵上留别且約秋初同入關

鴻翮欲起凌青冥，忽然吹落天津界。主人好客客好閒，爲我虚堂息勞憊。憶當未年舟南下，恰好來時逢初夏。今我重來亦未遲，開遍薔薇猶滿架。咸陽使君才氣雄，高牙大纛凜生風。身歷三邊能料敵，廪活萬人不言功。當時坐我遂閒堂，花棚水樹舞霓裳。豈知雪鬢麻衣客〔一〕，仍伴青春白玉郎。君家棣蕚聯翩起，人道徐卿有二子。屈指扶搖欲上時，堪歎吾生已老矣。昨日誦君南遊詩，標格直與青蓮期。同年詩人有如此，而我衰聵久不知。況君年力尤鋒鋭，傾倒胸中事匡濟。豈愁鄧禹解笑人，要使周郎還短氣〔二〕。徹夜笙歌欲沸天，强扶殘醉把征鞭。相期莫誤清秋約，待爾同看嶽頂蓮。

【校記】

〔一〕『雪鬢』，鄭本作『霜鬢』。

〔二〕鄭本『要使』句下有注：『時年二十四。』

待築民商子不至率賦遺贈

商子頻來此，朝朝若飲醇。尚書爲舊閥，賀監是比鄰。得句時相賞，揮毫謬見珍。於人何分淺，與爾獨情親。旅食妻孥喜，招邀僮僕馴。未須吟憶越，邀共跡遊秦〔一〕。習坎堪同賦，長途豈畏屯？嫌君惟一事，葉子不饒人。予不善此戲，蒙君屢嘲。

【校記】

〔一〕『邀共』，馮本作『邀其』。

贈沓元彦徵士四首元彦，自號抱雪子。《白雪圖》爲思親作也，吴徵君天章記之，余爲書字

白雪圖成淚暗枯，倩將彩筆記全圖。欲知抱雪吟何處，一片蓼莪聲自呼。

不減才華陸士衡，多年入洛未成名。何人慣作壺蘆問，肉食安知國士情？

學書近學孫虔禮，別取鋒楞晉典型。短詠長歌渾漫興，酒闌愁絶總難聽。

閒對東風玉一枝，杯槃消遣宋都知。杯槃，唐時酒令。誰教白髮來驚坐，共是天涯淪落時。

舟中奉別座主徐先生次見贈原韻

連朝惜別未成辭，正是楊花雪落時。共遇陽和傷己老，幸蒙噓植敢言遲。庾家園内三竿竹，謝傅墩前一局棋。何日從公函丈去，重抒幽恨寫烏絲。頃公命書近作，以烏絲欄寫之。

次韻酬賀天山舟中見寄

自到幽園裏，終朝不見人。屢添衣覺老，堅坐榻過春。去路分南北，交情隔癸辛。予別賀子〔一〕，歷辛未至癸酉三年，今始得見。並將珍重意，小立對河津。

【校記】

〔一〕『賀子』，鄭本作『天山』。

龔節孫相晤天津舟次自言前往宜興倣東坡楚誦意種橘園中自名橘圃出圖索句

湘客昔見放，行吟垂《橘誦》。東坡晚南還，千頭課自種。古之介直士，憂患迭相共。當其所寓意，往往雜嘲弄。而子方壯年，天馬脫羈鞚。何故轉蹭蹬，南歸觸氛霿。抛卻陽羨田，復作揚州夢。老友倏見面，天山同舟。殊鄉成遠送。何處覓行舟，一篙依菰葑。風俗競端陽，波濤雜喧鬨。同觀競渡。楚些君勿歌，且剝盤中糉。

榴花

蒼帝功成徧綠陰，神工點染稱芳心。九枝紅焰然當晝，一捻丹砂擲滿林。敢向春風愁晼晚，幸從廣殿布蕭槮。朱房素粒隨時效，採摘應知皓腕任。孔紹安詩：『只爲來時晚，開花不及春。』

同年集罷自嘲四首〔一〕

已甘棄置老林丘，其奈行藏不自由。北渚遠同凫泛泛，秋風重聽鹿呦呦。交新敢隔同年面，憶舊曾從大父遊。若是君王問家世，青氈長有釣魚鉤〔二〕。唐人有云：『黃榜纔登，便隔同年之面；青雲得路，可知異日之心。』

兒童文采曾驚眾，亦有名賢願卜鄰。蹴踏詞壇無舊輩〔三〕，推排世故一陳人。傳經孺子差勝伏，發篋兵符肯學秦。雖是空囊羞澀甚，年來髭髮總如銀。

巖穴當年急詔過，諸公袞袞赴辭科。交遊半在煙霄上，寂寞其如雲閣何？月俸幾時了麴蘖，官書終日困編摩。塗朱抹白還遊戲，莫笑神仙狡獪多。

齒髮雖然覺早衰，舊交相見未嫌遲。南豐家數王劉筆，王崑繩、劉大山。長慶風情查顧詩。查夏重、顧書宣。淪落何緣逢數子，科名早已重當時。芒鞵布韈從吾好，敢誤春風櫟社吹〔四〕。

【校記】

〔一〕鄭本題作《自嘲示諸同年四首》。

〔二〕鄭本『長』字下有注：『去。』

〔三〕『詞壇』，鄭本作『詞場』。

〔四〕『芒鞵』二句，鄭本作『移根上苑非無力，老樹杈枒亦有枝』。

次韻和吳震一餉抹麗之作

花田一種擬誰過，花市移來不易多。小院陰生驕蕙露，平池香滿鬥風荷〔一〕。斜簪寶髻涼侵睡，別透輕絺緩試歌。攜贈老夫知有意，須同燕玉飲無何。

【校記】

〔一〕『平池香滿』，鄭本作『平欄香逗』。

旅館苦雨作書自遣因題其後

急雨連朝勢轉酣，雨愁雨怨客中諳。灰殘爐久香難續，座上書多讀未堪。別僞老能憑眼力，摹真乍喜得心參。流傳新樣華亭徧，古法誰爲風月談？

感事二首頃有客南來，言去歲十二月葬崑山相國，冠蓋視窆者寥寥〔一〕，感而賦此，並述前事成二首

苦熱行

皇天四季何不平，三伏猛熱如炮蒸。南風鼓橐氣益盛，嘘長萬物百毒並。小者蠛蠓蚊蚋蠅，接股煽翼齊一聲，徒手驅之苦不能。君不見徐尚書，宦成乞歸承恩澤。御書光燄萬丈字，銀牓擎出光照陌。千家帳設情未厭，追送直過長新店。其中有人不記誰，錯道榮歸是苦離。幾回欲別又牽手，嗚嗚咽咽對面啼。啼得尚書淚交墮，天下惟君能愛我。

苦寒行

自古大運有盈虛，嚴冬日逼炎暑徂，朔風捲地萬象枯。倉卒誰識玄冥意？但覺一氣慘慄酸肌膚，層冰嵯峨雪模糊。陰陽爲炭天地爐，茫茫元氣誰能嘘？君不見徐相國，一朝抱恨返故鄉。經歲得疾歸蒿里，賣得遺莊營墓田。葬在虎丘山後墅，虎丘山寺徧遊人。會葬曾無一近親，就中何物最情殷？朝聞鵶啼暮愁猨，勸君聞此休歎息。是年向盡無氣力，那得青蠅爲弔客？

【校記】

〔一〕『冠蓋視窆者寥寥』，鄭本作『親舊無一視窆者』。

送林藍田之任

萬里才名出海南，家聲況是近魁三。通門孔李情何厚，世德荀陳我獨慚。畿縣舊時曾號赤，神君今日定歸藍。牽連史筆尋常事，待與詞人作勝談。余嘗爲侍郎公傳。

題徐壇長京江負笈圖〔一〕

北固山樓高插天，長江鼓浪落樓前。愁風愁雨乘潮客，那得尋師夜泊船？甲戌新秋，書於京師之停舟書屋。四明姜宸英。〔二〕

【校記】

〔一〕端方《壬寅消夏録·國朝七》録此詩，題作《題京江負笈圖卷》。

〔二〕『甲戌』至『姜宸英』，據端方《壬寅消夏録·國朝七》補。

題陳主事小影

粉署仙郎詩思雄，海棠深院落秋風。歸來便作科頭客，手板安能拜石公。

寄蒼黎丁明府

明時出宰古令支，昨歲京城見羽儀。文體獨裁能變俗，清操暗凜少求知。一州共蔭棠梨樹，郡產甘棠梨。十子同栽桃李枝。多謝故人勤拂拭，如何衰病歎支離。丁是科分較北闈，得士十人。老去經過事易忘，舊遊强半付參商。君才百里有餘地，宦況三年可慣嘗。野少桑麻同絕塞，水多菱芡似家鄉。邑志：『有溟海周三十里，得菱芡、魚蟹之利。』如今正好鳴琴坐，吹拂薰風到訟堂。

送陳伊水舍人還守兗州次留別原韻二首

永日高齋著小眠，相聞好語到窗前。皇恩五馬非常調，望郡一麾正少年。紫褥拜廳留故事，蒼苔依砌出新編。風流河濟傳聲滿，從此家家有二天。

向南風土本相親，疊鼓鳴笳清露晨。魯國歡聲迎去馬，濠梁樂意想游鱗。平施善俗移風政，只似閒居飲水人。行召君矣須努力，莫耽詩句費精神。

古北口從獵應制

晨蹕初臨下綵旄，金天顥氣肅清高。令懸虎帳千官靜，險控龍城八陣牢。士怒山頭驚草木，軍聲天外助波濤。《長楊》、《校獵》尋常事，虚費詞臣五色毫。

神京拱護重東方，講武歡歌洛水泱。旗閃青天搖太白，弩開明月闢中黄。日隨行漏金輿轉，宴引仙廚玉醴香。共識皇情因止武，鈞調元氣樂垂裳。

題醉仙圖

天上一謫星，墮地爲頑石。天子呼不來，世人誰能識？但當酒澆之，光怪忽騰擲。化作千萬字，字字成五色。猶聞糟丘香，萬古留竹策。

唐實君儀部新居去余寓不數武題贈唐特授主事，兼管翰林事

不隨五斗米，閒作省曹郎。給札因明主，移居在近坊。嚴城寒下直，好友話聯牀。時招其同年趙君文饒

同住。添得南鄰伴，同吟秋菊黄。

輓徐司寇公用張文昌祭韓退之體

七月日丁亥，乾清喚仗齊。詔問諸館局，管領誰專司？儒臣拜稽首，各各舉所知。謂某業有緒，委任誠其宜。遂命偕四臣，鋒車趣之來。於時搢紳輩，屈指公還期。比詔下就道，須待黄花開。詎意未浹旬，凶問遽以馳。先啟事數日，正公輟琴時。主德厚始終，與天高巍巍。公適逢其會，而曾不聞之。是以識不識，俱爲公增欷。況辱交如余，能不涕漣洏？維皇眷有德，瑞蒸三秀芝。厥占爲文明，如斗懸杓魁。公起家史官，程士於京闈。及乎較南宫，文柄手自提。拔十冀得五，名下鮮或遺。湔刮浮俗腸，沃以詩書脂。以此得衆譽，譭謗亦輒隨。至老曾不悔，汲引如朝饑。適意欻唾閒，翻身遂雲霓。相逢車笠士，往往謂吾師。鑿穴探禹秘，攀崖摩秦碑。儲書三萬卷，十九人未窺。朝廷盛製作，封山禮地祇。迄先儒配位，討古親別裁。一一削牘奏，寧惜腐儒訾。講藝睿思殿，扈蹕昆明池。屬有大手筆，上必命公爲。夜宣朝上稾，天顔爲解頤。敕賜御器物，法瑯蟠蛙螭。牓勒四大字，摘宿空中垂。承閒效啟沃，出語常詭辭。陰贊神聖化，善類賴扶持。道廣因致忌，吹毛幾成疵。乞骸露誠悃，再三始見依。許從司馬例，並將書局歸。余亦奉明詔，南還同驂騑。三春舟颸颸，五湖水瀰瀰。架筆縹緲峯，濯硯龍湖湄。一縮萬里圖，薈蕞等纖微。振衣劃長嘯，天風吹莫釐。入林豈云深，舉足掛危機。神傷對魚鳥，夢寐懷恩私。送余舟北上，桑陰鳴黄鸝。小泊齊女門，款曲話酸悽。余晚薦京兆，逐隊頗忸怩。公連緘札至，上慰遲暮悲。下言得邸報，驚喜及老妻。對人詑此翁，倔强難可羈。會責其兩拜，子濯逢庾斯。此雖一時戲，愛深情見詞。通家古所重，請從先世推。有美太僕公，翰林標豐儀。與我先太常，同年契莫違。吾祖少隨謁，屢攝升堂齊。病猶能絮述，瀾翻倒酒杯。卷波大劇飲，曩歡如可追。其家竟何如，問知樂不支。己酉自崑山歸，先祖云『少侍太公至崑訪徐年伯，崑山酒令甚酷』云云。又云：『其家今何若？』某對以『叔中狀元，伯孝廉也』。先子留長安，公與叔仲偕。視猶丈人行，雖貴禮則卑。及余子五世，歷久蒙提攜。伊余苦蹭蹬，處世少滑稽。穿蠹百氏內，精要或間披。公一遇嗟賞，延我坐書帷。業成拚飛去，判作雲與泥。顧惟君子德，不因名位移。文完付商略，索瘢神愈怡。吾文纔把手，嘖嘖歎絶奇。常遭流俗罵，茲僻真難醫〔一〕。公德若不聞，日相從晰疑。感恩非一事，如此世猶稀。嗚呼華山遊，兆爲遇雨睽。前年共倉卒，公獨罹此災。庚午夏，與公同遊華山，天暝大雷電，及法螺菴而雨大至。今年復遇雨華山，得疾。自我失相國，老淚終日揮。表墓辭未就，忍復爲公摛。匍匐諸嗣君，望國門哀哀。傳聞幼公子，號踴絶復回。至今徒骨立，令我惻心脾。去公三千里，無由進一卮。憶公平生歡，閉目恍在茲。臨終想話言，定足留箴規。聊待中允叩，庶勿來遲遲。

【校記】

〔一〕『茲僻』，馮本作『茲癖』。

送程叔才歸皖

門外羸車動，行人欲去時。雖成三月聚，未展兩心知。裝重添書帙，囊輕賸酒資。晚程多未遠，容易寄相思。

胄舍才名滿，銓曹峻選膺。鳧飛從自適，驥伏必終騰。過嶺峯千疊，歸舟浪百層。辛勤京國話，夜久更挑燈。

枕上有感而成

素車白馬君歸日，正是黄粱熟罷炊。三十五年同一息，幾千萬里有窮時。業風過去恩仇盡，青史將來筆削疑。勘破人間身已老，可憐無路卻尋師。

寄張使君生日兼致西遊之意

相期欲採華峯蓮，爲擬南山送綺筵。豈意棲遲勞築館，公子逸峯同年，館予京邸。只憑書札當遊仙。使星稠疊來天上，幕府吹噓到日邊。若誤平生西笑意，此中恐負杜樊川。

頌李夫人李司空命爲頌

玉宇臨秋迥，庭梧浥露稀。涼生五色簟，香重六銖衣。門第連雲峻，河山映翟輝。仙家分甲子，林下近庭闈。鞶袠朝充佩，蘋蘩舊嗣徽。霜天歌麗質，雪夕詠霏微。思杼無停織，談鋒必解圍。夫人王化首，儒術大名依。喉舌司清禁，文昌逼紫薇。伴吟銅漏滴，適意玉琴揮。瞻陛情均切，窺屏鑒不違。南陽供菊至，東海得芝歸。永日華堂讌，同看彩鳳飛。

言懷贈李醒齋司空四首

惻惻秋已暮，沈沈日方晏。羈孤無好懷，覽古喟長歎。古人不可追，所遺唯書卷。寤寐得景行，於焉愜芳願。

百川視海歸，蕩蕩君子門。詩書爲苑囿，道德爲墉垣。善誘豈在多，接之清且溫。欲盡天下士，具爲明主言。

祇命肅禋祀，驅馳遍東域。海嶽盪奇襟，發興出廖廓。位秩漢三公，蹇蹇皇所矚。詠菜見苦心，公集有《鹹菜詩》二十首。書史耽寂寞。

古有沈冥者，愚守豈異方？出處困迷途，逢人鬱剛腸。誰能發塵埃，拂拭使之光。精誠一以感，江湖詎相忘？

酬張竹侶同年秦中見懷長句次韻

與君作別向一載，春初蒙寄秦遊章。長篇頓挫饒風骨，況兼草縱逼小王。獻之白父言：『章草未極草縱之致。』吳綾玉潔光照面，起我垂白意頹唐。君遊直上玉女顛，吞吸沆瀣付錦囊。歸來傾倒出奇怪，萬里爭瀉黄河長。八朝文物亦何有，舊事零落填縹緗。自古秦地號天險，英雄叱咤爭此場。知君結束不暇懶，青驄騎出爛生光。葡萄酒香藻思發，藉草一醉歡難忘。我衰肯作臥遊計，西望攬策思高驤。期君樗社欲少待，相與倡酬鏗球琅。手無黄金身顛頷，吁嗟此意豈遂荒。蘇門風雪老壯士，悲歌躑躅不盡觴。

次韻劉大山留別詩六首

驚風飄瞥散林丘，一夜河聲凍御溝。馬上漫漫南去路，誰能臨發更迴頭？

落落才名未是踈，知君蚤已薄相如。八公山上吟《招隱》，肯憶當年封禪書？先有上疏合國子生名以君首列，君因改今名，其人曾上茂陵書。

分外江山風景新，歸舟遙指一峯蹲。江浦有定山，獅子峯踞上。偏憐孤鴈能隨客，自趁雙鳧不避人。劉考得縣職。

五更催送夢先還，照上征衣月半彎。準擬燈前重問訊，今朝果是大刀環。

一般舞袖太郎當，鮑老何曾笑郭郎。所是輸君年紀大，從今莫作鼠拖腸。

紫陌輕風飛絮天，河橋漲滿日如年。重來取醉胡姬肆，壁上留題當酒錢。

訪汪子文升新寓不遇見書紙滿几留題

妙跡有汪倫，揮毫每見珍。門生留白練，時輩號烏巾。乍喜移居近，無由會面頻。何當拈筆陣，把酒與同論。

次韻送顧書宣編修予告南還四首

洗眼揚州異去年，馬蹄到處勝於船。章孝標《及第詩》：「馬頭漸向揚州郭，爲報時人洗眼看。」又胡宿：「洗眼揚州看馬蹄。」雲飛已謝同棲侶，晝錦從驕半路仙。彭文憲云：「人稱三鼎甲是天仙，庶常爲半路仙。」書帙怕增官裏課，藥囊愁減俸餘錢。歸來得共卿卿語，腰瘦偏宜組綬纏。白詩：「猶爲組綬纏。」

纔向金鼇背上行，又從歸鴈趁前程。風流獨領鴛鸞序，心事終期泉石盟。雪滿關河資旅望，酒香野店稱詩情。勸君不用多題詠，在處聞名意已傾。

當年爲我意踟躕，招隱詞催返舊廬。庚午，君以長歌阻予行，詩到，予已抵京矣。悔不耕桑依十畝，空教顑頷比三閭。得時天路須騰驤，垂老滄江合釣魚。況是長安米價貴，此行那得更徐徐？

落日城西分手地，才名江浦本相當。先十日，大山歸。隨時通塞由龍性，去路參差亦鴈行。先下里門歡父老，早提史筆映天章。江都盛事知君否〔一〕，奎壁於今照草堂。江都鼎甲，君爲破荒。

【校記】

〔一〕『知君』，馮本作『君知』。

題錢孝修山中采藥圖卷前有亡友黄俞邰七律四首極精工讀之泫然故末章及之

五十憐君鬢未絲，貪尋五岳去何遲。畫圖亦有衆山響，休背明時賦《五噫》。

麤豪無復少年情，掇取山花紫翠並。待與仙人閒鬭草，此中恐有季奴名。

寶笈瓊函堆滿牀，水晶簾外瀑流長。隔山未放塵心在，底事沉吟對夕陽？畫有隔山書屋。

題詩舊日東華侶，黄詩有『抽書日日向東華』之句。好句初看淚滿襟。恨識斯人猶未盡，九重泉下幾知音？

送何清苑

臘盡枝頭春暗生，壺觴相送出重城。平戎地接魁三象，驃騎才過第五名。朝退天邊鳧去影，書來日下鯉趨情。併將絳帳閒絲竹，移向琴臺作頌聲。自廣文陞任。

送唐磐庵還新安之任鎮海

江波盡處接蛟關，控引扶桑簿領閒。吏治爭誇黄甲榜，儒風不墜紫陽山。金門話别三冬後，蓬島攜家八日間。百里共霑河潤遠，早流清譽徹臺班。

舊藏索征南月儀章草先失去二紙新城王子幔亭買得於慈仁廟市省予卷首名記舉以歸之而所存十紙予南還時已並失矣幔亭苦索予還帖詩賦此志謝兼質之司農公

史游散隸體，劉穆書十牘。章草所權輿，幼安稱險速。危石冰河落，孤松雪嶺矗。妍妙絕過張，誰云遜精熟？時云：『精熟至極，索不及張。』我藏南渡本，《月儀》十二幅。勁勢儼飛動，日觀苦未足。何言遭飄散，市兒相蹙蹴。書家有董狐，一見便驚目。揩摩兩記字，舉贈不隔宿。意取雙璧合，寧要十城贖。惜哉舊存紙，已共飛塵逐。珍重故人義，什襲置箱簏。妙蹟倘復完，勝事豈難續？當今號博古，公家有永叔。請爲志顛末，附之金石錄。

和豆腐詩二首

炊金饌玉飽何時，料理生涯亦有涯。處士盤飧題菽乳，孫大雅《豆腐詩自序》改名『菽乳』。異鄉風俗憶黎祁。放翁詩：『洗釜煮黎祁。』黎祁，豆腐，蜀人語也。醍醐兄弟登筵重，穆賞兄弟有『豆腐醍醐』諸品目。服食神仙作法宜。淮南王始製豆腐。不是便便五經笥，此中真味少人知。

五更唱罷渭城翁，擔向街頭日未紅。試手軟應過石髓，探懷直不費青銅。何妨籬落村村有，更與茅柴處處同。貧薄原無食肉相，虀鹽閒淡稱家風。

次韻胡茨村按察三首書來屬序其詩，兼寄先少宰宛委公集

忽枉黃鐘奏，難將寸莛撞。雲山天北路，燈火夜深窗。頓覺騷堪僕，多教湜樹降。皇甫湜遺退之書：『今見谿堂詩，欲樹降旗。』一杯寒意重，吟罷手能扛。

梁園依淥水，舊好有羊何。友人陳叔毅在署。政肅風霜入，官清嘯詠多。將書歲聿暮，憐我鬢雙皤。也復饒春事，題門慶有那。

披雲何日是，此地向崤函。予秋間擬道汴梁，入秦中。綠字窺靈笈，青泥啟秘緘。宛委山有朱文綠字。不禁情悄悄，如共語諵諵。著作吾何有，須君爲發凡。來詩有『新書史局』之語。

除夕狄立人編修分俸見遺且約過守歲余不果往長句報謝

一年過盡蛇歸壑，新曆難將舊曆看。人事推移成蚤晚，物情轉變逐暄寒。分金鄭重先生意，祀竈紛紜僮僕歡。且顧喧呼共今夕，明朝準擬醉春盤。

元日書去年守歲意乙亥年

去冬除夕通宵坐，坐數年時絕可憐。貶價猶存藏櫝玉，驅窮恰少看囊錢。休憑高興論前事，莫誤癡心託少年。除是無榮無辱地，蓋茅葺槿事畬田。

飲王司農宅賞雪分詠雪事得袁安

身是汝陽人，來作洛陽旅。閉門斷行跡，飛雪蔽庭梠。令也除徑入，一笑嘿相許。茫茫勢利途，捧走若蛩駏。豈意獨眠客，因此翻得舉。不知令姓名，茲事足千古。

和夏重同年敝裘二首

莫笑蒙戎舊緼袍，當年曾是詠如膏。相逢意氣甘同敝，遮蔽風霜任獨勞。縫合千皮雖遜暖，價諧五羖儘能豪。如今便欲成拋棄，誰爲先生拔一毛？

兩地悲歌一例論，情懷豈獨爲身溫？豪家自厭玄狐腋，功令難饒舍利猻。時禁三品下不得服貂鼠、舍利猻等裘。與爾作緣成久要，從今改敝是新恩。軒然色映金貂麗，不用高懸犢鼻褌。

上元夕招唐實君儀部趙文饒進士宮友鹿明經查夏重同年查聲山庶常小飲寓齋分得南字

西鄰作上元，歌舞恣春酣。千枝綴珠星，影落奫泫潭。恍若列真會，藹藹盍朝簪。愚本蓬蓽士，一瓢聊自甘。敢辱君子駕，翩然顧我談。窮巷掃積雪，枯株繫停驂。快茲寂寞遊，清齋同一龕。豈繄折柬致〔一〕？風誼夙所諳。蔬果亦時設，蒸濡雜爛燂。那無好食手，廚人也。愧此終席耽。俄頃月掛戶，耿耿參橫南。《月令》：「正月，參昏中。」與我二尺檠，齊光卻成三。口令徵前事，經史窮搜探。問一能知幾，舉釂吾終慚。時以數目徵事。客散月墮西，牆角臥空罈。照見獨立影，短髮餘鬖鬖。取醉須臾耳，詎解憂如惔。逝將歸舊廬，里老同撏扳。廟社喧簫鼓，鄉味飽蟶蚶。念從數子樂，乍別何由堪。分詠得雅奏，明發欣披函。瑣細妙點綴，佳話勝傳柑。衰老才思拙，乙乙如抽蠶。雖不成報章，後會庶可貪。春事行爛熳，山花徧青藍。勿用恥我疊，爲君沽滿甔。

【校記】

〔一〕「繄」，底本作「翳」，據馮本改。

寄閩學使史君東林玉池公，其曾祖，與余家通家世好

文星高映使星芒，畫戟南趨嶺嶠長。幻出神奇爲海市，闢開混沌得歐陽。東林絲竹隨行部，雲谷煙霏入講堂。憑仗子魚閒問訊，通門孔李不尋常。

寄贈元城令俞大文先生四首

轉憶從前相見遲，一親行幕旋臨歧。三年不滅懷中字，百爾難酬格外知。璞獻剖當頻刖後，琴炊

收及半焦時。獨持公道心猶苦，不是身嘗未得窺。

詩名遠出晉河陽，風格依然軼太康。理縣譜能傳世學，惠文冠不露才鋩。其尊君漢乘先生亦爲縣令。山川憑弔臨三晉，冰雪操持對兩漳。祇爲憐文成性癖，苦拚官職鬭詞場。

孤經入眼迷高赤，手摘驪淵九顆珠。自信山中無曲桂，欲從天上種高榆。南臺西掖看鵷集，夕膳朝餐任鯉趨。籍甚聲名年力富，致身那復待人扶。先生以磨勘之累，不與考選。

不才曾被鳳書徵，筆札多時上史宬。宬字不入韻，意即仍，艿類也。肯爲科名成我拙，可憐去住有誰憑？飛當碧落翻沉羽，射到紅心又墮堋。迴首恩門嫌老大，蹉跎感激意逾增。余試禮闈，房師首薦不獲，故有五、六句。

題殷子彥來歲寒吟二首

攬轡曾爲赴洛愁，況兼歲暮起離憂。欲知妙句人誰似？餽歲三章寄子由。

竟日都成十五章，阿源思慮本通長。誰能一發崤函固，輸與山東兩侍郎？前有王司農、田司寇題句各一章。

讀韓致堯集題卷〔一〕

祇覺浮埃撲檻濃，鳥聲花韻兩無蹤。一春省得閒惆悵，卻被冬郎懊惱儂。

【校記】

〔一〕馮本題作《讀韓致堯集題卷後》。

賀人元夕生女

華燈焂焂弄晴輝，九子堂前玉一圍。綃金蛺蝶爲春勝，彩翠鴛鴦作夜衣。《詩》箋：『裼爲夜衣，縛兒被也。』銀屏悄悄生禖動，神工巧試宜男種。故教月姊下瓊窗，借助春風結蘭夢。

賀胡鹿亭御史初到臺日侍姬生第四郎

一行豸繡映霜清，又見騏驎地上行。舊事從來諳柏府，其尊甫亦御史。佳兒應得字臺卿。趙岐生於御史臺，故初字臺卿。機停錦字三年織，迎婦將至。掌握真珠四照明。銀鹿帳前歡意遂，不須勞動犢車輕。

飲東江儀部分得朝簾二韻

未過一百五，天氣稱花朝。令節誰能懶，同心每見邀。文談江左麗，滋味浙人調。虞伯生謂：『文章當如浙人之庖。』今三吳地，皆西浙也。相勸魚餐數，知君念久要。

江國雨霏霺，山花紅透檐。鄉心一席滿，春酒幾回添。日展休催蠟，風和欲卷簾。南宮歸直暇，頻過豈相嫌？

洙兒分得西字戲和之

坐愛初長日，詩家得子西。南甖開若下，東紙擘高驪。令急防調笑，吟成待醉題。不須卿作達，吾老要如泥。

既拈第二韻復和催字

落日莫相催，頻頻送酒杯。心知寒食近，共指杏花開。相約八里莊看杏花。幾處鶯啼谷，新年雨長苔。那將好風景，車馬走塵埃。

從東江儀部借中晚唐詩賦短句奉納

詩家餘興在，行館積書稀。借日常言暫，經旬未擬歸。眼昏貪字大，心冷愛聲希。世論悠悠者，因君問是非。

送楊副使分巡大名道舊溫處道〔一〕

河山勝處當雄鎮，鎖鑰由來號北門。南控今爲三輔地，廷推新拜九重恩。龍驤世業留江海，虎節威名見弟昆。其弟先巡大名。聞道謝巖觴詠舊，至今人憶醉題痕。

【校記】

〔一〕馮本『舊』下有『爲』字。

送于樗庵重遊魏郡

尋真自愛華陽洞，復向京都訪舊來。每見異書常廢寢，閒從知己一銜杯。燕臺風月留題徧，魏國山河幾夢回。君嘗言：『從楊副使令弟署中三年，今偕其兄再往，不勝山陽聞笛之痛。』轉憶牆東避世者〔一〕，因君短札手重裁。王武徵世兄因君致書，予至今未答，故云。

【校記】

〔一〕『避世者』，馮本作『遊世者』。

送吴商志高士之上谷余癸丑年與其尊甫佩遠先生在都盤桓浹月以吴子不忘先志故及之

長安春到遲，送君三月半。夭桃始吐萼，寒衣猶未换。此行狥知己，豈復嗟聚散？落日渡滹沱，倚馬臨斷岸。曠野寂無人，喟焉起浩歎。一生江海客，萬死迫奔竄。事去空白首，途窮失長算。那將壯士軀，作人耳目玩。苦節痛渭陽，其母舅徐侯齋孝廉初逝。深情寄炎漢。席上分詠雪事，君得焦先，起句『炎漢聲靈蹇』。老懷偏憶事，仿佛慈仁院。夜雨話滄桑，存没音信斷。斗酒復此會，爾我共孤館。欲説舊時遊，恐君涕零亂。

送王宗玉赴任平湖

八載南宫賜第人，朝看出郭擁朱輪。春中江路迎舟入，范蠡湖光映綬新。公退莎廳爭訟少，客來花墅賭棋頻。君知畫省郎官貴，經術如今易致身。

城西興聖寺同諸公看杏花

清明穀雨一時過，閉門剌促誰能那？賴是春深春未濃，杏花始與桃爭紅。看花肯負遨頭約，東鄰子雲不寂寞。平明日暖好天氣，一十五人同出郭。入眼西山青簇簇，拂面垂楊萬條綠。行穿籬落蘅杜香，旋趁鈿車歌管逐。摩訶古院花最稠，結伴他年此舊遊。望中咫尺不得進，遙看冪樹紅雲浮。時有羽林占坐，不得入。人生底事不稱意，搖鞭直指松林寺。寺地舊名松林。衆馬齊驅我馬瘏，中道劣得錢郎扶。不然一墜那得說，入門大笑成歡娛。花爲遊人氣方吐，爭酣競態日停午。閣道吹回陣陣香，塔波飛度茸茸雨。一年幾處見花開，此地何人數舉杯。白頭黃閣看花老，冷落東城廢石臺。元時，東城東嶽廟石臺杏花最盛。葛邏祿易之詩：『上東門外杏花開，千樹紅雲遮石臺。最憶奎章虞閣老，白頭騎馬看花來。』東城西城花變換，四百年間疾流電。可憐人事總如花，莫惜花前酒頻勸。

趙御史輓章舊守麻城有功

聽說年時事正殷，傳烽飛度穆陵關。一揮盜散狐鳴窟，百死身歸豸繡班。伏枕何曾忘國論，封章屢自動天顔。九原此去逢知己，話舊重教涕淚潸。君以玉峯相國廷薦，特拔臺員。

四月八日趙少宰初度二首

佳氣今朝叶上玄，含靈毓秀渙蘭泉。四月八日，支遁讚佛詩：『蘭泉渙色身。』宰官身示三千界，名世人逢五百年。慧業早從天上種，勳名偏向域中傳。還憑妙手調神鼎，待引薰風入帝絃。

攀輿遠覽在王畿，華髮承顔樂事稀。識鑒定過山吏部，齒牙不惜謝玄暉。節旄舊駐留棠蔭，俎豆生祠坐衮衣。誰繼神功蘇白後，擬將孱筆爲公揮。在杭時有開河功，余欲訪其詳記之。

初夏題畫冊牡丹二首

手把當歸不當歸，牆陰開徧剌薔薇。三春好景騰騰去，紅豔一枝相見稀。

令公宅裏無因至，元九窗前少此花。彩筆知誰書葉寄，平分春色到吾家。

題畫卷

煙搓堤柳碧絲絲，正是陰濃綠漲時。人跡少通飛鳥絕，滿湖風撼讀書帷。

送鄭高州禹梅二十六韻

君説高涼郡，飄然萬里程。已過下瀨險，復作越山行。次頓稀煙火，干掫傍棘菁。髽頭趁市客，燒蹠備猺兵。蟻附居連寨，蠻歌語帶獰。詩書教力少，剽劫土風成。勉抑思親淚，愁爲叱馭聲。奉辭當就道，無計可陳情。五馬恩何重，分符寄不輕。未須憂粵嶠，且聽述虞衡。海氣當門落，山光似鑑明。郡有鑑山、鑑水。北瞻通桂水，西去控占城。貝葉番王獻，花衣峒戶迎。文魮鳴玉磬，朱鼈吐璣英。賽酒夫人廟，洗夫人廟。遺丹羽客坪。仙人潘茂名丹臺。汲垂金井直，飄駕石船横。異景紛難數，殊珍詎得名。臙脂崖蜜紫，産臙脂、石蜜。玳瑁荔枝赬。荔品紅色者名玳瑁。月滿千年蚌，府即古合浦郡。枝藏五色鸚。堆盤多蜃蛤，被徑盡蘭蘅。極浦雲濤接，遐觀物象呈。皆亭名。延陵輸逸調，吴國倫舊守。宗老送餘清。舊守鄭重，君族祖。紘縵家家習，墩烽處處平。安閒人自理，索寞慮休縈。政上三年最，歡逢百歲并。君方具慶。此時狂興在，任爾濯塵纓。赬鼈吐璣，文魮鳴磬，見《江賦》，本出《山海經》，今《高州志》載此，謂『海在郡界』。

題看菊圖

昨來見子面，真意得八九。妙語霏玉屑，大嗚愧善叩。顧此物外姿，豈易塵埃有？畫史亦解事，位置都不苟。既著籬下菊，那用門前柳。居然彭澤翁，意似悔五斗。倚杖看何人，借問有酒否？

翁康飴戶部招飲看芍藥

君家邸第直斜街，三日門前花市開。芍藥開時人競市，騈車壓擔從豐臺。豐臺河連草橋水，流注花田一十里。甘香不入稻粱畦，只助餘春作婪尾。匝地平鋪爛熳叢，年時曾記醉春風。樊園亭子敞四面，至今夢想流霞烘。聞道風流老太傅，每到花開花底住。不是門生未得窺，若非子弟那能預。飄零書劍走塵沙，裘敝金門誰見嗟。對客常題鸚鵡賦，逢春少看牡丹花。仙郎愛花貪客過，種花滿庭客滿座。分曹賭飲集羣賢，折柬相招餘一箇。花香酒清羅珍羞，高談雅令興轉遒。賤子何爲徒傴仄？半酣萬感紛來投。不見昨時飛騎促，報道西來翻地軸。泥委平陽百萬家，百十六災無此酷。自周三川震後至今，地震有一百十六次。至尊減徹當爾時，吾儕縱飲豈其宜。主人低頭客歔欷，停杯不語日西馳。移時欲起風勢惡，吹動花枝任開落。

趙僉事分巡濟寧道〔一〕

十載星郎朱闕下，朝入清班暮子舍。花發家園受節歸，畫戟油幢列高架。詔書東去領河漕，門瞰河流九曲高。手板平趨二千石，錦纜徐過一萬艘。中郎年少故無兩，數績還從太丘長。聽說交山嘯聚多，揮軍雪夜渡冰河。百年逋寇笑談靖，至今紀石高巍峩。官拜夕郎勞未紬，物情所欠唯節鉞。即看雕鶚離風塵，唾手功名見詒厥。

【校記】

〔一〕馮本題作《送趙僉事分巡濟寧道》。

爲王綏寧作書因賦贈

王侯秦中來，聞名未識面。誤從天水君，謂我解染翰。蒲葵與麥光，雜投並素絹。雖嗤嗜好癖，天機亦以見。蛇蚓自縈綰，腕脫不辭倦。豈獨答其誠？於此發深歎。君看長安城，營營百千萬。詐械逐日生，跂𤜶術無算。取進到八體，捷徑等壟斷。所以感慨士，謹此鐵門限。寧爲酒肆懸，不入侯門眄。王侯倜儻士，沿牒宰遠縣。微觀所寓意，脫略名利罥。吾知畏壘人，尸祝亦無羨。假貸揮百金，急難義固善。於君復何有？鴻毛落天半。文饒君同年謁選未得，君貸百金贈之。

送范國雯郎中出守延平

漢家置守相，經術多大儒。唐宋出禁林，亦分郡虎符。聖代臨軒著甲令，一十九科稱極盛。吾鄉上計戊辰年，誰其得者范與鄭？兩君穿札競毫錐，君折南宮第一枝。登瀛亭上題詩日，含香署中儤直時。轉眼幨帷看出守，五字聲名落人口。入閩應共羡旌麾，上塚還須具牛酒。重巒疊嶂插芙蓉，郡閣平臨山翠濃。此地從來宗洛水，如今更道得文翁。

送董君令房縣兼美郿陽衛使君

萬山叢裏放衙聲，沮水分流繞縣城。民慣巢居衣服古，雨衝沙路稻苗成。逃亡業徧因時泰，絃誦音多爲訟平。況遇安貧賢太守，不教墨綬費逢迎。

何倬雲主事招飲看紫藤花

庭陰漠漠迎初夏，收拾殘春紅滿架。錦纈千重帶露垂，真珠一串當窗掛。吹透餘香泛酒杯，落花點點墮蒼苔。對此那能不盡飲，不須急板重相催。日暮微雨東南來，扶醉强起登高臺。西鄰紅樹爭入眼〔一〕，吾與二子同徘徊。老友唐、趙。何人怪我酒興嬾，春去莫辭花晼晚。老馬駒羣絕可憐，壯士能飲寧論年。夏重泥飲，東江有『老馬入駒羣』之誚。

【校記】

〔一〕『西鄰』，馮本作『西林』。

南海洪澤上人以寺主別公命來京報殿功落成因以書見寄臨行贈之兼呈別公〔一〕

後寺吾曾到，前蹤未可期。重開金剎地，來報玉皇知。去影唯看拂，隨身不掛絲。欲憑書問訊，擬議竟何辭。

【校記】

〔一〕許琰《普陀山志》卷十八錄此詩，題作《洛伽洪澤上人以法雨寺殿工告成來京別公有書候予作詩答之》。「洪澤」，底本闕，據上詩題補。

五臺山歌送方明府之任五臺

是何突兀起天半？五峯棱棱出霄漢。萬里杯水向空瀉，望海峯尖驚落鴈。東西畢月參旗張，瓊枝珠樹玉作堂。緗連九華青豆房，金蕖日菊薝蔔香。仙人五百羣翱翔，空中曼殊演西方。舒毫徧撒五色光，照徹下界俱清涼。炎夏嵌巖太古雪，攢嶺矗雲停白日。洗得人間萬丈塵，層冰峨峨同皎潔。茂宰神襟今似之，五月雙鳧墮崔巍。不須平頭搖大扇，清風習習懷中吹。紅崖迤南射虎川，我皇神武垂千年。更登絕頂望秦塞，知君拊劍心茫然。上幸五臺還，射虎紅崖川，賜名勒石。

雙白燕歌爲合肥相國廬墓作

燕燕羽如練，不棲玳瑁梁，不入芙蓉殿。悲風蕭蕭愁白楊，深山夜號斷猿腸，翛來飛飛自何方？意中慘淡如欲訴，一雙白璧隨低昂。送終會有盡，哀哀莪與蒿。人生可奈何，誠感及爾曹。爲語燕燕，止且勿悲。曰天子命，以我公歸。以公歸調四時效，素烏越雉來養爾，毛羽潔且輝。偕飛白玉堂，宛轉生光儀。

送伊水姪之雁門〔一〕

久客復何如，空齋但掃除。爾來驚我瘦，買酒復提魚。坐髀經時困，愁腸相對舒。伊水自幕中來。喜看詩句好，初發篋中書。

次前韻

此去因知己，羈懷得破除。塞門千里鴈，鄉信一雙魚。記室來孫楚，人才過魏舒。清涼無舊志，多待爾成書。

【校記】

〔一〕馮本題作《送伊水姪之雁門次韻二首》。

飲查聲山庶常二首

經旬抱疾臥，起卽向吾徒。學長休相問，當關不遣呼。送春花半掃，留月酒重沽。大抵無閒客，何嫌禮法麤？

有家非是累，得假便成歡。時家人初到。海味香開甕，南柑赤映盤。鄉心增遇物，老態獨憑欄。別有江湖侶，相期在釣灘。

哀平陽

世間萬事多翻覆，康熙乙亥四月六。撼動坤維礔礰聲，燕秦魯衛聲相逐。平陽四縣慘獨遭，簸掀平地如波濤。十人糜爛一人活，手足斷折肢撐交。須臾火起徧熠熱，活者爬沙少得出。唐風耕鑿三千年，周餘黎民靡有孑。零丁官長亦可哀，無罪身創門戶絕。四面腥風破鼻聞，獨背殘陽哭瓦礫。疏聞當宁知其由，當時遣勘無停留。帑金齎恤逾十萬，萬鬼感泣聲啾啾。聖人憂爲百辟先，下詔殷勤思直言。何爲至今少建白，大小塞默同寒蟬。草野焉能知大計，羣公鎮靜會有意。不聞古者老成云，見怪不怪怪自避。此邦陽九數合逢，金木爲災水火沴。勸君莫作杞人憂，杞人憂天不憂地。

曉起

曉起見薄霧，濛濛涼氣微。暗知侵卷幔，不敢換生衣。掃地僮移榻，賣泉人叩扉。塹無塵俗擾，默坐得忘機。

種花

廟市逢三日，僮歸帶幾枝。未花難辨種，似草待成畦。氣味秋相近，風光蝶得知。僦居無係戀，不用覓蘭芝。

戲和詠料絲燈者

酬和如今得未曾，家家爭唱料絲燈。苦將妙手來雕棘，閒伴清思去鏤冰。好與《類函》添故事，時分纂《類函》。頓教巧匠咤新興。翰林四詠真無價，費盡才人百幅綾。

送馮勉曾行人假葬歸里君前自閩攜父柩歸

不辨隨人作要官，挈家夜傍盧溝宿。槐陰驛路聽鳴蜚，夢魂已繞《吴趨曲》。重重嶺樹萬行啼，丙舍經營葑水西。遥看白馬經過處，應識吴郎得意時。十年蹭蹬公卿後，跌宕才名成白首。世途牽挽豈由人，莫對青山徒飲酒。不見君家垂老尚書郎，漢主殷勤問良久。

題夏重蘆塘放鴨圖二首

棹入蘆花不擬歸，蘆根唼喋鴨兒肥。笑他癡似韓康伯，肉重偏能拍浪飛。
柳岸孤舟相送別，一篙直向釣魚灣。有時憶我遊何處，或恐延緣在葦間。予别業題『葦間書屋』。

送查夏重歸海寧

送君前日去，今復送君回。兩歲向南客，半酣臨别杯。曉鞍違泥濘，江槳澀莓苔。澤國蕭條後，應先計吏來。

又一首

兩旬苦雨在巷曲，出無車馬居無屋。道逢傳呼卜大夫，翻身走避泥沒足。坐歎前人術未工，賣脂灑削徒齷齪。不如去作官牙郎，裨販官如馬量谷。終然身貴到廬兒，子本不勞費握粟。我老摧頹君壯年，短悍精神猶滿腹。此歸努力作活計，須時快意來食肉。大者節旄小符竹，擁書萬卷且休讀。

送曹希文以箋、筆留別，箋其家製，筆名劈窠帚

佳箋裁動麥波紋，筆陣齊驅秋兔羣。遺贈遠過九萬紙，及鋒須掃五千軍。欲尋舊日歸田賦，先寫臨歧送別文。此去廉泉與讓水，一瓢應待我中分。

何倬雲主事索題扇仿范寬山水

雲容水態兩蕭疏，雅稱高人岸幘居。借問當時誰最賞？眼中惟有范尚書。義山《何遜》詩：『當時誰最賞？沈范兩尚書。』此尚書謂中立也。

查夏重以詩乞畫於王麓臺給諫守數日竟得之余未見查詩亦戲爲長句投王聊以寄興耳非真有求也

我生遲暮眼及見，前輩風流猶未隕。婁江奉常海鶴姿，入坐常堪數人隱。平生餘事寄水石，咫尺雲山萬里盡。許我畫作晴江圖，此意遙遙付少蓋。方今妙手豈乏人，少值天機多拘窘。誰能一展書傳香，傾寫胸中如倒囷。輞川詩老王給事，象外經營立標準。頗疑水墨爲積習，肯與吳生共粉本？積縑如山邀不顧，興酣落筆風送隼。狂生好事不蓄錢，一詩那得意便允。舊藏頁餘四尺贏，玉色光潤肌理縝。區區效顰毋乃癡，近例如今庶可引。

送項子霜田歸杭州

項君貴公子，頷闊身材寬。對人矜趫捷，跨馬不用鞍。昨行維揚郭，忽憶平生歡。快作兼程遊，十日抵長安。君刻日至都，人問：『何急事乃爾？』君曰：『吾向未嘗包程，聊試爲之耳。』尚書期不顧，侯門鋏羞彈。肯從富人宿，笑指羣猴冠。徒步尋友朋，日晏常忘餐。縱論經史際，探喉湧波瀾。興勝杏鋪錦，寄園絮飛團。日從文字飲，賦詩必先完。我老才思拙，索奇慮見瘢。文成苦邀讀，心賞形屢歎。倉卒先隴志，詞多意未殫。更求行押書，並付貞石刊。人生合關情，豈同世俗觀？子遷逢水部，嗜好味鹹酸。姚薰詩：

『項斯逢水部，何得不關情？』子遷，斯字。飄飄秋景暮，涼風吹衣單。清晨相就別，歸棲向巖巒。辭終上馬去，不待酒杯乾。我愛東園宅，繞池青琅玕。主人有成券，卜居諒非難。所願遂鄰並，非久同盤桓。余與宗人約買東園宅，尋成券矣，君家亦在東園。

補寄園飲酒詩園是故相李文勤公別墅，狄庶常爲此會，余詩未就，屬有責言，以九月晦補之

一年能得幾回春，一春幾處花爭發？有花有酒作春遊，如此無詩寧辭罰？今年三月春向闌，慈仁海棠開乍歇。李家園子落城西，倒影門前增壽刹。梁公裔孫富文翰，晨起相邀罷朝謁。雖無金谷盛簫管，聊學蘭亭具筆札。明朝急足競催詩，笑我未鼓氣先竭。世路驅馳風景換，滿林已見秋霜殺。勞生未掣塵網牽，那免喧囂坐來聒。細追往事若有因，端坐濡毫思軋軋。眼底氤氳花氣暖，耳根溜亮鶯聲滑。鋪筵草際錦茵齊，看刼池邊烏帽脫。醒酒風來水榭清，催歸日隱遠山闕。此景分明想結成，事去茫茫隨電刷。平泉相國已荒丘，周遭尚有亭臺兀。勤勞死得聖人知，生繞花間能幾匝？了知富貴亦夢幻，聚散偶然波一沫。君如苦憶舊歡場，來歲糟牀須早壓。

少京兆吳公生日祝辭二章感知詠德情見乎辭

一天風物正蕭辰，偏向蓬山占小春。菊水泛筵能駐景，松醪滿椀爲留賓。南陽坐上橫經客，王儉封

南陽侯爲祭酒。魯國門前修刺人。以司業陞府丞，故云。今日定教凡骨換，年時幾許待陶甄。

官方奕奕著丰棱，帝許明時作股肱。知味定爲三足鼎，繫銜終是一條冰。徒言國士誰當報，自分門生老合稱。看與蒼生經濟畢，雲山深處獨擔簦。

湯編修移居六首

椿樹前頭巷，先生卜宅成。載家五湖遠，留宦一身輕。散帙從吾好，移牀任客情。後堂人入得，只少筦絃聲。

吳突煙通舍，元朗。查溝水過灣。聲山二君皆鄰並。賢人五百里，廣廈萬千間。吾老欣同巷，歸休願息關。貪爲文酒會，日日不曾閒。

自是神交久，多疑並老蒼。科名已前輩，編纂得同堂。予與同在史館。結契雖真素，論才難比方。一椽如可託，準擬住錢塘。予有卜居東園之意。

三五退朝時，閒庭少得窺。窗虛寒受日，硯暖潤生池。寫就新呈卷，收殘未覆棋。何人相遇晚，酌罷兩三卮。

雖少庭中樹，還饒架上編。菊移新和土，茶煮遠流泉。坐冷增秋思，談多損夜眠。養生知得手，好是病夫傳。君病時，嘗以李博內丹術示之。

旅宿吾嘗慣，離家君始從。清羸猶衛玠，索寞異周顒。鶴瘦無塵步，松高有古容。明年秋賦出，可憶舊游蹤。因友鹿詩意及之。

宗室博問亭屬題廬山僧長幅畫竹傍有蘭數莖叢生石上

廬山道人三昧力，寫就瀟湘高士色。掛君東皋一草堂，煙樹離離生虛白。葦間野老歸去來，手指寒潭空一摘。山雲欲雨不雨時，清夢扶疎繞四壁。老幹直上排雲歸，幽豔落落坐怪石。借問王孫小渭川，月下風前誰領得？問亭自志東皋草堂，中有竹塢云：『風前月下，清影蕭疎。予之小渭川也。』予癸巳年在吾邑東郊綏歸亭，爲劉君題畫絹蘭竹。君張絹几上，令余立題之，余即捉筆寫成。今去此四十年，劉君沒已久，予亦衰疲，嬾事筆墨。偶翻得舊稿，即應問亭之命，中間略改五六字，但换末二句，並覺前句生動矣。

宮友鹿以黄尊古處士冊子求題

海陵公子急催詩，江夏黄郎我自知。閒和晴雲好風景，晴雲書屋，索太僕别業。君主其家，倡和成集。每同佳客赴襟期。賦才未肯輸摩詰，畫格依然是大癡。今日因君題卷尾，寄聲兼爲致相思。

送同邑葉工部假還

繁陰歲晚迫思鄉，凍合河橋野色蒼。此路朝天來葉令，幾年守署老馮唐。虛瞻異氣關前紫，君三得榷關簽，而朝命不予。實愛籬花雪後黄。歸共鄰翁嘗臘酒，此時孤客最迴腸。

湄亭詩爲趙進士文饒作

之子京國遊，結念在丘壑。舊家雷墩上，吟詠亦間作。及觀《湄亭記》，勝概宛如昨。有池一畝餘，有亭高漠漠。池中盛菰蕒，葭菼紛婀嫋。亭高見遠村，下窺魚極樂。取義良有以，水草所交錯。清翠互澄映，如眉眼上著。《記》引《釋文》：『水草之際曰湄，如人眉在目上也。』君别有寓意，請爲細揚搉。宛虹奮長鬐，十年耀京洛。經濟胸鬱蟠，風騷氣磅礴。如何飛營營，來作鼻端堊。誰爲運斤者，中道成濩落。人面列五官，眉獨不任劇。以此喻無用，知君善戲謔。古來資坐鎮，詎必親筦鑰。黼黻明盛朝，君才固綽綽。譬如布雙眉，去之豈人若？無用之用大，眉也識所託。任運葆天和，隨時看龍躍。窮達會有命，肯受塵網縛。吾意亦山水，終焉共疏鑿。

題蘿村秋景

重重疊疊遠峯開，密密疎疎黄葉堆。小艇煙煙雨雨外，三三兩兩過溪來。

秋夜

梧桐葉正衰，摵摵下前墀。萬感欲盈夜，一秋過半時。榮名花上露，消息鏡中絲。胡不早歸去，涼風吹薄帷。

陳大司農壽讌二首

自從曳履入明光，又見春回一線長。身長五曹兼冊府，才高八面署文昌。經傳家受司農學，地望人歸政事堂。翽鳳威儀鶴情性，飄飄風度隱巖廊。

風柔日暖筵開候，道是今年樂事多。鎔鑄洪爐司造化，均調寸管轉陽和。尊前太史斑斕錦，戟外羣公蹀躞珂。塵土舊曾霑拂拭，待窺東閣意如何。時養重閉門謝客。

送魏令

名家年少出金閨，手板傳看舊笏稀。臘盡春風隨去騎，燈前花路引歸旂。千峯圖畫收詩卷，萬戶謳吟望德輝。咫尺長安騰令問，重瞻雙舄向天飛。

送陳庶常莘學赴任漳浦四首

明時須令宰，選擇自朝端。乍別神仙署，新爲父母官。海童迎去蓋，院吏拜征鞍。多少同袍客，相隨陌上看。

不遠越城邊，之官卽錦旋。式閭鄉父老，過嶺別山川。開印藤陰合，攜琴鳥語圓。土音知己熟，邑里徧南船。予郡東城半是閩舶，郡人謂閩賈爲南。

風景吾能述，真淳俗未遙。鬭茶爭水脚，《茶錄》：『建安鬭試，以水痕先者爲負』，『故曰相去一水二水』。蘇詩：『水脚一線爭誰先？』閩人謂予漳俗爲甚。防渚護蟶苗。地勢平侵粤，江聲盡帶潮。早聞山大母，杜母是今朝。太武山，舊名大母。

家聲並玉堂，能事占文章。交在紀羣際，人今卓魯方。海濱餘戰伐，野史記滄桑。感慨高賢意，頹波任激揚。余爲君說石齋黃公，後君力任培植。

寄贈藍義山總鎮四首

多年不入征南幕，鎮日長耽河朔杯。迴首旌門在何處？金銀宮闕對蓬萊。
別殿曾聞賜錦歸，折衝南國壯天威。落迦山外魚龍陣，自駕樓船打一圍。
將軍大樹接扶桑，絕島平鋪一線長。盡趁東風來幕下，不勞驅石更爲梁。
前日陳書自請纓，今時廟算在專征。南船北馬俱能事，萬里同揚大漢聲。

餉烏圖行爲喬無功孝廉作

烏生八九子，反哺聲相呼。嗟我無父將，奈何兮彼雛？野田蒼莽無與同，白楊起兮悲風。誰謂烏鳥之聲樂兮，我獨愁苦？散食與羣烏，哀鳴躑躅不能哺。天蒼蒼，地長久，兒恨何時忘？天柱西北傾，地軸東南裂。復歸渾沌兮天地一，仰不見月與日，紙灰墨爛淚不竭。

紅蘭主人招飲分韻得豪字

四序忽以盡，逝波同滔滔。索居無與歡，朱門夙見招。況復承嘉訊，豈憚曳裾勞？重簾疊芳茵，密坐皆吾曹。朗詠出塞篇，跌宕使我豪。稠錯川原勢，似聞風飇飇。觴至醉無餘，豐膳溢中庖。欲起還見肘，笑指西日高。漢中偕汝陽，同是天人標。杜陵一老翁，託契明秋毫。淨掃鴈池意，酩酊詎足逃。杜《上漢中王》詩：『終思一酩酊，淨掃鴈池頭。』譏彈既不嫌，狂筆吾當操。王以詩序見屬。

送惠庶常之任密雲二首有序

密雲，古白檀道，直古北口，冠蓋所往來。明年將出師，供應尤劇，余爲此詩壯其行色。君以太夫人高年，不得近地便養，又格於例，不敢以終養請，意甚鬱悒，故第二章復宛轉以道其情。

三年金閨客，出牧異常調。孤城逼塞垣，百里向西笑。何言儒術迂，辛苦事乘徼。關門束兩崖，潮河急浩浩。氣摩蹋頓壘，險指白狼道。田疇帥師，由白檀滅烏丸所經路。王師誠薄伐，軍行需萬竈。輜重啟前途，置頓須夙料。著我短後衣，上馬頭不掉。磨盾揮健筆，傍轂擁大纛。富貴豈有常？失計轉得妙。慎勿學田疇，堅臥絕封詔。

常言相知久，豈不貴知心？富貴固所期，道義尤所欽。感子踟躕意，不係升與沈。一官亦偶然，左宦匪自今。古有抱利器，自許盤錯任。亦有厭折腰，真想常在襟。有求祿侍養，捧檄喜不禁。或念迫桑榆，陳情遂抽簪。忠孝無兼全，出處常異尋。此理待決擇，賢者識其深。王程既有限，亟去勿沈吟。因之下車日，一拭龍唇琴。

旅枕

不向翠幃邊，横陳鬬麗妍。卻來孤館裏，閒傍客牀眠。裁素爲方幅，摶芬愜靜便。《長門賦》：『摶芬若以爲枕。』並支涼竹簟，牢伴舊青氈。夢異邯鄲道，投非洛水仙。容愁過萬種，儲恨已千年。乍可迷蝴蝶，終傷泣杜鵑。酒醒半醉後，漏斷五更天。草密逢春茁，膏醲入夜煎。有誰知輾轉，除是共嬋娟。淚漬痕全濕，頭埋處更穿。蟠虬曾作霧，孫惠《楠榴枕賦》：『婉若虬蟠。』銘柏稱維乾。崔瑗《柏枕銘》：『元首之尊，維乾之精。』咄咄慚相負，惺惺黯自憐。祇應收拾去，跂腳北窗前。

除夕前一日過東江寓適蒙泉友鹿兩君先在座主人喜爲設飲酒行西崖復至歡笑至燭跋而散明日書此呈東江兼示諸子

去年二十八，賞雪侍郎家。王少司農家飲，有分題詠雪詩。今年雪初霽，是日氣微和。出門任所之，馬熟路不差。識君門便住，直入無欄遮。搴帷見二子，笑口張呀呀。主人喜留客，爛煮遼東鵝。南醪酌數巡，好友復經過。客多語轉雜，燭至增啾譁。發覆宋東鄰，拜賜及子嗟。齒頰矜絕倒，寧得顧其瑕。東江與西崖以風聞互譴。若非無是公，誰爲座下車。珍重此歡情，而我俱天涯〔一〕。側聽街鼓動，騰騰歸路斜。取醉期開年，勿待春萌芽。

【校記】

〔一〕『而我』，馮本作『爾我』。

葦間詩集卷五

飲西崖編修同用昌黎醉贈張秘書韻丙子年

開歲任閒放，外事寂不聞。日從壚頭飲，有隙便訪君。君才定何如，太叔秀而文。顧當用武時，哆口談淵雲。牀前羅雜花，江梅特芳芬。玉質帶䫍顇，亦似傷離羣。漢皇張撻伐，揮劍六合分。輸邊褒卜式，請纓譁終軍。將軍毳帳中，彈箏夜微醺。雪風捲牙旗，戰氣騰氛氳。人懷封侯志，今我復何云。茸芰爲衣裳，采蘭當佩紛。既不學袒裸，亦不緐辛葷。陶然三爵後，醉書羊欣裙。焉知戶外人，擾擾耿秋蚊〔一〕。所貴君子交，道義相蒸薰。論心軼千古，蒐奇徧三墳。榛棘苦未除，清言藉芟耘。是中餘樂地，何必燕山勳。酒醒紀此辭，辭成日西曛。

【校記】

〔一〕『耿秋蚊』，馮本作『聚秋蚊』。

送族弟青御之祁州幕

吾宗世積累，發祥贈公時。贈公多陰德，載在郡邑志。是爲六世祖，爾我始分支。太僕公介弟，先高祖官參議，贈太僕寺少卿。季也挺岐嶷。公諱國望，字渭濱，旌表孝子。聲名起黌序，制行無纖疵。肅皇歲丙辰，倭舶突犯埤。贈公殯在堂，家人盡奔馳。太僕薦南宮，見星亦未歸。季公泣獨留，誓與棺安危。寇來走閣上，俛伏潛下窺。靈牀掛紙錢，嗢嗢取火吹。縮屋未得爇，《詩》毛傳：「縮屋而繼之。謂抽屋草以繼爇也。」似有神扶持。不然付一炬，人與棺俱灰。俄喜寇出門，潛呼家人來。舁櫬停空郊，畚鍤疾覆之。比歸屋盡燬，四鄰慘莫遺。郡邑上其事，旌門高巍巍。至今《明實錄》，煌煌孝名垂。是宜昌厥後，天道苦難知。五世止一身，落魄隨天涯。淮水有竭流，瓊花發孤枝。消息理固然，子才況不羈。大器晚必遇，年少謹所爲。勿逞逸邁興，朱門慎威儀。務大本於細，積高以下基。牽絲會有緣，嗣續亦弗遲。去去莫復顧，先德無時衰。

東江考功席上同用子瞻岐亭韻

我生嘗百味，而未到肉汁。既省口腹累，亦免脾土濕。爲爾盤中羞，十箸九未得。況乃北方俗，飣餖此尤急。唐侯知我性，剖鮮惟鵝鴨。瑣細列果瓤，飴粣亦間冪。一月必數招，奔走僮腳赤。吾非飲食人，珍重屢浮白。頹然頭露禿，就穿几上幘。古有念設醴，事過猶感泣。食於少施飽，豈爲一飯缺。蹇拙素寡諧，老作長安客。晚遊得數子，中坐百端集。

上元夜西齋宴集用樂天明月春風三五夜韻分得風字

今夕復此聚，三五月正中。廣陌無纖埃，解凍來微風。笙歌入鄰家，酒酣曲未終。寥寥西齋內，一尊相與同。明燈晃永夜，獸炭燒春紅。雖無《陽阿》奏，人意偕沖融。喧填名都會，數子襟契通。歲歲茲歡賞，未必吾道窮。

廬州李相國壽讌詩二首

南國三年舊袞衣，皇情虛席待公歸。入朝尚帶煙霞氣，坐論重瞻日月輝。行處春風隨劍履，敷將德意滿綸扉。傳家別有淵源在，一代才名杜紫薇。

才子趨庭捧壽觴，門生羅列自成行。試傾天上流霞酒，不數仙人駐景方。盛世賡歌餘氣象，新春花柳待芬芳。白頭亦是淮南客，雲路無由得共將。舊傳八公造門，鬚眉皓白。山在州境，公家福地也。

廿三日友鹿攜具西齋小飲分得巢字

仙郎結宇爲鄰並，好友相過從酒殽。直喜遷鶯來舊侶，還容語燕定新巢。三更燈火團欒話，累日琴尊冷淡交。不識何人是賓主，同拈枯韻句頻敲。是月已四會分韻矣。

寄懷周山陰時臺檄委辦軍儲留大同

昨去雲中我不知，重來京邑又差池。奉命陛見，即還任。神君兩地爭爲母，善政三邊盡得師。趙將軍租資畫諾，中牟德化有褒辭。龍鍾應合長相記，芸館當年伴宿時。

袁靖公選君生日有贈

兩紀登朝鬢未蒼，出塵清譽滿朝陽。袁公早著王臣烈，范史《袁安傳》：『袁公雅正，有王臣之烈。』彥伯初爲吏部郎。袁宏曾爲吏部。風月蕭閒留邸第，人才推挽接班行。憑君砥柱狂瀾手，願挹天河進一觴。

贈杜翁

不競豪華不施僧，於人無羨亦無憎。遇饑隨分常分粒，愛讀有時還乞燈。十七靈書窺道妙，三千功行足飛昇。繞庭已見趨龍驥，美報多應補少陵。

狄立人庶常禊飲李園即寄園之西墅

十字街頭足去塵，一條深巷暗藏春。野花滿地引幽步，新鳥得枝解避人。琴和水聲彈幾曲，酒香林氣酌多巡。坐中指點同游者，半是前年舊主賓。

爲馮文子悼亡設靈長春寺，君自爲小傳，甚哀

少小倚才華，連姻亦外家。情因孤露重，痛爲別離加。客枕書妖夢，齋筵供淨花。遲君十萬倖，憶得總堪嗟。

又同作五言一首禊飲後〔一〕

出門悵何之，衆鳥鳴喧喧。春風吹我行，乃至城西園。借問主人誰，結念自高騫。遇賞蹔息駕，得朋遂開尊。湛湛水木趣，曖曖林景暄。玩物互流詠，高論亦翩翻〔二〕。吾與二三子，好尚豈異門。早藹惜紛飛，餘芳枝尚繁。妍華幸相待，取醉復何言？

【校記】

〔一〕馮本作此詩於《爲馮文子悼亡》詩前。

〔二〕『翩翻』，馮本作『翩翩』。

查德尹同其姪和軒到京半月和軒告歸次德尹韻贈行二首

春到同爲直北遊，竹林歸去未應秋。臨行取酒澆狂籍，好爲山王一少留。

小泊舟時便叩扉，兒童迎笑競牽衣。有人問訊東鄰叔，一紙平安也當歸。

東皋草堂看杏花飲酒歌

一春不聞春禽啼，何處草綠裙腰齊。乍喜相邀出郭遊，慶豐堤南涚水西。翩翩肩輿相趁去，紅纓紫鞚爭先度。雙林磴道一憑欄，出門問箇東皋路。王孫待我香界庵，軒軒同扶下石龕。紅蘭主人已同在庵中。笑指前邨萬纈紅，鋪茵設席來微風。不用金盤堆玉膾，飛花自滿頗黎鍾。小隊花間低按曲，曲中唱道春歸速。城陰笳吹落斜陽，日暮鶯啼過修竹。更炊京稻煮河魚，重向東皋亭上呼。主人忘勢客忘分，道旁醉倒酒家壚。明朝三斗看朝天，白頭閒共春風顛。

贈錢石臣之任洛陽

一年春色半闌時，會愛芳辰別更宜。楊柳絮邊燕市酒，甘棠陰裏《召南》詩。嵩煙摺翠堆香案，伊浪噴珠濕畫旗。此地才人多管領，好將吟詠替分司。

聞同年逸峯將自皖歸與眘子元彥同行卻寄

筍老蒲青燕啄泥，玉鞭酥雨踏平堤。女兒停客桐花落，遊子入門黃鳥啼。親舍雲山迴望遠，故園煙徑舊行迷。江南風景全收得，妙手龍眠喜共攜。元彥，懷寧人。

送高涇縣大立

一椽落深巷，吾誰與爲鄰？忽聞披蓬藿，乃是素心人。各言長相思，握手道殷勤。相思未覿面，乍見識其真。家本二千石，吟書行澤濱。漢吳祐二千石，子吟詠經書於長垣澤中。廉吏信可爲，請看席上珍。陵陽古名郡，藍岑鬱嶙峋。彈作青谿聲，再使風俗淳。此地接敬亭，謝公跡未湮。朗詠繼古調，雲月相鮮新。吾聞落星石，卜築豈無因？太白詩題《經南山下有落星潭，可以卜築》，予今亦將取道於此。釀酒誰相待，一爲訪汪倫。

題吳仁趾小影畫作禪坐，而所至攜妾自隨

踏徧芒鞵去掩扉，箇中消息有真機。定知羅漢無情欲，天女親來護戒衣。

和顧俠君小秀野詩四首其家園名秀野

小園新占在街西，依舊蓬蒿三徑迷。或恐羊求來未識，鹿柴萸沜自留題。

年時記得南州話，劇飲論詩實怕人。司寇嘗語余：『早間聽顧君讀詩，旁若無人，殊可畏也。』今日逢君湖海氣，老夫情味轉相親。

想像家園有幾分，蕉心雨轉綠羅紋。若教稱是江南景，檻外還須著此君。

笑我心情冷似灰，卜居何意傍琴臺？移至湯編修邸中，頗愧衰羸不稱此居也。羅裙寶靨知無用，但覓吟風榿木栽。

送許念中赴任鐵嶺縣許與同年高大立同選，兩君皆與予鄰寓，高前月之任涇縣

深巷逢春共閉關，相隨杖履往來閒。銜杯乍別同年友，計日還登駐蹕山。山在縣城外二里〔一〕，聖駕嘗駐此，故名。遼水雙流分縣界，縣有内外遼河。陪京中抱出雲間。門前便是朝天路，不用鳧飛朝暮還。

【校記】

〔一〕『山在縣城外二里』，馮本作『山去縣城二里』。

五日分詠得赤靈符

命縷鮮新五色分，王筠詩：『命縷應嘉辰。』嘉辰風俗事神君。仙衣髣髴煙霞氣，鬼字離奇礔礰文。黄紙動時飛六甲，絳砂凝處結三雲。太平門戶長生祝，願著胸前作佩紛。

題王赤紓中書小影三首用杜詩『竹深留客處，荷淨納涼時』布景

風前飯罷簟笭谷，暑退吟成菡萏波。自較便宜塵世少，一蕉團地占來多。

莫有心情未盡消，幾圍帶減沈郎腰。詩人例瘦無官樣，不用良工著意描。

多年苦爲禹鴻臚，狼藉青黄點畫圖。余題禹生寫照者，不啻數十幅矣。此會知渠槃礴羸，更留題處待狂夫。

送李梅崖分巡雁平道

簾閣焚香坐詠詩，便教時論屬安危。星聯兩郡開油幕，險控三城静鼓鼙。夜獵馬歸蘇武障，秋成人賽代王祠。由來是處誇頗牧，儒將今看出禁墀。

王文在進士之任安郡

謁帝初爲蜀道行，將家艛艓泝巫荊。大江迴繞流巴字，舊國微茫出枳城。縣卽枳國之地。石室瑶函窺洞府，丹崖翠柏隱前榮。何人不羡神明宰，又見飛鳧上玉京。

贈明史總裁王總憲二十韻

專席秦官貴，司空漢秩優。蘭臺兼典領，石室恣探搜。帝念文章重，公方汗漫遊。尋山兩屐齒，戲海一扁舟。制詔殊常禮，恩私絕等儔。談經子殿側，賜宴曲池頭。浦鶴寧忘戀，雲龍已快投。槧紆三事寄，且緩百寮糾。《漢官儀》：『御史大夫糾察百僚。』冊府勞專掌，羣公早預修。不無體例變，難免異同求。晉史分顔李，唐編殿宋歐。《新唐書》歷總裁七人，至宋、歐兩公始成。連艘來舊籍，賃屋住名流。商榷常虛抱，傳疑必互讎。屢添深話酌，頻炷讀書油。北闕迴蒼旆，東華接絳騶。非才參末席，渺見借前籌。敢忘吹噓素，終傷生事優。明廷思補袞，聖主穆垂旒。旋拂中臺座，重咨副相猷。成書殷鑒備，萬古凜陽秋。

黄子弘處士年六十有一王石谷畫山水小冊贈之索題三首

靈均只是爲多情，汀芷江蘺怨恨生。比似冬郎同感激，休將妖豔擬蘭成。黄有《香奩詞》。

此生心跡豈徒然，檢曆重過丙子年。未了尚平五嶽志，臥聽圖畫響鳴絃。

洞開宛委胸中字，時爲總裁徐公訂《一統志》。倒瀉銀河筆底濤。天下至今雙不得，讓他突兀作人豪。

逸峯同年泛舟宜亭看菊分得俱字

不知秋遠近，水色漲平蕪。曬岸多漁網，浮舟半井廬。是時水溢，舟行地上也。橋欹叢折葦，檻倒臥寒鳧。落日宜亭上，寥寥我輩俱。

太公

咸陽逐鹿罷分爭，廣武城頭豎子名。悔不生兒都似仲，阿翁危作一杯羹。

天津送范稼孟兄弟南還

三日霧成陣，涼風九月天。還家上京客，回空下漕船。我跡豈常定，斯遊亦偶然。因聲太丘長，道廣許誰傳？

又題劉子大山畫扇秋色

八月閒庭尚蓼花，劉郎每見便咨嗟。如何偏染蕭疎影〔一〕，直送離人到水涯。余京邸種蓼，開花頗盛，大山有『滿目蕭疎』之歎。

【校記】

〔一〕『偏染』，馮本作『徧染』。

逸峯同年留館園中卽事十首

別業經遊處，年年首重迴。門前衛河水，坐上孔融杯。舟楫天南北，光陰客去來。茫茫五度過，更值菊花開。

結構何曾遠，雙扉傍戟門。主人侵蚤起，僮僕過時喧。絕倒談天衍，堅留送客髡。衰翁無藉在，盡日不窺園。主人邀數伎娛客，余乃隔園而居。

五月南風正，爭投萬里帆。荔支青過海，叢桂赤辭巖。選色呈吟幌，分香上舞衫。誰能戀京洛？騎馬報頭銜。

近海常多滷，春歸柳獨知。一株猶濯濯，二月已絲絲。落絮紛飄瓦，蟠根半入池。可憐天上宿，憶得永豐詩。

盥漱早涼天，安排事事妍。雨餘荷偃蓋，秋老竹行鞭。逸品收殘畫，希聲拭斷絃。暗知喜色動，新到賣書船。

對門遲孔目，設席屢經過。顧陸原中表，亭臺接大河。懸燈漁浦靜，得月估船多。最是會心處，青天浸白波。

憶過圍棋墅，追陪閲歲華。自攜絲竹去，長對鴈鴻斜。筆彩搖薇省，詩情叶棣華。唐李乂兄弟有《棣華集》。忝爲同譜客，肯起暮途嗟。

昨夜微霜度，園林已改青。窨花除土炕，移榻避風櫺。酒愛滄州釀，詩從越客聽。獨眠因坐久，無復歎惺惺。

大抵無閒事，惟教翰墨忙。人情歸米董，吾意只鍾王。古調歌難竟，時眉畫易長。非君愛賞別，誰欲倒筐囊。

忽忽時將暮，浮蹤安所如。行逢向南客，寫得到家書。新曆街頭換，陳根架上除。殷勤投轄意，未敢惜居諸。

酬山中學道者二首

初一日將曙，夢中得前一首。沈吟久之，乃成其二，則夢惺間所續也。比盥沐後，俱忘之矣。偶與客談，忽憶而錄之於卷，似亦有所領悟，非泛然者

道人吹枯竹，坐久聞餘響。了識古時心，悠悠白雲上。

一語顯道機，一嘿歸淵寂。泱漭我身浮，幾時生羽翼？

過香林苑聽野鶴道士彈琴同限鶴字

了然清淨子，幽居在北郭。隔河明絳幡，迴風過仙樂。吹我墮雲端，一笑搴羅幕。始奏聞淥水，終竟調別鶴。怨抑遊子腸，恬虛曠士託。取態復遲吟，得意紛騰綽。泠泠七絃上，馳情徧寥廓。便欲凌

虚無，超遥叩金鑰。三門寒景深，夜氣原上薄。晤語淹佳期，探道資寂寞。一飽青精飯，煩襟更疏瀹。豈羡藐姑仙？冰肌徒綽約。

冰車

玄冥變水骨，一氣白晶晶。千里共積素，篙工失其巧。此物乃施行，連筰動褭嫋。平行枕席上，凌厲樹木杪。水居仍非舟，空騖疾於鳥。頓失波濤險，翻怪艅艎小。利涉良所須，取濟時易了。東風俄司令，吹萬潤枯槁。流澌一朝盡，百川競奔繞。之時爾何爲，棄置亦以眇。刳木昔王制，習坎理則肇。大哉舟楫功，江河日浩浩。

別張輔公別駕丁丑年

留滯於今五月過，感君真意古無多。能書偏愛王家鶩，看我頻臨光祿鵝。遣贈冬篸因細軟，勸嘗春酒爲乾和〔一〕。更憐久客蕭條況，兩地知心奈別何？

【校記】

〔一〕『乾和』，馮本作『甘和』。

題計希深驢背琢詩圖二首

一鞭踏雪又衝風，多少征人歧路中。遥指去程猶木末，可知今日負詩翁。

柳堤煙渡晚愔愔，付與騷人取次吟。知爾閒情無著處，北堂萱草最關心。

送江邨宫詹扈從出塞詩時丁丑二月王師三出矣

豪傑爲時生，間世未一數。既鄙隨陸文，亦嗤絳灌武。傾寫一萬卷，出身事明主。校讎坐清秘，疑似辨魚魯。頗復厭承明，上馬横槊舞。浩歌從軍樂，凌厲無磧鹵。六軍蒞威神，三駕氣益鼓。當其始出時，狡猘意已阻。神略暗指授，帷幄外莫覩。磨盾草賊情，幕地嘌掌股。草呈必當意，詔自賜鍾乳。制敵於呼吸，分軍互截堵。坐看駭獸奔，相隨落網罟。除惡務去本，葺牖先未雨。所以上聖謀，不憚師數舉。昨往雪載塗，初歸月徂暑。是月雷發聲，我皇厲威武。長驅百萬衆，儒臣雜貔虎。簫管馬上奏，楊柳曲中語。崎嶇度危隘，豈不畏辛苦？制勝在目中，師行受多祜。飲至及良辰，獻俘繫以組。賞從禮數加，張仲與吉甫。編爲《北征録》，撻伐照千古。

送龔季栗同年得第歸爲其太夫人壽龔，余族甥

茲泉世澤長孫枝，亦在男兒亦女兒。故有清疎推阿大，謂价人弟。何曾賢智讓文姬？漢李固女，史稱其賢而有智。兩龔楚國真高士，五桂燕山豈後期。甥舅忝爲同歲客，黑頭羨爾老萊嬉。

題王石谷摹王叔明畫卷

道人出孤定，青壁蘿月上。香光與石谷，千載契心賞。門前雨雪深，結念何由往。

題洞庭秋泛圖爲樊明府

三湘俱道昔曾過，前數家題俱云云。奈我白頭未去何。騎驢到官亦佳吏，漁蓑何必無公事？看君辨此意有餘，他年歸來尋老夫。我有《洞庭秋望圖》，畫者亦是禹鴻臚。相將鼓枻浮江湖，不學襄陽孟夫子，賦詩徒羨臨淵魚。

送蔣馭六之任浪穹

昔年高宴曲江濱，今作天涯薄宦人。地送羅浮供醉眼，天圍洱海著吟身。印牀苔鎖官衙静，椰酒香迎洞户春。此去不須迴首望，繡衣長共彩衣新。

王宛平壽讌詩四首

當年早著大臣風，眷注由來禮數隆。身際兩朝周四友，班崇五等漢三公。韋平經術傳家舊，韓范勳名翊運同。日日延英資坐論，沙堤歸路月明中。

瀚海天山駐翠斿，老臣持重寄邊籌。局成肥陣圍棋墅，光動奎文風度樓。始寧有風度樓。晝永黄扉調玉鉉，煙清紫塞控金甌。單于驚識王丞相，不獨聲名冠九州。

明良際會古今難，此日重逢魚水歡。恩賜小車行殿上，禮容絕席對朝官。冰桃捧自宜春苑，玉液分從承露盤。歌管排當崧降日，年年樂事與人看。

長與斯文爲領袖，南宫東觀道仍尊。三千年事羅終始，十六朝書恣討論。《明史》總裁。竹實采從歸鳳閣，頷珠領得到龍門。自憐老去乘槎客，也許尋河探水源。

題花間獨酌圖

長安擾擾利名客，誰放春風大劇顛？枝上百花開正好，眼前一杯已隤然。阿紅似識酒中趣，小立猶教我見憐。問爾之官何長物？一琴一鶴並嬋娟。

贈百歲翁周元始

自是人中瑞，長留梓里看。風霜堅道骨，名籍著仙壇。萬曆年间事，三山域外觀。歸時須問取，商皓舊衣冠。

題畫畫唐句『落葉聚還散，寒鴉棲復驚』

秋風摵摵來天半，寒月稜稜轉樹梢。荒徑有時見行跡，一聲何處落危巢。盡傳幽意與閒客，欲送歸心出近郊。槃礴揮毫黃處士，看君不異在蓬茅。

張中丞自東藩巡兩浙四首

幾年齊魯長棠陰，籍甚聲名簡帝心。赤舄入朝侯度整，彤弓錫燕主恩深。坐談宣室頻前席，侍獵甘泉有賜金。歸沐晚來欣識面，東華門外聽車音。

節鉞遥臨聚衆觀，傾城祖帳擁雕鞍。好升東國一輪月，來照西陵萬頃湍。霜氣遠侵鄰部肅，恩波高壓海門寬。陸沈已老承明客，濡筆還能紀范韓。

鼎鐘行見勒殊勳，但是騷壇亦冠軍。水漫錦塘閒琢句，燈明玉帳坐論文。夢毫曾賦瀟湘雨，去旆猶隨岱嶽雲。寄語餘杭舊府主，鶯花正欲與公分。

頗牧宫中自手除，頻傳中詔促鋒車。多因岳牧官方重，要使東南民力舒。雨雪今方銜命出，陽和已自報春初。湖堤柳色青無賴，搖颺東風上隼旗。

送張鄂山之任河内

太行亙坤維，千里下平陸。出門望西山，聯翩動征軸。昨夜長安邸，廐吏來到門。黄華映墨綬，白日曜朱幡。親舊一相餞，别意苦未展。各各望君歸，惠文柱後卷。太和新殿赭袍光，雞竿夜舞讙萬方，詔辭卜式徵賢良。廣施羅絡驅豺狼，計書上最龔與黄。況君下筆富文章，吳綾一掃百尺長。飄飄詞賦掞天手，下與疲民洗塵垢。誰能輕薄潘河陽，不種桑麻種桃柳。

京江相國扈從凱旋壽讌詩八首

横門鍧隱馬前歌，綵仗新排御太和。次第功臣誰第一？帳中籌畫子房多。

六師親統暢皇威，不用將軍立號歸。唯有同心風力相，時時坐論合兵機。《藝文志》兵家有《風后》、《力牧》數篇。

飛奏前軍斬郅支，宣傳賀表四方知。文兼體要經元老，不是翩翩記室辭。

輦路崎嶇日一餐，身親羈靮不辭難。歸來海鶴神偏王，澹泊方知是性安。

城郭由來知漢大，新兼都護護車師。哈爾哈新附爲一家。三辰北拱臺階正，佐助昇平萬萬基。

梓嶺榆溪部落空，天西寳玉獻河宫。遥知七聖來襄野，並侍軒皇問牧童。

翹材只許延名俊，緑野何曾鬬管絃。聞道尊開嵩降日，坐中唯詠《白華》篇。

家世蓬山最上頭，文章經國有箕裘。漢家例賜三公爵，得印還成忠孝侯。

送山東劉布政之任戊寅年

除銜一出衆爭誇，秩長東封禮數加。行水舊推王長叔，飛蒭新佐李輕車。恩蘇萬命拋丹筆，最上三年待白麻。今日宫中傳綵勝，知君發興在《皇華》。

上辛祈穀恭紀館課

序叶蒼龍正，辰當青鳥司。泉流疏地脈，暖氣轉天時。東作宸衷務，西成保介咨。鑾鳴讙九陌，佩響肅重壝。一德誠初感，三秋報在斯。唯皇均雨露，乘日動鎡錤。久佇金根輅，旋回翠羽旗。仍聞清道令，御耦待三推。

賦得官舍梅初紫

嗚珂出建章，景物綴年芳。梅蘂銜寒發，瓊枝拂曙光。遠從南國至，移傍北扉涼。本以開當晚，偏教春占長。上公分綬色，神女落衣香。桃李休相誚，同恩沐太陽。

送陳二受編修同少宰陶公發粟泛海賑朝鮮之作

遐邦乞糴軫皇情，遣濟詞臣副上卿。頒詔遠從藜閣去，泛舟時傍蜃波行。天倉散落諸加舞，玉節讙傳八道迎。不用雄詞銘不耐，恩膏到處荷生成。

題梅桐巖太常黄山採藥圖

奇峯三十二，靈藥徧巖隈。誰作移山計？能令縮地來。臥遊終不倦，齋日幾曾開。只此成棲託，何煩杖履迴？

贈潘徵君

江湖浩蕩氣嶙峋，曾是當年顧及身。階下碧梧新鳳羽，窗前松樹老龍麟。詩歌徧上村童口，姓氏頻登啟事人。憶共吳閶尊酒夕，家風彷彿見荀陳。

送陳濂村庶常改任筠連令

盛門才子秘書郎，江左名族，初任皆秘書省郎丞。卻領朝銜牧遠方。宋縣令以京朝官結銜者爲重。地識從來因枸醬，俸仍清切帶芸香。白詩『向殘半月芸香俸』，君中內皆俸七品。前途叱馭思恩重，後會趨庭愛日長。好記年時聽雨約，舊巢歸燕並雕梁。

題六郡主畫梅安和王女今古香主人妹也出嫁部落新没其姪拙齋主人命予題之

生小嬌柔太傅門，閒庭詠絮並諸昆。何堪零落依青塚，自寫幽香爲返魂。

送張天門庶常之任壺關四首

草色門前路，征車獨向西。清和當首夏，眷戀在重闈。驛館桐花落，山城謝豹啼。此時迴望意，百里未安棲。

經術相門推，三年傍禁墀。朝陪鸞掖宴，暮誦鯉庭詩。肯爲籠張趙，終期繼益夔。曲成明主意，寧遺外人知。

壺口當關險，羊腸引轡紆。奇書探抱犢，古跡問令狐。山愛支頤見，庭稀手板趨。千家潞子國，文雅得通儒。

去去彩衣輕，休令別思縈。爲霖隨畫轂，和露滴金莖。父老歌廉度，君王問賈生。澤民兼報主，珍重此離情。

送王令詒明府之任銅仁四首

賢人滿上京，君獨賦南征。姓氏蠻荒落，文章魑魅驚。石榴關外瘴，青草渡頭程。上最無多日，餘思在茂名。原任茂名縣。

接席催花飲，長篇集字詩。搜奇人競長，守拙我能雌。余性不工此，竟坐觀終日。歡意愁中見，閒情別後思。城西萬里道，各自惜臨岐。

種族苦糾蟠，時清亦不難。皇仁通絕徼，羣議設流官。險控烏羅柵，平連溆浦湍。武侯屯尚在，一爲畫圖看。雲貴督撫以貴陽奏改流官，時正奉旨會議。

荊南何處論，不隔武溪源。九十九渡口，乘流到縣門。澄砂堪鍊藥，釀水足開樽。嚥嗽元和罷，青天若可捫。

題曹渭符供奉松菊圖

愛聽松風盡日閒，爲尋籬菊見南山。二陶風味君知否？只在蓬池縹緲間。

東郊看海棠過村寺有二株盛開然景荒不可久留

數里看花騎，棲遲破院東。僧寒猶掛紫，樹老並交紅。委蘂無人惜，繁枝得日烘。晚城歸漸近，塵起闞車風。

題蔣總憲家慶圖

峩峩中堂上，高掛十幅圖。問圖何所有？麗服鏘鳴琚。一一賢子孫，羅列在庭除。親賓滿前榮，時節儼拜趨。主人杖屨閒〔一〕，顏色敷且腴。外備四時氣，中藏千卷書。主婦重恩綸，設食梁案俱。詎肯倚身名，琴瑟時相於。魚鳥恣飛泳，花柳蔭扶疎。家樂試新聲，一醉連百壺。或謂唐汾陽，勳名才地麤。或擬白太傅，名齊福不如。徽詩原啟，引二公爲比。公位冠南臺，延登在須臾。一跌經綸手，闔門懸安車。祖帳上東門，賢哉二大夫。日飲召父老，賜金豈問餘。亦有王內史，誓墓强仕初。內外孫十六，分甘以自娱。悠悠冠蓋路，此事今則無。齊軌此二公，清風扇皇都。畫手亦常事，聊欲警羣愚。煌煌惇史筆，流徽終不渝。

【校記】

〔一〕『杖屨閒』，馮本作『杖履閒』。

夏日讀書樂館課擬朱子

繞屋扶踈樹交影，北窗風微吹肌冷。人生適意此何時，羣編羅列部居整。下窺姚姒上羲軒，餘言紛賾挈要領。枝頭好鳥時一鳴，長日如年萬緣屏。世間何者是炎熱，不在天時不因境。此中一點暗飲然，燭龍火車未爲猛。開卷便是清涼地，觸手況有古香併。將心證古豁然通，澈骨冰寒發深省。樂莫樂兮夏讀書，炎官赫烈何由騁？

送平涼華亭令倪松巖

不道朝那去路艱，此邦風景最清閒。隴頭鸚鵡能迎客，川上臙脂足好顔。耕種目隨羌牧外，謳吟常徹嶺雲間。昨來叔則初相見，朗朗如同行玉山。

題王山人爲黄研芝中允畫黄山采芝圖

造化運元氣，布地作雲海。一片白茫茫，軼出五岳外。列峯互低昂，遙山入蒼靄。石上走松根，煙中發芝彩。古之沈冥人，於此事樵採。何年留此圖，真跡得王宰。軒皇與容成，仿佛斯焉在。中允聲名久，烟霞志無改。獨立鴻濛間，凋空石磊磊。擥袂徧靈藥，傾筐寫珠琲。餌服思身輕，結念契千載。吾意亦悠然，名山可津逮。

鳳池秋月館課

幾歲長安客，秋風怯早寒。今宵蟾魄度，卻向鳳池看。樹密摇光碎，萍開落影團。坐深清冷色，和露滴金盤。

送胡潔庵武選郎視學中州八韻

奉命辭華省，臨岐揖望郎。名聲高武庫，官署稱文昌。昨鎖南宫棘，高摇北斗芒。蚌珠隨月吐，豐劍得雷揚。思樂讙多士，徐驅入大梁。頓令公道布，轉使譎言藏。席間三千輩，衣傳十八房。從知經術重，俎豆有輝光。

御賜韓宗伯篤志經學匾額恭題長句

忽驚雲氣生高棟，蜿蜒鱗鬣勢欲動。驪珠幾顆落人間，并是半天雷雨送。太平天子赫威靈，長戈一掃除氛霧。欲以詩書基鴻業，方領矩步爭來貢。懋勤清殿晝漏長，閒揮寶翰吳綾光。一字褒長萬金價，肯令常侍徒登牀。長洲侍郎蓬山客，飽飫奇文窮巖壁。貯之自足經世資，豈止辭章供潤色。拜賜歸來春滿巷，舉座傾瞻歎嘖嘖。已將家學判申轅，《詩》博士申生、轅固與韓嬰列爲三家。免使詞人論韓白。家住吳趨大道邊，炎光長向斗牛懸。梧桐賜第君恩在，遺子經還世世傳。

送荊侍御歸丹陽

還山賦就整歸裝，馬首西風入鬢涼。公道清時容汲直，閒情終日寄良常。千年改卜青烏地，六月曾飛白簡霜。此別春明應暫耳，高棲梧鳳待朝陽。

得秦子卣消息

經年漳浦客，臥疾在漳濱。已拭驚聞淚，初知吉語真。家園應暫息，書籍有傳人。莫作題詩嬾，歸時唱和頻。

送錦州通判之任

六龍東幸後，王業有輝光。别駕承新命，雙旌出帝鄉。闕前紅草嶺，馬首白榆霜。到日聞爲政，春風邊塞長。

古香主人壽讌詩十二韻

萬派璇源下，生同泰運遭。好書來帝眷，爲善豈心勞。犀白通天帶，蟾明晝日毫。時從諳道術，不獨傳《離騷》。間氣推龍馭，詒謀識豹韜。受降分陝近，歸化控山牢。横槊吟青塚，櫜鞬護翠旄。功能臣敢有，謙慎節終操。朝罷常扃鑰，賓來亦命醪。論詩瑩冰雪，潑墨灑煙濤。肯學淮南桂，欣承曼倩桃。相如方授簡，作意詠《崧高》。

象

羨爾太魋奇，形模亦白癡。來同虞獸舞，對立漢官儀。林邑家徒遠，金門步不移。年年三品料，報答豈無時？

送牟東山之大梁省覲因寄贈其兄大參

節樓三面控河山，拄頰從容簿領間。雪後野人投謁入，花時園戶報春還。政成魚鳥隨歡動，衙退壺觴列坐閒。今日西堂應得句，一時相對舞斒斕。

永定河告成

民瘼知何限？皇心實未寧。白天來滲漉，行地到滄溟。水是渾河舊，源從石景經。奔流嗟在昔，潤下有誰令？漲合桃花泛，歌成瓠子聽。禹功秉璧告，漢績勒碑銘。此言淮、黄之治。況異懷襄勢，兼資黍稷馨。一呼畚鍤就，不日鑿疏停。飲犢隨田父，眠鷗任釣汀。沿堤聞猾猾，映畝見青青。擊壤多同樂，行吟少獨醒。賜名徵帝力，長此護生靈。

題吴飛濤蛺蝶菊花圖

爲是芳塵暗欲收，翻翻葉葉趁枝頭。俗工渲染無情思，只畫春風不畫秋。

白鹿詩

鶴禁逶迤御宿傍，未明呼召趣衣裳。應同白鹿階前見，馴擾千年色轉蒼。

送陳將軍出鎮潮州取道四明因寄問藍總戎

君昨年四十，邀我南山詩。我謂君方剛，岡陵安足侈。吟詩自紀彭湖績，風利帆輕目無敵。猱騰直上百尺桅，翻入驚濤飛礔礰。戰罷氛銷波鏡清，十年幕府去談兵。西走雲中北上谷，建節仍爲潮海行。詔許景山親引見，重問樓船舊酣戰。解衣捫摸刀箭瘢，苦道天陰痛猶徧。馬射平彎三石弓，枝枝正透當心紅。至尊大笑福建子，乃與八校爭驍雄。上云『此福建人，習水務，它弓馬又好』云云。同時幾輩擁旄麾，至今出身尚偏裨。豈知九重迴深眷，千里一刷誰能羈？歲暮風寒悵別離，何人重唱《渡江辭》？君出《渡江辭》，甚工麗。坐鎮江東老飛將，自許功圖麟閣上。與君意氣本綢繆，兩越金湯兀相望。

送宋藥洲己卯年

前年聖武定沙漠，歸告成功歌景鑠。復紆長算築宣房，棹謳肯數江南樂。磨盾飛檄屬詞臣，重去蘭亭逢暮春。詩成應被天顔賞，卻笑當年十六人。永和之會，詩不成者十六人。

題溪山雪霽圖爲北平王司農〔一〕

耕煙散人畫絶妙，雪晴寫出湖山貌。江南風景黯淡生，琅玕萬箇餘青峭。三三兩兩灘上舟，乘興誰爲訪戴遊？對君心地頓蕭爽，無復山陰憶子猷。

【校記】

〔一〕此圖今藏南京博物院，題爲《溪山霽雪圖》，上有西溟題詩，惟字句有異：『雪晴』作『雪餘』，『黯淡生』作『慘淡呈』，『灘上舟』作『逆上舟』，『蕭爽』作『瀟爽』。

龍母某太君壽

天送青鸞信，人傳黄鵠歌。貞松存嶺秀，寶樹爛庭柯。五斗星明婺，金盆色映娥。紘匏喧里第，翟茀鎮山河。菊水南陽潤，荊花御苑多。仙郎頻進酒，喜見壽顔酡。

吴學正以神餕分餉口拈二首答之

萬里鄉風報賽同，清晨割肉與衰翁。從今長作比鄰友，社酒還期治耳聾。

麪起輕高堆滿盤，輕高麪，即今饅頭也。北來少復憶南餐。顧亭林嘗云：『麪能生力，居京不啖麪，大是闕事。』他時歸共雞豚會，爲說京都舊往還。

送僧自五臺歸南海因寄問別公

言從五峯路，重向落迦遊。水氣澄孤影，邊聲帶去舟。鬣帆風上下，杯渡日沈浮。杯渡，在蓮花洋。采藥誰同侶？他年帛道猷。帛有《採藥詩》。

聖駕南巡恭頌八章序載文集〔一〕

十年輿望在巡行，咨警長留聖主情。祇爲神謀存北伐，故教天意緩南征。奇探虎穴狂氛靜，怪鎖蛟宮濁浪平。今日雙龍趨翼衛，春風搖曳出皇城。

舳艫南指路非賒，擁楫烝徒靜不譁。行漏曉供長信膳，迴帆初放紫宸衙。漁樵得意瞻容衛，鷗鷺無心避鼓笳。中道時聞寛大詔，歡聲雷動萬人家。

塗泥自古記淮揚，已東河流似帶長。綠字朱文窮宛委，隤林楗石笑宣房。精誠感動鮫人泣，方略潛驅蝄象藏。會有靈圖呈聖瑞，波心泛瀲發榮光。

瀕河猶自愁艱食，詔截東南十萬艘。更免舊逋舒郡邑，同霑新惠出波濤。家家秋潦成堤堰，夜夜春田響桔槔。比量皇恩真似海，百川奔赴不辭勞。

祥飆吹送大江流，一望南天瑞靄浮。蓬島侍書羣學士，塗山輯玉萬諸侯。同瞻日角歌岡阜，喜覲旌門拜冕旒。誰是旬宣多政績，內傳新賜黑貂裘。時萬壽節，駐蹕蘇州。

東吳佳麗巡遊處，風景微傷不似前。秋穫未經開百室，天恩重與賜三年。弘恢帝網金雞舞，廣勵儒官木鐸傳。試看六龍新幸後，明湖草木倍鮮妍。

三山凝望日光輝，講武臺前翠幕圍。細草平沙開馬埒，黃雲紫氣護龍旂。將軍命中誇强弩，校尉登場號佽飛。次第千官同拜賞，迎鑾爭獻萬人衣。

天章煥爛動星辰，灑落銀鉤氣象新。煙火萬家纔極目，登臨半晌已縈神。江山迢遞歸淵宇，人物熙和接大春。樗散無由叨扈從，陳詩聊共壤歌民。

【校記】

〔一〕馮本移《姜西溟先生文鈔》卷一《恭頌巡視淮河臨幸江浙詩序》於此處爲詩序。

聞行在曲宥罣誤官吏

爾輩塵埃作棄捐，誰知解釋爲除湔。涸魚再躍龍門浪，爨木重揮帝室絃。龐統何嫌才百里，吾丘好上計三年。君恩鄭重須時憶，莫負當頭一片天。

賦得河色欲驚秋館課，七月四日

已覺涼風至，時當大火流。蟬吟低抱樹，螢度遠侵樓。雲影中宵淡，天光析木浮。垂檐明巧線，帶月映簾鉤。似霧還疑曙，驚人只爲秋。生衣輕欲換，團扇薄將收。擣素聞鄰杵，飄紅出御溝。誰家終夕望，並起故鄉愁。

寄粤西藩伯

龍華深寺駐行旌，多少殷勤把臂情。回首十年芳信隔，遥看五嶺彩雲生。山名獨秀宜常對，書號虞衡幾日成。重寄還應煩節鉞，江湖相望待澄清。

賀蒼林姪孫花燭二首

茲泉世澤本流長，紅燭分階列鳳凰。一道香煙和瑞靄，夜深同繞合歡牀。

綠鬟侍女手瑳瑳，齊捲珠簾出素娥。新婦宜家郎得意，今年原是小登科。

讀盧選君所著黃逸士傳

一生高節少能羣，萬里聲名遠著聞。在史自宜題獨行，於人已自號三君。眼前甲第傳家慶，日後詩書踵世芬。好事小天能誦說，此公端合附青雲。

寄贈

東國山川重保釐，使君襟度正相宜。胸中星宿羅羣典，面上風霜震百司。水繞明湖停畫幰，樓開白雪擁征旗。向來共話家山夕，願挹風流到習池。往曾於鸛浦夜宿。

題王紫望風木圖二首

石橋流水繞孤墳，獨立蒼涼倚亂雲。怪鳥欲啼山樹黑，夜深應共哭聲聞。
風起白楊愁暮寒，荒蹊無路棘團團。父兮母兮知何在，不見兒衣身上單。

題范拙存閒居愛日圖二首

風騷旨格自提論，詩品還能會道真。偶爾閒居因號拙，此中那得望塵人。

結構依然《水繪圖》，起居長向北堂扶。誰能射雉供妻笑，自詫多才賈大夫。其同縣冒氏有《水繪閣圖》。

題定番出牧圖爲賈大夫送行

不辭萬里道，來作五溪行。參井隨分野，沅湘溯去程。深秋黄菊送，到日紫薑迎。峒婦盤花布，番童跳月笙。山迴飛騎出，霧盡彩旗明。犵狫窺文教，獞獚聽頌聲。晨舂餘稻把，寅市足魚牲。八番俗：臨炊始取稻把，舂之爲飯，市用寅午日。欲識神君意，先觀畫史情。文翁圖像肖，賈誼賦才精。對此風期覿，翻令別思盈。

題揮絃圖

達人遺物我，端居絕世營。新秋遠天淨，霽色沙洲明。野服謝羈束，憩石攬餘清。念彼嵇生言，正值孤鴻征。揮毫見深意，槃礴初古情。飛素下絕壁，遠勢爭迴縈。但得絃中趣，寧論指上聲。昭氏之不鼓，誰知虧與成？

題畫

漁家家住釣魚灣，澮沱春流帶遠山。行看落花隨水去，一歸仙洞幾時還？

又

石氣潤秋雨，樹色長深綠。絕澗少人行，溪横橋斷續。

題李公凱少詹松林讀書圖

金鑾坡外浴堂東，宮相新銜侍從同。大好髭鬚看舞鶴，小垂衫袖坐花叢。畫圖合在凌煙上，位置偏宜丘壑中。手把道書渾未卷，任隨清夢落松風。

題呂公堂試院舊寓余鄉、會試俱寓此處

煙埋塵鎖呂公堂，丹竈長封棘院傍。九轉大還唐進士，六旬重上漢賢良。如今已悟榮名幻，到老空抛歲月忙。瓢笠願尋五嶽去，不知何處遇雲房。

雪霽作

羈棲雖雲隘，客居聊仿佛。土牖面牆東，餘煖送朝日。布裘定奇溫，地爐明榾柮。君恩何處無，陽和隨曲折。旋轉一線春，風捲夜來雪。頹齡迫衰眊，卽事愧疎拙。叢愆豈自招，撫衷一紆鬱。默默度殘漏，稍稍親書帙。奮飛嗟末由，跼處窘多疾。所希天聽卑，庶余諒忠潔。

湛園詩稿三卷

拙園詩話二卷

湛園先生傳

鄭羽逵

湛園先生，姜姓，漢大將軍維後裔。明初有伏延者，自餘姚咸池匯遷慈谿，五傳而爲先生之高祖國華，嘉靖己未進士，陝西布政司參議。曾祖應麟，萬曆癸未進士，由庶常改戶科給事中，嘗疏爭鄭妃冊封，兼請建儲，謫邊，方典史，起官太僕寺少卿。祖思簡，戶部主事。父晉珪，鄉貢士，贈翰林院纂修明史館。

先生少露穎特，日誦萬言，未冠卽受知學使李僖平公，已復肆力詩古文，涵泓演迤，日深以邃，下筆泉湧風發，老宿皆斂衽避席，以是雖不得志於有司，而聲譽日起。久之名振京師，天子嘗與廷臣言江南三布衣，朱彝尊、嚴繩孫、姜西溟。朱與嚴皆名，而先生獨字，異數也。繼奉詔入史館，纂修《明史》，成《刑法志》及分纂《列傳》，又命修《一統志》。丁丑以一甲三名及第，授翰林院編修，於时先生年七十矣。己卯副主順天鄉試，先生老且病，又素坦衷，不虞同事之賣己也，致從吏議。逾年事惭白，而先生已歿。嗚呼！先生困場屋數十載，一旦受主上知遇，廷試時先生卷列第七，天子拔置第三，曰：『朕固認得是姜某字。』入翰林甫三載，卽命主試，恩遇之隆，若此凡有心者皆思淬勵圖報，毋忘坐困諸生時，何至如毦躁舉子所言？且先生性甘澹泊，嚴別義利，卓然以名節自許，或干以私，無不正色力拒者，訛言之興固不待辨而自白，然而市虎易成，青蠅難斥，而先生竟含垢以瞑，豈不痛哉？

先生性孝友，生平以祿不逮養爲恨，撫兩弟，備極友愛。仲弟歿，無子，一婢懷娠者他適舉子，先生爲百計贖歸，視如己出。其歿於里也，囊無一錢，知交賻之，始克成斂，至是而朝野愈益曉然於人言之誣。先生爲文根蒂經史而機杼自出，其樸茂遒逸，直浸淫於秦、漢矣。詩學則窮極源流，力去浮靡，而一宗淡古。書法瘦硬，尤工行楷，識者推爲本朝第一。先生之於文藝，可謂兼工而獨絶者乎！顧其心，不欲以文傳，嘗曰：『後人倘列我《文苑》中，不知我者也。』先生之言如此。

先生諱宸英，字西溟，所著有《湛園未定稿》六卷，《明史·刑法志》三卷，《列傳》四卷，《土司傳》二卷，《一統志·總論江防海防》共六卷，《詩箋别疑》三卷，《湛園劄記》三卷，《涑水論餘》一卷，《葦間小品》一卷，詩初集、中集、今集共十卷，惟《未定稿》及詩集授梓。

湛園詩稿題識

鄭喬遷

先生《未定稿》板向藏吾家二老閣中，其詩名《葦間集》者，雖經授梓，不可多得。溯洄谿上，屈指先生之詩終以未見全豹爲憾，兹從裘夢卿上舍鼎熙家得先生手稿，塗乙改竄，光怪陸離，令人不可逼視。案其詩，蓋半爲晚年之作，爰與宗人少梅、孝廉際良、金門茂才詔鼇爲三卷，同付剞劂，以廣其傳。有散見於選家而此本所無者，不敢增入，示原稿也。工既竣，兩君請序，余不文，何以序先生詩？因錄家進士雪崖公所作先生傳，弁諸簡端，而識數語於後。嘉慶戊寅花朝後三日，邑後學鄭喬遷書於藏密廬。

湛園詩稿卷上

送族姪華林還京

南遊不稱意，歸路但蕭條。一卷時在手，雙鞬轉插腰。聞蟬山月曙，送鴈海天遥。望近長安日，飛騰任九霄。

送宗姪就選北上

漢殿持衡日，吳山送別筵。草青袍共色，花豔筆爭妍。閥閱知名貴，風裁足少年。疎狂如有問，爲記竹林邊。

王子武詒秦山草堂詩賦謝

一爲湖山客，從春忽復夏。流光去如駛，笑我悠悠者。身非曹丘生，徒枉季布言。謂儼山春坊令弟。

馬廄困伏謁，牛衣坐煩冤。早歲滯京邸，虛名動帝閽。失足落中道，去掃何侯門。六月菡萏披，南風長蓴絲。歡言得良友，酌我手中巵。騄耳不世有，琬琰豈易得？琅琅金石聲，照耀湖山色。向來羨君兄弟賢，三筆六詩世所傳。卻厭承明身獨往，乘興忽泛漸江船。江潮夜打固陵去，我欲從此竟東渡。手把高文坐復吟，望望泰山在何處。

送王觀察之任江右大藩

臨安城中十萬戶，到處人歌廉叔度。歌中莫問使君賢，且道使君來何暮。來何暮，去何速，門外聯翩動征軸。君王肅穆臨蒼龍，保釐南顧咨羣工。一夜飛來黃紙詔，奔走黎庶驚瞽聾。可憐浙東西，到處困網織。自從使君來，訟庭秋草碧。可怕灌氏强，休逢乳虎怒。自從使君來，家家安農圃。垣東少年何足避，後門鋤園杜穉季。威棱直震扶桑東，惠化遙沾百粵地。嗚鐃吹角下潯陽，香爐遠峯當艦長。伏謁章逢舊子弟，重迎竹馬新兒郎。峨峨行省踞上游，明堂上計先諸侯。行看節鉞臨江海，漫道星辰隔斗牛。

（見《葦間詩集》卷二）

顧且庵侍御園中賦贈

恭頌御製詩卷代李藩伯，有序

惟臣某奉命備藩兩浙，六年於兹。自顧才分淺薄，無能上承明詔，稱宣德達情之職。恭閱皇上所賜管理杭州織造臣金某宸翰二幅，焕若神明，驚心燿目。及跪讀御詩，上溯墳典，下恤遐荒，於以遠承二帝三王敬慎之心學，而紹述世祖皇帝之盛德大業，備見於斯矣。臣誠愚陋，妄謂王者之有詩，自帝庸作歌以後，夏商無聞。周詠文武，緝熙執競，成王就將光明，所以發明道統，垂示後王者甚悉。然大抵多出於周公之著作，天子不自爲也，猶且刊列雅頌，被金石，傳無窮。況我皇上以濬哲文武之姿，聖性得之，加以聖學，於是親御翰墨，寫其憂勤，分賜近臣，播於藩服，俾大小臣工咸喻上旨，莫不虔共職業，以牧養小民爲事，用經術飾吏治，焕然舉斯世於唐虞之盛德至渥也。兹者招搖西指，巴渝開道；樓船南鶩，江海靜波，非其明效與？臣竊不自揆，成詩八章，非敢謂能頌揚德美，庶比於擊壤拊缶，自鳴其悦豫云爾。頌曰：

於昭維清，天眷厥德。嗣聖匪懈，皇建有極。
粲粲彤闈，華燈有輝〔一〕。誰云日昃，逮此宵衣。
景行邈矣，左圖右史。玩物匪尚，遜志以此。
我心實獲，歌以永言。仰觀星漢，下惻黎元。
孰饑未飫？孰寒未絮？一夫或失，撫卷至曙。

曰汝臣某，汝協予衷。示汝予意，於余羣工。唯皇永念，惟帝時格。澤及飛泳，莫遂苞蘖。龍搴鵬翔，昭回萬方。我瞻我戴，日月之光。

【校記】

〔一〕『華燈』，馮本作『華鐙』。

御製詩絕句賜織造卷子敬題

華堂的皪爛生光，二十八宿舒精鋩。穠華淡姿疎密行，運行旋蓋臨萬方。雞鳴當殿垂衣裳，金爐月仄夜未央。粤若稽古溯軒黄，提姚挈姬來堂堂。飫以六藝漱其芳，須臾經營遍八荒。大塊噫氣俄抑揚，發抒宇宙成文章。堯歌舜賡抃禹湯，頡籀喘汗奔且僵。仰看雲漢互低昂，錯落璣璧雲錦張。予欲作會股肱良，天孫秉杼勞七襄。豈無佩璲鞙鞙長，男呻女謠坐商量。卷之尺幅聲琅琅，敢告有位莫襲藏。

（見《葦間詩集》卷二）

攜兒子濂避暑紅橋遊顧氏園薄暮成韻二首

寄問吳慶伯疾時閩師將還過省官賦民居甚急吳以戒心成病故戲有末句

（見《葦間詩集》卷二）

壽徐君

詞藻繽紛擅二京，懸河高辨有徐生。但憑東海三寸舌，曾下臨淄七十城。苜蓿盤留高士坐，甘棠樹見古人情。婆娑竹杖雙峯下，欲共盧敖遊太清。

海昌潘太夫人壽讌詞

玉宇臨秋迥，銀河裛露稀。涼生五色簟，香重六銖衣。已度針樓巧，還開錦室輝。仙家分甲子，林下近庭闈。鞶袠充朝佩，蘋蘩嗣舊徽。冰天書鄭重，雪夜詠霏微。學圃常停織，談鋒必解圍。夫人王化首，世德大名依。喉舌司清禁，斑斕麗日暉。高陽供菊至，東海得芝歸。今夕華堂讌，同看彩鳳飛。

孫氏祖姑生日敬述中外家世本末藉手侑觴且志孤子感懷非一也因示表叔彦遵

（見《葦間詩集》卷二）

竹爐

（見《葦間詩集》卷二）

别顧在衡孝廉兼訂深秋之約

靈鷲峯高坐著書，猿吟木落夜聲疎。有時自著山中屐，攜我同觀濠上魚。客路清尊吾倦矣，愁邊芳草欲歸歟。重來桂樹憑漻發，妙賦還應就子虚。

贈王海憲

本是神仙吏，飄然歷海東。聲名牟子國，羽騎越王宮。按轡山河迴，揚旌雨露通。一麾來汲直，十部想劉公。讜論歸西掖，高標接侍中。程良九方駿，駐節四明雄。操比冰壺潔，材過竹箭豐。從容存俎豆，談笑息艨艟。下榻延徐穉，通家問孔融。虚懷能款款，善誘不匆匆。一昨西陵別，於今大火終。仰瞻森畫戟，祇謁舊章逢。歷下文章伯，宣城道誼風。素懷經契闊，緘札藉磨礱。彫謝虚先柳，飄零敢後蓬。幾年悲伏櫪，此日愧招弓。五意才仍忝，三長筆豈工。庾樓秋窈窕，淮館日玲瓏。卧理欣多暇，甘心待發蒙。寥寥古人意，感激罷書空。

暮上玲瓏巖

（見《葦間詩集》卷二）

夜哭二首

（見《葦間詩集》卷二）

寄友山中

（見《葦間詩集》卷二）

詠史〔一〕

淮陰未遇時，身困氣益揚。熟視市兒胯，來往何堂堂。一朝風雲合，收齊稱真王。用兵若鬼神，出奇愈無方。蹙項會固陵，歌虞聲激昂。今日飛鳥盡，明日良弓藏。恥與噲等伍，太息鬱剛腸。空留英雄聲，千古爲悲傷。

【校記】

〔一〕稿本《詠史》共兩首，此爲第二首，第一首見《葦間詩集》卷二。

徐亦允第三子補博士弟子員

知君昆仲文章麗，擬作《徐卿二子歌》。三鳳忽巢阿閣迥，一枝行占上林多。文翁白玉堂中見，郭隗黄金臺上過。會待郎君春讌罷，也知老子興婆娑。

雪後過于石禪師隨惠詩二首次韻和之其二

寄贈其師嘯堂和尚時主天童講席〔一〕

石橋流水兩三家，斷續行雲點暮鴉。狂客鬬寒尋屐齒，老僧迎日曬袈裟。幾番論義松枝折，不住看山竹杖斜。卻煮新泉和白石，從教銀海眩生花。

稽首曾歸大法門，嗒然無語道尤尊。徑行一室蓮花界，宴坐空潭水月痕。龍護山頭藏巨壑，星依殿角照孤村。太白峯頂有龍潭，天童即太白化身。何時重向禪宮謁，臨聽松風聒耳喧。

【校記】

〔一〕『其二』，馮本作『其一』。

自西渡歸路口占

（見《葦間詩集》卷二）

至吴門贈張道憲

接壤名都重保釐，使君襟度正相宜。五車舊日張安世，八法前身戒大師。張君書學蘇子瞻。潮落吴淞停晝幰，花明茂苑擁歸旗。向來共話長安夕，再挹風流到習池。

哭魏叔子二首

（見《葦間詩集》卷二）

贈蘇州藩伯

侍從中朝有大名，東南出牧荷生成。月移鈴閣開金掌，花轉書帷動玉旌。從此三吴安枕席，自然十郡著澄清。繫舟卻問閶亭路〔一〕，□□歌聲上帝京。

【校記】

〔一〕「閶」，底本闕，據馮本補。

吳山遇魯松江舊丞蘇州

曲岸風移雀舫開，郡人爭羨使君回。閒隨郭外兒迎去，爲有雲間鶴送來。乍挹清談和玉露，舊從此地接金杯。紅榴照眼蒲堪結，歸騎休先詩思催。

金陵贈金臬司長真

未卜青山隱，還同白下來。連峯隨化雨，駐馬絕纖埃。爽氣銷秦獄，清談憶阮杯。快瞻緹幕近，遥擬玳筵開。每讀于公傳，常懷謝傅才。高閎終閥閲，勝地卽樓臺。並席無凡士，分行接上臺。也知悲馬褐，遠自愧龍媒。到處禰衡酒，經時長孺灰。幾曾沾拂拭，詎忍更摧隤？六代繁華國，千秋金粟堆。從君一注眺，朗詠泛舟回。

題吳山人青溪別業

幽人澹情素，棲息在城東。門前雙柳枝，獨受一溪風。客至時箕踞，妙論每發蒙。青溪何湛湛，繞階亦淙淙。相從濯纓去，無復脂粉紅。水性有常潔，清濁隨所逢。所嗟塵世換，迴首繁華空。而我坐歎息，漁歌夕陽中。願言同慧□，卜宅依張融。征途既有期，結念徒忡忡。

尚書橋感舊

（見《葦間詩集》卷二）

壽王使君

牙旗高颭大江天，幕府新開澤國邊。坐見島人趨部伍，真教滄海作桑田。中朝直節青浦著，出牧威聲白羽宣。佳氣蓬瀛來拂席，乘槎舊事憶當年。

壽昌寺悟留禪師投詩二首禪師奉母别院閉關脩行余棘人也對之增愴敬依來韻酬之

遠色還朝霽，輕寒十月天。幽人復何許，古寺向城偏。倚杖鳩含雨，移爐龍吐涎。凌晨相就罷，籬落起炊煙。

自買薄田隱，長依乞食城。識空寧有累，緣合豈無情？竹外慈雲蔭，松前清梵聲。對君浮□遣，祇是愧平生。

悟師又貽余佳茗盛以籜器款製雅樸足稱山情再贈一首

香茗傳幽意，竹皮盛更佳。猶勻帝子淚，足散野人懷。坐久譚移柄，吟成書折釵。應知唯此物，閒共太常齋。

寄問香山寺續宗禪師

數年不相見，莫自老容顏。余亦風塵客，終朝思舊山。龍吟大壑靜，月隱孤峯閒。了了達蓬路，寺有達蓬山，相傳始皇欲從此達蓬萊。從君一啟關。

樨灘晚照茶坡八景之一，在淳安

茶坡西去路，三百六十灘。此境最險絕，懸流掛雲端。迴風散的皪，激日映琅玕。吾欲從之去，長歌結考槃。

夜坐

腸斷檐前驟雨傾，海風吹浪作秋聲。懸知有夢多辛苦，一榻蕭蕭坐到明。

與吴漢槎夜坐

嗟君失路絕飛騰，華髮歸來怨不勝。放誕誰當憐阮籍，孝廉人尚議張憑。秋深落木前朝寺，夜半空堂古佛燈。惆悵升沉十年事，一爐香燼定中僧。

燈下

已是西風十月天，孤燈缺月兩淒然。客長入夜愁占夢，身老逢人愧問年。疲馬齧餘嘶敗壁，凍蠅棲定落殘編。此時幽意當誰語？葉落空階攬醉眠。

酬祖清澗緘贈西羢并詩見寄兼懷舍弟孝俞

客來上郡朔風初，報道中牟爲寄書。旃罽有情分逸老，綺琴無分過相如。鳧飛日下瞻天近，鴈到雲中憶歲除。空館夜深肱被冷，答來詩語。側身西望獨躊躇。

嚴蓀友生日奉賀因調之

□□□月共追隨，始見行年六十時。顧我猶煩車下揖，□□□唱禁中詞。直邀賓客頻呼酒，罷遣兒童更鑷絲。微霰隔簾官燭燼，夜寒須報雪兒知。

長至後甯使君赴任開封攜家叔同行甯自蘇州移任

拜辭丹陛出明光，暮引朱幡指大梁。地古夷門仍舊俗，天寒薊北動微陽。一枝待折河堤柳，萬戶重栽水國棠。此去蓬池同阮籍，可無相憶仲容狂。

崔方伯視河還補任粤西

歡瞻使節下青冥，南去恩波過洞庭。蠻女出墟輸越布，傜人扶路醉湘醽。地分五嶺諸侯貴，門控雙江絶域寧。見説君王歌瓠子，終須三策奠生靈。

奉和總憲公除夕次韻二首

齋居盡日掩荊扉，故舊相憐尚白衣。椒酒泛從兩度臘，梅花看當一番歸。華筵爲客頻投轄，古市何人更策肥。相隔嚴城勞永夜，五更鐘漏聽還非。

□□試暖入新醅，爆竹聲中羯鼓催。曉逼霜臺還舊柏，詩成東閣自官梅。若爲孝禮邀歡至，未共崇宣入座來。土榻禪燈過夜半，也曾頻覆掌中杯。是夜同孟勉守歲僧舍。

（見《葦間詩集》卷三）

送徐果亭春坊假還

吳大馮之任四會

君向蒼梧郡，征途二月前。鶯花辭帝里，風色候江天。劍去隨南斗，珠還傍客船。應同吳刺史，一爲試貪泉。

送金按察覲還

明□駕軸上青霄，晝接溫綸下早朝。節領東方千騎出，帆臨南紀一星遥。帝城樹色寒沾雨，揚子江春夜送潮。休怪驪歌容易别，兒童竹馬已相招。

偶題有諷

（見《葦間詩集》卷三）

宿燕交送容若奉使西域

吹笳落日亂山低，帳飲連宵惜解攜。別夢已驚千里鴈，征心惟聽五更雞。侍中詔許離丹禁，都護聲先過月題。會看烏孫早入質，蒲桃苜蓿正來西。

壽李御史

長簪白筆殿西頭，豸繡衣中瑞靄浮。客到便成桃李夜，風生直度鳳凰樓。仙家道德五千字，鵬翼逍遙九萬秋。聖主恩深時有道，年年長伴作春遊。

露臺

（見《葦間詩集》卷三《露立》）

送方田伯還桐城覲母

（見《葦間詩集》卷三）

劉生歸毘陵爲其親壽

才高意不窮，來往五陵中。謝傅山邊墅，陳遵座上風。傾人還冀北，歸思忽江東。製得征衣短，應將綵服同。

送趙别駕之任四明

多年治績在中州，分刺仍爲海上遊。出郭晴雲迎畫幰，過江曙色動行舟。他時父老歌何暮，此地衣冠幸少留。聞説家鄉西事好，使君征旆正當秋。

張京兆席上同諸公看菊醉歸有述

（見《葦間詩集》卷三）

賀徐章仲舒成兄弟成進士

紫宸宫殿立千官，香案前頭次第看。天語過時雲五色，御題濕處鳳雙蟠。分曹珥筆高文麗，綬纓趨庭彩袖寬。爾輩昂藏風格峻，隨行諸父卽鵷鸞。

寄劉廣文

（見《葦間詩集》卷三）

夜雨

（見《葦間詩集》卷三）

容若邀遊城北莊移舟晚酌

散漫楊花雪滿堤，停船隻在畫廊西。東風底事催歸急，不管狂夫醉似泥。

登真教寺塔

野寺無人到，雙扉只暫開。日斜行客徑，風定落花臺。象設前朝古，鐘聲下界催。暝煙歸路遠，騎馬獨遲迴。

同容若華峯坐雨次韻

□□春歸一樹涼，荼蘼院落燕泥香。卷簾雨歇庭陰晝，看染鵝溪畫九章。時經君臨蕭尺木《九章圖》。

蔬盤物候進王瓜，醉拂藤梢罥帽斜。曲徑紅塵飛不到，隔垣吹墮上陽花。

送陳徐溝

（見《葦間詩集》卷三《送陸徐溝》）

謝孝輔歸里賦贈

落日君正去，今朝天始涼。驅車原野淨〔一〕，驛路聞啼螿。幽意滿南國，馳情赴北堂。金門苦留滯，一醉惜離觴。

【校記】

〔一〕『原野淨』，馮本作『原野靜』。

送葉章左之任大田

沿牒趨山縣，秋風颯已繁。親朋仍異域，祖帳出荒原。路指□□近，心依北闕恩。家鄉初到日，候騎乍迎門。海氣侵遙嶺，人煙接晚村。時清戍卒少，地僻長官尊。報最知人理，安貧卽道存。臨歧吾何贈？惆悵對芳樽。

時相壽譏詩

（見《葦間詩集》卷三）

喜念祖弟新補邑弟子員寄贈

所嗟同落拓，如爾少還孤。有母難言養，無田更責逋。淚深燈下卷，暖愛體中襦。用韓康伯母事。自此飛騰意，高堂得慰無？

贈糧儲道陸鶴田

坐擁江城曉放衙，碧油幢外日輪斜。轉帆天上千艘粟，衣繡溪前二陸家。賓佐東山餘屐齒，笑談南國舊煙花。今朝寂寞長干客，門外先停使者車。

燕

（見《葦間詩集》卷三）

同徐松之晚步休休庵故相申文定公常遊處

冷然深院色，復此離人羣。講席樹陰滿，齋廚僧語聞。性空無所説，歧路惜將分。相國經留處，荒碑拭斷紋。

酬王勤中雪中見懷

□□□時並黑頭，十年身世等浮漚。閒窗點染徐熙筆，王善繪事，尤工翎毛、花草。去路棲遲張翰舟。積雪愁禁千里重，諺語：『冬雨甲子，雪飛千里。』前日望日正以甲子雨。裁詩感爲故人酬。江南春意垂垂發，願折梅花寄遠遊。

宿古北口見王阮亭先生感舊題壁之作拭淚次韻

（見《葦間詩集》卷三《宿古北口見王司成感舊題壁之作拭淚次韻》）

琉璃河早發口號

五更枕畔送愁聲，隱隱輪蹄最不平。忽憶三年當此別，不知揮淚到天明。

贈陸翼王徵君

（見《葦間詩集》卷三）

送陸徵君南還

（見《葦間詩集》卷三）

初至京書謝總憲公二十六韻

（見《葦間詩集》卷三）

送河南林學使

飲餞青門道，香塵簇繡鞍。自來崇憲府，復作映郎官。月白開梁苑，花飛到杏壇。南宮多士在，鵠立路傍看。君去年典試山左。

戲贈蔣龔兩小史

筠管輕摇對綺籠，娟娟如日正生東。莫教唤作嚴家隸，但問如何逸少風。蔣出嚴檢討家。

門掩空林翳薜蘿，故人車馬肯相過。如儂只合偕公等，一往揚州語沓拖。龔爲揚州汪翰林寵僕。

三月九日徐健庵先生招飲馮園看海棠分得激字

（見《葦間詩集》卷三）

王明府赴任天河

（見《葦間詩集》卷三）

送汪檢討出使琉球五首

聖澤寰區滿，隨風暢九垓。蓬山仙客去，滄海使星來。日遠瞻龍節，波明出蚌胎。今朝漢闕下，爭羨大夫才。

祖帳青門道，雲門去路長。計程猶萬里，憶別更何方。賽酒□□下，橈歌水怪藏。恩波無遠近，東望卽扶桑。

王事□遄征，風波眷客情。看山知路轉，驗月覺潮生。天際微茫國，舟中汗漫程。帕頭諸峒主，早已拜前旌。

聞説中山俗，常沾禮教先。人從槐市學，家有薤書傳。醉客暹羅酒，題詩瑞井泉。餘風知不墜，奉使得名賢。

去日隨鴻鴈，來時計及秋。璽書存屬國，旌節在歸舟。鄉樹行應見，王程不可留。道旁多負弩，誰似長卿遊？

八月十八日口號

莽莽人間世，魂傷八月天。潮生空有日，浙人以是日爲潮生日。鯉設更何年？夢後音容失，愁中歲序遷。無多啼血在，一滴到重泉。

（見《葦間詩集》卷三）

出德勝門野望過陸氏莊小憩

（見《葦間詩集》卷三）

題許給事小影卽送歸廣陵

（見《葦間詩集》卷三）

送陸英德之任

才子乘春去，英山萬笏蒼。心非關翡翠，裝自壓縹緗。選格中朝峻，循聲驛路長。因君問韶石，望幸竟何方？

有贈

（見《葦間詩集》卷三）

贈朱廣德

（見《葦間詩集》卷三）

閉關二首

（見《葦間詩集》卷三）

對菊

葉冷香微秋滿園，爲誰惆悵到黄昏？自知錯料一生事，坐數歸鴉空掩門。

李少宰席上感懷明日賦呈二首

端居何用散幽襟，喜爲山公到竹林。畫角數聲催送酒，寒飇一樹對聞砧。燈前白髮羞頻照，坐上清樽慣獨吟。憶得五年前共醉，諸君俱已厭華簪。午未間抵京時，同遊者每宴必偕，今所至四顧，俱不在座矣，蓋失意落拓者惟某一人也。

相見時聞惋歎多，如公愛士古無過。少宰前年每見，以不及薦余爲恨。生平少納龍門刺，半夜徒成牛角歌。天上吹嘘慚著作，人間意氣重巍峩。唐人以上第爲巍峩。休驚狂態尊前甚，未分深山翳薜蘿。

夜讀曾青黎詩卷明日送其遊粤東兼訊屈翁山

朗詠當今夕，因君一惘然。疎星照餘雪，起立涼風天。遠漏夜將半，孤燈人未眠。仍聞明發去，何以慰殘年？

六十猶于邁，炎洲此再過。桄榔行樹暗，吉貝著緜多。才健逢袁虎，時清失尉佗。江邊有鯿頩，天問意如何？時同袁廣州行。

薄暮喜張漢瞻過寓且訂城南之遊

街頭積雨踏成冰，鍵戶聊同隔院僧。君自何來且好住，呼僮沽酒更吹燈。

明朝並轡城南去，爲有閒尋四五人。縱使無花并無月，也勝蹀躞在紅塵。

（見《葦間詩集》卷三）

送彭爰琴徵君赴閩撫幕

（見《葦間詩集》卷三）

尋郭臯旭僧院寓居不值留題

（見《葦間詩集》卷三）

同辈公讌集即席賦送邵公子歸錢塘

長安結客場，豪士擅其稱。華裀肆廣座，歌管逐塵生。玉斗正北指，月魄西上楹。主飲客更讙，並坐連十觥。邂逅論意氣，何能問姓名？今日良宴會，明日倏分手。欲將别時心，惜無河畔柳。君向錢塘去，聊從湖上還。湖中處士家，梅花已可攀。對酒聽歌誰不醉，而我離家少歡意。欲問江南春淺深，明年待爾趨庭至。

言懷贈陳説巖總憲

朱絃絙枯桐，仿佛龍脣琴。抱曲誰見賞，夫子吾知音。時俗貴靡曼，大雅非所欽。自非人正直，孰見古初心？至德撫神運，天老起爲霖。獨立萬象表，肅穆獻宸箴。豈惟山嶽姿，永儀諸士林。將使物情遂，鱗羽適飛沈。弱質懷鉛槧，拂拭豈自今。終然等埳井，何由測高深。微陽啟道泰，和風感鳴禽。所願調元氣，含識聊共斟。

逼歲聞顧梁汾舍人初入京訪之過西華門口號

（見《葦間詩集》卷三《逼歲聞顧梁汾舍人京訪之過西華門口號》）

雪夕

（見《葦間詩集》卷三）

冬杪送友還江南

□□日暮行人少，雪裏看山急賦歸。門外重來東郭屐，城邊獨送老萊衣。浮名何似一杯酒，老態唯憂減帶圍。本欲從君漁釣去，空嗟頭白與心違。

贈謝工部四十

烏衣勝事説從前，裙屐諸遊最少年。霧夕芙蕖吟水部，池塘春草夢臨川。忽驚四十飛騰過，要取勳名竹帛傳。不似狂夫無藉在，朝來攬鏡獨皤然。

（見《葦間詩集》卷三）

戲贈邵公子

容若從駕還值其三十初度席上書贈

（見《葦間詩集》卷三）

惠元龍以詩留别依韻送之兼示吴虞升時吴同還江南

慚無彩筆頌云亭，坐對西山冷畫屏。自笑揚雲耽經籍，埋頭汗簡幾時青？車馬經旬少叩門，煩君杖履枉相存。東鄰酒熟吾能貰，别是城南一小村。分行綴筆殿西東，班馬書中論異同。休恨數奇如李廣，要將物始問檀弓。聊成一笑復悲歌，世事還同電影過。滿眼風光君但去，便教春盡奈君何？自别延陵一十春，如今又逐馬蹄塵。天涯知己窮途淚，冷落尊前未去人。

送沈雲步進士赴任靈臺

何言萬里别，難作一宵分。得第官猶薄，臨歧日易曛。壚頭燕市酒，馬足隴干雲。若道長安遠，絃歌此地聞。

郭皋旭南還

（見《葦間詩集》卷三）

次韻和中允嚴四兄假還述懷四首因贈其還南

（見《葦間詩集》卷三）

又送行一首〔一〕

偶爲官忙偶愛閒，孤蹤終自出塵寰。囊中剩有支餘俸，敢向巢由問買山？

【校記】

〔一〕唐本、馮本題作《又送蓀友一首》。

送盛孝廉黼宸落第同季弟還嘉興以所攜端石硯贈之

（見《葦間詩集》卷三）

送王海憲之任寧波爲寧紹分巡

（見《葦間詩集》卷三）

謝孝輔五十得子書來徵詩甚急

不共城南最勝遊，知君相憶已三秋。素書遠寄開還笑，好語初傳讀未休。自此承家多覽舉〔一〕，果然墮地得驊騮。熟精《文選》無難事，要取兒行坐上頭。比京師士大夫競讀《文選》，紙價頓高。

【校記】

〔一〕稿本『自此』句下有注：『王有養炬，謝有覽舉。』

夜合花 容若齋頭同梁汾、藥亭、天章

窗前故搖曳，況復曉風吹。得地爲交讓，生庭卽采芝。分陰上階薄，交翠拂簾遲。良會歡今日，無煩蠲忿爲。

題容若出塞圖二首

（見《葦間詩集》卷三）

哭亡友容若侍衛四首

（見《葦間詩集》卷三）

節婦吟

王母五十餘，二十四孀居。悲鵠有遺操，養雛惟一書。白雲時繞膝，丹詔忽旌閭。念此王化首，永

爲壯士模。

和宋牧仲觀察遊河曲精舍詩次韻四首〔一〕

果然愜幽趣，曠望有餘清。遠岸依商舶，殘陽落射堋。林邊流水住，□□□□成。杖策重來此，淹留非世情。

人間清淨域，高處見微茫。不遠市朝徑，自然花雨香。芰荷翻講席，莓蘚長空堂。識得山公意，無煩問醉鄉。

何年白玉柄，隨意綠沈瓜。晏坐銷煩暑，清談憶聚沙。來舟風蕩漾，歸樹影交加。道左紛黄綬，逢迎覺帽斜。

【校記】

〔一〕此詩共四首，第一首已見《葦間詩集》卷三。

酬高學士來東因述懷二首

（見《葦間詩集》卷三）

憫農

畫野開王甸，占時候歲星。天中長日至，農務□□□。□□□□□，□□及眇冥。謂年書大有，以德告維馨。豈料□□□，□□□□□。□□□□□，□□□□□。齋室每朝扃，圭璧□□□。□□□□□，□□□□□。□□□開面，龍宮一滴缾。彼蒼知感格，此意久□□。□□□□□，□□□□□。□臾瞻布濩，與翼徧郊坰。

吴封翁雙壽詩

不競芬華自灌園，相隨裘褐倚江村。傳家孝行獨楓里，□□□□□□□。秀句人間稱棣蕚，瑶華天外指崑崙。今朝舉目長安近，□□□□□主恩。

題梅定九讀書飲酒圖

客來自何方，霜葉黄正落。窅窱深洞口，歡言□□□。□□□□□，□□恣商略。忽焉墮京華，夢想在寥廓。

湛園詩稿卷中

周子惟念覲省南還因與葉淵發孝廉同遊廣州葉即南陽學士長公也贈別二首

偶然吹動故鄉思，正是秋風乍起時。斑管書留芸閣重，青樽客散竹林遲。橘因遊子垂朱實，蓴爲歸舟罥碧絲。多少蛾眉邀曲顧，不將歡賞誤佳期。

學士門前感廢興，誰家歌舞宴華燈。舊時講舍常分席，今日齋寮獨飯僧。君每遇南陽公忌日，即往長椿寺禮懺終日。並宿靈臺悲短袖，遠尋南嶽仗羸縢。知君高誼超今古，欲共扁舟苦未能。

送周參軍之任山西和魏禹平韻二首〔一〕

頻行不放酒杯寬，雨洗青山入座看。四海故人多惜別，經年宴客始爲官。倒持手板趨門嬾，獨伴囊衣出峪難。晉水舊祠流碧玉，計程到日正天寒。

【校記】

〔一〕『任』，底本作『幕』，據唐本、馮本改。此詩共兩首，第一首已見《葦間詩集》卷三。

題侯大年鳳阿山房圖因送歸暌城次韻三首

（見《葦間詩集》卷三）

昨梁藥亭孝廉將還嶺南枉過不值因有此贈

（見《葦間詩集》卷三《梁藥亭孝廉將還嶺南枉過不值因有此贈》）

秋山

微雨一以過，眾山何歷歷。飄然黃葉下，暗與深潭積。迴首嶺上雲，何人坐吹笛？

牆東

小小隔花叢，還將舞態同。臨風吹玉笛，變入第三宮。

八月夜飲高學士齋中看桂同閣學司業兩徐公次閣學韻二首

疎簾新月映，叢桂小山支。爲有琴尊興，還同杖履隨。光搖輝玉塵，香細逐金巵。不覺塵氛滌，終宵對紫芝。

未近中秋節，聊將月色賒。砌蟲吟玉露，風穗落燈花。西苑書何麗，學士出示《金鰲退食記》，皆西苑左右勝蹟。南州語更葩。飄零吾誰似？白髮是生涯。

金生小像戲題俞大文詩後

風枝月樹淨無塵，挾冊閒吟自在身。安得仙郎真結侶，畫將白璧一雙人。原詩：『何當共結巖阿侶，付託生涯秋樹根。』

總憲公修禊楊氏園同湯西崖萬季野諸君時園中花事尚遥宿莽蒼然壺觴竟日清談而已

（見《葦間詩集》卷三）

送湯西崖歸里

湯生交我十年餘，我遇湯生兩爲客。但見吟髭出頰黄，幾曾狂眼逢人白。東家小兒誇伶俐，偏製五言工挾策。金門初上便見收，公府誰人不爭識？負郭纔避長者車，登筵已奪先生席。翻笑揚雄老自苦，更嗔李廣數何隻。年少輕薄徒紛紛，轉瞬反覆詎足論。我愛湯生今靜者，胸無俗事貯風雅。暫將貧賤逐吾曹，縱使飛騰亦瀟灑。以此徑託忘年遊，日向官街並羸馬。落花飛絮飄金尊，翩然長揖返故園。迴首可憐學士館，宋置學士館於王儉家，君今館穀於喬侍講。歸心已指秀才村。努力歸去來明年，長安公道昭昭懸。

（見《葦間詩集》卷三）

辛酉十二月初至京投宿慈仁寺袁君寓舍集杜贈之

謝提學赴滇南二首

秋原極目盡天涯，送別青門去路賒。自奉簡書辭魏闕，遥瞻旌節指金沙。人煙望入殊方樹，雨露霑多徼外花。誰使桑榆同下拜，相如詞賦足才華。

西南天外古名都，越巂蒼山入畫圖。舊日苴蘭空霸跡，於今卉服盛文儒。碧雞自拜鑾君長，金馬人看漢大夫。君自翰林出爲部曹。萬里輶軒歸奏日，采風應自徧寰區。

次韓元少閣學韻奉顧舍人

四十九年君過之，才名空老復何辭。淒涼玉笛因成賦，以容若喪未歸。狼籍牙籖爲校詩。君方選《全唐詩》。西掖手栽幾柳在，北城行跡少人知。舊傳樂府今存否，好泛新聲入酒巵。

贈張經歷還任由御史謫官

三載舊名家，冠曾號觸邪。連隨伏波幕，徧踏武陵花。斫陣刀生澁〔一〕，題詩墨任斜。功成偏失意，莫使鬢雙華。

【校記】

〔一〕「斫陣」，馮本作「旂陣」。

陳北山郡丞將赴任上郡時寓慈恩方丈與余接談知爲先君舊識泫然久之賦此贈行

（見《葦間詩集》卷三）

海昌楊少司馬壽辭

（見《葦間詩集》卷三）

八月十四日出郭歸途得句二首

（見《葦間詩集》卷三）

楊少司馬假歸終養二首

賜歸丹詔出明光，祖帳傾城別侍郎。破臘寒輕珠勒驟，隔年春送酒杯香。自來少讀《陳情表》，公去重開逸老堂。剪燭辛勤將母意，只憐恩重話偏長。

非因鶴怨與猿驚，祇爲綱常係重輕。聖主何緣能暫舍，諸公相望在茲行。流澌傍岸看魚躍，候館分宵聽馬鳴。料得歸程須計日，其如羈客倍關情。

張漢瞻將歸客有貽以望雲圖者諸君皆賦此贈行余未果作今張子書來索詩書此緘寄亦仍題望雲圖詩

兩年歸客音問稀，應爲板輿饒樂事。不知羈孤魂夢勞，今朝忽見郵書至。烹羔爚茗茅檐下，婦能拂席兒奉斝。年豐不到追呼聲，仰見白雲常抱舍。白雲下有白髮親，往時悵望歡茲辰。感君書字能相憶，憶我顛頷京華春。京華遊子盛軒冕，不少白雲對舒卷。白雲自閒人自忙，朱門要地鬬力强。我本無事歸何所，看雲獨立淚沾裳。

吳青壇御史建言譴歸贈行二首兼柬賢叔孟舉

春明襆被出城南，攜手相看客二三。舉世猶能憐直道，當時豈是寄空談。休將紫氣驚關尹，任買青山結草庵。只恐求言旋有詔，不容高臥獨抽簪。

當年驄馬自南來，尺素遥傳手自開。黄葉村邊詩獨步，烏衣巷口客重回。但論世事寧搔首，敢訴君門有曝腮。共醉陶然竹林下，可容吾老獨追陪。

送徐電發檢討歸里二首

君今南去莫淒然，正好鶯花二月天。舉網得魚肥可鱠，開籠放鳥潔堪憐。制科妙句留宸賞，樂府新詞過海傳。高麗皆誦君《菊莊詩》。從此一瓢蓑笠侶，何須更說道山仙。

漢陰河上署清銜，此去西疇喜載芟。但可祝雞呼咮咮，寧同棲燕語喃喃。君恩日下留金馬，公案山頭問布衫。我亦東方避世者，鑑湖準擬卓歸帆。

芍藥花

亂紫繁紅鬬麗華，風光占斷五侯家。等閒收拾春歸盡，開到庭前芍藥花。

贈王菉園奉常

瞻依卻喜共鄉邦，相過花前白玉缸。已見南臺稱獨步，自來江夏本無雙。鈞韶天上和蔥珮，槐柳門前列戟幢。時被松風吹夢醒，洞天家在石爲窗。

送徐行人齎詔雲南二首〔一〕

金雞沛澤歡聲遠，直向南天化彩雲。使者自隨龍節去，歌詩仍傍鯉庭聞。蘆笙勸酒喧蠻市，貝葉裁書拜花君。誰奏太平滇海曲，漢家司馬最能文。

【校記】

〔一〕此詩共兩首，第二首見《葦間詩集》卷三。

八月二十九日書懷二首〔一〕

如何衰鬢星星白，復作東塗西抹來。孽自生前容易種，心從劫後定難灰。舊山馬鬣何時就，日思歸葬先太孺人不得。客舍牛衣總自哀。意氣經過年少子，嗤余深坐長莓苔。

【校記】

〔一〕此詩共兩首，第二首見《葦間詩集》卷三。

禹鴻臚儆松雪水村圖自畫小影索題

（見《葦間詩集》卷三）

總憲公邀同竹垞檢討遊上方山是日微雪晚憩長新店作

（見《葦間詩集》卷三）

早發盧溝橋百里至孤山口普濟寺宿

（見《葦間詩集》卷三）

登上方山飯兜率院

（見《葦間詩集》卷三）

望摘星陀

（見《葦間詩集》卷三）

次日抵石經山下不果上小憩東峪寺還〔一〕

幽州山水絕奇處，遥看白帶拖晴嵐。亦名白帶山。火龍穿石作山洞，千歲合沓藏經函。土埋鐵錮無款縫，何由抉鑿恣幽探？是時大業及貞觀，棗梨劖刻俗未諳。爾來鏤板盡東土，鎚拂復徧諸山參。匭棲輪轉藏未了，東之正足飽饞蟫。而後好事競傳倣，斸斷地脈猶眈眈。豈有絲竹出遺壁？但見麏麚走荒龕。我徒繫馬息山麓，施施行脚來弛擔。問途直趨東峪寺，頹廓曝背僧兩三。即此小住良亦佳，瀹泉況復清且甘。西寺香林隱紺碧，中擁高座沸雄談。東峪倒塌何所有？惟有白楊落葉堆如藍。世間榮枯有如此，吾欲置之付瞿曇。道逢古碣臥荊棘，沈吟猶爲停征驂。

【校記】

〔一〕馮本移此詩至《葦間詩集》卷三《望摘星陀》詩後。

六聘山弔霍處士

（見《葦間詩集》卷三）

賈島峪

（見《葦間詩集》卷三）

宿顧砦道觀明日總憲公竹垞先還余以病與章君留一日紀事

（見《葦間詩集》卷三）

寄壽棗強縣馮揮五兩絶句

（見《葦間詩集》卷三）

閒居

（見《葦間詩集》卷三）

題畫桃柳燕子

（見《葦間詩集》卷三）

即事偶成一律戲學時體

真成閉戶緣多病，并抑吟懷怕憶家。世事階前看蟻陣，官情壁上鬧蜂衙。棗移陰比三竿竹，蟬送聲兼兩部蛙。所喜故人垂遠餉，箬籠新解洞山茶。

道傍宅

立馬塵沙大道傍，漆門雙掩對斜陽。昨來是處齊槐柳，有客無端語棟梁。自信機關能闔闢，誰教公道更分張？尚書歸櫬猶前日，馳驛恩深感聖皇。

傷古

（見《葦間詩集》卷三《傷事》）

送張昆貽進士歸覲

（見《葦間詩集》卷三）

戲書

落魄長安道，偏憐久住身。五行惟有土，四季不知春。馬糞供炊飯，羊脂解照人。蕭然武陵客，辭賦獨無塵。

題高學士蔬香圖

馬齒莧葵共一欄，不煩菜把送園官。十年前向詩中見，今日親從畫裏看。前曾屬余爲《蔬香圖詩序》。學圃校書寧異趣，乘車戴笠總尋常。從今不作松風夢，直展新圖見故鄉。

雜詠六首

（見《葦間詩集》卷三）

感舊

風梧葉葉向人翻，如此情懷那得論。往事蒼茫迴白首，舊歡索莫過朱門。水流到海無歸信，花落成泥有斷魂。不悟繁華非久駐，笙歌猶自出重垣。

見市有籠蟋蟀賣者命僕以錢十文得之

（見《葦間詩集》卷三）

柯孝廉翰周落第南還隨所知遊姑孰

知君不得意，歸臥向江潭。且伴故人去，聊停林下驂。濁醪辭更把，黃菊起重簪。相送青雲客，何人共醉談？

正是南行日，霜風背面吹。近鄉分氣候，轉棹復天涯。路入三山險，江空六代悲。休增搖落恨，上苑有新枝。

所見

長安門外行時見，羅冪無因得細窺。不辨眉灣輕似黛，且憐腰細弱於枝。迴身誤道金鞭落，彈指偷驚玉箸垂。歸去生憎塵滿襪，香韉餘暖阿誰知？

送菊隱先生南還

（見《葦間詩集》卷三《送竹垞先生南還》）

因□寄問張子時欲邀其入都共定志中人物

前時曾喜得雙魚，報道關情與世殊。可是胸中人物志，北來還許問何如？

慈仁寺見賣白鸚鵡

（見《葦間詩集》卷三）

送沈南川之任

（見《葦間詩集》卷三）

送宋徵君南還

客秋常送客，每送一悽然。羨爾隨陽鴈，歸棲欲暮天。卸鞍野店火，沽酒渡江船。莫自傷搖落，才名舉世傳。

題張子詩集送還蘄水幕

問子何緣京洛居，經時不食武昌魚。博徒游戲聊爲爾，酒債尋常莫問渠。浠水一編吟可飽，蘭溪再去種休鋤。道傍已少狐鳴客，安穩蒲帆逼歲除。構火狐鳴事在蘄水，時新經武昌之變。

爲高生作書竟戲題

（見《葦間詩集》卷三）

顧母特旌詩

金章白髮映鬖鬖，曾是孤燈伴佛龕。半掩青銅鸞獨舞，九重丹詔鳳雙銜。陶歌黃鵠雖無侶，劉頍桃花已得男。不待今朝高綽楔，朱門靄靄列華簪。

冢宰陳公餉木瓜六枚兼辱示新詩仍索和章謹次原韻二首

（見《葦間詩集》卷三）

寄贈無錫嵇漪園司理兼訊巖蓀友檢討

綠髮修髯六十春，宦遊江海暫歸身。絕交偏畏公卿識，樂志多從山水論。拊髀談兵酬幕府，揮毫削牘對湖濱。廿年舊事誰能憶？只有羊裘一釣綸。君嘗司理嚴州。

大駕南巡還幸闕里恭紀四十六韻進呈

（見《葦間詩集》卷三）

飲古藤書屋分賦煖具得布簾二十韻

客有居京都，經冬伏邸舍。苦被朔風利，鑽隙無剩罅。密思楮新糊，軟愛氊重藉。□□□□□，□□鳥投夜。若非七尺簾，寒威吁可怕。燕俗大狡獪，此物坐長價。裁布取方幅，縮縫隨高下。鬃木三衡之，連釘若帶銙。旁緣以青藍，帖妥光出砑。俗客未敢搴，鄰翁不妄借。富者施綾錦，咇茀走蘭麝。貧家饒樂事，糟床酒方醡。虛白透窗櫺，紅燄爐供架。玄冥望卻回，青女來遭嚇。蝦鬚凍無色，湘筠苦思夏。暗似春轉腳，融若陽生瓦。方念帶索子，彳亍市兒罵。復念待漏人，五更霜滿胯。而我獨何爲，劇飲飽噉炙。亦不學君平，讀《易》賣卜罷。

金豆程舍人席上分賦

仙山有奇果，移植在江東。顆比朱櫻小，香分夏橘同。珊瑚枝出網，鸚䳇嘴窺籠。《本草》偏遺錄，留題見土風。金豆出明台海山中，圓細纔如豆，色紅，味甘酸，與橘無異。余鄉製以飣茶，芳香絕勝。《本草》以名金柑，今吳下猶冒此稱，蓋不知有海中之產也。

送汪檢討出守河南

北闕新辭珥筆行，東郊來綰使君章。官榮主眷歸詞伯，郡古人情重洛陽。政事科中小游夏，儒林傳裏傲龔黃。今朝攬轡王程急，到日春多蔽芾棠。

送衛鄖陽

漢水東流繞郭生，朱幡皂蓋此中行。三千路喜迎家近，君曲沃人，去郡僅千里。二十人同荷主榮。舊壘旌旗麇子國，秋風禾黍趙王城。巖疆保障須才子，莫遣吟多緩去程。

送徐生歸葬故人楨啟，高士子也

對君談笑風塵裏，憶我交遊二十年。往事虛隨霜鬢換，歸心爭共客程先。山頭鶴化留遺跡，地上烏銜感舊阡。自想蹉跎負土計，不因聞笛倍淒然。

健庵司寇禊飲祝氏園分得激字

城北苦喧湫，城南快所歷。況當良辰會，共此京華客。名園遺構在，疎散見標格。庭攢八九峯，池深三兩尺。草經寒始荑，水浮觴可激。中堂緬平蕪，炮臇紛羅列。雅令徵經史，瑣細徧抽摘。野父競窺門，飛禽時拂席。道濟賢者心，頗耽泉石癖。偕我二三子，賞玩竟日夕。皇天久不雨，向晚雲陰冪。呼唱俄滿林，余亦動輕策。

司農公以閏月新齋落成續修禊事分得原字

物情重佳節，高會喜重敦。蕭齋宅西隅，結構亦不煩。琴書靜晝色，晤對藹春溫。微微花氣動，漠漠陰雨翻。點滴蕉上聲，桃李終無言。即事愜幽素，豈異在郊原？終宴發妙論，體製蔚高騫。君子善祓除，因以綏黎元。山茨非所營，外物理自存。原詩云：『山村結茅齋，終老以爲期。』方同謝安石，日舉林中樽。

言志二章贈楊芝田編修

洛城年少盛襟裾，得得相逢氣味疎。夫子名高楊伯起，先生賦就馬相如。酒懷月色芸香俸，筆意家傳蕙露書。莫擬青雲攀路絕，塵埃時復到吹噓。

行吟坐嘯復如何，已負心期兩歲過。老去消除安命薄，閒來輾轉感知多。不辭藜閣分餘照，敢近龍津浥潤波。陶鑄空煩造化力，千秋勳業畏蹉跎。

戲作紀事

（見《葦間詩集》卷三）

高學士夢得伏雨炎風正夏闌之句足成絕句五首見寄且徵和詩遂次原韻如其數

伏雨炎風正夏闌，玉堂清夢夜漫漫。覺來似訝參朝晚，苦憶西谿一釣竿。

伏雨炎風正夏闌，五龍橋外注驚湍。人間不少泥塗恨，遙想沈吟一據鞍。

伏雨炎風正夏闌，水衣涼透薄齊紈。子亭濡蠟移時出，不見瑤墀月露團。

伏雨炎風正夏闌，庭花沈液似金攢。抛殘書卷支床足，忽枉愁霖細細看。

伏雨炎風正夏闌，吟情好並玉壺寒。昨陪鏘玉趨東觀，轉憶停杯入夜殘。客秋同玉峯侍郎、方虎司業過宿賜第。

偶過馮方寅檢討話别留飲

繫馬當何處？城南小巷中。淺能藏客徑，曲不礙春風。藴火花房煖，穿簾酒氣融。新年辭舊史，此樂幾時同？

鄉人送筍

嚴冬此物到，豪家竟走鬻。千錢盈高價，泥裹無一束。我本江鄉人，過市如舊熟。徒結山中緣，何由飽饞腹？飛騎從南來，解包紛觳觫。尚想戴地翻，乍可出泉漉。千里故園思，欣然媚幽獨。且欲芼菘芥，豈忍溷魚肉？所愁落菜園，非久養成竹。彌爲時所憎，磥砢多節目。

次竹垞送徐敬可韻

自分天高不可攀，白衣今日始言還。與君共作歸山計，但説無錢可買山。

題魏禹平水村圖二首

更無塵處掩柴門，雞犬鄰家也自喧。日暮漁翁相問訊，一灣流水繞孤村。

通志堂前前日見，生綃一幅似桃源。不知神物歸何處，留得青衫舊酒痕。向見松雪《水村圖》，主人零落，此圖亦不可問矣，或云已入秘府。

題項節婦傳是亡友寧都魏凝叔所著

截肢剺面撫孤辰，拋過韶華五十春。培出芝蘭霜霰後，祥風麗日一時新。

東京列女文姬傳，多事南朝范蔚宗。唯有李翺楊烈婦〔一〕，寧都健筆與齊鋒。

【校記】

〔一〕『李翺』，底本作『李翔』，據馮本改。

三家店同查夏仲

與君共宿三家店，昨夜停驂六里河。一日纔行六十里，漫漫前路欲如何？琉璃河，舊名六里河。

宿白溝店見鄭生題壁時正清明日

遺蹟塵封丁卯年，瓦橋風物故依然。不知夕照門前柳，今日何人掛紙錢？停槻夕陽寺。

飯趙北口得魚數頭是北來未有

洪湖新漲白瀾翻，湖外人家小荻門。牽動江東鱸膾興，飯炊香稻出魚飧。

登趙北口小閣

淺淺河流接濁河，津門東去海增波。憑欄試騁登臨目，但是西山擁霧多。

河間城外

手板爭趨候吏傳，雙飛紅旆落城邊。輚車倦客支頤坐，看數壚頭姹女錢。

景州

一望蕭條直似秋，草根剷盡只荒丘。陵陂始見青青草，行盡畿南是景州。

發郯城

茅屋數村煙裊裊，枳籬一帶竹鬖鬖。皆乍見者。風霾猶作北來惡，其奈人情盡向南。

紅花埠

此方舊號紅花埠，無數紅花間白花。只少畦風湖上閣，菜花黄處卽吾家。余別墅畦風閣，取酈道元『畦風吹馨』之句。

早發紅花埠

村鼓不鳴雞唱曉，廚燈始至客催程。車中暗識桃花氣，耿耿推窗殘月明。

途次泰安州宴周别駕宅時主人以馬迎客

桃花歷亂撲征衣，一角孤城瑣翠微。金勒影迴邀客醉，玉簫聲斷聽更稀。常揮簿領開衙晚，乍脱行縢拜嶽歸。自是使君饒逸興，歧亭分手意多違。

至峒峿始入江南境

黄紫徧鋪地上華，間關時弄枝頭響。便有人家事早耕，開門飲犢河流上。乍來流汗浹生衣，今日東風夾雨飛。乍暖乍涼佳氣候，此行方信伴春歸。

河隄同夏重

蒲帆幅幅向長安，直得黄河似帶看。幾輩金錢充幕府，詔恩新許拜流官。堤外村墟絕可憐，萬株官柳漾新煙。昔年曾是松楸地，尚有人來泣墓田。

宿遷聞蚯蚓聲

退之北還喜見蝪，今我南歸聽此聲。不是田家初夏令，故應知我憶山情。

大壩馬上口號

一樹花飄一夜風，枝枝淺綠襯殘紅。行人但信馬蹄疾，歸看團圞芍藥叢。

途中感懷

但言歸後無多趣，況是沈吟未得歸。四海何人知我意？只應老淚獨沾衣。

晚泊竇應城外飲喬侍讀别業聽歌二首

繫舟城畔恰斜陽，走覓街南近水莊。迎客數株紅瀲灎，入門一片白瀰茫。並添畦徑通花墅，直借城陰護草堂。誰送玉珂人到此，四時占斷好風光。

方信椒蘭未較癡，楚騷空復怨江蘺。對君祇覺風生腋，臥病微憐雪上髭。一笑樽前逢酒侶，十番花下試歌兒。曲終不敢分明顧，行幄初聞被賜時。有六郎者，駕南幸時，曾召演劇，上出桂重二兩賜之。

驛舍詠蛙

古驛荒涼日落時，侵階草色上旌麾。分明兩部蛙聲意，只爲官忙不爲私。

追和顧織簾先生晚望與子唱和詩

遺經常在抱，俗慮肯相關。芬馥幽蘭室，淒涼叢桂山。君平甘棄世，潘岳豈知閒？爲憶趨庭暇，商歌一解顔。

吳門寄贈京兆二兄時值其生日

峩峩太嶽後，兩地蔚相望。兄系來會稽，奕葉垂芬芳。繁華何足道，忠孝扶其綱。大哉聖人訓，積善有餘慶。自兄始弱冠，礪鏃鋭穿楊。一鳴單父琴，再登諫議堂。遇事不妄聒，所發亦莫當。出入西掖垣，冠佩何昂昂。歸來侍庭闈，跪立必有常。奉膳極珍羞，疏食對客嘗。怡然子舍中，一住經十霜。

中歲被嚴檄，視事遼水陽。雖同峻阪馳，夢寐在親旁。告歸太匆匆，慈顏彌悅康。晚節竟誓墓，著書溢縑緗。羣山落几案，兩水明毫芒。兩水，其住處。時值野父遊，或隨天風翔。世事不掛齒，簪組忽若忘。但及君父際，有言必慨慷。心無俯仰愧，坐有書卷香。人生饒此樂，寧論百歲强。即今兄七十，舉案齊孟光。弟衰日蹭蹬，□髮苦不長。未欲較賢愚，且自慚行藏。今日良宴會，吹簫間笙簧。何用歌明德，永言寄此章。

題畫菜

江鄉物色到田家，紫莧青葵半著花。墨汁纖濃飽霜露，肯將鬆脆鬭黃芽？
細雨田園蘆菔肥，清晨小摘荷鋤歸。何如張翰思蓴日，辛苦江東煙樹違。

紅橋泛舟五首

霧霽湖明緣暗時，幾家臺榭映參差。林梢礙日啼鳩婦，荷葉牽風罥鴨兒。
柳條飛雪白漫漫，料峭東風作意寒。何處春光遮不住，粉紅橋外隔簾看。
舟行一月已過半，直送花開到落時。今日淮南逢勝賞，并裁新句詠荼蘼。
城隅新甃綠蘿生，東城被兵，爲炮擊壞。四十年前感慨情。幸遇太平觴詠洽，不教腸斷賦蕪城。

落日城頭急暮鴉，歸飛整整復斜斜。誰家門巷臨清泚，待喫先生七碗茶。時泊舟查處士門前，啜茶而退。

登瓜洲大觀樓同張見陽司馬

蔓草縱横逼女牆，憑高面勢敞虚堂。南來風壓歸帆白，北顧山團落日黄。趨海急流分半壁，際天孤島隱殊方。新秋鼓角城頭静，坐聽漁舟一笛涼。

清江浦同張力臣諸君過大寺雪上人方丈

前年歸舟過淮，小泊寺前，隨意起步山門，款扉而入，得一静室，見几上琴書靚潔，佳花香草叢生階下，特不見主人而去，懷此十餘年矣。今日復至浦上，晤張子力臣，始知是雪上人所居，相留一飯，余明當北發，因題此作。

十年來此地，曲岸暫維舟。石上經猶在，門前水絶流。今舊河已廢。邀尋同數子，怊悵憶前遊〔一〕。書字聊爲爾，他時一笑投。

【校記】

〔一〕「怊悵」，馮本作「惆悵」。

復至京師送金會公檢討還黄州二首

相見依然別思傾，崢嶸新句賦南征。君先賦《南征寫懷》十首見示。蓬山去後無詩老，竹徑開時有步兵。直道何人憐蕙茝，知音滿眼是公卿。乍來會共山公飲，流涕終朝説賈生。謂澤州公。

已過中秋逢九日，便辭北闕伴南鴻。登高宋玉悲秋裏，零雨孫荊歧路中。清切舊名餘視草，羈棲幽恨託枯桐。嗟余皓首陪東觀，十載論交泣轉蓬。

懶許歌

長洲許生，人謂之懶許，生亦以自號，請余爲歌。

草衣席帽吳閶中，詔書召見乾清宫。騎驢長安不得意，去學無生初受記。復向穹窿叩道源，如來頂上加一冠。沈浮蹤跡今何處？三教那能收拾住？不教姓氏落人間，且任兒童喚懶許。

將出京留別所知

久待公車詔，漫索東方米。一笑十年留，游戲聊爲爾。朝趨嬴馬別故知，各言此去來何時？西風城頭吹觱栗，行人衣單鬢雙雪。聞道家鄉大浸餘，田廬漂蕩魚龍室。學農求仕兩不成，且當乞食隨僧行。不然深山竟長往，託契猿鹿羣鼯鼪。安能屈曲向年少，意氣相逢資嘲笑。撑腸拄腹是何用，附耳駢肩豈同調？玉河冬淺寒未凍，箬篷艇子如飯甕。迴首知音有幾人，昨語情親今夕夢。

題舊錦衣王君畫像

校獵親經事武皇，身隨十二羽林郎。尋思往事堪迴首，野史亭邊送夕陽。君有《崇禎遺錄》。萬樹桃花紅勝錦，一灣春水綠生漪。因何不上麒麟閣，恰是生來丘壑宜。掛壁弓衣屋漏穿，一條竹杖自拖肩。此翁矍鑠今應甚，閒過風光四十年。

贈戎進士心源言别

老去漸與人羣疎，況復失志增艱虞。生憎年少善齒冷，笑我握促非通儒。戎子才華世少匹，好尚益復與人殊。二十充賦試禮部，一朝對策俯玉墀。不能傴僂入中秘，且欲爲民求牧芻。經年需次伏窮丘，與我談笑資歡娛。細參筆勢分啄磔，閒究遺文辨魯魚。頹然時復中賢聖，安知世路多崎嶇。君行作吏綰墨綬，騰聲卓異爲時須。我亦南歸返樵漁，藤帽椶鞋縱所如。他時有意能相憶，白鷗浩蕩空江湖。

題舊寓棗樹

窗外一株榮復落，年年伴我秋鬢霜。正是花開客歸去，故留紅實待君嘗。

贈錢處士二首

方叔詼諧金馬門，復言驚座有陳遵。寂寥宇宙今餘幾，故讓髯才能絕倫。

坐愛芙蓉列畫屏，蒲帆十幅送歸舲。數峯江上無由見，惟有湘靈鼓瑟聽。君初自楚歸，其族叔湘靈爲啟徵詩。

初九日僧舍獨坐書夢

短檠獨酌醉兀兀，仰看半鉤月西沒。心知夢苦不成眠，夢去醒來亦倉猝。初憂亂離覺母孤，樓下驚聞如索扶，奔我所生近卽無。復道太平母安在？不數武與阿姊俱。姊疑我身翻異物，故遺紙筆令手書。問我舊事粗了了，對母微笑此非虛。恍惚不記生死誰，未能迫就俄去之，先姊亦先後去世矣。兒啼一聲忽驚覺。流汗被褥雞三號，眼中老淚尚餘幾，生兒無成不如死。君不見十年風木悲遊子，燭冷帷堂塵暗几。

阮亭副憲席上和詠琴魚詩時予以方余鄉海鱋且許爲公致之

（見《葦間詩集》卷三）

和西城別墅十三詠新城王清遠原唱，其尊君阮亭副憲屬和

石帆亭

亭亭復何許，不住亦不去。容與佇蘭林，樂此延目趣。龍門下竹箭，無乃風波懼。

樵唱軒

邈如人境絕，獨掩空山秋。朱絃問金徽，響澈鳴泉幽。不知何代人，樵歌互相酬。

半偈閣

巖構何必廣，丈室自超軼。緬然本平等，萬象森羅列。寄謝問津人，此中無可說。

大椿軒

磥砢蔽前榮，爲復幾時有？婆娑上皇民，息蔭共攜手。朝菌默相笑，此理誰當剖？

雙松書塢

憑茲雨露功，亦藉風霜力。蚴蟉亢相向，萬古鴻濛宅。但愁龍變化，雲行何時息？

小華子岡

平岡列逶迤，渚水亦淪漣。皓月上東嶺，漠漠出墟煙。念古同遊者，誰知心所然？

小善卷洞

主人江海意，巖壑遠相似。攢雲聳玉柱，善卷洞内有玉柱。穿磴落雲子。何時洞門開？吾欲探石髓。

春草池

得句超象外，夢寐勞結想。想結隨感生，吾得之濠上。辛苦《濟江篇》，春物遲同賞。

三峯

五嶽亙域中，三山落天外。豈如方寸地，納此須彌大？偶然洩雲雨，爲人滌氛壒。

石丈

彫鎔非外假，壁立故多奇。棄置榛莽中，與世名頑癡。無爲紛六鑿，多謝米家兒。

嘯臺

落日臨高臺，側身念古始。達人既不存，孰能窺嘯旨？泠泠鸞鳳音，所以洗其耳。

緑蘿書屋

卨寮入山館，中有閉關人。雲蘿蔓成堆，緜絡無冬春。床頭一《周易》，積久自生塵。

竹徑

不知所來往，微陰恍可悦。苔紋緣緑上，屐齒隨響滅。恐有肩輿人，柴門須終閉。

大雪旅感寄懷黄硯芝編修二首

朔雪知時下，飛花遍眼前。併添雙鬢白，悔學十年玄。燕谷吹難暖，鴒原淚急懸。非君美無度，孰爲緩憂煎。

肉食何爲者，俱能妻子謀。早名江夏重，愛客孔融儔。凌厲歸金馬，淹遲問土牛。閉關終日卧，無賴黑貂裘。

同邑鄭蘭皋先生懿行清節鄉里致敬明年壽登八十矣其長君寒邨庶常將請假歸覲附詩一章爲祝

（見《葦間詩集》卷三）

對雪

旅館撥寒灰，坐久聞騷屑。誰復攪人懷，清光了可悦。長安百萬家，何處簫管咽？但愛飛花撲舞筵，豈知此物本皎潔？

送戎德陽之任戎謁選得此殊不釋然余聞知其土俗之美并以慰之

此去蠶叢路五千，休嗟蜀道上青天。山廨引子來廳事，谿鳥隨花過縣前。自種新畦供菜把，何妨野老送魚錢？其俗凡衙内支給，皆里甲輸辦。知君臥閣常多暇，閒和《海樓》詩幾篇。杜詩『公館』（《海樓行》），正在境内。

和僧過水盡頭弔左寧南墓六首疑是其子夢庚墓，和尚誤耳。

余一夜乘興和之，不忍棄也

誰與孤墳麥飯澆，白楊枯盡晚蕭蕭。生前不共青旗入，死後重尋白馬朝。

瑪瑙山頭遺恨在，猿啼淚落徧空舲。何人解作雍門泣，只有軍前柳敬亭。

官貴身驕命亦徂，如君終合老爲奴。武昌門外千株柳，移植西山啼夜烏。

東下師名出晉陽，南來鐵騎本難當。大家亡國休相誚，風雨前山葬義王。

崇禎舊事缺長編，歸德遺文又失傳。侯方域爲《寧南侯傳》，中多妄語。功罪如今難定在，《辨冤錄》内竟誰賢？武陵相子有《辨冤録》，大抵歸罪於良玉。

事去空留遺蹟在，徘徊匹馬欲何之？道人不用興亡感，灰劫年年無盡時。

嚴母挽詞

一窗燈火伴寒氈，歸去長依兜率天。牆角木棉花紡具，留教兒女認生前。

湛園詩稿卷下

出京

一日東華遂拂衣，出門相送故人稀。年少裘馬矜新貴，舊好風塵怕息機。未免窮途增事拙，何能學道得身肥？人生六十休言老，方悔從前種種非。

題小影〔一〕

三毫頰上當年見，今日相逢笑逼真。五嶽五經俱過目，一丘一壑好安身。閒亭問字家家酒，拄杖尋花歲歲春。要遣百城圖象徧，元方兄弟並嶙峋。

【校記】

〔一〕馮本題作《題某小影》。

題張水部冊子魯庵畫像，即事成圖

閶闔門開曙色微，紫宸仗入漏聲稀。班聯得似含香吏，啟事朝朝近御衣。待漏

朝罷天街走馬歸，迎門未遣卸朝衣。平明堂上猶安寢，慈竹春深護早暉。問安

科頭無事引諸郎，百尺梧桐蔭午涼。風細平欄薰茗椀，雨餘插架潤書香。課子

小卷春羅約臂寒，臨窗曉日拂雙鸞。兒家眉細親能畫，待與郎宮閣筆看。視粧

天上析木津，人間煮海地。芳菲吹不到，白日空自麗。只有遂閒堂，亭亭映深翠。疑是瀛島仙，乘春一游戲。洗花〔一〕

【校記】

〔一〕『洗花』，馮本題作《又題洗花圖》，并獨立成一詩。

遂閒堂即事效韋蘇州體

海氣凝餘寒，暮春逗微和。列樹蔭芳徑，敷榮已滿柯。嫋嫋垂楊枝，掩映朱欄多。綠沼發新泉，荇藻相交加。主人日無事，二仲每經過。月榭張素琴，風庭激陽阿。坐令久遊客，歸意忍蹉跎。

擬古

日昃長安門，車聲和塵起。共傳丞相出，騶唱聒人耳。雖乏丙魏賢，亦異田竇侈。小心慎周防，致寵亦其理。大兒尚書郎，小兒州刺史。諸從何聯翩，填街耀朱紫。既歸集華墅，開筵召戚里。況逢中和節，聖人多譏喜。火樹燭連峯，銀鐙徧階戺。車馬外翕習，各自通爵齒。門生扶風張〔一〕，俠客五侯第。共上千秋觴，孰問盈虧理。何來寒士謁，門深不得啟。

【校記】

〔一〕『扶風張』，馮本作『扶風帳』。

涼州行

漢家憂西陲，年年占太白。都護未解圍，全軍方赴敵。輜重已前行，槖駞三萬匹。中間乞和語，軍門積金帛。恐此復非誠，聊用慰勞力。久戰敝甲胄，飛霜滿空磧。忽聽涼州行，邊城夜吹笛。

將發津門題畫

何人邀我京邑住，馬蹄歷碌車間關。轉憶家鄉落天外，放眼不見門前山。以此決計賦歸去，繫纜津門春苦闌。既無時鳥啼睍睆，亦少溪水流潺湲。昨來主人堂上坐，耳根萬竅送風墮。炫轉殿角標虚空，翕欻煙鬟出婀娜。華子落筆如有神，張侯愛畫如愛真。我今注目生綃上，忽覺滄波夕微漲。北風習習吹五兩，送我飄然入越行，千巖萬壑隨所向。

舟過德州城寄田雨來編修

國門日相送，五載臥平原。久韜經世略，養志在丘樊。余本瓠落人，誤蒙國士恩。濫陪董孤筆，常獨與君言。形影倏爲別，蠖屈困泥蟠。今者乘流去，一往寧可論。探奇踰石梁，觀濤臨海門。誓將把長鑱，終老隨綺園。此邦亙岱脈，鹿嶺勢若奔。河流識朝宗，瀠迴古城根。遥知抱膝處，幽意滿前軒。行子誡風潮，悵望獨雲屯。何由偃帆入，剪燭對黄昏。及此首前路，默默獨傷魂。

自臨清陸行至威縣道中

此行最是北來稀，百里纖塵不上衣。雨過田翁牽犢出，社殘女伴進香歸。稠桑陰暖鳩爭喚，野蔓花開蝶襯飛。不似家鄉愁觸目，閭閻啼冷又啼飢。

四月廿六日待閘開河驛觀競渡示友棠弟

初夏闌珊欲熱時，停舟屢對柳陰移。漸多水港逢魚市，斜出墩臺露酒旗。歸路始經任子國，把君新寫放翁詩。櫂歌拍手真兒戲，獨醒吾方笑禁纍。

自十里閘發至南柳林眺蜀山湖

蚤從南旺湖邊過，十里堤行又一迴。歷盡萬艘驚險絶，自津門解維，始見運艘，至此萬艘北上幾盡矣。初經分水好歸哉。至分水廟，舟行始得順流。渚蒲隔浦離披長，漁艇衝煙嘔軋來。指點蜀山何處是？暫遲行色莫相催。

避風東光縣界散步河堤堤上皆霍姓有士人數人延入設飲歎其居在衙衢居然山野風味追賦次友棠韻

南風不放北船行，忙客欣逢逸侶迎。繞岸數株垂柳舍，開筵一飽糝藜羹。官河鉦鼓年年鬧，家世農桑事事清。閒話尚書猶色赧，兼知直樸野人情。逆案霍尚書，其族人別住城中，余問之，俱有愧色。

張司馬出少年小影屬題

才大多愁世網牽，沅湘南去水黏天。如今耐老堪官職，不用崎嶇憶少年。

又題墨筆小影

從容文史足徜徉，五馬江城寄興長。客至從教鵝换帖，俸餘還被鶴分糧。有時拄笏看山晚，且喜吟詩入夜涼。猶藉丹青圖畫手，總餘淡墨有輝光。

自瓜洲與張司馬並舟至吳門留别

五月輕涼透葛衫，百重歸思坐難緘。暫過官署聞清漏，便擬山居荷短鑱。吹浪江豚游出沒，掠波雛燕語呢喃。此行得共神明守，未忍匆匆理去帆。

洞庭送吳元朗進士歸覲

重來此地拂塵衣，勝事高朋世所稀。萬里輿圖收研席，五湖煙水落荊扉。巖探寶笈同留賞，澗拾靈芝獨賦歸。擁髻青山七十二，送君東去答春暉。

翁園寓居

一簾山靄撲深青，幽絕人間得未經。窗外雨過龍蛻甲，樹頭風起鶴遺翎。泉聲落澗沿階潤，石氣蒸嵐帶蘚腥。二十年前身到處，暫留欣賞慰漂萍。

登吳氏揖山樓眺望感隱君不存悵然有賦

深巷閉蓬藋，閒園絕塵軌。共登林中樓，吾與二三子。開窗入遙峯，濺溜落清泚。風涼潮澮瀕，日薄樹差傂。靜聆梵磬幽，遠目霞光紫。平野何超緬，振衣下直視。忽如凌太清，便欲遺塵滓。浮世歎轉燭，達人觀逝水。不見采芝翁，至今唯甪里。仿佛商山吟，樵歌白雲起。

題席中翰少時畫影二首

青溪詰屈繞迴塘，宴坐深林晝自長。曾遇樵翁閒問訊，不言身是紫薇郎。

洗馬人情看餔餟，靈和柳色想風流。如今漸見方瞳長，失卻當年顧虎頭。

題畫

家住深山只愛山，霜林楓葉紅斑斑。烏犍背上夕陽色，吹盡笛聲人未還。

（見《葦間詩集》卷三）

詠筆管中蒲盧

（見《葦間詩集》卷三）

斷硯歌

楊伯起

（見《葦間詩集》卷三）

出山聞陳子艾山補博士弟子員

北堂靈境共躋攀，獨占清虛銷夏灣。外事浮塵何所繫，同人樂意最相關。漢家郡國推文學，天界圖書接道山。冉冉青雲平地起，看君身立九霄間。

宿葉星期二棄草堂四首

依松壘石成黄海，君自壘石仿黄山。夾竹穿池漾白雲。洗得塵襟清似水，夜來恰好細論文。

一叢翠碧手頻題，鶴長新翎幾番齊。卻怪草堂渾未掃，園官拖落種花泥。

肯爲五斗折腰吏，多勝百城南面人。《詩品》周裁別藻鑒，《文心》初闢見清真。著《詩源》二卷。

日月推遷似跳丸，文章淵海境同寬。癡兒坐大成何事，到底蝸牛黏壁乾。君詆吴中一妄兒，甚快，時渠新没。

賞荷龍頭湖還園中作

（見《葦間詩集》卷三）

平望遇漕艘回空

都門二月我南還，送盡千千上閘船。今日方成歸計穩，又逢回空大河邊。

聞陸御史左遷

誰能絳灌置斯人，不遣南遷賦鵩新。庸鄙終難逃聖責，未將所學一敷陳。

以竹扇絨韈贈慧師先之以詩

一從南北嗟分手，此日相逢共白鬚。老向叢林拋杖拂，貧來里社聚生徒。羊毛織就功同罽，鳳管編成質勝蒲。贈爾些些須有意，此中容得燠涼無？

贈何憲副自建寧轉浙糧儲久别晤間有贈

多年絕徼渡瀘身，乍見閩山建水春。稠疊主恩遷轉運，輓輸澤國寵榮新。甌東已是棠陰藪，浙右還成竹馬鄰。舊紹興太守。契闊暗驚搖落甚，對君别自長精神。

偶成

誤逐風波過此生，抛殘卷帙任縱横。鐵沈爲奏旋宫躍，馬老因聞戰鼓驚。李洞詩窮王建碎，相如浪子阮公兵。文章榮辱緣時命，付與悠悠百世評。

贈王海道王自翰林出，由江蘇糧儲備兵寧台

蓬萊舊籍玉堂仙，游戲人間四十年。次第湖山教管領，安排旌節待推遷。高懸號令通番市，直種桑麻遍海田。從此孤飛千歲鶴，翻身重向液池邊。

同鄉諸子邀飲湖上約爲次日之遊

知音知我倦飛回，命駕同傾湖上杯。十月喜無春氣味，七人兼少世塵埃。草鋪沙面經霜綠，日逗波心向晚開。無奈烏棲歡欲甚，明朝乘興肯重來？

西興逆旅贈陳氏主人

逆旅西陵地，經過四十年。交親垂兩世，信宿有羣賢。衣冠之侶多主其家。日腳明山館，潮頭落渚田。相逢定相識，昔別已蒼然。

西興登舟次日晡後渡娥江紀行

雲光水碧渡江沙，一夜蓬霜又早鴉。高埠曉船爭市散，東皋午梵出林斜。梭輕直過曹娥堰，江東船首尾尖，俗謂之梭船。鏡皎遥迎賀監家。柿葉翻紅烏桕白，冬行景物勝春華。

歸

（見《葦間詩集》卷三）

北歸謁墓曾祖太常公、祖戶部公及先公族葬此山

氛霧欲銷重嶺過，花盆山半鬱松楸。十年游子歸何晚，三世終天恨未酬。丙舍經營依淨域，豐碑洗滌對荒丘。茲泉世澤緜緜遠，忍爲奔波老卽休。

初歸檢篋中得故大學士徐公手書遊上方山詩初公命禹鴻臚寫同遊上方圖自書所作詩將以宸英與朱竹垞詩綴其後且訂後遊圖成而公沒矣詩不及寫今秋得禹子畫稿因屬朱書舊作併附余詩裝軸因成此詩

廟門哭罷帷堂閉，白髮門生痛未休。座上無聞霏玉屑，匣中何意見銀鉤？三人圖異九老會，六聘山虛再過謀。傳語都門朱檢討，續書詩句記同遊。

贈張太守

海棠院裏紅旌落，報國寺餞客處。滿把黃花送酒杯。雙闕日傳輿頌至，四明還見鳳飛來。清憐湖水難爲鏡，惠比陽春別有臺。公道如聞綸閣語，使君治行已先推。

金郡丞席上作

仙居迢遞別三茅，來拂霓旌駐翠旓。分郡官仍司馬貴，行軍地古越城交。春膏滿路常隨鹿，海氣連江可射蛟。其奈時清無一事，尊前花下句能敲。

贈秦通守前歲視篆吾邑

妙年挾策過終賈，意氣翩翩壓五陵。金水橋邊來謁郡，賀公祠外見分乘。行田省得司空力，煮海還兼使者能。更喜棠陰蘇下里，於今召父有餘稱。

贈提督馬侯馬自貴陽移督全浙，襲封一等侯

雙排棨戟稱高門，五等重兼節制尊。銅鼓威名仍漢將，樓船波浪是君恩。口論今古風雲會，胸拓江湖氣象吞。親識虎侯窺妙略，頓令倦翮欲飛翻。

題張使君家慶圖

天上神仙知有無，人間勝事亦可數。誰拂絹素寫清揚，恍移蓬瀛入庭廡。梧桐脩竹互嬋娟，曲檻平欄湔碧泉。紅袖焚香來石畔，平頭搖扇當窗前。中有青眼箕踞者，一卷道書常在把。有時宴坐杜德機，乍看落筆振風雅。株株寶樹垂芬芳，春風秋月爛生光。大者塤篪競低昂，小學子晉吹笙簧。清河德門傳奕葉，圖書應知勝簡牒。并似韋家輝萼詩，宛如逸少分甘帖。人謂使君樂有餘，使君之樂人不如。自從三載臨海國，頓令萬姓登華胥。只今秧車初載塗，俄然霈澤驚霑敷。苗田望澤，卽日甘霖如注。咄咄盛世歎希有，天機脫落良工手。我作長歌歌此圖，留伴明山千萬壽。

余家與馮子孟勉對居君沒後其屋被火家人分散初歸閒步至其居舊址揮淚而返率成是詩

行過石橋路，無人黯自傷。雙扉存曲折，三徑付荒唐。菜甲肥新圃，苔花繡壞牆。一抔猶未卜，宿草幾時長？

巷陌本烏衣，舊人相見稀。尋常前日話，潦倒故人歸。一去張玄伯，千年丁令威。此懷誰得共，淚落對斜暉。

詠史

辜負三朝寵倖時，帶圍愁減舊腰肢。當年誰識沈家令，只有宮中女伎師。

藍總兵邀遊舟山舟至蘿頭門阻潮不進

憶昨狂飈下急湍，乘桴今日喜安瀾。舟中把卷將軍客，海外排衙父母官。事去樓臺餘蜃氣，時清村塢靜漁竿。羅頭十里見城郭，潮落舟迴轉柁難。

武林張參軍招飲次日惠詩並示行間錄率和二章

（見《葦間詩集》卷三）

贈寶陀寺潮音禪師師舊住吾邑先覺寺移主此山

（見《葦間詩集》卷三）

贈鎮海寺别庵禪師師往金陵募修大殿隨以殿材航海歸

養得如如不動心，偶然行腳出空林。聞風競拜彌天釋，渡海遙來布地金。高下山明珠榜字，去來潮響貝多音。嗟余五宿禪宫夜，問法安知法淺深。

平湖道中即事

細雨迴風吹甲子，半成疎快半成嗟。那堪秋去禾生耳，且任何乾柁轉牙。水牯背人眠斷壟，吳娘倚樹踏翻車。歸航得望團團月，隱映金波漾白沙。

飲程氏新園

（見《葦間詩集》卷三）

贈徐明府試士兼呈閔趙二博士

露晞風緊鶴梳翎，紅蓼花開滿訟庭。爽氣撲簾囊脱穎，隙光落紙刃離硎。定知照夜過雙璧，直挽頹波似六經。聞道鄭虔方入座，論文竟日眼終青。

武塘署中秋雨二首其一贈幕客蔣東山蔣向客舊令莫師署與之話舊有感

積暑釀成陰氣候，西風吹雨透窗紗。珠拋缸面殘荷葉，絲綰牆頭扁豆花。入幕客閒僮鬬草，鎖廳人散吏休衙。晚來唤酒須狂醉，要取奇文拭眼華。是日令君科試童子。

坐聽騷騷一樹聲，秋聲兼雜雨聲生。自然愁有千般起，況是人從兩地并。泉下鍾期音寂寞，祠中卓茂薦芳馨。誰能懷抱長無恨，莫使頻頻老淚傾。

秋中雜感六首〔一〕

頓覺涼風度葛衣，更堪晨雨灑霏微。鳴除蟋蟀兒爭覷，網戶蠨蛸客倦歸。無奈新愁兼舊恨，何論今是與前非。情懷抵得秋如許，一卷楞伽晝掩扉。

多病年深苦胃虛，昨來嘔噦未全除。拋荒茶具親苓術，結習蒲團忘櫛梳。秋稔薄田歸便得，徑荒佳客到應疎。憑人喚作頭陀看，不向分湖問蟹胥。蟹胥，見《周禮》注，蟹醬也，或作蝑。張孟陽詩：『果饌踰蟹蝑。』余時寓嘉善，故用此。

長安冬上憶辛年，不道繁華事屢遷。襆被長依丞相寺，盤餐日費大官錢。字行易得聞前席，書就難期上細旃。四海虛名雙白鬢，一犁春雨牧烏犍。

一生錯誤是爲儒，欲向何方問築廬。隱士柴門呼鴨鴨，農家瓦缶聽烏烏。秋田里社喧簫鼓，太古衣冠入畫圖。底事塵緣拋未得？只多憂恨少歡娛。

十日齋居即當家，情知辜負小山花。舊祠堂外猶千樹，新濬湖邊復幾遮。欲葺壞牆扶薜荔，并支欹石鬬龍蛇。此心不獨菟裘計，免使當年父老嗟。憶湖墩先祠，祠名尊德，邑人祀先方伯、太常二公者〔二〕。

【校記】

〔一〕此詩共六首，第二首見《葦間詩集》卷三。

〔二〕『祀』，底本作『祝』，據馮本改。

詠桂投園主人

黄花未放紅蕖落，正是中秋八月天。似薄淮南無道氣，得歸月府有閒田。開從金穗馮馮發，折向珠宫蕤蕤鮮。借問主人能愛賞，招邀休待魄光圓。

後日秋分坐客云農家以秋分雨爲賊蓋忌之也傍晚喜晴適有會心賦此

農家傳説秋霖苦，未抵秋分一夜號。西望殘虹迎日掛，北來野水帶風高。蒼鷹背上前程急，旅鴈聲中去思勞。獨立斜陽觀物理，悔將孤憤讀《離騷》。

莫令君祠莫名大勳，字聖游，宜興人。爲嘉善令五年，豈弟有異政。巡撫范公特頒其治法於通省，行取爲給事中，卒

澤國重來事屢移，草深城古路逶遲。三間水畔鳴琴室，一片山頭墮淚碑。張麥歌殘無别穗，召棠

翦後有孫枝。公連葬二子，今有孫纔十三齡。誰人公道司銀管，書取孤芳百世知。

與蕭邵二生同舟至蕭家圩余壬辰年嘗館其家去今四十年而蕭生亦六十矣感歎之餘賦以祝之

黄雲棲畝慶秋成，同泛菰蒲一葉輕。竟日壺觴留客意，隔房燈火讀書聲。休言世事蹉跎別，暗數年華四十更。從此相期還四十，杖藜閒看子孫畊。

水閣納涼觀採蓮圖四首

離離百尺桐，習習蔭華宇。東風語團扇，宛轉不爲汝。
支頤坐磐石，微飈動清漪。衣香與花氣，併作一時吹。
粧罷命儔侶，三三復兩兩。亂入鳧鷗去，水深聞蕩槳。
高人何放曠，彼美亦嬋娟。但覺凌波逝，復聽棹歌還。

酬柯寓匏中翰

一别十八年，梅花巷邊宅。一住六十日，存古舊堂側。自我辭京都，編纂苦未釋。去年下洞庭，雲濤被巾舄。既盡俶詭觀，遂窮神閟蹟。今年來魏里，不爲恣遊適。亦不爲他人，所喜君咫尺。司寇門下士，君坐必重席。嘗恨制科選，因事失湜籍。君赴己未召試，以憂去，不果試。至今臚凡例，何由資考索？天景澹高秋，皓魄澄永夕。豔豔紫薇花，坐對紫薇客。臨觴屢見邀，賦詩感疇昔。自甘溷塵土，那復蒙記憶？人事有乖離，歲暮迫行役。所期會上京，慎勿蠟山屐。

留别蕭羽君邵匪莪二子

（見《葦間詩集》卷三）

題謝畫師小像

泉石染成身是畫，誰知畫裏有全身。梧桐四面作秋響，卻比無絃琴更真。

贈陸徵君時余爲書『授經堂』扁

棲鸞榜額手新揮，欲奉華堂絢舞衣。體氣常佳知大慶，先生此壽未爲稀。裝成千首家家玉，養得三春日日暉。開到黃金花正好，并將琪樹共芳菲。

贈張淇園梅花庵中次原韻庵有元梅花道人墓

一徑野花秋雨餘，經旬枯坐食無魚。詩情閒澹雲歸岫，論義瀾翻水注渠。邀我烹茶歡未極，同行採菊意何如。右軍帖：『九日當採菊未？至時欲共行也。』別時許久會時暫，相見休教蹤跡疎。

缾鉢雖同摩詰居，蓬蒿全稱野人廬。牆間畫竹殘拋角，有吳道人畫竹，八版在庵。墓左寒梅冷浸裾。酒竭數逢人問字，筆乾時聽客求書。我今直爲張公子，歸去江東檢遂初。

以遂閒堂詩卷寄張工部因題卷末

別後遙聞紫禁翔，松筠深鎖遂閒堂。客來一畝門仍閉，一畝園，其京師所居邸。官轉雙階事較忙。苦憶當年河朔飲，寄聲今日水曹郎。題詩諸老非無意，相望還期在廟廊。

次韻答匪莪邵子贈別

年來相見尚朱顏，別後乖離南北間。世業一丘家自種，君門萬里我徒攀。早知學稼堪投老，悔不將錢去買山。依約三更嘹唳鴈，一聲聲似勸人還。

贈處州劉使君時以卓異署驛傳道

金門待詔久棲遲，黏壁常觀近體詩。義並春陵加感慨，吟同秋興轉淋漓。少微山色傾懷日，明聖湖光對面時。漫說詩人五太守，近有刻五太守詩者。其中八詠是台司。

徐春坊壽詞君六月初度，以弟相國服未除，改於十月稱觴

花甲初開淥水蓮，壽觴重泛小春天。棣華感切鴒原賦，荊樹歡同燕喜筵。繞膝衮師能拜客，閉門野史竟編年。從知攜得松風夢，並直還須共醉眠。

崑山留贈秦翁先世姓葉，慈谿諸生。仲子占籍崑山，老往依焉，頃應其邑鄉飲

衣冠世業本諸梁，轉爲名高誤舉場。老辦一笻馮婦健，貧拚萬事喜兒長。至今八十猶四十，可道他鄉勝舊鄉。留與玉峯佳話在，賓筵人是古勾章。

寓崑山將之金閶留題

兩地交情此最多，年時相許意蹉跎。遭逢有命分霄壤，感激無端託嘯歌。倦客區區思設醴，高門寂寂歎張羅。此行欲税何方駕？只合山中老芰荷。

贈宋撫軍移撫江蘇〔一〕

星宿波瀾岱嶽雲，碧霄沆瀣吐氤氲。卻移南浦西山節，來探金庭玉柱文。正氣中州誇接武，與睢州湯宗伯撫吳，清節前後相望。鈞調兩世策殊勳。偏將四海爲霖意，盡作西陂夜雨聞。西陂，宋別業。

【校記】

〔一〕馮本題作《贈宋牧仲移撫江蘇》。

十一月初二日徐司寇壽讌賦贈二首

一歸甫里別楓宸，朝戲山厓暮水濱。天與精神資嘯詠，帝須圖史作經綸。濡毫盡帶煙霞氣，論道終爲鼎鉉臣。不見東山絲竹夜，凝寒俱散座中春。

微陽暗轉衆陰回，費盡神工一管灰。翻覆雨雲原自定，笑談風月有誰猜。庭前野老喧爭席，座上門生遞酒杯。方識主恩深重處，暫令丘壑得徘徊。

贈曹工部

開府清風滿洞庭，早衙人散閤常扃。多收典籍羅芸館，盡結心思繞楝亭。其尊甫任江寧署，有楝亭，君求題詠其富。鼓動密承黄紙詔，燭殘貪寫漆書經。不知公望遥相屬，欲道西山似畫屏。

郭明經鑒倫出先傳求題時郭在曹工部幕

舊家汾水望仍移，奕葉重刊有道碑。爲長一身供嫁娶，寧親終歲守茅茨。遺文未散兒能讀，盛德無營世豈知。賴是主人才八斗，爲君抽寫蓼莪思。

北上謁張中丞二首

岷峨山勢切三台，散作重雲萬里來。布濩還爲時雨澤，清明絕少世塵埃。東西浙籍鈞陶力，揚馬人兼政事才。緹幕春深花發後，羣情相望在調梅。

荷橐當年扈從勞，節樓重建拂旌旄。手提金印親教領，面拜行宮屢賜褒。即在杭親擢上任。瞻袞依然留下國，陳謨終日倚皋陶。自大理左少卿超拜中丞。此行不少扶搏力，借得清風滿緼袍。

陳紫馭去年生子書此寄賀

誰云仙果子常遲，五十年方未艾時。身自藝蘭蘭入夢，手經種玉玉抽枝。百城圖畫知何忝，陳太丘與子二方圖畫百城。萬卷牙籤信可詒。待汝長安沽酒夕，聽誇驥子好男兒。

胥門與沈芷岸編修話別

曲盡江頭哭楚分，高天日暮起黃雲。雖然別後清言少，夢裏何時不見君。

題洪簡民小影三首

（見《葦間詩集》卷三）

郊居漫興

一徑陰陰綠樹遮，半畝藤格長新花。暖池魚逐春分子，洞戶蜂喧午鬧衙。欲知芳草年年謝，須趁韶光處處賒。題作《小園》誰賦得？只應庾信擅才華。

過清江浦投王郡丞

憶從醉酒分湖夕，聽說王郎治行嘉。萬里渾河低柳岸，十分春色汎桃花。人歌公路堤邊月，社散平江廟裏鴉。欲載循聲天上去，不妨孤客任浮槎。

始發王家營

久不成行亦自佳，無端拋卻兩芒鞋。蘭銷香韻因辭谷，橘失酸甘爲過淮。去住都從貧主使，林泉誰共老安排。今朝第一程方就，嬴鐸聲聲惱夢懷。

總河徐府丞見訪舟中賦贈徐前爲史館提調

漢家京兆有聲名，秉節兼爲使者行。卿月早臨舒帝力，王風遠播見河清。朱幡影動千家麗，錦浪煙開四面平。藜閣舊經披拂地，至今餘照向人明。

東蒙道上口拈

五月魯人田，家家刈麥天。青山知送客，飛翠落衣邊。

羊流店懷古相傳羊叔子所生地

南朝甲族泰山羊，史冊唯傳太傅光。茅店西來孤塚沒，角巾東路舊祠荒。平吳元凱功何大，禍晉公閭恨亦長。叔子疏救賈充甚力。敢向昔賢誇直筆，於公盛德本無傷。

沂水旅店見竹數竿

去此尚里餘，忽見清沂水。鷗鷺遠相迎，乍可滌塵滓。何意馬肆邊，數竿亦森倚。敢期鳳凰食，所歎泥沙委。時復度涼風，錚然悦人耳。何異稠雜中，邂逅一高士。明朝别之去，怏悒何能已。我昔游潭柘，黄竹以百計。旁有梅一株，三月方成蘂。去此已十年，記憶聊復爾。何不蚤歸鄉，蹉跼昧生理。惟有茲事饒，玩竹弄清泚。

贈樂陵令族姪華林樂陵，即古鬲津河地

天水淄川本一源，萊陽東浙蔚高門。吾宗秀傑隨時有，漢代循良可共論。七字詩驚天老目，君內試以七律一首得選。九條河潤使君恩。幾年懷抱雲山隔，今日何知對酒尊。

贈樂陵丞胡禹尚吾故人也且同邑故辭多傾倒

胡侯年少好心事，白擲劇飲故無敵。與我謔浪到爾汝，讀書過眼如破鏑。頗聞別久問字慵，洗手作吏來山東。堆案奮髯辦俄頃，迂緩忽變齊兒風。昨者行道說丞好，日入宮倉身起早。稚子常窺壁上魚，夫人自壅櫪中草。我今訪令復訪君，況君與令情交殷，下馬握手西日曛。請君勿作今日官長面，爲我開饔滿酌，重數少年行樂，秉燭至夜分。

以海豔絨寄阮亭侍郎並申前意

（見《葦間詩集》卷三）

舊滄州遇掠憩風花店借寓朱氏主人留酌有贈

因何名利苦營營，勞動征車半夜程。百里不知煙起處，八蹄長向水中行。虎鬚怕捋東陵客，蛇影休疑北道情。解轄便爲三日住，風波歷盡足浮生。

題印上人精舍

珠簾曲几道人家，小院深涼日易斜。藕長半浮缸面葉，榴殘重吐領中花〔一〕。歡逢地主能留客，養得天泉爲煮茶。莫怪凡心多繫戀，門前西去即塵沙。

【校記】

〔一〕『榴殘』，馮本作『柳殘』。

無花果

衆卉紛羅在上方，一枝搖曳未聞香。翻嫌桃李無秋實，曾並松筠避豔陽。攢葉纍纍爭結子，分條顆顆自成房。終知不似優曇鉢，頃刻花開遍道場。

題樂陵君觀漁圖

（見《葦間詩集》卷三）

賀張僉憲二子同舉

便君才度著委蛇，四十人看持節時。道路雙飛綠耳影，階庭並照青蔥枝。經傳游夏難參秘，筆寫羲文未剖奇。身與郎君同座主，敢將容鬢笑差池。

晴雲書屋讌集二首

愛讀晴雲句，晴雲今始來。亂藤依格長，叢竹過牆栽。庭鳥爭喧席，山僧對舉杯。朱門與蓬戶，總是絕塵埃。

聞道逍遥谷，分營別殿傍。水周湯沐地，山對讀書堂。公子才華贍，名園翰墨香。何當傾八斗，擕我賦滄浪。

送座主徐先生

古者重老成，往往見朝會。魁壘多碩儒，不數少年輩。翰林資啟沃，講筵責逾大。惟皇慎遴選，公才實居最。選自橋門席，談經列廣內。剖抉閩洛微，疏通箋注礙。清晨來玉墀，露盤滴金瀣。獨立海鶴姿，時聞九天欬。豈知煙霞性，脱略荷深賚。前年校南宫，得駿驪黄外。至今函丈間，列侍紛銀艾。常露乞身請，滿百假未逮。一片江湖心，散落無根蒂。俄聞急宣至，强起床下拜。宴罷京兆堂，龍門鼓砰磕。斯文有正色，糠粃嗟久眯。挽濁使之淳，論功等草昧。並唱歐與梅，萬目聳嵩岱。氈毯往有之，未足爲疵纇。苦欲申前志，詔許奉身退。餘業付玄成，謂編修君。君恩報斯在。雰靄塞長途，朔風狂卷旆。胡不少宿留，圀勸賃車載。長物惟衣裳，薈蕞并瑣碎。森森弟子行，歷歷隨車背。惜别塵沙中，涕面何由靧？辛苦老孫弘，詞場屢奔脱。爲駒亦未易，轉盼同歷塊。夫子良善誘，感昔必深喟。幸沾新拂拭，敢及舊盤敦。向在錢塘祖山寺，有八人之會。已共白髮語，久遊非吾耐。師門德未酬，諸子善自愛。風光餘不溪，南陔古堂對。聞道或未晚，願言終教誨。

（見《葦間詩集》卷四）

題王令詒柳磯垂釣圖四首

（見《葦間詩集》卷四）

席上讀敦好堂詩感懷有贈愷功

（見《葦間詩集》卷四《席上讀敦好堂詩感懷有贈》）

次韻送丁柯亭還丹陽

（見《葦間詩集》卷四）

與同年楊可久登張輔公別駕浣煙樓眺望

（見《葦間詩集》卷四）

馬坊口大風送劉大山還京

（見《葦間詩集》卷四《馬坊口大風送劉大山還京和韻》）

逸峯同年筵上留別且約秋初同入關

（見《葦間詩集》卷四）

待築民商子不至率賦遺贈

（見《葦間詩集》卷四）

贈眢元彦徵士四首

（見《葦間詩集》卷四）

舟中奉别座主徐先生次見贈原韻

（見《葦間詩集》卷四）

次韻酬賀天山舟中見寄

（見《葦間詩集》卷四）

襲節孫相晤天津舟次自言前任宜興倣東坡楚誦意種橘園中自名橘圃出圖索句

（見《葦間詩集》卷四）

榴花

（見《葦間詩集》卷四）

文移北斗成天象〔一〕

一天懸象最分明，萬國於今仰化成。天上酒漿從挹注，人間文字任權衡。宸章巧奪魁杓麗，玉宇虛瞻珠斗横。幸值賡歌逢道泰，自惟樗散愧簪纓。

【校記】

〔一〕馮本題作《賦得文移北斗成天象館課》。

山水芙蕖〔一〕

灧灧池開上苑旁，蘭汀蕙沚在中央。櫂歌起處紅翻浪，魚戲深時綠隱塘。呈蓋獨披千葉淺，瀉珠遥占百花香。恩波蕩漾知何極，迥立亭亭水一方。

【校記】

〔一〕馮本題作《賦得山水芙蕖館課》。

送王令詒進士之任茂名

本擬螭坳珥筆身，如何嶺表走荒榛。聖朝自重神明宰，天意多憐絕徼人。近海孤城常帶霧，向南殊節易驚春。好將餘事書風土，待與三年報紫宸。

送何屺瞻

京師百事總堪憎，惟有貧交別未能。縱論偶然歡一聚，雲山已是隔千層。人間月旦誰當許，吳下風流爾最稱。重待掀鬚來笑口〔二〕，乘時意氣看飛騰。

【校記】

〔一〕『掀鬚』，馮本作『掀髯』。

題王黄山畫送金孝緒之任德興

前年河内别，復作豫章游。薄宦無停轍，長汀見去舟。山名同□里，縣署枕江流。縣有大茅山。相送王孫意，萋萋芳草愁。

自嘲示諸同年四首

（見《葦間詩集》卷四《同年集罷自嘲四首》）

和愷功園居見懷二首

惆悵春前乍復秋，半年旅館歎羈留。荒疏望氣誰迷眼，機會臨時又過頭。生事添成蛇畫壁，人情看破蜃爲樓。神交公子勞相問，約共南皮清夜遊。

遥遥芸館芰荷秋，長夏家因扈蹕留。校獵山南看没羽，溫經研北任垂頭。塵多客厭三條路，力小誰梯百尺樓。宏閣舊開霑拂拭，未甘麋鹿即同遊。

次韻和吳震一餉抹麗之作

（見《葦間詩集》卷四）

旅館苦雨作書自遣因題其後

（見《葦間詩集》卷四）

頃有客南來言去歲十二月葬崑山相國親舊無一視窆者感而賦此並述前事成二首

（見《葦間詩集》卷四《感事二首》）

送林藍田之任

（見《葦間詩集》卷四）

題徐壇長京江負笈圖

（見《葦間詩集》卷四）

題陳主事小影

（見《葦間詩集》卷四）

湛園未定稿六卷

湛園未定稿序

無錫秦松齡譔

余友慈谿姜子西溟，負耿介之氣，潔直自將，與世寡偶，獨好觀古人書。每比次其行事而論其是非成敗得失，必準諸理，辭盡而意沛，若有餘。其他所爲文字，俱不苟隨人高下，近世作者未有能或過之者也。西溟少精舉子業，屢躓有司，愈不喜詭隨弋獲。前年已有以其名上聞者，會格於例，旋報罷，故余嘗謂：『西溟嗜古近癖，而不能與時文定其榮辱之數；名達九重，而不能與流輩爭其一日之遇。』西溟聞之，殊不以介懷也，日就余言：『古今文字有一定之的，雖銖毫分寸不可踰越。若學者，則務與年俱進、與時俱變耳。終其身，無得止法也。』以是益發憤，欲盡屏人事，并力以從事此道。會奉有纂修之命，治裝北上，裒其前後著爲一集，而中所芟汰者不下十之三四。集成，將挈之以行。余視其才力雄富而一規於法，擬古作者分量，恢恢有餘地，然猶自署爲《未定稿》，卽其志可知矣。

湛園未定稿序〔二〕

桐城錢澄之譔

辛亥春，予客武塘，有以文字一冊匿其姓氏見示者，予曰：『此歐陽子所謂古文也。武塘好爲俳體麗句，安從得此？此殆學韓子之學而幾入宋人之室者也。』已知爲姜子西銘作，與相見，歡甚。自是日過從讌飲，極旅中朋樽聚首之樂。明年，予入都門，未幾，姜子亦至。其秋，徐太史原一邀同官數子與姜子及予爲西山之遊。姜子所至，題詠都遍。時予年六十有二，姜子猶强仕時也。别去十六年，予飢困日甚，姜子業入史局，與纂修。戊辰春，再入都門，過其邸舍，意思淹抑，其困殆不減予。今年復相聚玉峯，則予年八十，而姜子之齒已屆予向時西山同遊之期矣。歲月飄忽，人生能得幾聚散哉！姜子爲人質直任性，或不合時宜，而於王公貴人亦率其自然，不爲少變，此其所以可重也。於是予將别姜子而西，姜子亦東還矣。臨行，出其《湛園未定稿》，屬予序之。

予覽其編次，則昔時武塘所見之篇有僅存者，而後之所作視前則益有異矣。姜子與予論書，必取法鍾、王，其臨摹晉唐諸家既已入神，近復旁涉宋、元，以書至米、趙而始盡鍾、王之變，於論文亦然，謂：『韓子文起八代之衰，而惟陳言之務去。彼所謂陳言者詞也，而所欲明者理也。理至宋、元而益明，而説始益暢。孔子曰：「辭達而已矣。」學韓子而不極諸宋、元，未可爲善學韓者也。』予於是益信吾向者之一見其文而卽歎爲學韓而得宋之説爲不謬矣。夫姜子必由韓子而浸淫於宋、元，亦猶其書法本諸鍾、王，熟而後可以爲米、趙也。而今之言詩者，於唐人音律氣韻，一切未之前聞，而昧昧然欲黜唐而尊宋，此尚足與言詩哉？予於文不知是唐是宋，惟直攄吾中之所見，盡其所欲言，以詞達而止。予蓋惡夫世之規模沿襲，而不能自出一語之爲可哂也，不知於姜子之議，其有合焉否耶？然姜子學書，得執筆之法，心手疲勞，至於眩隕欲絶，臨摹攻苦，寢食俱廢，蓋至今而始成，可謂得之難矣。則其窮源審流以有是文也，亦豈易哉？予不善書，試一效姜子，執筆不移刻，腕指欲墮，輒棄去，以是書不就，然則予之不能劌心鉥腎以爲姜子之文，亦猶是書也審矣。

【校記】

〔一〕此序底本闕，據初刻本補。

湛園未定稿序

長洲韓菼譔

余識西溟先生三十餘年矣，固未能盡知海內之賢豪，默數所及見，以爲不可及，無如先生者，而所如之窮、窮且久、久益自彊、益不讐，亦無如先生。蓋三十年間，人事之變化多矣，姑勿論貴遊子弟，挾其聲勢氣力，弋取功名，意滿以去，即窮老失志、羈孤侘傺不平之士屢躓，久困場屋中，晚乃終得一當，以不負其豪於平生者，比比也，而先生乃獨如故。夫窮亦何病，然至斯極矣。先生負氣自高，不肯浮湛俛仰，豈亦有嫉而擠之者與？乃輒相左如此，可異也。方徵博學鴻儒時，廷臣得舉所知，余亟欲以先生薦，院長葉文敏公約同署名。會公宣入禁中，待之兩月，及余獨呈吏部，已不及期矣。睢州湯先生後主試浙中，歎息語同事『暗中好摸索，勿誤失姜君』，竟亦不能得也。自是之後，每榜發，諸公無不以失先生爲恨。至乃名徹聖主之知，而冥冥之中，卒或尼之，與夫誦《南山》之句，傲逆旅之中者，其不遇更奇而深足悲也。然先生一不以介意，益肆力於詩古文辭，挾其高潔軼塵之骨韻，而出入斟酌於古大家，一句字之未安，不輕出也。久之，自定其古文若干首，猶名之曰《未定稿》，問序於余。

予竊喟夫恃才睥睨、意輕一切者多也，銜官北面，大兒老兵，詎長風流，徒資儇薄。丁敬禮有云：『後世誰相知定吾文者？』王文憲嘗出所作，屬任彥昇改定，曰：『後世誰知子定吾文？』文章於道，未爲不尊，知之寸心，俟諸來者，豈易言定乎？先生蓋孤詣入微而用心益細也，其意直追古作者，上下惟恐有豪釐缺漏未滿之處，其取精可謂奢而亦已貪矣。造物之所予不能兩有，而於才名尤靳焉，成此虧彼，其窮故宜，卽使遇亦未必不窮。古之取上第爲朝官，而以文章自名者，其顛頓狼狽，豈少哉！嗟夫！窮達何足言，正悔不讀書耳。如先生者，足以樂而忘老矣！

湛園未定稿卷一

論

春秋四大國論上

春秋之大國四，內則齊、晉，外則秦、楚。齊、晉至春秋之末，俱相繼亡，而秦、楚延世，又數百年，及楚亡而秦卒得天下，其故何歟？

語有之『木再實者，其根必傷』，則齊、晉之謂也。齊自太公表東海以來，其勢固日趨於彊矣。及於桓公之霸，牽率同盟，南征北伐，兵車之會三而乘車之會六，一匡天下，九合諸侯，天子致胙，命無下拜，蠻夷君長，冠帶之國，無不東面而朝於齊。其自謂與三代受命之君無以異，可謂盛哉！桓公死，晉文繼霸，子孫之主盟中夏者累世。諸侯以國之大小，歲受貢賦，庭實充溢於公府，貨賄交賂於私室。天王召會而卽至，侯伯見執而罪己。是時天下靡然，不復知有天子矣。夫始之有霸，以尊天子也，至其後乃奪天子之勢而自予焉，而天下不敢以爲專。然人臣而擅天子之勢，此豈可以爲常者哉？齊桓公沒，歷世不振，至康公而國篡於田氏。晉用六卿，亦移其祚。非齊、晉之國至是而始亡也，其始之脅制諸侯，討貳舍服，所以耀吾軍實以奔走，讋伏乎天下而恣睢，以享天下之奉者，其力固疲而氣固已竭矣。一旦大權既去，蹶然顛仆，何足怪哉？

若夫秦、楚則不然。《春秋》莊九年書：『荊敗蔡師，楚僻在夷，至此始通中國。』二十年伐鄭，始稱楚。僖十九年，始得與諸侯同盟於齊。方其未與中國接也，楚特崛彊於江漢之間耳，王室之所不臣擯之，而中國之諸侯非類畜之者也。及其得志，爭盟中夏，征車四出，則楚之禍西連於晉，南絓於吳。平、昭之間，羣臣奔命不暇，而國之幾亡者再矣。然其所以宜亡而不亡者，何也？吳滅於前而晉分於後也。自三晉之分，力不足以支秦、楚，則楚之危者以安，而秦之弱者以强。故晉之存亡，此秦、楚安危强弱之繫，而春秋之一大變革也。由是觀之，楚之延世之久長者，以其爲中國後起也。楚雖後起，而猶幾不免於亡者，以其威太盛也。故盛者必衰，彊者必折，自然之理也。秦國尤僻小，雜於西戎。穆、康之世，與晉構釁，見於《春秋》，至於他國，所用兵者鮮矣。《傳》稱穆公并國十二，開地千里，其所攻取，大抵皆在戎翟之界。方是時，泗上之諸侯，奉盤敦歃血而爭長者，呶然於壇坫之上，喜而朝、怒而叛者，紛紜於晉、楚之境，其視秦若不甚可畏也。秦亦漠然無所與，擁崤函之固，迴翔熟視而不敢以爭一日之雄。左氏曰：『秦穆之不得爲盟主，宜也。』不知盟主非秦之所欲也。秦唯不自爲盟主，故能蓄積其氣勢，徐以待諸侯之衰而乘其弊。歷於孝公之初，辟土益廣。然河山以東彊國六，猶以夷翟遇之，擯而不得與盟會，則夫秦之所以終彊而六國之所以或微或滅者，其必以此矣。或曰：『吳、越之興亦後矣，而驟滅，何也？』曰：『吳、越之君，純用夷禮，而無法度綱紀以維之，此如水潦之暴漲，何足與持久哉？』秦不妄慕乎中國之盛，寧自棄於僻陋，以俟時而後用之，故齊、晉與六國亡而秦不亡。秦又不純以夷翟自處，而法度紀綱秩然，有以維繫其上下。故雖其後起之彊大如吳、越者，皆以驟盛而滅，而秦不與之俱滅，且此非獨於秦、楚然也。

《詩》曰：『緜緜瓜瓞。』昔周之中世嘗微矣，不窋失官，竄於戎翟之間，歷夏、商千餘年，天下幾不知有周矣。公劉遷豳，稍稍生聚，與其人執豕於牢，舉匏尊而酌之，此其自視與天下何如者？然太王一出岐山之陽，伐柞棫，走昆夷，勃然起翦商之志，不數傳而得天下。是何始之微而終之盛耶？不知使夏、商之世，而周卽能彊大如桓、文時，則其後且覆亡之不暇，何暇以天下爲哉？故曰：其微也，斯其所以爲盛者也。然武王既得天下，散馬放牛，櫜弓矢，包干戈，以示弗用，使天下若仍不知有周者，而後民安之。而始皇日囂囂焉出師彊胡，加誅勁越，窮兵黷武，以外市其彊大之形。彊大之勢震於外，而危亡之機成於内矣，則亦異乎其始之所以立國者矣。

春秋四大國論下

齊、晉、秦、楚歷世之修短，吾既已言其故矣，然此猶論其大勢也，非其所以受病之處。夫人之稟命於天，壽夭不同，然其將死也，必有其所以受病之處。知其病而消弭之於早，則病者可起，死者可生。不知其病而預爲消弭之，則亦已矣。

晉之六卿，齊之田氏，此其受病之處也。國之有彊臣，如身之有痞疾。齊、晉之君不知消弭，而聽其塊然於胸膈之間。方其未發，手持足行，耳目便利，視之猶人也。及其既發，而塊然者已不可復圖矣。秦、楚之君之治其病也，唯不待其既發而圖之，故其治患也不勞，及其患去，而國之元氣亦以愈固。

蓋權臣之竊其國也，類非一世之所能爲也，其積之有漸，故其治之有因。且其初非必皆國之小人也，彼陳敬仲、趙文子之徒，豈逆知其子孫之有是事哉？勢之所趨，極重而不返，則雖有賢明之君、忠正之臣，常不能保其後之不爲亂。

夫秦、楚之君之善治其病也，亦揣其勢之所必趨而逆折之，無使之至於不可返，斯已矣。楚之有令尹也，此大權之所萃也。令尹之佐有大司馬、左右司馬，政出於令尹，而兵柄則分掌之司馬。子木爲相，蔿掩爲司馬，使具賦數甲兵，既成，以授之子木。故曰：『司馬者，令尹之偏，王之四體也。』昔者子元、鬭椒俱嘗爲難於國中矣，發不旋踵，身被禽滅。其時之家臣宗老，不聞有擁甲以觀變者，兵柄不屬故也。令尹之權既分，而其制國也尤有法，分國爲縣，縣設公以處之，內有變則入而靖亂於內，而彊臣不得縱恣以爲內之大患。子元伐鄭，還處公宮，而申公鬭般殺之；白公稱兵，而葉公諸梁自蔡入而討之是也。外有患，則卽發其縣之賦，以征討於境外。救鄀之役，申公子儀、息公子邊以申、息之師戍商密；繞角之役，公子申、公子成以申、息之師救蔡；陰地之役，司馬眅起豐析之衆以臨上雒是也。齊、晉大夫之有采地以封殖其私家，故曲沃據而欒盈叛，邯鄲入而荀寅叛，晉陽修而趙鞅叛，渠丘封而雍廩叛，而楚則不惟使之不可叛，而反能因其力，以外備諸侯而內制其彊臣。齊、晉之衰，以家之有藏甲，而楚以令尹之權，欲舉國而唯吾用之，而且有所牽制而不可動，其制使然也。楚令尹之權既分，其制國也有法，而其因事杜害也尤有漸。昔者子南爲宰，其士觀起無祿而有馬數十乘，康王聞之，車裂觀起，尸子南於朝。薳子馮繼之，所寵者有馬八乘，聞申叔豫之言，謂之『生死而肉骨』。夫宰臣之寵士而使之有馬，自常情視之，非甚大罪也，然楚之君臣涕泣相告，若危亡之立至而誅殛隨之，則其慮患也，不亦密乎？

秦公子鍼出奔於晉，有車八百乘，謂晉大夫曰：『若能少此，吾何以得見？』乃知秦與楚同一意也〔一〕。公子鍼親景公弟，終景公之身不敢以返國，則人臣而富者，是秦、楚之所深仇也。後秦昭王一聞遊士之言，逐穰侯、華陽君之屬而出之境，若去毒螫。夫秦之日夜思芟鋤彊臣而欲已其病者，如此其至也，故封建之不得不廢，亦其勢然也。秦之祖宗固欲廢之矣，且此豈獨秦之意？使秦不得天下，六國之君得之，吾知封建亦必廢，何者？彊臣者在一國則一國病，而在天下則天下病也。自漢以還，封建廢而天下未嘗不治，秦廢封建而以無道行之焉，此其所以得而復失之也。

【校記】

〔一〕『一意』，馮本作『一氣』。

楚子文論

大臣之患，不在於彊直果遂，任怨生事，而在於儒懦迂緩，名爲醞藉而其實持祿苟容之人。漢之初，用申屠嘉、周亞夫，可謂戇矣，而天下卒以治。至於元、成之際，任匡衡、張禹、孔光之徒以爲相，卒至釀成衰亂，大盜乘之，遂以移國。蓋持祿苟容者，常選愞避事，其禍陰中於國家，而言者欲舉之，則無過可指。任事之人，日夜揣摩利害，以身當其艱，能使一國之紀綱風俗翕然振動而不可散，然及其計左事敗，而其罪常至於可殺。夫與其用一可殺之臣，罪歸舉者，則孰若姑取一切無所短長之人而進之？利可分功，而謗亦不及於己。歷觀自古國家之委靡潰敗、浸淫而不悟者，有不以此也夫？

《左氏傳》：『楚令尹子文使得臣爲令尹。蒍呂臣曰：「子如國何？」曰：「吾以靖國也。」夫有大功而無貴仕，其人能靖者與有幾？』予讀之而歎曰：『嗟乎！子文之言失矣。』夫令尹，楚相也。相之任，所以統攝百官，贊理弘化，非其人莫得居之，而豈賞功之職哉？及子玉死，蒍呂臣實爲令尹。左氏曰：『奉己而已，不在民矣。』蓋惜子玉之亡而惜子文之非失舉也，然後歎子文之心，非左氏其孰能知之也？當是時，齊、晉迭强，楚威幾頓矣。子文唯以奉己碌碌者之不足以託國，以支齊、晉而制諸侯之勢，而子玉剛愎，又非執政之器。然而一時之人才，寔無出其右者，則以權舉之可也，特其暴貴任事，慮不足以服衆。故因其伐陳取焦夷而還，而授之以政，而託之以功賞，所以厭衆人之心而明呂臣之不足以深言也。其後又使之治兵於蒍，俾得斬斷於國中，以重其權，而國人始曉然於子文之意矣。蒍賈者，奸人也。其言曰：『子玉剛而無禮，不可以治兵，過三百乘，不能以入矣。』夫子文能知越椒之狼子野心於始生之時，豈不能知子玉於執政之日，必待稚子而後決哉？蓋剛而無禮，子文之所知也。子文以爲剛而無禮者之不足以易庸庸者之禍深也，故寧棄其短而用之。子玉之死，晉侯聞之而喜，可知也。故當時之知子玉者，子文與晉侯也。向使成王於此能如秦之用孟明、晉之用荀林父，俾之復位，脩政息民，以待其隙，并力而再舉，則晉、楚勝負，或未可定。當城濮之敗績也，左師既潰，而子玉猶能力收其卒，全軍於奔北之餘，安在三百乘之不能以入哉？《傳》記鬬般爲令尹，蒍賈譖而殺之，乘機以取司馬。其處心積慮，欲阻撓有功之臣而奪之位者，非一日矣。故子玉憤憤於一戰，願以間執讒慝之口，蓋謂蒍賈也。然則子玉之敗，亦蒍賈有以激之也已。

嗚呼！自古人才之難得也，用一人而人得而撓之，則功不可以成。子産之得有爲於鄭也，以子皮力持於上，而後强族不逼。子玉之不終，天也。卽使子文聽間者之言而廢子玉不用，楚固不至於大敗，然第取碌碌奉已如呂臣者而委之社稷之事，將百姓何望哉？才臣之取敗，其禍在一時，庸臣得志而潛潰其國家，其禍乃見於數世之後，漢匡衡、張禹、孔光之徒是已。大臣之用心，固不可以日前之成敗論也。

楚子玉論

澹臺滅明濟河中流，有蛟挾舟求璧。滅明斬蛟，投其璧於河。君子之於人也，不可以威故怵，不可以利故誘。遇異物怪類，而可以威怵利誘焉，則亦不足爲君子矣。

楚子玉爲瓊弁玉纓，與晉將戰於城濮，夢河神求之，不與，榮季諫，不聽，戰竟敗。時人以爲歸咎，而左氏傳之。是何諫者之愚而左氏之好怪也？子玉之敗，以剛而無禮，不由河神。使子玉巽順以處己，廣益以集國事，雖不與河瓊弁玉纓，何害？若猶是剛而無禮者，拂衆犯難，衆實怨之，於河神奚有焉？榮季之諫，當謂其不徇衆，不班師，不當咎其不與河瓊弁玉纓也。水有四瀆，王者以禮秩祀之，次於五嶽，享王者之祀。菹晉之境，許人土地，威福自擅，不忠；陷人以利，以貪其所愛，不廉；挾私敗成，殘民以逞，不仁。不忠、不廉、不仁，是謂淫祀。子玉違淫祀者，不聞其以違諫。子玉不與河瓊弁玉纓，可不謂之守正乎？守正而見譏，爲善者滋懼矣。晉文公聞子玉死而後喜，可知也，曰：『莫予毒也已。』夫子玉，晉文之所懼也，豈能縮恧爲河神下哉？

楚昭王有疾，卜河爲祟，大夫請祭諸郊。王曰：『不穀雖不德，河非所獲罪也。』卒不祭而死。孔子曰：『知道。』蓋君子不言禍福，而禍福之來，有適與其事相値者，好事者遂從而實之。嗚呼！其亦昧於道也甚矣。

續范增論

夏、商之季，其君無道，而湯、武誅之。以臣弑君而不謂之簒，取其天下而居之而不謂之貪，何哉？其故在於順人心而已。夫天立君以爲天下也，彼斬刈其民，惟恐不勝，而吾出死力以除之，以救民於水火之中，則亦安然以爲爾之君已矣。二世之惡，浮於桀、紂；關東之師，正於湯、武。於此之時，而有能顯暴其罪於天下，奮不顧危，如夏、商之季之所以誅其君而弔其民者，雖爲之君可也。惜乎！項氏有取天下之資，而范增以其計誤之也。

方項梁與羽謀殺會稽守，西嚮渡江以會諸侯之師，約共亡秦，非有所稟命而行也。以項氏之世將聞於天下，非如他之所謂暴受大名不祥者也。當此豪傑並起，智略輻輳之際，角帝而帝，角王而王，風起塵涌，以爭勝於鋒鏑之下者，何可勝數！增也以七十之布衣與羽相遇，抵掌而談當世之務。不乘此時導羽以收拾人心，延攬謀士，急伸大義於天下，而特勸之以扶立義帝，提牧豎之手加之十數彊悍諸侯之上。增以爲非此不足以制秦之命乎？夫無故而奉一無功之匹夫，甘心以爲之臣而不辭，雖聖賢有所不能，增以羽爲終能臣事之乎？推增之心，不過謂藉其虛聲可以速致天下耳。不知懷王以孌讒客死，楚人特憐之，而非有德於天下也。使天下樂秦，願爲之死，雖百義帝何益？不然，秦之當亡，誰不知之？天下方皇皇焉，欲得吾以君之，而又何有乎無功之匹夫，取其昏庸殘孽、相率而爲之下乎？

且增亦未聞天下之大義也。夫既一日而爲我之君矣，則其勢不可以復臣，非勢不可，理不安也。彼范增者，徒目擊夫廣、勝之事，詐稱扶蘇，足以鼓動天下之視聽，而不顧其後之將有所不安。夫即使其後之幸而獲成也，亦不過如莽、操、懿、裕之故事，名爲揖遜，而其實足以詬厲於天下。及其不成，則相尋於廣、勝之餘轍而已。嗚呼！此山林草竊之見，赤眉、王郎之所以踵死而不悟者，孰謂好奇計者而竟出於此耶？

議者曰：『羽之失，在不先赴關中而急救趙，俾沛公得因之以取天下。』是殆不然。羽之救趙，義帝之命也，羽安得而違之乎？帝之約曰：『先入關者王之。』顧獨遣沛公而令羽救趙，以後約絕之，使不得終王關中，此其見弒之由也。蓋權有所制，則其勢自有所不得伸，而其計將有所變。顧其使羽負惡名於天下者，增也。若夫沛公既轉戰以及關中矣，此樊噲所謂『勞苦而功高』者，而增也於羽之焚燒咸陽，誅戮子嬰，天下成敗之關，孰大於此？乃卒不聞一言以爭，而惓惓於擊殺沛公爲事。一沛公可殺，諸侯之謀士如雲，秦民之思漢日甚，增能悉制之無一反耶？亦可謂愚而拙於計矣。夫沛公，義帝之所遣也。苟可以成項王之事者，增猶將不顧其不義而欲殺之，何有於卿子冠軍？議者謂：『殺卿子冠軍者，是弒義帝之漸也。』不知此亦增之謀也。

增之去羽，不於羽弒義帝之時，而於羽受漢間之日。羽之疑增，亦不於義帝未弒之前，而於漢間既行之後。然則義帝之死，增亦與有力焉。況增之資漢以名也，非一日矣。彼義帝者，亦幸而見弑於楚以死耳，使其不死，以及於漢之將王，漢將安所處乎？度終臣事之不能也，計無過封爲大國，名爲不臣，拱手揖讓以代之君，其去九江之利刃一間耳。而縞素以從天下，卒使漢之得委罪於楚者，增之謀寔爲之也。或曰：『漢王長者，必不爲此。』是又不然。人情之重，孰如父子？方羽之與漢王臨廣武而軍，而置太公於鼎上也，其危不容以毫髮，而漢王且從容而謂『分我以杯羹』，夫其親之不恤，而何有於君哉？吾故曰：『增之資漢以名也。』

夫楚得增而亡，漢用子房而終以獲濟，亦其謀之有善、有不善也。初，楚圍漢滎陽，或勸漢王立六國後，撓楚權，賴子房諫以止，卒消諸侯牽制之患者，子房之力也。其後光武肘掣於更始，耿弇諸將勸之早絕，而河北之功成。明太祖初設韓林兒座，劉基獨罵不拜，曰：『此豎兒，安足奉？』太祖從之，而金陵之鼎建。彼數臣者，豈樂導其主以寡恩哉？蓋誠有見於帝王光明磊落之業，慮爲可居之功，而不屑爲山林草竊之計，以徼幸於一時之便，故烈光於前世，名炳於竹帛。唐高祖不知此義，起兵太原，以誅楊廣，湯、武之業也。其事本順，而終於代王之禪，致唐祚不得正其始，此則謀臣劉文靜輩不學之過，爲可惜也。項羽殘暴失人心，無終得天下之理。

要之，范增者，所謂無謀之甚者也。考增事羽，終始無可稱述，惟勸立楚後與日謀殺沛公而已，而其計皆不足以有成。增不去，羽亦必亡，增之不得爲人傑明矣。

秦始皇論

人之所由存者，神明也；其亡者，神明去也。斯則形骸之不能爲人存亡也，審矣。彼秦始皇之求神於海上，以爲仙人不死之藥可立就，而安期、羨門之屬可招手致也。吾怪其求之如此其至，然竟隕沙丘，爲世無神仙不死者。夫其治徒驪山，上具天文，下錮三泉，罄百萬家養生送死之具，以照狐兔於泉下，則可謂至愚者矣。夫吾骨已朽矣，而此纍纍者獨何爲哉？蓋彼方以塊然能飲食之軀，爲可以致長生、後天地者，故深居宫中，極土木之麗、美人鐘鼓之奉，如雉之護尾、雀之守翠，不知其有水不濡而火不熱者在也。斯盧生、徐市之徒得因而市其利，趙高、胡亥之謀已成於外，螻蟻已思穴其臟腹腎胃，而猶以形骸爲性命之所寓也。因循不悟以至於死，然猶且戀之，徒滿藏而瘞焉，不謂之大惑與？老氏曰：『吾之所患，以吾有身。故君子後其身而身存。』愛其所患，内其所外，指路人以爲之手足，誠又惑之惑也。故神明之於形骸也，祭祀之於芻狗也，存則藉其用，去則委諸地而已。漢文帝終身節儉，遺詔薄葬，史傳其嗜黄老家言，此始皇之不得爲黄老歟？

此予二十歲前作，前幅數行稍學魏晉人語，以其不類，聊刪而存之。

蘇秦

蘇秦、張儀，皆天下之辨士也，然秦嘗自謂才不如儀。是時，秦方説趙王相約從親，以擅有關東之政，而使儀得用於六國，則其寵移矣。故召辱儀庭下，又陰資之，使西入秦，然後秦肘腋之患始去。當此之時，儀方感恩之不暇，又何暇顧墮其術中？則不得不反而爲吾之用，故亦曰：『吾不及蘇君明矣。』以此知兩君者，其平時皆以才相慕，又相軋也。

戰國之士多奇變，而其術非從即横，故皆不可以並立於諸侯之國。龐涓之於孫子，心害其能，必欲計除之，故反爲其所殺。如秦者，可謂工於用妒者也。然自儀入秦，而六國之患日滋，終於破從解約，暴秦過惡，爲天下笑。非儀負秦，直説士之常態也，則孰與久要以成其業哉？

黄老論

漢自曹參爲齊相，奉蓋公治道，貴清静而民自定。其後相漢，遂遵其術以治天下，一時上下化之，及於再世。文帝爲天子，竇太后爲天下母，一切所以爲治，無不本於黄老。極其效，至於移風易俗，民氣素樸，海内刑措，而石奮、汲黯、直不疑、司馬談、田叔、王生、樂鉅公、劉辟彊父子之徒，所以修身齊家、治官涖民者，非黄老無法也。蓋漢當秦焚書之後，《詩》、《書》放失，其一時之人，心志耳目，蕩焉無所寄，而黄老之教不言而躬行，縉紳先生之所以口傳而心授者，所在皆是。則乘其隙而用之，以施於極亂思治之後，故其致理之盛，幾及於古淳悶之化。

余考班氏書，爲黄帝書者幾家，爲老子書者幾家，大抵皆出於漢初人所爲。所謂莊周者，備道書之一家而已。太史公書，雖老、莊、申、韓並傳，不聞有以莊子配老氏者。《古今人表》僅次周於第六等中下之列，則當時之所尚可知矣。蓋老子之教，以虚無爲本，以因循爲用，而其旨卒歸於治天下。莊子者，徒樂爲猖狂恣肆、無涯涘之説，以自放其意而已。觀其人，雖有聖人者出，將不爲用也。而魏晉間之樂縱誕者，必曰老莊，習其猖狂自恣、無涯涘之説，欲舉之以移易夫天下，則天下幾何其不亂且亡矣。而老氏之弊，豈至是哉？漢武帝表章六經，羣書輩出，黄老之教漸微。然儒者曲學阿世，文士浮薄無用，在朝之臣僅有一董仲舒能明王道，而不能用，漢治亦愈衰於前。豈孔子之教不如老氏哉？老氏得其傳，孔子之教失其傳故也。自孟子没後數百年而得一董子，又千餘年而後，宋之諸大儒出焉，發明理學體用微顯之要。然後世始曉然知儒者之學，内足以治其身心，外足以開物成務，以致乎天下國家之用。而卒不知所以用也，則孔子之道之得傳於世，其亦難矣！

周亞夫論

《通鑒》不載劇孟事，故明其意。

劇孟，特一博徒之雄耳。吴楚七國反，周亞夫至雒陽，得孟，喜曰：『吾以爲諸侯已得劇孟，孟今無動。吾據滎陽，滎陽以東無足憂已。』恃之隱若一敵國，此言詐也。戰國時，齊田單與燕戰，自言『天與我神師』，求之軍中，有一小卒妄言『我乃是』，單卽東嚮事之，以令於軍中。敵人聞之，皆以爲燕得神師也。此兵家所謂詭道也。

亞夫提孤軍入梁郊，七國連横之師正鋭。當此之時，天下洶洶，向背未有所定，然其衆烏合，易搖也。而劇孟方以任俠聞天下，故誇七國以劇孟，而疑天下以七國之無能爲，所以亂其謀而解其勢。嗟夫！亞夫雖倔彊人，其用兵顧多奇計，能制敵所不及料，故卒能困吴敗楚，飢其軍而叛散之，走吴王而斬之東越。豈彼博徒者之足係其輕重哉？方七國之兵起也，在漢則有若鄧都尉料敵之神，在吴則有若鄒、枚見機之早，臨敵決勝，則張、韓、弓高、灌夫、欒布、任安之輩，或在梁軍，或涖漢將，莫不併智協力，以成大功，而劇孟碌碌其間，漢賞亦不及。異時亞夫上功之餘，亦不聞有所薦揚也，其不足爲輕重明矣。故愚以爲亞夫之喜得劇孟也，是齊奉小卒之智也。

蕭望之論

班固曰：『望之堂堂，折而不撓』，『近古以來社稷之臣』。予謂望之，守常而不知變，知嫉小人而不能容君子，社稷之臣不如是也。

始，望之與史高同受宣帝遺詔輔政，而高者，帝之肺腑之親也。昔魏相謀去霍氏之權，因平恩侯許伯奏封事，復因許伯白，去尚書副封，以防壅蔽。是時，霍氏雖切齒於相，而終不能加之害者，以許伯之爲主於内也。史高雖與恭、顯相表裏，然爲腹心之疾者，恭、顯也。恭、顯去，則史高者一豢養之具臣耳，何足患哉？爲望之計，莫若姑舍史氏而無與之爭，且與之周旋於其間，設疑而多爲之間，則其黨可離，而恭、顯可逐也。不知出此，乃欲一舉而並去之。夫與人同受顧命於先帝，未聞其有大罪極惡，輔政未幾，而其所排擠者，乃在肘腋之間。此自常情視之，亦必以爲『疏離骨肉，專權擅勢』也，二語，用望之獄詞。況元帝闇主哉？卒之使恭、顯得見德於史氏而藉之口實者，望之也。望之可謂不知大計矣。

且恭、顯之宜去，不當在元帝而在宣帝之世。宣帝任用法律，寵二人以爲中書令，樞機之重，歸於宦豎。昔蓋寬饒嘗知以此爲患矣，以其地疏而言訐，故終於不納。望之爲宣帝敬信大臣，則當力陳履霜之戒〔一〕，請還中書之選，更置士人，罷二人而去之。宣帝明主，必能見聽，不聽則以去就爭之可也。既不能防患於未萌之先，而徒欲强制於横決之後，固且不可。況宣帝以法律任恭、顯，而望之先以法律佐宣帝，則豈唯不能去之，抑且教之使用也。何以言之？嘗考宣帝之世，無罪臣之被殺者四，而獄成於望之之手者有二焉。始附魏相，則劾趙廣漢，後去左馮翊，惡韓延壽之聲名出己上，因劾韓延壽。二獄詞之上，史皆云『天子惡之』。惡之云者，史臣之微辭也。蓋其文致之巧，有以深中其忌矣。夫其果於用恭、顯而不疑者，以此哉！吾觀望之量狹而妒，前以霍光輕己則謀霍氏，以丙吉居己右則短丙吉。馮奉世斬莎車王，大功也，而止其封爵。張敞，舊交也，元帝欲大用之，則沮之，使抑鬱以死。夫張敞與廣漢、延壽、奉世之數臣者，皆彊幹忠正、有力之人也。望之縱不能前去恭、顯，使其能保全善類，陰留之以待嗣主之用，則危疑之際，必有所濟。計已大失，至於顛仄，乃反恃一憸邪讒諂之鄭朋，而寄之耳目焉。欲以是除君側之惡，豈不悖哉？

大臣當國，如望之之所遇，不可勝數。欲治小人，則當先散其黨；欲小人不爲害，則莫若内植其君子之交。既不能用小人以外披其腹心，又不能樹君子之交以自固其氣勢，反使小人得以乘機抵隙於其間，終至禍發身死，害貽國家，未可謂之不幸也。

【校記】

〔一〕『力陳』，初刻本闕，馮本作『直陳』。

荀氏八龍論

東漢風俗重節義，而有過於好名之弊，故其毀譽多失實。如荀氏八龍，俗人之稱也，而至今以爲美談，故余不得不論之。

當時天下憤嫉宦官，士大夫形跡一涉交關，終身不齒，而荀、陳其尤也。然陳寔吊張讓，後儒譏之是矣。史稱讓感寔〔一〕，故於黨錮之獄，多所全宥。夫君子之有行以制義也，義所不在，雖死不可易。今不論其往弔之合義與否，而但以多所全宥爲寔功。使諸君子者，不同絶宦官，清議不立，風節不樹，豈唯免患，將富貴可立致，然其如義何哉？以枉道苟免者爲是，則清心疾惡而禍及於親戚故舊者，皆非與？此虧義害道之甚者也。

荀緄畏憚宦官，至娶中常侍唐衡女爲子彧婦。此中人以下稍知廉恥者所不爲，其見斥公論宜也。而史則曰：『以彧少有才名，故得免於譏議。』古今失身喪檢，豈盡無才者？聞有以才高增毀者矣，不聞才可掩惡也。所以然者，以荀、陳名盛，不敢議故也。荀氏之最著者曰爽，爽與蔡邕同受徵董卓，生爲三公，匡正無聞，沒後乃傳其與王允同謀誅卓。蓋邕以無後，故身名立毀。荀氏之名望重於天下，故雖死而猶以美名附之。《列女傳》載爽紿嫁陰氏女，女懷刃自誓。爽令傅婢執奪其刃，扶抱載之，至陰氏女闔門自縊死。此事可謂喪心。一女且不欲聽其完節，豈肯出身除逆爲烈丈夫之舉哉？八龍中，六人無所表見，此二人者名位最顯，顧其所就若此。

余考荀氏一門，無忠於漢者。悅爲侍中，依違曹氏，充位而已。攸、彧皆操謀主，爲漢大害。逮於顗、勖之奸邪，至於亡魏而亂晉，甚矣。然其初所以致名若此之盛者，以李膺故也。膺師友荀淑。爽異時以得御李君爲幸，致書貶損，自同所天。當時，膺名重天下，故爽之名出而天下信之。荀淑沒在膺前。彧死在建安十七年，年僅五十三歲，時膺死已四十餘年。彧婚時已有才名，則其年已長。計緄與唐衡議婚及爽事卓，皆在淑、膺既亡之後。

自古酣名之徒，當正人氣盛，亦能勉自矯飾以趨聲譽。及事勢遷移，師友凋謝，而改行易節者多矣，如緄、爽之類，可歎也。然淑、膺不死，則緄、爽敗露，亦決不至是。賢者之有功於名教，至此不益可見哉？

淑兄子昱、曇，兄弟疾惡。昱名在八俊中，與竇武同謀誅中常侍，竟與李膺俱死，以此當八龍之稱，斯無愧矣。

【校記】

〔一〕『讓感寔』，底本作『寔感讓』，據馮本改。

梁將王景仁論

王景仁嘗爲楊行密將而救兗州，斬朱全忠子友寧於陳。全忠自鄆州還攻，望見景仁指揮，歎曰：『使吾得此人爲將，天下不足平也。』後景仁以楊渥之攻奔吳越，全忠遣人召之，因間道歸梁。全忠者，唐季之羣盜耳，然頗能用其術籠罩豪傑，得其歡心。以景仁之屠殺其子而不怨，反寵任之以爲大將，可謂有英雄之風矣。卒能脅制羣雄，遂其逆謀，非偶然也。昔者，田横烹酈商之兄食其，不忍與商比肩而事高帝。吾獨怪景仁者，親戮其君之子，蒙恥而立於其朝，於是乎喪其羞惡之心盡矣，且彼亦未審於利害之熟也。何以明之？

夫將，以氣爲主，氣以心爲主。氣之餒焉，而欲其將之無怯，不可得也；心之不安焉，而欲其氣之無餒，亦不可得也。考景仁自淮南歸梁之後，終其身僅兩將兵：一爲北面招討使，帥梁精兵救趙，與周德威戰，大敗於柏鄉，横屍數千里；一攻廬、壽軍，戰於霍山，復敗走，遂以亡梁。視其爲王師範力戰青州時，召諸將飲酒，飲已復戰，左右顧盼，氣吞强敵。彼全忠者，方且從高望見之而動容太息，而豈料其後之摧折若此哉？此無他，殺其子而食其父之禄，其心有所不安焉，則其氣之餒而不振，無所往而不蹟焉，宜也。昔廉頗嘗爲趙將矣，已乃避讒之楚，戰輒不利，曰：『我思用趙人。』頗非宿怨於楚也，一爲趙則利，一爲楚則不利，夫亦其氣餒而不振之故耶〔一〕？又況於蒙面事仇，廉恥道喪，而欲其立功晚，蓋難矣。此《禮》所謂『僨軍之將，亡國之大夫』，而孔子以爲『不可與於矍相之射』者也。

五代之際，其人才本不足論。吾悲夫世之功名之士，苟且祿位，自託於射鉤斬袪之遇，而不知其卒無所成也。孟子曰：『枉尋直尺而利，亦可爲與？』今則尺亦不可直，徒枉而已矣。然且相率而爲之者，何其不知悔也？故因景仁之事，表而出之，爲世大戒。

【校記】

〔一〕『夫亦』，馮本作『無亦』。

二氏論

朱子謂佛氏之書，其徒採取老莊之旨爲之，其後道家既失其傳，反竊取佛氏經教之最膚淺者爲《道經》。譬如巨室子弟，亡失其先世所遺珍寶，乃從其人竊得破釜甕之器，詡之以爲己有。由是言之，佛與老雖異，而其言初不異也。其說精矣。

然自東漢至於宋，未有分佛與老爲兩人者也。袁宏《漢紀》：『西域天竺國有佛道焉』，『其教以修善慈心爲主，不殺生，專務清淨。其精者爲沙門。沙門，漢言息也，蓋息意去欲而歸於無爲』。此佛教初入中國之言也。而所謂清淨無爲者，則老氏之說矣。《東漢·楚王英傳》：『晚節更喜黃老，學爲浮屠，齋戒祭祀。桓帝立黃老浮屠祠於宮中。』言黃老卽曰浮屠者，明其爲教本一也。至襄楷上書桓帝，始言老子入夷狄爲浮屠。《道經》亦云：『老子入關之天竺，託生維衛國王夫人。』晉顧歡《夷夏論》亦云：『又于闐西五百里有比摩寺，云是老子化胡成佛處。』其言固怪誕，然楷東漢人，時佛教流傳中國尚未久，其言當必可徵。孔子思行先王之道於東夷，老子悲周衰，去之西域爲浮屠，亦其類也。而或者執所聞見，以爲難信。吾意老子出關之後，其去留存沒當不至寂然無考，使其一無所傳述。既以屏棄老死，長爲戎羌之鬼矣，則孰與其以柱下終也？而自崎嶇於流沙萬里之外，此何爲者？《太史公書》言：『老子，卽老萊子，年百六十歲，又云二百餘歲。』又疑爲太史儋。夫老子一人耳，一以爲李耳，一以爲老萊子，一以爲太史儋。當其在中國時，已難定其蹤跡如此，則去之西域，一變而爲浮屠，亦理之無足疑者也。孔子曰：『龍，吾不知其所變化。』此爲深知老子者。至其徒，始髡而自私其教曰『吾佛』也。彼老之徒，方瞀然不能復名其師之說，然後二氏之黨始判然其不可一矣。

予謂今之爲老之學者，譬之老氏之嫡子也；爲佛之學者，譬之老氏之庶子也。嫡失其世守而丐貸於庶子之家，則今之道家之謂矣。然而其本固一也。尤可異者，若今之儒家者流，剽取釋氏虛無幻妄之言，一舉而附之孔子，講解傳習，流染蔓延，是真所謂竊人之餘以爲己寶而不知愧者也。然而道家之惑，以其先世之失傳耳。至吾孔子之教，五經六藝之文，燦如日星之垂列、江河之流衍，蔽之而愈明，淆之而愈清，一舉正之，斯昭昭然白黑分而邪正別矣，是其實固未嘗一日亡也。舍其家千金之璧而羡人之瓦缶釜甕以爲美，然且不惜穿穴而求得之若今之儒者，是二氏之徒之所竊笑者矣。

擬論

明史刑法志總論擬稿〔一〕

自漢承秦弊，歷代刑典，更革不一。迄隋開皇間，始博議羣臣，立有定制。其最善者，更五刑之條，設三奏之令，而唐世因之。高祖命裴寂等撰律令，本前代法，故爲書而一準乎《禮》，以爲出入。《禮》之所棄，律之所收也，故唐律爲萬世法程。其後放軼於五代之際，至宋始採用之。然其時所重者敕而已，律所不載者，則聽之於敕，故其法時輕時重，終宋之世無一定之律也。金元以來，類因事立法，及其積久，而綱維蕩然。明興，太祖詔定律令，丞相李善長等上言：『歷代之律，皆以漢《九章》爲宗，至唐始集其成，今制宜悉遵唐舊。』帝從其言。凡更律者三，至三十年始申畫一之制。其所以斟酌變通而損益之者，至纖至悉，子孫守之。羣臣有稍議更革，卽坐以變亂祖制之罪，至嚴也，而後稍陵夷矣。大約律法之漸失者，其弊始於人不知律。人不知律，遂以律之不足以盡情僞之變也。於是因律起例，因例生例，例滋而弊愈無窮。自此以往，一定於弘治，再申於嘉靖，三酌議於萬曆。不清其本而徒爲此紛紜，此如揚湯止沸，勢不灼爛不止。故舞文之吏從而汩亂之，其端不可究詰。如枷死〔二〕，重也，不引律而反引例矣；梟示，尤重也，律無斬，例則梟矣。以此爲穽於國中，徒使高皇帝之約束，不信於後世，是有司之過也。

昔太祖定律，特設講讀律令一條，使內外風憲官考校有司之不能講解通曉者，以差罰笞降級。百工、技藝諸色人等，有能熟讀講解者，得免罪一次。永樂十年，命進士詣法司理刑獄。正統前，監生、教官諸項考選御史者，皆令各衙門問刑半年，而後試之職。成化四年，以辦事進士丘俊等與見任官一體僉書問刑。又以刑部尚書董方言，擇進士楊茂元等三十人於刑部問刑，主事缺即選補之。弘治間，馬文升爲吏部，亦上言請敕法司堂上官，督令所屬官，外三司督令斷事理問，并各府推官，人置律一卷，朝夕講讀，不時按治考校，庶使人精法律，獄無冤氣。時旨雖敕行，具文而已。由此奸吏骫法，妄立人罪，或希上官意指，或伺人主喜怒，隨意比附，鍛鍊周內。即如天順間，欲誣于謙、王文之迎立外藩，不得，則曰有其意而已，而于、王棄市矣。弘治間，以妖言坐斬劉概矣。嘉靖間，以詐傳親王令旨，殺楊繼盛矣；以言大臣德政坐馮恩，以子罵父律坐海瑞矣。執法如此，欲天下之無冤死，得乎？至如律有取自上裁，及特旨斷罪、臨時處治者，謂罪在八議，不得擅自勾問；與一切疑獄，罪名難定，及律無正文者設，非謂天子可任情生殺之也。其後元惡大憝，案如山積，而旨從中□，則任其免脱矣。或本無死理，而片紙付獄，百口莫辨。若世廟之於李默，創爲臣罵君例，加等坐斬，此尤不經之甚者，而所司不聞執奏。此弊自英、憲以後，無代無之。

祖宗三尺法，非天子自壞之乎？蓋法者，所以制刑之輕重者也。人者，所以用法者也。而君人者，尤所以用之〔三〕，以共守祖宗之法者也。然而法果可以獨任哉？《書》曰：『明於五刑，以弼五教，期於予治。』言刑以輔德而用，則教可作而治可興也。及觀太祖之設施，則亦有不盡然者。其自謂當玄綱廢弛之餘，務苛急以繩其羣下，乃大召天下耆民，禮之以歸，使得縛其有司之貪殘若勢豪，致之闕下。所過阻者，處以極刑。讞實則厚賞其民，而抵所縛者以法。於是有挑筋、剁指、刖足、斷手、刑臏、髡首、鉤腸之刑，而名各府州縣衛所廨左廟曰皮場。吏□賕至六十金者〔四〕，引至場，梟首，取其皮，以待後任者，設之於坐以示警。造清淮樓，令校尉下瞰城中，所見民吹彈、蹴踘、樗蒲、六博亡作業者，輒捕至樓中，水飲之，久之，羣相枕藉死。二十三年，以京民爲逆不已，在京之民廢及一半，遷於化外者亦一半。太祖謂廢爲殺也。其它徙邊、實都、墾田、築城、自贖及株連死者，不可勝數。當其時，朝野惴惴，朝臣至以鴆染衣帛，早訣妻子入直，或佯狂避職，猶不得免。其操切如此，然亦時時有所矜貸。既爲《三誥》示天下，而犯者不止。一日讀老子書『民不畏死，奈何以死懼之』，慨然興歎，以徒刑之無益也，遂悉罷極刑，令議獄一從寬厚。又著《祖訓》，首言『法外用刑，此吾一時權宜，非守成之君所宜用，以後子孫爲皇帝，止守《律》與《大誥》，不許用黥、刺、剕、劓、閹割之刑。臣下有敢奏此刑者，文武羣臣卽時劾奏，凌遲處死』，豈非仁者之用心哉？跡其所爲，疑於慘刻寡恩，而卒能享國長久、海內晏如者，以其忠厚垂訓，爲子孫後世之取法者有此具也。

竊按明律，比前世加峻，復本《大誥》意，創設上言大臣德政，及奸党暗邀人心、交結近侍諸條。奸黨條：凡奸邪進讒言、左使教人者，斬。若犯罪，律該處死。其大臣小官巧言諫免、暗邀人心者，亦斬。蓋所以尊君卑臣而防患於未然，故其後亦終無權奸專制之患。及其弊也，士大夫朝簪紱而暮纍囚者有之。他或建言觸迕，立時予杖，司寇不具爰書，廷評不暇讞駁，御史臺不及彈奏，搒掠所加，血肉糜爛，上避殺諫之名，下有屠身之慘。至於堂廉無等，士氣不立，而廉恥道喪，其所由來者有漸。

要之，詔獄之設，爲禍尤鉅，行之二百餘年，雖有哲后，曾莫知變，馴至亡國。悲夫！故綜其大略，著之篇，而以廠衛終之。廠無列傳，故備列其姓名，使有所考。

【校記】

〔一〕馮本題作《明史刑法志總論》。

〔二〕『枷死』，底本作『加死』，據馮本改。

〔三〕『用之』，馮本作『用人』。

〔四〕『囗』，淵本、津本作『受』，馮本作『文』，可參。

江防總論擬稿大清一統志〔一〕

岷江會衆川之流，出峽而後，滔滔東下，然其勢猶未極盛也。至過江陵，則漢江統西北之水而趨鄂渚，洞庭合西南之水而出岳陽，又經黄、蘄而向潯陽，則彭蠡會饒、徽、贛、袁諸方數千里之水，以南出湖口，東北納淮南之衆流，泄宣、潤之陂澤，所受天下水幾十之四五。自九江以下，兩岸南北，涯涘無際，汊港縱横。故小則漁徒鹽戶出没藏奸，大則巨盜之揚帆鼓棹、挾風濤而負固者，不可誰何也。

明制，用都御史設操江署於應天府之新江口，上起九江府之南湖汛，下至南直圌山三江會口，一千五百餘里，以時分班，操練水師。又設南北兩巡撫兼理兵務，操臣任江中，撫臣督岸上，互爲策應，而兩御史巡閱之。於是取民間之少壯充弓兵巡司，保伍聯結，制奸人無所得出入。洲渚港浦，步步設備，營柵相望，櫛比而鱗密矣。本朝定鼎，初設操江駐池州，改駐安慶。康熙元年，始議撤巡江兩御史，裁操江而以其職并轄之於總督、都御史，規制稍變焉。

臣謹按，古之有事於江者，未有不因江之利者也。《易》曰：『王公設險，以守其國。』夫長江固天下之至險也，而亦有國者之所恃以爲守也。徒知其害而不知其利，因用之以取勝，豈謂善識時勢者哉？然而有南北之分勢，有創業之大勢，有一統之全勢。

所謂南北之分勢，若孫吳、東晉、五代及後唐、南宋是也。時則以金陵爲居重，以上流爲控扼，以全蜀爲根柢。蓋自京口而至秣陵，是爲長江之險；自武昌而至江陵，是爲荊湖之險。守長江者以兩淮，守荊湖者以襄、漢。南宋李綱論守備之宜，請於淮東西及荊、襄置三大帥，屯重兵以臨之，分遣偏裨，進守支郡，上連下接，自爲防守，其説偉矣。南唐罷瀕淮把淺之戍，周師得以深入。楊行密與朱温亟戰於淮上，温不敢渡江，而楊氏遂能以淮南一隅與中原抗。此則淮、江相爲脣齒之效也。晉羊祜據襄陽險要，開建五城，紿吳人罷守石城，杜預得以收江陵之捷。晉陶侃取襄陽，命桓宣守之，而趙人不得越漢、沔以取荊。此則襄陽與荊湖相與脣齒之效也。然而根柢尤在於蜀者，江之所從出也。我不得蜀，則長江之險與敵共之矣。晉之滅吳，隋之平陳，元之蹙宋，皆先取蜀而後舉兵隨之，其已事也。獨典午南渡，未嘗得蜀，而得宴安江表數十年，無西顧之憂者，以蜀之未與中原通也。苻堅既克漢中，復平蜀，密令人預備舟師於蜀，將以入寇。於時蜀漢之軍順流而下，幽冀之衆至於彭城，使其不輕身先進，徐以待東西萬里之師，水陸俱下，以壓區區之江左，豈有幸哉？故蜀固而後襄、漢得爲荊湖之藩蔽，荊湖守而後兩淮得爲金陵之門戸，此偏安之勢然也。

宋之取江南也，所出之道一，荊南。此沿江而下之師也；晉之取吳也，所出之道六，涂中、江西、武昌、夏口、江陵、益州。而沿江之道五；隋之取陳也，所出之道八，六合、襄陽、永安、江陵、蘄春、廬江、廣陵、東海。而沿江之道四；元之取宋也，所出之道二，淮南、襄陽。而沿江之道一。則上流之勝勢，斷可識矣。獨明太祖起兵淮甸，日決勝於吳、楚之間。其始由和州渡采石，取集慶，尋取京口，以斷張士誠絕江之路。既而陳友諒襲太平，犯龍江，不與之爭於境內，乃溯流直上而西殪之於鄱陽，進兵武昌而東南大定矣。此所謂因江之利而善用之以取勝者，開創之盛業，帝王之極功也。

至於承平已久，風波恬息，持籌長算之士，無所得騁其間，其視長江衣帶，固漁人舟子之所以泳游而玩狎之者也。然而備又不可以不預也。昔吳紀涉之對魏主曰：『江自西陵以至江都七千五百里，疆界雖遠，而險要必爭之地不過數處。猶人身七尺之軀，靡不受患，其護風寒者亦數處耳。』彼所謂數處者，不過西陵、荊州、九江、采石、京口迫江諸險要而已，此特就其國言之也。若夫有天下者，則其風寒之所當護者，又有大於此者焉，試以明事徵之。正德間，劉、齊之寇，泝流而上至九江，又下南京，往來者三，如入無人之境，然其始亂則近畿也，其末也，賊張獻忠由黃州團風鎮飛渡武昌，陷省會，全楚魚爛。同時羣盜豕突，池、和、廬、鳳悉經焚掠，烽火照於江南，然皆自秦、豫來也。如是病有所從起，患有所必備，雖七千五百里之外，孰非吾一體之所當護者乎？而況卽此七千五百里中，水陸之路，斜汊支港，傍蹊曲徑，觸處成險。雖節節分營，而於各營之中又自有其護風寒者。其規模宜廣，其布置宜密。故善爲防者，必合天下之全勢而計之，務使遠邇聲息，真若一體之相周流聯屬，而不至有一旦猝然不可救之患而已。此在一隅偏安者，苦於掣肘而若有所不及爲。今舉天下之大，唯吾所欲爲之，而不至有猝然不可救之患者，非萬世一時哉？故曰有一統之全勢者，此也。

我朝撥亂之餘，功令一新，所遣將軍都統以下，星列棊布於荆州、江寧、京口諸重鎮。奇兵、游兵，巡江諸營，或守禦非常，或往來探哨。千里之遥，應若呼吸；隔江南北，若運指臂。以故比年以來，滇、黔、兩廣，外暨九真、日南，珠璣、孔翠、異香、文犀、罽㲪、賨幏之貢，浮江而入河者，若過於枕席之上；巴蜀之名材，荊楚秔稻，連檣接艫而輸於天府，散給吴越者，若取諸左腋之下，可不謂盛烈哉？然而芟薙萌芽，墐塞罅漏，圖大於其細，制近於其遠，吾之法一定，而天下之變日出而不窮，其不得以太平無事而忽之也明矣。

臣謹按，明制江防與唐宋經略微有不同者。嘉靖以後，懲於倭患，江防與海防相爲表裏也。江自京口、金、焦起，下與海接，爲第一重門戶。外汔於廖角嘴、營前沙，南北相對，則爲入江第二重門戶也。江南以及通泰之呂四場、掘港諸處與海相通者，在在皆所經畫。凡以防江，卽以防海，此其所以視前代加重。而我皇上於今海氛既靖之後，猶不能無加意於門戶之守者。聖主之意，周乎天下，誠非前代帝王所能及也。舊明操江臣洪朝選故有《江防要覽》諸書，後吴時來作《江防考》，王篆繼緝之。本朝順治間，操臣李日芃具有成書，皆略載當時見行事例而已，不及有所証明。臣今紀自明世以及本朝設官，各訊要害，參伍古今，備志沿革，而於大江源委亦詳著於篇。

【校記】

〔一〕馮本題作《一統志江防總論》。

海防總論擬稿大清一統志(一)

國家混一區宇,聲教覃被,訖於無垠。唯是東南縮波而州者千餘里,一二狂孽,弄兵島嶼,烽煙時接,吳越間至不得安枕而寢。皇帝御宇之十八載,神謀潛運,削平反側。從疆吏請,以次用兵於臺灣。樓船直指,繫組待命,厥角稽首恐後,遂略定其地。天子乃按輿圖,置一府三縣,設之官府綏戢之,易鱗介爲衣裳。於是依島之國,爲我邊界,海隅出日,罔不率俾。皇哉,振古無前之偉烈!雖《詩》、《書》所載,何以加茲?

先是,海寇鄭成功盤踞金門、廈門間,尋奪臺灣居之,遊艅入犯,飄忽南北,軍吏苦於奔命。康熙初,廷議以爲徙民內地,寇無所掠食,勢將自困。遂悉徙粤、閩、江、浙、山東鎮戍之在界外者,賊計果絀,降者接踵。二年,立定界椿,連歲遣官巡閱邊海諸郡縣。八年,有詔,稍展界縱民,得採捕近海。十三年,成功子經乘閩叛,洊居漳、泉。王師收閩,寇遁,疆臣再脩邊備,而海壇、金、廈復置戍兵矣。十九年六月,福建督撫臣議處投誠之衆,奏請給還民界外田地,以無主者俾之耕種。且曰:『方今海外要地,已設提督、總兵大臣鎮守,是官兵在外而投誠在內,計可萬全無慮。』詔許之,閩界始稍稍開復。二十三年五月,克臺灣。十月,兵部議請各省開界,得旨,江南、浙江、福建、廣東沿海田地可給民耕種,諸要地防守事宜,其擇大臣往視焉。乃以工部侍郎金世鑑、都御史呀思哈往江南、浙江,吏部侍郎杜臻、內閣學士石柱往福建、廣東。上面諭遣之,許以便宜設防守,事竣奏聞。世鑑等往會督撫巡視,遂盡復所棄地與民，各就地險易撥置戍兵，疏上報可。自是沿海内徙衛所巡司、墩臺烽堠、寨堡關隘，皆改設於外，略如明初之制。民内有耕桑之樂，外有魚鹽之資。商舶交於四省，遍於占城、暹羅、真臘、滿剌加、浡泥、荷蘭、吕宋、日本、蘇禄、琉球諸國，乃設榷關四於廣東嶴門、福建漳州府、浙江寧波府、江南雲臺山，置吏以涖之。使泉貨流通，則奸萌自息，此上策也。而諸番緩耳雕腳之倫，貫領横裙之衆，莫不纍譯款貢，叩關蒲伏，請命下吏。凡藏山隱谷方物，環寶可效之珍，畢至闕下，輸積於内府。於是恩貸之詔日下，德澤汪濊，耄倪歡悦，喜見太平，可謂極一時之盛。然而帆檣接於内地，則盜賊生心；互市通於外國，則狡焉思逞。此前代已事，始未嘗不警誡，而後稍弛防，患輒中之。宜皇上之惓惓南顧，慮此至重也。

始明太祖吴元年，用浙江行省平章李文忠言，調兵戍海鹽、海寧各州縣。洪武二年，命參政朱亮祖、副平章廖永忠取廣東，遂命亮祖鎮守，建置衛所。七年，詔以靖海侯吴禎爲總兵，都督僉事於顯副之，領江陰、廣洋、横海水軍四衛舟師，出海巡哨。所統京衛及太倉、杭州、溫、台、明、福建漳、泉、廣東潮州諸衛官軍，悉聽節制，事權專而責亦綦重矣。十七年，起信國公湯和於家，使巡視浙江、福建沿海城池。和至浙，則建議北起乍浦，南汔浦門，縈迴二千里，設九衛，築五十九城，及諸所巡司，民丁四調一爲戍兵。是年，江夏侯周德興亦築福建海上十六城，置巡司四十有五，按籍練兵十餘萬，戍並海衛。二十七年，敕都督僉事商暠巡視兩浙城隍，簡閲軍士，又命魏國公徐輝祖、安陸侯吴傑練兵海上。時廣東都指揮同知花茂上言：『請徙廣屬逋逃蜑戶爲兵，增設依山、碣石等二十四衛所城池，於要害山口、海汊立堡，撥軍戍守。』詔從之，而命傑董其役。故閩、廣、江、浙一切海上陒阸城堡，傑、德興、和所建設爲多。

蓋是時，中國數被倭。二年，寇山東、並海郡縣，又寇淮安；三年，寇山東，遂轉掠浙、閩。自後南北並受其患。太祖深憂之，先後設衛所屯軍，所轄於衛，衛轄於都司，而總屬之五府。其卒伍之設，每百戶所，旗軍一百一十有二；千戶所，一千一百二十。衛列五所，及衛鎮撫軍，凡五千五百有奇。各衛屯田軍，率十分，其七守城，三屯種。屯軍一人，賦田二十畝，而官徵其什之一。軍屯錯列，分堠而守，自粵抵遼，延袤八千五百餘里，烽火相望。而並海以南迫近倭，故其戰守備尤密云。廣東瀕海之府八，其六府分爲三路。東路惠、潮，接壤閩疆，商舶通番所必經也。左挈惠、潮，右連高、雷、廉而爲中路者。廣州倭寇衝突，莫甚於東路，而中路次之，西路高、雷、廉又次之。高、雷、廉，西洋貢道之所從入也。守廣者以三路爲扼要。福建設水寨五，在漳州曰銅山，泉州曰浯嶼，興化曰南日山，福州曰小埕，福寧州曰烽火門，皆控制於海中。浙江立沈家門水寨，兩浙衛所戰艦協哨。南哨至玉環、烏沙，北哨至馬蹟、洋山，而歸重於舟山、定海。江南之邊海在蘇、松，松有海塘而無海口，其要在陸，金山衛爲之衝。蘇州之沿海多港口者，各設水兵堵禦，而崇明爲賊所必經地，故兩處皆設重兵鎮之。至狼福山與圌山、三江相呼應，又爲南北海防第一門戶。江北之戰，水陸兼用，登、萊三營連絡，曰登州，曰文登，曰即墨。其外島嶼環抱，迤邐以及遼陽，而金、復、海、蓋、旅順各衛，星羅碁布，足嚴守望，此其大凡也。

自成、弘後迄嘉靖初，倭警寢息者五十餘年。邊備廢弛，衛所屯田，並兼豪右，軍戶亡耗，不復勾補。水寨移於海港，墩堡棄爲荊榛，哨船毁壞不修，而奸民逸囚、漁人蜑戶，咸伺隙思釁，勾引山城失職之貢使，嘯聚稱王，騷然蠢動。一旦烽突四起，武夫喪氣，抱首鼠竄，賊無亡矢折刃之衂，蹂躪遍於江南，城野蕭條，白骨填路矣。然後謀臣猛將分道出鎮，增兵設屯，人人扼擥而談戰守。起壬子至癸亥，首尾十餘年，中國始得安息，此浸失祖制之故也。

善乎總制胡宗憲之言曰：『夫謂之海防者，則必宜防之於海，猶江防者必防之於江。國初，每衛各造大青及風尖、八槳等船百餘隻，更番出洋哨守，海外諸島皆有烽墩可泊。後弛其令，列船港次，浙東於定海，浙西於乍浦，蘇州於吳淞江及劉家河。夫乍浦灘塗淺閣，無所避風。吳淞江口及劉家河出海紆迴，又非海防要地。故議欲分番乍浦之船以守海上洋山，蘇松之船以守馬蹟，定海之船以守大衢，則三山鼎峙，哨守相聯，可扼來寇。而又其外陳錢諸島久爲賊衝，三路之要宜以總兵屯泊其地，每於風汛時恊軍巡哨，使不得越島深入，則內地可以安堵。』總兵俞大猷亦曰：『倭自彼島入寇，遇正東風，經茶山入江，以犯直隸，則江內正兵之船可以禦之。遇東北風，必由下八山、陳錢、清水、馬蹟、蒲嶴、丁興、長途、衢山、洋山、普陀、馬墓等嶴經過，然後北犯金陵，西南犯浙江。請於浙江共設樓船、蒼船數百隻，分伏諸島，往來巡探攻捕，名之曰遊兵，而遠遏之於大洋之外。』議者多是之。或謂海棲經月，必有颶風，巉崖複礁，廉厲侔劍戟，不可下碇。癸丑，俞大猷圍王直於馬蹟，蛟龍驚，砲起〔二〕，幾至覆沒，師旋賊逸。乙卯秋，浙直會兵大衢，殿前，邀賊歸路，暴風雨大作，飄舟以萬計，是邀擊海上之難也。蓋倭從南來，晝行夜止，依山棲宿。始至必泊陳錢，次馬蹟，次大衢，次殿前、洋山，若驛傳然，可逆數知也。然海波無際，賊覘知諸山有備，東西南北何所不適？嘗聞海中長年云：『避颶風者，舍山泊，泛大洋，多得全。』逆知死地不避，寇知豈出其下哉？故必依此四山，嚴會哨應援之令，濳師伺敵，發無不中。此與設官屯駐顯示之標者，利害相去懸甚。右通政唐順之疏曰：『臣竊觀崇明諸沙、舟山諸山，各相連絡，是造物者特設此險，以迂賊入寇之路，蔽吳淞江、定海港口，國家設縣置衛者以此，而沈家門分哨之制，至今可考。今宜於春汛時，用兵備數員甃駐崇明、舟山，而總兵以下，分海面南北會哨，晝夜揚帆，環轉不絕，其遠哨必至馬蹟而止。」副使譚綸甚善其説，而謂：「陳錢、馬蹟諸山在内海之外，止可出哨，不能設守。蓋海戰之弊有四：萬里風濤，不可端倪，白日陰霾，咫尺難辨，一也；官有常汛，使賊預知趨避，二也；孤懸島中，難於聲援，三也；將士利於無人，掩功諱敗，四也。昔江夏侯五水寨舊址設在大洋，後人以應援不便，移其三於海岸，致寇無門庭之限。」議者謂宜復如舊制。或謂復之不便，而信國經營浙海，棄下八山不守，謹置汛於沈家門，人卒便之。非江夏之先見不逮信國，浙、閩之勢異故也。然賊自五島、開洋諸山，曠遠蕭條無居人，得採捕小民嚮導以來近岸，常無覺者。自嘉靖乙卯後，禦洋之法立，哨探嚴緊，官得預備，則籬藩之守，其法終不可廢。故必哨賊於遠洋，而不常厥居；擊賊於内洋，而不使近岸，斯策之最善。而當時之議，亦卒未有能易此者也。

初，日本之犯中國，山東寧海、成山諸衛數被其毒。及嘉靖之亂，首犯福建，以及浙、直，而延蔓於淮、揚，獨山東竟未嘗被兵，何也？蓋明起南方，大兵所聚，北地置戍猶少，故寇時躪入，然東南猶不免焉。迨防守既密，南北少事，承平日久，士卒生長南方，風土脆弱，兼之衛所軍部衆不多，兵力散渙。而瀛渤之間，風氣堅悍如故。寇來獲少，所失亡多，所以日夕垂涎江南北。或比壤一日而破數縣，又或千里同時而殘諸郡。其時召客兵，募土著，徵調煩苦，民力大竭，必待督撫重臣前後彈壓而後定。本朝創業，撤都指揮千百戶之兵，而概統於將軍、提督、總鎮，分領於城守、協鎮以下，大者宿兵累萬，次亦數千。各城保守要害，清野以困跳踉之賊。如是者三十餘年，而卒制其命。賊不能以流劫郡縣，生民不至大困者，兵力之出於一故也。

時勢不同，代各異制，考之於古，三代以前尚矣。秦命南海尉任囂築瀧口，漢陽嘉中亦詔緣海益屯兵，備盜賊。至晉咸和間，趙將劉徵帥衆數千，浮海抄東南諸縣，殺南沙都尉許儒。南沙，今常熟縣地。尋寇婁縣、武進，郗鑒擊卻之。此自北而南，寇道之始通，而海上自此漸以多故。及晉末運，恩、循、道覆相繼倡亂，始入會稽、上虞，終於廣州、始興，又寇道自浙入廣之始也。時謝琰以會稽守督五郡軍事，率徐州文武戍海浦。今自龕山而東，至闌風、石堰、鳴鶴、松浦、蟹浦、定海皆其地。劉裕戍勾章，吳國内史袁崧築滬瀆壘。後裕與盧循相持潯陽，潛遣水軍從海道襲其番禺，則其戰守皆在吳越之間。《史》記恩曾一走郁洲，今臨朐縣東北有郁洲山，而未嘗逸出爲民害。然則防海之亟於江南舊矣，顧其制不概見。考宋時嘗於明州招寶山抵陳錢壁下，置十二水鋪以瞭望聲息，然宋終始未嘗罹倭患也。至有明之世，建置詳矣。謹次明自洪武以來所設官立軍以防海外、海港、海岸事宜，各省會哨海界，及日本朝貢、入寇、互市始末，然後備列今制，别爲篇如左。

嗚呼！强弱因乎時也，盛衰本乎治也。明太祖不勤遠略，來則撫之，貳則絶之。選將、練兵、修備，日如寇至，故不庭之國再世來王，後人反是，卒以召亂。今皇上端拱穆清之上，闇昧幽阻，罔弗耀以光明，以故天威所震，陸讋水慄，猶數諭邊吏，慎固封守，毋敢邀功生事。疆埸之臣，亦朝夕討訓以稱上德意。今坐享太平，視所經略，若纖悉過計，一旦有事，舉而措之，成法具在。始知創制者之用意深遠，不可測量，而以遺萬世子孫之久安長治者，豈其微哉？臣所撰次，依海道所經，自廣東西路始，福建、浙江、江南、登萊、天津衛、遼陽以次及之，又括海南北所經各省郡縣，自爲一卷。其沿海山沙、寇艅入犯分合、日本輿地皆有圖。

【校記】

〔一〕馮本題作《一統志海防總論》。

〔二〕『砲起』，馮本作『碇起』。

日本貢市入寇始末擬稿大清一統志〔一〕

自漢武帝滅朝鮮，倭驛使始通者三十許國。至建武二年，奉貢朝賀，使人自稱大夫，倭國之極南界也。倭、韓皆近帶方，種類百餘，極南當與今建都相近。安帝永初元年，復入貢。魏時朝獻者一，入貢者二。至晉，前後貢使以六。至隋開皇三年，遣使詣闕。大業時，亦一。至唐興，貢獻益數。天寶十二年，以新羅道梗，始改貢道由明州，其後使者仍由新羅。考宋端拱元年，倭僧奝然遣弟子表謝〔二〕，有曰：『望落日而西行，十萬里之波濤難盡。』倭開洋至寧波纔五日耳，不得云十萬里，此由新羅之徵也。至乾道九年，始附明州，綱首以方物貢。及元至元八年，則復隨高麗使入朝。自此，元數招諭之，不報，遂至兩用兵其地，一航不返，而貢使亦絶矣。蓋自漢魏至元二千餘年間，倭未嘗一窺中國，至元末方張，竊據旁海郡縣，敗後，豪傑多逸出航海。

明洪武初元，稍稍因緣寇竊。議者謂：『使是時中國潛爲邊備，而聽其自去來於海上不問，一如宋、元以前時，亦不至爲大患。』乃二年遣同知趙秩賜璽書，盛誇以天子威德，且責其自擅不臣。其王初欲殺秩，繼而復禮秩，遣僧隨之入貢。然使未至而寇掠溫州矣。是年，有詔浙江、福建造海舟防倭。秋，遣行人楊載齎書往。五年，遣僧祖闡往。倭亦屢貢，寇不常。其貢也，或無表文。詔旨詰責其使，至付三邊安插，亦隨謝隨寇。十三年，始詔絕日本之貢，以僧如瑤來獻巨燭，中藏火藥具，與故丞相胡惟庸有謀，故因發如瑤雲南守禦，而著爲祖訓，絕其往來。以其僻在一隅，不足以興兵致討云。於是起信國於鳳陽，出江夏於閩嶠，設城建堡，冠蓋交於海上，終太祖世，不復言貢事矣。

永樂二年，命太監鄭和從兵下西洋。日本先納款，獻犯邊倭二十餘人，即命治以其國之法，縛置甑中蒸死。帝嘉其誠，遣通政使趙居任厚賜之。又給勘合百道，令十年一貢，每貢毋過二百人，船毋過二隻，限其貢物。若人船逾數，夾帶刀鎗，並以寇論。尋命都御史俞士吉錫王印綬，敕封爲日本王，詔名其國之鎮山曰壽安鎮國山，上親製文勒石賜之。然倭入寇，益不悛。九年，寇盤石。十年，寇松門、金鄉、平陽。十七年，寇王家山島，都督劉江破之於望海堝。自是不敢窺遼東，而侵掠浙江益甚。蓋西洋之役，雖號爲伸威海外，而華人炫於外國珍寶瑰麗，倭使來中國，奸闌出入，主客相糾，以故寇盜滋起。而倭貢道，自此一由寧波，久之益習知其島嶼曲折，則吳越之間蠢然騷動，固其宜也。蓋倭之得以爲患我中國，一由於明高帝之通使，再成於成祖之許貢。而成祖以好大喜功之心，置高皇之約束於不用，其禍延及於數傳之後，塗毒生靈，幾半天下，亦云慘矣。

當洪武時，以貢舶之來衆，設三市舶司於福建、廣東、浙江，聽與民間交易，而官收其利。廣以西洋，福以琉球，浙以日本。然獨日本之使號爲難御。其來也，往往包藏禍心，變起不測。成化初，忽至寧波，守臣以聞。鄞人尚書楊守陳貽書主客，力言不可，以爲：『倭賊僻在海島，其俗狙詐狠貪。洪武間，嘗來而不恪，朝廷既正其罪，絕不與通，著之爲訓。至永樂初，復許貢。於是往來數數，知我國中之虚實，山川之險易。時載其方物戎器，出没海道而窺伺我，得間則張其戎器而肆侵陵，不得間則陳其方物而稱朝貢。侵陵則掠民財，朝貢則叨國賜。間有得有不得，而利無不得，其計之狡如是。至宣德末，來不得間，乃復稱貢，而朝廷不知，詔至京師，燕賞豐渥，稛載而歸，則已中其計矣。正統中，來而得間，乃入桃渚，犯大嵩，燔倉庾，焚廬舍。賊殺蒸庶，積骸流血如陵谷。縛嬰兒於柱，沃之沸湯，視其啼號，以爲笑樂。剖孕婦之腹，賭決男女，以飲酒。荒淫穢惡，至不忍言。吾民之少壯與其粟帛，席捲而歸巢穴，城野蕭條，過者隕涕。於是朝廷下備倭之詔，命重師守要地，增城堡，謹斥堠，大修戰艦，合浙東諸衛之軍分番防備，而兵威振於海表。肆七八年，邊氓安堵。兹者復來窺伺，我軍懷宿憤，幸其自來送死，皆瞋目礪刃，欲寢食其皮肉。彼不得間，乃復稱貢，而當事復從其請以達於朝，是將復中其計矣。今朝廷未納其貢，而吾郡先罹其害，芟民稼穡爲之舍館，浚民膏腴爲之飲食，勞民筋力爲之役使防衛。晝號而夕呼，十徵而九斂，雖雞犬不得寧焉。而彼且縱肆無道，强市物貨，調謔婦女。貂璫不之制，藩憲不之問，郡縣莫敢誰何，民既譁然驚懼矣。若復詔至京師，則所過之民，其有不譁然如吾郡者乎？矧山東郡縣，當河決歲凶之餘，其民已不堪命，益不可使之譁然也。且其所貢刀扇之屬，非時所急，價不滿千，而所爲糜國用、蠹民生而過厚之者，一則欲得其向化之心，一則欲彌其侵邊之患也。今其狡計如前，則非向化明矣，受其貢亦侵，不受其貢亦侵，無可疑者。昔西旅貢獒，召公猶致戒於君；越裳獻白雉，周公猶謙讓不敢受；漢通康居、罽賓，隋通高昌、伊吾，皆不免乎君子之譏。况倭乃我讎敵，而於搆釁之餘，敢復逞其狙詐以嘗我，其罪不勝誅矣，况可與之通乎？然名爲效貢，既入我境而遂誅之，亦不可。竊以爲宜降明詔，數其不恭之罪，示以不殺之仁，歸其貢物而驅之出境，申命海道帥臣〔三〕，益嚴守備，俟其復來，則草薙而禽獮之，俾無噍類。若是則奸謀沮息，威信並行，東南數千里得安枕矣。』守陳言不用，至嘉靖二年而有宗設之事。故事，番貢至，閱貨宴席，並以至時先後爲序。時倭主源義植失權，諸道爭貢大内，藝興遣宗設，細川高遣僧瑞佐及宋素卿，先後至寧波。素卿潛餽市舶太監賨賄以萬計，因令先閱瑞佐貨，宴又令坐宗設上。宗設怒，於坐間起與瑞佐相忿殺，太監以素卿故，助瑞佐兵殺都指揮劉錦，大掠旁海鄉鎮。素卿下獄論死，宗設、瑞佐皆釋還。給事中夏言奏：『禍起於市舶。』禮部遂請罷市舶司。市舶既廢，番舶無所容，乃之南灣互市，期四月終至，去以五月，不論貨之盡與不盡也。於是凶黨搆煽，私市益盛，不可止。會有佛郎機船載貨泊浯嶼，漳、泉人爭往貿易。總督都御史朱紈獲通販者九十餘人，悉斬之，一切貨賄不得潛爲出入。內地商販因負貲不償，積逋至千萬金，豪家貴官爲之擁護利。倭亟返，輒以危言撼官府，令出兵驅之去，而蜚語中紈，使得罪死。倭商大恨，不肯歸，徜徉海上，未幾而變作矣。

時主事唐樞建議，以爲宜復互市，曰：『市通則寇轉而爲商，市禁則商轉而爲寇。』通政唐順之曰：『舶之爲利也，譬如礦然，封閉礦洞，驅逐礦徒，是爲上策。度不能閉，則國收其利權，而操之自上，是爲中策。不閉不收，利孔洩漏，以資奸萌，嘯聚其間，斯無策矣。今海賊據浯嶼、南嶼諸島，公然番舶之利，而中土百姓交通接濟，殺之而不能止，則利權之在也。宜備考國朝設立市舶之意，毋洩利孔，使奸人得乘其便。』又疏請許貢，以爲朝廷能止其入貢之路，不能止其入寇之路。尚書鄭曉論之曰：『洪武初，設市舶司於太倉，名黃渡市舶司。尋以近京師，改設於福建、浙江、廣東。七年，又罷復設。所以通華裔之情，遷有無之貨，收徵稅之利，減戍守之費，又以禁海賈而抑奸商也。當倭亂之時，因夏言疏罷市舶，而不知所當罷者，市舶内臣，非市舶也。若必欲繩以舊制十年一貢之期而後許之，彼國服飾器用多資於中國，有不容一日缺者，安能坐待十年一貢之期，而限以三船所載之數哉？宣德後，復改限三船。彼既不容不資於我，而利重之處，人自趨之，以禁民之交通，難矣。』此皆言市舶之必不可罷也，然猶未揆其本末而論之。

夫浙江市舶，專爲日本而設。其來時許帶方物，官設牙儈與民貿易，謂之互市。是有貢舶卽有互市，非入貢卽不許其互市，明矣。貢之期以十年，則必十年一至而後可謂之貢。今止言市舶當開，不論其是期非期，是貢非貢，是釐貢與互市爲二也，將不必俟貢而常可以互市矣。此政前日之所以召亂者也，可乎哉？且貢舶者，王法之所許，市舶之所司也。海商者，王法之所不許，非市舶之所得司者也。日本原無商舶。所謂商舶，乃西洋貢使載貨至廣東之私嶴，官稅而市之民，既而欲避抽稅，省陸運，閩人導之改泊海倉、月港，浙人又導之改泊雙嶼。每歲以六月來，望冬而去。嘉靖三年，歲凶，雙嶼貨擁，而日本貢使適至，海商遂販貨於倭，倩其兵以自防，官司禁之弗得。西洋船仍回私嶴，東洋船遍布海岸，而向之商舶悉變而爲寇舶矣。然倭人有貧有富，富者與福人潛通，改聚南澚，亂後尚然，雖驅之寇，不欲也。此無待於市舶之開，而其互市未嘗不通者也。貧者剽掠爲生，每歲入犯，雖令其互市，彼固無貲也，亦不欲也。故不知者謂倭患之起由市舶之罷，而其實不然。夫貢者，其國主之所遣，有定期，有金葉勘合表文爲驗。使其來也以時，其驗也無僞，中國未嘗不許也。貢未嘗不許，則市舶未嘗不通，何開之有？使其來無定時，驗無左証，乃假入貢之名爲入寇之計，雖欲許，得乎？貢不可許，市舶獨可得而開哉？

自嘉靖末年，海患既平，貢使亦絕，以至於今，不聞其國之服食器用有缺，而必取資於中國也，亦不聞倭之日爲患於中國如前也。三者之言猶未盡矣。雖然，有貢則商船宜禁，貢絕則商舶者適所以爲中國利也，未見其害也。初自宋素卿創亂之後，十八年，金子老、李光頭始作難，勾西番，掠浙、閩。至二十二年，許楝住霩霩之雙嶼港，爲朱紈所逐。其下王直改住烈港，併殺同賊陳思盻、柴德美等，遂至富强。以所部船多，乃令毛海峯、徐惟學、徐元亮分領之，因而從附日衆。倭船遍海爲患，興販之徒紛錯於蘇杭，内地潛居其中國者亦不下數千家，爲之謀主，挾以入寇，自此致亂，而通番之禁愈嚴。然近海之民以海爲命，故海不收者謂之海荒。自禁之行也，西至暹羅、占城，東至琉球、蘇祿，皆不得以駕帆通賈，而邊海之民日困。以故私販日益多，而國計亦愈絀。至萬曆二年，浙江巡撫龐尚鵬奏請開海禁，謂：『私販日本一節，百法難防，不如因其勢而利導之，弛其禁而重其稅。又嚴其勾引之罪，譏其違禁之物。如人口、軍器、硫黄、焰硝之類。如此，則賦歸於國，奸弊不生。然日本欲求貢市，斷不可許。蓋過洋自我而往，貢市自彼而來。自彼而來則必有不測之變，自我而往則操縱在我，而彼亦得資中國以自給之利。二者利害，蓋大不同也。』先是，隆慶初年，福建巡撫涂澤民請開海禁，準販東西二洋。萬曆初，巡撫劉堯海請船稅充餉，歲以六千兩爲額。於時凡販東西洋，雞籠、淡水諸番及廣東高、雷州、北港諸處商漁船給引，名曰引稅。自四年溢額至一萬兩，其後驟增至二萬九千餘兩〔四〕。然則海民趨利之情，與商船通塞之利病，可睹矣。顧尚嚴於日本之禁，其刊行海稅禁約一十七事。一禁壓冬，以爲過洋之船以東北風去，西南風回，雖緩亦不過夏。唯自倭還者，必候九十月間風汛。又日本無貨，止赢金銀。凡船至九十月回，無貨者必從日本來，縱有給引仍坐之。又以呂宋地所出少，所用止金銀，商船多空回。故稅販呂宋者，每船別追銀百五十兩，謂之加增。商人多折閲破產，及犯壓冬禁不得歸，流寓長子孫者以數萬計。同安奸人張嶷者，謬奏海中有機易山，地產金，可得成金無算。詔遣內臣勘視。呂宋聞之大恐，以中國將略取其地，流人爲內應，於是盡坑殺漳、泉之在國者二萬人。事聞，張嶷以欺罔首禍，置極刑。巡撫因招諭私通及壓冬者罪悉宥免。而私販日本之禁稍疎矣。

萬曆末，以東事告急。啟、禎之際，劉香老、李魁奇、鄭芝龍等爲盜外洋，重申海禁〔五〕。然芝龍兄弟既撫後，通洋致富，賂遺權貴，海上建闔者卒用此牟利，由此私販雖日多，而國家竟不得其利云。大抵私販有二：有中國之私販，有日本之私販。中國之私販，齎貨至彼，必勾引倭徒，緣貢爲名，而乘吾之不備鹵掠人民，互分其利，許二、王直、葉宗滿之輩是已。日本酋長爲衆所尊者曰天文。彼中故事，每遇閏年則諸島富家各輸資於天文，請得勘合入貢，中國頒賜勘合貯肥後，州亦有貯。山陽道周防州者，所謂天文者是也。入寇者，即九州島夷也。實則貿遷有無以侔厚利。利勢在上，天文所欲者。後因奸民通販，加之假稱名號者竊錄勘合，私通酋長，遂至往來無稽，而天文之利權下移矣。故私販者，中國之所惡，而亦日本之所不樂者也。然以中國之奸民與日本互爲糾結，其遺患於中國也滋甚，而皆起於進貢之途不絕。貢端絕，則日本之販舶不至；日本之販舶不至，則我內地勾引接濟之奸，不能挾倭以爲重。如此，雖有高檣大桅、羣聚而輩往者，不過將其絲素、書畫、什物之類以往返漁利而已，於我固無損也。況設之市評以收取其稅，如萬曆之於東西洋者，其有裨於國用，又有甚利者哉！

臣愚，故以明之貽患，不在於私販之有無，而在於通貢之一失。明太祖既誤之於前，而成祖復甚之於後。然貢既已絶，而猶欲禁商使不得行，是何異懲羹而吹虀？有見其患而無見於其利也。國家初患，海孽未平，撤界而守，禁及採捕。康熙二十三年，克臺灣，各省督撫臣先後上言，宜弛航海之禁，以紓民力。於是詔許出洋，官收其税，民情踴躍爭奮，自近洋諸島國以及日本諸道，無所不至。四榷關之設，異於市舶之設，上操其利權，譏其貨物，而下不得以爲纖芥之害。中國主其出入，而島人潛處帖伏而不敢動。比年以來，報課日足，比之唐宋則利倍之，比之於明則絶其隱患，此所謂不寳遠物而遠人格者。與夫疲敝百姓，以逞志於荒服之外者異矣。或者設爲萬一之慮，得無有私挾，彼人窺伺中國，假稱朝貢，希爲互市者乎？此端一開，召釁不難矣。誠嚴詔守土之臣，時禁闌出之條，絶勾引之萌，杜生事之漸，重禁溢額以勸來者。皇上又垂誡萬世，無得受其貢獻如今日，使倭之片帆不復西指，視中國如天上焉。而吾民日取其有而轉輸之，於以仰佐縣官之急，充戍守之用，而私以自寬其民力於耕商之所不及，是則上饒而下給之道，奠安萬世之良策矣。臣故備述原委，附於海防之後，亦以明設險者之在此不在彼也。

【校記】

〔一〕馮本題作《一統志日本貢市入寇始末》。

〔二〕『奝然』，底本作『大周然』，據淵本、津本改。

〔三〕『帥臣』，馮本作『師臣』。

〔四〕『九千』，馮本作『千九』。

〔五〕『重申』，馮本作『重興』。

湛園未定稿卷二

序

五七言詩選序〔一〕

文章之流敝，以漸而致。六經深厚，至於左氏内外傳而流爲衰世之文。戰國繼之短長之策，孟、荀、莊、韓之書，奇横恣肆雜出，而左氏之委靡繁絮之習泯焉無餘矣，此一變也。自是先秦、兩漢文益奇偉，至兩漢之衰，體勢日趨於弱，下逮魏、晉、六朝，而文章之敝極焉。唐興，諸賢病之，而未能革也。殆貞元大儒出，始倡爲古文，易排而散，去靡而樸，力芟六代浮華之習，此又一變也。

惟詩亦然。自春秋以汔戰國，《國風》之不作者百餘年。屈、宋之徒，繼以騷賦，荀況和之，風雅稍興，此亦詩之一變也。漢初，蘇李贈答、《古詩十九首》，以五言接《三百篇》之遺。建安七子更倡迭和，號爲極盛，餘波及於晉、宋，頽靡於齊、梁、陳、隋，淫豔佻巧之辭劇，而詩之敝極焉。唐承其後，神龍、開、寶之間，作者坌起，大雅復陳，此又詩之一變也。

夫敝極而變，變而復於古，誠不難矣。然變必復古，而所變之古非即古也。戰國之文不可以爲六經，貞元之文不可以爲《史》、《漢》，明矣。今或者欲狥唐人之詩以爲即晉、宋也，漢、魏也，豈學古者之通論哉？予嘗譬之富人之室，其子孫不能整理，日即於壞廢。後有富人者居之，閈閎崇如，墉垣翼如，非不霍然改觀也，然循其涂徑而非，問其主人，而支派已不可復識矣。夫六朝之頽靡，固亦漢、魏之支派也，唐人之變而新之，其霍然改觀固然矣，無亦富人之代居而不可以復識者乎？故文敝則必變，變而後復於古，而古法之微猶有默運於所變之中者。君子既防其漸，又憂其變也。

新城阮亭王先生五言詩之選，蓋其有見於此深矣。於漢取全，於魏、晉以下遞嚴而遞有所録，而猶不廢夫齊、梁、陳、隋之作者。於唐僅得五人，曰陳子昂、張九齡、李白、韋應物、柳宗元。蓋以齊、梁、陳、隋之詩，雖遠於古，尚不失爲古詩之餘派；唐賢風氣，自爲畛域，成其爲唐人之詩而已。而五人者，其力足以存古詩於唐詩之中，則以其類合之，明其變而不失於古云爾。先生之選七言體，七言雖濫觴於《柏梁》，然其去《三百篇》已遠，可以極作者之才思，義不主於一格，故所鈔及於宋、元諸家，至明人則别有論次焉。學者合二集觀之，以辨古詩之源流，而斟酌於風會之間，庶乎其不爲異論所淆惑矣。集中分别部次，具有精意，已見先生自爲《凡例》中，不備述。

【校記】

〔一〕趙本題作《王阮亭五七言詩選序》。

唐賢三昧集序

新城先生既集古五七言詩各如干卷，復有《唐賢三昧》之選。蓋選五七言者，所以别古詩於唐詩也。然詩至唐極盛矣，開、寶以還，盛之盛者也。選《唐詩三昧》者，所以别唐詩於宋、元以後之詩，尤所以别盛唐於三唐之詩也。

昔夫子删《詩》，不斥鄭、衛，而《三百篇》中有淫辭無俚辭。俚之病，主於無所不盡〔一〕，既無藴藉停蓄之意於中，則其於言也，求其依永而和聲，必不得矣。夫鄭聲之宜放，以其淫也，然其聲故在也。詩至於無所不盡而俚，將并其聲而亡之，而風雅委地矣。故朱元晦謂今人之詩，如『村裏雜劇』，誠惡其俚也。然今人之厭苦唐律者，必曰宋詩，且以新城先生嘗爲之，此知其跡而不知其所以跡也。先生自序此選，謂别有會於司空表聖、嚴滄浪之旨，録盛唐詩尤雋永者，自王右丞而下得四十二人。近虞山錢受之極論嚴以禪喻詩之非，而於高廷禮之分四唐，則案以當時作詩者之年月而駁之曰：『燕公曲江亦初亦盛，孟浩然亦盛亦初，錢起、皇甫冉亦中亦盛。』夫詩不可以若是論也。余以《毛詩》考之，作誦之家父見於桓公，八年來聘，十五年來求車，爲東遷以後之人矣。其於詩也，不害其爲《小雅・黍離》行役之大夫。及見西京之喪亂，嘗爲東遷以前之人矣，其於詩也，不害其爲王降而風。故初盛中晚亦舉其大概耳，而盛唐之詩實有不同於中晚者，非獨中晚而已，自漢、魏及今，有過之者乎？蓋論詩之氣運，則爲中天極盛之運，而在作者心思所注，則常有不極其盛之意。所爲『不涉理路，不落言詮』、『言有盡而意無窮』，擬之於禪，則正所謂『透徹之悟』也。不求之此，而但廓落其體，規取浮響慢句，以爲氣象，而託之盛唐，此正、嘉來稱詩者之過也，於前人乎何尤？

或曰：『然則唐文之與詩何如？』曰：『論詩於唐以後與文不同。古文自韓、柳始變而未盡，其徒從之者亦寡。歷五代之亂，幾没不傳。宋初，柳、穆闡明之於前，尹、歐諸人繼之於後，然後其學大行。蓋唐與宋相賡續而成者也。詩至中晚已小變，王元之輩名爲以杜詩變西崑之體，而歐、蘇各自成家，西江別爲宗派。至南渡而街談巷語，競竄六義。其間能以唐自名其家，自放翁、石湖而外不可多得。或者謂反不如西崑之浮豔，其聲存也。然則是集成，而復唐已墜之響於千有數百年之後，庸詎非承學者之甚幸哉？』

余聞先生里居著文溢百篇，嘗謂：『今之學唐宋爲古文者，逐貌而失神，余文所以矯其敝。』意者論文於今日，亦其當變之會乎？乃余數請而秘不以出也，故今所論列止於此。

【校記】

〔一〕『主於』，馮本作『至於』。

晉執政譜序

古之賢執政，相繼於朝，傳累世而不絕者，未有若晉之盛者也。蓋晉以上卿將中軍執國政，必博謀於衆而後用之，故其舉不失。而自文、襄以後世爲諸侯盟主者，無他已，執政之得其人故也。

按《春秋傳》，晉執政終春秋之世十有九人。文公四年，蒐於被廬，謀元帥，趙衰舉郤縠曰：『說《禮》、《樂》而敦《詩》、《書》。』城濮之役，先軫以下軍佐超將中軍，上德也。箕之役，先且居代父將之。蒐於夷，用狐射姑，而陽處父復蒐於董而廢之，立趙盾焉。其重且難如此。趙盾之後，次郤缺，次荀林父，次士會，次郤克，次荀罃，次荀偃，次范匄，次趙武，次韓起，次魏舒，次士鞅，次趙鞅，以終春秋，而晉亦分矣。凡此十九卿者，大半皆晉之選也。

當是時，與晉匹者莫齊爲彊，而高、鮑之族無聞焉。楚置令尹，其世數姓氏皆可考，然賢奸互用，治亂相半，不得與晉比。晉自趙文子後，政在侈家。韓宣子爲政，不能圖諸侯，則執政之權，始移於大夫矣。大夫多侈，求欲無厭，其弊皆始於執政。韓宣子受州田於鄭而易之樂氏，范獻子取賂於季孫，晉是以失諸侯。楚囊瓦私裘馬之利，因唐、蔡二君，二國叛之，幾至亡國，則皆貪利階之禍也。

甚哉利之爲害於人國也！蓋執政好利，則百官尤而效之，將唯利之是圖，下以浚民之膏而上以奉君之欲，則其國必貧。執政好利，羣臣皆貪冒無恥，則風俗壞而尊君親上之誼衰，攘竊盜賊之禍作。士大夫廉恥不立，小民迫飢寒，輕犯亂，則國幾何而不亡？趙文子遊於九泉〔一〕，曰：『吾所歸者，其隨武子乎？利其君不忘其身，謀其身不遺其友。』而文子亦生不交利，死不屬其子焉，是以能光輔晉國。夫范宣子，賢執政也。子產猶戒之以『非無賄之患，而無令名之難』，況下此者哉？

余故比次郤縠以下，綜其行事而譜之，觀其所以盛，跡其所以衰。《詩》曰：『秉心宣猶，考慎其相。』晉之盛衰，亦有國者之明鑒也，可不慎夫？

【校記】

〔一〕『九泉』，疑當作『九原』。淵本作『九京』，津本作『九原』。《國語・晉語八》：『趙文子與叔向游於九京。』韋昭注：『京當爲原。』

日下舊聞序

古地志《九丘》之所述，《土訓》、《誦訓》之所傳，不可得而聞矣。《禹貢》於帝都，首列冀州，僅兩言爾，舉餘州所至，可知其境界，因以見尊京師，示王者無外之意，此《書》之體例也。《商頌》稱亳都曰：『景員惟河。』景，山；河，大河；員，言大河之旋繞於山。文僅四言，而山之高大、水之縈迴、形勢之雄壯險固，俱粲若指掌。此立言之法也。文王治岐及豐，《二南》所詠多在江、沱、汝、漢之間，無一言及於岐、豐土俗者，舉遠可以見近也。蓋《詩》、《書》之言約而該，其旨微而顯。而《志》有地理，爲史家者流，義取詳覈，辭取典贍[二]，有不必然者。予觀自古帝王建都之地多且久莫如關中，今則燕京而已。關中自漢《黄圖》外，若葛洪、薛寘、蕭賁之所輯，無慮數十家，獨唐韋述所譔《西京記》，宋宋敏求演之以爲《長安志》十卷，最稱淹博。若燕剏都於遼，歷金、元及明，更世七百餘年，其名雖燕舊，而西自恒山、滹沱、易水以屬之邯鄲，爲趙地。西南漳、衛爲魏及邢、衛之境，東南自大河附之海爲齊接壤，蓋奄有數國之封略，故其所錄不得不廣。其建國於五代搶攘之際，非有周文、武、成、康之基業，與秦、漢、隋、唐以來聲明文物之舊也，而故典缺如，蒐輯者尤難之。

友人秀水朱君竹垞檢討，居京師久，乃博采經史子集幾千卷，及游覽所至，所訪聞於遺賢故老者，集之爲《日下舊聞》，分爲十門，總其卷得四十有二。間以已意，辨論其疑似，援據精確，辭雅意暢，前此未有書也。蓋自郡國、寰宇之有記，至元始編爲《大一統志》，明踵而修之。其所載者天文、分野、戶口、貢賦、山川、城郭、宫室、坊市、津梁、廟寺、陵墓之名數，與夫各郡邑之人物、土宜，亦云紀其大凡而已。若夫歷代遷徙因革之不同，風俗好尚，圖史、金石、彝器淵沈土瘗，山銘、塚刻之剥蝕殘脱而僅存者，人妖物眚、仙釋怪誕，《虞初》之所志，《靈異》之所録，禽獸草木，詭形殊狀，非是書不備也，誠能倣其例於十三布政司志，各配以是書行之，志爲之經，此爲之緯，識大識小，兼羅並蓄，學者一開卷而坐見六合之内，極古今之變，豈不甚快？ 惜乎竹垞已老，而作者之不易得也。是編摭拾止於前數朝軼事，然觀其所述非徒以侈浩博已也。其於世運隆替、君臣謀議、政治民風得失之故，瞭然矣。法戒之實，不在是與？ 其以翼經而補史之所不及者，尤作書之深意，不可以不察也。

【校記】

〔一〕『取典贍』，底本闕，據《日下舊聞》所録此序補。

尊聞集序

《韓退之集序》：『文者，貫道之器。』先儒駁其本末倒置，是已。然所以謂文爲末者，文不與道俱故也。善乎濂溪之言曰：『文所以載道也。』文非道，何以載道？ 輪轅飾而不爲虚車者，以其所載者道也，其載之者亦道也，文特其形而下者耳。豈得謂道自道、文自文乎？ 然車不載物，始謂之虚車；任有物焉充之〔一〕，斯不虚矣。文不載道，而詭譎誕漫、淫豔剽竊之詞勝，雖有載焉，豈得不謂之虚言哉？ 既爲之虚言，夫其離道愈遠也，而鄙之爲末，宜矣。今之爲文者，大抵有二：其爲詭譎誕漫、淫黯剽竊者，常薄儒先之説爲無用，用之不足以成家，而見爲迂腐，及視其所爲，按之其中無有也；矯其弊者，奉一先生之言亦步亦趨，惟恐失之，而不知有超軼絶羣者在。謂其中有物焉，則亦無有也。若此者，猶不得謂之虚車已乎？

尚書澤州説巖陳公病之。公之爲文也，其初涵泳於六經、四子之書，排二氏之虚妄，斥儒家之異論，一折衷於新安朱氏，而擇其尤粹者以立之本。於法則《左》、《國》、先秦、兩漢、諸子之書無不取，於體則唐、宋、元、明之作者參伍焉，無不備，猶未敢以自信也。久之集始出，合詩文、經解、雜著，共得八十卷。某受而讀之，見其理弸於中而文暴於外〔二〕。其所詩而言者，皆得乎性情之正，而所述者無非仁義道德之旨也，則可謂富哉！信乎，其爲載道之文歟！雖然，夫無所於載者，謂之虚車可也。車既飾矣，載既美矣，執策者從之，或東焉，或西焉，或南焉，或北焉，雖終日馳不至矣。公方以道濟明時，其篤於踐履，發於事業，而施澤於生民者，孰非其文之至？其所載於冊者，此是也。不東以西，不南以北，從其道而隨所之焉，雖重且遠，有不至者哉？讀是集者，可以慶公之遭而無病於道之難行矣。

【校記】

〔一〕『任』，馮本作『倘』。

〔二〕『暴於外』，馮本作『襮於外』。

騰笑集序〔一〕

《騰笑集》者，友人朱君竹垞所自名其入仕以後文也。余癸丑在京師，葉文敏公得君集，讀竟，歎曰：『古雅固所不論，尤難其無一語夾雜。』是時，君方襲處士服，溷跡公卿間。文敏所歎，謂其能不爲世俗語也。後君起制科，聲譽焯然，自貴公豪家、五方遊士無不欲丐一言爲重。君伸紙舐筆，日盡數牘，或非其雅意所欲爲，倦則隨手應之，咸足其願而去。以此積文至多，君裒爲集若干卷示余。余曰：『是不可以負文敏。』爲削其冗長者，存僅十之五六。既取而觀之，則精彩血脈，煥發呈露，有若嶄然而高者出於層霄之上，而冽然而清者決於重淵之下。蓋積君十餘年之窮蒐博取，與其所內得之於心者，日新月變，雖不難追古人而與之並，顧其雅尚所寄，一往以深，耿耿然有不與塵俗俱泯者，視文敏之所讀而歎者，無以異也。君曰：『王通云：「心跡之判久矣，心不可以眾喻也。」然余自知之，子既以知之矣。夫跡者，人之所狥而羣耳而目之者也。吾姑託以名吾集，而庸以自晦焉，可乎？』余曰：『然。』

【校記】

〔一〕趙本題作《朱竹垞騰笑集序》。

夏子詩序

無易夏子於古人之詩，無所不讀。然皆資以爲詩之用，故其爲詩益專而工，於古人之能事，亦無所不有。性不樂仕宦，嘗再任視施州衛學。當山水奇僻處，人蹤斷絶，蓬藋蔚然，輒收視返聽，神騖八極，戛然大放厥辭，已復捨去。乘興遊京師，忽持一卷詣予曰：『趣爲我序而歸之。吾行南轅，自此以往，將無所不遊，不復與公等接矣。』其遊益勝，其寄託益遠，則其詩必益奇。然予又懼其溺於物外之觀，無乃飄忽汗漫，一往而不返乎？將必晦其跡、韜其光而不耀，則是集不可以無傳也。

餞别詩序

柯子翰周再遊京師，覲其尊君給諫公。將歸，士大夫燕餞賦詩以贈行者二十餘人，翰周亦自爲詩一章答其意。今其歸數閲月矣。予寓武塘，去京師三千餘里外，讀其詩，如親見其賓主之盛，歡笑流連而丁寧之，又愛惜之無已也。諸君子之於詩，固可謂工，而其於情，亦綦深矣。今朝廷清和，給諫公以老成宿望，當主上眷注。每一封事出，海内無不想望太平，願炙其風采，而諸君子輻輳輦下，相爲引重。又愛公子之才，念其别期，其父子之後先繼美也。一篇之中三致意焉，非區區供張之設、執手之感已也。微公子，能無眷眷於斯集乎？

公子偕其伯兄寓匏，前年往反南北，有《紀遊詩》各一卷，予讀而愛之。是刻成，又將挾之南遊，自衡、湘以歷之大嶺以南也。吾知是詩流傳，海内之讀之者，慕給諫公之風采，又樂其父子之繼美，而京師承平日久，一時勝流雲集，飲酒歌詩，風義之深厚，巖居堀處之士，必有撫卷長吟而不能釋然者。余爲之序，竊幸附名其後。

贈行詩序

文士之運，其塞之也甚易，而開之也甚難。余覽《史》、《漢》，經秦芟儒之後，賈誼以布衣發憤，欲有所更張，而絳、灌沮之；趙綰、王臧議興文學，而太后不悦。元朔初，平津與天子協意定制，始下郡國貢士之法，開東閣以延四方之英俊。當是時，司馬相如、枚皋、莊助、兒寬之徒固已布列在朝，其後嚴、徐、主父輩上書闕下，言事者益衆。延及宣、元之際，任用儒相，一變而爲經術。西京之文至與《雅》、《頌》爭烈，無他，其時使之然也。使生數君子於高、惠、文、景之世，則不免於抱書淹鬱以老，即其文亦不盡傳。今班氏《藝文志》所載辭賦諸家，其在建元以前者，殆十不一二見也。

國家初定，世祖雅意右文，然遺調四出，吏士腰鞬而馳者絡繹於天下。一時文士，猶未得盡達，故雖以吾郭子高旭淹雅閎博之才，閉環堵深藏者亦十數年於兹。今上嗣位，海宇寧謐，無氛塵之擾。廷議條復舊制，詔有司歲貢士如前，於是郭子始得以名上禮部。值今縉紳在位，多經術大儒，孜孜汲引士類，觀其用意，非直漢公卿比。郭子以名御史子挾策游京師，此千載一遇也。故諸公皆爲詩以餞其行，慶郭子之得時。諸公雖善爲文辭，率浮沉里閈，無足爲郭子地者。今懷器以往，以待賢公卿之求，而其道將益光顯焉。異日有稱天子讀其文恨不同時或歎相見晚者，必郭子其人也。諸公咸以是爲言，其知郭子也深矣。卷既成，而明州姜某爲之序。

吳虞升詩序

吳門吳子翊，自弱冠從其舅氏京師。其爲詩雄麗排宕，與作者上下。所至名公宿儒多樂與之遊，相唱酬若兄弟然。然其意默然，殊不自得也。

予聞之，其先曾祖都諫諱之佳者，當萬曆朝，儲位未定，有旨冊封上所愛鄭氏爲皇貴妃。時宸英曾祖奉常公給事戶垣，首抗疏，力爭不可，且請早立東宮。上震怒，謫雲中尉，從此淪落三十餘年。而都諫同時亦相繼與張公棟、葉公先春論儲事，削籍歸伍，世所稱『東吳三諫』者是也。然先奉常至光宗時，被召內遷，雖不久復廢，而都諫竟以黜死，惜哉！

自國本議起，朝論各有向背，門戶之見紛然，於是閹豎寇氛，伺隙萌芽，相爲熾張。跡其終始，雖罪有攸歸，而一時匪躬諸臣，亦未免過爲張皇，以激成清流之禍。況其間依聲附和，千百爲輩，此與異時諸公建白之意何如？卒至矢沒寢陵，薦及京闕，而光廟隆準之子孫，與向所謂愛子如意之子，亦且與盈廷水火，漂爍俱盡，迄今鮮或存者。悲夫！獨先奉常以垂老復起，爲璫黨薛鳳翔所擠，亟奉身退，而都諫亦以早歿，得脫於鉤黨。

至今喪亂之餘，兩家子弟猶幸不失其世守。風燈雨館，蹙顰相對，追數數十年來君子小人互爲消長之故，與其所以勝敗，日累月積禍所從來，宜其皆可爲拊膺扼腕太息，而見之於詩，不獨誌遊覽之壯觀，爲一時之唱酬已也。夫稱先民、述祖德以相贈答者，詩人之志也。昔子美《贈閭丘僧》詩，盛稱其祖審言與閭丘之祖均『同年蒙主恩』爲榮，然審言倖進女后之朝，諂事張昌宗、易之兄弟，以罪死宜也，卽均亦無足稱者。今以吳子之才，發而爲詩，使其屢爲之不止，何患遽不如甫，予雖瞠乎後哉。然其家世亦足以誇於子美矣。吾與吳子，勉之而已！

陳君詩序〔一〕

文章之道，古人雖謂有得於山川之助者，而朋友往來意氣之所感激，其入人也更深。予所見於《三百篇》者，如『風雨淒淒，雞鳴不已』、『中心好之，曷飲食之』之類，其言皆至深婉，足以發人之性情而動作者之思。然在春秋時，列國儐介往還所至，必賦詩贈答，誼至殷勤。然特以取諸古人之成什已耳，未嘗必欲其自己出也。而漢時稱公卿好客，有汲黯、鄭莊。汲、鄭皆不聞能詩，終西漢之世，『河梁』、『執手』，寥寥數章而已，而宴餞投贈之作，顧多得之於建安以後，何也？

毘陵陳子集生嫺於詩，尤好交遊。旦日出，過存諸公間，修脯之贄，鷄黍之設，日接乎遠近，不以貧故少廢。以是其知交日親，名日聞，而詩亦漸積至若干首。本之於意氣之盛，而發之爲和平之音，殆近於孔子之所謂『可以羣』者也。陳君得此，亦足以自雄矣。然今海內言詩者日衆，予意必有卓犖命世之才〔二〕，足以含跨往古而領袖來茲，惜予特迂疎寡合，其蒐取十不能二三。若君之博聞廣見，而猶謂無所得焉，豈其理也？與君居且久，君卽不暇爲詩以遺我，罄君之所聞於賢士大夫者，盍爲我取酒斷章而賦之？吾將以附於《三百篇》之遺焉。

【校記】

〔一〕馮本題作《陳集生詩序》。

〔二〕『命世』，馮本作『名世』。

一研齋詩序

吳章得罪，而門人不敢復名其師說；張禹爲相封侯，時人傳其《論語章句》，而餘家浸微。文字之聲價以勢利爲盛衰，自古而患之矣。

始，櫟園周司農以雄沈堅峭之詩，倡起後進，爲其學者甚衆，及司農失勢，稍稍去之。今死，而能言其詩者或鮮矣。余讀吳子介茲前後二集詩，展卷未終，其雄沈堅峭之色，望而知其爲司農弟子也。介茲當司農盛時，不爲熻熻熱。今去其死時三年，詩雖變益工，然守其家法，每論詩稱櫟園不去口，及其嗣君交，久而彌篤。介茲誠貧士，使其得志操利權於時，其肯違行易心、棄生死之交、翻手下石哉？《書》曰：『詩言志。』若介茲之詩之志，不獨今之學士大夫愧之，亦遠勝於古之人也。

選詩類鈔序

梁昭明太子《選》詩，自荊軻下合六十五人，分其體爲二十三部。余嫌其未足以著時代之升降、究作者之歸趣也。去年十一月，自京師道汝寧，客邸多暇，因取更編緝之，以人系代，以詩系人，稍芟汰者十之二，日呵凍書之。僅一月，發汝抵廣陵，錄成卷，共得百十三紙。略疏其人世次、爵里於其名之下，而不見余鈔者七人焉。

余惡夫今之爲詩者剽掇其景響形似，塵土猥雜，而號之爲『《選》體』，故於今之爲『《選》詩』者無取焉。然而有唐三百年之人之詩，其不本於《選》者蓋寡矣。唐人雖發源於《選》，及其既成名家，則較然自爲唐人之詩，此學《選》者之所以可貴也。余之爲是集也，非欲取天下之詩而必之『《選》體』，欲人之學爲唐人之詩而已。求工於唐人之詩者，必務知其所本，則舍是奚取哉？余又欲稍葺自梁天監以後，合陳、隋、北朝作者，拾其遺事，共爲一集，博采諸家之論詩者以附焉，而未暇也，因識其意於卷端。時甲寅正月己丑，書於廣陵寓齋。

張子制義序〔一〕

余交張子弘蘧十餘年所，嘗讀其詩文而重之。去年，張子以貢入京師，其所學益精，議論恢張，迴出時輩。然余尤喜張子制義，見輒把誦之不置。

或曰：『此特張子緒餘耳，子何愛之深也？』余曰：『不然。』夫八股之道微矣，學者視爲功令而趨之。其體則敷衍經文，詞不己出也；株守《集注》，義無旁雜也。其習之相沿，則有上承下逗、前虛後實、單行複序、截章换字之法。候氣衡纊，傳神優孟，似排而非儷體，比論而無章法。學者童而習之，村師腐生，一見便解。萬一功令復新，舉今之所謂八股者而廢之，則雖日陳王、唐、瞿、薛之文於前，誰復能辨其畦徑、識其旨趣者乎？余故曰，時文者，速朽之物也。至近世，金正希、楊伯祥、吴梅村、陳大士、臥子、黄藴生諸公者出，始博取先秦、兩漢、唐、宋人以來之文，大發之於帖括，經史子集縱其驅策，横竪鉤貫無所不可，而機杼自出，一空前作者。此猶杜少陵之於詩，韓昌黎之於古文，顔魯公、吴道子之於書畫，古法雖從此一變，而天工人巧則已極矣。故此數公者，雖其文不名爲制義，亦可自作一書以行，而能使讀者了然自得於文字之外。

今張子既以其所得於古者，而沈湎於數公之文如此，則余之愛其八股義也，猶之愛其詩古文辭而已，何疑哉？抑明制重館選，嘗間一舉行，故以二陳之才而不得與〔二〕，若藴生則固其所不欲就也。張子幸年少，入窺中秘，翱翔禁闥，其異時著述，視數公更當何如？則余之愛而欲把誦之者，又將不一而足也。

【校記】

〔一〕趙本題作《張弘蘧制義序》。

〔二〕『二陳』，底本作『三陳』，據馮本、趙本改。

賀歸娶詩序

王子年十九，隨其父任淮北，將歸娶於其鄉。其同學賦詩而賀以送之者數人，而請序於予。

或謂予曰：『古者昏禮不賀，故娶婦之家三日不舉樂，思嗣親也。今者賀之，禮與？』曰：『奚爲而非禮耶？《禮》不云乎「賀娶妻者，曰某子使某，聞子有客，使某羞」。蓋娶婦之家不可以是爲樂，而姻戚之情則自有不可廢者。然不曰娶妻，而曰有客，若謂佐其鄉黨僚友供具之費而已。是其所以謂不賀也。』

曰：『予聞之鄭氏，進於客者，其禮蓋壺酒束脯若犬而已，不聞其以詩也。以詩賀，亦禮與？』曰：『奚爲而非禮？《詩》「間關車之舝兮」，說者曰：「宣王中興，士得親迎，其友賀之而作。」非今詩之祖與？』

文王新得后妃，而《關雎》以詠，亦此物也。然《關雎》不過於哀樂，故孔子善之。《車舝》五章，未嘗一言及於燕昵之私，其卒章曰：『高山仰止，景行行止。』《記》曰：『《詩》之好仁如此。』太史公至用之以比孔子之德。而今人多工爲浮詞以相波靡，失朋友切摩之義矣。諸詩雖亦未免漸染於是，而卒歸之大雅，方之古人，猶庶幾焉。

廣陵倡和詩序

廣陵爲古淮南雄鎮。方其盛也，上林瓊臺、楊柳之隄、龍鳳之舸，延袤於重江複關之間，而相爲縈帶。諸公或建旄節，盛參佐，從四方奇士，相與選勝賦詩，賡颺太平。而異時如韓魏公之與荆、岐數公者，賞花置酒，一時主客之集，後先繼秉大政，傳爲盛事。當天下無事時，仕宦者得以其間從容於游宴之樂而述爲詩歌，民生其間，何大幸也！然而煙塵稍警，則淮南之受兵必先，鮑明遠所謂『通池夷、峻隅頹』者，嘗間世而一見也。而風嘷雨嘯之場，詩人之響，或幾乎息矣。然則詩人之聚散，非廣陵之所以盛衰，而天下之治亂所從出歟？前世無論，自明甲申、乙酉之際，載經殘㓕，余時過其故墟，蓬蒿蔚然，淒涼滿目，如此者幾二十年已。

太倉端士王君之同年友新城王君貽上來佐斯郡，始稍稍披荊棘、事吟詠，用相號召。君於其秩滿而去也，以舴艋渡江，而相與登昭明之樓，尋謝公之宅，拂摩斷碣，按行舊壘，一字之賞，一石之奇，必咿唔竟日而去。故君之詩爲絶句者至五十首，殆浸淫乎供奉、龍標而掇其勝者也。集成以示余，余讀之喜曰：『此其太平之徵乎？蓋自是廣陵之風雅復振矣。』

去年余客江北，未嘗一詣新城。陽羡陳子其年爲余言：『王君見子文，輒歎息，以爲作者。』今遇太倉亦云然，余謝不敢。然兩君知余，余敢自謂不能知兩君乎？故於是集也，敢粗述其所聞。若新城之詩，雖未暇合梓，然其風流亦大略可覩矣。

陳其年湖海樓詩序〔一〕

詩雖所以吟詠性情，然亦可以考其人之里居、氏族與其生平遭際之盛衰、君臣交遊之離合，而人之一身有先榮後辱，有始困終遇，若此其不同也，則其性情之所見亦各異焉。

余歷觀前世詩人，自建安王、劉輩遭漢季失馭，羈旅歷落，有憂生之感。下逮六朝，分裂之餘，衣冠失職，往往播遷爲羈囚。唐自乾元、光化以後，則一時文士抱其卷牘，以外依方鎮於幕下者，所至皆是。其間强弱吞并，出彼入此，曾不容瞬。士生其間，譬如墜秋風之籜於狂波萬折之中，轉展洄洑，及於淪胥而不可止，此其可悲者也。

自予之讀陳子其年之詩，識其所遇，以想見其爲人，而及今之邂逅於廣陵也，已十五六年矣。其年生長江南無事之日，方其少時，視家世鼎盛，鮮裘怒馬，出與五陵豪貴相馳逐，狂呼將軍之筵上，醉臥胡姬之酒肆，其意氣之盛，可謂無前。故其詩亦雄麗宕逸可喜，稱其神明。及長〔二〕，遇四方多故，夾江南北，殘烽敗羽，驚心動魄之變，日接於耳目，迴視向時笙歌促席之地，或不免踐爲荊棘以棲泠風，故其詩亦一變而激昂歔欷，有所愴然以思，愀然以悲，時入於少陵沉鬱之調而不自知，亦其遭時之變以然也。其年起謂余曰：『余所哀次，自十七八歲始，更今幾三十餘年，始得詩凡若干首。』然則其年之性情見乎此矣。既而反思前代之人，其遭時不幸，至於顛隮失所。及天下始平，干戈不用，而文士出，而斯人者已窮困以老，或死不及見矣，豈非其命歟？然陳子則年始强仕，足以身遇太平，遂其懷抱。夫志和者，其音樂也。於是又將變其激昂歔欷者，比於朱絃疏越，以奏清廟而儐鬼神，而出於前代詩人之所不及見，則陳子之於詩，殆將終身焉已。

【校記】

〔一〕馮本題作《湖海樓詩序》。

〔二〕『及長』，趙本作『及後』。

友棠詩刻小序

舍弟友棠與周子弘濟里居相善也。甲子春，同罷試南宮，留京師，授徒自給。兩人者，同寄人廡下，日據土炕啖餺飥，縱論今古，意氣益豪甚。所聞公卿間，下至街坊謰語碎事，輒收拾作有韻詞，唱和至數百篇。高軒之客罕過而問者，卽有款門求識，亦深鍵固拒，不能忍顔色見也。余謂兩人曰：『子盍稍鋟諸詩而傳之〔一〕？安知此間無有知子雲其人者？』弘濟逡巡未應。不逾月，而友棠之刻成矣。

友棠弱齡孤苦，埋頭研北，坐一小樓，每呻唔夜半。燈火穿漏窗隙間，予特謂是專攻舉子業耳。時先祖病餘，出藏書三分之，各得數櫃。余間就視友棠書，狼藉架上，約略硃墨殆遍，爾時已號能詩矣。其詩初學香山、義山，已乃漸染渭南，跡其頹然自放處，絕不類少年意度。余時以老杜詩律格之，友棠岸然輒有以復余也。然予蒐友棠行篋中，積詩尚夥，其意直欲俟百世後之子雲而出之，與弘濟之逡巡不余應，其中有相視莫逆者。此則兩人作詩之本，顧余不能盡測也。

【校記】

〔一〕『鋟』，馮本作『鐫』。

王給諫詩序

間竊慕古人立言之風，以爲士既束髮受書，自當爲天子近臣，補過拾遺於闕下，使閭閻永無顰首蹙額之事，而君門洞然，徹於萬里。如此志不遂，則當潔身遠去，曠覽九州名山大川，籠絡萬態而發爲文辭，以自表見，豈能默默而已？然古來所傳名臣封事多矣，要必居於其位，然後得盡其言。有其位無其時，則其言亦終不行。言不行，則吾君吾相不獲受其益，而澤不下究，亦終於空言無成而已。惟坎壈失志之士，可以無待於外，得恣其所論説，然亦非能有益於天下利病也。而鞅掌王事者，至弊精神，竭年歲，或欲效其一時之自喻適意而不可得，此二者之所以難兼也。

往者，黄岡王君居掖垣，時號敢諫，又嘗有仁人之言於吾東南百萬之氓。雖時議未盡施用，然用此數年中，朝廷德意屢沛，使流離之民幸無轉死溝壑。既已略行其志矣，乃薄遊吴越，而其忠愛之意猶時時見於詠歌。至於登涉山水，寄情風物，隨事抒意，皆有以極其性情刻畫之所至而以之爲詩。是貧賤之士所不得已而竊取以自娱者，君皆得取而有之，豈非難哉？

始余讀漢《汲黯傳》，未嘗不三歎也。黯於古最名爲能諫臣。初武帝爲《天馬歌》，黯謂帝曰：『陛下得馬，詩以爲歌，協於宗廟，先帝百姓豈能知其音乎？』此言不獨深中武帝之失，亦最合風人之旨。蓋《詩》之爲風、雅、頌，皆有定體，不可紊亂。今武帝不深惟祖宗之德，而白麟、朱鷺、赤鴈、芝房相繼登於樂府，薦之宗廟，則四始之體亂矣，是《詩》之再亡也。當時文士如司馬相如、枚皋之徒，皆見不及此，而帝反以黯爲不學，誤矣。黯可謂深於《詩》者也。雖然，黯嘗積官至九卿矣，既而垂老出守，至對天子揮淚乞留不可得，亦可悲矣。而君方遭際景運，道益嚮用，雖欲久自放於江南煙水之間，爲貧士之娱，亦不得也。豈二者之難兼，在君則亦有然者耶？抑吾所謂得位而遇者，其中亦有幸不幸耶？

崔不雕櫻桃軒集序〔一〕

是集，婁江崔君華所著。君既裒集其詩十餘種，乃託予以序，而先之以文曰："櫻桃軒者，故觀察淩氏玉樹園也。園有玉蘭，横蔭十餘畝，前後有堂，堂後櫻桃一株。櫻桃之始花也，與玉蘭相後先。玉蘭始放而車馬填溢門巷，予不能鍵關以謝客。每揖客退，則坐卧櫻桃軒中，岸幘而哦。今詩數軸，皆軒中之所得也。故不名以玉樹，而以櫻桃。"始予自壬寅歲得交崔君於廣陵之文選樓。是時，君即屬予爲序，距今二載矣。以君之知我也，其可無一言以述乎？

君守道静默，貧而益樂其志。予所見天下士，鮮有如君之賢者。君之詩若文，如其人者也。君於書無不讀，尤精於音樂、曆數。其詩幽峭豔逸，出入於郊、愈、島、賀之間，而旁通繪事，特臻其妙。挾君之才以走四方，當無不拂席迎者。然君嘗上南宫不遇，倦遊江淮以北，以歷覽其名勝，而見之於詩者多矣。今猶以所居名其集者，豈非無羡於彼之赫然者、獨居而樂得其志者哉？

觀察之園，其子孫不能有之，君得而居之，今其園反因君而傳者，以此知富貴之不足恃，而託諸賢人君子與見於文詞者之足久也。予雖幸讀君之詩，猶未隨載酒之轍，觀君之所以解衣磅礴者，退而自移其情也，於是集也，能無慨乎？

附　崔自序〔二〕

余九齡失怙，先慈口授《羲經本義》。家有藏書，私心竊好之。年十二，已有篇什流傳矣。壬寅、癸卯間，裒輯向所撰《破碎錄》、《始愁》、《越客吟》、《哀江小草》、《夢草》、《後甲吟》、《慨余》、《庚寅》、《燕遊草》、《竹西雜錄》十種，爲《櫻桃軒集》，而以《古律述銅侯新書》、《江天一覽》、《吳門古塚記》、《風檐賸語》附焉。甲辰，阮亭夫子謀刻之，不果，絕句中『只有崔郎七字詩』是也。明州姜先生，天下工爲文士，士君子著作，不得先生一言弁首，遂黯然無色。古人云：『誰相知定我文者？』古人汲汲於相知而冀一遇，而不可必得，而幸得之，而不得一言，以爲玄宴也者，其可乎？敢以請。

櫻桃軒者，余所居前觀察淩公玉樹園也。公有詩云：『宋玉當年猶有宅，子山今日幸爲園。』余續一律存集中。園有玉蘭，蔭蔽十餘畝，花時二十里外見之，如白雲樓起，園以是得名。前後有堂，不數年，枝幹四出，輒易堂以避之，如是者十餘易矣。崇禎末年，觀察易堂爲樓，乃得直視。不然從其下而觀，僅見花之柎耳。樓後櫻桃一株，櫻桃之始花也，與玉蘭相後先。玉蘭方盛，而車馬填溢門巷，載酒而來遊者，日以百數。余不能鍵關以謝客，倘揖客而入，腰身必裂，足必重繭，可念也。因坐臥櫻桃軒中，岸幘而哦。今詩數軸，蓋軒中之所得也。故不名以玉樹，而名櫻桃。然斯集，海内已知之矣，不可無先生一言以重其價，幸爲吾序之，贊之以詩曰：『景陵曾立言，今之詞人異。懷刺例有集，縹緗轉精緻。序反多於文，卷首列爵位。因戒同心友，不乞名人字。余蓄此意久，揚州識君始。得君文十篇，明珠兼翠翡。波瀾到廬陵，龍門較流利。中亦饒香草，江離芬薜荔。賣文吳市門，千金良可易。縱不逢佳士，我自攄我志。鋪張詭云奇，不以落我事。若逢佳士真，又如何撰記？兹集積歲月，要與風騷麗。涼颸吹亭皋，淡月照無寐。有當於君心，或序作者意。玄宴不我欺，三都非所冀。序留君集中，可勿勞贈寄。』

【校記】

〔一〕馮本題作《櫻桃軒集序》。

〔二〕馮本移此『自序』及詩於其《附録》中。

劉子詩文集序

甲寅紹興七月之亂，城中負戶而汲，惴惴懼不免，三日僅解圍去。先是，郡諸生劉子有所建明，議上，主者忽之。未幾變作，始思曲突徙薪之計，悔不用至是，於是求劉子，不可得見，咸服其先識。余近觀其所上《團練保甲議》，及所著《時務五策》，皆條畫詳盡，實可見之施行，則豈獨一方之利害宜爾哉？凡天下之患，能見於未然者，與圖之於既然者，必有間矣。使其言果善，不幸而不用於時，則天下之事，其可悔，必有甚於今日者也。夫文章之道，類非齷齪淺近者之所能與也。

劉子深沈好大略，見人疾患，戚戚如出諸己。嘗歲大雨雪，獨行深山籬落中，出粟以給餒者，人賴以活，而設施不擾。上官依法行之，所濟者以千萬計。其爲文，非時所以治亂安危者不以言。至其所言，必激切而款至，言之可以爲，爲之可以成也。然劉子以儒者而憂天下之事，其身既不見用矣，乃始欲盡發之於文章，嘗謂：『爲文當自出胸臆，顧其有當於理否耳，前人語不足效。霍去病不知學古兵法〔一〕，此所以爲名將。』予謂：『使去病能學古兵法，其將略不益精與？軍行乏糧，尚穿域蹋鞠；車中餘粱肉，戰士多餒色，此不學之過也。』今劉子既嘗學之，而猶不以此矜於人，不亦尤可貴也哉？

【校記】

〔一〕『知』，底本作『至』，據馮本改。

嚴蓀友詩序〔一〕

無錫爲縣，居蘇、常兩郡之間。居是地者，往往出爲天下偉人貞士，而其爲詩者自南朝湛茂之、唐李公垂以來，亦代有聞人。有明海內詩家，體凡數變，北地、信陽、琅琊、歷下、竟陵代起而新其製，本如雲嵐之出沒於山谷間，聽其自起而自滅可矣。而竭蹶以馳者，至謂能窮日之所入，而不知其將道暍而死也。獨錫山之風氣，頗能不詭於一時之好尚，故其詩之可傳者常衆，亦由其人之性情，能不爲浮薄之所陷溺而然也。

予往在吳門，見有所謂《秋水集》者，其詩宗黄初、建安以還，五七言近體時出入於溫、李之調，蔚茂而婉麗，卓然能自成家者也。至錫山，始知爲嚴子蓀友作。蓀友爲人蕭散沖挹，意氣浩然，有國士之風，宜其必能爲詩，而爲詩則自不陷於浮薄者。予既喜得蓀友，蓀友遇予亦交臂歡甚。念當別去，於是屬余爲序其詩。以余之戇愚，不諧於俗，雖久遊於四方，熟嘗人情變態，而志氣硜然，愈不可易，故人無論貴賤，常視以爲難近，獨君能暱就於予而不予怪，則其性之不移於風氣可無疑也。予固拙於文詞，於詩尤不能工，顧獨嚴於論詩，以爲世之風從波靡者皆無與於詩人之事。故雖其不能爲詩，而一時之名能詩者亦終無以奪焉。然獨心折於君之詩至此，則君詩之能不痼於習俗，而足以取信於天下者，亦愈可無疑矣，而君不亦益知所自重哉？君才富學殖，所著詩且日多，予取其已輯者，序其端。

【校記】

〔一〕馮本、趙本題作《嚴蓀友詩集序》。

過嶺詩集序〔一〕

今京師以詩名家者稱兩王先生，其一爲新城阮亭少詹，而一則郃陽黄湄給事也。新城詩最富，成集者數種，牢籠百氏，不名一體。於是海内稱詩後進，各隨其意之所指而趨之，皆能自標風格，有聲於時。然新城數稱郃陽給事詩不去口，嘗令其從學者往就之。甲子歲大比，給事奉文典試粤東，事甫竣，而新城復使祀南海。兩人所過，留題山程水驛、登臨宴賞酬和之作，落筆都爲人傳誦，嶺表詫爲盛事。

比新城北旋，予告歸省，而都下之言詩者乃專歸郃陽。《過嶺集》者，其奉使往還時所作也。

維古之君子，一出入不忘其君，而古者諫無專官。行人輶軒所至，采輯風謡，上之太史，則十五國之風所爲褒美刺譏以感諷乎君上者，莫不有諫之義焉。當給事之往也，楮墨流傳，達於甲帳，主上數對從臣嗟歎其才，以今廟堂之宵旰求治而所取於給事者，豈獨以其文辭之善哉？意其平日敷陳披對，讜言正論，必其犂然有當於聖衷者，故因詩而知其志之所存，宜也。然則給事之詩之志，正其所謂不負所學者而已〔二〕。是集所録，雖僅百餘篇，其藹乎忠孝之情，何其不殊於風人之旨也？天子誠得而諷詠之，則蠻荒萬里之外，民風土俗，政治得失，可以一開卷而瞭然於心目之間，其爲益，豈不大哉？

新城前示余粤遊諸詠，余覽其大意，矗不相遠。而給事，諫官也，故余於是編〔三〕，尤致意焉。若其鋪陳排比，腴詞逸韻，爲學士家之所愛賞摹擬而不能釋者，此夫人之所共知，而余顧有所不暇盡述者也。

【校記】

〔一〕趙本題作《王黄湄過嶺詩集序》。

〔二〕『正其所謂不負所學者而已』，趙本作『可知矣』。

〔三〕『編』，馮本作『篇』。

黄子自譜序

黄子心甫，年六十有一而病，自爲《譜》以授其友人嚴子蓀友，曰：『吾生平好學，所手鈔書以數十種。試於有司者凡六，而卒不得志至此。今病且革矣，卒不幸以死，後世誰爲哀我者？子其爲我請之姜子，俾叙其端，幸及吾之見之也。』予聞其言而憐之。

讀其《譜》，大抵多述生平交遊往還、飲酒賦詩、登臨嬉遊之樂，而遇所失意處，猶有憤惋而不平之氣。予聞心甫雖老病，尚健飯，可不至死。然使心甫不幸而竟死，是塊然之軀，悠悠百年，已同旦暮，即棄捐之土中，幸不爲狸狢蟻蚋噉盡。然再過數十年，將並其觜骼泯焉，悉歸於無有，與瓦礫同化矣，尚奚有於生前之聚散離合、愛憎喜怒？即今視其《譜》中之所載，得勢氣燄者幾人？文彩炳蔚者幾人？與心甫同而親、異而讎者又幾人？其存者尚有幾乎？亦不待達者觀之，而有以知其無異於浮漚之一瞬、白駒之一隙也。心甫著此而不悟，則其神明鬱結於內，形氣膠滯於外，內與外交鬭而不已，欲無病，得乎？且吾聞之二氏之言，皆歸於養生葆性，而吾儒之學亦有不與生死爲聚散者，孟子所謂『平旦之氣』、邵子所謂『天心未起』者是也。心甫何無一言及此？心甫姑置是《譜》也，而求之吾心湛然寂然之間。吾知其胸中將浩浩落落，無一物之芥蒂，而獨與其天者遊，前此之紛紜酬酢，皆於心甫無與也。嚴子其嘗試語之，而心甫試諦聽之，吾知其病之釋然去體，有不待其辭之畢矣。

十峯詩刻序

自予少時即知梁溪有錢君者，既因緣人事，舟楫還往，曾不得一過而問焉。記癸卯秋，將適潤州，泊舟西郭下，凴艫眺望，見江流抱城，縈迴如帶，山色蒼翠，隱映數里外，其左右疎籬修竹，隨流曲折。

俄有小艇從水門出，列坐三四人，中有哀絃急管之聲，亂夕陽而徑渡。余目送久之，默默傷歎居人之自得如此，而余以貧賤奔走，去惠山咫尺耳，無由一至其處。又還望君之廬，則未嘗不以爲深恨也。

比再至吴門，君辱書及詩於余，屬爲之序。其高弟秦對巖太史，長者也，每與余論文，則曰『吾所聞於師』云云，又曰『吾師之於子文』亦云云〔一〕。然則君之於余深矣。宜乎，余之始慕其人，繼讀其詩，而益爲之咨嗟歎息不已也。初余觀君詩，疑若不經意以出者。及讀其自序，所爲《十峯集》，格凡數變，要之以真至爲宗，則其屢變而益上，以求當於風雅之旨者，不可不謂工且久矣。余故特表出之，以愧世之言詩者。且以志君之於余，其不相識而相知之深，有如此也。他日過惠山之麓，飲清泠之泉，讀其詩而一樂焉，亦可見人生於山水朋友之趣，均有得於自然者，初不必身至其地，親與之周旋而後快也。

【校記】

〔一〕『吾師之於子文』，趙本作『吾師於子之文』。

健松齋詩序

古文之不作，於時久矣。二十年來，人稍知講求此事。其高者或詭而自軼於繩尺之外，而卑者局趨於唐宋人之後塵，以爲近所稱爲名家者如是而已。此其所以爲之者衆而卒不能至者，不求其法與雖究其法而不能自得之於己，故皆歸於無所成而終也。

余去年抵都下，臥病逆旅，方進士渭仁辱投余詩文刻本各一卷。余久聞方子才，以病不得見，就枕上取其詩文讀之。觀其馳騁盡變而一軌於法，與吾所嘗聞於古人者無以異也。余未嘗及見古人，然自謂古人去今不遠者，讀其言，知其有所以爲言者也。以古人之文，較之方子今所爲之文，而知其所以爲言者初不甚異，則余於方子之爲人，其得之於心也久矣。

今年，方子過余京邸，相見懽甚，復綴其近所爲文兩卷，屬余論定。顧余自揣淪棄於時、舊學荒落，宜其無復過而問之者，乃方子非獨不鄙其愚，於余所商搉去取，亦欣然受之，無吝情，於是知方子非獨能爲古人之文者也，其自得之於己，以發爲文者特其餘耳。跡其用心之勤且厚，雖與古之道，亦何以異耶？夫文章者，性情之枝葉也；性情者，文章之根本也。今方子既沃其根本，而茂其枝葉矣，則雖滋培灌之，以著成一家之言，吾直以行古人之道者，非方子奚屬也？故方子亦自重其所以言者而可也。

無題集韻詩序

過顧舍人北城寓居，見梁谿朱子贊皇《無題集韻詩》三十首，余喜而竟讀，今撮其數聯記之，如：『新水亂侵青草路，好風輕透白練衣。』如：『千樹梨花百壺酒，一莊水竹數房書。』如：『夢中魂魄猶言是，懷裏琅玕今在無？』如：『湘妃舊竹痕猶在，阿母蟠桃香未齊。』如：『誰知春色朝朝好，剛爲浮名事事乖。』如：『檐前柳色分張綠，雨裏梨花寂寞開。』如：『一彈流水一彈月，半入江風半入雲』，『孔雀鈿寒窺沼見，狻猊香暖傍簾聞』。如：『流水帶花穿巷陌，歸雲擁樹失山村。』如：『滿砌荊花鋪紫毯，點溪荷葉疊青錢。』如：『酒醒虛閣秋簾卷，月滿寒江夜笛高。』如：『海棠花底三年客，蟋蟀聲中一點燈。』此在全首中或未爲佳句，殘縑舊繡，一經其心，抒而新之，有起有承，有開有闔，莫不聲切雲漢，思入窈冥，此贊皇詩法也。昔人評王逸少臨鍾元常書，謂其『勝於自運』，要唯逸少能之耳！

高舍人蔬香集序〔一〕

古文人遭際之盛，在唐爲李太白，在明爲宋景濂。二公者，皆起自布衣。若太白之供奉翰林，調羹賜錦，可爲榮矣，然不久淪棄，論世者以爲不幸。景濂當元季，久困省試。金陵之召，同數君子者，扁舟西上，入侍帷幄，凡朝廷詔誥賦頌大手筆，多經其撰述。嘗賜宴禁中，天子至親爲之賦《醉學士歌》，其君臣相得如此。故開有明三百年文章之運，雖景濂一人之力居多，至其遭逢之幸，亦似有數焉，不偶然也。

今皇上好學稽古，妙揀侍從，而吾友中書舍人錢唐高子澹人，用高才生被遇，入直内庭，校讎秘閣。上時爲詩歌，必命其屬和，倚馬刻燭而辦，類警麗絶倫，不失體製，人以此難之。又謙謹性成，篤於忠孝，偶病在告，屢旨遣醫診視，增賜藥餌。行自念某小臣也，迺得此君上。余覽其所爲《枕上流涕恭紀聖恩》諸作，文生於情，而不覺自慮其圖報之無地，蓋往往掩卷歎息，於是所謂君臣相遇，千載一時也。

潛溪之學，上溯婺州四先生，下及歐陽、黄、吴之倫，皆親承指授，其師友之淵源不可誣也，然猶年踰强仕，始契真主。今舍人冠弱棄繻，與其徒絶塵而遊，遂捐芒屩，履華省，入當顧問，視古遇合之奇，可謂過之。

余前年癸丑入都而交君，接其人，溫如也，以喜；讀其詩，沖融雅閒，穆然有古有道君子之風焉，以服而增歎。今其業視前又變益工矣，使余之他日再來京師，而君肯再出其詩以惠教之。度其年加長，德加劭，以及於景濂閱歷之時之久，則開一代之著作，醞釀深厚，以待來者，吾不惟舍人之望，將誰望哉？

【校記】

〔一〕馮本題作《蔬香集序》。

奇零草序

余得此於定海，命謝子大周鈔別本以歸。凡五七言近體若干首，今久失之矣，聊憶其大概，爲之序以藏之。

嗚呼！天地晦冥，風霾晝塞，山河失序，而沈星殞氣於窮荒絕島之間，猶能時出其光焰，以爲有目者之悲喜而幸覩。雖其揜抑於一時，然要以俟之百世，雖欲使之終晦焉，不可得也。

客爲余言，公在行間，無日不讀書，所遺集近十餘種，爲邏卒取去，或有流落人間者。此集是其甲辰以後，將解散部伍歸隱於落迦山所作也。公自督師，未嘗受强藩節制，及九江遁還，漸有掣肘，始邑邑不樂。而其歸隱於海南也，自製一椑，置寺中，實糧其中，俟糧盡而死。門有兩猿守之，有警，猿必跳擲哀鳴。而間之至也，從後門入〔一〕。既被羈，會城遠近人士，下及市井屠販、賣餅之兒，無不持紙素至羈所，爭求翰墨。守卒利其金錢，喜爲請乞，公隨手揮灑應之，皆《正氣歌》也，讀之鮮不泣下者。獨士大夫家或頗畏藏其書，以爲不祥。不知君臣父子之性，根於人心而徵於事業，發於文章，雖歷變患，逾不可磨滅。

歷觀前代，沈約撰《宋書》，疑立《袁粲傳》，齊武帝曰：『粲自是宋忠臣，何爲不可？』歐陽修不爲周韓通立傳，君子譏之。元聽湖南爲宋忠臣李芾建祠，明長陵不罪藏方孝孺書者，此帝王盛德事。爲人臣子，處無諱之朝，宜思引君當道。臣各爲其主，凡一切勝國語言，不足避忌。余欲稍掇拾公遺事，成傳略一卷，以備惇史之求，猶懼蒐訪未遍，將日就放失也。悲夫！

【校記】

〔一〕『自製』至『從後門入』，趙本作：『自置一椑，實糧其中，俟糧且盡死。邏卒至門，忽有二猿跳擲哀鳴，牽裾尼之，公乃毅然出就執。』

鄒君針灸書序

古之高蹈者流，若《伐檀》之君子，稼穡狩獵以爲業，而詩人美之，以爲『不素餐』，此豈僅謂其能自食其力而已哉？蓋卽其堅忍之操，刻苦之志，以知其必能待時而有爲，以不至自廢於無用之人，故曰『不素餐』宜也。天之生人，無論出處貴賤，而皆望之以共相生養之道也，如謂高尚其志，卽可放蕩流佚，聽人之自生自死於天地之間，如秦越人之相視然，則亦謂之『素餐』而已矣。

予在京師，識鄒君，時稱述其尊甫聞望君，蓋隱君子也。予去年病困，客言用艾可愈，延醫治之。鄒君從傍指穴數處，時有所駁難，醫者不能違也。予因叩其從來，歷言隱君故讀書，既自放棄則學醫，尤工針灸。挾此技數十年，能立起沈痼，實不取人一錢，故術雖工而其家之貧益甚。後予啟視其篋衍，則手訂書《針灸》、《藥脈》各二卷在焉。其意以無資鋟行其書〔一〕，使吾父利益之道久鬱不廣，求余一言以告於當世之有力者。

予嘗歎後世事日趨便而古意浸微，醫其一也。即如《靈》、《素》諸經所言針石之法，必與方診藥齊緩急並用而後有效，而病在腠理者，尤以針石爲宜。然在漢時，砭石法已不傳，僅傳者針耳。今醫家所用，惟五苦六辛，草木之滋味，其於人也末矣。而視針灸，特自爲一門，習醫者反視爲旁家外道而不之數，則其爲術，安得不疎？余故不諳醫，未暇讀隱君書，輒欲依太史公之傳淳于意，及近世元遺山序李杲明、宋景濂贈周漢卿例，件繫其已試之效於卷端，使人知其術之奇中如此，則此書之行，活人當不可數計。隱君者雖隤然自廢，何害哉？漢郭玉有云：『腠理至微，隨氣用巧，針石之間，毫芒即乖，神存於心手之際，可得解而不可得言也。』輪扁之對桓公曰：『臣不能以傳之臣之子，臣之子不能以受之臣。』鄒君本以善弈游京師，然而其於父之學也，則固已得之於心手之際矣。

【校記】

〔一〕『鋟行』，馮本作『鐫行』。

志壑堂集序

余嘗欲條疏古今賢臣建言者分而爲三，彙成一書。三者，一曰宰相，一曰侍從，其一則諫官也。蓋古者諫無專官，所最重者，宰相有輔導之義，侍從有啟沃之任，其責任與諫官等耳。獨怪今之言事者，專以其責屬之臺省，於輔弼講讀之臣，未有所與焉，而爲輔弼、爲講讀者，亦遂寬然自弛，以爲非我之所有事。使諫官之能盡其職，天下之事有諫官之所不能盡言者矣，而況於今之官名爲諫者？其能盡其言責者，十不得一二，而能盡其言者，其言之又有行、不行。行者嘗少，而不行者嘗多也，然則如之何而不以責諸宰相與侍從者也？

順治間，有詔命詞臣修《玉匣記》、《玄帝化書》，時則檢討淄川濟武唐先生上言，以爲不宜崇此非聖之書，妄費紙筆，爲聖學玷。又爭御史張煊、給事中陰潤事，忤旨歸里。本朝之能以翰林供諫職者，自檢討始。從此考槃般水之陽，發憤著書垂三十年，以今年七月訪友四明，橐其文數卷以示余。余讀其經世之言，所爲籌餉、積穀、銅鈔、改漕諸法，其訏謨碩算，可與賈長沙、陸宣公相上下，惜其雖能言，不得試之實用。且身之用不用，命也，並不得自見其言於朝，以待有力者之上而舉行之焉，良可悲矣。則夫以檢討之文爲窮而始足自列於後世者，豈通論哉？檢討當放廢之餘，惄然以天下生民之事爲己憂，顧其中若有所不暇者，而當任其憂者，反營營終日，亦若有所不暇於天下生民之計。循是以往，斯民之患，將安息乎？此予之所以不禁三太息於斯文也。

詩義刻序

友人胡子貭明既刻其《四書制義》成，已而復梓其《經義》若干篇，問序於予。予惟《詩》之有義，蓋古說《詩》者之流，若漢所稱齊、魯、毛、韓者，特以其取辦應舉，故稍飾之以文辭，務中程式，逮習之既久，則體製益變，四方風氣亦因之互異。卽舉大江以南言之，雲間以聲調，海虞以典制，毘陵以豐贍，江右諸郡以氣格。而吾邑之爲文，尤矜勢尚奇，家操鉛槧，規撫龍門，旁摭子史。然其流皆有弊，取風調者以弱，襲典制者以拘，豐贍者以靡曼，氣格者以寒嗇。而予邑後起，亦頗縱恣繩墨，甚者穿鑿詭譎，鹵莽於傳注。吾黨惄然憂之。胡子於是薈集羣說，折衷之《大全》、《注疏》，排其枝葉，擷其精英，去前之所患，而斷然自成一家之言。既用此取舉，然其意猶未慊也，復發篋以公諸海內學詩者準的，其用意固已勤矣。

前年，君之任，發錢唐，余邂逅逆旅，得盡讀其文。時君又出所爲各體詩示予也。蓋古之說《詩》者，多不暇自爲詩，君以《三百篇》爲詩，故其詩益工，出於齊、魯、毛、韓諸老生所未備。君詩之工如此，然一本於其所爲說《詩》者，則其所爲《詩義》，不獨以苟且取世資而已，其轉移風氣而反之古，足以信今傳後無疑也。孔子以授政不達爲誦《詩》者之病，而漢世循吏多起於儒林，其治經皆有師法可紀。余間聞君治縣經年，弊釐利舉，境内無事，日集儒生講論，口授指畫，絃誦聲徹閭巷。君又希慕陶彭澤之風，時時式其里居，慨歎者久之，可謂極詩人之能事，而與世之文俗吏相去遠矣。蓋君不獨以其說

《詩》，又能工詩，又能以其得於《詩》者試之吏事，此其所以尤賢也。予故并序及之，以見吾黨讀書，皆期爲經世有本之學，非獨如諸老生家卮辭無當與夫浮豔輕薄以自託於詩人者比也。

願息齋詩序

陽羨徐先生之宦於永昌也，所著有《滇南詩草》。予既受而卒業，復投予《願息齋》一集，則其去官後所得也。客有見者，謂予曰：『夫子貢之問於孔子，而願息於事君、於事親也，蓋五問而未之許也。今徐先生之以是繫其詩也，何居？』予曰：『夫徐先生，其可謂深於詩也已。當其披箐榛、蒙瘴霧、走金齒萬里之鄉，值蠻獠新附，義威德柔，不避險艱。及以細故解職，而歸途經涉，觸緒成詠，猶無非憂君恤國之意，其於親也亦然。太夫人年八十，浣濯饔飧必虔，燠寒必問。嘗對予慨然太息，以「遊不卽歸，太夫人旦夕念我必甚也」。甚矣！先生之無可息於事君事親也。此予之所謂深於詩者也。抑予聞之，人之勞苦過當者，恒自託於謳吟，以寫其游焉息焉之意。行者謠，舂者相，閭里夜作者相與歌詩以言其志，皆此物也。今先生雖篤於所事，及其發而爲詩也，忠愛而不激，憂思而不迫，紆徐演漾，按節而赴之，合於大雅之音，使讀之者捐其懆心，宣其鬱滯，莫不灑然有所得，以興起於忠孝焉。由此觀之，先生之志，其殆息於詩乎？』既以此復客，并書其語於卷次，學詩者無亦知所本焉？

初蓉閣詩序

彭子爰琴善遊，嘗三登泰岱，臨日觀，觀秦漢以來所用事處，爲詩紀事，幾溢百韻，時人擬之《北征》、《南山》。又偏歷漢沔，走豫章，尋匡廬諸勝，與山僧道流棲遲者累月而後出。故其詩取象綜博，託寄高遠，驟卽之不可得其徑術，既而悠然與之俱深，往而不能返矣。

余去年與君相識京師，自此並轡燕趙、梁宋、陳蔡之郊，以抵於廣陵。一年之中，寢處飲食，無弗同也。然予既不善稱詩，而彭子亦輟吟終歲。或有問予與彭子者，則皆不能言其故也。歲行盡矣，余將問棹南歸，彭子曰：『子知吾詩，能知吾所以作詩之意乎？凡吾之於詩，其作也必有爲，子盍爲吾敘而傳之？』予謝曰：『唯唯。余不能知子詩之所以作，而能知子詩之所以不作。子之輟吟者終歲，余不能言其故也，然其於知子也深矣。余之知子詩之所以作，於其知子之詩之所以不作矣。雖微余知，子固自知之也。余知之，子自知之，猶欲相求於言乎？』彭子聞是說也，俛而不答，喟然若有慨於心者，因書之以爲敘。

松溪詩序

數十年間，雲間之稱詩者，大抵俎豆何、李，而黄門、舍人爲之魁。自兩公相繼淪沒，倡酬道廢，流風漸息，然其餘派之在西泠者如故也。今年春，王子子武來自雲間，會予亦客省下，遺詩兩種，復出其近集一卷。予受而讀之，以視前賢之矩矱，非有所放而之靡與掉而之險也，循其途而默爲矯焉，以風骨爲主，以自然爲宗，長歌短奏，宮徵雜陳，循聲而按之，旨趣畢出。而凡向之所病爲剽竊模擬爲漢魏、爲盛唐者，不揮而自卻。此其苦心調劑，視昔何如？顧猶得謂之起衰陳、李已也？子武甫至西泠，郡人士翕然稱之。雖其耆生宿儒，亦樂從之往復而心折其議論，不將舍其舊而新是圖乎？於其歸也，予序其詩，所以感兩郡風氣之變，而幸古詩之將復興也。

誥贈中憲大夫沈公崇祀鄉賢詩序

先是，松江府學諸生某等以故贈中憲大夫按察司副使沈公宜崇祀狀上之府，太守以上於督學使者。既得請，遂置主卜吉，迎祀之如禮。於是鄉之薦紳先生及四方賢士爭爲歌詩，以紀其盛，且以悲公之遇，慶公之沒而得顯，而以慰憲副公之孝思於無窮也，屬某爲之序。

某竊按，公生當前代太平之後，懷瑋蓄奇，藴而不揚，其死於崇禎之十四年，豈復自意其今日也歟？然當公死時，天下亦大亂矣。且以漢永平播遷之後，下第寒士、裹衣搴裳之徒猶弛負擔而位郎署者四十六人。唐昭宗天復之二年，皇輿粗定，則詔取耆宿五人與於禮部試者，遽授之官，時人謂之『五老榜』。蓋古人於坎軻失志之餘，其遭逢之奇又有如此者。公生亂世，不遇以夭，命也，然古者瑣尾零落若此者，蓋不勝記。即其低首受書、飢寒勞苦之不恤，思一發抒其胸中所聞見，而及其顛踣不偶，久之而無所成也，則恮憏鬱悒以死。而其魂魄之所寄託之陰風曀雨、松柏之哀號，猿猱虎豹、木魅山鬼之所俯仰蹢躅而悲嘯者，又不知其幾也。然而生既屯蹶於前，沒又無聞於後者，此非夫人子孫之責而誰責耶？爰自憲副公始長，即手父遺書，飲泣而讀之。既起家甲第，上玉堂，歷清禁，持節於嵩少、大河之間，聲譽赫濯，猶時時痛父不置，以鼎養之不及也，對客則慘悽增欷。會朝廷亦軫念賢勞，不忘其所自，特贈公如子官，今又俎豆之於鄉，以春秋奠侑而饗祀之，然後贈公之賢與憲副公之孝，始焜耀在人耳目矣。此與側身荊棘、龍鍾一第者，其於命又孰得孰失耶？

或謂，公孝第聞於家，行誼著於鄉，鄉之淑其德者相望也，此謂合於古有功德則祀者歟？愚謂，正不必以此例也。夫公非有所瑰行絕奇以震炫於世也，但使經公之祠者見其終身阨塞，而今獲遂顯榮如此，則人誰不思力善教家以得名於身後？見憲副公之賢，辛苦以列其親之名於天下，則誰非人子，又誰不思黽勉繼志，期無忝於所生？於以發仁人孝子之思，彰聖天子風勵天下之盛，皆於是乎在。此諸君子相爲詠歌之志也。愚不敏，敬述具所以。

吴梅村先生曰：『前半如急湍飛瀑，出於嶔奇傴仄之間，結處則汪汪千頃波矣。』

州泉積善錄序

客曰：『古人謂陰德如耳鳴，己可得知，人不可得而聞。今《積善錄》之刻，何居？』曰：『此其故人八十歲翁朱紘氏之所爲也。』曰：『然則非吴子之意乎？』曰：『使吴子而獨行仁義，不求人知，終其身而已，謂之非其意可也。夫吴子不忍人之飢寒疾困，既已以其力之所及濟之矣。其所不及濟者，有人焉亦以其力之所及者濟之如吴子，吴子不將視如己出乎？則是書之行於世也，雖謂吴子之意，奚而不可？」

曰：「亦有説乎？」曰：「吾徵之孔氏矣。昔子路拯溺者，其人拜之以牛，子路受之。孔子曰：『魯人必拯溺矣。』魯國之法，魯人有贖臣妾於諸侯者，取金於府。子貢贖人於諸侯而遺其金，孔子曰：『君子之舉諸身，可以移風易俗，而教導可施於百姓者，非獨適其身之行也。魯國富者寡而貧者衆，贖而受金則不廉，不受則後無復贖。自今以後，魯人不復贖矣。』夫受牛，貪也；不受金，至廉也。孔子之於二子，其所與如此，而所見非如彼。甚矣，聖人之樂善無已也！苟其可以誘人於善也，利且不避，而況於名乎？昔宋富鄭公於青州，趙清獻公於越州，賑荒之法，一時名儒皆爲文紀之。而元之何長者，至微末也，胡汲仲亦爲文具述其事。此《録》所載賑荒、施藥、救災、助喪、施櫘諸事，皆有良法可守，後人倣而行之，爲利無窮。君子之與人爲善也，不獨從而稱道之，又以其法之不可没也，復樂書其事以貽之後焉。苟曰是嫌於名與利而避之，見之者亦曰是近於爲名，近於爲利，吾無述焉。是私也，非公也，宜爲聖人之所不取矣。」

吴子，名之振，字孟舉，浙之石門人。博學善文辭，方需次京職，有重名於時云。

周子詩序〔一〕

往故給事中陽羨魯巖莫公令武塘，余修知己之謁於門下，因得徧交其邑中名士。時周子渭陽羣從皆樂與余往還。巾車畫舫，南園北里之遊，探籌而飲，刻燭而賦，余未嘗不攘臂其間。蓋六年中凡四至，至則必連月而後返。時諸子多年少豪儁，詼啁間作，或乘醉叫呶狂呼，若旁無人者，而周子恂恂禮法自持，言笑不苟。其爲詩春容和雅，有黼黻之章、金石之聲。蓋幾於有道者之言，如其人者也。

十餘年來，余奔走南北，頽然既老且憊矣。前年莫師卒京邸，哭之慟，間問武塘諸子，亦多淪落失所，意氣非昔。周子惠然過余，追數舊事，相與慨歎，而余視渭陽神色愈王，袖出詩數卷，句鑱字琢，若將與後生角逐於聲律咫寸之間，而氣凌出於其上者。余方抱疴，屏絶筆墨，伻來索序甚急，益歎周子非獨其才絶異也，其精力之過人，雖既老而不衰也如此。余且欲倚之以自壯矣，遂序其詩以爲贈。

【校記】

〔一〕馮本題作《周渭陽詩序》。

陳六謙之任安邑詩序

戊午冬，予友海寧陳子六謙謁選得安邑丞以去，致贈詩至數十篇。或謂：『陳子才地高，宜得膴仕，不宜沿牒爲州縣小吏。』予讀諸君之詩，知其所期於陳子者或不在是也。安邑，故漢淮陰侯韓信所爲漢首立功地。信之事，爲君子所不道，然其志實有過人者。方其未立功時，本與世之碌碌者無以異。其始居淮陰也，一市之中皆笑其怯。至與趙戰，背水而陣，趙人皆大笑。與楚戰濰水之上，楚大將龍且曰：『吾生平知韓信爲人，易與耳。』又曰：『吾固知信怯也。』夫市中兒爲怯宜也，至使敵國之將聞之，亦輕之而不爲備，然卒以此成大功。則夫信之所以得此名於市中者，豈一日之故哉？士之志道德者，固無慕於功名者也。其志乎功名者，非其識之沈、力之堅而急於自見者，往必敗，而無急於人之知者必得之，若信是矣。且天下之公侯將相，其不爲市中兒之見者幾何？而汲汲焉欲其知之也，不已過乎？

陳子抱盛才，來遊於京師，適當朝廷下詔求士之日，孫陽之顧，一炫鬻可得。人方營營，君棄不取，曰：『丞，吾樂也。』余微觀陳子，本非無意於功名者也，今其言若是，殆與營營者異趨乎？則其中之所存，豈可意量哉？安邑故儉俗易治，新令周君其同鄉，又賢。用陳子之才，佐賢令以治易治之民，政之成也可待。鳴琴之暇，相與登魏豹故城，蹤跡其所從夏陽以木罌缻渡軍處，然後執是卷而歌之，當必有快然自得其志於千載以上者。此非俗人之所知，而諸作者之意亦容有所不欲盡也，則予安得以無述乎？

韓子集序〔一〕

吾邑前代不論，自明興，家以古學相尚，如烏春草斯道、陳光世敬宗、楊名父子器諸公，以詩文名世者遞有師承。自後子弟沿習爲制舉義，舉前輩垂世之文，庋閣不觀，而反笑學古者以爲拙於逢世，風頹波靡，不可收拾。予竊歎以爲吾鄉風俗之敝，將未有艾也。

今韓孝廉嗣君燕蓀，濡染家學，有素才，更旁通敏捷，雖漢、魏、六朝下散行駢儷、各家殊體之文，對客據几，數紙立盡。而又以其餘力爲時文，與同輩角逐藝場，往輒取勝，以是名赫赫起。括蒼舊姓用羔鴈延請，主其家塾。此邑自方希哲後，餘風所被，家絃誦而戶濂洛。燕蓀雖年少多奇，必將斂華就實，游泳於作者之波瀾，自流而泝之，不底於源焉不止也。如是，雖吾邑前輩，猶當屏息攝氣以聽君之所爲，況於今世之瑣瑣者？他日君復以其文來，吾言將必有進於此者矣。

【校記】

〔一〕馮本題作《韓燕孫集序》。

弈譜序

弈之有品，起自劉宋。於時風流相扇，至宰相論評、人主裁決，可謂盛矣。其爲之譜者，漢桓譚有《十三篇》，唐王積薪《金谷圖》，宋徐鉉撰其《凡例》，而《隋志》載棋勢數家。王世貞歷數近世國手源流，溫州鮑一中、李沖後先出，爲永嘉派；婺源汪曙劣、鮑一路，程汝亮晚出勝之，爲徽州派；顏倫善決局，後李時與齊名，爲京師派。弈之有派自世貞說始也，至今日而稱弈者尤多。

余所及見者，若梁谿過百齡，吳門李元劭、盛大有，武林季心雪，新安汪盛年，名皆出前數輩上。而毘陵鄒君以後起年少，一朝而頡頏於其間。所至高門朱邸，爭相延致。其布局一成譜，卽當時傳布。余嘗聽其言論，起手布置，若爲得勢多。若爲失勢，覺全局大勢，落落然數著可定。雖余意不好此，然每有味乎其言之也。君於是并緝前後弈譜，合爲如干卷，又蒐采經史子集、諸小說家及弈理者，卽備載之於篇，蓋欲以啟悟後學，資聞見之助，其用心亦云勤矣。夫弈之爲道微也，然猶不能以無所師法而後工。今也爲其道而棄其法，欲以求工於古人，難已。以鄒君之用心，而移之於好學嗜古者，其可量乎哉？此予之所以不能無深慨也。

李蒼存詩序

詩自四言，衍爲五七言，又有長短句者。長句間多至九言、十餘言，特濫觴於《離騷》、漢魏樂府。其後李太白《遠别離》、《蜀道難》，則詩而文矣。杜牧之《阿房宫》、蘇子瞻《前後赤壁》，則賦而文矣。作者心思蹙縮，壅閼於内，挾其才氣，坌憤欲出，則飆發泉湧，不可以古法繩尺裁量。讀者洞心駭目，不能執此而廢彼也，斯已奇矣。

蓋五經之文，《易》、《書》、《禮》、《春秋》，各具詩體：《易》《小象》、《雜卦傳》全用韻；《書》《虞書》、《洪範》，《戴記》《禮運》、《孔子閒居》等篇間用韻；《左氏傳》語似銘似謠者尤多。雖諸子亦然。以詩爲文者，古也；以文爲詩賦，則非古也，抑不害其爲古。

李子蒼存，用茂才貢入京師，自惟所挾者重，不能骫骳隨俗高下，以故累試不偶。其鬱悒無聊，激而爲放宕無涯涘之語，長篇浩歌，往往有供奉遺風。余每歎其才而惜其遇。雖然，使蒼存之斂其才氣，積爲湛深之思，將不能以文爲詩，復古之制也哉？

湛園未定稿卷三

序下

贈翁祭酒遷少詹事序

《記》曰：『行一事而三善備者，唯世子而已。其齒於學之謂也。』古者大司成教世子及士以舞干戚，語說，命乞言，皆大樂正授之以篇章之數，然後大司成坐於東序而論說之。是凡教，大樂正徒授數而不論說，論說者，大司成也。然大司成之職在論說，猶不離於口耳之功。先王之教世子，以爲口耳之功未足以成德而尊教也，於是乎立之太傅、少傅，以養之於父子君臣之道，然後可以潛移默化其志氣，使之馴習於善而不自知。故曰：『太傅審父子君臣之道以示之，少傅奉世子，以觀太傅之德行而審喻之。』此其序也。又曰：『樂正司業，父師司成。』司成，成就德行，尊爲父師，則必不僅主論說，責效於口耳之間可知也。夫其能博喻，然後能爲師。彼爲之太傅、少傅者，又豈與夫樸魯少學者泛而論父子君臣之道，如木偶之拜起然哉？故愚以爲兩傅之職，非司成、樂正其人莫足當之。古者天子師傅多兼官，況世子與？考古所謂太傅者，略近今詹事之制，而所謂少傅者，則今少詹事之職也。然則今祭酒，猶古之司成乎？曰，古者司成得教世子，後世齒胄禮廢，而今之祭酒所教者，僅國之俊造而已，宜其與古異矣。

前年，皇上命東宫出閣，講學文華殿，特召歸德湯先生於江南，命以禮部尚書管詹事府事，重德行也。踰年，蘇州翁先生亦自國子祭酒擢爲少詹事。先生表帥六館，盡祛監中夙弊，所條奏諸教育法準於古制，時議惜不盡用。今而知朝廷之用先生，其意良厚，而其職則以古司成而行少傅之事，無以異也。據今之職，則先生之論説方有事耳，循古之制，則審喻以太傅之德行，而使湯先生之道爲不孤者，先生得無意與？

嗚呼！自秦、漢以來，二帝、三王之遺跡盡矣。今聖天子獨稽古禮文，肇舉盛典，擇人而畀之，而先生適逢其會。此予之所以親見之而尤幸，而尤樂其與湯先生相與以有成也。

贈汪檢討出使琉球序

古天子行人所至，止於五等封國而已。自漢開西域，持節而馳者，鑿空生事於萬里之外，爲君子所不道，然猶未及於海外諸國也。其後東南諸種類，始稍稍通貢中國，而其中所謂琉球者，隋大業間嘗發兵攻之，終不能臣服。至前朝始稟正朔，奉職貢，以及於國家開創之際，尤祗效臣節。四十年間，航海之賫數至，天子嘉其勤也，復以其國俗好文學、敦禮義，不欲鄙夷其人，乃妙選臣僚，銜命往撫之。於是禮官同諸大臣及科道官，會推以翰林院檢討汪君充正使，名上，依故事，賜一品服，齎詔往。

前年，汪君以文行超卓膺制科之選，天下無不聞其名而慕之。今將中朝之命，臨賜絕島之國，百靈效順，趨走翼衛，揚帆鼓棹，直不十日，可抵其境上。則夫聆其聲名，挹其言論風采，以帖服震讋，竦然增上國之重者，豈獨中山君臣區區之是爲哉？環島而居者，小大國以十數，將必有聞風景附、爭集闕下者，使盛朝之崇德鴻業，磅礴無外，汪君且與有力焉。君行出自閩嶠，乃者封疆大吏鳴劍踴躍，庶幾伏波橫海之功。然艅艎之師銜尾相屬，迴翔而不進者，三年於兹矣。或謂十萬之衆不必賢於一使之任，然其利害未可懸度也。傳曰：『有可以安國家、利社稷者，則顓之。』言使之有遂事也。以君之才，顧其勢不得以遂事。比其歸也，圖畫其所見山川形勢，設爲方略以上之，以待謀國者之有所擇而用焉，此亦良使臣之職也。

送王少詹使祀南海神廟序海神，唐稱廣利王，宋加號洪聖，明洪武三年詔：『嶽鎮海瀆皆去封號，稱神。』今制因之〔一〕

嶽鎮海瀆之有定祀，皆本於唐開元禮。百川之水，惟海爲大，而南海居委輸之極，從廣州城南受三江之水，分東西二道，東南直抵甌閩，西南抵駱越，以及東西洋以往諸國，無所不到，於四海之中號爲尤大，稱天池焉。故祀典獨重南海，而韓退之作《廟碑》亦云『南海神次最貴』者，以此也。在《周頌·般》之樂章，《序》謂『巡狩祭四嶽、河海而作』，則巡狩之祀海，其來久矣。

今康熙二十三年，削平巨孽，中外無事，皇帝將以時巡天下。爰考古禮，分遣諸朝臣告事山川，而以詹事府少詹阮亭王公往南海。惟國家撫有疆宇，大海之中鯨呿鼇擲、憑妖鼓怒於波濤之內，山河爲之簸掀，日月爲之霾曀，如是者幾四十年。一旦風恬浪霽，纖塵不驚，依島之國，占風而至，瀕海百姓，含哺嬉游，使吾皇之德化洋溢無垠，神之功亦偉矣。南海之神，既大而靈，以默佑我國家，其功尤偉。天子特以使事付公，豈無意哉？

按《廣州志》，廟在州城南八十里。本非島嶼，而陸行山徑崎嶇，不若一帆之便。退之於刺史孔戣之親祀，至誇爲僅事，亦以往時刺史怠職不虔，委事於副，而戣獨能稍自異於前政，爲可述耳。今天子既下南巡之詔，獨嶺南地以僻遠不得至，度公之往，布宣上德，喻所以憂民疾苦之意至備。吾知五嶺荒徼，俚人蜑戶，必將如望屬車之清塵，趨走恐後者，民氣歡悅，神嗜飲食。由是言之，則海南萬里清晏，呈祥效珍，用協贊我無疆之景運，豈有極哉？一祀事之躬親，誠無足道。是役也，天子不以屬諸他而必以公行，其果非無意也已？

【校記】

〔一〕馮本題作《送王少詹使祀南海序》。此題下注馮本在『而韓退之作《廟碑》亦云「南海神次最貴」者，以此也』句下。

賀崑山徐公入閣序

崑山徐公之以戶部尚書拜大學士也，其爲戶部視事裁五月。於時僚佐之樂其大用而惜其去之已早者，件繫公在事政績，將勒之貞珉以垂永遠。公聞亟止之，既不得願，而以某之辱知於公最久也，則請爲文述其意以進之。某辭不敢，又固以請，且曰：『公之懿美，固不待文以顯，然某等之得各庀厥職以幸免於罪戾者，皆公之賜也，其敢忘諸？』

自公之來涖於此也，故事，說堂先滿後漢，公令同日以戒吏玩。十四司事條例互異，吏上下其手，恣爲奸利，公趨畫一，庶司秩秩。禁三庫官胥乾沒，四方解吏朝到夕發，掾營闕累數千金，是名頂首，迭來盤踞，公黜其尤，下召募之令，窟穴斯去。各省以軍支上部未銷，費且不貲，輒援恩赦，概豁除之。及一切倚閣，鉅細筆覽，遄就結案，吏牘大減。舊各司署事，恒有所偏視輕重，漢堂畫諾，吏巧侮弄。公凡所披駁行移，毋或參差，集益和衷，一出於至公。雖督撫上陳利弊，臺省獻替，向所謂不便奏停者，遇有可采，輒破例覆行之。以此故，十四司官皆樂爲盡力，而中外事關度支，亦自謂人人得舉其職。凡諸弛張，其見於暫者則然。惜某等之不能以公久留，樂觀其成也。

愚則謂公之得爲戶部，自今日始也，諸君何異焉？夫今之內閣，名與古宰相異，其實卽相職也，在周則所謂天官冢宰者也。《周禮》冢宰之職，雖無所不統，其大者八法、八則、八柄、八統以用人，九職、九賦、九式、九貢以理財而已。理財與用人對舉，此則《傳》所謂『斷斷無他技』之一個臣之事而已。後世以《地官·司徒》有泉府，遂舉國家財賦之出入并而屬之司徒，此戶部之職掌所由設也。不知司徒本以掌教，泉府所司，特市之徵布與國服爲息之令，其他小司徒、遂大夫以下，所謂任土、經野、徵賦之類，一切皆與國用出入之數無與。而冢宰所統，其職有掌受財、受用者，有掌聽其會稽者。至於王及后、世子之膳服賜予，皆得制其節度而擇人以任焉。由是觀之，古蓋無戶部之職掌，戶部之政一領於冢宰。上以制國用，下以阜兆民，順陰陽之宜而遂萬物之性，此三公之所以坐而論者也。其事至廣至大，其法至精至微，非夫道德之純備、智慮之淵謐與夫學問之深造者，不足以與於此矣。自漢以來，《周官》之意漸微，或問宰相以錢穀，曰，自有主者，或以宰相領度支鹽鐵，或兼制置三司條例司，無論分合，均失之矣。

公少以才器受知先皇，及事今上，從容啟沃，出總内臺者三十年於兹。正色立朝，潔己率屬，謀王體，斷國是，謇謇諤諤，無少顧避，時稱爲社稷臣者，天下無異辭。所設施於戶部者，其略也。然今之内閣事權，亦與古少殊矣。聖天子慨思至理，特登進公左右，毘贊大業，官仍以戶部繫銜者，豈徒循其名歟？意者由今之道而欲稍寓古之制，隱然以天官冢宰之任責之與？而公以其道德之純備、智慮之淵謐與夫學問之深造者，起膺明命，用其道以致太平，一如成周之盛時，斯可謂君臣同德，千載之一遇也。夫處公於政府，與一部之辦治，孰爲大小，易明也。然而諸君猶不能無以私公之不得爲憾者，蓋古者僚友相厚之誼，亦愈以見公之賢也。愚不敏，敢竊颺其盛焉。

贈李編修出守臨江序

唐翰林院之設，特以待諸供奉者。其後設學士，事寄漸隆，然歷代内外參用，出入不常，而爲州郡刺史者，類多鉅公碩儒，所至樹名績，後輒去爲大官。其遺風餘韻之在其地，常歷久而不衰也，與夫俗吏之刓精疲神、沈埋於案牘者異矣。

明初，命編修以下考駁諸司，奏啟平允，則列名封上，欲其諳練世務也。後永樂四年，以待詔解縉等七人入直文淵閣。次年，遂詔內閣儒臣考滿，勿改外任。於是，後之爲詞臣者以偃仰養重爲自異於諸司，累資積級，不十餘年而至公卿矣。余覽明洪武後列朝《實錄》所載諸學士傳，歇歷清華，至老無一事實可紀，就其間豈無卓犖奇偉如唐、宋諸公者？而湮沒於無稱，至不得比於州縣之末吏猶有事功可以表見，亦可惜矣。夫養儒臣以儲公輔之選也，至問之決獄數不知，問之錢穀不知，異日何以爲佐理天下之具乎？此非有國者之利明矣。

本朝順治間，嘗揀有才望儒臣外補方面。其時大臣奉行不稱，或反用其所忌者充之，遂至一出而不返，而成例卒不可變。今上二十七年八月，吏部當大選。時知府缺多邊遠，有力者巧爲營避，詭託郎吏俸淺不及數，遂懸缺簽至二十有一，積數月不掣。言官屢奏，謂二千石，民命所繫，不宜久曠。上下其議，部守之益牢。上知其成見不可破，遂以今十二月甲辰，奮然引見諸郎官，益之以編檢。俸深望重者三人，親填注各缺，付所司，刻期赴任，勉以大用。一時翕然稱快，頌皇上識治體要，明於知人。而編修德州述修李先生，遂得臨江以去。

時先生當補少司成，已咨部數日矣。既得郡，念太夫人在籍遠，艱於就養，恒憂見於色。予從先生館局久，知其爲人沈深有器局，慈惠能利物，厭飫經術，不苟追隨，有古名臣風。其視治一郡，直承蜩而掇之耳。自平原具船，由漕達江，不兩月可抵治所。欲避江行之險者，取道武林、上衢，信泝流千里，灘勢迴曲，澄波疊嶂，夾岸深林茂樹，文禽異石，足以娛目爽神。太夫人雖老健飯，涉此不難。昔司馬子長爲《雋不疑傳》，詳書其尹京兆時受母誡，錄囚徒多所平反，卒以此名重朝廷，而其母亦聲施至今。予雅聞太夫人賢，佐先僉事公歷任有聲。先生素被教，迎養以往也，待其政成還朝，將必有操筆而書之如子長者，豈不亦母子俱榮哉？孰與夫前代之湮沒於無稱者？先生其亦幸而得遇其時也，又何戚戚於中耶？

別葉編修序

昔鮑叔既脫管子於囚，且進之桓公，而以身下之，其恩大矣。然而管子既貴，未嘗舉以爲言。其所言者，乃在貧時與鮑叔商賈，逐什一，分財利，與夫浮沈卑冗而卒伍廝養之事，豈誠一時之感激有甚於生死而貴賤者與？蓋嘗論之，夫士固有蹈白刃、輕千乘而不顧者矣，仲雖伯佐〔一〕，抑其自待者重，以爲生死貴賤、危相扶而安相攜者，乃朋友之常道。惟其平時知己，有隱喻於形跡之外而不可以告人者，此其不能以頃刻忘也。故曰：『生我者父母，知我者鮑叔也。』其謂：『我嘗爲鮑叔謀事多困，而鮑叔不以我爲愚，知時有利不利也；嘗三仕三已，鮑叔不以我爲不肖，知其不遭時也。』予每反復此言，竊怪以管子之智計如神，舉齊國而用之，惟所欲爲，何獨暗於小事而拙於謀身至此？既思得其故，則又不禁欷歔以起。

蓋嘗讀《詩·緜蠻》之首章曰：『緜蠻黃鳥，止於丘隅。道之云遠，我勞如何？飲之食之，教之誨之。命彼後車，謂之載之。』此微賤勞苦而求援者之所爲作也。賢者失志，至一飲食之微不能自具，而望給於人，此其昏迷顛沛之狀，必有可憐者矣。然而自古豪傑之士如此者，往往而有。故人智我愚，人得我失，人愛我憎。及其甚也，舉目投足，無一而可，殆所謂『行拂亂其所爲』者。而管子之才之賢，其猶不免於是歟？當此之時，有能飲食教誨之者，幸也。即不然，而詆侮訕笑之隨其後，甚且非意加之，極之其所往，人非甚堅忍，鮮不喪其所守矣。愚嘗以是求之古人，而欲如鮑叔之於管仲者，何不數數也？幸而有之，是可不爲之流連而三歎已乎？以予之得遇君於此也，今之去也，不能以無感，故書管子之事以見志焉。

【校記】

〔一〕『伯佐』，馮本作『霸佐』。

送陳紫馭遊永康序

陳子以九月戒途遊永康，予送而謂之曰：子之是行，以爲知己報乎？抑將因以有求於彼乎？顧視子貌，若有所不屑而强就之者，然豈其亦有所慨於中乎？予前年遇知於所司，與子同，已而失意，又同。計子交遊中，知子宜無予若者。以予之卑賤，久羈於此，所嘗人情險巇百端，每悒悒不樂，日思買田種藝，杜門讀書鼓琴以自娱，猶不能舍此而遽去，而知子之必有慨於中者，以予信之也。子姑慎其所往哉！

婺州山水豐厚，人物敦樸。當宋南渡後，衣冠避地，多出其境。宋元之際，朱、吕學延蔓於八邑，至今猶有傳者。子負材藝，修仁義，立然諾，持是以往，安在其無遇也？永康之學創於陳同甫。同甫要爲麤豪，然朱子深愛其材，與其往復辨難數萬言，卒欲歸之醇正。其緒言餘蹟，亦垂至今。子遊其鄉，蓋亦虛往而實歸矣。子之師爲賢令於彼，潔然仁以清，無亦以吾言叩之。人不學道，老至奄忽，遇不遇，何足論哉？

送徐道積序

徐子將北上，其友載酒飲餞於昌亭之外，顧予盍辭以贈其行？夫徐子之爲人，予既知之矣。前年戊午，予與並轡而北，相得也。既至，而予臥痾浹月。所居室纔容榻，塵坌堉鬱，腥穢襲人。徐子去予五六里而舍，間日必詣予問所苦，視食飲多少，坐語移時而後去。已力疾就試，凡僦屋賃車、藥餌器用之資畢給。當是時，予初不知其遊子之戚也。一誤失於有司，不加怨，恬然而就道，三年於此而復行。徐子之待人厚以恕，其處己也恒嗇於外而務充於中，彼惟其無求於人也。然予觀徐子，其用意遠矣。

方今太平初奏，聖天子奮然思起積玩之習，虛己以待總憲公之讜論。比年以來，振綱肅紀，悚切中外，人皆謂總憲公功。公與其伯仲兩公俱用風節，比肩立朝，遠以慰天下之望，而退焉以有所共樂於彼也。徐子往矣，朝夕奉侍之暇，質問之餘，必有不言而觀感者。吾見子學識之深造，未有已也。昔漢李郃爲司徒，其子固每到太學，密入公府定省，人不知其爲三公子也。後卒爲漢名宰相，樹功社稷，世其忠孝。自常人之見觀之，則子弟之謹飭，何與人國家事？自君子觀之，則遠大之器識必根於此。而徐子之能爲，固異日之所爲也，其理有不足疑者矣。徐子挾儁才，操紙筆，從白衣舉子發策決科，取世俗所炫燿，此叩其囊底之智足以辦之。以非總憲公之所期於子者，故予亦不得而稱也。

送馮子序〔一〕

維歲之春，予友秦君别予而西。未數日也，馮子孟勉亦來别予，將西適吴會，放大江，觀於洞庭、匡廬之勝，而稅駕焉。二君者，皆今之賢君子也。予非二子之與遊，則不能一朝而樂，而相繼以去予，則予之悲可知也。

去年，馮子客吴中，寄予《葛嶼十詠》。馮子曰：『葛嶼去吴江縣東五十餘里，其地有禽魚葦蒲之樂，灌溉之饒，居人之環而食其利者百餘家。中有唐隱士張志和祠，蓋志和浮家泛宅，往來苕霅中，意此其經遊之處，而後人之因而祠之者也。』宜馮子之有樂乎此也！然予讀馮子詩，自傷其親戚之違離、朋友之失處，憤悱哀怨，若不知有文字之足樂，而賢人逸士之蹟、遺風餘韻之可愛而可傳者，必其無所樂於中可知也。即秦子之言，亦猶是也。

予既悲二子之别，二子亦復自悲其别。然則二子之屢役於西方也，其亦有不得已者乎？顧予非能不爲别也，勢不得别也。别與處，奚擇哉？方秦子之歸也，客有授其琴數引者爲予奏之，鏗然以和，醳然其志，油油然其自放焉，豈非得於中則忘其外者哉？其所得愈重，則其於外逾輕矣。馮子之往而復以詩貽予也，予固知其不以悲而以懌也。

【校記】

〔一〕馮本題作《送馮孟勉序》。

送王子序

王子言其家在金陵東郭門外，近前孝廉王元倬高士居。孝廉先世東浙人，中明崇禎丙子鄉試，見天下亂起，遂不赴南宮試，隱居養親，著書自娱。日爨蔬飯糲不給，所知或遺之酒粟，固不受。有一子一孫，皆死，唯曾孫二人侍養，年垂九十矣。王子言如此。王子負氣好奇，與予同寓維揚郡齋。每納涼露坐，言必及孝廉。予聞王子言，亦愈欲知孝廉本末。每問必及之，令其盡言。時同坐者有邈不相聞，有聞而微反脣者，余與王子不顧也。世無知孝廉者，獨王子以大父行事之，與相師友。予謂王子歸而益勉之矣。

在《易·剝》之六三曰：『剝之，無咎。』善其能去其黨之不正者而從上之正也。《復》之六四曰：『中行獨復。』善其能與衆同行而獨應乎初也。此二者，其志相類，而處《剝》而得無咎者尤難。蓋《復》初九，一陽始生於下，正君子道長、小人道消之候。有識者能早知其機而與之並力並濟，則足以因禍而爲福，轉敗而爲功。雖其本無計功謀利之私心，然而事勢之相值，固有不得不然者。至於《剝》之將變而純陰，則厄運交構，正氣彫落，獨有一上九之陽僅存，如碩果之不食，而其勢亦無可爲矣。方是時也，其羣陰競進，因勢利導，形生氣長，而六三一陰獨能解去其同類，與上九之君子相從於枯槁而不惜，非其中之有大不得已者乎？故《易》曰：『無咎。』而孔子又悲其失上下之助，無所望而甘心於此也，然而其義則已無過矣。故曰『其志相類，而尤難於處剝而得無咎』者，豈非以其有上九而益難哉？故君子之與人也，及其時之可以有爲；其時之可以有爲，則與之共濟以成其事；其時之不足以有爲，與之共濟以成其事矣，然而君子猶不忍恝然去之者，則命也。《易》之學，期於至命而已。窮理盡性以至命者，通與塞不異其中者也。

或曰：『《剝》之上九既不用矣，復曰「得輿」，何也？』此固聖人之微意也。曰：『使斯人者幸而復用，則陰陽之勝負猶未定乎？』蓋使《剝》之極而必爲純陰，則君子之道終消，盈虚消長之數將一定而不可易，非聖人扶陽抑陰之意也。君子之高尚其志也，雖其無意於天下，天下惟其潰爛而不足爲也。使其一有更易，則君子必出而爲天下用。君子之道常勝，小人之道常不勝矣。君子之道勝，小人之道不勝，則《剝》不終《剝》矣。《剝》之必極而爲純陰者，數也，天也。《剝》不終《剝》者，數也，天而人也。此吾之所得於《易》者，子往而從孝廉於其鄉，當必以是質之〔一〕。

【校記】

〔一〕『子往而從孝廉於其鄉，當必以是質之』，馮本作『子往而從孝廉遊，其以是質之』。

送董君序

京師者，士大夫之所集而名利之場。四方宦遊者挾卷冊、操技藝，皆聚而角材於其中，得則聲價驟起，不得則匍匐歸耳。

董君者，以星學自西浙來，遊諸搢紳間，言某某當貴賤，某當遷，遷某官，以某月某日某當罷或受譴責，率刻期取驗。其近者以旦夕，遠者或數年，保抱嬰孩，或不啻數十年後，則執其近者以取驗，於其遠者亦若責左券可待，故諸貴人爭傳客之。

不數月，挈千金歸。其術業精，取償博，享之無愧也。人曰：『董君佳士，寧屑屑爲此，無亦借是以翫弄公卿、謿笑豪傑如東方生者耶？』然以君之道觀之，則京師士大夫之風尚可知矣。

送鄭庶常請假歸省序

龐公隱峴山之南，答劉表問曰：『世人於子孫，皆遺之以危，吾獨遺之以安。』遂攜其妻子隱鹿門山，采藥不返，此處亂世之道，宜然也。若生逢有道，而令子孫無失其家學，澤及生民，乃所謂『遺之以安』也。王霸隱居，見令狐氏子來，容服甚光，舉措有適，顧視其兒曹，蓬髮歷齒，未知禮則。客去愧臥，終日不起。是時，當建武重興、聖作物覩之會，人爭以文學自奮，生子不才，叱牛傭耕，正可恥耳。其婦護前，飾辭解釋，真兒女子之見也，而范氏侈之爲美談，過矣。

吾邑平之鄭先生，醇德舊學，推重鄉里，自以前代遺老，不營人事，屏跡杜門，日以讀書養性爲事。屢空，晏如也。余友禹梅，其長君，本經術爲文章，務追古人，致之實用。數上公車，不第。今年始以其經魁南宫，列館選，遇覃恩，封其兩尊人，假告歸省，行有日矣。爲禹梅賀者，且疑爲先生所不喜，是惡足以知先生哉？先生懷奇襲珍，義不苟就，度其心，未嘗一日忘蒼生者，舉平生未竟之志，付之禹梅，茲其所以爲適也已。余視戊辰一榜，具慶者無慮數十人，然皆少年速化，無足深羨。禹梅春秋且逾艾，先生暨夫人偕老鹿車，徜徉於鸛浦之濱，蚤起宴息，視聽益聰明，食飲倍進，此豈人力之所能爲哉？今禹梅歸不一年，且散館復來。自斯以往，或乞歸終養，或娱侍京師。出則荷組黻之榮，入則遂綵衣之奉，事君事親，兩無所欠。余自維樗散放廢，禄不逮養，爲禹梅述此，譬如渴者之談酸，津流被頰，無濟實用，徒自傷恨而已。若夫鄭氏之樂，豈有既哉？

送王白民隱居南歸序

禮聞來學，不聞往教。古者大夫、士之致仕居其鄉者，爲父師、少師，《儀禮·鄉飲酒》與《鄉射禮》所謂先生是也，以教其子弟，皆不出其里閭。蓋古者師弟子授受以道，道在故來學，道尊故無往教。夫子『自行束脩以上，未嘗無誨』而不往教，是鄉先生之義也。自後周衰道喪，師教益廢。漢得遺經於秦火之餘，諸儒人自爲說，國家有大議則必問以經義云何；弟子講說，必問其何所師受。一大師門，學徒嘗多至數千人。御史大夫張忠辟孫寶爲屬，除舍欲令授子經，寶自劾去，引《禮》不往教之義，忠不敢强。蓋是時，道雖不明於天下，而人知尊經，經非師則不傳。故其所以自待與人之所以待之者，俱不得以或輕，凡以經學之重而然也。古者尊道，其次尊經，皆不廢師。又其後科舉學盛，則經學愈替。國家取士不必通經，士以專經取之，不必問其家學所自。於是士之抱經以處者，士大夫家闢一幸舍，田舍翁積十斛米，得折柬而召之矣。北魏元欽性鄙吝，嘗託高僧壽爲子求師。師至，未幾逃去，以讓僧壽。僧壽性滑稽，謂欽曰：『凡人絕粒七日乃死，始經五朝，便爾逃遁，誠非去食就信之義。』欽乃大慚，蓋當時之風俗已如此。

今世孤儒窶生，常不遠數千里負笈以求爲人之師，猶不可必得。幸而得之，自非素習禮教舊家善族，其視遇其師不啻廝養。譏呵出入，窘餓拘囚，賓親不得通，臧婢相侮笑，至有流離顛蹐無所於歸者，師道之不立，非一日之故也。友人王子白民治經有法，恬於進取，特以詩稱江湖間久。近且爲童子師於京師，幾七八年，齒髮衰脫，落拓塵市，囊不蓄一錢。今晨來别余告歸，余曰：『行哉。』亟作詩送之，又爲之序其所以。王子任真樂易，無骯髒失意之色於去就間。余爲之序，不悲王子之不遇，徒以歎夫道廢經絀，而時之不古若焉。

贈永樂寺僧序

從弟友棠，讀書邑西龍山之永樂寺。至京師，數爲余言寺中之勝，嘗賦十詠以志之。余因是每思從南歸之暇，得杖策其間，以覽其所爲十詠之勝者。比還里，羸料理人事，三四月間無停晷。少間，復謀北上，將懼不果遊。而寺中住持月潭上人，予族叔祖也，來訪余，且言曰：『寺創於宋淳佑中，迄今殆五百年。其間廢而興、興而復廢者屢矣。今從燼餘初復之後，殿宇宏敞，齋廊靚飭，鐘魚梵誦之音交出於林樾，而足以聳遠近之觀聽者，皆吾師德聚之力也。師自十九薙落來山中，清齋蔬布，修行勤苦，數十年如一日，而今僧臘七十有一，且老矣。竊念此寺尊宿在明洪武間有西曙禪師，以博學召理典籍，歸，新寺宇，僧寮至三百間，田畝十倍之，飯僧如田之數。宋學士景濂贈之以詩，戴九靈避地山中，爲

《二蘭軒記》。先是，柳道傳與僧正宗契厚，棲止於寺之水竹居，其爲《上福龍山記》猶存集中也。至今寺產蕩析大半，住僧纔二十餘人。所謂水竹居者，雖故址不可復識，然諸道人名字得不與兵燹之劫灰俱燼，而猶傳播於人口者，徒以數公之文字足留之也。吾受師恩，慮無以爲報，私謂惟託於文字，足以垂之久遠。而西曙、正宗之間，後有以位置吾師者，非吾子之文，其誰屬與？』予雖恨未得一從寺中遊，而猶樂道師之賢，且以寺之故事不可以無紀也，於是乎有贈。

壽序

誥封都憲陳太公壽讌序〔一〕

古者養老之典，歲舉者有七，而其所養者有四。四之中，一爲三老五更，一爲致仕之老，此二者皆以德養者也。以功養者，亦有之乎？曰，古者無無德而有功之人，其能有功者，是德之致也，則古天子斯養之矣。說在於《周禮》：『以八柄馭羣臣』，『五曰生，以馭其福』。注者謂：『生猶養也，福則《洪範》五福之壽也。』臣有大勳勞者，使其子孫養之，以及其壽考康寧。就其大者，伯禽封魯以養周公，而至於能利濟捍衛其一鄉一邑，慮無不得，遂其子孫之養可知。自後世養老典廢，特以子孫貴顯，褒崇其祖父，猶曰，是其所教於家者云爾。雖彷佛於古馭福之意，求其能實以功受子孫之祿養可無愧者，蓋鮮也。

今誥封都察院左都御史濩澤陳公則異是。公少時於書無所不涉獵，尤性諳韜略，感慨尚義，有古烈士風。當明季寇氛充斥，按兵法百樓不攻，築甓爲敵樓數仞，率鄉里保聚。值寇圍急，自縋樓下，將請師於鎮將，緪絕墮地，急縋而上。賊驚顧無敢近，尋解散去。入國朝，益拓樓内外爲小城。適叛帥起河東，必欲得公以自重。公抵其書幣，大罵卻之。賊怒來攻，公拒益力。是時環賊州縣文武吏，或降或竄，而公以一布衣創義，提不教之卒，守空孱之壘，抗賊數千，挫其鋒鋭。未幾，賊大破壞，公與有力焉。此於功賞爲中律，而公方退襲儒服，務以德率先鄉人，絶口不言兵事，以故時無知者，然竟以司農公上卿之俸，致養於家。今去此又數十年。公年益高，德益劭，而司農公聲望亦日益重，天子方倚之爲輔弼。三官紈綺、上方法醞之賜，交午於邸第。所以佐公旦夕之養，以安司農公之心，而欲與之共致太平者，匪特如古之所謂馭福者而已。

然而公之得此於主上，則有非偶然者也。某執鉛槧，獲侍司農公於館局有年，顧内維譾劣，承獎掖教誨之無已，以其間竊窺其道德之光華，器宇之凝重，因是以想見公之爲人，蓋十得八九焉。維歲之秋，值公八十初度，爰備著其忠孝大節，爲文而進之。非以爲公一家之謂，以爲國家復舉養老之典、馭福之柄，必德功兼立如公者，始當之無愧也。

【校記】

〔一〕馮本題作《封君陳公壽燕序》。

誥封都憲陳太公八十榮壽序代壬戌科進士〔一〕

前年，天子覃恩海內，嘉與士大夫，於是今大司農陳公得再封其太公爲都御史。比今年三月制下，門下士之在都者皆舉手加額稱慶，而公顧若有所深念者，良久曰：『吾蒙恩遭際至此，入侍禁闥，備承清問，出掌度支，與謀國計。惟是夙夜匪懈，以圖所報稱於萬一者，而未得其方。乃吾親以今年七月稱八十觴矣，吾兄弟五人，中外子女數十輩，羅拜堂下。顧吾以長子而不得奉沃盥、承色笑於其旁也，子以爲我心能樂否耶？』

某等進曰：『是乃夫子之所以爲孝也。《經》不云乎「孝，始於立身，中於事親，終於事君」？豈非以其得君而仕，推其所以行己者於天下，使無一夫不被吾君之澤，而因以揚親之令名於無窮乎？蓋仲尼之望曾子以卿大夫之孝者如此。若夫屏居子舍，朝夕定省，以謹修夫菽水之養，是則所謂士庶人者而已。以士庶人之孝孝其親，夫子必不爲，孰謂太公而願夫子之爲之乎？且某嘗側聞太公之爲人也，少慕漢田子泰之風，磊落負濟世志。初事舉子業，見伯兄侍御公起家成進士，慨然曰：「吾可以無事於此矣。」退綜家務，雖好施急病，而生業日饒。值明季橫流，寇盜充斥，乃出聚家資，率親黨築土堡保聚，賊往來不敢犯，後遂擴其堡爲小城。而適當國初，叛帥反據大同，聞太公名，必欲招致之。公則手裂其書，抵其禮幣於地。賊怒，益師來攻。登陴固守數十日，得救圍解，一村數千家不終陷於不義者，太公一人之力也。此與田子泰之堅辭袁氏辟命，聚衆徐無山中，盟誓約束，歸命中朝者何異？及乎功成身完，褐衣蔬食，自溷閭井，則子泰之不欲賣盧龍以易賞祿之義也。然太公濟物之志愊側胸臆，雖老矣，猶亹亹論天下事利病不休。既夫子連舉進士，官中秘，受兩朝不次之遇，復慨然曰：「吾果可以無事於此矣。」遂摧機息幢於十畝之間，訓課子弟，務爲明理達用，期以所學上報君父。而甲子之役，次公某登賢書，諸象賢復蒸蒸起矣。聖天子嗣大曆服，無疆惟休，亦惟是一二耆耇，日篤不忘。在昔唐寶曆中，楊於陵僕射入覲，其子嗣復方知貢舉，率兩榜門生郊迎，宴新昌里第。嗣復引門生列兩序，元、白諸名士俱在坐，賦詩以爲榮。異時夫子翊贊玄化，躋世仁壽，而太公安車至止，膺憲乞之典，某等門下士二百人次第上壽邸中，意必有如元、白其人者倡爲歌詩，播之樂府，斯乃太平之嘉瑞、國家之盛事，非獨稱豔於一時一家已也。」

司農公於是听然而笑曰：「有是哉！是吾父之所願聞也。」遂命書其辭以歸而侑觴焉。

【校記】

〔一〕馮本題作《封君陳公八十壽序代》。

送中學憲赴任過里爲茅太夫人壽序

今僉憲申君任禮部郎，至京師未久也。太夫人在里，春秋高矣，每思念不置。會粵西督學使缺，廷議擇可者，乃越次以授君。君一不自喜，而以益遠太夫人，有愀然之色。又念是役也，當過家省覲，而行適值某月之初，太夫人八十初度，則求於能言之士爲詩文進之，以冀太夫人之一笑也，以慰其離憂之思，而請某爲之序。

愚維古之君子，其未仕也，有爲養以求仕者矣，及其既仕也，有以不得遂其養爲憂者矣。故方其憂不及養，則惟恐其仕之不早，及其羈絆於王事，驅馳於道路，而汲汲然憂不得遂其養之志。則其視一官之爲累也，又惟恐其去之不速，此二者皆過也。

夫親之不可以無養，固也。若夫仕不仕，天也，而豈我之所可預必其間者哉？惟有道者不然。時不吾與，蓬累而行，菽水而奉，非儉也。時已遇矣，道已行矣，而內顧吾私有不可以兼遂者，則資於事父，鞠躬盡瘁，而初亦無害於吾之爲孝。蓋事親誠則能使親忘其貧，事君忠則能使親之不樂私其子。使親忘其貧者，士庶人之孝也，並能使親之不樂私其子者，此可謂卿大夫之孝也。此古之君子所以推心任運，無入而不自得者也。曾何有於二者之足患乎？

吾聞太夫人，故吳興副使鹿門公孫女，及歸爲相國文定公諸孫婦，佐先大夫成名，而以盛德稱中外閫範者數十年。彼其於君臣父子之義講之有素，則於僉憲君之是行，必有欣然願其去而樂其志之得行者也。君以此思之，宜其中亦無不可灑然者。粵西當用兵之餘，王化再沾，人文日起，計僉憲君報政在三年大比之後，復取道里門北上，而是時太夫人方健飯，於是隨計偕諸生，執經逡巡，磬折階下，後先而上壽，亦人事之可喜者也。僉憲君益可無憾於是行。

冢宰陳公五十壽序

古之大臣佐天子出治，其功績隆宇宙，聲施溢古今，宜無不可釋於天下之望矣。至一士之不達，則引以爲己憂，而此一士者，亦以爲我寧抱道坎軻，終身而貧賤，吾心安焉。彼誠賢公卿耶？而不吾知，吾之恥也；誠知之，吾之幸也。故有棄萬鍾、薄三公而不顧，而感激於一言之下。至於窮老而不悔，非獨公卿之能知士以然也。彼士之所以信之者，其亦有素矣。如此而猶有遇、不遇之異者，誠係於其命焉爾。君子之於人也，視其人之足以知吾與否，而遇、不遇之説不以存於其中者也。

某辛酉冬來京師，東海兩徐先生曰：『盍往見澤州公乎？當今名公卿能以其學復文章於先秦、兩漢之盛者，莫踰公。』某固願聞名於執事。然初見公，聳峙山嶽，邈乎其難企也。及廁史局，日領謦欬。公見某所爲傳志而悦，後凡得某之文，輒拊掌稱善。竊垂老不自量，間隨俗爲時文，尤爲公所賞識。嘗置某文懷袖間，逢人必出與共讀，迴環雒誦。及某倖得復失，業自委命無何。每見公，必相對搤腕太息，輒淒然復起淪落之感。而公之於某深矣！公今尚書吏部，稽之於古，則天官冢宰職也。然事勢不同，古冢宰足以進退百僚，而今自黄綬以上，循資拾級，吏部不能以其意爲伸縮，況得開口薦一士耶？然而今中外共以公輔之業歸公無異詞者，以其不忍於一士之不達爲己憂者，此真古宰相之用心也。昔孔子之人管仲，第舉伯氏没齒無怨一事；司馬遷傳晏嬰，止載其能拔越石父。而晉叔向之得爲君子，亦以能感於堂下收器之一言。則夫一士之微，雖若無係於天下，而觀古相業者必因之，如之何其可忽也？

公太公封都憲公，今年稱八十壽，某曾爲文鋪揚盛事，而公亦於今年冬爲五十初度。自此黄髮台背，弼成聖天子鴻業，豈有涯哉？然愚不敢以常情祝嘏，而自述其感恩之私，以代壓絲吹竹，而藉手侑觴於庭，亦承公知己之意，不敢以浮詞溷也。《詩》曰：『神之聽之，終和且平。』愚匹士之言也，邀神之聽，意者其在是與？

送姚子南歸爲其母夫人壽序

今國家定制，仕宦無兄弟者得歸終養，而凡仕於京朝之官，歷俸六年，例得請告歸省。此制初不見於三代之世，蓋三代仕者舉不出父母之邦，苟非行役在外則朝溫而暮清，日可無廢，故終養之典不著。然其君之所以體恤乎下，下之所仰望乎上者，猶惟以將父將母爲惓惓，一不得則君懼無以使臣，而臣亦不免哀怨以思以懼其不能盡心於所職，如《北山》之歌、《陟岵》之感是已。況於後世背離膝下，踰越數千里以事君，而東西南北之唯所命，夫至是而不思所以審處而曲慰之者，有國家者之過也。至於例許得歸而不歸，吾未知其何說矣。

余在京師久，所見公卿間多以官爲家。其位益峻，禄益厚，則決去益難。有未葬不除服，數十年而襲朱紆紫自若也；有親老篤疾，而恬不請告，歌呼飲酒者自若也；有已聞訃而隱匿不去，或列騶從、張車蓋、傳呼以出自若也。蓋縉紳之清議不立久矣，大臣如此，則下何觀焉？以故風俗日偷，而盛朝光明駿偉之烈不炳耀於世，甚非所以稱聖天子以孝治天下之意。

一日，友人姚子曆初過余辭行，問其奚往，姚子曰：『吾母以明年正月屆七十壽，行歸省，欲得子文以佐觴耳。』余曰：『今仕宦於京朝者，絕不聞以母子相依爲人生可樂事。子以寠客思親，急裝出國門，意不返顧，天下名教獨身任之，固當。』既又曰：『夫子之親，亦幸子之不爲士大夫耳。不然，子亦且如諸公者以身許國之不暇，雖欲返歸衡茅，烹雞炊黍，召會鄰里，上壽於老人之側，得哉？子姑行矣，勉之。』然姚子積時求養於外，一旦以親故，垂橐而還，不以介諸懷，其志趣過人甚遠。使異時得遂其祿養，意其樹立必不出古人下。風俗之變而清議之立，吾不於姚子有厚望乎？

姚子尊甫文學公，爲先君執友。余垂髫數過其塾，太夫人輒飲食余，視余如親子弟，以故諗知其閫德甚詳。既稱未亡人，治家內外整整，收祀參議府君而上失祔之主數世，疏數有序，魚菽之薦必潔以誠。其大者如是，則其他所及以貽爲曆初兄弟無疆之休者可知矣。余客居無狀，先太孺人厚終之事，忽忽未舉者有年。每拊膺旁皇，中夜不知所出，而樂稱姚氏母子之間如此者，豈敢以望於人，亦因以志吾之愧而已。

顏母朱太宜人壽讌序〔一〕

唐李文公翺自稱其叙高愍女、楊烈婦爲不在班孟堅、蔡伯喈下，其言以遷、固敘述之工，故讀者詳而事蹟愈著，而歎後作者之不盡然，此固然矣。余以爲古忠臣烈婦之不欺其志，義炳日月，雖其文之不工，於傳無害，況其原無待於傳耶？惟其勢窮運極，瀕於阽危矣，乃事會之逢適有天幸，名完而身亦不虧，以至富貴顯榮，享有壽考。此豈非人生之至願，而古所稱吉祥善事者耶？則雖其心之無待於傳，而因事詠歌頌述之以風厲於天下，宜其聞而興起之者多矣。

余自少聞客談闕里顏太宜人壬午狥節事至烈，私謂所嘗見古所傳烈女，間有其人，晚近世決無此事，然貯之胸中已三十餘年。今居京師，與編修、考功兩君遊，始知兩君皆太宜人所生，而與奉直公所親教督而長成之者。蓋太宜人今年已屆七十壽，余向所疑古烈女傳僅有其人者，今果得親見之，謂古今人何遽不相及，又見其富貴、顯榮、壽考，爲天之報施善人，而歎古人之身名俱泰，所謂吉祥善事如此類者，何不數數見？又疑今人遭際遠勝於古也。蓋太宜人爲故奉國將軍某公愛女，以天潢貴冑作嬪奉直公。大賢世裔，嫺於禮教者素矣。方其出與奉直公同難也，倉卒被驅，邏卒詈不絕口〔二〕，卒擊折其左臂，將加刃焉，散髮披頸不殊，僵踣道左。積日始甦，以指自刺，指强不得入，則取鄰女所攜刀自頸，又不入。時沍寒，夢神人蒙以絮，而明日小婢來，伏其旁呼之，忽醒。有遺奉直公以金創藥者，傳之得無恙。夫節義之報不疾而速如此，此所以更三四十年後，緜慶延祉，益繩繩未艾，蓋有神相之者然也。

今朝廷恩數重疊，自初封孺人，累三封至太宜人。京師士大夫多編修、考功及季子孝廉年家故舊，稱詩上壽以百數。余愧不文，無能敷揚盛蹟，勒金石而播絃管也。異時太宜人年益高，國家太平益愈久，歲時置酒，高會戚里，抱曾玄膝上，絮述年少亂離百死一生之狀，歷歷如在目前。於是相傳爲承平世家盛事，必有班、蔡之倫載筆而紀其烈，如李文公所云者矣。當是時也，殆亦有徵於余言也歟？

【校記】

〔一〕馮本題作《顔母朱太宜人壽序》。

〔二〕『邏卒詈』，馮本作『詈邏卒』。

徐母李孺人壽序

今年辛酉夏〔一〕，爲徐子亦沆元配李孺人五十初度。孺人父某公，於吾母爲中表，其祖大理公之館甥於吾外家孫氏也，與先君子爲忘分交。孺人之母葉氏嫠居苦節，嘗隨其姑歸迎車廄里第〔二〕，與吾母居止，情意甚款。時孺人纔數歲，然已能盥櫛衿纓，隨母定省。姆傳授《内則》、《女誡》，略能上口，舉止如成人矣。後歸亦沆，吾母嘗歎曰：『徐氏有婦矣，以大理公之盛德而無後，天其或者鍾報於是女邪？』當是時，吾鄉承兵燹後，巨宗勢族日就零替，大理公之舊業已不可問，卽亦沆先人侍御公瓢笠入山，溷跡緇衲，亦沆竄身荊棘中，數從其尊甫風餐雨宿，暇則膏筒鉛槧，摘次呻吟，不問家人產。孺人於時孑然季女也，撍拄中外，租籍市券，手籌筆疏，各有條理。上恤姻黨，下撫婢僕，恩意周到，無不人厭其心。以故亦沆得一意學殖，名譽日起。又能以其餘力佐夫子，課三嗣君成立，今皆補學官子弟籍，有聲矣。向微夫人，則亦沆之艱難固當百倍，意天之憫李氏而鍾之報者，適所以爲徐氏之福邪？

今春，余寓郡，二子澤、泳謁余而請曰：『吾母天性孝友，念外大父母蒸嘗遠隔，則設像於別業以事之〔三〕。歲時攜諸甥上冢酌奠而去，欷歔竟日，自恨終鮮兄弟。而以公之遠託於中表也，能縷述其家事，故嘗冀聞公之言以爲喜。今誠得公文以侑觴，庶其足慰母心乎？』余自罹家難，神思耗潰，絕未嘗爲人作文字。然每見母黨，輒憶吾母生平不置，故能爲孺人壽者，誠莫如余宜。孺人年纔半百，偕亦沆從容舉案，三子雍睦，諸孫五六人奉觴而進之，鄉里傳歎，以爲盛事。故知天之鍾報於其身者，信未有艾也。微二子請，予其能已於言乎？

【校記】

〔一〕『夏』，馮本作『某月日』。

〔二〕『歸迎』，馮本作『歸寧』。

〔三〕『事』，馮本作『祀』。

宋牧仲僉憲壽序

今年丁卯孟春月，僉憲宋公初度。其屬州司馬陳君偕同僚數人圖所以爲壽者，公固不許，則相與謀曰：『盍走京師乞言於姜君乎？』已公聞而色喜。伻來請文，余謝不敏，而以公辱與文字遊且久，不能辭也，遂狥其請而爲之序曰：

世之豎功立業、草野崛起之士，以能自見者不乏。而春秋以前，名卿大夫都由世族，至如西漢之韋、平、金、張，東京之黄、王、袁、楊，諸名族父子祖孫相繼秉政，流光史册。降及魏、晉、南北朝，尤以門第相尚。宋歐陽公修《唐書》，如爲《宰相世系表》，其言唐宰相才子孫數世而屢顯，終唐世不絕。跡其所以盛衰者，雖在功德厚薄，亦在其子孫。然則子孫之賢，乃前業之所藉以不墜者也，豈不尤重哉？余於唐史中獨喜李文饒，以名公子恥從白衣舉，遭際雄主，文章事業卓然聳出於唐一代名臣之上。而唐之社稷幾衰而復振，豈非所稱豪傑之士？而後世鮮及者。

間默數本朝相業，於歸德太保宋公首頓一指。公當世祖初政，用前朝舊德，參預密勿，天下方想望其丰采，會不久拂衣，大業未竟。時僉憲公方年少耳，風貌清整，學殖該富，其時見者無不相欽挹，以爲能爲公家文饒者非是而誰？未幾，起家通守黄州，吏事精敏，居然有當官聲。及郎官比部，讞決精明，每奏疑獄，援據律令，傅以經典，多從矜恕。上官恒屈意從之，而吏不得因緣爲奸。自公在事，所全活以無數。用是天子異其才，特命監司持節通永。蓋處之三輔股肱郡，以觀其所設施，而將以大用之也。公至，則威德並敷，請屬杜絶，屬吏望塵逐影，竦息帖服，萑苻匿跡，闔境大治。於時公餘閉閤，垂頭讀書，手執鉛槧，口事呻畢。乘興遊覽，把酒角句，主客狎進，清言獻酬。蓋當時所謂雪園文社者，零落盡矣。公獨振其頹響於簿領倥偬、左支右掣之際，士類且靡然從風，此可謂精力之過人而文章事業兼而有之者也。公春秋方富，屬當令序，開衙召客，計爾時之分曹授簡，歌《九如》而效三祝者，方鏗耳炫目。而余獨以君之濡染家學，爲能施於有政，仿佛於古世家之風，故樂從諸君之後爲之誦説。他日有系公於宰相之表，稱爲本朝盛事者，必有驗於余言也。

贈董子爲其母夫人壽序

往年晤董子吳仲湖上，時余未識董子，董子亦不余識也。接其容，藹乎其可親，與之坐久之，雖儔人廣衆之中，有以知其董子無疑也。董子尊君孝廉公、母范孺人皆長予兩大人年三四歲，兄弟四人皆讀書修行，足繼其家聲。每家庭侍寢膳，議論古今事成敗，雜以鄉閭耆舊事蹟可傳述者，輒人出一見，持不能決，請之尊先生，然後得定。其一家師友，自足娛樂如此。而余兄弟三人，無他技能足以稱家大人旨，又時時扁舟逆旅，動輒數年，或遠間三四千里外，一遇佳節時至，衆歡獨酌之際，則對食悲愁以思。雖居者，亦泫然不知其爲樂也，以此不及君兄弟遠甚。然董子之言曰：『菽水，吾大人所甘也，吾力尚不能具，今人聞言養親者，則曰：「孝在志養，奚必甘旨哉？」是竊取好名自予，而極其志，至於以天下儉其親不顧也。吾不忍爲之，故與其兄三人日夜攻苦不絶，庶幾少得所欲，則築廬於山水之濱，具車輿几杖，弋於野而釣於淵，奉我親以老焉，吾豈有求於彼哉？』而其志適有與予類者。今年秋，爲其太夫人五十初度，問予一言爲壽，予謝不敏，而贈董子以言，使其歸卽爲予跪進之可也。

贈定海薛五玉四十序

有士於此，不役役於聲利，不雷同於世之是非取舍，恬澹寡欲而遊於世，斯可以交與？予固非此弗以友也。而少聞薛君之名，已而東至海上，以陰求其所謂『恬澹寡欲，不役役於聲利，不雷同於是非取舍』者，既於數十百人之中，得其所願交而如恐不得交者之薛君而友之焉。

聞君少時倜儻，善議論，所至傾一坐中，與之登山而臨水，雖終日極困不厭，意必慷慨自喜之士，而惜乎予未之見也。蓋君今年乙未冬已四十矣。或曰：『君少不得意於有司，今適合古强而仕之時，雖不遇，未晚也。』予竊以爲不然。夫古者八歲出就外傅，人十五則凡民間之俊秀皆入庠序；既乃升於太學，王、公卿、大夫、士之適子皆入國學，教之窮理、正心以修乎身，推之於天下國家，將無所不備焉。既爵命之。蓋其時日之講貫服習，章程之精細詳密，有不待二十五年矣。四十而仕者，極之中人以下也，孔子弟子列傳載樊須、公西赤，年皆極少，及孔子時仕，度其年，皆不滿四十，又非必顔淵、子奇而後然。即令如是，士之有才無命而泯滅者，不可勝記矣。數年間，天下競於兵爭，災祲、疾疫、盜賊之患，日夜不絕，而民之轉死相望矣。此宜仁人君子之惻怛於心，席不暇煖，救之猶恐不及。而君以無事而至四十，豈不可惜與？使君之堅其才、老其識，恬澹寡欲以集事，其爲世利益滋甚。而予之爲是言者，亦欲使世之知有薛子者，惜其少年英鋭之氣，無使英雄有遇不及時之歎，乘其及今强壯之可用，而使天下少享仁人君子數十年之利，則凡予所願交而如恐不得之人，無事以至於四十者，其亦庶乎其鮮矣。

大司寇徐健庵先生壽讌序

戊辰冬十一月，大司寇東海徐公初度之辰。其南宮所得士居翰林者三十有七人，共謀所以稱觴者於余，且曰：『公所好者，子之文也，子無固辭。』雖然，夫公之知余，則豈徒以其文之謂哉？盍即余所知於公者言之？

余識公二十餘年所。當其爲孝廉時，即毅然以身任天下之重。自後洊登高第，踐歷三事，所經涉事變益熟，而胸中所貯書益多。其入而以孝弟仁義淑其身也，如嗜慾之惟恐不得所求。其出而弘奬人倫、扶植善類也，如飲食疾患之在己。其作而謀天下之事也，上求可信於君而下求無不可告於人。此余知公立身之大端也。及其遊覽百氏、根據六義而發之文章，則必其實可以立誠居業，救弊起偏，而不爲一切譎詭浮漫無當之説所惑。此余所以知公立言之大端也。然又有余所深知而世之所號爲知公者或未盡焉，則以公之於是，其心實有所歉然而未足者也。公自遭際，分直内庭，綜理部務。在公少暇，日暮歸第，坐客請問以數十輩，論文晰疑，酬酢盡意乃止。則精力刓弊，對食欠伸，微視兩鬢，垂垂白矣。然日以爲常，不厭也。

今年春，自惟直道忤時，拜疏求退。天子念其誠款，詔許解職，總裁諸館事，留直如故。公於是閉閤謝客，日取周、張、二程先生及朱子遺書，熟讀而精思之，俟其反覆推尋，融釋脱落，而久之乃得其所爲灑然者。比余再三訪之，則見其氣益加静而貌加粹、體加充矣。《記》曰：『君子莊敬日强。』明道曰：『人不學則老而衰。』君子之所謂强者，乃在道德之充盈，而不在乎氣血之壯盛也。君子之所謂衰者，乃在不殖而將落，而不在乎年齒之逾邁也。夫文章，小道也；功業，外至也。朱子曰：『人常有以自樂，則用舍行藏之間，隨所遇而安之。』此公向之所歉然而不自足者，余今乃自信其知之獨深也。今朝廷勤求化理，方待公以鈞軸之任，而公亦宜不得懷道匿德，翛然自釋於天下之重。然古之君子，身處巖廊之上，而其心浩然與天地萬物者遊，彼誠不以富貴移其心也。循公之志，或者功成於未老之日，退而倡明斯道，辨統緒之毫釐，晰微顯之一致。其深造也，必窮理盡性以至乎命，而後命自我立；其兼成也，必理學與事功相配，而後體用不至於偏，則予請從諸君子之後，勉而卒業焉。斯之爲壽，不亦大乎？請即以此言進之。

馮君壽序〔一〕

余家縣東巷，與馮氏隔水居，世相好也。自余舞象，執經於馮先生之門。先生有子曰孟勉，曰宗一。孟勉與予同庚生，幼同學，長益相善。當甲申、乙酉之際，經涉横流，抛荒舊業，而余與孟勉從播遷之餘，終日抵掌談縱横王霸之略，無復當世意，又以其間商榷經史，旁及詩賦。每侵晨出外舍，一榻坐對，至夜分始各歸寢，明則復然。如此者，僅十載。已而兩家生事漸促，余先出遊，孟勉繼之。三十年中，計聚首時，或隔歲不得一見，見輒復別去。及余旅寓京師，孟勉辭予爲廣德之行。未幾而元伯見夢，生没異路矣。其後宗一數數至京師，未嘗不過余，余對之便執手於邑，常歎以馮先生之盛德宜有後，而孟勉所就止此，疑天道幾不可問。又私意謂宗一渟蓄深厚，意先生之鍾報將在於是。

今年，余歸里，其仲子進謁，跪而有請，問其所以，則宗一已於今年壬申春壽開六秩矣，曰：『吾父方客濟上，吾兄弟曠焉定省，庶幾齎先生之文往而介壽於前，一開老人之懷抱。』余謂宗一神氣充實，志略方壯，出其緒餘足以完父兄未竟之業。今僅年杖國，似不足爲侈者。然余所以不辭其請者，既悲孟勉之不幸，又喜宗一之足以幹家。於是言之不足，又深致其祝辭以將之者，蓋兩家世好之情，親愛之誼，有不容已者也。

【校記】

〔一〕馮本題作《馮宗一壽序》。

王母申太孺人壽序

康熙二十五年，蘇州府縣學諸生以王母申太孺人守節狀請旌，自縣以次達之撫院，旋以事聞，奉旨給銀建坊如制，鄉里莫不謂榮。再歷年，而太孺人春秋稱六十矣。於時，嗣子東發方以才選載筆史館，暫假歸省。其同年生二十九人謀所以稱觴者，以余之同事館局，且知其兩家世澤甚詳，遂請一言附東發之行而往壽焉。

余觀太孺人之苦節，及東發之能以才顯揚其親，使卒有聞於載述，而益歎文恪公之遺德遠也。當明弘正之際，八奄亂政，大臣相繼斥逐，宗社阽危。公甫入政府，苦心調劑，嘗論逆黨，以士大夫之可殺不可辱，所保全善類爲多。然終於不合，潔身遠遁。當時大臣之能明於去就、不罹清議者，惟公一人而已。其自贊曰：『貴戚赫奕，不能附麗；權璫狂猘，不能婞阿。一有違言，超然不辱。』蓋實録也。自後子孫承藉先德，咸能以名節自砥。至於閨門肅穆、家法之嚴整，尤爲吳門士大夫家稱首。若太孺人之艱難守死，其尤著者也。太孺人曾王父曰文定公，事在國史。植根華閥，夙嫺姆教，嬪於先府君，織紝佐讀，宛然寒素也。甫年二十四而遭變，時卽欲以身殉，姑涕泣曰：『吾不忍見婦與子一時畢命，卽如此，藐諸孤將誰託？』太孺人感之，勉進飲食。既而朝夕所以奉養其姑者，益虔無懈，没而殮送之如禮，時節薦享，必竭其誠。宗戚内外皆以先府君爲未亡，而喜見東發之成立者，至叩其學問蓄積，又以爲非得嚴父之教，何以至此？

蓋太孺人之於王氏，始終稱無負矣。今聞其女嫁松陵沈氏者，亦早失所天，勵節如母氏，以此服太孺人之身教，不獨能成就其孤，而且有以化其女子，蓋文恪公之流風餘澤遠矣，彼其沾溉於數世者如此其盛，此所係於人心世道，非獨侈爲一家之僅事而已也。余聞之《禮》云：『寡婦之子非有見焉，則勿與友。』此非以戒其友，蓋所以深責備於其子者也。非有見焉則勿友矣，苟有見焉斯友之矣。東發少遊京師，發聲太學非久，服官祿養爲二十九人者譽之無異辭。且欲自同猶子以介壽於賢母之側，唯恐不得其歡心，此其家庭朋友之間皆有可重者也。余故樂敘其事而傳之。

湛園未定稿卷四

記

劉孝子尋親記

初順治乙酉五月，王師破建昌城。明益王遁去，長史劉君某挈家亡匿山中，卒。其伯子□□〔一〕，卽孝子也。爲諸生，先赴試，歸吳，未得父耗，憂泣成疾。戊子歲，始決策至盱江，時亂後，藩府毁廢，舊人無在者。邑有張令公祠，宿禱焉。夢中恍惚如聞神語云：『寄居石漈者。』醒求其地不得。彷徨道左，遇一尼，謂曰：『石漈在閩、廣交，今方阻兵道塞，有徑，潛行七日可達也。』遂如其言，取道往。所過藤峽、通仙、一線天，皆山谷窮絶處。蒲伏晝夜，行數百里不見人煙，最後至白石嶺。嶺陡切霄漢，阪道狹者纔六七寸，俯臨不測之谿，捫壁絶險，既上復下，履巉巖，衝虎豹，攢棘被膚，血流殷足。每仰天一號，則陰風颯然，山木悲嘯，瀕於阽危者數矣。嶺盡得村，尋得父所依姚氏居，母管孺人在焉。既入門，母子相持而泣。已問知父喪行一年所，則號絶仆地，久之始甦。居數月，間關輿櫬，復踰嶺侍母而歸。歸十年，母卒。當母寢疾，孝子侍湯液不解衣帶者，四閲月也。

初，長史避難數遷，獨攜先世《世系圖冊》一篋自隨。至歲戊子，母時聞有聲窸窣出篋中，啟鐍無有，閉則復然。一日，母見緋衣人數輩，冉冉從篋中出，益大驚，逾宿而孝子至矣。其所居村見娘堡，舊傳宋王龍山者於此見母得名，異矣哉！鬼神幽明之故，君子之所慎言也。而父子骨肉之間，顛沛流離之際，徵應巧合又往往若有陰相之者，非苟然而已也。其子某因婦翁金進士穀似，屬余傳之。

余嘗慨自明季中原兵起，延蔓四五十年，其間父子分散各所，夫婦生死異路，抱忠孝節烈名填溝壑者，何限？其幸不相隨以沒，而間著於逋臣逸士之手者，又多避忌諱不出，或文辭蕪漫不足以傳。而表孝子之墓者，有韓閣學之辭在，特工，又綴以余之文，則所以不泯君於後世者，庶在乎此也。孝子字蓼蕭，蘇之長洲人。

【校記】

〔一〕『□□』，馮本作『龍光』，可參。

蘭谿縣重建尊經閣記

蘭谿縣學之有尊經閣，建於明嘉靖間，舊矣。遭時變革，浸圮不治，經籍散失。士子無所於考，則古學愈以荒廢，亦其宜也。嘉善陳君霆萬教諭於邑之二年，始請於署篆前御史張侯，及其縉紳先生、邑弟子員，相度舊址，合資鳩工，謀重建之。經始於康熙二十六年之五月，比七閱月而竣事。戶牖疎朗，丹堊煥如。儲經之數十有三，旁列子史百家，規制整密，視昔改觀。落成之日，適總制王公蒞任三衢，駐節城外，而學院王公已較士在蘭，監司、郡守丞以下同時翕集，瞻望咨嗟，皆以爲文教之復興於是乎兆。今年戊辰春，陳君就試北上，謂是役也，宜有記以告羣學者，而固請於余。余雖不文，不可無辭，以塞我友之意也。

昔者，夫子雅言《詩》、《書》、執禮，而曰『吾志在《春秋》』、『學《易》可以無大過』。當是時，未有以經名也。至六經、十二經之説，見於《莊子》，而漢儒記《禮》，始著《經解》之篇。班氏傳《儒林》，亦遂有所謂經學者。聖人之教人，在於躬行日習而已。

自經學之説盛，於是專門大師，兢樹頰頦，角立門戶，一經説至百餘萬言。至於高、赤兩傳，互爲攻守，嗤《尚書》爲樸學，詆左氏爲相斫。由其説而得勝，則師弟援引，通顯立致；其説絀，而身亦隨廢矣。班氏曰：『利祿之途然也。』以先王所欲躬行日習，以帥其學士之教之術，而變爲利祿之途，經學之説使然也。故鄭氏夾漈曰：『秦人焚書而書存，漢人傳經而經亡。』非虛言矣。自後武帝用公孫弘議，課通一藝者補文學掌故闕。元帝制，能通一經者皆復。武帝時，太常議尚稱六藝。至元帝，郡國置五經百石卒史，始以經名。然《前書·儒林序》亦止稱六藝，或曰六學云。唐宋以還，科舉學盛，以至於今。士子應舉，自四子書外，各占一經，含糊剽竊，以投主司之好已耳。其視他經譬如侏儷，語言之不通，而疆畔之不可踰越，雖於昔所謂經學者亦愈趨而失之愈遠矣。此人才卑污而風俗之日下，無怪也。

若夫先王之教，所以使人躬行日習而不可厭者，非徒求善夫一經而遂已也。其終身爲學之序，則曰：『十有三年，學樂誦《詩》，成童舞勺；二十而冠，始學禮；三十博學無方，遜友視志；四十始仕，方物、出謀、發慮。』其分年而授之學，則自一年『離經辨志』，以後有二年、五年、七年之視，由小成以至九年，『知類通達，强立而不反』，而謂之大成。其分時而教於樂正，則春夏以《禮》、《樂》，秋冬以

《詩》、《書》。蓋《詩》、《書》、《禮》、《樂》之教，相須而爲用也。如陰陽之迭運於四時，而無一之可間；如律呂之分播爲八音，而無一之可缺也。其内外交養，本末兼事，爲之有次第，得力有先後，不可誣也。及其教之成，則身心意知得其理，而可以爲天下國家之用。其施之天下，則人才陶淑而化民成俗矣。此六經相爲終始之效也。

或曰：『如此，則大學正之教，何以不及《易》、《春秋》乎？』曰：『《春秋》未經孔子筆削，而記事，《書》之例也。學至於知類通達、比方窮理而及於大成，則《易》之精微將不言而自喻矣。』是《易》理精微，非可言説也。故韓宣子至魯，始得觀《易》象、《春秋》，明非他國所得有矣。然而《春秋》《詩》、《書》、《禮》、《樂》，其術雖四，而猶之六也。究之六經，止一心也。

古人治經以養心，故缺其一經，則其本末内外之不備，養之爲無其具，而才憂其不成。後世以經視經，則雖專通一經，而已足名其家，上應功令之求而有餘矣，而其實不免於俗學之淺陋。此金谿陸子所以有『六經注腳』之言，而朱子亦曰：『經之於理，猶傳之於經。傳所以解經也，經明則可無傳；經所以明理也，理明則可無經。』其説皆病夫俗學之淺陋，欲學者反求之心而不徒溺於口耳記誦而已也。然而陸子之説，卒不能以無疵者，其爲之無次第，得力無先後故也。蓋但知窮經而不知内反之於心，以求其實得於己者，謂之俗學。知反之於心矣，非有讀書窮理之功，以驗夫此心之邪正，而自陷於茫昧不可知之地者，謂之異學。陸子之學，非以求異也，而其流弊足以至此。既及於此，則何以矯正於俗學之淺陋哉？若知夫二者之弊，而其於尊經也思過半矣。

蘭谿自仁山倡教，守朱子之學於一再傳之後，其士子皆樸茂而好修。而又得賢師儒以爲之帥，而導之嚮方，吾滋幸經尊而道明，而人才之易成，風俗之易變，以復於古不難也。閣在敬一亭後，三面皆臨山，朝嵐暮煙，浮列几案。而西瞰城市，鱗次萬家，皆可以供學者息游之助。襄其事者爲訓導曹君洪然，董役者諸生某某。陳君字紫馭，方以文行，有聲於時，其成此宜不苟云。年月日，慈谿姜宸英。

狄梁公廟記

甚矣，賢者之流澤遠也！八月，予道東鄉歸，避雨古廟廡下，仰見題額塵埃中，曰唐丞相狄梁公祠。按《唐書》，梁公嘗以冬官侍郎持節江南巡撫使。而唐貞觀制，分天下爲十道，明州屬江南道，爲公使事之所，及其私被德而尸祝之於其鄉，理或然也。予既揖而降，謂其里人曰：『若知兹祠所繇建乎？神何爲者？』曰：『不知也。相傳其爲宰相時，挈女后之天下而致之唐，豈古之忠臣耶？』予曰：『然。然則其廟食於兹也，其亦有靈否乎？』曰：『是惡得無靈？往年有不敬於其父者，見有神若殛之不旋踵。已有不義而謀人之貲及其身者，神殛之亦不旋踵。其爲善者則否。吾春秋薦享無後時者，是惡得無靈？』予聞之憮然。

按公生平，一爲寧州，郡人立碑以頌德，活死罪二千人，相牽率哭碑下，三日乃去。再爲奸臣誣，貶彭澤令，邑人復置生祠奉之。遷魏州，魏人亦德之，爲立祠。其所至得民如此。當其使江南時，毁淫廟以千數，僅存者四。詎意其身更一千餘年後，瀕海遐僻之鄉、村落之聚，復有所謂狄公者，而俎豆之如數邦，且爲之賞善懲惡、降威福於其地哉？亦可異矣。里人曰：『是祠幾毁，行謀葺之，子盍爲之記？』

予乃指謂其人曰：『夫公，太原人也。其服官足跡疑未必親至於此，然汝祖父以來皆祀之無異辭者，何哉？以其忠於君而澤於民也。夫忠於君而澤於民，雖非其地之生與未嘗親至其處，而民爭廟祀之不衰。其爲臣則反覆不忠，其爲民上則貪且暴，則雖其生長之地與其親歷之處，民愈加疾，怨害之、唾棄之焉。是不可爲人臣者之明鑒乎？非獨此也，汝鄉有善人焉，即徙而之他所，鄉之人必曰某固某生也。其他所人亦必曰，某地，某之所經歷與其葬處也。夫孰不愛而欲引之近乎？即其違道悖德、爲不善於鄉以沒者，不獨其鄉之人疾之，雖其子孫亦以爲恥，問其姓氏則諱若不聞，指其室廬墳墓則變色疾趨而過也。夫孰不惡而欲推之遠乎？彼與公爲難者，來俊臣、霍獻可之徒，今皆安在？居其土者，奚待其善惡之著、禍福之及，是尚不可入廟而知警也哉？』里人曰：『善！』遂記其辭於石。

重修嘉善縣署記

古之爲政者，非獨以簿書聽斷爲急也。澤有津，川有梁，賓有候館，野有亭障，凡所以用其心者無不至。若此者，非以勞民也，蓋教濡而德孚，則民不期競趨而集其事，及乎政成既去，而歌思之。雖所嘗憩之樹木，猶相戒不忍翦伐其枝葉，況於朝夕居處以出號布令而身經營之者？宜其所繫於民心者益深，不僅如津梁、候館、亭障之爲設而已，而歌思以樂傳之者，又不待其既去而後然也。

嘉善，故嘉興縣地，前朝宣德間，始分設縣治而署之，建而圮、圮而復新者數矣。某覽其邑乘，考其當時主者之爵里、姓氏，多不可得。豈以事微，故略而不著歟？或者其所用心不能盡如古人，故至今亦無得而稱之歟？

邑故劇地，自予師莫公之筮仕於此，人皆爲公難。公洗手奉職，拔去故常，嚴霜加於豪猾，和風棲於窮閻，登進秀良，討論文義，民俗蒸然丕變矣。先是，官署器用常取給羨餘，一有期會，團里次甲供其芻食，公一切除去。家世陽羨，薪槁酒醴，泛舟之役，不三舍而至，一勺之外，弗以累民。夏秋兩稅，用符下諸里，符到以次輪輸，閭閈絶追呼聲，伍伯戟手倚牆，終日無一人後逋者，故報課常爲諸邑先。視事未期，大小事悉就理，乃仰瞻其堂，則頹焉剝焉，漸欹以壓。公曰：『吾爲天子收養民，是之不葺，非所以係觀瞻。』始謀於其屬，諏日鳩工，民承命，荷畚徛挶，任輦恐後。未閲月，而堂之缺者完，蠹者堅，黝者堊，墝者甓，凡幕宇、帑藏、廊廡之屬以次整齊。是役也，撙節取具，材不費城守，用不煩官府。公每旦夕視牘堂上，吏民序立庭下，益㦬以嚴，耄倪歡悦，頑冥滌慮。某日受公異知，千里來謁門下。始至，則問父老言，生身六七十歲，未嘗遇侯若此，咸謂是堂之新，不可以無述。公亦以其用心之所在，懼其久而易沒也，命某紀其事。

公廉明，聞於牧伯，累被褒旌，近所條兌運六事，頒下諸郡縣爲式，其見寵優如此。今朝廷方行外吏卓異之典，待以顯秩，當事旦暮以公名上，則嘉善之民且不得久私公，何有於是堂耶？然自縣分治以來，爲吏茲土者非一人矣，而民之戴公也特異於前，豈非仁愛之結於人心不可强哉？使後之至者忘畫一之守，專務更張，則小民何望？不然，而潔己奉職，以世世繼公之德於不替，將我民終有賴焉。而斯堂之建而圮，圮而復新，固可以一俯仰而得所取法也已。某辱公門牆之末，敢不敬志？

惠山秦園記

天地之大，昔人等之蘧廬，至於宫室之麗、亭臺之勝，直以爲寓目而已，視其轉易成毁、興廢之不常，特瞬息間耳。而傳之一姓，以至數百年之久，此自古未有也。余少時讀吾鄉屠儀部《惠山園記》，謂其中古木之上干層霄、下蔭數畝者幾數百十章，有泉從惠山寺而左，淙淙瀧瀧，注爲清渠，日夜流不涸，中疊石條，爲細澗分流，並涓潔可愛。園故秦有也，然自端敏公迄中丞公之改葺時，計將百年，屠公已歎爲難得。今去其爲《記》者，度又可八九十年，而古木清泉蒼翠無改，向時結構雖不必盡存，要之有撤而更新，無蕪而不治也。

予時與客遊其上，或指示予，山寺故爲宋湛長史宇，其南麓，唐李丞相紳讀書樓，旁去數武，爲宋尤文簡公遂初堂故址，不獨其室宇無存，而其子孫亦零落盡矣。若愚公谷者，一時勝絶吳中，今亦將漸廢而爲荒墟。夫物之有成有毁，此消息之常，何足深論？惟縉紳有道之士，能持身正直，創業以世其家，而子孫之賢者能修德以光大前烈，此百世不忘者也。今以一園之有無爲秦氏重輕者，固不足以知此，而因此知秦之世有令德，將徘徊瞻眺之餘，必有感慕而興起者。《莊子》曰：『舊國舊都，望之暢然。』不然，彼獨不能以忘情乎哉？園今爲太史對巖公有。太史日侍養園中，讀書承歡，饔飧必潔，其父子兄弟，常熙熙終日也，以此思秦之世德所從來矣。

雲起樓記

樓居惠山禪寺之左二百步，其下爲惠泉，舊有築於泉之上者，曰極目亭，後改爲三賢祠，皆背山而俯瞰泉，以爲遊觀者之所登眺而休息。然其規制庳隘，浸圮以隳。伯成吳公之涖茲土也，拊摩嫗煦，民以大愉，謳誦接乎閭閻，祥風被乎山川。乃以其休暇，與客登山飲泉。久之，仰視山半，丘壤穢茀，草木叢蔽，以爲無以蕩滌神明，助耳目之觀也。爰謀於邑之士大夫，披石翦萊，相其舊址而廣之，創高樓其上，懸若天半。圍以雕欄曲楯，夾以栝柏松杉，砌以文石，周以清泉。然後躡梯而升，倚樓而望，則澄江遠帶，衆山如拱。射貴之湖，澮瀿滈瀁，澄碧萬頃，皆若攬挹於杖屨之下，往來者得所憑依，登覽者以爲快焉。

是山自惠山而北，矗起九峯，崗隴合沓，狀若九龍之相連綴，故名爲龍山。或傳嘗有龍鬬於其上，故亦名鬬龍也，而以雲起名其樓者，則自公今日始。山取其騰踔如龍，樓取其蒸變如雲，公所以願望乎邑之人士也。彼邦之人，沐浴滲漉，慶公之有作，反以祝乎公：『龍之蚴蟉，茲山之下。雲往而合，崇朝其雨。龍之蜿蜒，茲山之巔。雲之油油，布護自天。公所居地，潁川南陽，實龍之藏。誰靳公以澤，而以潤於一方？皇皇寵命，有降自昔，嘗召行人復留。公不我遺，民以衽席。』予以公與民之交相得也，異日政成而去，民將視其所憩而樂依焉，則是樓之建，其可輕乎？遂因縉紳先生之有請，紀石以告來者。

持敬堂記

三代之制，營立宫室，有廟有寢，寢廟之中皆有堂。而古者家有塾，凡里之子弟之俊秀，則畢集於塾而教之。《爾雅》謂：『塾者，門側之堂。』所謂夾門堂是也。以此知堂者，亦古人所以爲教之地也。古一命以上，皆别立宗廟以祭，而今自公卿世胄以及士庶人，無不祭於其家者，故以爲迎神、獻尸、祼鬯、登餕、徹俎以著爲趨蹌駿奔之儀，賓客宴衎，入席敷坐，饋食進醑，以習爲旋辟、登降、跪□、拜起之節〔一〕。冠有三加，昏有六禮，無不恪恭齋潔而於堂乎觀禮者，故君子入其門，登其堂，則無敢弗敬焉。

先是，河南二程子以持敬之學教學者，其旨以嚴恭儼恪爲要，其功始於動容貌、正顔色、出辭氣之間，而推之至於盡性、達天、知命。蓋作聖之基，學者無時而可離者也。南宋時，有吴柔者，獨傳得持敬之學於朱子，歸而教授鄉里，以學世其家。今長洲吴氏，其後也。

夫敬者，非獨以整齊其身而已，凡父兄之教其子弟，與其師長無以異也。然自道之不明、學之不講，則人不知所以齊其家，而教亦愈失，何也？彼齊家，固莫先於子弟也。今之爲父兄者，固日夜以望其子弟，而利禄之事、射覆揣摩之術有一之弗工，則戚然爲愧以忿。彼之爲師者，亦以其父兄之所望而勉且力焉。利欲薰其中，得失紛其外，譬之於馬，羈絡而馳驟之，非不善矣，然而舍其五父之衢而試之江河，則陷溺隨之矣。今之不爲陷溺，其教者誰也？

予於吴氏之堂有感焉。至其堂，聞絃誦鼓歌之聲，則囅然喜。入觀其圖史陳設，師友賓主所議論，弟子磬折，趨走階序，雍雍乎，秩秩乎，其習乎禮也。蓋吴君既以其先之所嘗聞於師者，銘於其堂，而又延良師傅帥子弟，教習之以聖賢之道，以合於古人家塾之義，則可謂能不陷溺其心，而庶幾乎嚴恭儼恪以期於盡性、達天、知命者也。今世士大夫家輪奐相望，落成而名之，備極五福之辭，若類於世之巫祝者，非所稱貽謀之善也。吴子獨能不以世俗之所棄者爲迂闊，務勉其子於聖賢，豈不卓然有志之士哉？使吴氏之有成，俗其庶有變乎？雖然，不可以不誡也。吾願君子孫居是堂者，無以險詖驁慢之心入，無以驕僻放侈之行入，無跛倚怠倦以爲堂之享祀，無俾晝作夜以爲堂之宴飲，無淫朋狎遊、六博觝戲、浮談不根以爲堂之周旋晉接。左氏曰：『有敬無災。』衛武公以『敬威儀，慎出話』爲子孫萬民繩承之兆。保世滋大，莫過於是。夫聖學之不明於時久矣，吾於吴氏有厚望焉。

【校記】

〔一〕『□』，淵本、津本作『立』，馮本作『著』，可參。

蓴圃記

定海爲甬江入海地，予所見十五六年間，艅艎之鶩數至，居人負盾荷擔而立，猶日惴惴然。邑著姓謝氏，第閥相望，予從遊其羣從間。顧視其居，亦多就毁撤，臧獲廬舍與兵馬雜居。逮予再來，而居民稍復其故處。謝子在武，治園於其室之西偏，名曰蓴圃。日與諸伯仲遊翔其間，以講德而問藝焉。

一日，君觴予園中，問予浪遊幾年，意中得失幾何事。追念前十餘年間，烽火震驚，婦子之不保，今得息焉，遊焉於此者，豈非徼天之幸而然耶？予倚酒微酣，爲謝君詠杜少陵詩『安得廣廈千萬間，大庇天下寒士皆歡顔』，輒奮袖慷慨起，君兄弟亦不以予爲狂也。

嗚呼！此屋雖修廣不數畝，無奇花卉怪石以供耳目之玩，而得此於亂離之後，可以見戎馬之漸息，太平之將兆。其在君兄弟朝夕聚處，又可以見其能無事而儐籩豆、飲酒以相樂，有事而敦在原急難之意以相恤，更世多故，如此等皆不數見也。然以君之才，度非久淹滯於此者。今吾鄉雖幸少安，頃所經過，自吳會以屬之淮南北被災處，懷襄千里，一望村墟，無不蕩爲魚鱉之居而鼫鰍之宫。生靈數百萬，安所託命？又不獨天下寒士可念也。君異時富貴，其無忘吾賦詩忼慨時乎？

拙閒堂藏硯記

海昌陳公岱青司李高涼，有仁廉聲，嘗自言：『吾視身外皆長物，獨性嗜硯至癖，每恨不能自克耳。』時卿士大夫爲公德者，競以好硯遺之。公精於鑒别，雖宦粤者數輩，傾裝不能及也。

予從其季君子文叩所藏，出之，有曰卞璧者，色正青紫，長五寸餘，圍八寸，厚如其長之數而不及者半，其右卻刓而窪中，徑容三指許。此石，子文尤所寶愛，陸君冰修爲之記。與兔絃、白郡丞、宣德舊坑三枚，皆下巖石也。又有曰龜巢、端瓊、爽鳩、桃核、鍾硯之屬者，合十有二枚，而汰其次者弗著録。子文藏以方底，襲以綈錦，每示客則拭几鄭重，正衣冠而出之，曰：『吾無以此爲寶也，先君數十年之精力聚於此矣。孝子之於親也，思其所嗜，與其所好，是鏗然而石者，庸不得爲吾之兑之戈、和之弓乎？

願吾子之有以記之也。』

『《傳》曰：「父沒而不能讀父之書，手澤存焉耳；母沒而不能執母之桮棬，口澤存焉耳。」夫不能讀者，非卻父書而不親也，特其思慕之至，執卷彷徨，亦有若迴翔躑躅而不可已者，斯其所以爲不能也。不能之心，惟讀而後知之矣。今子之於是硯也，將終襲而藏之乎？抑有所用之乎？子瞻曰：「真硯不損，真手不壞。」夫真硯不損矣，能保其久而無散乎？故聚必有散，此物之常理也。以子之真手，用彼之真硯，則硯將得子之手以發其精華美粹之氣，充滿宇宙，焜燿竹帛，斯經千百年踰無損矣，況直人世俯仰旦暮之間哉？吾視陳氏兄弟皆讀書修行，紹其家學，而子文之得之心而爲文也，其光鬱郁而肆浮，其體溫栗而柔潤，傍及六書變態波磔策勒之法，無不諳善。吾知子之所以守是硯矣，且子無僅謂是鏗然而石者，是先君之遺也。』

子文起曰：『善哉，子之記是硯也！微先君之靈，吾不聞子之言。』硯如卞璧者三：一曰執法，以司李公銘語，故以名，屬長君子厚；一曰蟾蜍，屬次君子敵。三石皆最奇，好事者不能目其高下。其端瓊者，子文以貽予。

五園圖記

奕美何子，家山陰之峽山，去蘭亭舊址五里許。嘗欲傍山依流結園，雜植花果、叢竹、菜茹、靈藥、奇草於其中而未就。於其遊也，命友人鍾陵樊會公按其山川營構而爲之圖，又屬予記之，庶時觀覽以自慰焉。

今夫士之窮居蓬蓽、揣摩干進者，其晝而思、夜而夢，所爲取富貴、立功名以及於宫室、田園、妻妾之奉、子孫之計，無所不至。及其思闌而夢醒，迴視所居，依然四壁也。此真可謂之妄耳！若夫所求者僅在一丘一壑、魚樵麋鹿之所羣居而獨遊，此復與造物何與？乃亦若有靳焉而不卽予、求焉而不易得者，而徒託之無聊之思，則士之窮至此，誠有無可如何者矣。此《五園圖》之所以作也。

雖然，以圖爲妄耶？則非獨功名富貴之不可恃，卽一丘一壑之孰爲吾有，而執之以爲得喪邪？以此圖爲非妄邪？則古固有戴冕垂紳、鳴鐘鼎食、享天下之奉而若固有之者，蓋君子無入而不自得。何子雖倦遊，吾知其於蘭亭之所謂『崇山峻嶺，茂林修竹』之趣，無日不在胸臆間，而特以其興之所託，無所往而不遇也，則於是圖，蓋亦有足喜者焉。

十二硯齋記

予至京師，交汪舍人蛟門，聞有所謂十二硯齋者，輒欲一至其處。舍人曰：『無有也。硯者，吾夢也。而齋者，吾所假於大司馬梁公之館，以挈吾妻子與奴婢所朝夕而處者也。自吾之來京師，攜一硯，粗理而不受墨，其旁緣缺然。吾挾貲以僦人之居，則朝至而夕徙。然而硯者，吾之所癖好也，嘗夢得之，其數十二，故以名吾齋，聊以寄吾生平之趣而已。』

予曰：『善哉，子之所託也！今夫芸芸而生者，其所需於物者寧有涯耶？膏澤取於天，貨財取於地，日用玩好耳目之養取於山川、雲物、鳥獸、蟲魚、草木之繁夥。若是者，何一非假之於物者哉？及其事去時移，則向之所需，泯然無一存焉已。夫且與物而俱化，而愚者妄信之，以爲實然，且執之以爲己有，庸詎非大惑與？夫日中而行，索夢於途之人，指逆旅而號之曰吾廬也，則人必溺然疑之，而不知吾生之孰非夢，而吾所居之孰非逆旅也，不亦悲夫？若知凡物之本非吾有，吾皆得資之以爲吾用，此其爲樂，豈不大哉？其處也，仰而採於山，俯而汲於泉，煙雲足以資吾之懷抱，琴書足以供吾之嘯傲。其達也，宮室帷帳以爲安，黼黻旗斿以爲飾，鐘鼓、管絃、八音之備以爲樂，肥甘以爲吾之飲食，而輿臺以爲吾之使令。彼其初，皆非有與於我也，而吾皆得而有之。其得之以爲固然，取之不知其爲誰，予終身享之而不可以厭，是尚不知吾身之爲吾有也，而況凡物之自外至者乎？故曰：「身者，天地之委形也。」知身爲吾之所本無，與物之原未嘗爲吾有，以無有遇無有，則汜然而若辭，充然而不居，若是者以語於道則幾矣。然則舍人疇昔之夜，殆非夢也？子之硯固在，而子之齋固不待假而有也。』予以舍人爲知道。

小有堂記

有林蔚然，從數百武外望之，隱出於連甍比宇之間，是爲葉君九來半繭之園。先是，君曾大父孝廉公經始於邑東南陬，父工部公稍葺而大之，則園之修廣幾六十畝。工部晚年析園以爲三，以與君之兄弟，而君得其東偏之半，於是小有之堂橫踞兩山間，反處園之中焉。自君之居此，益務修治，凡一椽一石，皆身自經理位置，莫不有意，嘉卉林立，清泉繞除。客之來是邑者，君未嘗不設主人。既與之遊而飲酒賦詩，則未嘗不維縶信宿而後去。蓋園之至君四世矣。其同時之廢爲榛莽，或易名他氏者多矣，而是園者，至今無壞益新，則以君之能無忘先人之業以然也。

或謂君以彼其才，宜早自表暴，取世光寵，顧退而自安於丘壑，誠非所宜。予謂今之汲汲自勵爲當世資者，非必其天性皆汨没於富貴利欲者也，蓋亦有求爲買山而隱而不得者，而隱忍以就之。蘇秦曰：『使吾有二頃田，安得佩六國相印乎？』由今觀之，六國相印之與二頃田，所得孰多？況又有求而未必得者耶？葉君之賢，其知之審矣。且古之君子，雖其功成名立，巍然係天下之望，猶常以區區者，與夫山人逸士爭其所嗜好於一泉石之間，此其寄託者甚深，未可以常情測也。

汪春坊讀書圖記

中允東川汪君一日攜此幅過予，曰：『此禹生爲予畫少陵詩《讀書秋樹根圖》，蓋兼取負米力葵之意。予視京師士大夫無慮三四百人，其間祿得待養者不及三之一，求如予之具慶者殆十無一二。比蒙天恩，許之歸覲。家在兩湖間，山水幽勝，奉吾親而處焉。暇則執卷咿唔其中，以博老人之一笑，此吾所謂至樂也。願子有以記之。』

予嘗謂人生有『三不可悔』：少年不讀書，老大不可悔；有親不能事，親没不可悔；此身一敗行，終身不可悔。自循卑賤，無過人之節，亦不至自陷於不肖之行，但於養親、讀書，蹉跎兩負。每中夜思之，戚然餘痛，顧人老事去，而悔無及矣。

君具幾先之哲，常能處人所不爭之地，以此免於悔吝者數矣。予每從事後，私爲人傳説其梗概，今復乞養於强仕之日，讀書而養親以終老焉，可不謂賢哉？昔漢仲長公理欲卜居清曠，兼珍奉養，以樂其志。晉潘安仁居騎省時，思御板輿，奉太夫人遊於家園，而作《閒居賦》。二人昧於榮利，卒嬰世網，爲世所惜。君獨能瀟然於出處之際，如此非獨於予之所悔而不得者，幾可以無憾。跡其所爲，古人有所不及也。然彼二子者，遭時喪亂，欲遂其志誠難。縉紳先生幸遇承平之世，進則迴翔禁闥，盡啟沃之職；退則偃臥丘園，有定省之樂。出入顯晦，無所不可。上下千百年間，如此遭際，豈多得哉？此觀是圖者，不可不思其所自也。

思硯齋記

僉憲許生洲先生示予以施侍講《思硯齋記》。先是，僉憲之大父中丞公爲紹興守，夢蘇端明手授一硯。翌日，使隸種竹，掘地得硯於臥龍山麓，旁刻『天然硯』三字，畫其背爲東坡小像，中丞寶之終身。崇禎間公歿，後兵亂失去。子封奉直公，每追念出涕，因營齋而居之，而『思硯』以爲其名。

客有謂予曰：『噫嘻！夫夢果可憑耶？彼硯者果有所受之耶？其得之也豈其適然，而失之也豈偶然耶？吾聞中丞公居官廉，去任之日，所載不過囊衣，至今浙人猶能稱道之。計其土苴金玉而粃糠富貴久矣，方且以其神徜徉浮游於造化之表，而其視一硯之得失也，詎有毫末足芥蒂其胸中者，而以是名其齋，無乃非先中丞之意乎？』

予曰：『不然。夫爲人子者，思其先人之所嗜好、所遊處，觸目而感之，一切不敢以爲無有者，孝子之志也。至於無見而僾然如有見，無聞而愾然如有聞，甚矣，則其視一硯之得失於夢醒間也，不猶之視人生之存亡得喪、聚散離合、俯仰變換於數十年之中，而與之感而思、思而有所歔欷宛轉，爲不可解哉？夫死生亦大矣，而況於父子之間哉？此思硯齋之所爲作，殆有不期哀而哀至者已。僉憲之官京師也，遍謁於所知，求詩文以述其尊先生，追慕之至而冀以少慰其思。侍講謂奉直公賢，能不匱其孝，僉憲之能曲成其志，皆可書，信也。僉憲公新奉命督學政關中，裝行有日矣。緣奉直公志，將躬行表帥，講學明道，以興起其一方之士子，意甚盛也！予謂中丞公之硯不亡矣，故記。』

停舟書屋記

予於京師宣武門外，從逆旅主人僦屋數椽，其半擴而分爲室者三，略如舟然，而以予之所居也，因名之曰停舟書屋。主人曰：『吾視往來之人，凡有事於江湖者，遠或數千里，近或數舍，莫不候風色、伺便利，計日併程，窮力而求至。故遇便風揚颿，聯艦比艘，乘濤上下，舟子安坐而擁櫂，行者憑艫而眺望，瞬息抵岸，則釃酒擊牲以爲樂，此亦行旅之至適也。有舟於此，偃桅踣檣，蕩漾洲渚，曠日而不得濟，目送去者羣百千輩，己獨惶惑不離其處，此則勢之所去而行道者之所不顧也。子之以是名也，必更之，無以子累吾居。』

予曰：『子不知天道乎？夫盈乎彼必虧乎此者，天之數也。子桑曰：「父母豈欲我貧哉？天地豈私貧我哉？吾求其爲此者而不得也，然而至此極者，命也夫。」今是舟之遇我於此，亦命也。子惡庸諱是哉？雖然，吾未見彼之必得，而此之必失也。今夫駕風而行，勢若激箭，不終日而舍者，舟之常也。一旦風水撓之，及涯而阻者有矣，不幸放乎中流，卒然而遇不測之險，顧視兩岸，茫無涯涘。當此之時，則停舟之不如。且夫豫憂其顛隮之，及不當止而中止者，過也；舍其安居無患，而歆羡於目前之快意者，惑也。吾知命焉而已。』

主人莞爾笑曰：『子言固當，然使子之有求於此，則無以異是營營者也。子信無所求也，則何不舍子之舟，以返子之家，偃息乎庭闈，散步乎園廬，瀏覽乎詩書，頓撼之所不及，驚戚之所不加，不亦善乎？孰與夫棲棲以待是者哉？』予曰：『子休矣！吾行謀之矣。』遂述其言爲《停舟書屋記》。

貞靖祠雙松記

故兵部主事三原房公，以明崇禎十三年省墓歸里，值賊李自成盜據關中，脅降諸搢紳，强之官，公不屈，走深山匿跡，至絕粒死。里人哀其節，私謚貞靖先生，立祠祀之。其嗣君今慎庵京兆得白松二株於涇陽韓氏，歸植之祠廡外。時松以拱把，又種異或滋，疑其難植也。閱今二十年，豐幹攢起，相對峙如人拱揖狀，標枝外蔭，高出牆垣數尋，恍如百餘年物。人皆以是松之堅貞皜潔爲與公類，意者其神靈所憑，過其下者莫不咨嗟生敬。

京兆君繫官京師十年，每瞻慕桑梓，遇客自里中來，輒問祠修飭以否，兩松度今長大何若。既知其然則益喜，請所知爲詩文辭紀其事，以及予。予歎公完節而京兆能封殖此樹，不忘孝思，足世其家。愚不自揆，爲侑神之曲一章，使歌而薦之：

有祠肅穆兮嵯峨山名之下，嗟我公兮神所舍。驂虬駟兮霓旌，撫八極兮遊太清。忽下顧兮中庭，素鬣兮綠髮。枝連蜷兮巀嶪，厥狀惟兩兮神所集。風蕭騷兮散渙，激清商兮夜半。聞空中兮長歎，曾陰屯兮天寒。泣孤凰兮啼鵑〔一〕，指翠柏兮摧爲薪，感冬青兮颯已殘。靈之來兮遲遲，心悱惻兮有所思。蕙肴陳兮桂醑，紛交柯兮承宇，既碩且蕃兮永福女。

【校記】

〔一〕『泣孤凰』，底本作『乞孤凰』，據馮本改。

書啟

與友人書

昨承枉示近著雜文十篇，屬加點定。僕於文無所諳識，兼屢爲時義所窘，不得一意向古人書，偶一開卷，意緒茫然，如日遊鄉閭小兒間。而忽接於長者有道之側，神氣塞默，不能自勝，豈復足以論不朽之業邪？辱教惓惓，不敢固辭，於從者輒竭其愚陋，於意有未安，亦妄改易數處，或疑其太狂率，重開罪左右。然以僕之憒憒，爲不辨文之佳惡則可，使必欲掩飾聾瞶，隨儕拊抃，竊知音之名，投時俗之好，於義不可，且非所以待足下也。方今古學陵遲，足下憤然興起，以作者自期，此古人所難。

前年，在金閶與計子甫草往還。甫草日爲文成，必命僕檢定，信使反覆，再四不倦。僕感激其誠，亦時有異同，不復更存形跡。嘗作《友說》贈之，述所以欲相扶而同進於古人之意。今甫草稾中多載僕評論，足下與同在京師久，豈未之見耶？既以此待甫草，於足下懷有未盡，亦誼所不敢出，若其無見而好爲妄言，此在足下諒之耳。僕從去夏別後，亦時得文十餘篇，俟暇時録呈。足下論文精當，非如僕之妄言者。所望者，以僕操斧於大匠之門，區區之誠，冀轉相報也。不備。某頓首。

寄張閣學書

昨客都門，倉皇返棹，未獲時親教益，至今惘惘也。先生藴匡時之略，應泰交之會，外長官寮，入參機禁，異數重疊，出自宸衷，旦夕用其道以弘太平之化，草野伏聽，可勝欣慰。史局得先生與南陽公爲之領袖，發凡起例，勒成一代之書，自當與日月並懸，豈直媲美三史而已？承部下徵先曾祖太常公誌銘，前已繕送，今别緘一冊奉覽。明神廟時國本一案，實發於先太常公。此後盈庭水火，爲東林者，莫不指公爲之嚆矢，而立儲自有長幼之指，則已早定於萬曆十四年之一疏矣。後伏闕再疏幾萬言，語尤激切，至以晉獻驪姬爲比。值當時厭言之際，幸得留中，然卒忤權相，候補五年，不得而去。晚節被召至京，纔一月，又爲黨人擠退。此公立朝行己之始末也。愚歷考前史，他不具述。即前漢時如賈山、路溫舒、諸葛豐、劉輔之輩，皆僅以一疏慷慨，史爲立傳，垂光竹帛。況先太常奮不顧危，浴日虞淵，身受萬里之竄，而之死靡悔，至其謫尉之後，拊循餘蹟，光明駿偉，比之前人，懸絕萬萬，此於例皆宜得書。先生平生正直是與，尤樂成人之美，不肯苟沒人一節之善。先太常之行事卓卓如此，似無待於某之辭說者。然而樂成人美者，必其疾惡如浼者也；不苟沒人一節之善者，必其不妄徇人者也。先太常直聲雖著於一時，而其終始守道不渝之節概，三十年沈淪州里，採聽罕及，先生或有所未悉，而其中或不能以無疑，疑而姑徇焉，君子爲之乎？此某之所以不忍終於無言，而有待於左右之一察之也。且以先太常之潛德積久而未耀，以先生之文章道德可傳信於後世，而躬任筆削之事如此。某因得冒昧攀援，進求一字之褒，以垂之無窮，或者天憐孤忠，不忍聽其終於泯泯，而適值乎此時，其亦有待而然耶？未可知也。伏望與同館諸賢商略定例，特立一傳，則不肖幸甚。又先叔祖御史公諱思睿，崇禎朝號能言事，一參烏程，再劾宜興，諸所建白，多關切治亂。前蒙同徵及家傳，故並以聞，或得附書太常傳末，尤所感戢〔一〕。徂暑，惟爲時保攝。不宣。

【校記】

〔一〕『感戢』，馮本作『感藏』。

寄葉學士書

都門拜別，倏而載周，涉茲炎夏，伏惟尊候萬福。遠承榮問，晉陟崇階，行且作時霖雨以慰顒顒者之望，辱在知愛，其爲欣抃，益何如也？ 史局想已有成緒，班、馬著作成於一人之手，今衆巧在門，統歸繩削，去取之際，較前更難。 朝廷以茲事甚鉅，正非先生莫與任耳。

某，草土餘生，奄奄神氣，文字之緣不復置想，徒負知己二十年期許盛心，良可浩歎。 前蒙史館徵及先曾祖太常公誌銘，今奉到一卷。 先太常明神宗朝首爭冊封鄭貴妃，觸上震怒，隨奉立儲，自有長幼之旨，後國本得以無動者，賴此一言爲之地也。 雖身遭竄逐，而功存宗社。 謫尉之後，移令餘干，服闋至京，一扼於權相，晚年內召，再困於閹兒，從此齎志牖下，雖通籍四十餘年，計散館後立朝僅百二十餘日，沈淪外吏，作尉者四年，爲令者三年耳。 易簀之日，猶敕令寘朝衣冠棺中，『我將上見二祖，言天下事』，其忠君愛國之念無頃刻忘，聞者無不哀其死而惜其生之不竟其用也。 今使悠悠之名復埋於身後，則不孝爲人子孫之罪，何以自逭？ 先祖戶部公命某爲家傳，曰：『吾爲曾祖伏闕請恤典，守之七年，竟得之，恨未見國史耳，汝後必成吾志。』某坐困一經，潦倒白首，不足以表章先人之遺緒，則先祖之望或幾乎息矣。 而適與先生有平生之雅於此，先生矯矯風節，儀表當世，獨立而不懼，衆非而不顧。 推其志以達之於其所事，誠有不可與流俗人言者。 噫，亦難矣！ 然先生不以其道之孤也，所見匹夫匹婦纖介之善，猶將進而誘之，廣其聲譽以爲爲人好善者之勸，況乎其言足以尊主安民，其道足以濯世厲俗。其遇之艱，一躓而不振，以至於窮老而不悔，而其人已死，徒幸其名在焉，不幸其名之未立，又以其子孫之無狀，不足以表章先烈，而使其名又將至於無所藉以傳，則於大君子與人爲善之心，或者其猶有所未盡也。 且先太常之可傳，不獨在國本一事。 其尉廣昌也，境內有白狼爲害，則檄於邑城隍之神，不數日而禽戮之，如捕雛鼠。 焚妖廟之歲殺人爲祭者三，而民不驚。 宋丞相趙忠定公墓在餘干，爲守塚方氏所侵，公正其侵地，爲文以祭之，雷擊其人於墓道，不旋踵。此其政績之尤奇者，其他所爲民興革不可勝數，比古循吏尤爲卓犖，列之諫臣類傳中宜無不可者。

某非敢以私干先生也，朝廷委詞臣以筆削之任，正以其是非明而好惡當耳。是非之明，好惡之當，不在於他，在於不沒其實而已。先太常之名實暴著於天下已久，使其不沒於萬世，則先生之職也，某何與焉？然以某之無狀，而使先世之流風餘跡得賴其人以傳，以幸寬於不孝之罪戾，則是先生由善善惡惡之公，而波及於某一家之私，某又何心可不知所以感也？敬俟杪秋北上，泥首以謝，併所緝家傳及先侍御公傳，尋送閣學公。向承其顧遇，因附候一通，見時希道愚悃。臨書惓切。

寄鄧參政書

某不肖，不能自雕琢爲文，脂韋滑稽以投時好。顧獨喜爲古文辭，間取古人希夷淡漠之旨泊然而無味者，閉戶絃歌之，以自排比成文章，用自娱樂，業與營營者背馳。兼稟性迂拙，不善隨時俗俯仰，又絕不喜陰賊讒佞之習，見人若此卽拂衣起去，不問貴賤。而今世正多此輩，觸手罣足，動成觝迕。自計此生當屏之深山，長與木石爲侶，猶復不自禁，時時出遊南北間。以不合時宜之人，挾其泊然無味之文，輿服不足以動人，丰采不足以驚衆，積毁竦誚，日引月長，是以踵接貴人之門，望閽趦趄，無由自進，宜其遊而困，困而無所告訴，以至於斯也。而適遇執事於吳門，吳之友曰宋子既庭、曰繆子歌起者，縷述執事之爲人，謂能貴而下士，士無賢不肖皆得其歡心，而其於賢者禮遇之尤若不及焉，卓然不以流俗之見動其中者也。且又善子之文，曰：『是百年中所無者，子盍往見之？夫先生，古人也，子以古人之道求之，庶其有合也已。』已而相見，果然。復聞於繆子，謂將謀之館人。退自忖度，以某之才非有所分毫得當於左右者〔二〕，襲碔砆於懷，投卞和之門，其庸濟乎？既而念古之人有杜牧之者，當奇章相之節鎮淮南，牧之客焉，日縱飲從狹斜間遊，奇章不問也，且日令壯士左右之。杜既去，始問知其故，感泣終其身。又有滕元發者，館於范文正公家，亦豪放不羈，文正嘗思規之。一日伺其出遊，明燭坐室中，少頃，元發歸，長揖問文正讀何書，曰：『《漢書》。』又問曰：『漢高祖何如人？』范逡巡不對而入。此二公者，雖不同，然跡其才能，豈有所不如於輕儁之二年少哉？然而前輩愛惜人才之至意，固有出於尋常萬萬者，初非有所責其勞而後待之厚，望其報而後禮之殷也。且牧之、元發，倜儻奇偉之士也，非二公者容之，則孰容之哉？

今某辱執事之知，不後於古人，不敢自外，竊在下風，適聞之道路曰：『屬有小人之言間於左右，不敢以辨。』夫合則留，不合則去者，某之道固然也，豈以疑似之際，與瑣瑣者多其辭說哉？然而懷不能自已者，以執事之知我，今而有疑，隱忍而就，固不可默然而去，尤未是也。揆之或者之情，當無他說，直以某爲狂不可近耳。若以狂，則某固嘗學聖人之道而習其說矣，其狂尚不如前二生云云之甚也。就使某真狂如前二生者，執事將不能容之乎？是執事之卓然不惑，其賢尚不如奇章、文正也，於某何有焉？或者道路傳之，非其真與？而執事固未嘗有所過聽與？則非愚之所敢知也。某今歸矣，家貧，幸有先世遺書數千卷，足自發憤，薄田不多，妻子尚不至凍餒，某何求於人哉？特以素蒙執事國士之知，卒然辭去，萬一世復有好士如奇章、文正者，起而誤收之儔人之中，以不得出於門下爲恨者，恐亦執事之所恥也。故敢以書謝，且以爲别。臨書惶恐。

【校記】

〔一〕『得』，馮本作『有』。

與萬充宗書

承教《儀禮商》，已命童子録竟，披玩反覆，意義周到，無罅可尋。其尤辨者在寢廟之論，謂大夫無私朝，此皆先儒所未及。愚更有臆説，可與兄論相發明者，附質於右。

周制三朝：一在庫門之内、大門之外，曰外朝；一在路門之外，曰治朝，亦謂之内朝，亦謂之外朝；一在路寢庭，曰内朝，亦曰燕朝。自愚考之，則周二朝也。《曲禮》：『天子當宁而立，諸公東面，諸侯西面，曰朝。』《周官》：『太僕掌燕朝之位。』《文王世子〔一〕》：『公族朝於内朝』，『臣有貴者以齒。』此燕朝在路寢庭，不過爲公族相朝燕飲之地，臣以齒爲上下，非有朝儀位署之法也。故《玉藻》：『日視朝於内朝，退適路寢聽政。』路寢之制，特用以聽政耳，故不曰朝。其大朝會則在路門之外。其時則司士掌朝儀，天子當宁而立於門，諸孤、諸侯以次東西面立〔二〕，始謂之朝耳。其禮儀儼肅，非路寢庭比，由此知路寢庭無朝名。當時因天子取其近便，居以聽政，猶唐人喚仗入閤之制，而其後遂相沿以爲朝耳。不然，路寢庭外既有朝矣，而復置内朝於庭之内，不既贅乎哉？由此觀之，則知天子之寢庭亦無私朝，不獨大夫爲然也。大夫路寢庭無私朝，可曰私朝。天子路寢庭無内朝，亦可曰内朝。考内朝之名，始見於《文王世子》。文王爲世子時，王季諸侯也，不得有庫門外外朝之制。故以治朝爲外朝，以燕朝對外朝，則謂之内朝耳。周既有天下，兩從其稱，然謂治朝之爲内朝者，正也，《玉藻》之文也，周既有天下之制也。謂爲外朝者，非正也，《文王世子》之文也，周未有天下之制也。又諸侯庫門外朝，經亦無明文，鄭氏特據《周禮》及《戴禮·玉藻》意推之，而知中門之内、大門之外，别是有朝。既有内外兩朝，則燕寢之不得復爲朝，審矣。故曰，緣《文王世子》之文也，偶見及此，兄意或未爲然，必以示我。

又兄論三代以上置閏，皆在十二月之後，所解歸餘於終，頗與注疏不合。元楊恭懿上《授時曆》，奏曰：『暴秦焚書廢古，僞作置閏歲終，兩漢因之。』此言宜有本，兄更考之何如？他意所欲扣者尚多，以俟面請。〔三〕

【校記】

〔一〕『文』，底本闕，據淵本補。

〔二〕『諸孤』，馮本作『諸公』。

〔三〕『又兄論三代以上置閏』至『以俟面請』，底本無，據初刻本補。

與馮元公書〔一〕

今後作書及相呼，可直舉字，不必曰老曰翁。蓋古者既冠，成人而有字，以表其德。夫子作《春秋》，凡賢卿大夫，則字之而不名，所以示予也。終《春秋》書字者僅十二人，弟子無有以字稱者。稱閔子騫，是直述時人之辭，當時其父母、昆弟皆謂之孝矣，而時人亦同稱之曰『孝哉閔子騫』，此所謂不間於其父母、昆弟之言也，若其他則固無有是稱矣。至如子貢以弟子稱其師，子思以孫稱其祖，皆曰仲尼；屈原『朕皇考曰伯庸』；班孟堅《敘傳》謂父彪曰叔皮；袁種，盎之兄子，直稱叔盎曰絲。明字是其所最貴者，是弟子、子孫之所宜得稱者也。《漢書·匡衡傳》『匡鼎來』，張晏注『鼎是衡字』，引衡書『匡鼎白』爲證。顔氏謂衡與人書不宜自稱其表德，仍訓鼎爲當義。字者，君子不敢以之自稱，師不以稱其弟，而孔子作書稱其卿大夫賢者以爲與〔二〕，然猶不多見焉。子貢以稱其師，子思以稱其祖，袁種以稱其叔父，屈原、班固書以稱其父〔三〕，唯君則不敢生而稱耳。

今則不然。凡今之俗以直字之爲輕，而易其字之下一字爲老爲翁。雖乳臭之童稱老於其父兄之前，則恬而受之，輿臺皂隸之有聲焰者〔四〕，大庭廣衆之中稱之爲翁而不怍。何今之待乳臭之童，視古之待其祖父若師者加重也？抑豈可謂孔子之賢其卿大夫者，反不若今之賢其輿臺僕隸者與？其顛倒違禮甚矣。又古人於名字之外有云別號者，直一時意興所寄託，非謂是必不可少之事，又未嘗以此稱於人也。先正黄東發嘗言，史衛公子弟與其親戚趙制置子弟徜徉東園，無可作做，始創爲雲麓、一巖、十洲等號，以南宋紈襦習氣，波流風靡，直至今日。今人於其所稍尊貴者不敢字謂，則又於其號之下一字所謂庵與齋者，而復易以翁且老之稱焉，殊不知於庵與齋復何所嫌而避諱若此？此尤史氏館客所不爲者。然今之士大夫無不相率而爲之，江河之日下，只此一事有無窮之憂焉。吾與足下豈可復揚其波，而俯同於流俗人之所尚乎？

或有可稍通其說者。《曲禮》天子復曰『某甫復』，《雜記》附於殤稱『陽童某甫』，鄭玄謂之『且字某』，其字甫者，男子之美稱，未斥其人以美稱配其字，故曰且字，此似近於今之稱例。然愚意且字者，特用之於事神耳，故哀公誄孔子曰『尼父』，孔子生前未聞有此稱也。況概施之於後生小子，可乎？不可乎？孔子惜僭禮之微者，一稱謂之禮雖甚微，然人心風俗之所繫，且出之吾輩，其於交道誠僞尤有大防，見同志宜徧悉此旨。

【校記】

〔一〕馮本題作《與馮元恭書》。

〔二〕『與』，馮本作『予』。

〔三〕『書』，馮本作『皆』。

〔四〕『皂隸』，馮本作『僕隸』。

投所知詩啟

伏承閣下以某詩爲可採，特令送上者，今鈔就彙爲一卷如左，偕閽人以進。或謂某詩多失志悲愁之作，方今明良在上，五辰時敘，百工協和，不宜以此瀆當路之聽，且重見尤矣。某應之曰：『君以哀怨之詩，謂必出於衰亂之際，而盛世無聞耶？昔之聖人，雖道溥澤隆，而不能必民之皆德己。博施濟衆，堯舜以爲難能。班固《食貨志》載：「冬時，民入居室，男女有不得其所者，迺相與詠歌，自言其傷。」言三代聖王使民夜作，而燎火相共，男女皆得以其間申其鬱積，而比興之事興矣〔一〕。今所傳變風變雅者，恐不盡周衰以後詩也。韓愈謂「物不得其平則鳴」，又曰「皋陶鳴虞，伊尹鳴商，周公鳴周」。或疑此數臣者，處盛朝，事聖君，何不平之有？而不愉而怨，失事實矣。不知伊尹當悔過之前，周公居流言之後，何得無怨耶？特其怨之事有大小，其用心公私不同耳。今謂盛世之必無怨者，是失人生憂樂之正者也。』

然或以某之詩爲自傷卑賤而有所憤訐不平，是又未是也。愚自分道之興廢有命，故嘗息意無營於世，其觸物感發，不能自禁，而時激爲酸楚悲涼之調，以寫其不得已之衷，此亦詩人之常事，而其志或更有存者。昔者伯夷傷黄農、虞夏之不作，悲道之衰，將餓死，采薇自食，作爲詩歌，義不忍與盜跖同富貴，其志正矣。然非孔子，孰知其非怨耶？又孰知其非如匹夫匹婦之自言其傷而有憂天下之志也？故有憂天下之志，而不與匹夫匹婦同其失所之歎者，此伊尹、周公、伯夷之所同也。太史公曰：『伯夷、顔子雖賢，得孔子而名益彰。』然則士非有知己者，則雖有伊尹、周公、伯夷憂天下之志，其不同於匹夫匹婦之怨者幸矣。

伏惟閣下懷道濟時，深察愚知〔二〕，則僕詩之所存爲怨與否，固不待愚之所自明，而讀其辭者亦或可以得其志也。閣下其必有以教之。某皇恐再拜。

【校記】

〔一〕『興』，馮本作『起』。

〔二〕『愚知』，馮本作『愚志』。

湛園未定稿卷五

題跋　書後　辨　說　論　議　贊　記

臨鍾太傅四表跋〔一〕

孫權初議拒曹操，嘗言：『孤與老賊，勢不兩立。』其後輸款於操者一，稱臣於丕者再。今考之於史，關羽與曹仁相持，徐晃連營逼圍，權出師躡後，自足掩取江陵，無藉於操，乃獻表欲擒羽自效，何邪？後之稱臣，雖以蜀師東下，權宜爲之，然丕勤三駕，臨江而反，終不能損吳之毛髮，其不能困吳明矣。而自同嚚融，甘心北面，殆失計無恥之甚者。初，建安末，操始受權降，鍾繇遺太子丕書曰：『顧念孫權，了更嫵媚。』太子答書，轉相嘔噱。其爲曹氏君臣玩弄如此，豈不爲父兄之遺愧哉？權稱臣奉表在黃初二年十月，至三年八月，而孫、曹之交絶，繇此表當在其二三年間。當吳之始臣於魏也，邢貞知其非久爲人下，劉曄以爲憂蜀僞降，而繇之言曰：『權之委質，外震神武，度其拳拳，無有二計。』未幾吳叛，終魏之世不能再服，繇爲虛言矣。其知出貞等下，豈耄及之耶？右《宣示帖》

云『戎路兼行，履險冒寒』者，謂漢前將軍羽圍曹仁於樊，操以建安二十四年十月親自洛陽南征時也。操駐軍摩陂，至次年正月還洛陽，死。吳潘璋害羽在十二月，此閏月當在十二月後征南將軍曹仁也。胡修，魏荊州刺史，傅方，南陽太守，時皆降於羽，羽威震華夏。操議遷都於許以避之，而呂、陸之徒懼其功成見逼，遂密謀擒羽，使曹氏得銜持兩家而坐收其利。次年，丕遂篡漢，天下大勢遂在曹，不在孫、劉矣。當時蜀漢君臣計不顧此，聽其孤軍深入，坐失荊州，後諸葛雖數出師漢中，以闚中原，亦何益哉？此古今一大變局，攬此貼者，所尤痛心切齒於孫氏之君臣者也。操自開國，漢臣卽以天子禮事之，故雖建安紀年，語悉稱臣，表示首尾〔二〕，一如漢制。後但署東武侯者，以是年九月繇坐魏諷反，免相國故也。右《戎路帖》

《後漢・百官志》：『侍中無員，掌侍左右，贊道衆事，顧問應對。』建安初置六員。《表》言『先帝遺侍中王粲、杜襲』，又云『乞使侍中與臣議之』，蓋當時機密之任也。至晉後，其職益重。粲、襲爲侍中，在魏國初建時，時始定制爲四員云。昔人評此書『柳葉溶曳於光風，象徵臣之御寵』，蓋此亦右軍臨本也。右《力命表》

唐文皇評鍾繇書，謂『字長而逾製』，黃長睿疑『長』是『方』字之誤。然鍾行書，若《墓田》、《丙舍》、《長風》、《新婦》諸帖，結體頗長，方者特其真書也。鍾書存於今者，一手是右軍摹本，《薦直表》爲其真蹟，有河東薛紹彭印章。元袁泰評：『點畫之間，多有異趣，可謂幽深無際，古雅有餘。』蓋是漢隸初變，不可以其晚出而疵之也。惟季直不見傳志，差爲可疑。右《薦季直表》

【校記】

〔一〕馮本題作《臨鍾太傅四表跋後》。

〔二〕『表示』，馮本作『表式』。

題宋潛谿謝皋羽傳後

《謝皋羽傳》，鄧牧、任士林皆有述。鄧，錢唐人，自言與翱最善，翱服其爲文。病且篤，懷以詩曰：『謝豹花開桑葉齊，戴勝芊生藥草肥，九鎖山人歸未歸。』然翱，宋末義士，而牧《傳》中無所述，第曰：『繇役繁興，不堪迫辱，委務出遊，過嚴陵故舊館焉。其地與婺接，故常往來兩州間。所居產薪炭，率歲暮載至杭，易米自給。』又自言爲翱死友。然翱之沒，遺命惟託方韶卿鳳、吴子善思齊，不及牧。葬翱子陵臺南者，鳳、思齊及方幼學、方燾、馮桂芳、翁登兄弟，而牧亦未嘗聞赴其葬也。牧自誇於翱：『爲文當自出胸臆，罕讀古人著述。』此豈其真不讀書者哉？然牧云：『翱於軍伍中購得一子，相與竭力生產。』任《傳》中不載。宋云無子，翱之臨沒屬友，其無子當信，其前已購得而後復失之耶？任《傳》詞旨隱約，以屈原比翱，是爲得之。吴思齊《墓誌》亦可觀。宋因任、吴本特加潤色，淋漓盡態，讀之令人感歎不已。蓋遭勝國之後，無所避諱而能然也。國家破亡，神器淪沒，有權位者不必徇，而草野失志之子有孤憤鬱悒而不知其然者，豈不由於其性哉？然不幸無傳之者，傳之而失其志，以此湮沒於後世者多矣。愚觀漢新莽之亂，士至有僞失明，見其子墮井、妻與人私而不顧者，其堅苦如是。末世好名滋甚，馮藉權勢，踵接侯王之門，入則短後曼纓，出則幅巾草服。搖筆著書，忠義奮發，流播遠近，邁跡巢許。幸而其書不傳也，不然，又孰知盜跖之與曾史哉？

困學記題辭

世有真道學然後有真節義，道學晦而節義微，節義不植，則其於道學也亦僞而已矣。黎眉先生歸田後，著《困學記》，自言：『余日間行事，每至臨寢，必端心危坐，仰天而質之。如是者十年，纔覺違心之事日漸減少。』又云：『學道須破名利關頭，若乃周孔其口，商賈其心，弋名於道德之林，漁利於仁義之域，是則謂之傭販聖賢，負罪名教不小。』故自滄桑之餘，絶跡遯荒，至老不復見，雖妻子不知其所向。世皆疑其仙去，而其家亦詭曰『有之』。然孰知其爲篤信好學、守死善道之儒者歟？余生也晚，不及奉先生几杖。其季子自天讀書安國禪院，時相過從，流涕而道其先人，則詞旨嗚咽，至性迸發。其交於某也，禮恭而意彌篤，然後知先生之學，非徒以得正而斃已耳，其修之身以爲子弟法者，又如此其至也。余嘗讀兩晉、南北朝史，歎其君臣之際，侮慢猜忌，無恩義可紀，至士大夫家居孝友奇節，疊書纍見，驚心動魄，如弘農楊氏一家，寔西漢萬石所未及。以此其時，無故國而有世家，輒思放古別錄《南北朝孝友》一編，貯於家塾，乃先生所爲三十二卷者，已犂然明備。余又知先生之學，其植基深厚，尤在於此，而自天之能善繼其先志者，亦能知其本之所在從事焉，無失故也。孝弟不立，本實先撥，而競爲道學節義云者，皆妄也。人有言今有能世其家如史氏所紀者，予謂必自郭氏始矣。

題南齊旌表華孝子小像詩附〔一〕

孝子諱寶，父豪，晉義熙末戍長安，時孝子年八歲，臨別謂曰：『須我還，當爲汝上頭。』既長安陷，孝子七十不婚冠，有問者，輒號慟彌日。按史，劉裕以義熙十三年秋八月至潼關，命王鎮惡大破姚丕軍，遂入長安。其年十二月，裕將東還，三秦父老留之不得，以弱子義真都督雍、涼、秦州軍事，留鎮之。豪戍長安，當以此時。既而沈田子以掩殺王鎮惡伏誅，長史王脩被讒死，羣情解體。夏王勃勃，遂進據咸陽，走義真，積人頭爲京觀，號髑髏臺。此十四年十一月事也。豪豈以此時陷沒而不得還耶？從此中原分裂，生靈塗炭於戰爭，又百餘年，然後合而爲一，其遺禍烈矣。劉裕之罪，可勝誅乎？而孝子之所痛者，特其父也。然自古篡竊之臣，若王莽、懿、操父子，俱未嘗親弒其故主也。至零陵賊殺，自後禪授之際，習以爲常。裕之子孫亦嘗身罹其毒，而君臣之道苦矣。獨孝子終身思父不婚冠，此其所關於人倫甚大，蓋與晉徵士之風異事而同軌者也。嗚呼！忠孝名節者，國之大綱大常，而人類之所以不滅，顧失之上而得之於下，豈不尤可重歟？南齊時，同郡有薛天生、劉懷胤兄弟，皆以孝行旌，然予獨以孝子之所遇有足感者，故疏其事於像左，且繫之以詩。

【校記】

〔一〕詩見《葦間詩集》卷二。馮本移此文至《葦間詩集》卷二《題南齊旌表華孝子小像》前作小序。

題程子卷後〔一〕

客歲淮南逆旅中，偶讀《韓嬰詩傳》，至孔子遇道哭者甚哀，而自言其始所以宦學而失養之故，以至悔而立稿也，而是時，孔子弟子之請歸養者十有三人。予既以前年拜違其親，奔走於江之南北，是日有感，遂決南歸之志。既抵吳門，程君爚來，手一卷，形縱縱而過予。予既喜交程君，視其所攜，皆曩所求於海內之賢者所爲其母徐孺人傳志者也，而程君之所自傷其貧賤不得養者，則并見之於言焉。時予歸志甚鋭，君則爲予買舟葑門之外，共邀至家，拜其尊君於堂，與其仲父杓石，咸儒雅藴藉，衣冠狀貌質樸，類古人風。留數日始去，去而復牽留之，視其家之僮僕雞犬，皆依依有向客狀，若不忍其遽別者。其好客出於天性，可敬也。今天下文士大率皆以家自累耳，雖其間意氣自喜，欲以廣致天下豪傑，而奪於室中之反唇交謫者有之，則其行之不成又非必盡出於懈弛而後然。今程君家產纔不及中人，自其母在時，固已父子力學，聲籍甚諸公間。及其歿也，庭除楚楚，果蔬之行列、巾履之位置無不整潔可喜。男誦女織之聲，燈火交出林落。客之登其堂者，鮮不爲流連忘反，樂其父子之賢而相忘於貧賤之累，而又思其所以致此者，則益淒然相對不樂。蓋程君之言曰：『吾父子何自而能然？吾家之所以得與君燕飲於此者，皆母之遺也。』雖其父之言亦如此。若孺人者，可不謂之賢矣哉。欲知孺人之行，於其夫與子可以得之。予既有感於中，又不忍爚請，因書所見者歸之。

【校記】

〔一〕馮本題作《題程君卷後》。

題傳經堂集

往余晤亮菴於武林胡氏之米山堂，向疑其宿學，輩行去余遠甚，問之纔長余數歲。未及訂交而別，常耿耿胸次也。比於都中，見其仲君明經次厚，知亮菴里居閉關幾三十年，無復當世意。今年初夏，次厚游太學，亮菴偕之來訪其故人。既至，假館僧廬，倦臥不出，於是公卿輿馬塡塞街巷，坐門問安，喧闐都下，以至四方宦學名流、裙屐子弟，懷刺到門，皆願得識面爲快。亮菴愈不自得，急促裝南返。余與之語頃，卽執手言別，則其耿耿比前愈甚可知也。臨行，出示余《傳經堂集》，連綴海內古文辭數百篇，所以稱美卓氏之家學甚備。余亦久謀歸，擬築室於湖上，陳經而讀之。是時，去亮菴居當不遠數舍，艤舟水次，造所謂傳經堂者，瞻謁三先生祠，啟其遺書，從亮菴決疑發滯，其必有益於余聞。

歸太僕未刻稿題辭

《太僕未刻稿》，其曾孫莊元恭所輯外，吏牘、申詳、文移諸雜文字當另存其家，不足錄，除此共得八十三篇。《太僕集》一刻於崑山門人，一刻於常熟蔣氏。近錢宗伯手定鈔本最善。然余從元恭借觀其未刻諸篇，多隨俗應酬造次之作，故可存者尤少。余輒爲點定，芟其蕪蔓殆十之七焉。當明之有天下二百七十餘年，作者林立，唯太僕之文爲能獨溯太史公以來，得其風神而合之唐宋諸家體格，粹然一出於正，可謂豪傑之士矣。惜其晚始得第，爲當時盛名者所摧壓，而其所爲碑銘序贊之類，多不出鹿城數百里之間。外家戚黨，田夫餉婦，並見疊出，以與夫名臣碩儒爭名於翰墨之下，抑末矣。此歸安茅氏所謂入富人之家，而所見唯陶埴菽粟者，豈其才之不逮乎？予之及此，蓋以歎夫士之好古而不遇者也。

碧山堂元夕鬬酒詩跋後

丁卯元夕，今總憲徐公碧山堂之讌，出所儲酒三十種飲客，命客爲《鬬酒詩》。明日相繼以詩來者若干人，而前總憲公先得絕句三十首，手書小幀示某，某謹受而讀之。其體物精切，寄託深遠，至於聲調之諧美，按之皆可歌也。是夕，某預末坐，所嘗酒雖殊方異製，大抵南北香味自相類。嘗考《漢書》『以上尊酒賜侍臣』注：『糯米爲上尊，稷爲中尊，粟爲下尊。』糯者，今酒之南也，而稷與粟者，今酒之北也。師古非之，謂酒當以醇醨分上中下名，非以米也，且稷粟同物，不可爲二。然酒性得糯乃益醇，《月令》『仲冬命大酋，秫稻必齊』，而不及黍稷，則古人之重稻可知。注所謂粟，當是粱之誤耳。時座中皆南人，多右南而左北。公自序曰：『昔人稱北酒南茶，北亦未可少也。』此言雖爲酒調人，然以三十種者較之，實未易定其優劣矣。自古譜酒者，王無功、焦革而下數十家，至宋張能臣之記《酒名》，元宋伯仁之爲《酒小史》，徵類以百數，然鮮能遍致之以娛客者。是席所列，自內造法醞及坊務麯材，遠而閩海、粤嶠、暹羅、琉球、荷蘭花實之釀，蠟封藤繘，梯航而至者，皆得品量於一堂之上，亦云盛矣。使詠歌之弗稱，則孰知夫今日者天下一家，而輦下士大夫得乘其休暇，流連觴詠，以相賞於花晨月夕之爲可樂也。某屬病未能追和，故合公詩爲一卷，以序而歸之。

跋家藏唐石蘭亭序

此石背面刻《蘭亭敘》二種，前一面比後刻較低一字。明嘉靖間，吴門黄君者工畫人物，偶得此，知是唐摹石，因贋爲宋人《清明上河圖》，并搨如舊本，獻之一貴人，其人以遺分宜相。後潢匠索賂不得，發其事，貴人以此見忤，而黄亦坐是窮死。其子名景星，字平泉，跛足知書，亦善繪事，與余家有連，因攜其石至慈老焉。此石向藏余弟三叔祖家，叔祖没後，余尋得之舂碓間。石廣二尺，長尺二寸，厚一寸許，質光潤可鑒，字體多類《聖教序》，蓋唐僧懷仁所集本也。近見武塘錢孝廉栴摹帖，其叔相國跋云：『得善本於京師，前有趙文敏《蕭翼辨才圖》，遂摹刻之。』余締視，正與此前一面刻低一字本同，而神氣去之遠矣。自後又得高麗揆文庫收藏本，中有宣和御璽，則文敏圖在焉。玩其紙墨，良是宋搨，與背刻高一字本又毫髮無異，只高麗本『盛』字上『成』字鉤微起，而此徑帶下『放』字，彼楷此行。『靜』字右腳低於左『青』，而此微縮，爲不同。及視石，則三字已損，即用前完本嵌補，紙上補痕猶隱隱可見。然後知此石之流傳，真千餘年物也。吾子孫當善藏之，勿令俗工妄搨，損其真氣。康熙己巳年九月朔，書於京師之停舟書屋。

求志軒集題辭

韓退之爲《毛穎傳》，時人傳笑以爲怪，獨柳子厚深善之，以爲弛焉而不爲虐，息焉游焉而不爲縱。然此猶淺之乎知韓也。凡古人文字，不輕下筆，雖一時游戲滑稽之文，其中必有含諷譏切，關於比興，惟其稱物小而寓意大，屬辭近而取旨遠，故足傳也。讀錢子文若諸詞賦，可得其概矣。文若爲吾里耆宿，隱居山中，著書滿屋，然不自表襮。吾頭白歸里，始一識其面。邑子浮薄，黨相揶揄，或未聆其姓氏，無足怪矣。其詩於洸洋恣肆中不沒其家數，皆所謂不輕下筆者也。

題蔣君長短句

記壬戌燈夕，與陽羡陳其年、梁谿嚴蓀友、顧華峯、嘉禾朱錫鬯、松陵吳漢槎數君同飲花間草堂。中席主人指紗燈圖繪古跡，請各賦《臨江仙》一闋。余與漢槎賦裁半，主人摘某字於聲未諧，某句調未合。余謂漢槎曰：『此事終非吾勝場，盍姑聽客之所爲乎？』漢槎亦笑起而閣筆。然數君之於詞亦有不同：梁谿圓美清淡，以北宋爲宗；陳則頹唐於稼軒；朱則湔洗於白石，譬之《韶》、《夏》異奏，同歸悅耳。一時詞學之盛，度越前古矣。

七八年來，數君者存歿殊路，南北方散處久矣。夫余之不託於音也，頃得蔣君度臣此卷，按拍而歌之，酒酣以往，慷當以慨。蓋蔣君才豪而氣雄，抒寫胸臆，時時快所欲吐，至其含宮咀商，所泠然會心以自適於數君之外者，亦復與作者之意何異？宜余之既老且衰，而復爲之閣筆於此也。家季孝俞爲余言：『度臣多讀書，詩歌古文辭纍數百篇。每落紙，雲涌川恣，詭變百出。』行爲余盡發其藏，則予之驚怖思閣筆於蔣君者，何時已耶？

書儒林傳

申公轅固，可謂之能明經學，而不可謂之能守先王之道者。申公前事楚王戊，知其荒淫不法，年已八十餘，猶應詔起。帝已不悅其言，猶受大中大夫職，幾不免於臧綰之禍。殆哉！轅生不欲爲黃老家言是矣。隨下刺彘，何其卑也！萬一帝不予利兵，刺彘一不隨手中，生其不爲彘死乎？使生此時以正辭折太后，曰：『臣官博士，太后以禮使臣，雖赴湯火，其敢逃死？若輿隸畜臣而命之鼓刀以從宰夫之後〔一〕，是使臣廢先王之道而棄其官守也，臣死不敢奉詔。』如此，太后必愧而謝生，帝亦必益重生。漢興幾六七十年，儒者與異端之教乍勝而乍詘，訖於武昭，未知所定，亦諸生之區區講說，無有以守死善道者動之也。

【校記】

〔一〕『後』，馮本作『役』。

書左雄察舉議後議諸生守家法、文吏試箋奏

按古者大司徒以鄉三物教萬民，六德六行之外，必益之以六藝，而族閭之師與黨正書之，州長考之。及其在學也，則又有中年、比年考校之法。當此之時，固無德行之民而目不知書者矣。故至於司馬論辨，可無事於語言文字之間也。後世師儒之教不明，雖行聞族黨，不學面牆者往往而是。以如是之人，一旦舉以臨民，授之以政，卽欲不以文墨試之，得乎？蓋自選舉與學校，不復相爲首尾，而一切關防刻薄之事起。雖明知法益煩，弊益生，士風亦日益壞，然其勢顧有不得不極於此者。魏黄初中，三輔議舉孝廉，不復限以試經，司徒華歆憂其學業從此而廢。至唐貞觀時，汴、鄜諸州所舉孝廉，問以皇王政術、曾參《孝經》，並不能答。宋太祖開寶九年，濮州薦孝悌者二百七十人，召問於講武殿，率不如詔；猶稱素能習武，試以騎射，則顛仆失次。太祖欲使隸兵籍，皆號告求免。不試而舉，弊遂至此。故後世無論賢良文學、孝弟力田諸科，一概試之以文墨之事，亦其勢然也。及其甚也，則巍科厚秩皆取決於方寸之紙，而竟不復問其立身之本末矣。是其末流之弊，愈失而愈遠，以至於無可如何者也。夫有志於斯世者，其必復古族、閭、州、黨之法，而後可以行鄉舉里選之事歟？

書嵇叔夜傳

鍾會言於司馬昭曰：『嵇叔夜，卧龍也，不可起。公無憂天下，但以康爲慮耳。』叔夜性烈而才儁，意遠而思疎，幽棲養性，似無足當天下之慮者。然當時典午之勢已成，中外任事之人莫非其黨。獨叔夜土木形骸，不自藻飾，而人以爲龍章鳳姿，傲然有不可羈束之氣，此司馬之所大懼也。王莽先殺鮑宣而後西漢以亡，曹操先殺孔文舉而後東漢以亡，司馬昭先殺嵇叔夜而後魏亡。此三人者，皆忠正豪邁瑰傑之士也，故必三人去而後天下隨之。會之誣康以通毌丘儉，則康之不附晉明矣。或謂數人雖在，其如莽、操、懿之奸何？不知數人之力，雖不足以止奸，而有以懾奸人之魄而折其謀者，氣也。猛虎在山，藜藿爲之不採，況於國之有賢者哉？不然，張禹、孔光、楊彪、何曾之徒，彼固儼然處三公之位，非不尊顯也，而奸人者方頤指而氣使之，不啻若奴隸然，其氣先靡耳。阮籍受司馬之保護，至爲其勸進之文，而康以疑被殺。籍敗壞名教，爲禮法之士所深嫉，而康終身無言行之失。故嵇、阮並稱，而阮不及嵇遠矣。

沈存中引盧氏《雜説》，韓皋謂嵇康琴曲有《廣陵散》者，以王凌、毌丘儉皆自廣陵敗散，言魏散亡自廣陵始。此説亦足爲康忠魏之一證。自記。〔一〕

【校記】

〔一〕『沈存中引盧氏《雜説》』至『自記』，底本闕，據趙本補。

書郭元振傳後

《張燕公行狀》云：『太平公主、竇懷貞潛結兇黨，謀廢皇帝。睿宗猶豫不決，諸相皆阿諛順旨，唯公廷爭不受詔。及舉兵誅懷貞等，宫城大亂，睿宗步肅章門觀變，諸相皆竄外省，公獨登奉天門樓躬侍。睿宗聞東宫兵至，將欲投於樓下，公親扶聖躬，敦勸乃止。』此則聞變不去，保全聖躬，爲元振之功。而其不從廢立之詔，尤其大節之不可泯沒者也。本傳僅云：『玄宗誅太平公主也，睿宗御承天門，諸宰相走伏外省，獨元振總兵扈從，宿中書省，十四日乃休。』不著其廷爭不受詔之事，失史家紀載體。獨杜子美云：『定策神龍後，宫中翕清廓。俄頃辨尊親，指揮存顧託。羣臣有慚色，王室無削弱。』蓋極著其翊戴之功，而後元振之盛業大節洗發無遺矣。此所以謂之『詩史』也。舊注因神龍年號，謂平韋庶人之亂，元振亦有功其間，而史失之。虞山錢受之知其附會，又謂太平、安樂二公主用事俱在神龍二年，故曰『神龍後』。不思神龍時相王猶未立，此後中宗尚有景龍建元，子美豈得追數其始亂之時，而遽以七年以後定策之功許之乎？『神龍』當爲『先天』之誤，無足疑者。

書史記衛霍傳

漢良將稱衛、霍，論者多左霍而右衛。余熟觀太史公傳，所謂兩人點次處，則左衛也，其於霍也多微辭矣。傳敘衛戰功，摹寫唯恐不盡，至驃騎戰功三次，皆於天子詔辭見之。而太史公覈實，一曰出隴西有功，一曰捕首鹵甚多，一曰兵所斬捕功已多而已，豈非以天子之詔，特據幕府所上功次，其辭多鋪張失實，而天子方深信之，則姑存此以爲傳疑之案乎？觀大將軍七出擊匈奴，斬捕首鹵纔五萬餘級，而驃騎三出，詔書所敘，已不啻十一萬餘首級，此虛僞可見，此良史言外褒貶法也。又曰：『諸宿將所將士馬兵，亦不如驃騎。驃騎所將常選，然亦敢深入，常與壯騎先其大將軍軍，亦有天幸，未嘗困絕也。』又云：『少而侍中貴，不省士。』此數言者，驃騎之將略已盡於此矣。

書張耒丙吉論

張耒之責邴吉不薦馭吏爲沒人之善，曰：『龔遂因王生一言，天子以爲長者，遂不敢以爲己出，曰：「此乃臣議曹教臣。」夫遂之能歸功於君，其善微而不冒人之善，其德厚矣。方天子讓御史，吉如曰：「臣與御史等耳。臣之僕有先白臣者，臣是以知之。」此其爲能，豈獨憂職思邊而已哉？吉脫宣帝於死，能絕口不道，必不貪一馭吏之功，此不思之過也。』然耒之責吉，亦可謂之不思矣。按史，此馭吏，邊郡人，習知邊塞發奔命警備事。嘗出，適見驛騎持赤白囊邊郡發奔命書馳來至。馭吏隨驛騎至公車刺取，知寇入雲中、代郡，遽歸府見吉白狀云云。軍情至重，至公車刺取，大奸利事，使聞於天子，天子必震怒，馭吏重得罪，而公車令屬且以漏洩受法矣。卽吉，亦豈得爲無罪耶？況此馭吏無他能，因生長邊郡，見持赤白囊馳來者，知其爲發奔命書，隨探取之歸報而已，非諳熟邊事者比，何足以污宰相之口頰哉？凡論古人物，非深觀其終始本末不可輕爲訾議，況於其賢者？如世所謂翻案者，尤不可也。近見有小儒責狄梁公不當事周，論至深刻，此人坐不讀《梁公傳》耳。觀梁公之處羣小間，忘身直道，屢陷死地，活人無數，而不知悔。雖無最後一事，不害其爲大賢也。嗚呼！豈易言哉？

書王倫傳後

向讀樓公鑰《節愍神道碑》，載其奉使屢請用兵，不顧身禍，及逼之官而不屈，從容南嚮稽首就死，以爲倫固豪俠不羈之士，而能以名節晚蓋者，胡澹菴、許惇之疏特力攻和議，不知其末後一著耳。《金史》云倫被羈，久困無聊，乃倡爲和議求歸，至金遣還朱弁、張邵、洪皓，强倫以平州路轉運，已受命，復辭，曰：『此反覆之人也。』遂殺之。贊曰：『王倫，紈袴之子，市井爲徒，此豈必有恥專使不辱者耶？』其言與碑辭正相反。倫創和議於韓、岳用兵之際，使宋主忘不共之讎而甘心爲之稱臣，是誠不得爲無罪。樓公自言謹摭行狀，參以槐庭《濟美集》、《中興小曆》、《遺史》，王銍父子《御劍銘序》、《揮麈錄》，網羅舊聞，以就此碑，要非飾辭以諛墓者。三史作於元世，其於抑揚南北之間多所失實。如倫未嘗仕金，《傳》本不當入《金史》，又不當附之叛臣。若世宗所言『反覆之人』，又別有謂。蓋是時，撻懶、宗磐、宗雋三人合謀以河南、陝西地與宋，而倫依此三人以定和議者也。及三人以謀反被誅，倫奉使適至，金主責問倫曰：『汝但知有元帥，豈知有上國耶？』因獨留倫不遣，此正所謂『反覆』者也。使臣因緣邂會，以就國大計，此其常事，史官據此以定褒貶，何足以服倫之心耶？《傳》云：『倫，王旦弟王勉元孫。』按旦弟名旭，非勉，又衍一王字，俱宜刊正。

書春秋列國指掌圖

税氏與權爲《春秋指掌圖》，得國一百有七。余問憶記覽所及隨錄之，復得數國。有疑似之當辨者，如黄在汾州，爲晉所滅，非江黄之黄之近楚者。按《國策》：『犀首伐黄，過衛，使人謂衛君曰：「黄城將下矣，將移兵造大國之城下。」』犀首，魏官，則爲晉所滅者，此是也。若《史記》所稱黄帝末孫陸終之子封於黄，其後爲楚滅者，國在今羅山縣西十二里。楚子革對靈王曰：『陳、蔡、不羹，此四國者專足畏也。』杜注：『兩不羹。』酈元謂：『汝水東南流，西不羹城南。』是不羹有東西之稱矣。酈氏又云〔一〕：『任城縣有詩亭，卽《春秋》詩國。』按詩與邿同，魯以襄十二年取邿，卽其地，俗訛邿爲詩耳。隱二年《經》曰：『莒人入向。』杜預注：『向，小國，譙南龍亢縣東南有向城。』又『軹縣西地名向上者，亦曰向』。《傳》所云『蘇忿生之田』及《經》曰『盟向，求成於鄭』，此向則邑名也。自有封建以來，其傳世久遠，可考者尚衆。自昔楚始大，而爲其并滅之國五十有三，故曰：『漢陽諸姬，楚實盡之。』至秦爲郡縣，掃除盡矣。然而江淮以南，神明之裔淪在蠻夷，種類散處者以百數。迨後山東兵起，而閩粵王無諸、東海王摇等，猶能起兵從諸侯共亡秦，傳國建號，久之乃絶。古聖君賢相功德之食報，豈不遠哉？故曰：『積厚者流光。』自然之勢也。

【校記】

〔一〕『云』，底本闕，據馮本補。

書呂氏春秋

作此者其墨之徒與？中多引用墨者之言，常以孔、墨並舉。其言墨者鉅子孟勝，善荊之城陽君。弟子徐弱止勝死城陽君之難，曰：『無益也，而絕墨者於世。』勝曰：『不死，求嚴師、賢友、良臣，必不於墨者；死之，所以行墨者之義而繼其業也。』孟勝死，弟子從之者百八十三人，而終屬鉅子於田襄子，墨以不亡。觀此知墨氏師弟之間所以固守其家學，頗有似於後世講學者之營立門戶，而道德之爲天下裂久矣。墨氏之葬以薄爲道，余讀其《節喪》、《安死》二篇：『自古及今，未有不亡之國；無不亡之國，是無不掘之墓也。』若親覩驪山之事而言之者。又《蕩兵篇》：『古之聖王，有義兵而無偃兵，因用兵喪國而偃兵，是猶因噎而廢食，因溺而廢舟。』《慎勢篇》：『觀於上世，封建衆者其福長，其名彰。』至他所議論，固多戰國餘習。然爲書既富，先王之格言、善制，猶往往及焉。而始皇行事，無一不與之相反，諸儒之相驅而就坑以盡也，亦其宜矣。

讀孔子世家

太史公於孔子何爲而世家哉？予觀其自序，每一國則必挈其事之至重者，而著其所以述作之意。如於晉，則曰『嘉文公錫圭鬯，作《晉世家第九〔一〕》』；於越，則曰『嘉勾踐滅强吳，以尊周室，作《越勾踐世家第十一〔二〕》』；於鄭，曰『嘉厲公納惠王』；於趙，曰『嘉鞅討周亂』；於韓，曰『嘉厥輔晉匡周』；於陳，曰『嘉威宣，能撥濁世而尊周』。然後知其世家乎孔子者，同之於列國之諸侯也。其同之諸侯，奈何？曰：『以其同尊周也。』遷序孔子曰，『周室既衰，諸侯恣行。仲尼悼禮廢樂崩，追修經術，以達王道，匡亂世反之於正』云云，『作《孔子世家第十七》』。其意以諸侯之得世其家者，以其知有天子，而能匡亂反正，以天子之權歸之於周者，莫如孔子之功最大。故附孔子於世家者，非尊孔子也，推孔子之心以明其始終爲周之意，曰：『春秋非孔子，則周道幾乎熄矣。』以孔子爲尊周，而尊周者諸侯之事也，故上不得比於本紀，而下亦不得夷爲列傳也。然或謂稱世家爲尊孔子而兩失者，是未識遷之意者也。

【校記】

〔一〕『第九』，底本作『第七』，據淵本、《史記》改。

〔二〕『第十一』，底本作『第十二』，據淵本、《史記》改。

釋奠必有合辨

『釋菜，禮輕也。』釋奠，禮之次輕者與？『釋菜者，唯釋蘋藻而已，無牲牢幣帛。』『釋奠者，釋薦饌酌奠而已，無迎尸以下之事。』故釋菜輕，而釋奠於禮爲次輕也。《禮》『釋奠有六』，唯天子視學，釋奠於先聖先師，其它師還及四時入學，皆不及先聖。而四時入學，則《詩》、《書》、《禮》、《樂》之教，官主之，各祭於其學之中，天子不親行禮也，則次輕之中，此其尤輕者矣。故釋奠有合樂者，有不合樂者。《周禮》春入學合舞，秋頒樂合聲，及《月令》季春大合樂，則天子視學，命有司興秩禮，祭先聖先師，於時則遂養老，此合樂者也。其餘四時之奠不及先聖，主之有司者，如春夏教干戈，則小樂正、樂師奠之；秋冬教羽籥，則籥師奠之。一有司專家之事耳，豈必合樂哉？雖有司之事，亦有舞，有授器，然《周禮・大司馬》司戈盾之屬，祭祀授舞者器，謂凡祭祀皆授之，不止釋奠也。凡祭祀之樂，不言合樂，獨於釋奠言合樂，非也。且《月令》於仲春、季春之合樂，皆曰『天子親帥三公九卿、諸侯大夫以觀之』，則其重在合樂，不在釋奠也可知。故合樂則必釋奠，釋奠則不皆合樂。合樂之文，著於經文者唯此，其他則不概見。鄭注《文王世子》謂『合先聖先師於鄰國』，其說是矣。自宋諸儒創爲合樂之說，與鄭異義，陳氏《集傳》因之，其解『有國故則否』，謂『國有凶喪之故，則雖釋奠，不合樂』。夫凶喪廢樂，此國常禮也，不必釋奠。且《學記》曰：『未卜禘，不視學。』禘爲夏祭，說者曰『夏視學在禘祭之後，則春秋視學亦在春秋時祭之後』，使其爲天子之喪，喪三年不祭而謂猶視學，可乎？若曰『此非指天子，行事之說未可輕廢矣。

者有司耳』，則有司之奠，又不當合樂，如前所云也。以此較之，鄭義明甚，諸儒論之甚詳。要之，漢儒

辨吳氏論不喪出母

吳氏澂因子思哭嫂，知其有兄。因其有兄，而鑿空爲奪宗之議，曰：『子上雖有父在，而不得爲出母服者。蓋子思兄死時，使其子續伯父主祖與曾祖之祭，既主尊者之祭，則不敢服私親也。此禮昔所未有，子思以義起之者。』又曰：『子思有兄，則支子爾，子上則繼禰之宗子也。』古禮有奪宗，謂宗子死無後，則非宗子者代之主祭也。然以支子奪宗子，不若以繼禰之宗，進而爲繼祖、繼曾祖之宗者爲順。或曰：『不立後而但奪宗，可乎？』曰：『禮惟大宗無子者不立後，而但奪宗也。』此大不然。使子上主尊者之祀，而不敢服其私親，則不但不當服出母之喪，亦當降服於其父矣，何者？以曾祖、祖視其父，則子思爲支子，不當主祭之。父既不當主祭，則子上爲世父後以繼其曾祖、祖後，無論父母，皆私親也，服安得不從而降？今但以續世父主祭爲不服出母之證，於義安乎？《傳》曰『天子建國，諸侯奪宗』，謂諸侯爲一國之主，雖非宗子，亦得移宗於己，此所謂奪宗也。禮自大夫以下，支子不祭，或宗子有故而代攝之祭，則必告於宗子。宗子爲士，庶子爲大夫，以上牲祭於宗子之家，祝稱『孝子某爲介子薦其常事』。宗子有罪適他國者，庶子爲大夫，其祭也祝亦如之，而禮有降等。庶子無爵而居者，望墓爲壇以時祭，宗子死稱名，不言孝。凡禮言支子代宗子祭者，如是而已，皆不得謂之奪。若宗子無後

者，則必以支子之子爲之立後矣。夫支子代宗子之祭，其昭穆同也，固不可以爲後。而支子之子繼大宗者，必繼其禰，未有越禰而直繼其曾祖、祖謂之奪宗者。《喪服傳》曰『爲人後者，爲其父母報』，言繼禰也。禮惟大宗無子爲立後，非大宗則不立後，不言大宗不立後而但奪宗，爲此説者，以禮適子不爲後，故遷就其説於奪宗，以騁一時之辨可耳，不知其下貽末世議禮小人之口實，其爲剌謬，豈不甚哉？且子上誠爲世父後，則子思不當云『爲伋也妻者，爲白也母』；子上既不爲世父後，『爲伋也妻者，爲白也母』矣，而何私親之足云乎？設使子上既不後世父，又不後其私親，天下有無父之人則可也。不然，吾懼守禮者之進退無所處也。古者士惟一廟以祭其禰，而祭祖於其禰之廟。子上，士也，不祭禰，不立其禰之廟矣。雖有曾祖、祖之祭，不知其將安設？此尤理之不可通者也。然則爲子上者，宜何居？曰：『有孔氏之禮在矣。』《記》言之『孔氏之不喪出母，自子思始』，志變禮也。明其爲變禮，從而爲之辭者，皆後儒之過也。

鼻亭辨

柳子厚爲薛道州作《毁鼻亭記》，謂象以惡德而專世祀，不可。至明王文成爲《靈博山象祠記》，以象爲已化於舜，故其民至今廟祀之，其識似勝子厚，而兩公皆未及象封邑所在。按，靈博山在今貴州境，非象所封地。《孟子》『舜封象於有庳』，卽今湖廣永州府之零陵縣。《一統志》云：『在道、永二州之間，窮崖絶徼，非人跡可歷。』愚嘗考之，舜罪四凶，其所誅流竄殛皆不出今中國之治。幽州在密雲，其地有共城；崇山，今澧之慈利，即岳州境，比零陵尤近；三危在沙州，漢燉煌縣東南三十里；羽山在萊州即墨，古不其縣南。所謂『投之四裔』者，以其爲東西南北之界也，其實皆中國版圖所隸。當時舜都安邑，若封象在今零陵縣地，則陸踰太行，水絕長江，延袤三四千里然後得至，又有洞庭不測之險，俗與椎髻爲伍，而驅其愛弟，使披箐篁、涉風濤、犯瘴癘於此地，此與四凶之放何異？而猶以爲仁人之親愛其弟，吾不信也。漢文帝弟淮南王長廢徙蜀，袁盎諫以爲淮南王素驕而暴摧抑之，帝必受殺弟之名。後淮南王果道死，而帝悔不用盎言。象之凶傲甚於淮南，有庳之險遠不啻巴蜀，使舜避放弟之名而封之以險遠必死之地，是何漢文之所終悔者而舜行之不疑也？《孟子》曰：『欲常常而見之，故源源而來。』越湖絕江，踰河陟嶺，以至京師，比歲一至，則往返萬里，其勞已甚。數歲而數至，則日奔走於道路之中，且時有登頓之憂、風波之患。若三年、五年一朝見於天子，如周之制，又不可謂之『常常而見』、『源源而來』也。以此推之，則零陵必非象所封地，象所封地必近帝都，而今不可考矣。柳與王之說雖善，然祠廟之建毀均於象無與。《史記》注引《括地志》曰：『帝葬九疑，象來至此，後人立祠，名曰鼻亭神。』此爲近之。然世俗之附會古蹟，名似而實非者多矣，予誠不敢穿鑿以求之也。

姚明山學士擬傳辨誣

何元朗云：『衡山先生在翰林，大爲姚明山、楊方城所窘，時昌言於衆：「我翰林不是畫院，乃容畫匠處此。」二人只會中狀元，更無餘物。而衡山名長在天地間，今世豈有道著姚淶、楊維聰者哉？』自錢宗伯稱快此言，載之《列朝詩選》，而明山之後人未知也。余辛酉年以纂修之命將北上，姚氏數人持東泉尚書父子傳誌見示，復出明山存集刻本，中有《贈衡山先生南歸序》一篇，又《送衡山出灣馬上口占絕句》十首。其《序》大略云：『自唐承隋後，設科第以籠天下士，而士失自重之節者幾八百餘年。然猶幸而有獨行之士時出其間，如唐世之元魯山、司空表聖、陸魯望，宋之孫明復、陳後山諸人，猶能以學行自立，而足以風厲乎天下，今則惟衡山先生足當之。而先生之秉道誼、立風節、明經術、工文章，猶有高出於數子之上者。其卻吏民之賻以崇孝也，麾寧藩之聘以保忠也，絕猗頓之遊以勵廉也，謝金張之餽以敦介也，不懾於台鼎之議以遂其剛志也，不溷於猶褒之招以植其堅貞也。天子賢之，擢官翰苑。官僅三載，年財五十餘，卽慨然起南歸之興。吾每謬言，留之不得，竟三疏得請以去。榮出於科目之外，貴加乎爵祿之上，罻羅之所不能取，樊籠之所不能收，翩然高翔，如鳳凰之過疏圃而飲湍瀨，下視啄腐鼠以相嚇者，何不侔之甚也？』其言曲盡嚮往之志，極贊揚之詞，而於詩末章則曰『豈是先生果忘世，悲歌盡在《五噫》中』，與《序》中『台袞猶褒』，有悲憤時事、不敢指稱而相與爲隱之意，其知衡山也深矣。錢公不考，漫筆之書。近有史官自刻其藁者，復著其說於擬傳，不重誣耶？明山可傳，不獨議禮一節，其居官屢有建白，援據古今，義正辭覈，惜其中年凋喪，不竟其志，而何氏謂今世遂無道及者。彼自不識明山，於明山固無損也。復按家傳誌銘，皆云楊文襄引公同修《明倫大典》，公恥不肯與，同館皆嫉之，而擬傳云：『涞雖以議禮受杖，後與修《明倫大典》，不終其節。』余在史館，疑而請之監修徐公。公命取《大典》檢閱同修者，絕無姚名，遂命删此一段。然其藁猶傳播人間也，此是姚公一生大節所繫。彼既罹禍於生前，復被誣於身後，史筆之陷人，豈必在張、桂羣小下哉？余特爲表出之，以告後之君子。

辨戴記二條

七出三不去

惡疾無子，婦人之不幸，義雖當去，獨無可以善處之法乎？《禮》注：『姆，婦人五十無子，出而不復嫁，能以婦道教人者，若今乳母矣。』夫能以婦道教人，是爲賢婦。與賢婦同處三十年，既老而出之，聽其爲人乳母，非義所安。余讀商陵穆子之操而悲之，知古人其亦有不得已者也。淫與竊盜，雖更三年之喪，焉得不去？況前貧賤後富貴乎？古無生而富貴者，故有士冠禮，無諸侯冠禮。士四十強仕，始受祿，有采地，前此皆貧賤之日也。然未仕則有分田以自給，藝成行立，書於州黨，則取於上者，有必得之理，故其貧賤也不必戚，而其富貴也不足驚。今曰前貧賤後富貴，是徒習見夫後世蘇秦、朱買臣之徒，驟得意於困阨日久之餘，所以誇耀其妻子者，而不知先王之世無是也。其説皆不足信。

曾子問壻已葬壻之伯父致命曰某之子有父母之喪不得嗣爲兄弟使某致命女氏許諾而弗敢嫁禮也壻免喪女之父母使人請壻弗取而後嫁之禮也女之父母死壻亦如之

父母死，婚禮不行，禮也。待之三年而弗敢嫁，乃所以求嗣爲兄弟者。既三年免喪矣，然且弗取焉，其諸非父母之喪故耶？不然可以嗣爲兄弟矣，而復勿取，於義無所取爾也。禮，女子許嫁，笄而施纓，所以明繫屬於人之義。雖未嘗共牢合卺，已有相爲夫婦之道焉。《雜記》云：『女未許嫁，年二十方笄，燕則鬈首。』鬈首者，猶以少者禮處之也。許嫁之於禮，若是乎其重也，今許嫁而復止。鬈首與？不鬈首與？不鬈首，則異乎其未許嫁也；鬈首則如之何成人而復少之也？壻免喪，與女免喪，既遲之三年矣，使復許嫁一人，而壻之父母死，或女之父母死，將必復遲之三年。遲之三年，又不免於改字，以聽之不可知之三年之喪，於古者二十而嫁之年，無乃逾之已遠乎？且一女子也，偃蹇數夫之間，辱莫大焉。先王之制，爲昏禮也，所以成男女之別，而立夫婦之義，一與之齊，終身弗改矣。豈其未嫁而先毁之防也？吾聞之也，昏禮納采，問名納吉，納徵請期，皆主人聽命於廟而後行事，所以謹慎重正，昏禮也。今既納幣有吉日矣，是已嘗納采問名，納吉於廟，而重之祖宗之命矣。固不可以亟取而亟辭之，若是其輕也，吾意此非夫子之言，記者之過也。然則如何？吾聞之《内則》曰：『女子十有五年而笄，二十而嫁。有故，則二十三而嫁。』此有故者，明是指女遭父母，壻遭父母之喪而言。除喪三年，適二十三年矣。二十三年而嫁，與二十而嫁同文。故知非壻弗取而改嫁也，是爲得禮之正而已矣。曰三年弗取而後嫁之，非禮也，故曰此非夫子之言，是記者之過也。

友説贈許子甫草

古者士有諍友。荀卿曰：『庸衆駑散，則劫之以師友。』友者，所以濟師之道之所不及也。《中庸》論『達道』五，顧言朋友，不及師弟。蓋君臣、父子、夫婦、兄弟，人生之於四者，固有難言者矣。夫師者，其爲分甚尊，而其爲勢則甚疎。言人之所難言者，甚尊之與甚疎，皆有所不可者也。然則孰爲其綢繆之使無失，彌縫之使無間耶？此朋友之事也。古之取友，有以勢利相膠漆者，有取其緩急相賙恤者，有誓生死患難不相背負者。勢利之交無論已，緩急相賙恤、生死患難不背負，此謂意氣之感激則有之，差異於世之面嫗煦而背謪訕者耳，以語於道義則末也。

古道義之交，以贈言不以財賄，以性命不以然諾，以過相規箴不以名相標榜。衆之所賤吾貴焉，不以形跡嫌也；衆之所棄吾取焉，不以獨行疑也。要之，期攀依以同至於道，斯已矣。夫攀依以同至於道者，非吾友其誰望耶？昔者仲尼沒，而七十子之徒自以其聞於師者相友教。曾子數子夏三失，卜子投杖謝過，子貢乘軒而過原憲，聞貧病之譏，則逡巡失色以退。若《論語》、《戴記》、《家語》中所雜載弟子辨難語，大抵皆足以發明聖人微言大義。至今學者，人知尊君親上，以不至蔑禮犯分，毁《詩》、《書》，滅仁義，彝倫不至盡斁，清議不至盡泯者，此雖聖人之教以然，亦其徒相爲提攜之力也。由是觀之，則師之道得友而益彰，信矣。

今世小生俗學，甫離褓姆，自其父兄之教，則以奔逐聲勢爲交遊，以背公向私爲朋黨，以一倡百和、無所可否爲同志合道，指道學爲迂闊，薄廉潔爲無用。士習爲是數者，世俗皆謂之曰能。自君子觀之，乃所謂市道交也。市交之日聞，古道之不作，則業孰與進？德孰與講？業無與進則邪者比，德無與講則過益積。鹵莽於君父之間，恣睢於禮法之外，然且率天下而爭騖於是，則人類幾何其不盡滅矣？

僕藏此意久，顧無足發者。計子甫草善爲文，與僕交最善。其遠出乎流俗，而不底乎道義不止也。今天下無不籍籍計子名，乃不以僕之拙訥顛蹶爲可鄙，而特以爲今之人無志於古人者，能志於古人者必其能爲古人之文者也。故每一文成，則必俯以示僕，僕時有所指擿疵纇，輒喜發於頰，卽力稱善。無所短長，則必慍曰：『是得毋徇我乎？』夫文章小技，易爲也。許子之於文可謂成矣，然猶不敢自是如此，惟恐不得聞其失是懼，況事固有大於此者，其肯以苟且從事乎？吾知許子之取於友者，爲異乎今之所取於友者矣。雖然，夫許子則何有於是焉？夫惟君之自視也重，故其望於友也益切；其望於友也切，然則其施於人也有弗然者乎？若僕，固所謂『庸眾駑散』，而文與行之無足採者也。辱君之交，冀以有成，君盍以其自爲之餘，爲僕謀所以勉進於道者？作《友說》以贈。

程處士篆刻說

新安程先生穆倩善識古文奇字，其所篆刻，人爭購之。或守之歷年不可得，及其得意爲之，贈人無德色。非之者曰：『凡物之可貴者，以適時而已。今爲篆刻，舍秦漢而必曰三代鐘鼎之文，此固爲好奇而已，於用奚當？』余謂此言過也。

夫自有書契以來，文字代變，於是有倉頡之書，有史籀之書，有斯、高、程邈之書，變而至於今之行草書，極矣。如欲趨時者，則今之真行草書爲已足，斯、高之書且在所不取，而況乎商周鐘鼎、蟲魚詰屈之文，宜其無所用於世也。然余考之周宣王時，史籀始著《大篆》十五篇，後秦李斯作《倉頡篇》，趙高《爰歷篇》，胡毋敬《博學篇》，皆取史籀篆文省改之，以爲符印、幡信、題署之用，則秦漢所用篆書頗與周不異，而史籀之書或與古同，或與古異，其體製亦不一也。是則鐘鼎之書，秦漢之時兼用之施於符印明矣。大略今人耳目，當略使近古。昔有人欲盡削褚大所補《史記》者，王元美曰：『漢人言所存於今幾何，而忍去之乎？』余嘗歎息此言，故嘗爲之說曰：『古文之用協韻，詩歌行之入樂府，五言近體之入選體，行草書之兼章草，真書之間出八分，雖無老成人，尚有典型。』然今世破觚爲圜日久，而忽覩此書於俗學流便之中，無怪乎惑之者衆也。

先生爲詩，光怪溢出〔一〕，似與書爭奇。其爲人樸貌厚衷，年既老矣，鬚眉皓素，醉後瀾翻，縱論西京、天寶間遺事，多人所不聞。予謂天留此人於今日，使後生末學猶得習其丰采而想見前世先生長者之遺，其可重不獨在書也。

【校記】

〔一〕『溢出』，馮本作『益出』。

菊隱說

草木之族，唯菊種至多。治之者有護芽、分種、接幹、去蠹、防風、避雨之法，積勞終歲而取玩於一時，故藝之比他種猶難。按《本草》，菊黄者味甘。世稱陶公好菊，亦其味甘而叢生於籬落間者耳。然予聞之種菊者曰：『凡蒔菊，不獨其花時可喜，雖其萌芽藏荄，凝露受霜，隨時按候而驗其消息，亦莫不有天地自然之生趣。』由其嗜好專一，則雖用力之煩且久，而亦不知其疲也。

有隱君子陸君翼王，少事舉子業，中遭感憤廢輟，窮研於六經，無虚日夜，各成疏義十餘卷，其自號

『菊隱』。予視其庭中無一菊者，竊疑其所稱非實。抑思菊之爲性，掩葩於豔陽之日，挺節於嚴霜之候，是屈子之所欲餐而陶公之所嘗采者也。今以君之慕乎古也，耽其精英，擷其茂實，至於窮歷年歲，塵視軒冕，窅然若不知天地之爲大而萬物之爲衆。以視乎種菊者之專一其所好而不移也，則君之所自寓，舍是其奚取焉？

錢黄兩家合葬説

無錫黄君子某聘錢氏女，未婚，男女皆没，兩家父母謀而合葬焉。邑人士與四方之客遊於兩家者，爲詩以詠歌其事，而請予爲之説。

余按《禮》，男子年十九死，猶謂之上殤，不得立後而祀之，終其父母之世，女子既嫁未三月，廟見而卒，則歸葬於其父母之黨，祔亦如之。未婚而没，《禮》文不載，蓋不必載也。《周禮·媒氏》：『禁遷葬者與嫁殤者。』遷葬以死而求婦，嫁殤以死而求夫，皆非禮之正，是以禁之，以其未成乎夫婦之道也。唯魏武帝愛子倉舒、明帝愛女淑卒，皆取他姓子女死者爲之合葬，史譏其違情背典。至唐家人禮，始有冥婚之制，此君子之所不道也。今既合葬，必當祔廟；夫婦祔廟，必當立後。使果爲此，此與曹氏之蔑棄典禮何異？兩家父兄皆守道君子，宜安所出？或謂禮緣人情，情生於人之所不自已。今兩家各哀其所生，至不惜越禮而爲之，其友又思助其哀而作爲歌詩以相慰勉，見睦婣之意，皆本於其所不自已者也。《傳》曰：『禮失，求之野。』噫！其野也，其諸亡乎《禮》者之禮與？

論詩樂

《大司樂》：『以樂語教國子：興、道、諷、誦、言、語。』《注》：『背文曰諷，以聲節之曰誦。』《疏》：『《文王世子》春誦謂歌樂。歌樂卽詩也，以配樂而歌，故云歌樂，亦是以聲節之。』詩，古者謂之樂語，又謂之歌樂，蓋樂主人聲而文之以金石管絃八音之器。其寔八音之器之聲由人聲而準，故樂必以詩爲本。稱詩者亦必言樂，詩與樂一也。孔子曰：『吾自衞反魯，然後樂正，雅頌各得其所。』解之者曰：『孔子正樂必先删詩。』或言孔子無删詩之事，樂正，雅頌自然得所。此皆分詩樂爲二物，不知孔子所言樂卽指雅頌，其曰正卽得所也，直上下相足成文耳，豈有二義哉？

古教學者之詩必以誦，節其抑揚高下之聲而配之金石、管絃、八音之奏，故春誦則夏必絃。絃誦者，凡皆以習樂也，習樂而詩在其中矣。故學詩者必於成均。均者，樂之調也。蓋詩者，不可以理義求也。孔子曰：『誦詩三百。』孟子亦曰：『誦其詩。』誦之者，抑揚高下其聲，而後可以得其人之性情與其貞淫、邪正、憂樂之不同，然後聞之者亦以其聲之抑揚高下也，而入於耳，而感於心。其精微之極，至於降鬼神、致百物，莫不由此，而樂之盛莫逾焉。當時教人誦詩，必各有其度數節奏，而今不傳矣。詩之度數節奏既失，則八音之器雖設，亦具文耳。於是後人之說詩者，泛泛焉無所主，而專求之文字之間。其說支離畔散，理義多而性情少，此詩之所以益亡也。好古者猶欲追黄鐘之音而於六義既亡之後，截嶰谷之竹，纍中山之黍，布緹室之灰，法非不善也，而古樂終不可復作。故古之爲詩，征人、思婦、田野之農夫皆優爲之，而今非學士大夫則不能以爲。蓋古人於聲音之道，家習而戶曉之，雖擊壤拊缶，可諧律呂，采風者得之，又必稍節文之而播之於樂。後世人不知樂，言詩者第以其文字而已。文字非積學之久則不能工，求其工於文字者，宜乎雖今之學士大夫而於詩猶有所未暇也。

與子姪論讀書

讀書不須務多，但嚴立課程，勿使作輟，則日累月積，所蓄自富，且可不致遺忘。歐陽公言：『《孝經》、《論語》、《孟子》、《易》、《尚書》、《詩》、《禮》、《周禮》、《春秋》、《左傳》，準以中人之資，日讀三百字，不過四年半可畢；稍鈍者減中人之半，亦九年可畢。』今計九年可畢，則日百五十字也。東方朔上書，自稱：『年十二學書，三冬文史足用。十五學擊劍。十六學《詩》、《書》，誦二十二萬言。十九學孫吳《兵法》、戰陣之具、鉦鼓之教，亦誦二十二萬言。凡臣朔固已誦四十四萬言。』此時朔年正二十二，自十六學《詩》、《書》，至十八而畢，又自十九學《兵法》，至二十一而畢，皆作三年課程。三年誦二十二萬言，每年正得七萬三千三百餘言。以一年三百六十日成數算之，則一日所誦纔得二百零三言耳，蓋中人稍下之課也。夏侯氏《東方先生像贊》：『經目而諷於口，過耳而闇於心。』其敏給如此。今其所自誇大，不過中人稍下之課。可見古人讀書不苟，非獨恐其務多易忘，大抵古人讀一書，必思得此一書之用，至於終身守之不失。如此雖欲多，不得也。

毛詩[一]

《疏》：『《漢書·儒林傳》云：「毛公，趙人也，爲河間獻王博士。」』不言其名。范蔚宗《後漢書》云：『趙人毛長傳《詩》，是爲《毛詩》。』然則趙人毛公，名爲長也。《譜》云：『魯人大毛公爲訓詁，傳於其家。河間獻王得而獻之，以小毛公爲博士。』然則大毛公爲其傳，由小毛公而題毛也。按，此則爲傳者本大毛公也，小毛公特題其名，因此得官耳。《後漢書》云：『齊、魯、韓三家皆立博士，《毛詩》未得立。』而《譜》云『以小毛公爲博士』，何耶？《正義》引《六藝論》云：『河間獻王好學，其博士毛公善說《詩》，獻王號之爲《毛詩》。』此博士，卽傳書者，當是一人，不知《譜》何以有大、小毛公之分也。玩其言，博士乃王官，亦不因獻書之後始得。兩說未審孰是。

獻王獻書在武帝時。先是，景帝平七國後，已省王官御史大夫、廷尉、少府、宗正及博士矣，則此博士必非王官，不當言其博士也。《後漢書》注引張華《博物志》曰：『鄭注《毛詩》曰箋，不解此意，或云毛公嘗爲北海相。鄭是郡人，故以爲敬云。』按《譜》，第言毛公爲博士，不言北海相，不知張何所據。又毛是西漢人，世數遼遠，豈得遙相致敬？此說《正義》不取。長，《後漢書》作萇。《摽梅》疏云：『孫卿，毛氏之師。』

【校記】

〔一〕馮本題作《論毛詩》。

王風〔一〕

孟子曰：『王者之跡熄而《詩》亡。』《詩》亡，雅亡也。雅亡謂之《詩》亡者，《詩》爲王者作也。有雅而風，則風亦不害爲王者之詩。雅亡而風徒存，則風雖得名爲詩，其實與無詩同矣。何者？以其無王者之跡故也。孔子正樂，『雅、頌各得其所』。不及風者，亦以正樂存王跡之舊。十五國之風非王跡所寄，故不得及也。然東遷以後，非無作者，何以不雅而風以示弱於諸侯？蓋風、雅之體，繫政廣狹所致，非人力所能爲。卽如雅之有大、小體，亦由事而定，如謂可以使之，或爲大，或爲小，則是詩之不本於志，詩非其詩也。惟因其大小而爲雅，又因其雅而雅之，因其風而風之，而不得以一毫人意與於其間。故雖以聖人急於尊王之意，不能使王之不降而風也。故曰，詩卽樂也。詩者樂之心，樂者詩之聲。聞其聲而知其德者，知之此也。後世詩不本於志而有詩，樂不繫於詩而有樂，於是鋪張揚厲失實之詞作，衰亂之功德反侈於盛世矣。周之中葉無是也。蓋周之東遷，《詩》雖亡而樂猶存。凡樂，其正心感者，樂之音必正；其邪心感者，樂之聲必淫。卽心所不然而欲强爲之辭，當其被之管絃，播之金石，必有戛戛然其不相入者，無待聽之而後知其終不可揜矣。此詩樂之分，古今詩體製之所以大別也。

或曰：『幽、厲之惡不甚於平王乎？何以幽、厲爲雅，而平王以下卽斥之爲風？』曰：『先儒固言之矣。幽、厲雖惡，權猶在上，至於平王而天王守府，夷爲列國，此其所以降而爲風也。』按《周本紀》，平王在位五十一年崩，桓王二十三年，莊王五十五年，合八十九年中，王風之存者僅一十篇。平王時得六篇，桓王時得三篇，莊王時一篇耳，過此並周之風亦亡矣。然自平歷桓至莊，詩遞少而遂至於亡者。計莊王之立正當魯僖公在位時，是時五伯迭興，名爲尊周，而王室益弱，號令不出於境内，如久病者之緜緜，氣息纔屬，不復聞其呻吟也。於是《木瓜》美齊，《渭陽》思晉，《河廣》懷宋襄，《黄鳥》刺秦穆，王風熄於上，列國之詩盛於下矣。然自五伯後，而十五國之風亦不作，諸侯自是始衰也。文王伯乎殷，其風則王者也，故别之二南以始乎風。五伯伯乎周，其詩皆爲變風。五伯没，變風又將不作，春秋之亂極矣，於是繫之《匪風》、《下泉》、《思伯》之詩終焉。孔子曰：『其事則齊桓、晉文。』非徒以思王者，蓋伯者之跡熄而《詩》又亡，春秋之將爲戰國，是孔子之所隱痛也。

【校記】

〔一〕馮本題作《論王風》。

嚴父配天議

古論者謂明堂配祭，東漢爲得，孝明以光武適符嚴父之説，章、安二帝因之弗改，最爲合禮。唐代宗用杜鴻漸等議，配考肅宗，宋世仍之。南渡後，至以道君侑享，侮天極矣。初，神宗詔謂：『文王宗祀乃在成王之世，成王以文王爲祖，則明堂之祀非必以考配明也。』司馬光謂：『孔子以周公輔成王，致太平之業，而文王其父也，故引之以證聖人之德莫大於孝，答曾子之問而已，非謂凡有天下者皆當以父配天，然後爲孝也。』錢公輔曰：『以周公言則嚴父，以成王言則嚴祖也。政則周公，祭則成王，安在乎嚴父哉？《我將》之詩是也。』是數説者，皆足以破泥古者之惑，然愚竊有疑焉。

周公之輔成王，凡所告誡天下，一則曰『王曰』，再則曰『王曰』。成王在焉，而周公自以嚴父配天，豈人臣所宜出哉？『武王末受命，周公成文武之德，追王太王、王季，上祀先公以天子之禮。』蓋公之以文王配天也，非獨不自以爲功也，並不敢以成王尸其事，曰『此武王之意矣』。孔子之謂嚴父，主武王言之也。唯武王之意而周公能行之，故曰『周公其人也』。『我將我享』，祀乎明堂也，皆爲武王之自我，而其頌則作於成王之世，此卽孔子之所謂嚴父也。當是時也，故文王而爲武王之父也，則可以謂之嚴父。文王而爲周公之父也，而周公固人臣也，如之何其嚴父哉？此一舉也，臣子之大防備焉，學者所宜盡心者。然則非嚴父亦可以配天乎？曰周公以始祖后稷配天，而文王功大，不可以無配，故享后稷於郊，而宗祀文王於明堂以配上帝，所謂義起之也。後世始祖無后稷其人，則開創之君宜專配南郊，而上帝可以不配。上帝不配，則明堂可以無立。近制有郊祭而罷明堂之祀，庶乎得《禮》之意矣。

漢壽亭侯關公遺像贊並敘

公之忠義著於當時，公之神靈顯於後世。其祠在當陽者，始於陳光大中，唐貞元十八年，荊南重修玉泉寺遺廟，董侹記之。相傳爲其寺伽藍，則因緣《智者大師傳》，而元虞集《廣鑄禪師塔銘》所爲述其事者也。其在解州者，爲宋大中祥符時建。然此二廟特其生沒之地，猶未及他處也。自宋南渡及元而賜號稱王，廟祀益盛。明嘉靖間，賊徐海就擒，著有靈異，督師命立廟常州。唐順之《記》謂侯廟盛於北，而江南諸郡立廟自此始。然則當嘉靖前，大江以南尚未有祀公者矣。今聞東南、日本、琉球諸國，西北口外，無不轉相崇奉，極土木之麗，而其像設之雕塑、圖繪，如世俗所傳修髯而美視者，瀰滿兩戒，如出一手。含識之倫，上自王公大人，至閭巷士女、强獷之將、哮狠之賊，無不絀其尊嚴，戢其兇暴而瞻禮之恐後，是其震悚乎人心者，豈其靈爽有以獨異乎人哉？亦其生時忠義，討曹則功不終，吞吳則志未遂，憤懣偪塞之氣，旁觸横牴，發洩無所，故久而後大溢於時，而人不知其所以然也。然余謂自古之善狀公者，終莫如諸葛武侯，侯之言曰：『未如髯之超軼絶羣。』蓋並其形神肖之矣。此畫不知於當時何如？歷考記傳所載，於公之威神度十已得八九，因爲贊曰：

操鬼也其臣魅魍，孫爲叢社纚維之，赫赫劉宗張炎威。公齗猘狂斬委蛇，人不鬼防殄其師。曹孫澌滅無留遺，公之精靈星日垂。凡百慚鬼公所治，有臣不忠子孝虧，瞻此俯伏其赧而。

方先生像贊

古設賢良，孝秀之科。行修於身，旌帛是加。不聞有士，厄窮而嗟。其後不然，變爲浮誇。錙銖程能，誰辨鏌鋣。所以先生，終老於家。有美先生，秩秩其德。忠諫遺裔，慈湖正脈。服勞侍養，帶不弛夕。日短之懼，誼同孝伯〔一〕。峩冠袌衣，經人兩師。設席延明，作我門楣。姚御史應翀也，受業其門，遂以女歸之。念我先子，實唯都講。沐道薰德，溯流絶港。曾不去口，而師云云。一經家傳，弗悖所聞。孰紹箕裘，徵吾斯文。垂之琬琰，公有令孫。

【校記】

〔一〕『孝伯』，初刻本、馮本作『令伯』。

記周孝廉兩世改葬事

孝廉以父墓非吉，數謀改卜，而兄弟難之未果。臨没，以誡其三子。既没猶視，母夫人從城中來撫之乃瞑。卒後三年，子廷韓兄弟遂遵先命，請於伯叔父，自鄧尉遷葬軍障山。啟封之日，孝廉殯猶在堂，家人歸，竟夜聞若有聲哭，嗚嗚不止，聽者皆爲感慟。至棺出於土，則蟻蝕木幾盡，然後其兄弟咸服其先見，而悔其遷之不蚤也。

孝廉初袝葬山左，後廷韓卒，廷范與其季楊議，以軍障兆域隘，復卜地泉瀆河陽。泉瀆者，地本周氏業，佃者竊粥諸富室，歲輸之租而糧存舊戶，孝廉知之不問也。後富室訟糧於官，佃者窘以情告。孝廉笑曰：『是無患，吾並糧予之，則汝訟解矣。』佃感激去。范兄弟至是乃厚值贖歸其地，遷孝廉與其元配倪孺人柩合葬焉。孝廉之不校，廷范兄弟之能曲成先志，而妥其神靈於地下也。《詩》曰：『教誨爾子，式穀似之。』周氏有焉。

孝廉，諱炳文，文季其字，無錫人。余在京師，廷范持總憲徐公墓表來，日造余邸，復謀所以久遠其親者，言及必涕交横下，其請至經年益勤。余以是愈知孝廉之賢，而樂其有後。若孝廉名行，總憲公援明季朱德升先生贈謚故事，以爲惟孝廉足媲美其鄉先輩，而自愧不能爲表章。德升之姚文毅者，其説既以備矣，余故不敢復贅。明崇禎間，以巡按御史祁公彪佳疏，贈吳中故孝廉朱某爲翰林待詔，姚文毅希孟私謚之曰『孝介先生』。

雜著

周禮戴記

按太宰所掌八法、八則、八柄之統，此治之大綱；九賦、九貢、九式，此理之常法。而九兩，繫邦國之民，則又不獨理財矣。歲終詔王廢置，三年大計誅賞，合羣吏之職掌而受治也。小宰掌職，其貳以贊冢宰。宰夫合羣吏正歲會月要日成治，其不時舉者以告冢宰而誅之，皆是總舉庶職。合太宰、小宰、宰夫職分，自是一項。太府分太宰理財之一事，而頒其貨於受藏，則内府屬焉；頒其賄於受用，則外府屬焉。玉府則分内府之貨，而職其小用者也。合太府、内府、外府、玉府職分，亦自一項。司會亦分太宰理財之一事，而專主鉤考會稽。司書、職内、職歲、職幣屬焉。職内掌邦之賦入，亦如太府之有内府；職歲掌邦之賦出，亦如太府之有外府；職幣掌振餘財，亦如太府之有玉府。蓋用財與會財相對舉職。合司會、司書、職内、職歲、職幣，又是一項。太宰所謂詔王廢置，所該者廣；司會所謂詔王及冢宰廢置，單指理財一事。論者不知，以爲《周禮》合用人、理財而一之，而因渾司會於小宰、宰夫之列，是亦不知周公建官總領分核之深意矣。

《調人》所謂『過而殺傷人者，以民成之』，此殺傷或是八議、三宥之類，法所不加，而孝子仁人之心則自有不能已者。故和難者使辟之，則兩得之矣。然而王法亦不可以無伸也。父子之讎，辟諸海外。海外者，魚鱉蛟龍之與遊，魑魅魍魎之與處，是傳所謂『屏之四夷』者也。名雖辟，而實則與竄流之無異矣。兄弟之讎，辟之千里之外，是卽今法所謂流一千里者也。從父兄弟之讎，不同國，是卽今法所謂流五百里以下者也。然則殺人之罪，雖赦而王法未嘗不伸，而仁人孝子之心所謂枕干寢塊而誓不共戴者，至是亦可以少慰矣。又曰：『凡殺人而義者不同國，令勿讎之。』此所謂義者，亦指民間之相殺，非過非故，而理所當殺。如殺越人於貨，凡人罔不憝者，今律竊盜章亦有登時打死弗論之律。蓋事起倉卒，其勢不及告於有司，斯殺之無罪矣。然爲其所殺，子弟義不得已也。但勿與同國而已，令勿讎之，讎之則死。勿與同國者，其子弟之自往辟之也，非殺人者之辟之也。既義不得讎之矣，亦何辟之有？舊說殺人而義者，爲當官執法，而殺人如此，則辟之他境，吾未見當官執法可以去位而辟人者。且殺人之罪，嘗數至於有司之庭矣，是終日辟人無已時也，其說之荒謬，不泰甚乎？

《冢人》：『凡死於兵者，不入兆域。』鄭注：『死兵，謂戰敗無功者。』果爾，則童汪錡竟宜殤，而結纓之子路將不免於投之塋外之罰矣。隋仁壽間詔：『致命戎旅，不入兆域，虧孝子之意，傷人臣之心』『自今戰亡之徒，宜入兆域。』此皆前此誤解經義之故。蓋兵者，刃也。呂子雖尤作兵。死於兵爲有罪，以其辱及其先，故絕之以示罰。《左傳·襄二十九年》：『齊人葬莊公於北郭。』注『兵死不入兆域』，是也。

《疏》：『天子春夏受朝宗，則無迎法，受享則有之。故《大行人》云：「廟中將幣三享。」』鄭云：『朝先享，不言朝者，朝正禮，不嫌有等也。』若秋冬覲遇一受之於廟，則亦無迎法，故《郊特牲》云：『覲禮，天子不下堂而見諸侯。』明冬遇依秋也。春朝受圭玉於朝，受庭實於廟，生氣文也。秋覲一並朝享，皆廟受之，殺氣質也。朝禮，升朝之時，王但迎公，自諸侯而下隨之而入，更不别迎。據熊義，朝無迎法，唯享有迎。按，《禮器》稱夷王下堂見諸侯爲失禮，是單指覲禮，若朝宗行享禮，天子於諸侯固有下堂而見之時也。

《天子大蜡八》注：『先嗇一，司嗇二，農三，郵表畷四，貓虎五，坊六，水庸七，昆蟲八。』按八蜡之祭，本以其有功而報之也，昆蟲何功焉？且祝辭曰『昆蟲無作』而反祭之與？《記》分疏八者於下，曰：『祭先嗇、司嗇，饗農及郵表畷、禽獸，迎貓、迎虎。』而未嘗及昆蟲。知王肅分迎貓爲一事，其説不可易矣。蘇氏云：『迎貓則爲貓之尸，迎虎則爲虎之尸。』亦不及昆蟲。可見若昆蟲有尸，當作何像耶？或云《周禮·族師》『春秋祭酺』亦如之，注：『蜍螟，食穀之蟲。此神能爲災害，故祭以止之。』則祭昆蟲，亦祭其神也。然此説與《禮》注俱鄭□爲之〔一〕，不可信。果有祭神之禮，則《大田》之詩，何必復祈田祖、畀炎火耶？

【校記】

〔一〕『□』，淵本、津本作『自』，可參。

國策

樂毅入齊，祀齊桓公、管仲，論者稱毅爲王者之師。是時，田單起兵於安平，扶立襄王，而齊之義士多從之。毅卒不能下莒、卽墨，以人情相安於故主耳。使毅明於大義，請於昭王，訪桓公之後而立之，人情必益感動戴燕之德而王業成矣。當時，齊與韓、趙、魏皆非其舊，而秦、楚，夷也，獨燕爲周初封國。不立齊以自强，使田氏餘孽得乘其弊，舉全齊而盡復之，惜哉！

前漢

漢制，武帝以前，北軍屬中尉，領丞、候、司馬、千人等官；　至武帝又立中壘以下八校尉。南軍，蓋衛尉所統，掌宫門衛屯兵。周勃入北軍，尚有南軍。乃先使曹窋告衛尉，毋以吕產〔一〕，然後使朱虚侯逐產殺之，以南軍屬衛尉故也。文帝卽位，始置爲衛將軍，以宋昌爲之令，鎮撫南北軍。《漢書》曰：『領北軍。』則中尉、衛尉之軍，皆受節制於衛將軍矣。此特初除宫危疑之際，權寄心膂於代來之臣，以防倉卒之變，而非必爲定制也。故三年之詔卽罷其軍。至前三年，遣丞相發車騎八萬五千，詣高奴擊右賢王。

復發中尉材官，屬衛將軍，軍長安。蓋衛尉禁兵，不復隸矣。後十四年冬，匈奴寇邊，殺北地都尉卬。遣三將軍屯邊，而用中尉周舍爲後將軍。當以有事暫設。自此年後，至宣帝地節二年，始以張安世爲衛將軍、兩宮衛尉，城門、北軍兵屬焉，復如宋昌之兼統南北軍矣。蓋用安世親臣，虞霍氏之變也。安世死，不復見衛將軍官，其罷之明矣。胡注因衛將軍重見，據《漢書》謂：『漢不罷衛將軍，《通鑑》傳寫逸一「軍」字。』又於『前三年發中尉』之下注曰：『觀此，益足以明罷衛將軍，而衛將軍之官不罷也。』然玩《漢書》所謂『罷衛將軍軍』者，罷其所將之軍，則並將軍亦罷之矣。所以然者，蓋國有大事，特設此官以統南北之軍，使事權歸一〔二〕。及事變既定，則南北各歸其軍，中尉、衛尉仍分治之，所以防其權之太重。此漢之良法也。蓋後世之失也，京師媮惰，禁軍驕橫。其爲禁軍者，多中官、寵帥主之，而大將之威令有所不得行矣〔三〕。此能分而不能合之病也。及其功成，求得大將久握重兵於外〔四〕，根柢蟠固，專恣自用，而天子尺一詔不足以收之〔五〕，此能聚而不能散之病也。然後知漢文倉卒之制〔六〕，操縱合宜〔七〕，其所以經久而慮變者如此，其精論者固不足以盡之矣。

賈誼上疏憂淮陽、代二國邊小〔八〕，不足恃，『願舉淮南地以益淮陽，而爲梁王立後，割淮陽北邊二、三列城與東郡以益梁。不可者，可徙代王都睢陽。梁起於新郪，而北著之河，淮陽包陳而南揵之江，則大諸侯之有異心者，破膽而不敢謀。梁足以扞齊、趙，淮陽足以禁吳、楚，陛下高枕，無山東之憂矣，此二世之利也』。其後吳、楚反，藉梁扞不得西，卒以此破散，世皆稱賈誼先見之功。然梁王封國，至四十餘城，遂恣行不法，反端已見。賴田叔之言，幸不及誅。七國始破，而勝亦憂死矣。賈生之言，亦見遠而不能自見其睫者也。且生以齊、趙、吳、楚爲疏，屬而勸帝厚植其子，不知一再傳而後，其視梁、代，亦猶今之視吳、楚、齊、趙耳。故與其謀再世之利，不如爲帝建萬世之策也。

《賈誼傳》：『以能誦《詩》、《書》，屬文稱於郡中。』此時《詩》、《書》未出，誼之所誦，豈別有本耶？吳公稱誼頗通諸家之書，誼必嘗師受其學。而吳公學事李斯，斯學於荀卿。故或謂誼受左氏學於荀卿，其淵源蓋如此。不然，誼當吳公爲守時纔年十八，計其生時，去漢興已十餘年矣。安得及荀卿而學之？若《詩經》疏謂：『孫卿，毛氏之師。』毛萇，武帝時人，或大毛公生年先於賈耳。

【校記】

〔一〕『毋以』，趙本作『毋納』。

〔二〕『事權』，趙本作『事勢』。

〔三〕『得』，趙本作『能』。

〔四〕『大將』，底本作『大卒』，據趙本改。

〔五〕初刻本『詔』上有『草』字。

〔六〕『制』，趙本作『際』。

〔七〕『操縱合宜』，底本作『容縱吞宜』，據趙本改。

〔八〕『二國邊小』，初刻本作『二國邊下』，趙本作『二國邊外』。

後漢

後漢中平六年，袁紹勒兵收諸閹人，無少長皆斬之。少帝立，初令侍中、給事黃門侍郎員各六人。

賜公卿以下至黄門侍郎家一人爲郎，以補宦官所領諸署，侍於殿上。《獻帝起居注》曰：『自誅黄門後，侍中、侍郎出入禁門，機事頗露，由是王允乃奏侍中黄門不得出入，不通賓客，自此始也。』初，何進與袁紹定謀告太后，太后曰：『先帝新棄天下，奈何令我楚楚與士人相對事乎？』其後曹操欲廢伏后，以尚書令華歆副郗慮勒兵入宫收后。歆牽后於壁中，執之出，使此時各中官守禦宫禁。此輩雖跋扈，安能排闥入之，執殺母后如取竈下婢耶？故弊去其太甚而已。盡除宦官改用士人，古無是理也。又按，李固《對策》：『宜罷退宦官，去其權重，裁置常侍二人，方直有德者省事左右，小黄門五人，才智閒雅者給事殿中。』以天子之左右而僅留宦官七人爲之使令，斯已難矣。固又言：『兼採微賤宜子之人進御至尊，若有皇子，母自乳養，無委保妾醫巫，以致飛燕之禍。』欲天子妃嬪自乳其子，此富民之家所不能者也。矯枉過甚，豈可行乎？

褚淵

褚炤譏淵名德不昌，遂有期頤之壽。淵死於齊太祖建元四年，時年僅四十八。炤所云尚在元年，淵爲司徒時，計其年纔得四十五歲耳。不忠不孝之人，人憎其壽，雖在壯盛，不啻期頤，況於老而不死如張禹、孔光之徒，久點史册，寧復可耐耶？余按，褚彦回雖輸誠齊王，然發其端者，王儉也。儉、淵皆連姻宋室，門地相若，而披猖之罪，獨歸一人，雖其弟其子，亦有異論。唯何點云『淵既世族，儉亦國華。不賴舅氏，遑惜國家』，至於《儉傳》，則史有溢美，無抑辭焉。豈以淵曾受明帝顧命乎？沈攸之兵起，淵謂蕭道成曰：『西夏釁難，事必無成，公當先備其内耳。』其言蓋指石頭，故劉祥有不殺袁劉、安免貧士之論。凡淵之獨受惡名者，以袁劉之死，尤爲衆所憤也。

張文寶

後唐張文寶，知貢舉，進士有覆落者，下學士院，作詩賦貢舉格。學士李懌曰：『予少舉進士登科，蓋偶然耳。後生可畏，來者未可量。假令予復就試禮部，未必不落第，安能與英俊爲準格？』聞者多其知禮。金明昌中，禮部尚書張行簡轉對，言：『擬作程文，本欲爲考試之式，今會試考試官、御試讀卷官，皆居顯職，擢第後，離筆硯，久不復常習。今臨試擬作之文，稍有不工，徒起謗議，詔罷之。』此二段議論皆得體。蘇子瞻曰：『麻衣如再著，墨水真可飲。』前輩虚心如此，亦是實理。今制試録，不用程文是也，而淺學小生，紛紛擬作，必爲二君含笑於地下矣。

碑文

京口義渡贍産碑文〔一〕

自岷山導江而下，出峽汗漫數千里，至金、焦，一束水旋行逆折，然後朝宗於海。此曹子桓所爲臨江賦詩，徘徊而不敢進者也。然余考之《史記》，秦始皇登會稽還，從江乘渡。《注》：『其地在句容縣北六十里。』不知何時復徙瓜步。梁《庾信集》有《奉命使北始渡瓜步江》詩。至唐開元二十二年，刺史齊滃以舟行繞瓜步回，遠六十里，始從京口埭下，直趨渡江路徑而免漂溺之患。故自唐至今，瓜步渡者皆徙而之京口。然往時京口與揚子橋對岸，瓜洲特江中一洲耳。後瓜洲以北淤漲，與揚子橋連，南直對潤州，江身益狹，江身狹則水流益汛急。舟緣金山之麓而行，春秋之間上流泛漲，山水相搏觸，漩而爲渦，激而成湍。雖恬風霽景，猶懼變生不測，少遇風波，失利一匏千金，故京口之渡爲天下最險。

余六月渡江，登金山，見山足艤舟五六，舟人操楫而坐，若有待者。寺僧深爽進曰：『此爲濟渡之舟。自巡撫某公設此，後凡有事於茲土者及往來行旅，各捐俸及貲，益造舟買田，置市租，以贍水手之稍食及其賞格之費焉。然久滋易弛也。某懼斯人之弗脫於險而大隳前功，願得一言以示來者。』余惟《易·既濟》稱『君子思患而預防』，其說在六四爻，曰：『繻有衣袽，終日戒。』夫涉川者不能戒之於未濟之前，特恃其一舟之無隙，以與彼狂飈駭浪爭命於呼吸之頃，固且不可，況於待其既濡，然後操舟而拯之，此與夫救火者之燋頭爛額，何以異？然而聖人之慮患也，遍視夫事之可需者則需之，有需之不能，不得已而濟者，則終日戒之。至不得已而濟、而終日之戒之猶不足以勝夫所濟者之險，既已瀕於死亡矣，乃忽然而得生，彼仁人者之於此，視夫人之脫之死而易之生，其心樂不樂也。

自數舟者之設，常歲活人以四五十計，不十年而得活者四五百人矣。由十年以前觀之，彼四五百人者，皆江上之遊魂、水府之鬼籙也。然則使自今十年之後之人，有一不得濟以淪胥以亡者，於吾心不且有戚戚乎哉？若夫推前人之心以繼於無窮〔二〕，此則思患豫防之道宜如是也。深爽，學佛者也。爲佛之學者，使人求福於冥冥，其說多幻妄不可信。深爽獨能推廣有司德意，使人之得免於險杌，且曰『吾佛之道固然，其爲世利益多矣』。余樂其有是請也而書。

【校記】

〔一〕馮本題作《京口義渡贍産碑記》。

〔二〕『繼』，馮本作『濟』。

傳

謝工部傳

公既没之明年，其季子景昌走太倉，求吴祭酒爲其懸綷之辭，而屬傳於余。既歸而請之者再。余辱公愛至厚，微景昌之請，其能已於言乎？

公諱泰宗，字時望，別號天愚山人。明崇禎丁丑進士，爲漳浦黄公道周所得士。先是，庚午，黄公主試浙闈，得公卷而奇之，以同考摘觖被放。後七年應禮部試，復出其門。黄公耿介名臣，公以文章兩被知遇，益砥節自厲。謁選得番禺令。番禺蒞省治，俗澆務殷。公下車振刷，威德並行。盤古十八峒者，百餘年逋寇也，制府數奉詔征之，不克，其魁蘇鳳宇遂自稱王犯境。及公蒞任，制府卽檄爲南路監師，合軍督勦，而公時出奇計，遂擒得鳳宇以歸。賊既平，參將某者懦而倖功，欲戮降數百人。會公將白事制府，某前以金盤、玉帶爲壽，戒入卽勿言，公峻卻之，而極論其枉，降者得釋，參將以降級去。於是制府論功，遂上公軍功第一。

始公少時，受學於其季父廉使公。廉使公名渭，爲人雄毅有智謀。每讀書暇，卽與公講論孫吳兵法。後蒞蜀，受命討奢酋，深入賊營數百里。嘗露宿洞中，背噤痒，覺寒甚，衣裝盡濡，夜半移軍去，取火視所臥處，則冰上也，卒以是成功。而公之監師，亦露處谿洞者數旬，或見繞山火光起，部曲盡驚，公不爲動，曰：『此必賊焚巢自遁耳。』覘之果然。蓋其所用兵方略，得之方伯公者爲多〔一〕。以功擢工部都水司主事，旋中蜚語，謫福州幕，署泉州司理。時天下所在騷動，山海之間鉦鼓沸然，公帥吏卒乘障巡徼無虛日。故相黄公景昉行道遇之，從輿上舉手歎息曰：『安得如吾謝侯者數輩，則東南安枕矣。』踰年，陞南安府推官，值亂解組歸。順治三年，王師下東浙，督府張存仁疏薦浙才六人於朝，皆以疾辭，公卽六人之一也。

公卽屏田中，益深自晦匿，日著書賦詩自遣。其天性孝友，予少時館其家，見其兄弟間日召客飲，飲卽連晝夜不輟。或夜久聽鐘鳴，客皆散去，公復呼家人起，邀客還坐，酣飲久之，視庭中日復奄奄欲落矣。亦未嘗數數課其子弟，顧其家無長幼無不謹敕力學者。然自予別去十年間，公兄弟羣從大半沒，其賓客酒徒亦多死亡者。顧獨與其母弟時素把盞相對，日黯黯不樂。予去年過之，公以久別予，置酒歡甚。未幾，予意闌欲起，公挽留之不可，則對案默然，徙倚而後罷，雖予自今猶恨之。公在閩時，嘗攜得黄公所著書兩篋，後因亂失之，時對客歎息。大抵公之才不盡見於用，其已試者略與方伯公相上下，而其至老好學不倦，與其立身梗概，庶幾無愧於漳浦之門人者。子四人，景昌、謌昌從予遊。初，公歿時，無疾，方對客飲，須臾欠伸索茗，盡數杯卽逝。景昌爲予言之如此。

【校記】

〔一〕『方伯公』，馮本作『廉使公』，下同。

新城王方伯傳

公諱象晉，字子進，山東新城人。祖重光，布政使司左參議。父之垣，戶部侍郎，贈尚書。公，戶部公季子也，中萬曆甲辰科進士，授中書科舍人。癸丑考選，同鄉爲京朝官者皆欲以臺省處之，適伯兄宮保公象乾方以薊遼總督召爲本兵。而故事，父兄官內閣及六卿者，子弟無得居言路，其見居職者或改翰林官，故宮保欲暫歸爲公地，卽來而翰林可得也。公力爭，不可以私恩宿君命，遂平調禮部儀制司主事。人皆服公之正而賢宮保公之友愛，以爲兩得之。

移疾里居。久之中忌者，以京察調外，補江西按察司知事，未赴，再遷禮部精膳司員外郎。聞路太夫人病，請急歸。路，公繼母也。時三原戶部來公復名善醫，來方筦臨清倉，遂躬冒冰雪，馳四百里邀之來視。比至，病已亟，乃禱於嶽祠，乞以身代母命。太夫人聞之，爲之感慟欷歔至没。服闋，補本部儀制司，陞按察司副使，備兵淮揚。乙巳，通州奸民亂猝起，聚衆數千，燒劫豪家，勢洶洶及官府。公自泰州馳赴之，擒戮其首禍者數人，事遂定。俄以參政督蘇常鎮糧儲道，平漕卒之亂於俄頃，民不知變。其持重能處大事皆如此。陞河南按察司使。蘭陵王母劉誣訐許州諸生五十人，巡撫下其詞以名捕，公爭之百端得止。於時宗室驕行縱恣於郡縣，賴公勢稍戢。爲按察使經年，所部稱平，遷浙江右布政司使。冬，左使姚某入覲，公攝其事，時崇禎十有一年也。是時寇訌歲饑，上計吏，視賦入爲殿最，唯謹。姚至京，以征解缺額下獄，公急敕主藏吏，籍所貯悉輸之，吏辭以考成不便，公曰：『若所言，吾豈不知？顧姚事急，吾視事日淺，卽不及，降秩耳，姚禍且不測，與人同僚，瀕危而忍秦越視之乎？』於是擇吏趣解到部，課如額，姚遂得釋還，而率其子弟頓首謝門下，曰：『微公，吾不復至此，吾餘生皆公賜也。』起，相持手，泣數行下。

公爲人寛中，及見義勇決，不擇利害爲趨避，然終不爲崖異嶄絕之行。其以京察降外也，時羣小朋比攘臂，力翻辛亥之案，因坐公以浮躁。公在家聞之，怡然曰：『此輩自圖報復耳，非朝廷意，於吾何損？』或謂公方爲部曹，非時所輕重，故其言云然。然予按，辛亥京察，其首爭金明時之調外者，刑郎秦聚奎也。於是朝士意皆有所左右，門戶角立蠭起。東林中如丁元薦、李朴者，皆以郎官出死力爭之，爲黨人切齒。數年間，奏訐紛然，如所謂秦派、淮脈、崑宣之黨，擁帶爭雄，諸不根之説見之章奏者，猥瀆煩瑣，無復人臣之禮。自丁巳察後，衆正氣落，不十餘年間而黨釁成矣。其延及於崇禎之末，南渡之餘，尚忍言哉？小人之貽禍，此昔人所謂吾黨當分受其過者。若公處通塞之際，蕭然若無事，使搏擊之爪距無所復施，含射之竊發不得以中，豈獨既明且哲以保其身，亦謀人國家者之所當取法也。

公未衰致仕，有子四人，諸孫。今侍讀君士禛爲某言其季父死節事甚烈，則公子御史與胤也。御史忤執政歸里，聞甲申三月變，搤擥曰：『吾父老矣，幸不爲世所求，吾不可以無死。』乃與其妻于孺人、子士和同登樓縊死。於是公益絕人事，自號明農隐士，闔門謝賓客不爲通，雖郡邑長吏屏車騎到門，匿不與見。制先令爲《自祭文》，飾巾待盡而已。生平喜淡泊，室無媵侍。盛暑整衣冠危坐，讀書不輟。常舉唐柳玭言誡子孫：『無矜門第，務力學爲善。』故其家累世貴顯，至於今尤盛，卒時年九十三。

董公傳

六經之書，皆所以垂教，而《易》、《詩》之傳最廣。《詩》之變而爲騷、爲賦、爲歌行近體，多羈孤失志貧賤之所爲作，故雖避世之士、長往而不返者尤好之。至如《易》，遭秦焚書之後，僅以卜筮得存，自後陰陽占驗之説益繁，莫不假經設誼，依託象類，其説至詭譎不經，而司馬季主、嚴君平之徒多傳用其術，溷跡隱見之間。故夫《易》與《詩》二者之教，此山林隱逸之士、離世而自全者所樂取以自託者也。而《易》之及人也遠，故君子尤重之。

予邑往有廉使陳公頤正，善《易》學，旁及風角、遁甲之術，無不精詣。嘗夜泊淮河，見寶光起水上，心知其有異，筮之，曰『是宜得寶鼎』。卽令善泅者蹤跡得其處，久之，以一鼎出，款識蒼黝，公識曰『商周間物也』，遂攜之歸。其他雖家人米鹽瑣屑，一訊如響。同邑夔州守楊公汝昇得其術，值奢酋煽亂，賊發卽知之，掩捕無不得者。時相傳以爲神，至今其遺書猶有藏者。

董公者，隱士，漢孝子黯後。黯至孝，舍旁忽湧溪，水甘，取以奉母。至唐開元改邑爲慈谿，以孝子故也。董公少而受《易》於其婦翁吳公，遂屏棄舉子業不事，卜《易》市中，意專在於導人爲善。凡與人言利害，必以其事推之，教人趨吉而避凶，一依於正道，後事應，亦輒如其言。以此遠近坌至，積金錢滿座間，隨手以散貧者，所留餘，取甘脆以奉母。公弱冠喪父，後母龔性悁急，凡事必長跪請命，間有所拂意不能卽解者，走請諸親故以解之。嘗病癰危甚，號天願代，爲之再吮而旋愈，母大感動，於是邑人皆以孝稱之。

先是，董氏有遠祖會稽縣尉，墓久沒荊棘中，公按家譜得之，表石墓左，尉後見夢於龔曰：『汝子純孝，施及於吾，吾當有以報。』當是時，陳、楊兩公家稍中落矣。或曰陰陽之家，天道所忌，然公至子乃逾盛。公四子，兩中進士，長允升，直隸淮安府知府；次允茂，福建參議。公前後受四封，綸章稠疊，皆言其孝感。然性真樸，不好爲富貴容。初，隨養長公莆田，後一至淮，浹月返，曰：『無久溷汝。』長公爲治園所居側，不時至其處，率手一編，坐吟小室中。足未嘗一涉公府，幅巾杖履，逍遙城市，遇少年子弟與之談笑，立踰時乃去，故人無知不知，鮮不樂敬而親之。其誡子居官以廉潔忠厚爲本，後兩公兄弟，所至留去後思，人亦以是多公。卒時年七十有五。

自公父子歿後數年，天下始大亂，長公子嘉飆於庠，當需次吏部，輒棄不就，獨絃哀歌於荒山大谿之間，人莫測其所以也。顧其詩往往流傳人間，故董公歿而其後又以詩著。公諱時彥，字叔元。

李節母丘太孺人傳

婦人有從夫之義，其不幸當死喪之威，截髮剺面，之死靡他，此其節烈見稱者也。其教子若雋母之見決獄多所平反則喜，嚴母之以天道惡殺爲誡，此則明智最優者也。二者俱足以砥淬末俗，流光彤史。今李母丘太孺人，備是二者之德。嗚呼！是安得而不紀也？

孺人，戶部主事某女孫，大行某女，而今庶子掌坊事鎧之母也。歸先贈公文學靜孺公。公與其伯仲俱以文章有名於時，世所謂『淮陰三李』者也。孺人以孝事姑，以和接娣姒，而以勤儉治其家。故自孺人之歸贈公，家務日飭，而兄弟師友歡甚，交遊亦日益進。年三十遭變，躃踴長號，數日水漿不入口。姑丁夫人勉慰之，以養姑撫孤大義，得無死。次年，會贈公伯仲相繼歿，遺孤俱幼。三嫠婦支持破屋，奉一老姑，甘旨服物得無缺。而丁太夫人拊孺人，特憐之，曰：『此吾李氏孝子也。』及姑病侍湯藥，喪葬如禮。兩娣姒卒，字其孤如己出焉。順治辛酉，庶子成進士，得蜀綏陽令。母子不忍離，萬里迎養於官。至則命庶子廉得縣蠹弊數事，乃焚香於庭，令次第革除之，誡以『毋擅鞭笞，輕民命，毋以絲毫取於民，吾與若惟飲綏陽一杯水耳』。庶子入而稟母之命，出而與吏民相見，有所施設，必曰：『非吾能爲此，吾母之教也。』即有所寬貸，曰：『吾母不忍於汝也。』如是者三年，民既順令之爲，教化淪浹，亦翕然歸譽於母，曰：『非是母不能生是子。』已聞孺人疾劇，父老爭醵錢集社神祠，願減算十日延母壽。琳宮梵宇，建齋醮無虛日。死，巷哭聲沸天，白衣冠持喪者三月。喪歸，所過執紼號送，男女奠酒漿跪拜，匍匐不絕於道。《傳》之所謂『豈弟君子』者，庶子當之。要之，孺人之所以致此者，不虛也。考古史家《列女傳》，當居何等？或謂婦人考終善事不足書，則書其尤異者。自古甘棠之思，有及其母者乎？即過而見思，有若綏陽之民之於令之母者乎？此而不書，吾懼無以勸天下之爲婦貞、爲母賢及爲吏廉者也。遂節其大概錄之。孺人卒時年六十五，生二子，長樾，次即鎧。

論曰：余從庶子於史館，見其積學多聞而恂恂樂易長者，每暱就之不厭。今年，余將南還，過其邸，出母行述，請傳其事。適左右以綏陽邑子書來，啟視之，猶稱母之賢而惜其沒，累累百餘言，計去母歿時已十餘年矣。庶子方以文學當上知，蓋異時不獨以其吏跡見稱者也。

家傳

先參議贈太僕公傳略

高祖諱國華，字邦實，別號甬洲。年二十四，中嘉靖丙午鄉試，丙辰舉禮部，以憂歸。己未殿試，賜進士出身，授工部營膳司主事。時三殿經始，公賦功庀具，省度支以萬計。遷本部郎中，分司治張秋決河，陞河南按察使司僉事，轉陝西布政使司右參議。時鑛寇充斥，梗商洛間，劫略吏民爲害，所在逐捕不能得。公從容指授方略，渠帥授首，陝東西四千餘里，威懷並著。無何中忌者，謫判常州，稍轉南刑部郎中，歷廣東按察使司僉事。公仁心惻隱，前後治請讞必誠，多所平反。尤潔己自持。粵有土司爲怨家中傷，械繫獄，公鞫得其冤出之，其人感泣謝去。數日橐千金來，公峻卻之，曰：『吾豈以貧故，喪吾生平哉？』公性雖樂易，然見義奮發，不能與時俗圜轉附和，以是再得斥，遂終身去官不仕。去而苗民思之，爲立卻金亭，亭至今尚在。

公宦遊二十餘年，持節河南北、關輔、粵東，皆仕宦膏腴地，然歸家環堵蕭然，舊田四十畝，分毫無所增，宗家故舊乘間言：『何故累卻饋遺，不爲子孫計？』是時太常公初成進士，公笑曰：『此吾所以爲子孫也。使吾用闇昧得金，今目中詎得復見此耶？』太常公改戶科之三月，爲萬曆十三年，首抗疏爭鄭貴妃冊封，且請早定國本。疏入未下，中外傳上震怒，禍將不測。語聞至里中，家人皆憂泣。公謂其同年友御史顔公鯨曰：『吾垂老，不復意兒能作此等事，雖受竄殛不恨矣。』顔公故忠直名臣，時被讒家居，舉酒慷慨起屬公曰：『公有子能死諫闕下，公不以戚諸懷，反用此慶幸。方今父子以名節著聲，如公幾家？此吾所以爲公賀也。』遂歡極歡而罷。後太常公量移餘干令，迎養三年，卒，得年七十。太常公親爲志，藏於墓。

公仕世宗朝，時朝廷綜核名實，縉紳之士敦尚風節，顧惜清議，公律己清苦尤甚，爲里中士大夫倡。時有某某罷官歸里，被不飭稱。諸公每公事期會縣廷中，覘知某某先在，便疾驅返。或某某後至，知廷中有人，亦望風避去，至今長老猶能傳之。公加惠鄉里尤渥，既没，民感公父子兩世恩德，請於官，建祠城北，環湖水爲尊德祠，歲時父老子弟致祭不絕。泰昌元年，太常公被召起，以覃恩贈太僕寺少卿。長子諱應麟，卽太常公，別有傳。次諱應鳳，郡文學，博學工文，善草隸書，名於世。玄孫宸英奉祖戶部公命，謹著傳略如左。

先太常公傳略

先祖戶部公嘗命宸英曰：『汝曾大父筮仕先朝，功在國本。没之日，山陰念臺劉公嘗誌其隧道之石矣。予欲載詳之家乘，俾我世子孫無忘先烈，是汝之責也。』宸英受命惶悚，久之不敢屬筆。今先祖捐館八年，自後宸英載經創痛，神思怳忽，及今不自勉厲，闕先德不著，格尊命不就，罪戾滋甚，悔將何及。謹按行狀、志銘，考之遺集，並所聞於祖父者，掇拾書之，以俟世之君子有所採取而潤色焉。

先曾祖諱應麟，字泰符，別號松槃，爲嘉靖己丑進士，累官陝西參議，贈太僕卿，諱國華、號甬洲公長子。公中萬曆癸酉鄉試，癸未進士，選翰林院庶吉士。改戶科給事中，是時萬曆十三年九月也。至明年二月，有旨，加封鄭貴妃爲皇貴妃。先是，壬午年，皇子生，爲恭妃王氏所出。時鄭氏寵冠後宮，已三年矣。初妊邠哀王，上與之戲，逐而傷之，生三月不育，鄭恚甚。上憐之，與私誓：『即更舉子，則立汝子爲東宮。』至皇第三子生，賚予特厚，其父揚言於外，謂神器且有所屬。未幾，加封之命下，中外危疑益甚，而禮部已具冊封儀注，將上矣。公憂之，闔扉飲泣，草疏，家人守之不得就。一日晨起入垣中，鎖吏繕寫成，即上疏曰：『臣惟正名定分，國家所以安；別嫌明微，君道所以著。事有出於無心而繫四方之觀瞻，發於一時而關萬世之綱常，此明主所亟欲聞，臣下所爲耿耿而不容已於言者。近見大學士申時行請冊立東宮，奉旨元子弱少，俟二三年舉行。復覩聖諭，封貴妃鄭氏爲皇貴妃。竊謂禮貴別嫌，事當慎始。貴妃以孕育蒙恩，豈曰不宜？但名號太崇，其於中宮不已偪乎？且貴妃所生，固皇上第三子也，猶然亞位六宮，則恭妃誕育元嗣，翻令居下，揆之倫理則不順，質之人心則不安，傳之天下萬世則不典，非所以重儲貳、定眾志也。伏乞俯從末議，收回成命，以協輿情，臣愚不勝大願。且臣之所議者，末也，未及其本也。臣愚以爲皇上誠欲正名定分，別嫌明微，莫如俯從閣臣之請，發德音，下明詔，冊立元嗣爲東宮，以定天下之本，則臣民之望慰，宗社之慶長矣。』疏入，上震怒，抵之地，乃遍宣二十四監掌印至，諭所以冊封貴妃，非爲東宮起見，而科臣指斥過甚不堪之意，以手拍御案幾裂。中官環跪叩首，上即欲批旨，意在予杖，而手顫不能御筆，如是者三，怒稍解。奉旨『冊封非爲別故，因其敬奉勤勞，特加殊封。立儲自有長幼，姜某沽名賣直，窺探上意，著降極邊雜職』云云，得廣昌縣典史去。初，公疏上，次日，卽下中官。傳某親自領旨甚急，左右皆怵公，懼有不測，盍先服藥往，公固不肯。聞命，卽日策蹇出都門。國本之議自公首發，受嚴譴，凡在京九卿科道及南都臺省申救者，疏凡十數，上不省，而主事孫如法、科臣沈璟至被杖幾死。自後言者蠭起，至於三案互發，黨議相軋，垂六十年。然自立儲自有長幼之旨出，言者皆得藉口以取必於主上，朝廷雖厭之而終不能奪也。

故事，言官降雜職者多投牒去，鮮之官者，公曰：『孰非君命耶？吾焉避之？』居廣昌四年，量移餘干令，丁外艱，服闋至京。時太倉相求去，公上書責其不宜乘機委卸，詞甚切直，別載文集中。首相同郡沈公一貫，公館師也，嘗爲人言：『皆吾君子也。』語傳播遠近。公值之朝，昌言曰：『國本未定，諫官相繼得罪，公何以謝人言？』沈公曰：『事至此，卽十張子房亦無益。』公曰：『如某所見，正不須一張子房，祖宗養士二百餘年，豈無忠臣義士願以一死報朝廷者？公但主持於上，諫臣以死爭之於下，殺一人復一人進，殺至數人不止，皇上亦且寒心。此時公出，而徐以一言回之，可不勞而定。今大事之去留在相公，公奈何遽出此言，失天下望？』時聞者皆爲頸縮，沈公愈怒，退復草疏尤激切，其略曰：『臣既以身許國，而陛下復以信許臣，臣之初心未竟者十有六年，陛下之大信未成者亦十有六年。事在悠悠，猶堪有待，危機已著，更待何時？故臣不先不後，欲以此日責大信於陛下，以畢臣之初心。且惓惓以釋危補過望陛下，非得已也，爲國家安危慮，爲萬世綱常慮，至急也。初，臣爲諫官，因冊封皇貴妃，有慎封典、重儲貳之請，陛下降旨云「立儲自有長幼」，以臣疑君，賣直而斥，是臣之罪在不能仰體聖心，謫有餘辜也。繼而禮官沈鯉有免斥言官之請，陛下降旨云「因其實朕有過之地，故薄罰示懲」，是臣之罪在不能仰成聖德，謫有餘辜也。信斯言也，陛下唯恐見疑於羣臣，以得罪於天下後世，將朝更夕改之不暇，不意陛下之過舉猶故，中外之人心轉疑。初謂二三年舉行，今且五之矣；初謂睿質清弱，今且强壯矣；初謂先冊立後冠婚，今則反欲倒行矣。夫冠婚可委曰清弱，冊立何嫌於强壯？愆期不舉，當機復靳，假手於人，借言於激，人將有以窺陛下之微矣，又奚怪乎盈庭之嘖嘖耶？彼偃仰風議之人，方且怵威投鼠，甘心煬竈，坐視陛下孤立於上，徐視陰陽之定而坐收其利。即有曲意調停者，亦不過就中轉移，望風瑟縮，殊未聞有招不來、麾不去如古大臣之風者。且此非特不忠於陛下而已，究豈有工於爲宫掖藩邸計，而善成陛下之愛者哉？夫有卻座之諍，始免永巷之菑。人彘之鑒、燕啄之禍，非不炯炯也，陛下奈何溺衽席、嗜美疢，甘爲子孫貫無涯之禍而不顧耶？夫弓不抑則不揚，矢不激則不遠，士不臨禍亂則忠憤不決烈〔一〕。以祖龍之酷，尚奪氣於茅焦之解衣危論；以嬴秦之暴士，尚有建節積屍闕下而不悔。陛下欲以威劫正人而成其私，竊恐威未及殫而大亂已成，可不戒哉？嘗讀史至晉獻公事，重有感焉。夫獻公亦中才之主，其天性好惡非與人殊，必且以並后妃嫡爲無傷者〔二〕，而孰知用意一偏，禍延再世，社稷幾墟。故人主之託身不可不慎，託身賢士大夫，不引而致之明盛不止；托身於宦官、宫妾，不引而致之於亂亡不止。陛下神聖英斷，御一皇貴妃，何足爲患？然亂自女戎，三代已然，其寵已極，其度必移。今道路之言日有聞矣，咸謂冊立不決，由皇貴妃牽制所致，甚者以爲窺伺璇宫，懷逝梁之非望，又甚者以爲齮齕震器，徼壓紐之適然。揆之理勢，或非事實，跡其隱微，夫豈無因？萬一外戚中涓有以邪謀綴皇貴妃者，恐皇貴妃不得自由也；萬一諂臣媚子有以家事娛陛下者，恐陛下亦不得自察也。臣又思之，陛下動以祖宗爲法，而尤憲章世廟爲兢兢。夫大本之建，列聖皆豫，唯世廟差晚耳，則陛下所法，宜何適從哉？ 若必欲取法世廟，竊謂世廟雖不建儲，猶不殫令景王之國，以絶羣疑而杜覬覦，此又不定之定、不立之立也，獨不可法歟？ 夫事關宫闈，則夫綱宜正； 事關長幼，則父綱宜正； 事關臣庶，則君綱宜正。 孌倖可從，兩宫何爲不可從？ 冠婚可行，冊立何爲不可行？ 軟熟不激，忠言何爲而獨激？ 此陛下所不能自解於天下者也，欲天下之無疑，已難矣哉。 臣前爲言官而言，以職諫也，今不爲言官矣，不當言矣，然臣之官可奪而臣之志不可奪。 臣待罪五載，不忍遽去，臣非有所戀也，受陛下之恩深，義不忍去，而坐視國事之日非。 陛下倘有感臣言，即發德音，冊立冠婚，一時並舉，臣雖死猶榮。 若罪臣出位，加臣沽名，則臣已席藁括髮待矣。 斷不願與中立觀望、全軀保妻子之臣同視息於天壤也。』疏上，留中。 公欲再疏爭之，沈公鯉不可，挽公手以付公座主赦公文楨，曰：『君家好門生，宜善成之。』赦公曰：『子不欲立東宫耶？ 即欲立東宫，不宜過激。』乃止。 執政既銜公嗾主，爵無得隨例補除，每用啟事，特奏之。 而上之始譴公也，有不許朦朧陞用之旨，特疏公名於屏風，執政覘知之。 故啟事上，上見輒嘿然，凡待命七年不報。 辛丑十月，有詔立皇長子爲皇太子，公喜，遂歸，杜門垂二十年。 人皆惜公之不用，以去且老，公則謂：『吾身雖廢棄，而其言幸已行，行而宗社之計定，天下以安，是上之知我深逾於寵禄我也。』故雖貧，無儋石儲，而未嘗有愁苦、不自聊之歎。

光宗立，起太僕寺少卿。 御史逆案潘汝楨者，舊爲邑令，多所乾沒，公諷之亟，至成嫌隙。 伺公抵京，則陰令吏科薛鳳翔劾公老病失儀，宜致仕，鳳翔亦逆黨也。 公曰：『吾此行，欲一見新君、哭舊君耳，豈能與若輩爭進退哉？』朝廷方下部以國本建言舊臣，命從優議覆，而公遽引疾去矣。 公釋褐庶常，改給諫，服官任事僅四閲月而謫。謫三十餘年，至京坐席未煖，旋報罷。蓋是時，逆焰潛萌，相與譸張爲患者蟠結於中外，如潘、薛之輩，其醜正嫉賢而欲亟擠而去之者，宜也。然公忠義偪塞，所得自見者，國本一疏耳，猶遲久而後定，中扼於柄臣，後尼於羣小，至不得使其身一日安於朝。讜言碩籌，鬱而不抒，就其中同志如福清、吉水諸公，皆坐視顛蹶歎息而已，不能一引手救，何論其他？天啟之敗政，至於網罟塞路，讒夫高張，於公之一去，兆其機矣。此豈獨公一人之不幸哉？識者謂，公不去必與於清流之禍，小人之忌公，適所以爲公而安全之也。然豈公之本志哉？

公尉廣昌日，羣士而課之學宫，延名儒秦先生爲之師，士苦府試回遠，則言於臺，竟以名達學使者著爲例。邑有白狼爲害，傷人積千餘，公檄於邑城隍神，捕之立得，遂殲焉。三淫祠，歲殺人男女以祭，否則巫言且爲禍，公下令焚其祠，而民無譁者。令餘干，尤多異政。有孝廉訴妹殺於其夫者，夫監生陸某再殺其婦，而及於孝廉之妹。公受訴，立至殯所，將啟棺驗焉，陸拊棺哭之哀，公亦心動。至夜，夢婦被髮來，目盡出，手掐兩乳迸裂，血流殷體，且以狀告其夫曰：『不爾，吾甘受罪。』及啟視，則席藁以生納於棺，宛如夢中所見者。夫詞服，而前所殺之兩婦其冤並得雪。宋丞相趙忠定公汝愚墓道爲守塚方氏所侵，方宗彊，其子孫茹恨不敢言。公聞，親勘還之，爲文以祭忠定。未幾，雷捽其人，擊而斃之於墓下，如倒植然。樹碑禁民侒佛溺女，所活民女子無萬計。公不以謫官自處，盡心政事，廉潔明斷，而本之以仁愛。故凡所爲兩邑興革利弊，不可殫述，而民皆得蒙其利，歌思之至今。此其尤稱道人口者。

公家居三十年，坐臥一小樓，於書無所不讀。著《五經緒言》、《史論》，手緝《二十一史平衡録》、醫學、地理書各數種，尤精於《易》，有《周易容光》、《易會》諸書，皆晚年心得。行楷法顔、歐，所讀書皆手書之，累數千卷。天性剛直，遇意不可，若雷抨矢激，人無得撓者，事過恬然，不貯於胸。待子孫威嚴若朝禮，動必以法，於鄉黨宗族以恩。通籍四十餘年，守先世遺産數十畝，分毫無所增益，租入不充，而常欲節衣食以給貧者。位不過四品，闔門養重，而人常翹然，如利澤之及己。

萬曆季年，稅使四出，令韓盡括邑中契券，所搜索盈萬金猶不已，將開告訐之風，名爲覈實，意主於破碎富戶，人情驚怖思變。父老頂香至門，求解於公。公謁令，使强出其契，事得止。邑人感之，爲立尊德祠於北湖壖，尸祝之，而令遂切齒於公。令故潘汝楨同里戚黨，故汝楨之排公也益力。然公自再詣京師，目擊時事，遂無意於用世。嘗寓書族人曰：『吏部以掣籤官人，兵部以封婚媚倭，大臣皆持祿養交，日夕如雷震，轟然在頭腦上，脅息無敢出一言爲天下者，中原陸沉，恐不難致，吾此身不可以再嘗試矣。懼人怪吾狂言，誡勿出其書。』自當時觀之，宜士大夫之弗以爲狂者，百無一二也，孰知其應在十數年之後，若親見其事而言之者？然不幸公竟以守困老矣。嗚呼！使公之得行其志，其設施亦未可量也。公三子：長諱思簡，戶部司務；次思素、思復，皆諸生。崇禎十三年，戶部公請卹闕下，從子御史思睿亦上言之，有旨賜祭葬，贈太常寺卿，蓋異數云。

【校記】

〔一〕『決烈』，馮本作『激烈』。

〔二〕『妃』，馮本作『配』。

帝城積雪賦

凜凜嚴冬，星迴次窮。泉凝碧澗，沍結丹楓。乘坎布德，潤物施功。亦集維霰，有來自空。時則陽烏斂彩，曜娥隱暉。屯陰疊嶺，連氛重闈。始悠悠而颺颺，旋屑屑而霏霏。資清於太虛之表，儲潔於重陰之涯。聽之無聲，望之有儀。覽之無跡，挹之有輝。包括宇宙，布濩王畿。爾其爲態也屢遷，其爲質也多妍。若夫纖條絕響，萬籟澄寂。徹宇無塵，連天一色。漉漉徐逝，緜緜交積。若將散而復整，乍欲分而還結。方舞蝶兮更輕，擬飛絮兮尤密。南陽之鉛澤辭鮮，西崑之玉枝慚潔。至夫朔風鼓厲，轉騰增勢。合沓飄撇，雜糅膠戾。狀似三軍之行，士馬俶擾而騰裝；又似繒繳之纏，羽毛颮紛而蔽地。動銀鋪與玉瑲，拂文榥及彤砌。啟建陽而猶寒，墐北戶而增悸。爾乃冪通谷，捎林莽，棲鳥靜，號獸聚。九市迷場，三條惑路。填坎坷於危途，息塵埃於窘步。綺寮都護之堂，青槐丞相之府。吹簫帝子之樓，挾彈王孫之塢。莫不緣檐入隙，掩映階廡。炙笙簧兮會嘉賓，羽觴陳兮日欲暮。西山峨峨，列樹駢羅。呈縞分巘，結素同柯。巖封而翠屏時撩，瀑涷而匹練長拖。怳惚兮失修眉之遠黛，豔朗兮生極目之微波。俯瞰上林，遙亙長樂。萬戶千門，飄飄爭薄。雲雀踶甍而卻依，蟠螭承楣而瑟縮。金仙炫晃於層楹，玉女掩嫮於重桷。欷欷寒威，河冰去來。盧龍舊壘，駿馬荒臺。望紫塞兮何處，鬱黃金兮未開。蕭絛兮處士之扉，彳亍兮先生之屨。漏正長兮天漫漫，途已窮兮徒延佇。於是天子御重茵之座，襲翠鳳之裘。詔公卿及庶尹，諮萬方於九州。延隱逸，燭巖幽。皇仁浹，沛澤流。從獵者挾纊，負薪者忘憂。炊家家而相接，穫年年而有秋。姑射之仙人自下，洛邑之河伯同遊。命太史而紀瑞，屬從臣而賦詩。瑞是同雲之慶，詩仍白雪之辭。辭曰：『筵桂椒兮白玉盤，歌愔愔兮清夜闌。恭承嘉祉兮不敢忘，念吾人兮衣裳單。』歌既闋，羣臣出。開端門，事朝日。

玉河春柳賦

望京邑之翼翼，縱緩步於郊坰。和風宛其入懷，林鳥嚶其相鳴。爾迺春日遲遲，春路逶迤。流泉曲折，列樹參差。則有上苑移根，灞橋遷植。行行臨水，枝枝踠地。蔽北陸而成闕，種西門而映肆。騰氛霧而霏微，羃平皋而蔓葑。千株萬株，婀娜紛敷。或交綺陌，或傍金渠。故夫玉河之爲水也，宛宛澶澶，來自西山。潴而爲湖，匯而爲淵。踰乎高梁之曲，入乎芙蓉之園。森漫蓬池，經乎上蘭。彌望直視，鬱乎芊芊。何地無柳？何柳不妍？鏡清流而黛濃如洗，倚列雉而腰細堪憐。於時絛風始扇，日和景良。草抽書帶，鳥弄笙簧。柔稊乍吐，弱蔓初揚。招要舞態，演漾波光。竦纖軀而不定，曳翠帶之何長。若矜妝以競冶，鬧桃李之紛芳。馳青煙於平樂，遞餘暖於昭陽。曹子建曾攀折而不忍，桓玄子雖對之而奚傷？若其連逵積素，荏苒百五。裁閣輕陰，微停細雨。林立兮姑射之仙人，襹褷兮甘泉之玉樹。緬芳姿兮濯濯，宛深情兮縷縷。黃鸝啼兮濕不飛，羌管吹兮悲自語。於是金張戚里，趙李豪家。

佩舒連蕚，綬帶桃花。俱將皓腕，並按紅牙。飛蓋於青門之側，張帷於淥水之涯。枝低繫馬，岸曲停車。絮墮髻而猶起，影移尊而尚遮。亦有西京大夫，南國上士。仙鷁同遊，斑騅並轡。問先生而得廬，訪隱淪而過市。玩絲陰之不已，俯帶影於遙潯。花輕似笑，葉動如吟。共憐碧玉，並字青琴。展殷懃於遐矚，恐幽思之難任。至若王命夙臨，脂車萬里。貧士失職，孤蓬自起。祖帳東門，唯吾與子。眺碣石之遺宮，歌蕭蕭於易水。淒其夕照，怊悵東風〔一〕。折一枝兮歧路，結相思兮萬重。況乎巖棲澗築，羲河陽杜曲。當衢瑣第，連房珠箔。莫不愛此姸華，樹之芳陸。拂塵於宛轉之橋，送客於逍遙之谷。馭曈曨，春明漢宮。斜鋪網綴，半入簾櫳。羅衫染薄，玉篳飄重。襯衣塵軟，藉草泥融。分標射葉，別隊追風。靈和則想風流於張緒，長楊則研子墨於揚雄。時則有萍蹤遠客，來游上國。風翮經摧，霜蹄屢蹶。刺滅於懷，經荒於腹。撫劍無侶，駕言出郭。對開元之一株，撫上林之三眠。攀條執枝，久而泫然。張平子以《四愁》成賦，梁伯鸞則《五噫》名篇。蓋有懷者物易感，失志者袂易霑。自古羈旅坎壈之子，亦孰不歎依依於今昔，而愴搖落於江潭。

【校記】

〔一〕『怊悵』，馮本作『惆悵』。

湛園未定稿卷六

墓誌銘　墓表　墓碣　行狀　碑陰

文學邵君墓誌銘

君諱儒榮，字仲木，别號懼叟，無錫人。君歿後，予嘗讀君之遺文，而歎後之學者。自科舉制興，而古文之道衰，其患莫甚於今之所謂八股者，驅天下之聰明才智，以從事於無用之章句，終身濡没而不得出。故其間能以文章自見者，必少年早達之士，而老生宿儒或不暇以爲，即爲而不能工，與不及俟其成，因以湮没無聞於後世如君比者，何限也？予來無錫，從君仲子紹棠讀君文財三十餘篇，觀其所爲《顧太學子方傳》與《陳太守墓碑》，私謂漢太史公之法不傳於今久矣，顧獨於君得之。惜當時有司無知君才者，而君儕輩間亦未有商搉古今以斯文相砥鏃者，故君亦不能以功名自見。即所得文，旋亦散失，不自愛惜，以是益落魄放棄，其文亦不甚名於時以終。

邵氏宋康節先生後，元末有科貢士諱偉者，來居無錫，是爲十世祖。明太祖定江南戶籍，無錫獨虞、邵二氏得占儒籍。故其家世業儒，八傳爲諸生，諱某某，生贈參議，諱士弘。士弘生壬戌進士、山東右布政使司，諱名世，即君父也。君少爲貴公子，文采弸彇，所交盡一時名士，以其間選伎徵歌而觥籌交錯、投壺蹴鞠之戲以爲常。既屢及省門不第，視天下雲擾，乃日與其徒勒習騎射〔一〕，爲鄉里守禦計，自是無意於科舉之業矣。連歲崎嶇兵燹，家益落，亦不復能爲向時豪舉，日閉門誦經、史、子、集，常五六終卷，其部帙行次，前後皆可舉覆，故其爲文悉有根底。自君死後，人稍知學爲古人文字，乃鮮留意於經術，而規模近似，轉相標榜，其風漸繁漸熾，浸以成俗。君信能文章矣，然生平不自炫鬻，及沒而猶無所稱於世，而獨予竊歎賞之，以爲遠過於今之作者。予之言果足重乎？其或者不足以取信，則君之厄於前而伸於後者，亦未可必也。

君才略倜儻，天性尤至孝。初亂起，獨走數千里抵山東，從羣盜中扶掖方伯公歸其家。已邑中諸少年乘亂欲劫掠富人家爲變，君密數其豪數人，給之粟，而以好言餌之，謀益解，邑以無事。丁酉，友人以有事逮獄者，君間至京邸經營之，事得末減，歸而鬚鬢爲之盡白。諸相往來，遇緩急傾身濟之，終以此竭其貲而不悔，亦不以矜於人。晚棲心禪寂，常布衣蔬食，日坐臥一榻，雖文字之緣亦不復作。然君年未老，其氣力猶未憊，宜可久視徜徉於世。一旦患左掖微痛，針熨不得施，五月而卒，豈其所見者達而其中猶有未盡平者哉？

君卒於康熙乙巳某月，得年五十有二。元配唐孺人，與君同庚，先十七年卒。子五人，曰：紹聞、紹棠、紹祖，二殤。女五人，皆嫁士族。紹聞等以今年卜吉，合葬君於小嶺灣之新阡。君之屬纊也，家人泣問以後事，曰：『吾不孝，不能爲八十老父計，何暇計汝等哉？』終無所言。後三年，而方伯公卒。方伯公爲吏廉，歿時幾無以爲殮，其父子之間有足悲者。銘曰：

其才以窮，其命之逢。嗚呼命兮，誰司之？雖不吾以，昌厥辭。我銘其幽，君當知。

【校記】

〔一〕『勤習』，馮本作『勸習』。

山陰仲淵何公合葬墓誌銘

甲寅歲，余與山陰何嘉延同客揚州郡署。每言其先府君御史公事，輒嗚咽涕洟不止，而是時去府君之死已二十餘年矣。今年復會於金陵，得見故人魏冰叔所爲公傳略，而嘉延亦自以所撰行狀遺余，拜求之銘。

當丙戌五月，江上師潰，公棄官至剡之白峯，自恨不及從亡，則作詩投崖而絕，久之復甦，爲土人守之不得死。隨逃入萬山中，披薙，從方外遊，晝夜作苦，猶自謂去人境不遠。復瓢笠往來縉雲、義烏諸山，與樵翁、衲子侶，行歌獨哭，顦顇枯槁，終至於一死而後已。

推公之心，蓋無一日不以生之可悲而得其死之足樂也。然公初嘗有意於用世矣，其釋褐，始令建平也。邑故無城郭，前令興築之未就，公曰：『是東南門戶也，不可以無完功。』城之浹月而工罷，民不知役。歲久旱，大江以南，飛蝗食禾殆盡，獨無入建平界者。未幾，以憂去，蝗遽入北鄉，於是民益以爲神。補任高要，端溪受黔桂諸流，夏潦屢爲災，卽躬巡堤圩，增卑培薄而蓄洩以時，遠近反受其灌溉。清榷關之假手吏胥、得上下其手者，掣視有定期，商無滯賄，官有裕課。蓋公之所欲見於政事者，方銳未已，此特其一二。不幸又丁父艱歸，隨遭亂，未得盡試。浙東事起，强以御史召，不得已就職。建白數萬言，或行或不行，而事勢已不支矣。墮白峯不死，後入陶介山，事山主雲藏禪師，餔糒不繼，隨衆樵汲，同事者皆爲公難之。公曰：『吾視出没風濤間、瞬息生死者，何如？而敢自言勞苦哉？』自此遊益遠，入山益深，崎嶇崖塹，鹽醢並絶，所過皆留詩紀歲月。遇高僧郭蓮峯、徵君李祕霞，喜之，結塵外之交，館留崇聖寺。藜床風雨，三人者相對嘿語終日，人不測其所以。居數月而病作。先是，己丑四月，公謂李徵君曰：『居此久，幸少安，顧此中常有戚戚者，行別子飛錫白雲之鄉耳。今留一緘與家人，遲其來，則示之。』至是病困，令出所緘書讀之曰：『吾茹荼磨勵，齎志至此，忝厥所生，毁傷莫贖，於君爲不忠，於親爲不孝，死後切勿棺殮，我當暴野三日，以彰我不忠之罪。三日後火化入塔，不得祔葬先隴，以彰我不孝之罪。』讀竟而絶。然其家仍以殯歸，葬於會稽上竈之玉几山者，以公本非出世者，從公之初志也。

公娶商氏，大理卿爲正子中書維源次女，有婦德，所刻苦佐公吏以成其廉隱、以就其節者，夫人之力居多，後公十三年卒。公諱弘仁，字仲淵。初中萬曆乙卯科副榜。天啟改元，覃恩以貢士試吏部，得州守不就。中庚午北京鄉試，丁丑成進士。六世祖詔，南京工部尚書。高祖鎬，曾祖彔，皆贈長蘆運使。祖繼高，江西參政。父光道，贈御史，而母贈孺人陶氏，禮部侍郎文簡公望齡之姊也。

公性至孝。未遇時，事親能先意承志，所求無不獲，人不知其貧，然知其能貴而盡節於所事也。少不爲俗學，所師友皆賢者。既習聞外家教，後劉公宗周講學里中，復執經其門。癸未進士余公增遠者，字若水，志節士，亂後躬耕山中，自匿跡，不與人接。公之歸葬玉几山也，公子拜求其題主，余公即許諾。至期以舟迎之來，不赴。頃之，自棹一小艇，徑詣墓側，取舊衣冠拜墓上，事訖下山，賓主不交一辭。主人使客追之，固留之飲食，則舟中已庋粥一盂、羹菜一豆，取啜畢，急挐舟延緣去。會葬者百餘人，皆目送歎息，謂非公之賢，余公且不易得致也。子三人，嘉迪、嘉建、嘉延，俱守先志，不求仕。今存者，嘉延最賢，有文行，與余善。女三人，長陳，次駱，次魯，其適也。孫五人，思永，愈永，悳永，嘉迪出；恕永，出繼嘉建，亦嘉迪出；懋永，嘉延出。曾孫三人，經鈺、經銑、經鏐。銘曰：

墮以崖不死，歸以息於此。嘿嘿乎！誰與爲徒？生棄厥家，披緇而髡。奚別矣？終返其室，有鑱於縣。孰鬱不宜？孰謁不虔？御史之阡。

江南布政使司參議前戸部右侍郎櫟園周公墓誌銘〔一〕

故江南布政使司參議前戸部右侍郎櫟園周公，卒於江寧之里第。逾年，嗣子在浚撰次行事，屬某銘其幽。某謝不敏，則曰：『子無辭，先君之志也。』

謹按狀，周氏世金陵人，始祖匡，仕宋，參江西撫州軍事，因家焉。其後三徙，定居櫟下。至公祖贈鴻臚寺序班庭槐，遊大梁而樂之，因占籍開封，遂爲開封人焉。鴻臚生子文煒，卽公父，國子監生，任諸暨簿，能不卑其秩，數以事與令抗，德施於民，然終以不合解去。公年弱冠，卽挺拔，所交多海內知名士，其天性儻蕩不羈，飲酒歌詩，意豁如也。庚辰成進士，授濰令。是時，山左蹂躪，所望無堅城。濰被圍久，公以一書生乘障，親集鏃其身，城以不陷。事聞，會徵天下廉卓，行取授浙江道監察御史。未幾，京師破。乙酉，詔起公，以御史招撫兩淮，尋改兩淮鹽法道，陞海防兵備道，遷福建按察使。踰年，陞布政司右布政，尋轉左。首尾在閩八年。其以按察駐節邵武也，邵武在萬山中，嘯聚彌山谷，城外烽火燭天。公權宜治軍事，募敢死士，日開門轉戰谿谷間，多所禽獲。夜則獨坐譙樓上，仰天長嘯，賦詩高詠。衛士擊刁斗聲，中夜與相聞。事少閒，建詩話樓，祀宋嚴滄浪其上，召邑諸生能詩者，日與倡和，境內益安。任左布政史，釐剔宿弊，老胥束手，小民受惠，至不貲，而後議者猶摭拾不根，以相排陷。自爲右藩時，屢奉檄，歷署建南、汀南、漳泉諸道，皆數反側危地，人所顧卻不敢就，獨單車往來鋒鏑中，百方經略，所至輒見紀。故自內召出境及被劾還質，質竟傳逮，復入都，百姓皆扶老攜幼，頂香迎道左，爭奏酒食，勸盡觴。或閉里門，撤橋梁阻行，不得則號哭聲動天，竟數百里，已乃建祠立石，俎豆之。自其去淮南時已然，而涖閩最久，故民德之益深。長老相傳，自來方面使臣去任無若此者。閩詩人高兆作《四泣詩》紀其事。

初，公以左副都御史徵上章言閩事，報可。又密有所建白，頗摘抉用事者，驟擢户部右侍郎。而聞者咋舌，曰：『禍始起矣。』未幾，督臣果飛章劾奏，詔赴閩勘。比到，前督已罷去。會福州海寇亂，撫臣藉公威重，使分城守當一面，賊大創去，城得完。公功第一，然謙弗敢言，因服退就質。按察使與五司理會鞫，得其冤狀，列狀上中丞。時久旱，牘具，雨大澍，民爲作歌曰『束卷雨』云。復逮下刑部訊，秋有詔朝審，部院大臣、下及各科道官，東西以次列。有頃，兩吏舉大篋，前後獄辭凡數十案，滿篋置中庭。公自列狀一通，出袖中，傳示諸大臣。諸大臣讀未竟，於是大風從西北起，揚塵沙蔽天，旋入庭，從手中掣所讀紙，直望空去。人吏披靡，天地晝瞑晦，人對坐不見面。公獨跪階下，叩首呼冤，口不得發，默自念曰：『天豈哀我耶？吾死生此刻決矣。』良久風定。冢宰倡言曰：『天意如此，此獄可疑。』

於時同列者齊聲應曰：『可疑。』堂上下環列數十人，無一詰何者。故事，獄上可疑者報聞卽釋，而是時適傳恩赦，凡已論囚概減等。公反以赦例當隨輩徙塞外，待春發遣，緣大行遺詔免。尋以僉事出青州海防道。

公生平喜爲詩，凡按部所過山川風俗及臨陣對敵、呼吸生死、居閒召客、燕飲詠調、吹彈六博、揄袂獻笑，無不以詩爲遊戲。心拈口授，史不給書，而頌繫前後數年，所得詩尤多。方坐獄堂下，健卒猙獰立，銀鐺纍纍，呼暑聲如沸，手拳據地，顧伍伯乞紙筆，作《送客遊大梁詩》二十絕句，投筆起對簿，詩語皆驚人。素與黄山吳生善，吳從公獄中久，其爲《北雪詩序》，略曰：『記初冬，余與生夜坐爲詩，漏下數十刻，嗚嗚吟不止，或至心傷，則相對泣。嘗對臥薄板上，忽聯句成，兩人擁敗絮，從口吻中濕不聿，露臂爭書，薄板躍起，短燭撲滅，一笑而止。』其高致如此。按青逾年，遷參議江南督糧道，復遭劾，解職聽勘，事解，尋卒。

公材器揮霍，善經濟，喜議論，疾握齪拘文吏。當大疑難，剸斷生殺，神氣安閒，無不迎刃解者。自筮仕卽在兵間，尋擢臺職，益欲以意氣自奮，不幸遭亂歸。才爲時需，十年之間晉歷卿貳，然時時與世牴牾。庚戌再被論，忽夜起彷徨，取火盡燒其生平所著述百餘卷，曰：『使吾終身顛踣而不偶者，此物也。』

辛亥冬，某遇公西陵佛寺，留飲，拊几太息，謂余曰：『吾與子相見，今無幾。今我年六十，子歸爲我作《恕老堂酌酒歌》而已。』恕老堂者，公所居著書處也。余渡江，詩不果作，然竊歎公之才，其轗坷歷落而老且衰於此，視其中默默如不自聊，將遂已也。循公之跡，考公之志，則古之大人君子，其身尊名立，人望之者若不可及，而當其壯年逾邁，俯仰身世、出處、盛衰之故，其皆有不自得者乎？則夫世之辭富貴而就貧賤，寧獨善其身以置生民之休戚理亂於不顧，至於老死而不悔者，彼亦誠有所激也。嗚呼！可以知公矣。

公好獎與後進，嘗置一簿坐上，與客言海内人才某某，輒疏記之。諸所嘗經過，雖深山穴處中，物色無不到。見少年能文士觭辭隻韻，立爲延譽。或數屏車騎過之，出其名字，老生貧交，相依如兄弟。其爲文及詩，機杼必自己出，語矜創獲，不蹈襲前人一字，劌鉥湔濯而歸之大雅。尤嗜繪事及古篆籀法。每天明盥漱出外舍，從容談説古今圖史、書畫方名彝器，皆條分節解，盡其指趣。客退則手一卷，燈熒熒然，至夜分歸寢，以爲常。元配馮淑人，生子五：在浚，國學生，考充官學教習；在延，庠生；在建、在都、在青，皆國學生。孫男女四人。卒年六十有一。將以某月日葬於某原。銘曰：

謂莫知耶？爲大司農。謂逢其時，胡蹶而終？詭轡偭規，滑稽乃容。余不忍爲，奚辭固窮？烏石巍巍，滔滔大江。文蒸武施，唯公予功。公之德威，汔於數邦。肆我文辭，砭鍼瞽聾。萬派千枝，於海朝宗。如賁待搥，如懸待撞。晚歷嶔崎，益放而洪。誰其司之，命彼祝融。悠悠我思，蒼蒼彼穹。北山之崖，嗟櫟園公。

【校記】

〔一〕此篇與《姜西溟先生文鈔》卷四之《江南糧儲參議道前戶部右侍郎櫟園周墓誌銘》文字差異較大。馮本與前者近，淵本與後者近，今分別校之。

掌京畿道事監察御史任公墓誌銘

今年夏四月二十有六日，御史任公病卒於官，嗣子筠偕其弟塤、坪，將以某月日歸葬於某鄉之某原，以狀來請銘。按狀，公諱玥，字少玉，希庵其别號。中順治十五年會試，十八年成進士。康熙八年，選知山西石樓縣事，考選授浙江道監察御史，巡視長蘆鹽政，回院晉掌京畿道事。卒年五十六歲。任氏，世大梁人，始祖仕宋，爲高密尹，家焉，名其所居里曰梁尹社。曾祖鎧，太原府通判。祖澄，父復，皆邑文學，復贈如公官。母鹿氏，贈安人。初，公兄弟四人，伯瑛早卒，仲琪、季珂相肩隨，受經外傅。公姿性開敏，所讀書過目卽能了其大義。弱冠操筆爲文，已與兄琪齊名矣。乙未，琪第進士，積官至禮部員外郎。後三年，公遂聯舉南宫，會聞贈公疾，不待廷試，立馳歸。時禮部亦解登州學職歸養。公與其兄弟三人侍疾，視藥劑溫涼燥濕，問起居食飲宜適與否必謹。没則盡哀，斂送以禮。由是鄉里稱之。

其爲石樓也，邑故磽瘠，民間不知紡織，公令家置紡具，教之法，月責布一端，賞罰其勤窳者，於是民始興於婦工。縣去河東解池幾千里，而食平陽鹽，轉運萬山中，勞費以數倍。民苦淡食，公議食汾鹽，固請於上官乃得，民至今蒙利。御史巡城，時以軍興攤門稅，移屬於正額外，無敢私分毫入。視鹺政，疏劾巨蠹爲商民患者，釐剔夙弊，盡根株乃止。還臺，封章十餘上，中如《免粵西帶徵錢糧》及《軍政宜與大計同行》、《請爲宣聖廟立碑》疏，俱得旨施行，然公意猶未已也。每朝回，簾閤據几，伸紙舐筆，摹晉魏人書數十行，濃淡疏密皆有意，謂子弟曰：『吾作書萬慮俱遺，亦收放心一事。』然知公者以公雅不好閒，竊其微意，如有不自聊賴者，無已而託之於書，又卒晦其說如此，雖子弟不欲令其盡知，可悲也。公素友愛，自前年冬禮部去世，明年弟明經繼之，日益傷悼不自勝，遂至不起。

初，公以御史需次於家，邑大歉，與禮部捐粟三千石食餒者，所全活數萬人，故死也，人莫不哀之。遺書有《敬事初編》二卷。元配閻氏，累贈安人。繼丁氏，封安人。筠，閻出，貢生。塤、坪，丁出。塤，邑文學；坪，舉人。女三，長適諸城候補行人司司正李濰潤，次適邑文學王自惇，次適登州文學沙汝肥。孫三，士錡、士銘、士鉽。銘曰：

爲吏也良，躋於廟堂，嘉言用彰。不容容而居，不逐逐而趨。命止於斯，而志則有餘。落落寞寞，其中有託。豈其於世，有不如意？不歌而喟，世真可棄。澤未究施，算不及耆。我鑴之辭，其言孔悲。

文學馮君墓誌銘

元恭以庚午年十二月某日卒。去年，余南歸，其孤用濬稽顙而謁於余，曰：『吾父之卒前數日，自整比其詩文數十卷已，命某從床側盡讀所爲詩，某篇宜存集中，某篇宜去，或口易數字而後存者。讀既，命復之，某曰：「夫子之病亟矣，願少息。」則遺誡喪事，宜一遵家禮，斂以深衣巾履，不得隨俗作佛事。凡故人所親厚者，各口占書與之訣。又曰：「下窆宜有銘，以請於執友姜君，吾平生其所知也。」』

初，余與君交時纔弱冠，居相鄰也。始用詩詞相倡酬，已應諸生舉，去爲時文，俱不意得〔一〕，則學爲古文。每晨坐談論，至忘寢食，巷中兒爭笑以爲癡。及余中歲負笈遊四方，爲衣食計，又數從鄉舉，未能卒業斯事。而君獨家居，能日致甘毳侍養太夫人，以其暇溫習經史，汎濫百家，屢從方外人遊，究其宗旨。性又通悟，洞解樂律，旁曉青鳥遁甲家言，時時爲人說之。城北郊故有宋楊文元公慈湖書院，於是又與里中耆宿朔望詣爲講學之會。雖應舉業，亦不數作。故三四十年間，元恭之文日與道偕進，而余爲文至老不能自名其家，至於性命之學概乎未有聞焉。凡此者，余之所以有愧於元恭，顧元恭有勝余，無不及也。猶憶往時，聞里人有暴死者，余曰：『是不知怖死，亦省諸苦。』元恭曰：『不然。夫臨時須了了，彼神識昏憒，如何離得生死？』及觀君彌留之際，若真能談笑於去來間者，然後知向者慈湖之會，君蓋實有得力，至此而始驗也。君嘗獨處一室，垂簾靜坐其中。晚益不喜以學道爲門戶，雖講學之會亦不復舉，務在躬行而已。而近來標榜爲名高者，競牽挽之使入，竟掉頭不一顧。君豈固以求異爲哉？夫亦誠有所見於中，不可奪也。自君沒而余之道益孤，講求亦日益廢，其將終其身以訖於無所成也，故於誌君之事有餘痛焉。

君諱宗儀，姓馮氏，元恭其字，別號魯菴。曾祖光祿寺丞諱某，祖贈刑部員外郎諱某。父諱文偉，明崇禎丁丑科進士，歷官揚州知府，以文章爲名太守。母楊氏，封恭人。娶通山令周某女，生三子，長用濳，邑諸生，文與行足世其家聲者；次用準；次用潤。女二，適太學生王某、諸生周某，皆前卒。所著有《春秋三傳謹案》、《三禮謹案》、《律呂謹案》，文集、詩集各如干卷。君以癸卯年遊京師，館於大司寇徐公邸。踰年，病脾歸，後再往，病復作，歸僅兩月而沒。其歸也，徐公資之行至腆；其沒也，許文表其墓而助之葬。銘曰：

厄而身，亨而道，年五十九不爲夭。羣挽推，我無動，一人同之可謂衆。生不虚，斃以正，弗之有悔視治命。葬三年，如有待，爲我助者其東海。

【校記】

〔一〕『意得』，馮本作『得意』。

太學生謝君墓誌銘

君謝氏諱謌昌，字殿侯。以康熙壬子歲十二月初二日沒於京師，而葬以今年壬申之三月壬子者。方沒時，以孤幼有待也。君將葬之前月，仲子緒欽持伯父大周所述行狀謁余舍，請銘。殿侯從余遊久，其行事余所稔知，固不待狀而信，而大周之述其弟無諛辭，余故按其狀，以余所見聞誌之墓。

君爲人，沉静不佻，肫篤於孝友，無他聲色嗜好。雖羣從相聚，圍棊賭飲，君默然無所與，吟誦之暇，正襟寂坐而已。既補邑博士弟子員，丙申、丁酉間從余爲制義。時余尚年少，見君兩房兄弟十數人登梓山會課，競出意見，恥蹈襲，爲文多儻蕩雄邁之氣，而余亦攘臂其間，以爲文家務出奇無窮，當如是。獨君持論根柢先正，操筆不苟下，凝思良久，必會文切理、合於法度乃得止。及成，出示同學者，余與諸君未嘗不稱善，而其尊甫給諫公尤時時賞愛之，以爲不後於諸兄。

君狀貌白皙，豐下大耳，準相法，當得壽以貴，以故給諫公屬望之頗切。無何，公捐館。封太孺人老病在堂，君兄弟皆尚不得第。君奉太夫人盡誠敬道，常侍飲食次，陳説古今史傳所記載事蹟，嘈雜兒女，啼笑並作，冀以此博老人歡。退而竊歎碌碌，懼終不足以當大人意，遂鋭意入京，遊太學。經年，忽患痰氣逆上，自漏初刻至夜分死。時從兄御史瞻在及兄子明經敬躋在邸中與訣，口不能言，引敬躋手，以指畫『大人』兩字於掌上，遂瞑。其死不忘親如此，可銘也已。

謝先世宋平江人，建炎進士，諱宇，爲定海令，遂家焉。曾祖大綸，以仲子渭仕明萬曆間四川布政使司左參政贈如其官。父諱泰宗，進士，令番禺，陞工部主事，改兵科給事中。元配葉氏，封孺人，生四子，最後得君，生甲戌年七月二十一日，卒年三十九。娶董氏，子男二人：緒禎、緒欽，俱邑庠生；女三，太學生任管玉、邑庠生王之純及丁慶潢，其壻也。緒禎兄弟卜吉，葬君於雁蕩鄉之新阡。銘曰：

韓退之之哀歐陽詹也，曰：『詹在側，雖無離憂，其志不樂也；詹在京師，雖有離憂，其志樂也。若詹者，所謂以志養者與？』嗚呼！君於遇可謂不幸，君之志視詹可以無愧。方君之生也才，而父知之；其死也，母哭之哀。比其葬也，下從其兩親，以遨以嬉，而又奚以悲？

贈工部營膳清吏司主事加十级張公墓誌銘

余至都之二年，歲癸亥秋，今工部主事撫寧張君有園在阜城門外東北陬，修登高故事，置酒召客，南北知名士會飲者三十餘人。於時，主客衣冠濟楚，揖讓登進，禮容之盛，尊罍、几席、圖史之設，上下池館，流眄花竹，客無不灑然意得者。酒酣以往，分曹限韻，各賦詩一章以退。蓋是時，都下文會寂寥久矣，明日相傳以爲盛事，余亦因是始識工部君。

先是，君尊甫贈光祿公已棄世二十餘年，太夫人在堂，君自是以終養告反津門矣。數年，太夫人卽世，工部君既扶柩數百里，合葬於撫寧某原之舊阡，而以隧道之辭屬余者，以光祿公早沒渴葬，銘詞未備，且以余之獲交於君，習聞其家世故也。

公諱某，字某，世永平府撫寧縣人。少孤貧，嘗躬耕塞下，獨用恩意，徧結其裨帥，使約束所部無擾我，閭里賴之，耕作以安，於是豪長者羣推服以爲能。久之，不樂，葬其父母，服闋，隻身走京師。隱君某公者一見奇之，妻以女，遂家焉，卽封夫人某氏者也。公涉獵書傳，其依傳經義，款曲爲人言仁義忠信之道，若老經生家。聞人善，稱之不容口；卽見有過，揜覆之如不及。於前代史傳興衰、是非得失之故，娓娓談說，洞中肯綮，如身與其事者。時爲人謀議，事後不失銖毫，以故縉紳先生咸樂從之遊。所居纔陋巷席門，車騎過從不絕也。後徙家天津，稍事居積，家益大饒。然常所餽遺賑恤，費累千金。松江守張君未第時，落魄無俚，賴公經紀其家用，及爲吏，貧不能之官，纖悉皆取辦，公無倦容。公沒，而張爲制服以報，其感人如此。年五十七，卒。

卒之時，工部君始七歲，夫人則舉契券簿籍悉付之。公仲弟長齋誦經，絕口不言外事，而家政益修〔一〕。敕張氏戚黨歲時來者，虛往實歸。爲工部君延明師，廣市書籍以資其學業。工部君以藐然孤童，得遂成立，夫人之力也。曾祖某，祖某，父某。公卒於康熙癸卯年某月日，三世皆以工部君贈如其官。惟古之制曰『夫尊於朝，妻貴於室，爵不上逮』也，自南北朝始有封贈其祖父，而自父以上官以差殺，未如近制之隆厚。漢置武功爵，官首補吏，與今例略相似。然爵僅得至第八級樂卿止耳，獨工部君績學登朝，聲華蔚起，贈及四世，階崇一品。誥贈光祿大夫。遡厥發祥所自，既受多祉，僉曰宜哉。雖朝廷一時權宜之制，所以彰善勸後者至矣。工部君名霖。孫五人。銘曰：

始嗇終豐，以道不窮。既豐而死，惟有其子。非惟有子，内教克理。紫誥煌煌，命服有章。或被於身，或賁於藏。襟海帶關，我藏孔安。是爲善人，光禄之阡。

【校記】

〔一〕馮本『修』下有『飭』字。

周節婦墓誌銘

陳子大成以其祖母周孺人之銘來請，曰：『願有述。』予曰：『孺人守節之始末，可得詳乎？』大成曰：『吾祖母年未三十而寡，八十八而壽終。既寡之十餘年，某父母又不幸俱沒。撫某不肖孤，零丁孤苦，猶幸上無奪志之親，外無侵淩之暴，故得以安守其志節，而不至有毁面裂身之慘，可以驚世而駭俗者。雖其更歷五十八年，而名不出於閭門。然至今居吾里者，見吾祖母之終始不渝其志，莫不交歎以爲難能。見其雖老而强飯，享逾中壽，又莫不以爲所宜得。見吾兩世之無所成立，而不得以養，又莫不以爲天道之無知，而爲善者之爽其報。吾祖母之賢，其在人耳目者，如是而已。唯是大成孤賤，不能上於朝而褒旌之如禮，非子憐其志而述之，則後世何傳？』予謂：『婦人之道，無非無儀，故《列女》之所録者蓋少。其可傳者，以其處變而能著爲奇節，以列於後世耳。至於履變故而不失其正，區區搘拄如孺人者，卒立門户，此中庸之行，君子之所樂道也。』孺人夫某，子某，孫大成。某月日，大成以其柩合葬於某原。銘曰：

婦一終，士固窮。孰渝之，視此封。

户科掌印給事中黃湄王公墓表

户科掌印給事中黃湄王君，以今年三月日卒官於京師，其孤幼也。越月而其仲弟明經又維自關中奔喪，將以其孤奉柩還葬於郃陽之某原，而哀不自勝，過余，請曰：『吾兄行治，吾已謁竹垞檢討銘諸其幽矣，吾懼無以表諸道，謹伐石爲碣，待子之辭。』余曰：『可哉！給事之於余厚也，是惡得無言？』

君諱又旦，字幼華，黃湄其别號，世爲西安郃陽人。順治十三年，以經魁其鄉。明年戊戌，舉禮部。己亥殿試，成進士。需次選人，而南遊吳越間，與余邂逅廣陵。是時君年甚少，見其精研詩律，分刌節度，辨入毫芒，謂再遲君學力，當於古人中擅長不難耳。已相别十年許，聞其爲令潛江，有治績如古循吏。又數年，聞其入爲給事中，論事大廷，不激不阿，惟事之宜，如古所稱名諫臣。以是悔吾向之以詩期君者，尚未足以盡君之能事，而君之好詩也亦愈甚益工。自京師士大夫、上舍名宿、遠方遊士，以詩請業者，君與之辨疑送難，獻酬竟日無倦容，經其指授，皆有家法。雖天子亦聞之，時對侍官稱其才，僉以君當得大用，使其聲施煜然。然不幸以死，故聚而哭君者歷時有餘哀，是亦不足以見君之賢矣乎？

君初筮仕，當得推官，後例改爲縣。始至潛江，親履畝定賦，杜豪强侵占，葺長堤扞漢水決嚙，建傳經書院，築說詩臺，興起逢掖以禮讓。值寅卯方事之殷，縣居孔道，徵調鼞午。君糗糧芻茭無所缺，臺司倚毗，民忘其勞。既爲言官，復疏湖北隄工協濟之害，令荊郢分界治隄，絕委卸而專考成，得旨報可。已改戶科掌印，典試粵東，還過南海花山，建議於其地設縣治，奪盜淵藪，旨又報可。君之盡心於所職，雖去不忘其民。雖其暫時經歷之地，猶欲爲國家計久遠如是。

然君當試事之竣也，邀屈山人大均，登羅浮極頂，訪白鶴峯址、蘇子瞻故居，還泊彭蠡，躡匡廬，眺望五老峯下，久之乃去，皆有詩數十首紀其事。其意方自快，極耳目所未經，有飄然遺脫塵埃之想，而視世之一切建功立名者，若不足爲。君又自言：『吾所居芝川舊廬，中條當其前，龍門太史公祠踞其左，山水奇勝，嘗日讀書其下。及爲縣，案牘倥偬，呻畢不廢，以此記誦日益夥，而恒苦於無所自得。夫詩，小道耳，不足事。吾行謀告歸先人之敝廬，益陳書而觀之，以求夫古聖賢者之用心而致力焉，庶幾求其自得於己者也。』其未寢疾前一月，猶秉燭爲余言如此。今君既不幸以死，則夫世之所交口稱君者，舉非君之志，而君之志之所欲爲，一旦奄棄於不及爲者，又孰傳而孰信之哉？此余之所以尤悲，徒致歎於天者之無可如何而已矣。

君儀觀豐碩，胸中廓然無滯吝，與人交，披露軒豁，既貴二十餘年，兄弟尚未析爨，明經君每言及，必涕雨下，則其生平友愛可知也。父圖南，誥封文林郎，母康氏，封孺人，娶范氏，繼張氏，皆封孺人。子鳩，側室崔氏出。君前年自嶺南歸，喪其七歲子倏，以此積傷致損。而鳩今纔五歲，君沒年亦止五十有一，則造物者之於君，誠有不可得而知者矣。

旌表節烈湯母趙恭人墓表

前代自崇禎之季，盜賊之禍極矣。李自成以三輔劇賊鈔掠自關以東，徧於中原，而河南被兵始自庚辰間，屠殺尤慘。當此之時，朝廷日責諸臣以死守，其間偷生鼠竄、歸命司敗者接踵，而有司與其鄉之士大夫嬰城固守，力屈被刃、肝腦塗地者，亦往往而有。然恭人趙氏以一婦人而能與封疆死事之臣爭烈，至於罵賊不屈，視死如歸，此其所以尤難也。

恭人爲睢州文學孝先湯公元配，子參政君斌時對予言其母事，輒涕下不可止。方河南未亂時，連歲苦旱蝗，既自成擁衆數十萬蹂躪開、歸間，睢旁羣邑皆陷。恭人時邑邑對孝先公歎息，迺拮据爲其子女營婚嫁，如日不足者。明年，賊大至，參政從其伯父讀書城北山莊，聞難奔赴，門者止焉不得入，謂孝先公曰：『我所以遣子者，正以今日也。今來則俱死無益，子盍往止之？』於是孝先公登陴，及其兄與子相望而哭，已相訣去。城破，孝先公負其母逃葭葦中，獲免。初邀恭人偕往，恭人固不肯，曰：『吾誓與此廬俱盡矣。』解衣帶自經，不死，投井，井眢，家人甫縋出之，而賊羣至，環脅以刃，益罵不絕聲，遂被害，時三月二十有二日也。十餘日，參政歸，哭而殮之，尸殭如生。

恭人姓趙氏，世爲望族。孝先公諱祖契，自恭人始歸，其舅姑以爲賢。孝先公績學，有孝弟行，而恭人能佐之以不解。臨賊時，猶力謀脫姑於難。性諳書，課參政讀，率至夜分乃止。其它懿行多見傳述中，故予不盡載，而亦有不必載者。蓋人之能不亂於臨事者，未有稍苟且於平日者也。恭人既沒十一年，爲皇清順治九年，參政中進士，授翰林院庶吉士，進檢討，遷陝西按察司副使，用覃恩封孝先公如子官，而贈母爲恭人。又三年，以巡按御史奏旌其閭，蓋贈與旌同被者，異數也。若乃加恩於前代之死節者，此又古所不概見。當時世祖思以節義移易天下，而發其尊君親上之心，既下禮臣，褒贈明懷宗殉難臣十有四人矣，恭人亦遭逢運會，得膺斯典。嗚呼盛哉！

恭人殯在堂。其年九月，黃河驟決，城郭廬舍湮於水，柩與俱沒。後孝先公卒，始得出，而合葬於本州澗崗之阡，距恭人沒時垂二十年矣。恭人被難，年纔三十有六。自革命以來，所在草竊芟刈，湮銷塵滅，而恭人之墓獨與山川之英靈同其不朽，里人爲建祠祀之，此可見節義之報遠矣。予特綜其梗概，揭而書之於隧。

參政字孔伯，後再陞江西，以父老謀所以歸養者，例有兄弟者不得終養，而外官賜告，非特薦不得起。參政君故有異母幼弟，當事惜其才，欲令權宜請，君曰：『奈何以此欺吾君也？且吾父老而絕憐愛少子，今謂無兄弟而歸，吾父聞之必不樂，是失吾所以求養之意也。』竟以病告，遂致其事，時年纔三十三云。今年，予遇君於惠山，被服寒素如諸生，從兩倉頭，其橐蕭然，而君不知其貧也。然君嘗偏行天下，求能文者以暴揚其親名，而辱以及予，豈不爲過哉？予以恭人之節宜有傳，因不揣其陋而爲之，且志君之事於右。按古者仕不出境，其時之爲君者猶時有所體恤，而述其『將父』『將母』之意。唐宋士大夫間得請近，便地就養，今仕者萬里隨牒，義不得顧其私，或計不獲已，惟有棄此而山林耳。一則人情爲可憫，一則人才爲可惜，其於爲國忠厚之道，恐未爲得也。因君之事，復書以志感。

贈奉直大夫張公墓表〔一〕

君諱某，字某，大興人。祖大化，太平府知府。父國禎，邑庠生。君承籍家世，孝友慈惠，動合矩度，克無墜先人清白聲。晚而有賢子曰廷琛，自君沒後益讀書，砥飭名行，用能邀國榮寵，以奉直大夫之誥賁君泉壤，而贈君元配趙氏爲宜人，於是君之隱德益著聞遠近。有墓在京城西核桃園祖塋，值今康熙紀元庚午，君沒已三十餘年矣。廷琛謂不可無勒辭燧道，使君隱德著聞遠近者，幸不泯沒於後世，且以彰國家錫類之恩於無窮，於事爲宜，乃以狀介河中吳徵君天章，請辭於予。

徵君，予友，誠篤人也，述其善也蓋信。始君雖食貧，喪其先人，祭葬皆盡禮，既饒樂施，不名任俠，而親疎各賴其濟。平居與人無爭，亦無所謔侮，趙宜人以勤儉恭順佐之，行益修，年六十三沒。沒之日，執廷琛手誡之以不欺，談笑如平常。趙宜人進曰：『公一生辛苦，得力正在此時。』君笑曰：『我此事尚煩汝多屬耶？』遂支頤而逝，其夫婦之間類如得道者。

宜人生望族，以未亡人持家十六年，内外井井，卒年六十有八。子一人，即廷琛，候選府通判，恩加一級。女五人，皆適人。徵君謂予曰：『雯處津門久，交其里人，里中稱善人必先張君。君嘗自言生平行事無一不可告天地者，里中人聞之皆曰然。嘗以女心疾禱於神祠，拾筊神座下，得方，方藥五種，取歸試服之，疾良已。至今其家用其藥施人，多得愈。』蓋誠信之孚也如此。予故不斥其怪，而謂此亦足以表君之墓云。

【校記】

〔一〕馮本題作《贈奉直大夫張君墓表》。

文學李君墓碣

平原李編修述修先生之弟曰文學静嵐君諱潤者，以去年癸亥五月卒於家，編修哭之。逾年，除服而不忍也，葬有期矣，謀於予，思所以抒其哀者，且曰：『甚矣，吾之不良於時也！吾自年十八，先大夫僉憲公見背，時家中落，太宜人勉吾兄弟以纘承先志，而弟之少吾者兩歲，體羸然弱耳〔一〕，然獨能攻苦淬厲，屢試於場屋，佹得復失。今春秋僅三十七，竟以諸生食餼終，可爲悲矣。吾前年喪室程，次年復哭予幼女，淚日漬枕席間，弟知吾之不樂也，思奉母京師以慰予懷，臨行自筮得《蹇》，占之不吉，不果行，而吾母獨來，浹月而弟訃至矣。吾不忍吾母之嗚嗚哭也。聞弟屬纊時，口呼母不絕聲，曰：「吾則已矣，垂白之老，何以堪此？」夫其身死之不恤也，而母之遺痛是憂焉。噫！吾弟孝子也。』

又曰：『弟生平與予讀書，寢食無暫離，自予得第後，聚首日始益寡，然猶間歲一來京師，來輒連床談，日夜不休。嘗語予曰：「比頗究心方外旨，知其言非虚設，顧人事紛擾，轉瞬老矣，可爲傷悲。」其意欲規予以學道，而不料其身之先沒也。悲夫！弟性沉静，於人事寡所與，葦簾綈几，展玩經籍終日，不妄謦欬，人過聽之，惟微聞繙紙聲而已。又諳岐黄家言，老母在家善病，按法調劑，數得無困。今弟卒而吾母思歸愈亟，吾向之所以得安於此者，徒以弟在也，今復何望哉？吾行侍母歸，哭吾弟矣。

子盍爲吾辭而誌之，且并藉以抒吾母之哀，子其不可以緩。』

予素聞編修君内行修，樂交其人，幸得以編纂之役追隨於史局者有年，今復將别去，因如其言而表之於墓道，非獨爲靜嵐君賢也，亦庸以見編修之孝友，而志予嚮慕之私焉。君父某，進士，仕至按察司僉事。母某氏，封安人。娶某氏，無子，以編修之仲子某爲後。

【校記】

〔一〕『羸』，底本作『嬴』，據馮本改。

明經李君墓誌銘

泗之盱眙有兩賢士，曰李生嶟瑞、嶸瑞，同舉新令，選拔貢生來京師，詣余於邸舍。先之以詩各一卷，詩皆有家法。余覽而亟喜之，問其所從學，曰：『噫！先君之教也。』他日又來，狀其父世系行事，稽顙而請曰：『先君卽世四年矣，而墓尚未有銘，蓋慎之也。今遇夫子而不得銘，吾無以慰先人於地下。』余辭不得。

按狀，君之孝也，爲母疾千里致醫，得藥必親嘗，終喪不室處。其仁也，環里門親黨之貧無絶炊者。其重朋友也，海内名士道經淮泗者，視其家恒若歸。其泛愛也，雖書畫星曆醫相之士、博徒劍客之至者，無不館而食之。其少時常負經世意，高視闊步，氣淩其儕輩，已而志不就，潦倒諸生間，中遭放廢者數載。雖人事錯迕，亦若有天厄之者然。久之，始援恩詔，貢入太學，而君已病矣。君廣涉書傳，伸紙爲文立就，然性尤嗜詩而特工。既得病，坐臥一小園，對花竹，玩魚鳥，欣然移日。好友過從，必强起延坐留飲食，飲必賦詩，晝以繼夜，酒闌燭跋，童僕僵睡。或至日高舂，尚倚床，苦索句不休。自臥病二十年之中，坐無一日無客，客至無一日不吟，風雨寒暑以爲常，竟君之卒歲。

君諱某，字某，別號西園，卒以康熙二十八年丙寅之八月某日，得年五十五。元配王氏孺人，繼王氏。子二人，卽嶟瑞、嶫瑞。女一人，適宋子僑。其先世茶陵人，始祖文遷巢。明興，以軍功授衛百户。鄱陽戰没，子寧襲職，調衛泗州，遂家盱眙焉。祖某，處士。父某，太學生。其從祖官行人紹賢，當武宗時直諫，廷杖死，追贈忠端者也。公既好爲詩，嶟瑞兄弟跪勸止之，曰：『爾毋然，我吟得佳句，體爲之輕，詩不啻藥石我矣。』以故君詩多幾至萬首，今存者僅十之一，藏於家。銘曰：

詩道性情，發神智兮。滯淫結轖，和扁與試兮。沈思䌛䌛，和湯液兮。劃然理解，針石熨兮。以詩爲醫，形往神留兮。靈氣恍惝，往來此丘兮。如聞吟諷，聲宛轉兮。與俗刮除，腸胃浣兮。嗚呼！君不尚有後，其傳克遠兮。

敕封文林郎翰林院編修沈公行狀

公諱某，字幼升。先世自吳興分居華亭，數傳至中書公，生三子，季諱某，禮部儒士，始占籍嘉善，是謂公五世祖。曾祖諱某，邑庠生。祖諱某。父諱某，生四子，公其長也。

公讀書，務爲有用之學，補博士弟子員。嘗赴省試，值歲大祲，道殣相望，目擊慨傷，悉解所齎貲賑之，垂槖至會城，稱貸竣事。隨丁內艱，哀毁踰制。而是時，明季荒亂相仍，奉父雲嵩公流離播徙墟落間，雖造次，諷誦不輟。及事稍定，返查溪舊廬，日課蒼頭農事，遍覓佳花果，環植圃前後。擁書數百卷其中，所愛唯陶、杜詩，晨夕微吟。或與鄰翁溪友，量晴雨，話桑麻，蕭然有世外之想，是時遂不復留意舉子業矣。會歲復大旱，查溪左右百餘家皆乏食，公出廩粟五百石貸之，而不責其息，曰：『吾不忍獨飽也。』公家僅中人產，遇疫癘則施槥，遇饑則倣朱子社倉爲廣仁會，生平所折券以百數。晚聯吟社，與其徒以各生日放生，人謂公所居處，民物俱被其利，其仁愛如此，以是鄉黨皆推爲善人。君子鄉飲酒禮積廢久矣，至是得公，翕然以爲重。然公天性孝友，所施尤篤於親故。世父沒無子，雲嵩公悲不自勝，公力爲經營喪葬，雲嵩公至爲之輟哀。姊錢貧寡，撫弱甥，爲其幼置室，其他所爲具稱是。與諸弟游處，欣欣然無一日離也。

某嘗識公二十年前，既編修君爲侍從京師，公來視，與相見，執手道故，見公顏色逾少，精神充溢。於時，編修同年友雍丘劉君、粵西鄧君尊甫皆以迎養來京，瀨江黃中允父某公亦需次都下，數家父蒼顏白髮，扶杖過從。是年冬，適遇覃恩，皆得受封，兩代拜恩闕下，時公年七十矣。編修君以所得校書文綺之賜，製襲衣上之，公服之而喜，誡君曰：『宜勉力，無忘上賜矣。』一時中外相傳爲太平盛事。既歸，逾年，編修欲拜疏南省，公寄書止之，曰：『吾行治裝北上，且儲糧舟中矣。』未幾，家人以訃至。比予返里，往弔其家，其邑人往往稱述公不置云。

公以康熙庚午年十二月某日卒，年七十有一，敕封文林郎、翰林院編修。元配贈孺人陸太夫人，先公十餘年卒，公思其德，不再娶云。子辰垣，康熙乙丑科進士，翰林院編修。孺男五〔一〕：銘孝，附例監生；銘慎，邑庠生；銘新；二殤。曾孫二。編修君將卜吉，與陸孺人合葬於某原，謂某曰：『君幸知吾父，願有述也。』某不敢辭，謹狀。

【校記】

〔一〕『孺男』，馮本作『孫男』。

光禄卿介岑龔公墓碑陰

光禄卿龔公，以官卒於康熙二十四年七月丙戌，歸葬，宫詹濟南王公誌其墓。王公初郎戶部，與公同官，相善也，故紀其治行特詳。公以幕僚起家，知縣事，洊歷戶兵兩曹，而爲戶部最久。後由山東僉憲分巡通永道，陟江南安徽布政司使，内遷太常卿，改光禄卿。始終多居錢穀要地，出納平準，胥絕乾沒，政不龐茸〔一〕，公私交藉其利，而居無十畝之宫，無食租衣税之入。遇事飆發，沈機立斷，如抑伶人之暴横鄉曲，執侍衛之詐傳敕旨，事尤奇偉，而與人樂易，恂恂長者。一意當官，遏請屬，鋤豪强，嫉貪沓，人罕得以私干。然雅好延禮名士，幸舍常滿，聚書至萬餘卷，以故公子翔麟弱冠即有聞於士大夫間。人皆謂公才識使得秉節鉞，整肅一道，必有可紀。迺迴翔九列者二年，竟得疾捐館。蓋上方有意用之盤錯，而公不能待矣。任不充其才，施不竟其志，余讀濟南公之誌而惜之。

友人朱檢討彝尊與公舊，爲余言，公當明崇禎末，流寓昌平，時李自成陷京師，昌平已爲賊守。密雲副將張減帥兵至，射血書城中，諸生孫繁祉、民白希賢等反城出，縛賊渠磔之，以僞署劉愷澤等四人獻俘於陵側，陵卽田貴妃藏也。凡地宮例書某皇帝之陵，合以石板，奉安梓宮，前時倉卒不及礱石，用甎朱書之，鈐之以鐵，皆出自光祿手。公憤賊不討，屢以忠義鼓激其士民，賊之殲，公與有力焉，然終不自言也。蓋其微時，節概已如此。檢討又曰，光祿爲余言，壙始開，入石門，地甚窪濕，衣被物多黰黑，被錦繡裹皆用布，長明燈油僅可二三寸許，缸底盛以水，金銀器悉鎔銅鉛充之。時同入者皆咎當時內官冒破，非也。田妃寵冠後宮，其下里物至瘠薄如此，蓋由思陵儉德故然。此公之緒論，以有關事實，余故並列之碑陰。

【校記】

〔一〕『龐茸』，底本作『龐葺』，據馮本改。

誄

故徽州知府前工部郎中復齋秦公誄有序

辛丑年正月十四日甲子，故中憲大夫知徽州府事復齋秦公卒。嗚呼哀哉！初，某獲交於公，爰自壬辰歲。少讀其文，長識其面，自後數奉名節，歡然若平交，又重之婚姻，十餘年於茲。今公既歿矣，某哭必不得聞。伏自思念，公平時所樂稱者，吾文也。愚不自揆，敬託於旗旐。公初釋褐，旋出守新安。甫下車，渡江難作，公意欲有所爲，不果就，遂歸，深自悔匿，隱姓名不出。方某與長公讀書東山，公襆被就宿，良久，從者皆散去，夜起彷徨，與余促膝語平生事，意慷慨殊壯。余謂公：『幸春秋强，遂得無意於世乎？』公默然，因啟戶出視，天陰雲蒙幂，雨聲摵摵林樾間，還坐不樂，出示所知相邀致書數十紙，流涕謂余曰：『吾殘生終不能作此等事，留我餘福，以待子孫矣。』然公矢此志，未嘗以聞於人，聞者亦不解也。顧謂余：『唯公足以語此〔一〕。』嗚呼！公今已矣，某隻影落拓，蕩然州里，仰面無與告，行且杖策江南北間，發抒其胸中不平之氣。念公之歿而不聞某之言也。辭曰：

猗歟中憲，葉公是肄。有宋不競，播遷江澨。奕奕丞相，德流千禩。違難去國，爰更厥氏。唯公之生，實鍾地靈。弱冠射策，含香帝庭。板蕩南徙，君臣棘荊。迺視起部〔二〕，未央是營。有嘉丕績，俾以專城。專城維何，傑立三都。百雉繡錯，鳥道縈紆。甲起晉陽，鎖焚江隅。誰捍牧圉，維公金聲江天一。羽飛吳越，義動汀漳。太守誓師，湘東建邦。天命匪佑，諸將趣降〔三〕。馬首曰歸，摧旄息幢。吟殘於畔，足企於窗。予時癸巳，甑箄城東山偃仰。三人二屐，長公壽采亮。公來萃止，僕夫惆悵。寒蛩嗚咽，雨聲竹上。公久不寐，以足起我。敘述喪亂，及於江左。朋黨恣姦，小大營賄。陪京淪胥，障城旋墮。我爲角之，越閩犄之。我爲其脣，越閩其齒。猗嗟古人，孰爲衡權。漢維北海，唐則平原。對書集簇，馳檄飛丸。事雖不成，大義可觀。公起闢戶，還而喟歎。示我篋書，風雲高搴。其時燭滅，吹火壁間。照其兩眶，淚流潸潸。俛仰卽予，豁腎露肝。與飽而趨，寧飢於棺。吾兒三人，兩勝衣冠。闔門祀臘，聊以盤桓。嗚呼哀哉！憂能傷人，僨亂血脈。太陵乏輸，豎子來客。未幾言別，公病齒劇。予來視公，檇李遠宅。蹔止逆旅，往來通昔。遽命使來，攜我帷席。書劍筐箱，併處朝夕。譃談里巷，莊論典籍。微視公狀，未言先咳。余堅謂公，非齒是痗。盍以溫投，塞其洸潰。余駕而東，公棹而西。策肥太行，及乎雍岐。中道不樂，我胡棲棲。還息舊丘，澤居巘棲。紉蘭采菊，不歌而唏。斷山公集名之吟，其鬼夜啼。無何疾亟，語不及私。顧謂公等，且好爲之。治命絕賻，斂襲以時。嗣無廢德，御喪克宜。東山之麓，魂魄所舍。北山之岑，夏日冬夜。嗚呼哀哉！公既死矣，吾復何憾？視塵息言，撫琴遺韻。斲喪成風，埋空玉潤。承輴始發，義乖扶櫬。唯公知我，貧遊莫振。不知我者，謂余不信。余與夫子，玄味希音。大節在世，惠好在心。紀庸無日，哀誄自今。濡毫永歎，揮涕橫襟。嗚呼哀哉！

【校記】

〔一〕『唯公』，似當作『唯子』。

〔二〕『視起』，馮本作『起視』。

〔三〕『諸將』，馮本作『將諸』。

文

數賊文

主静先生夜讀書，既倦，退而就寢。殘燼滅，羣動闃。撫枕轉輾，交動胸臆。其始也，若檻泉之伏流，泌泌澌澌。其既也，如遊絲之裊空，不可斷絕。忽焉奔肆，萬馬騰籍。怔憎怦悸，僨亂血脈。脅不得安，睫不得閉。屈起俛聽，頻移漏刻。然後瞿然驚覺，收照屏息。徐而跡之，乃得一賊。是賊也，非處窔奧，不穴墉垣。其来無影，其去無端。善司者莫窺其蹤跡，善推者莫測其機關。潛入牢藏，靈府是蟠。錐鑿百竅，鑽剔五官。糺結榮絡，洞歷肺肝。玄扃暗啟，業火自然。抉清淨之祕闥，闚恬淡之德園。竊嘉名於五德，紛晝夜以往還。先生既得而數之曰：

賊来前！賊来前！自爾之搸處於吾身者，幾何年矣？而吾不知。詭譎瞀亂，唯汝之爲。我今告汝，以汝險巇。汝其諦聽，去而他之。吾年八九，蓄殖未固。藩籬道德，苑囿典故。一往志盛，弦橋的赴。曾不汝防，倏来穿蠹。自是之後，汝跡益稠。吾坐讀書，七略九流。左次右摘，瞬不停留。汝竊吾視，去而神遊。終卷茫然，昧厥端由。勝賓雜座，縱論幽討。妙言解紛，清談絕倒。汝竊吾聽，經營象表。口酬客難，目送飛鳥。劖斲爲辭，正正奇奇。經緯窈冥，與神相追。汝竊吾意，不見端倪。易之氛濁，嗟寒戚飢。有時習静，垂簾半趺。南郭隱几，嗒然喪吾。汝即跧伏，匿跡陝輸。藏舟於壑，負之而趨。羈旅遠客，取歡酒杯。故人乍爾，笑口一開。汝来施施，挈朋與儕。萬緒千端，併集於懷。燈青黯黯，予孤易感。汝不知其慘，風雨沸號。其境蕭條，汝反呼其曹。蟻穿壤潰，蟲蠹木壞。微纖不絕，害豈在大。吾何牽連，少習於汝。汝豈無家，乃不舍予。凡吾今之智識刊落，記七遺八，非汝之爲祟，而孰使予學殖之寡薄？吾髮之鬒者變而爲星，目之瞭者變而爲瞢，非汝之予攖，而孰使予終日之瞢瞢？

於是執之以訴於天鈞，曰：『庶其懲而遠徙。』天鈞囅然而笑曰：『子知彼之所起，不知彼之所止。起其所以止，止其所由起。一起一止，莫非子之以。子不見夫水乎？水聚成漚，漚復爲水，子胡不澄其源而澈其委？子潔而宮，虛而庭，以葆子之真，彼將不生。子充而內，無炫於其外。彼將爲子之守，以益子之所貴。曾不是慮，唯彼之去。彼來何從？去歸何所？盍子之示以無有，而彼今將安處？』先生於是蹶爾神動，逡巡卻立，歸而毀樊撤籬，解緘發鐍，坐三日不言，杳然若喪其身焉。起而視賊，失之忽，不知其所出。

祭文

祭慎詒馮公文

嗚呼！勞者易歌，悲者易傷。我胡不樂，來登此堂。蓋嘗俛仰先世，撫念存没，而不覺百端交集之茫茫。自公未仕，州里徜徉。及我先君，一詠一觴。公之元配，實我自出，既姻婭之洽比，況宅居之相望。逮公綰綬山左，鼓鷁衡湘。佐軍金陵，令譽飆揚。遠跡翁趙，越軌龔黃。雖羈身乎纓紱，益係思乎江鄉。夜忽夢兮，吾父來翔。起謂夫人，厥夢何祥？是想所成，亦維其常。詰旦謁入，有客曰姜。喜不暇屣，顛倒衣裳。先君既盤桓累日而徐謂公曰：『吾倦遊歷年，而老且衰矣，而視子之鬢亦已蒼蒼。盍不早遂子之初服，復相與嬉笑醉歌於闔湖之傍？』公聞歎息，至久不忘。逮先君無祿，千里致弔，瑣述厥事，悽愴莫章。自是之後，再遷姑孰，遂未及久而解組，而江干父老徒思遺愛於甘棠。某方哀陟岵之無從，猶幸日周旋几杖於吾公之側兮，庶幾先人之未亡。何圖夙疾，寒星殞芒。此非徒爲時勢而悲悼，而俯念私情，益不禁淚流之浪浪。哀哀良嗣，一溢充腸。惟古制禮，毁戒滅性，況晨飧而夕膳，幸太夫人之既壽而且康。小人有母，負米四方。值公始斂，戒途倉皇。懼助紼之無期，聊敬奠乎椒漿。尚饗！

祭大學士徐公文

間氣之鍾，代豈多人？婉孌玉峯，厥有三君。公於三君，實維叔氏。弱矜名節，砥攻鏃厲。厭飫充實，道德純備。緒餘爲文，蓄久而肆。決若泉懸，貯爲經笥。爰修於家，爰獻於廷。於赫世廟，網羅羣英。公始對策，翕受大名。邁跡黽董，俯轢郊京。時帝倚公，爲公輔材。詒相後皇，僉曰宜哉。皇之初服，北門承旨。盡忠啟沃，維天子使。出掌南臺，威棱嶽峙。百寮震悚，之綱之紀。惟是骨鯁，與世鉏鋙。或扶而騰，或擠而踣。退專史局，五閱寒暑。以某濫竽，繄公之舉。陳編夜讎，凍毫朝呵。甲乙去留，丹黃塗涴。三百年事，如數籌過。前者輿謗，後者莫和。以此負公，白首汗青。詔勉起公，度支載經。貪沓屏息，諸司肅清。帝嘉丕績，其遂相予。密勿之陳，少俞多吁。羣言紛搆，宸眷踟躕。避難而東，誰謂非歟？嗚呼！狉獉斯遠，機智繁兮。我思古人，歷覽觀兮。申椒菌桂，佩服芳兮。讋便抵巇，眾狷攘兮。坦坦之道，化羊腸兮。蝮蛇噴霧，蜮含射兮。雄虺九首，峯壺螫兮。周鼎饕餮，爭人食兮。害及其身，未下咽兮。沸水漂漂，九陽山兮。鮒入鯢居，潰深淵兮。天高難仰，踏厚地兮。介夫抱石，鴻遠逝兮。今時道泰，明良會兮。公絀非久，胡芥蔕兮。去之帝所，齊玉軑兮。王良執策，來驂乘兮。歲星煌煌，東方明兮。傅說比曜，相友朋兮。閶闔蕩蕩，徹虎豹兮。鈞天迭奏，音和樂兮。康我皇路，榛棘屏兮。五行順序，絕災眚兮。生有遺憾，沒我寧兮。悽愴予懷，涕既零兮。尚饗！

祭淩氏姊文

嗚呼！旻天不吊，降割於我家。八年之内，喪吾祖父；三年之中，復喪吾母。方吾母之始疾也，吾姊病脹劇，衆方惟姊是憂，然孰意吾母已先棄諸孤矣。己未，吾客京邸，接二弟手書，聞變崩殞，中述姊病篤，日奔走營視不暇也。竊疑此時，姊已不幸。弟慮吾重傷，故或者諱言之。比抵家，姊果無恙，强起飯我。於時，予雖創痛，猶私幸得姊。荏苒經歲，今春暫往吳下，將出關，兒子書來云：『姑病勢不可起。』即日返棹，扶服歸省。中路飲泣，及城不敢問消息。殆入門，從牖間窺姊，持藥椀，倚床上，相見且泣且喜。姊亦掩淚謂予曰：『吾病不至死，母葬事急，盍少需而捨此來乎？』居頃之，則促予行，予視姊神尚王也，冀得延留數月間。北上期迫，負土無計，欲留不可，欲去不忍，姊弟之情，依違竟日，既去復入者數，而死生之別，從此決矣。六月，訃至吳門，姊已於前月二十日捐世。

嗚呼！予之自京南還，憂姊死，幸無死，及自省還，其憂彌甚，又得無死。今別甫月餘，遽有意外之戚，而予終不及一見也。痛哉！吾年四十五，先君道卒，不得視含殮。前年母死，遠在四千里。煢煢者姊弟四人，今姊復奄逝，並無由執手一訣。不孝孤之罪釁山積，百身莫贖。然非天之厄我至此，吾豈獨無人心，忍遠去骨肉之親，長爲羈旅耶？傷哉貧也！復何云哉？

姊天性閒淑，内外稱賢如一口。自節推公去世，事嫠姑三十年，極盡孝道。吾兄弟經歲出門，溫清缺如，輒辛苦營甘旨以遺母，有餘以賙吾兄弟之緩急。中遭門内之侮，良人被禍，隱忍圖報，而下無遺孤，旁無强近，飲恨吞聲，積成痞結，數年之間，竟以身殉。悲夫！先慈不幸，爲貧兒母。手撫三子，兩違膝下，居常葦簾葛帳，孤影坐歎，飢飽不時，抑搔不至，七十老人奄奄以卒，固宜有不快於心者。予歸自京師，每過姊則支離扶坐，與我絮述母平生家庭瑣屑，與夫宛轉臨訣之狀，則姊弟相對，嗚嗚而泣，不能出一聲。姊今復舍我死，吾塊然一身，惘惘無適，胸中結轖，悔恨萬端，顧視兒女，開口誰訴？世網牽迫，不久又當别去矣。蓬鬆華髮，揮淚出門，迴念家庭前後存没之故，没者魂魄不知所之，存者萍蹤飄泊無所，曾不十年間，而天倫樂事觸緒成傷慘，不知人生之可悦矣。

嗚呼！吾殘年有幾？逢此百憂，以我悲姊，安知靈之有知，反不以我之爲悲也。姊夫婦兩櫬在堂，嗣子穉弱，吾力不能卽窆爾於吉壤，從此天涯南北，雖欲長拊棺一慟，其可得耶？聞姊臨没，惓惓付託，唯嗣子之成立以否。吾雖緜力，敢不盡心？一巵告哀，吾言止此。尚饗！

祭濂兒文

嗚呼！我之初行，汝送江滸。及我歸來，顧不見汝。夫婦俱亡，并乏兒女。繼嗣未立，饋獻無主。以汝仁厚，亦曰能文。一朝及此，天道何論？今十八日，汝祖忌辰。我欲遠出，爲此逡巡。先一日期，是爲丙寅。適當爾忌，緜歷五春。簌簌老淚，爲爾先灑。聞汝臨没，形容頓改。妄謂爹歸，忌死以待。爹今哭汝，而汝安在？嗚呼尚饗！